행복은 원래 소소하다

행복은 원래
소소하다

초판 1쇄 인쇄_ 2021년 02월 15일 | **초판 1쇄 발행_** 2021년 02월 18일
지은이_김민경·남아란 | **엮은이_**배설화
펴낸이_진성옥 외 1인 | **펴낸곳_**꿈과희망 | **디자인·편집_**박경주
주소_서울시 용산구 한강대로 76길 11-12 5층 501호
전화_02)2681-2832 | **팩스_**02)943-0935 | **출판등록_**제2016-000036호
E-mail_ jinsungok@empas.com
ISBN_979-11-6186-097-8 43810
※ 책 값은 뒤표지에 있습니다.
※ 새론북스는 도서출판 꿈과희망의 계열사입니다.

행복은 원래 소소하다

김민경 남아란 씀
배설화 엮음

꿈과희망

엮은이의 말

기나긴 장마와 태풍이 몇 번 지나니 어느새 가을의 문턱을 넘어서는 중입니다. 올해는 국내외로 다사다난한 일들이 있었습니다. 그래서인지 다른 어떤 해와는 달리 시간 감각이 사라진 것 같은 느낌입니다.

올해 책쓰기를 조금 늦게 시작한 감이 없잖아 있지만 친구들이 성실하고 꾸준히 노력해 준 덕에 작년과 비슷한 시기에 책을 낼 수 있게 되었습니다. 이곳을 빌려 그동안 참 고생했다는 말을 전하고 싶네요.

이 책은 같은 빌라에 사는 주인공들이 정이 담긴 음식을 주고받으며 일상을 공유하고 저마다의 아픔을 이겨내는 모습을 담고 있습니다. 현대의 각박함 속에서도 적지만 여전히 따뜻함이 남아 있는 모습을 통해 우리 친구들은 희망을 드러내고 있습니다. 이 소설을 통해서 한 줄기 희망과 친구들의 따스한 마음을 느껴 보면 좋겠습니다.

강북중 교사 배설화

작가의 말

김민경 _ 강북중학교 3학년

이번 책을 쓰면서 가족이 아닌 주위 이웃에 대해 한번 더 생각해 보게 되었습니다. 점점 어두워져가는 사회지만 어딘가에는 아직도 따뜻함이 남아 있다는 희망을 품게 해주고 싶었습니다. 각박해지는 사회에서 서로의 온기를 나눌 수 있는 그런 사람들도 근처 어딘가에는 여전히 존재하며 자세히 들여다보면 발견할 수 있다는 것을 알려주고 싶었습니다. 또한 힘들 때 음식이 주는 힘을 이야기하고 싶었으며, 음식은 그냥 단순한 그 음식자체일 뿐만이 아니라 누구에게는 힘이, 누구에게는 정이 누군가에게는 행복이 될 수 있음을 말하고 싶었습니다. 독자분들도 이 책을 읽으시면서 아직 어딘가에 존재하는 온기를 찾고, 함께 나누어 주셨으면 하는 바람입니다.

작가의 말

남아란 _ 강북중학교 3학년

이 책 〈행복은 원래 소소하다〉의 주인공 남선호는 새로운 환경에 적응해 가면서 따뜻한 빌라 사람들과 자신의 가족, 친구, 지인들과 맛있는 음식을 나누어 먹으며 좋은 인간관계를 형성해 나갑니다. 특히 빌라 사람들과는 피 한 방울 섞이지 않았고 서로의 존재를 알게 된지 몇 달도 채 되지 않았는데도 불구하고 정을 나누고 서로 도와주며 성장해나갑니다. 현재 우리 사회가 점점 더 기술적으로 발전해 나가고 있지만 그만큼 점점 더 차가워지고 개인주의로 변해 가고 있습니다. 각박하게 변해가는 사회지만 그래도 아직 따뜻한 난로가 꺼지지는 않았다고 생각합니다. 충분히 현실에서 일어날 법한 따스하고 정겨운 이야기를 담았으니 부디 이 이야기를 다 읽고 나면 마음 한 편에서 오랫동안 꺼지지 않을 모닥불이 타오르고 있기를 바랍니다.

행복은 원래 소소하다 1

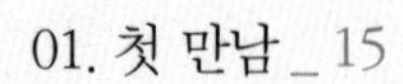

행복은 원래 소소하다 2

등장 인물

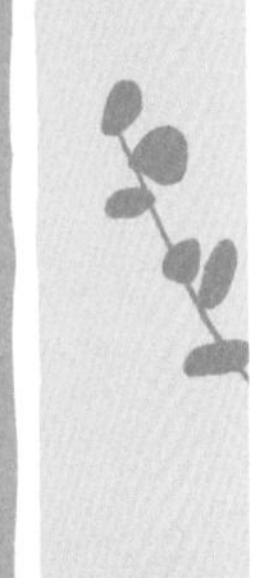

남선호(29)

- 이 책의 주인공이자 드라마 보조작가
- 자기 성찰을 자주 한다

조우리(29)

- 선호의 아랫집 세입자
- 매사 열심히 하는 레스토랑 '베아트리스'의 사장이다

이한솔(29)

- 남선호와 오랜 절친이자 회사 동료
- 유쾌하면서도 진지할 때는 진지하다

콩이

- 귀여움을 담당하고 있는 애교쟁이 강아지
- 선호에게 힘이 되어준다

김혜옥(옆집할머니)

- 따뜻한 성격을 가진 전 한식당 사장님
- 경상도에서 올라오셔서 사투리를 쓰신다

서강훈

- 윗집 4인 가족 구성원(아빠)
- 털털하고 현실적인 조언을 해주는 친한 형님

한정오

- 윗집 4인 가족 구성원(엄마)
- 조용하고 강단이 있다

서유림

- 윗집 4인 가족 구성원(딸)
- 드라마를 무척 좋아한다

서유찬

- 윗집 4인 가족 구성원(아들)
- 개구쟁이이고 조심성이 없다

오윤아

- 경찰 준비생
- 겉으로는 쌀쌀해 보이지만 따뜻하다

작가님

- 선호의 상사
- 글 쓰는 실력이 좋을 뿐만 아니라 마음씨도 착하다

남선아

- 선호의 늦둥이 여동생
- 평소 선호와 티격태격하지만 오빠를 잘 따른다

행복은
원래
소소하다 1

첫 만남

"네, 올해의 한국방송작가상을 받을 분은…… 남선호!"

오늘도 상을 받는 꿈을 꿨다. 이 빌라에 이사 온 지 벌써 일주일. 사무실과 가깝고 경치가 좋아 이사를 했지만, 매일 퇴근 후 올라가는 계단 때문인지 잠에서 깨면 항상 다리가 욱신거린다. 매일 봐도 질리지 않는 창문 밖 경치를 감상하며 출근준비를 했다. 오늘도 역시 바람이 솔솔 불어와 기분이 좋았다. 딴 건 몰라도 밤낮 가리지 않고 풍경이 너무 좋아 빨래 널 때도 즐겁게 널 수 있을 것만 같았다.

오늘의 날씨처럼 화창하던 내 기분은 사무실에 들어감과 동시에 비가 내렸다. 하루 종일 책상 앞에 앉아 허리가 굽어지도록 키보드만 두드려대야 한다는 게 슬펐다. 물론 내가 원해서 보조작가가 된 것이지만 말이다. 원래 다들 그렇지 않은가. 하고 싶은 거지만 또 하고 싶은 거라고 해서 안 힘든 건 아닌 거. 그냥 뭐 주구장창 점심시간만 기다리며 일을 하고 눈이 침침해질 때까지 컴퓨터 모니터만을 바라보았다. 나의 배고픔이 커질수록 밀린 업무량도 많아져 갔다. 그래도 우리 작가님이 좋은 분이셔서 다행이지, 인성 안 좋은 분이셨으면. 상상만 해도 직장 다니기 힘들겠군.

기다렸던 점심시간이 다가왔다. 12시가 되니까 옆에 이한솔한테서 배꼽시계가 바로 울렸다. 사실 이한솔이 웃기려고 꼬르륵 소리를 12시에 맞추어 알람 설정해놓은 거긴 하지만. 뭐 어쨌든 시간에 맞춰서 작가님이 일어나셨다.

작가님의 제안으로 레스토랑에 걸어왔다. 작가님이 사 주신다는데 당연히 따라가야 되지 않겠는가. 이름은 '베아트리스'인데 내부가 굉장히 아기자기하고 예뻤다. '베아트리스'가 프랑스어로 '행복한 축복 받은 이'라는 뜻이라는데 괜히 내가 행복한 축복받은 사람 같은 기분이 들어 묘했다. 지은 지 얼마 안 된 새로운 레스토랑이라고 들었다. 작가님의 추천으로 토마토 파스타를 주문했는데 되게 빠르게 서빙이 되어서 난 순간적으로 여기가 패스트푸드점인 줄 알았다. 토마토가 듬뿍 들어 있어 씹을 때마다 토마토가 느껴져 씹는 재미가 있었다. 개인적으로 되게 좋아하는 새우와 조개도 풍부하게 들어 있지만 비린내는 하나도 나지 않아 의외였다. 새우와 조개를 열심히 씹으며 작가님의 말씀을 들었다.

"우리 저번에 쓴 스토리, MBS에서도 잘렸대요. 우리 시간이 얼마 없어요. 모두들 마음 단단히 먹고 있어야 해요. 제가 스토리 구상을 더 잘했어야 했는데. 미안해요. 다들."

즐거운 마음으로 파스타를 먹고 있다가 갑자기 들려오는 현실에 괜히 기분이 축 처졌다. 사무실 때문에 자취까지 이쪽으로 해서 했는데 우리 망하면…… 다들 입을 다물고 우울하게 사무실로 돌아가 음울한 분위기 그대로 작업을 했다. 작업을 어찌어찌해서 끝내고서 퇴근을 할 시간이 되었음에도 모두의 기분은 쉽게 나아지지를 않았다. 한솔이와 집으로 가는 길에도 발걸음이 무겁기만 했다. 이러다 월세조차 못 내는 상황까지 가버리면 어떡하지, 집은 또 어떻게 구하지, 이런 부정적인 생각이 계속해서 떠올랐다.

"하아……."

"남선호! 뭘 그렇게 생각해?! 아직 우리 안 망했어. 우리 멀쩡해, 아직. 왜 그렇게 처져 있냐?"

"아직은 그렇지만, 곧 망할 수도 있잖아. 우리도 그렇고 작가님이 망하면 우리도 같이 망하는 거야, 한솔아."

"야이 자식아 뭘 그렇게 고민…… 어, 오늘 JTBS 드라마 첫 방영일이야. 나 먼저 간다!"

한솔이도 자기 집에 들어가 버리고 난 우울한 기분을 떨쳐 내지 못한 채 맥주를 사러 편의점에 갔다. 맥주 2캔에 컵라면. 오늘도 이렇게 저녁을 때우겠지…… 산 지 몇 년이 다 돼가 다 닳아버린 운동화를 질질 끌며 계단을 올랐다. 원래도 그랬지만 오늘따라 더욱더 계단의 경사가 급하게 느껴졌다. 계단을 한 칸 한 칸 오르며 하늘을 바라보았다. 별 하나 없는 밤하늘을 뚫어져라 쳐다보다 뒤로 넘어갈 뻔해 휘청거리며 앞을 바라보았다. 술은 아직 한 방울도 마시지 않았는데 취한 기분이 들었다.

계단을 오르다 멈춰서 뒤를 돌아 계단에 털썩 앉았다. 아까 만해도 별이 하나도 보이지 않았는데 뒤를 돌아보니 절경이었다. 서울 한복판에 별이 하나, 둘…… 열한 개나 보이는 날이라니. 오늘 정말 운이 좋다고 생각했다. 고민하고 스트레스를 받아가며 계단을 오를 때에는 반짝이는 별이 하나도 보이지 않았는데, 앉아서 쉬는 것처럼 뒤를 돌아보니 별이 많다니. 조금은 위로가 되었다. 별들이 나에게 위로를 해주는 것 같았다. 너무 스트레스 받지 말고 뒤를 돌아봐도 행복은 항상 있다고. 스트레스를 받으면 받을수록 아무리 위로 올라가도 행복은 보이지 않을 거라고.

굳이 집에 기어들어가 눈 아프게 드라마를 보면서 맥주를 마시기보다는 한 폭의 그림 같은 밤하늘을 안주삼아 마시고 싶었다. 비행기가 검은 도화지에 하얀 선으로 된 그림을 그리며 날아가는 걸 지켜보며 맥주 캔을 따는 순간, 카레 냄새가 풍겨왔다. 강황 냄새가 코를 찌르는데, 아버지가 보고 싶었다. 중학생즈음 아버지가 카레에 푹 빠지셔서 생전 요리 한 번 안 하시던 우리 아버지께서 강황과 여러 가지 향신료를 사들고 카레를 끓여주셨다. 그때는 카레를 지겹도록 많이 먹었다. 코에 스며드는 알싸한 향과 약간의 매운맛, 혀를 자극하는 단맛. 내가 그때 중학생이어서 그런가, 카레만 생각하면 내가 중학생 때의 젊은 우리 아버지가 떠오른다. 매일같이 퇴근하시면 이상한 농담으로 나를 많이 웃겨 주시던 우리 아버지가.

이제는 카레 냄새 속에 살짝 숨겨져 있던 흰 쌀밥의 냄새도 난다. 금방 끓인 카레를 흰 쌀밥 위에 촤르르 부어 주면 맛있는 한 끼 완성. 처음의 내 안주는 밤하늘이었건만, 이제는 밤하늘과 더불어 카레라이스 냄새도 내 안주로 삼는다. 털썩 눈을 감고 계단에 누운 듯이 앉았다. 누가 보면 청승맞은 술 취한 아저씨 같을 수도. 그래도 카레 냄새가 너무 좋은걸. 맥주거품이 흐르고 있다. 오늘은 흐르도록 놔두자. 평소 같으면 손에 묻어서, 아까워서라도 먹었을 텐데…… 나도 훗날 나의 꿈을 돈 걱정으로 채울 수만은 없으니. 이런 조금의 사치를 부리는 날이 있어야 하지 않겠는가. 코 위로 조금씩 차오르는 카레 냄새는 나의 배를 더 요동치게 만들었다. 시원한 맥주를 한 모금 마신다. 온몸에 갈증이 해소되는 느낌이었다. 눈 깜짝하니 벌써 봄이 지나 여름으로 향하는 중이다. 얼마 전까지도 따뜻한 붕어빵이 먹고 싶어지는 겨울인가 싶더니, 또 훌쩍 지나갔네.

그렇게 많은 생각을 하다 보니 어느새 맥주 한 캔을 그 자리에서 해치웠다. 봄에서 여름이 되고 있는 저녁. 덥지도, 쌀쌀하지도 않은. 딱 좋았다. 예쁜 저녁 하늘과 맛있는 카레 냄새 덕분에 맥주 한 캔은 든든한 한 끼가 된 것 같았다. 남은 맥주 한 캔과 컵라면을 들고서 계단에 올라섰고, 이내 집에 도착했다. 아직 이사 온 지 얼마 되지 않아 눈에 익숙지는 않았다. 하지만 시간이 금방 가는 걸 보면, 이 집도 금방 적응되겠지. 원래 저녁으로 먹으려 했던 컵라면을 식탁에 내버려둔 채로 침대에 누웠다. 이웃 분들은 어떤 분들일까 궁금하다는 생각과 함께 눈이 스르르 감겼다.

오랜만에 푹 잠을 잔 것 같아 개운했다. 아침은 사과 한 개로 대신한다. 이게 자취생들의 아쉬운 점이랄까. 자취하기 전엔, 엄마가 항상 아침 일찍 일어나 주셔서 아침밥 해줬었는데. 비로소 소중함을 깨닫는다. 정신없이 출근길에 나선다. 버스 정류장에서 버스를 기다린다. 오늘도 해가 밝게 떴다. 아침의 기분이 대부분 하루 종일 간다. 오늘 왠지 좋은 일이 있을 것만 같다.

"안녕하세요."

우렁차게 외쳤다.

"좋은 아침이에요. 커피 마실래요? 지금 마침 커피 타고 있는데." 역시, 오늘은 뭔가 잘 풀린다. 마침 커피가 먹고 싶었는데, 작가님이 타주신다니 기분이 더 좋았다.

"좋죠. 모닝커피. 마침 먹고 싶었어요."

능청스런 대답을 하며 그에게 웃어 주었다.

시간이 순식간에 지나가 어느새 다시 집 앞에 도착했다. 밑에서 보니 집까지 가는 계단이 한참이었지만, 그래도 하나씩하나씩 세어가며 올라갔다. 올라가고 있는데, 대문이 활짝 열렸다. 할머니께서 나오셨다. 할머니와 눈이 마주쳤다.

"안녕하세요. 저 얼마 전에 이사 온 남선호라고 합니다."

오늘은 너무 만족스러운 하루였다. 내가 궁금해했던 이웃 분을 만났다.

“아이고 그렇나? 저녁은 묵고 왔는가?”

할머니께서 숟가락을 들고 있으시며 말씀하셨다.

“아, 아직 저녁 아직 안 먹었는데…….”

“그캄 오늘 저녁 같이 묵으까? 마침 오늘 동네사람 다 모이기로 했는데”

“아, 그래도 될까요?”

할머니와 얘기하고 있으니 대문 사이로 구수한 된장찌개 냄새가 솔솔 풍겨왔다. 엄마 음식이 그리웠던 터라, 더 먹고 싶었는지도 모르겠다.

“아, 와 안 되겠노. 당연히 되지. 우에 가서 먹을 건데 좀 도와도.”

“아! 네 도와드릴게요.”

할머니 집에 처음 들어가 보았다. 할머니 집은 너무 따뜻했다. 가구들 조차도 느낌이 너무나도 따뜻했다. 옛날 시골 할머니 집에 온 느낌이었다. 두리번거리며 구경하고 있자 할머니께서 쟁반을 주셨다. 그 위에는 쌈장이며, 된장찌개며 고추, 마늘, 상추, 깻잎까지. 여러 가지 밑반찬도 있었다. 군침이 돌았다. 배가 꼬르륵 거렸다.

“흐흐 총각 배가 많이 고팠나 봐. 어여 가서 묵자.”

정말 시골 할머니 집에 온 것 같았다. 어릴 적에 할머니가 돌아가셔서 이런 경험이 별로 없었는데, 너무 좋았다. 맛있는 저녁을 먹기 위해 옥상으로 할머니와 계단을 올랐다.

“총각은 어서 살다 왔어?”

나를 빤히 바라보며 물어보셨다.

“저는 경기도 살다 왔어요.”

“혼자 처음 살아보는 기가?”

“네. 집에서 나온 지 얼마 안 돼서 조금 어색하네요.”

“우리 빌라는 정이 넘쳐서 긴장할 것 없어. 이제 올라가면 다들 모여 있을텐디 다 같이 인사하고 그라자. 우리 빌라는 자주 모여서 밥도 먹고 같이 자기도 하고 그려."

할머니께서 마을사람들에 대해 더 설명해 주셨다. 누군지 모를 사람들의 이름을 듣고 모습을 상상해 보기도 하며 올라가니 금방 도착했다. 옥상에 올라가자마자 정자 하나가 보였다. 그곳에 사람들이 앉아 있었다. 빌라 사람들인 것 같았다.

"아, 할무니~ 왜 이렇게 늦게 왔어요."

할머니를 보자마자 중학생쯤으로 보이는 남자아이가 달려 나와 할머니를 반겼다. 밤톨이 걸어 다니는 것 같았다. "할머니 이 형은 누구예요?"

할머니께서 그 소년을 귀엽게 보다가 내가 옆에 있었는지 잠깐 잊으셨나 보다.

"아, 맞다 참. 이번에 그 새로 이사 왔잖여. 그 집에 이사 온 총각이여. 둘이 인사혀."

밤톨머리 소년이 어색하고 쑥스러운지, 할머니와 말하던 목소리와 다르게 작은 목소리로 고개를 약간 숙이며 인사했다.

"안녕하세요."

"어. 안녕."

나도 어색해서 인사를 잘 받아 주지 못했다. 그렇게 우리 둘은 서로 쑥스러워 조심스럽게 인사했고, 우리 둘의 공기만 어색해지고 있는 듯했다. 밤톨머리 소년은 할머니와 함께 먼저 걸어갔다. 나도 뒤늦게 쟁반을 들고 조심조심 따라갔다. 그곳엔 아저씨 한 분과 아내로 보이는 분은 고기를 굽기 위해 불판을 준비하고 있었다. 아저씨는 버섯과 여러 가지를 손질하고 있는 것 같았다.

"저 총각은 누구에요? 할머니 손자는 봤었는데, 아닐 테고…… 누구지?"

그러자 할머니께서 눈짓으로 나를 가리키며 말씀하셨다.

"소개혀 봐."

나는 쟁반을 잠시 정자 위에 놔두고, 옷매무새를 다듬으며 인사했다.

“안녕하세요. 저는 여기 새로 이사 온 남선호라고 합니다. 잘 부탁드립니다!” 우렁차게 인사를 드렸다.

“어허허. 동생 패기 있네. 혼자 자취하는 거죠?”

“넵!”

“아이 그렇게 너무 긴장하지 않아도 돼요. 허허 빨리 앉아요. 우리 이제 막 고기 구우려고 하니까.”

아저씨가 고기를 불판 위에 올렸다. ‘치이이익’ 고기 소리는 언제나 옳았다. 자리에 앉아 반찬을 보니 어마어마했다. 파김치에, 진미무침, 버섯볶음에…… 그밖에도 셀 수 없이 많은 반찬들이 있었다. 고기가 없이도 밥 한 그릇 뚝딱 해치울 수 있을 것만 같았다. 그렇게 반찬에 정신이 팔려 있는 사이, 갑자기 앞에 있던 여자 분이 내게 손을 내밀며 말했다.

“반가워요. 저는 오윤아라고 해요. 경찰 준비생이에요. 우리 마을 사람들 완전 좋아요. 복이라고 생각해요. 반가워요.” 똘망똘망 큰 눈에, 학창시절 왠지 모범생이었을 것 같은 그녀.

“반가워요. 저는 아까 인사드렸듯이 남선호라고 해요. 잘 부탁해요.”

그렇게 그녀를 따라 서로 인사를 하기 시작했다.

“안녕하세요. 저는 서유찬이에요. 지금은 초등학생이지만, 내년엔 중학생이에요. 이 동네에 누나들밖에 없고, 형이 없었는데, 잘됐다. 나랑 친하게 지내요!”

아까 그 귀여운 밤톨 소년이었다. 키가 커 중학생처럼 보였는데 초등학생이었다니…… 요즘 애들이 확실히 크구나 싶었다. 경계가 풀렸는지 아까와 다르게 나를 반기며 인사했다.

“안녕하세요. 저는 서유림이라고 해요.”

중학생쯤 되어 보이는 그녀는 나에게 눈도 마주치지 않고 인사했다. 휴대폰을 뚫어지게 쳐다보고 있었다. 그러자 주먹이 유림이의 머리로 날아들었다.

"서유림, 휴대폰 안 꺼? 사람이 인사를 할 때는, 제대로 해야지."

유림이의 어머니였다.

"반가워요, 나는 유림이 엄마 한정오라고 해요. 얘가 드라마에 너무 빠져 있어서 참."

유림이 어머니는 유림이가 휴대폰을 뚫어져라 보는 게 마음에 들지 않았나 보다.

"아, 정말요? 저도 드라마 좋아해요. 유림아, 어떤 드라마 좋아해?"

나랑 통하는 것 같았는지 그제야 고개를 들어 대답했다.

"음. 저는 로코 좋아해요! 로맨틱 코미디요. 이정우 나오는 거 좋아해요. '우리 회장님이 왜 그러실까', '내 맘대로 살아' 뭐 이런 거요!"

이럴 수가. '내 맘대로 살아'는 우리 작가님이 쓰신 작품인데. 내 작품이 아닌데도, 작가님의 작품을 좋아해 주니 너무 뿌듯했다.

"아, 그렇구나, 나도 로코 좋아하는데, 그 작품 두 개 다 봤어. 우리 뭔가 좀 통하네?" 그러자 유림이가 배시시 웃으며 나에 대한 경계심을 푸는 것 같았다.

"우리 딸이랑 통하는 게 있나 보네요. 서강훈이라고 해요. 유림이랑 유찬이 아빠에요. 반가워요. 앞으로 잘 지내봅시다!"

사실 처음 이사 왔을 때는 서울 중심가니까 아무래도 사람들이 내가 살던 경기도보다는 좀 차갑지 않을까, 바쁘게 살고 있지 않을까 했는데 여기도 역시 사람 사는 곳이라 그런지 똑같았다. 서로 정이 오가고 웃음이 오가는 빌라인 것 같았다. 다들 서로를 보고 있는 눈에는 소소한 행복이 깃들어 있었다. 웃음이 필요한 상황에는 입이 웃고, 웃고 싶은 상황에는 눈이 웃는다고들 하지 않는가. 가족 같았다. 다들 각자 자리에 앉아서 제 할 일을 하면서도 웃으며 대화하는 게.

나도 그 사이에 슬며시 끼어들어 웃으며 얘기를 듣고 있었다. 어느새 9시가 넘어 아저씨와 맥주를 한 잔 까기 시작하고 유찬이가 밥을 다 먹고 집에 내려가려고 할 때 누가 뛰어올라오는 소리가 들렸다. 아직 덜 온 사람이 있나 생각이 들었다. 또각또각. 구두 소리였다.

"할머니~ 늦게 와서 죄송해요. 식당에 일이 생겨서 늦게 와버렸네요"

내 예상대로 여자 분이셨다. 머리를 올려 묶고 뛰어온 걸 팍팍 내비치는 빨개진 얼굴로 웃으셨다. 아직은 여름이 안 되어 나름 선선한 날씨인데 저렇게까지 땀을 흘리는 걸 보니 뛰어오셨나 했다.

"어, 새로운 얼굴이시네. 이번에 이사 오신 분 맞죠? 저는 조우리라고 해요. 식당 하고 있어요. 101호 살고 있어요."

아, 아랫집에 사시는 분이었다. 빌라에 정말 다양한 분들이 사는구나 하고 생각되었다.

"네, 안녕하세요. 201호 사는 남선호입니다."

'꼬르륵' 누군가의 뱃속에서 배가 고프다는 소리가 났다. 누군가 했더니 우리씨였다.

"우리야. 방금 소리 니가? 하루 종일 식당에 있었으면서 왜 굶었노. 어여 앉어."

옆집 할머니께서 혀를 차며 옆으로 움직여 자리를 내어주셨다. 우리씨는 피식 웃으며, 배를 붙잡고 애교 섞인 목소리로 말했다.

"맞아요, 할머니. 저 배 엄청 고파요."

빛의 속도보다 빠르게 정자에 털썩 앉아 고기를 한 점 집어 먹는 우리씨가 익숙했다. 우리씨에게서 집에 있는 여동생이 보였다.

"근데 선호씨는 나이가……?"

"네, 스물여덟 살입니다. 우리씨는 나이가 어떻게 되시는지"

"어머 동갑이네요 우리 친구 먹어요, 아니 그냥 말 놓자."

우리씨가 아직 더운 기운이 남았는지 얼굴이 빨간 채로 고기를 집어먹으며 나를 바라보고 말했다. 솔직히 나보다 한참은 어려 보였다. 높게 잡아도 한 스물여섯? 정도로밖에 안 보였는데 의외였다. 그래도 친구 생기면 좋지 뭐.

할머니께서 해 오신 구수한 된장찌개와 말이 필요 없는 삼겹살. 거기에다가 301호 형수님께서 해주신 라면까지 아주 완벽한 저녁식사였다. 앞으로 자주 마주치게 될 빌라 사람들과 함께 서로 알아가며 고기를 한 점, 두 점 씩 입으로 넣다 보니 벌써 거의 다 먹어갔다. 해가 떠 있을 때 시작한 식사가 다 해치워가니 깜깜한 밤이 되어 공기가 쌀쌀해졌다. 이사 오기 전에 여기와 다른 빌라를 두고 고민했었다. 그 빌라는 여기보다 사무실에 더 가깝고 평수가 넓었지만 내가 살 수 있는 집은 반 지하 형태라 사람들을 마주칠 기회도 비교적 적었고 햇빛도 잘 들지 않았다. 이사 와서 짐을 정리할 때는 정리하기가 복잡해 평수가 조금 더 넓은 그 빌라를 선택할 걸 하고 잠깐 후회 했지만 확실히 이렇게 따뜻한 사람들과 멋진 야경이 있는 이 빌라를 고른 게 이제는 전혀 후회되지 않는다. 아니 도리어 이제는 내 선택에 매우 만족한다. 이 계단식의 따뜻한 빌라를 고른 게 뿌듯하다.

선선하다 못해 쌀쌀해진 어두운 밤이 되니 배가 든든히 불러와 다들 주섬주섬 일어났다. 다른 분들과 유림이 유찬이는 일찍 들어갔고 301호 아저씨와 나만 남아 술잔을 기울였다. 형님이라고 부르라고 하시던 301호 아저씨, 그러니까 301호 형님은 되게 유머러스하신 분이었다. 호탕하시고 사람을 기분 좋게 하는 분이셨다. 시간 가는 줄 모르고 떠들고 놀다가 안주가 우리 입 속으로 다 사라져 느릿느릿 정리를 하고 내려왔다. 자취를 하고 나서 이렇게 웃으며 재잘재잘 대화를 하며 식사를 한 게 꽤 오래 되었었다. 이야기가 끊이지를 않아 문 앞에 다다랐는데도 가만히 서서 입을 열었다.

"…… 그래서 지금은 드라마 대본 쓰고 있다고?"

"네. 아직은 별로 한 것도 없긴 하지만요. 그래도 열심히 하고 있습니다. 어, 형님. 이제 들어가 보셔야겠습니다. 안에서 형수님이 들어오라고 하시네요."

"그래~ 너도 들어가"

배가 부르다 못해 꽉 차서 더 이상 입에 뭘 넣지도 못할 상태가 되었지만 그래도 전혀 더부룩하거나 힘들지 않았다. 빌라 사람들도 다들 착하고 좋은 사람들이었고 그 사람들과 얘기하는 것도 즐겁고 웃음이 끊이지를 않았다. 앞으로 여기서 지내는 것도 더욱 재미있을 것 같았다. 원래도 아름다운 밤하늘이었지만 오늘따라 확실히 분위기가 있었다. 흰 도화지에 군청색 물감을 몇 방울 떨어뜨린 색이었다. 술을 많이 마시지도 않았지만 왠지 모르게 취한 기분이었다.

자기 전 세안을 하려고 거울을 보았다. 붉게 물든 얼굴이 익숙하지 않았다. 평소에 너무 차갑게 살았나 보다. 사람과 사람 사이의 정이 없었나 보다. 그러니 이런 가벼운 식사에도 기분이 좋아 얼굴색이 붉어지지. 괜히 오늘의 내가 좋았다. 붉어진 내 얼굴이 마음에 들었다. 거울 속의 나와 눈을 마주치면서 한쪽 입 꼬리를 씨익 올렸다. 기분 좋게 씻고 난 후 거실로 나가 이불을 덮고 누웠다. 재밌었고 행복했지만 역시나 새벽까지 술을 마시며 노는 건 오랜만이라 몸이 지쳤는지 바로 잠에 빠져들었다.

생일 축하합니다

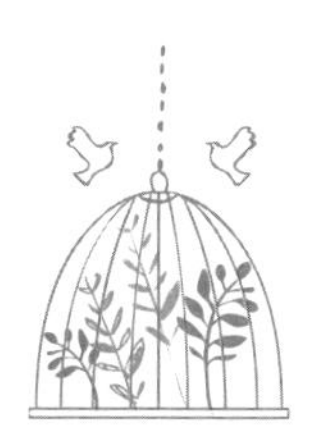

떠지지 않는 눈을 억지로 뜰 필요 없는 토요일 아침이 다가왔다. 사실 어젯밤 늦게까지 술을 마시고 논 것에는 오늘이 토요일이라는 것도 영향을 끼쳤다. 아무리 좋고 재밌는 직장이라도 출근하는 것보다 집에서 쉬는 게 훨씬 낫다는 것은 전 세계의 직장인들이 모두 인정할 것이다. 부스스한 머리를 긁으며 라면을 끓였다. 역시 아침 해장엔 라면이지. 혼자 먹으니 냄비째로 먹어 설거지거리가 덜 생겨 좋네. 이런 생각을 하며 라면을 빨아들였다.

"…… 꼴통은 맞는데 허접은 아니야. 넌 될 놈이야. 난 알아. 다른 사람들이 널 알아?"

내 인생 드라마 '내 맘대로 살아'를 보며 라면을 흡입했다. 이 계단식 빌라를 선택한 이유 중 하나도 '내 맘대로 살아'에 나오는 주인공들이 사는 투박하지만 예쁜 계단식 빌라에 대한 로망이었다. 물론 직접 살아보니까 매일같이 계단을 올라갔다 내려갔다 하는 게 너무 힘들다는 걸 깨달았지만 말이다. 컴퓨터 앞에 앉아 게임을 켜고 본격적인 여유를 즐길까 했다. 며칠 동안 게임을 안 해 이한솔이 게임 좀 같이 해달라며 징징 댔던 게 기억이 났다. 한솔이에게 게임 하자며 문자 보내려고 휴대폰을 집어 드는 순간, 이한솔에게서 전화가 왔다.

"야! 내가 너한테 딱 전화하려 했는데, 게임 한 판 하실?"

"지금 게임이 문제가 아냐. 빨리 사무실로 와. 원고 사라졌대. 우리 어제 그 또라이 작가한테서 참고하려고 빌려온 그 원고 말이야."

순간 머리가 띵해졌다. 우리 작가님 친구 중에는 썼다 하면 시청률이 치솟는 드라마만 만드는 작가가 있는데 성격이 워낙 특이해 우리끼리 또라이라고 부르는 작가가 있다. 우리 작가님이 참고하려고 원고를 어제 빌려왔는데 그새 그 원고가 사라졌나보다. 우리 원고도 아니고 남의 원고라 사라지면 책임은 다 누가 져야 하지. 눈앞이 캄캄했다. 온몸에 식은땀이 줄줄 흘렀다. 당황해서 옷을 주섬주섬 입고, 먹던 라면도 던져두고. 내 차가 진짜 절실하게 필요해지는 순간이다. 버스를 타면 늦을 것 같고, 택시를 타서 바로 가기로 결정했다. 택시 잡기도 왜 이리 힘든지. 이한솔에게서 계속 전화가 왔다.

"야, 어디야. 왜 이렇게 늦어. 빨리 와."

"통화한 지 10분도 안 됐거든. 지금 택시 잡았어. 왜?"

택시 기사님께 최대한 빨리 가달라고 부탁하고 이한솔과 계속 전화를 했다.

"근데 갑자기 왜 원고가 사라진 건데?"

"어제 잠깐 보곤 책상에 놔두고 바로 퇴근했는데, 책상에 없어."

"아니. 책상 말고 다른 데도 찾아 봤어?"

"당연하지. 그것도 안 찾아보고 너한테 전화했겠냐? 야, 지금 나 핸드폰 배터리도 없어. 일단 빨리 오기나 해."

"알겠어. 끊어. 빨리 갈게."

가는 동안 왜 없어졌지, 없어질 리가 없는데, 또라이 원고 없어지면 우리가 어떻게 될지도 모른다는 생각에 너무 초조했다. 심장이 빨리 뛰기 시작한다. 쿵쾅쿵쾅. 귀 기울이지도 않았는데, 심장소리가 너무 생생하게 들린다. 그 사이 도착했다. 내가 가서 해결되는 건 아니겠지만, 어떻게든 찾아보려는 노력이라도 하겠다는 생각에 빨리 내려 회사로 올라갔다. 엘리베이터 기다리는 시간이 너무 초조했다. 뛰어온 탓에 엘리베이터는 나의 거친 숨소리로 가득해졌다. 엘리베이터 문이 열리고, 사무실 쪽으로 뛰었고, 문을 열었다.

"야, 이한솔. 나 왔어. 딴 데 더 찾아봤어?"

"찾고 있는데, 아직 못 찾았어. 혹시 모르니까 네 자리도 찾아봐."

이한솔이 그렇게 대충 일하는 스타일이 아니라는 걸 알고 있어 더 당혹스러웠다. 매사에 꼼꼼한 녀석이 그 중요한 원고를 아무데나 놔두고 갈 리가 없는데…… 내 자리에 도착했다. 책상 위며, 바닥이며 다 살펴보았다. 마지막 희망인 서랍을 열어보았다. 서랍에는 나오라는 원고는 없고 웬 편지가 있었다. 나는 편지를 놔두고 간 적이 없는데, 뭐지? 편지를 펼쳤다.

'너한테 편지를 쓰는 건 오랜만이네. 친구한테 쓰려니까 닭살 돋네. 오늘이 네 생일인 건 알고 있었냐?'

그 문장을 보는 순간, 아 탄식이 나왔다. 오늘은 내 생일이었다. 바쁘게 살다 보니 생일도 잊고 있었다. '사실은 원고 없어졌다는 건 거짓말이야.' 다리에 힘이 풀려 의자에 털썩 앉았다. 그제서야 한숨을 돌렸다. 이한솔에게 한 마디 하려고 주위를 보니 없어져 있었다. 다시 눈길은 편지로 향했다.

'요즘 너 보면 고민 많아 보이던데 우리 너무 걱정만 하면서 살지는 말자. 걱정을 한다고 해결되는 것도 아니고. 네가 쓸데없는, 해결책 없는 고민 때문에 걱정하면서 네 청춘 낭비하지 마라. 형님이 말해 주니까 꼭 새겨서 듣고. 내가 너 어릴 때부터 계속 봐 왔잖아. 너 매사에 열심히 하는 거 내가 알잖아. 내가 알아주잖아. 사람들이 몰라주면 어때. 그냥 조금 더 밝게 생각하자. 요즘 힘든 거 알아. 그래서 이렇게 오글거리는 편지 써 주는 거야.'

편지를 읽는 내내 코가 찡 했다. 나는 누구를 위해 이렇게 열심히 살아 온 걸까. 매사 열심히는 하는데, 그렇다고 잘하는 것도 아니고 남들이랑 같은데, 걱정만 주구장창 하고. 요즘은 그랬다. 취직하면 될 줄 알았는데, 그게 또 아니구나 싶어서 좌절할 때, 이한솔이 옆에 있었다. 이한솔은 그런 친구다. 세상을 살면서 진짜 친구 1명만 내 옆에 있어도 성공한 인생이라 하는데, 나는 성공한 인생이다 싶었다. 따뜻한 것이 눈에서 흘러내렸다. 눈물이었다. 언제 울어봤던가. 오랜만에 터져 나오는 눈물이었다. 굳게 버티고 있던 눈물샘이 멈추지 않았다.

그렇게 한참을 울고 나니 작가님과 이한솔이 나를 따뜻한 눈빛으로 바라보고 있었다. 그들을 보고 나는 눈에 남은 눈물을 닦으며 미소를 지었다.

"선호씨 생일 축하해. 사람에게는 한 번씩 고비가 있는 법이야. 그 고비 잘 넘긴 것 같은데?"

작가님이 웃으며 말해 주셨다.

"민망하게 울기는 왜 운대."

말은 항상 이렇게 무뚝뚝하게 해도 챙길 건 다 챙겨 주는 좋은 친구다. 이래서 이한솔이랑 학교 다닐 때부터 같이 다녔었다. 내 생에 최고의 인복인 것 같다. 곁에 둘수록 그 소중함을 까먹는다더니, 다시금 스스로 그 소중함을 알려주어 고마웠다. 작가님이 케이크를 들고 오셨다.

"생일이라 케이크 샀는데, 우리 셋이 지금 먹을 건 아닌 것 같고. 나중에 집 가져가서 먹어요. 나 지금 또라이한테 가봐야 하기도 하고."

"너무 감사해요. 케이크도 너무 맛있을 것 같은데요? 아 참 그럼 원고는 있는 거죠?"

"그 원고 없어져도 되는 거예요. 어차피 자기가 타이핑한 거 있을 텐데 뭐. 나 먼저 갈게요. 생일 축하하고!"

작가님은 그렇게 좋은 말만 듬뿍 해주시곤 가셨다.

"야. 오랜만에 네 집 가서 잘래. 아까 게임 같이 하자며. 아직 새로 간 집 구경도 안 했고."

"야, 너 솔직히 말해. 내 집 가려고 서프라이즈한 거지?"

우리는 그렇게 장난치며 집에 도착했다. 식은 땀 흘리고 초조해하면서 탔던 택시를 갈 땐 편안하게 꽃들을 구경하며 갔다. 벚꽃 본 지도 참 오래됐네. 예쁘다.

"야, 뭔 계단이 이렇게 많아. 네 집에 이제 맘대로 못 오겠다. 다리 아플 것 같아."

"이제 익숙해져서 난 괜찮은데 뭘. 자주 놀러오면 괜찮아질걸? ㅋㅋ"

오랜만에 집에 같이 가서 놀 생각에 들떠 있었다. 집으로 올라가는 계단이 그렇게 멀진 않았지만, 옛날 생각도 나고 해서 가위바위보 해서 계단 올라가기를 했다. 그렇게 오랜만에 실컷 웃으며 장난치고 있었다.

뒤에서 대문이 열리더니 할머니께서 나오셨다.

"아이고 오늘도 일하러 갔었나? 고생이 많구먼 그래. 근디 쟈는 누고?"

"안녕하세요, 할머니. 얘는 제 친구 이한솔이에요."

"안녕하세요! 할머니!"

한솔이는 항상 밝다. 특히 어르신 분들께 잘하고, 예의가 바르다. 집에서 막내라서 그런지 귀여움을 많이 받고 자라 특히 할머니, 할아버지들께 애교가 많다. 역시나 할머니를 보고 밝게 인사해 주었다.

"아이고 인사도 잘하는 게 거참 귀엽네. 인사를 왜 이렇게 잘한디? 아 참,

나 오늘 잡채 했는데, 우짤래 먹고 갈 끼가?"

할머니가 어제처럼 또 저녁을 먹고 가라고 말해 주셨다. 게다가 오늘 생일인 나에게 잡채라니. 그리고 자고로 잡채란 많이 해서 먹어야 맛있는 법. 혼자 사는 사람이 해서 먹으면 절대로 맛이 나지 않는다. 그런데 잡채라니. 너무 먹고 싶었다. 하지만 혹여 할머니께서 불편하시진 않을까 싶어 대답을 망설이고 있었다.

"할머니, 얘 오늘 생일이에요!! 어떻게 딱 맞춰서 잡채를 하셨어요? 할머니, 저도 먹고 가도 되죠?"

이한솔이 내가 망설이고 있는 사이에 먼저 대답했다. 게다가 자기도 먹고 가겠다니, 오늘, 그것도 방금 처음 본 할머니께. 역시 이한솔은 이한솔이었다.

"당연히 되지, 안 될 게 뭐 있겠노. 후딱 안 들어오나? 잡채 식는디."

우연찮게 자꾸 집에 들어갈 때마다 할머니와 마주쳤다. 너무 행복했다. 할머니 집에 다시 들어올 수 있게 되어서. 너무 좋았다. 할머니 집에서만 느낄 수 있는 푸근한 시골 할머니 집 느낌이 들었다. 어제 급하게 빌라사람들끼리 밥을 먹어야 해서 할머니 집을 제대로 살펴보지 못했는데, 다시 보니 진짜 다 옛날 것들뿐이었다. 할머니께서 밥상을 펴 주셨다. 얼마나 오래만이야, 적갈색의 이 나무 밥상이라니. 그 위에는 시금치며 콩나물이며 멸치볶음이며 다양한 반찬들이 있었다. 고사리도 있었고, 어제 돼지고기 먹을 때 먹다 남은 된장찌개도 있었다. 그리고 대망의 잡채.

"어여 묵으라, 나도 배고프네."

"네! 잘 먹겠습니다!!"

"잘 먹겠습니다."

된장찌개부터 숟가락으로 떠 입으로 직행했다. 어제 먹어서 무슨 맛인지 알아서 된장찌개가 더 먹고 싶었다. 할머니 표 된장찌개는 뭔가 달랐다. 일반 가정집 된장찌개라 하기엔 너무 맛있었다. 두부도 탱글탱글 했고, 무도 잘 익었고. 너무 맛있었다. 밥에 된장을 한 숟갈 놓고 배추와 같이 먹으니 진짜 진수성찬이 따로 없었다.

"음!! 할머니 음식 너무 맛있어요. 그냥 집밥이 아닌데?"

이한솔이 할머니께 너무 맛있다고 계속 한 숟갈씩 먹을 때마다 말했다. 할머니께 비결이 뭐냐고도 물었다.

"그것이 나 옛날에 식당 했었는디, 요즘은 안 한 지 오래 되서 잘 모르겄네, 맛있나?"

"할머니, 진짜 짱이에요, 할머니 집 맨날 오고 싶어요."

이한솔이 할머니께 애교부리며 말하자, 할머니께서 허허 웃으시며 적적하다고 오면 좋다고 말해 주셨다. 진짜 너무 따뜻한 생일상이었다. 그렇게 맛있게 밥을 먹고 할머니께 인사하고 집으로 돌아왔다. 휴대폰을 확인해 보니 엄마한테서 문자가 와 있었다.

'아들 오늘 생일이네. 생일 축하해. 아들 보고 싶어. 집에 언제 오는 거야.'

'엄마도 나 낳느라 수고했네. 내일 일요일이고 하니까 집에 갈게, 내일 봐!'

집에 안 간 지 오래 되기도 했고. 내가 새로 이사 온 빌라 사람들 이야기도 해줘야지라고 생각했다.

내가 초등학교에 다닐 적에는 생일이면 모든 게 다 내 맘대로 되는 줄 알았다. 물론 그때는 욕심이 크지 않아 대부분 내가 원하는 건 다 이루어졌기 때문이기도 했지만. 내가 불고기가 먹고 싶으면 엄마가 불고기를 해주셨고, 만화책이 갖고 싶으면 아빠가 시리즈 전체를 생일 선물로 사 주셨다. 내가 태어난 날은 내가 주인공이라고만 생각했다. 내가 힘들게 엄마 뱃속에서 나왔으니까, 내가 이 세상에 처음 나온 날이니까. 중학교에 올라가니 배웠다. 이론적으로라도, 엄마가 날 낳는다고 얼마나 고생하셨는지. 엄마뿐만 아니라 많은 사람들이 내가 태어난다고 해서 얼마나 날 위해 노력하셨는지. 그렇지만 그때는 한창 질풍노도의 시기였지 않은가. 알고는 있었지만 내 마음에 와

닿지 않았다. 중학교까지는 내 생일만 중요했고, 남의 생일은 별로 중요하지 않았다. 그냥 귀찮으니까 대충 엄마 생일 축하해. 아빠 생일 축하해. 말 한 마디하고 넘겨버렸다. 지금 생각해 보니 참 불효자였다. 그러다 고등학생이 되고 절실하게 깨달았다. 기숙사 고등학교에서 지내다가 나와 우리 가족 모두 연락을 잘하지 않고 바빴기에 축하 인사조차 없었던 빠르게 지나간 내 열일곱 살의 생일. 지나가 보니 알겠더라. 내 생일에 아무도 축하를 해주지 않으면 괜히 섭섭하고 서운하다는 걸. 또 내가 이때까지 날 힘들게 낳아주시고 키워주신 부모님에게 아무 감사 인사도 하지 않았다는 걸. 우리 부모님이 날 지금까지 올바르게 키워주시고 교육의 기회를 만들어 주셨기에 오늘의 내가 지금 여기 앉아 있는 거니까. 깨닫고부터는 열심히 챙겼다. 가족들의 생일, 친구들의 생일, 그리고 내 생일날 낳아주시느라 고생한 우리 엄마까지.

그냥 이런저런 생각을 하다 잠에 들었다. 아니, 잠에 들려고 했다. 위층에서 쿵쾅쿵쾅 하는 소리에 잠에 쉽게 들지 못했다. 원래도 귀가 예민해 잠을 잘 못 드는데 오늘은 더 그랬다. 이불로 귀를 막아도 보고 양도 세어 보고 대학 때 쓰던 전공 책도 꺼내 읽어보았다. 도저히 안 되겠어서 서랍 속 어딘가에 넣어둔 학생 때 쓰던 소음방지 귀마개를 찾으려 일어섰다. 그 귀마개 별로 효과는 없지만, 그래도 심리적으로나마 위안이 되지 않을까 하면서 서랍을 열었다 닫았다 했다. 누군가 벨을 눌렀다. 누가 왔나 보다. 이 밤에 누구지. 현관문 쪽으로 가니 다리에 냉기가 돌아서 소름이 돋았다. 다리를 긁으며 슬리퍼를 신었다. 문을 열었더니 아무도 없었다. 뭐지? 초인종이 고장 났나? 신기하게도 그후론 아무 소리도 들리지 않아 다시 이불 속에 들어가 눈을 감았다.

아침에 일어나자마자 엄마 집에 갈 준비를 했다. 엄마 집에 가서 아침을 먹으려고 그냥 대충 눈곱만 떼고 옷을 대충 갈아입고 나왔다. 진짜 챙긴 게 하나 없었다. 챙긴 거라고는 휴대폰 정도? 아직은 내 새로운 집보다 평생을 지내 온 엄마 집이 더 편하다. 현관문을 닫자마자 윗집 형님이랑 부딪힐 뻔했다.

"아이고, 형님 괜찮으세요. 깜짝 놀랐네."

형님도 놀란 듯이 눈동자가 튀어나올 것 같이 눈이 커지셨다.

"어, 총각 괜찮아. 타이밍이 이렇게 되네. 허허."

고개 숙여 인사를 하고 계단을 내려가려던 그때, 형님이 뒤에서 불렀다.

"총각 어디 가? 난 운동할라고. 결혼하고부터 몸에 힘이 쭉쭉 빠지더라고. 내가 애 낳은 것도 아닌데 고생은 우리 마누라가 했는데 내가 왜 힘든지는 나도 모르겠다. 그래도 내가 힘들면 우리 가족이 힘드니까. 어우 가는 사람 너무 붙잡았네. 어디가?"

"저 본가 가려고요. 저도 나중에 결혼해서 애 생기면 형님 본받아야겠어요. 하하."

"총각, 말을 어떻게 사람 기분을 이렇게 좋게 하지? 잘 갔다 와." "네. 갔다 와서 뵐게요."

버스를 두 번 갈아타고 한참을 걸었다. 골목 하나만 들어가면 엄마 집인데, 새로 생긴 꽃집이 눈에 띄었다. 우리 엄마, 소녀 감성이라 꽃 좋아하는데. 바로 발을 돌려 꽃집에 들어가 꽃을 사야겠다고 마음먹었다. 마음을 먹고 꽃집에 들어갔는데 막상 들어가니 꽃 종류가 너무 많아 뭘 골라야 할지 혼란스러웠다. 내가 아는 꽃이라고는 장미나 해바라기, 튤립 정도가 다인데. 사장님으로 보이는 분이 내 쪽으로 다가오셨다.

"어떤 꽃 찾으세요? 여자친구 분? 부모님?"

"부모님 드리려고요."

태어나서 꽃을 사본 적이라고는 단 한 번도 없었던 내게 꽃집은 너무 어려운 공간이다.

"목화는 어떠세요? 부드럽고 귀엽죠? 꽃말이 어머니의 사랑인데 아버지께 드릴 꽃이면 다른 꽃을 드릴게요."

엄마께 꽃을 드리려 했던 내 목적에 딱 맞는 꽃이었다. 순식간에 계산을 하고 나와는 어울리지 않는 듯이 그 장소에서 빠르게 나왔다. 엄마가 좋아하실까 기대하며 집을 향해 걸어갔다. 아버지가 젊었을 때 엄마께 꽃을 드릴 때 딱 이런 기분이었을까 하는 생각이 들었다. 오르막길을 올라가니 너무 익숙한 초록색 대문이 보였다. 문에 다가가니 문이 끼익 하고 열리며 엄마가 나왔다. 양손 가득 쓰레기 종량제 봉투를 들고 말이다.

"아들 왔어? 잠만 엄마 쓰레기 좀 버리고 같이 들어가자."

대문에 기대어 꽃을 들고 기다리니 연극에 나오는 배우가 된 것 같은 느낌이었다. 엄마가 아직 꽃을 못 본 것 같아 꽃을 내 뒤로 숨겼다.

"엄마, 들어가자."

현관을 열고 집에 들어가니 소파에 누워 있는 선아가 보였다.

"야, 남선아. 넌 오라버니가 오셨는데 인사도 안 하냐?"

"응, 그래."

내가 집에서 나오기 전이랑 비교해서도 달라진 게 없는 우리 집이었다. 남선아는 그대로 소파에 누워 있고 아버지는 방에서 실내 자전거를 타고 계시고, 등 뒤로 숨기고 있던 꽃을 엄마께 드렸다.

"엄마, 선물이야. 그냥 예뻐 보여서 사왔어."

방긋방긋 웃고 있던 우리 엄마 눈동자에 당황함과 감동의 빛이 어렸다.

"아들, 웬 일이야? 꽃이네? 어머 목화네. 예쁘다."

직원한테서 들은 목화의 꽃말이 기억이 났다.

"꽃말이 '어머니의 사랑' 이래. 쫌 오글거리지?"라고 말하는데 평소에 워낙 이런 말은 안 하다 보니 조금 민망했다.

"우리 아들~ 엄마가 많이 사랑해~"

엄마 눈에 눈물이 고였다. 아니, 난 엄마를 울리려고 꽃을 사온 게 아닌데. 그래도 엄마의 입은 웃고 있으니까.

"어? 우리 마누라 누가 울렸어? 야, 이 자식아. 엄마를 울리면 쓰나!"

역시 우리 사랑꾼 아버지. 시간이 지나도 우리 아버지의 엄마에 대한 사랑은 정말 변함이 없는 것 같다.

"아니, 여보 이거 봐, 우리 아들이 나 주려고 꽃을 사왔어."

엄마가 아버지께 자랑하시는 걸 보니 내 얼굴이 절로 빨개졌다. 평소에 내가 엄마한테 너무 애정표현을 안 했나 생각되었다. 내가 얼마나 안 했으면 우리 엄마가 눈물이 맺히기까지 할까. 좀 후회가 된다. 앞으로는 조금 더 엄마한테 더 잘해야겠다.

엄마도 울고 아버지도 너털웃음을 터뜨리시고 난 후, 엄마가 주방에 들어가셨다.

"아들, 미역국 먹을 거지? 소고기 엄청 넣었는데."

아, 고기는 매일 먹어도 진리지. 고기가 듬뿍 들어간 미역국을 거절하면 예의가 아니지.

"예~ 어머니. 잘 먹겠습니다."

오랜만에 엄마 집에서 엄마랑 아버지랑 선아랑 먹는 아침. 아직은 익숙한 느낌을 지울 수가 없었다. 불과 몇 주 전이니까. 그래도 몇 년이 지나면 느낌이 조금 색달라지겠지. 드라마도 많이 쓰고 돈도 많이 벌고 결혼도 하고 나면 엄마랑 아버지랑 선아랑 모여 밥을 먹는 경우가 비교적 많이 사라질 거다. 그때가 되면 엄마 집에 와 밥을 먹는 게 가족 행사가 될 수도 있겠구나 싶었다. 어쨌든 미역국도 되게 오랜만에 먹는 거다. 엄마 말로는 오늘 새벽 아버지가 시장에 가서 직접 공수해 온 싱싱한 미역으로 끓인 미역국이라고 한다. 그래서 그런지 미역에서 비린내도 덜 나고 국물 맛이 아주 일품이었다. 물론 우리 엄마가 원래 요리를 잘하긴 하지만. 우리 엄마 음식은 언제 먹어도 맛있다. 이걸 먹는 재미가 있다고 표현을 하던가.

"그래, 선호야. 이사 간 집은 살 만하고?"

식사에만 집중을 하다 얘기하려고 했던 것들을 잊어버릴 뻔했는데 다행히 아버지가 일깨워주셨다.

“응, 아빠. 좋더라. 같이 봤던 빌라랑 비교했을 때는 조금 좁지만 그래도 밤에 야경이 아주 예술이야. 또 계단식 빌라인 게 신의 한수더라. 건물 자체가 예뻐 보이잖아.”

내가 새 집에 산 지 며칠이나 됐다고 벌써 집부심이 생기는 걸까.

“이웃들은? 아무래도 계단식 빌라니까 쫌 자주 마주치지 않니?” 역시 과거에 계단식 빌라에 살아보신 우리 엄마. 나보다 한 수 위구나. 바로 아시네.

“어, 맞아. 다행히 이웃들도 정이 많고 다들 착하셔.”

“다행이네. 만약에 이웃이 별로면 자주 곤란한 일이 생기거든. 맨날 조금만 소리 내도 층간소음이다 뭐다 하면서 올라와서 짜증내고, 내 집인데 집 앞에 자전거 치워라 보기 안 좋다. 어우 기억하기도 싫다.”

엄마 얘기를 들어보니 나는 좋은 이웃들을 두고 있어 다행인 것 같았다.

“야, 네 집 언제 가도 되냐. 정리는 하고 사냐? 남자 혼자 산다고 냄새 나는 거 아니냐?”

어우 저 싸가지 없는 말투 봐. 남선아는 말투가 들을 때마다 짜증이 난다. 어쩌겠어. 내가 오빤데 봐줘야지.

‘야’가 아니라 오빠라고 해야지. 열네 살밖에 안 된 게 까불고 있어. 그리고 난 정리 잘 하고 살거든. 네 방이나 좀 치우지. 내 집은 나중에 내가 부르면 와라. 선물 들고.”

아침을 다 먹고 내가 자취하기 전에 쓰던 방에 들어가 보았다. 확실히 내 물건들이 쏙 빠져 버려서 조금 허했지만, 그래도 내 손때가 묻은 낡은 침대랑 책상, 그리고 책장이 남아 있었다. 이불을 들어 이불 속에 들어가니 열흘간 아무도 손을 대지 않아서 그런지 차가운 기운만 존재하고 있었다. 다시 내 체온으로 이불 속을 덥히고 있는데 전화가 울렸다. 내 휴대폰이 어디 있나, 내 주머니들을 뒤져 보았다. 바지 뒷주머니, 바지 앞주머니, 후드티 주머니. 이 모든 곳에 내 휴대폰이 없었다. 그러나 아직 벨 소리가 울리고 있었다. 뭐지. 벌떡 일어나니 침대 옆 책상 위에서 내 휴대폰이 울리고 있었다. 맞다. 아까 책상에 앉았을 때 휴대폰을 책상 위에 올려 두었지. 휴대폰을 들어 확인해 보니 이한솔이었다. 주말에 얘가 웬 일이래. 어제 저녁에도 봤으면서. 요새 징그럽게 왜 이래. 요즘 자주 전화가 오네.

“여보세요. 왜.” 이불 속으로 다시 꾸물꾸물 들어가며 말했다.

“야, 솔직히 우리 어제 옆집 할머니 댁에서 밥만 먹고 헤어졌잖아. 그렇지만 어제 내 목적은 그게 아니었단 말이야. 난 네 집에 들어가서 한숨 자고 오고 싶었다고. 네가 피곤하다면서 나 그냥 보냈잖아. 진짜 날 잡아서 네 집 꼭 가고 만다.”

그렇게 별 것도 아닌 내용으로 한참을 실랑이 하다 통화를 끊었다.

이불 속에 어느 정도 누워 있었더니 따뜻해졌다. 이게 얼마만인가. 침대에 익숙해진 내 몸. 사실 빌라로 이사 갈 때, 가족들이 돈 더 쓰지 말고 지금 집에 있던 침대하고 책상 등은 빌라에 다 가져가라고 했었다. 내가 모든 걸 싹 다 바꾸기엔 돈이 너무 부족한 상태여서 어느 정도는 들고 갔다. 하지만 본가에 왔을 때 방이 텅 비어 있는 건 싫어서 침대와 책상은 놔두었었다. 조금 텅 빈 것 같은 방의 침대 위에 누워 있었다. 책상 서랍엔 뭐가 있을지 싶어 책상 주변으로 슬며시 갔다. 이사 할 때 정신없이 필요 없는 물건을 다 책상에 넣어 두었기 때문에 무엇이 있는지도 몰랐다. 책장을 보니, 졸업앨범과 어린 시절 사진이 있었다. 와, 이게 아직도 있네. 20대 후반으로 향하고 있는 지금, 졸업앨범은 굉장히 반가웠다.

서랍에서 앨범을 꺼내 초등학교 앨범부터 보았다. 와, 진짜 애기들이었다. 초등학교 6학년 때는 졸업한다고 한창 들떠서 밑에 학년들이 다 애기들로 보였었는데, 생각해 보니 그때 나도 너무 어렸었네. 오랜만에 친구들 얼굴 보니 너무 반가웠다. 지금으로선 기억나지 않는 아이도 있었고, 반대로 지금까지 알고 지내는 친구들도 있었다. 옛날에 내가 짝사랑했던 아이도 보였고, 한참 축구를 같이 했던 아이들도 보였다. 초등학교 때는 아무것도 모르고 진짜 계속 운동하고 놀기만 했었는데. 맨날 시험 치면 시험점수 때문에 혼날까 봐 걱정이었다. 지금 생각해 보면 정말 아무것도 아닌데. 그땐 진짜 세상이 무너질 것처럼 걱정 되었지.

초등학교 앨범사진을 보는데, 생각보다 기억이 잘 나지 않았다. 벌써 이렇게 점점 나의 어린 시절을 잊어가는 건가 싶어 괜히 마음이 쓸쓸하기도 했고, 어린 시절을 다시 봐서 따뜻한가 싶다가도 왠지 모를 감정이 계속 들었다.

계속 보다 보니 혼자 보는 것보다 가족들이랑 보는 게 더 재미있을 것 같아서 거실에 나가 가족들을 불렀다.

"나 졸업앨범 찾았는데 엄마, 아빠 같이 볼래?"

졸업 앨범을 들고 나와 거실에서 소리쳤다. 그러자 남선아가 제일 먼저 뛰어나왔다.

"뭐 졸업앨범? 네 어릴 때 완전 궁금하다. 빨리 펴 봐."

사실 선아는 나랑 나이 차이가 조금 나는 편이다. 남선아랑 나랑은 14살이나 차이 나서 남선아는 나의 어린 시절은 잘 기억을 못하는 편이다. 남선아는 중학생이라 졸업앨범이 아직 하나밖에 없다. 초등학교 졸업앨범도 1년밖에 되지 않아서 거의 최근 것이다. 그래서 남선아 것 보단 내 것이 보기엔 더욱 추억 돋을 것이다.

그제야 엄마가 거실로 나왔다.

"우리 아들 졸업사진? 진짜 옛날 거 구경하네."

"뭐하러 옛날 사진 봐."

아빠는 궁금해하지 않는 것 같더니 엄마가 나오니 같이 나오셨다.

"뭐야 안 궁금해 한 것 같더니 엄마 나오니 따라 나오는 것 봐. 흥! 아빠한테 삐졌어."

남선아가 아빠한테 삐졌다면서 소리치더니 아빠한테 딱 달라붙어서 졸업 앨범을 보자고 졸라댔다.

"야, 너는 그럴 거면 아빠랑 살아. 엄마 외롭겠다. 남선아 때문에 안 외로워 엄마? 나 맨날 여기 올 거야. 남선아 너 감시하러."

엄마가 내가 말하는 걸 보곤 웃으며 말했다.

"야~ 요즘 우리 아들 많이 바뀌었네. 혼자 사니까 힘들지? 다시 집에 들어오고 싶어서 그러지?"

"엄마, 나 이사 간 지 2주도 안 됐어. 크크 그러다 진짜 집에 다시 들어온다?"

"나는 좋지. 우리 아들 집에 다시 들어오면. 하하하."

엄마와 내가 옆에서 오랜만에 장난치며 얘기 하고 있으니 남선아 하고 아빠가 먼저 내 졸업앨범을 찾아 펼쳤다. 남선아가 아는 사람이 하나도 없는지 재미없어 하는 눈치였다. 그러다 갑자기 소리를 쳤다.

"헐. 뭔데, 이거 이한솔이야?"

"어디, 보자. 어, 맞네."

"와, 대박이다. 이한솔 왜 이렇게 잘생겼지? 진짜 잘생겼는데? 지금이랑 너무 다른데?"

이한솔과 워낙 오래 된 친구라 남선아도 어릴 때부터 봐서 잘 아는 사이이다. 내가 빌라로 이사 가기 전까지도 우리 집에 와서 같이 자기도 해서 남선아랑도 남매같이 지내는 사이였다. 이한솔은 자기가 막내여서 그런지 남선아를 특히 더 귀여워했다. 그래서 뭐 가끔 밥도 사 주고 남선아 친구들이랑 놀라고 용돈도 주는 모양이었다. 친오빠 입장에서는 나름 고마울 따름이다.

"이한솔 학교 다닐 때 인기 많았거든. 물론 지금도 인기 많고. 걔가 너한테만 잘해 주는 거지, 다른 여자들한테는 완전 찬바람 쌩쌩 부는 애거든. 이한솔한테 고마워해라. 친오빠도 아닌데 그렇게 챙겨 주는 사람이 어디 있냐. 이한솔한테 진짜 잘해."

"아, 알겠어. 지금 먹고 있는 이 초콜릿 보내줘서 고맙다고 일찌감치 말했네요."

중학교 때도 친구들이랑 놀기만 해서 집에 친구들을 종종 데려오는 바람에 엄마와 아빠는 눈에 낯익은 친구들이 많다고 하며 그때 이야기를 엄청 해주었다. 졸업앨범을 다 보고 나니 벌써 2시가 넘어 있었다. 자취를 하다 보니 빨래, 요리, 청소까지 내가 직접 다 해야 해서 하루가 금방 갔었는데, 집에 오니 그제야 감사함을 느꼈다. 진짜 얼마 만에 시간이 천천히 갔다. 또 그렇게 할 일이 없어서 소파에 누워서 휴대폰만 켰다 껐다 했다. 휴대폰을 보고 있는데, 이한솔한테 전화가 왔다.

"여보세요. 또 왜?"

"야, 너 지금 어디야? 나 네 집 갈래. 약속 펑크 나서 할 일 없어졌어."

"나 지금 본가에 있는데, 오랜만에 와서 저녁 같이 먹고 갈래?"

내가 본가에 올 거냐며 묻자마자 소리치며 난리를 치며 좋다고 했다. 오랜만에 우리 엄마 아빠도 보고 남선아도 봐야겠다며 당장 가겠다고 했다. 나도 오랜만에 이한솔이랑 방에서 같이 자면 재미있을 것 같았다. 이한솔이랑 전화를 끊고 엄마한테 이한솔이 온다고 얘기 했다.

"어머, 지금 한솔이 온다고? 잘 됐어. 지금 닭볶음탕 하고 있는데, 점심 아직 안 먹었으니까 사과 깎아 먹고 한솔이 오면 저녁 일찍 먹자."

냉장고로 가서 사과 두 개를 꺼내서 깨끗이 씻었다. 그러곤 칼로 먹기 좋게 자른 다음에 접시에 담아 거실로 갔다.

"아빠, 남선아! 나와서 사과 먹어!"

남선아는 안 먹을 거라며 나오지도 않았고, 아빠는 배가 고프셨는지 슬금슬금 나와서 포크 하나를 집어 들고 사과를 맛있게 드셨다.

"띵동 띵동."

벨소리가 집안에 울려 퍼졌다. 내가 현관문으로 나가 문을 열어주었다.

"왔냐."

"엄마, 아빠 안녕하세요!! 잘 지내셨죠?"

이한솔이 엄마, 아빠에게 인사했다. 어릴 때부터 봐 왔고, 자주 봤던 터라 나랑 이한솔은 서로의 부모님께 엄마 아빠라 부른다. 이한솔이 오니 남선아가 뛰쳐나왔다.

"뭐냐, 내가 올 땐 나오지도 않더니 이한솔 오니까 나오네."

"뭐래. 나 지금 친구 만나러 가거든. 이한솔, 안녕. 오랜만이네. 초콜릿 잘 먹었어. 엄마 나 친구 만나고 올게. 나 저녁 먹고 들어 올 거야."

"들어올 때 선호한테 전화해. 오빠가 데리러 갈 거야. 어휴, 이 계집애 닭볶음탕 해 놨는데 기어코 나가서 먹어요. 어휴"

결국엔 또 내가 남선아의 귀갓길을 책임져야 한다.

"아휴, 저거 나 힘들라고 일부러 자꾸 나가는 거 같아, 그만 좀 돌아다니지."

거실로 오니 아빠가 그제야 인사했다.

"한솔이 오랜만이네, 몸 왜 이렇게 좋아졌데. 운동하러 다니니?"

"아, 몸 좋아진 거 티 나요? 저 요즘 복싱 다녀요."

"오오~ 열심히 하나 본데? 많이 티 난다. 허허허."

"엄마는 뭐해요? 맛있는 냄새 나는데?"

이한솔이 엄마 뭐하냐고 물으면서 부엌 쪽으로 향했다.

"우리 한솔이 온다 해서 맛있는 닭볶음탕 하고 있지. 내가 해주는 닭볶음탕 먹는 거 엄청 오랜만이지?"

"네. 안 그래도 점심 안 먹고 와서 배고팠는데, 진짜 맛있겠다. 하, 침 고여."

"선호랑 방에 들어가 있어. 조금 이따 밥 먹을 때 부를게."

이한솔한테 아까 가족끼리 본 졸업앨범을 보여줬다.

"야, 진짜 오랜만이네. 난 내 졸업앨범 어디 갔는지 모르겠다."

"지금 보니까 어리더라, 어려. 야, 근데 나 완전 재미있는 거 찾았어. 애 네

전 여친 아니냐?"

"어, 맞네? 진짜 오랜만이다. 근데 언제 적이야 와."

"네가 얘 엄청 좋아했었잖아. 막 그래서 잘 사귀다가 왜 헤어졌었지?"

"얘가 유학 가서 연락도 못 하고 있다가 그냥 그렇게 헤어졌지."

"아, 맞네. 너 얘랑 재한테도 고백 받았었잖아. 너도 나쁜 애였겠다. 여자애들한테는. 너 맨날 여자애들이 주던 선물이랑 이런 거 다 버렸었잖아. 나쁜 놈. 큭큭"

"나쁘긴 했네. 그래서 지금 여친 없잖아. 근데 너도 인기 많았잖아."

"내가 뭐 인기가 많았냐. 인기 하나도 없었지." 그렇게 우리는 우리만 알고 있던 옛날이야기들을 끊임없이 얘기했다. 옛날 전 여친 얘기도, 담임 선생님 얘기도, 수업시간에 딴 짓 하다 걸려서 혼났었던 얘기도. 한참을 웃고 떠들며 옛날이야기에 옛날로 돌아가고 싶다는 생각도 들었다. 계속 얘기를 하고 있으니 배에서 꼬르륵 소리가 났다. 그러더니 문틈 사이로 닭볶음탕 냄새가 조금씩 방을 채우고 있었다. 이한솔이 버티기 힘들었는지 문을 열고 부엌으로 향했다.

"엄마, 뭐 도와드릴 건 없어요? 헐 반찬은 또 왜 이렇게 많이 하셨어. 엄마나 온다고 냉장고 턴 거 아니야?"

"당연하지. 한솔이 오는데 맛있는 거 많이 해줘야지. 저기 밥만 떠 줄래? 이제 저녁 시간 다 되가니까 밥 먹자."

새로 갓 지은 밥을 펐고, 윤기가 좔좔 흘렀다. 여러 반찬들도 같이 거실에 있는 식탁으로 옮겼다.

"자, 닭볶음탕 대령이요."

닭볶음탕 냄새가 뚜껑을 열자마자 온 사방으로 퍼졌다. 빨갛게 먹음직스럽게 생긴 닭과 감자, 당근들이 속속 보였다.

"잘 먹겠습니다!"

닭볶음탕 국물을 숟가락으로 떠서 밥에 비벼, 닭을 올려 함께 먹었다. 너무 맛있었다. 오랜만의 엄마 밥상. 매콤하면서도 끝맛이 달짝지근했다. 뜨겁고 매워서 호호 거리면서도 계속 들어갔다. 너무 매울 땐 감자와 옆에 있던 계란찜도 같이 떠먹었다. 서로 온 가족이 호호 거리면서도 맛있게 먹었다. 어느새 콧잔등과 이마에는 땀이 줄줄 흐르고 있었다. 만족하는 식사였다. 빌라에서 혼자 살 땐 닭 한 마리를 넣는 것도 부담스럽다. 혼자 먹으면 같이 먹을 때보다 허전하기도 하고 다 못 먹을 것 같아서다. 그래서 닭 한 마리를 넣어 음식을 잘하지 못하는데 집에서는 닭을 무려 두 마리나 넣어서 하니 너무 푸짐했고, 맛있었다.

저녁식사를 하고 나니 남선아에게서 전화가 왔다. 밖을 보니 어느새 하늘이 캄캄해져 있었다. 데리러 가야 해서 얇은 잠바를 주섬주섬 입고 집을 이한솔과 함께 나섰다. 배가 부르니 몸도 따뜻했고, 든든했다. 조금 걷다 보니 남선아가 걸어오고 있었다. “어이 남선아” 하고 부르니 달려와서 왜 이제야 왔냐며 툴툴거렸다. “나도 왔지.” 이한솔도 같이 온 걸 보곤 웬일이냐며 퉁명스럽게 대답했다. 우리 셋은 집으로 걸어갔다.

“오늘 친구들이랑 뭐하고 놀았냐?”

“그냥 홍대 가서 놀았지. 이렇게 나 데리러 오니까 나 초등학교 때 생각난다. 그때도 맨날 둘이 데리러 왔었잖아.”

“그래. 맨날 엄마가 우리 예쁜 딸 어디 잡혀 가면 안 된다~ 하면서 나보고 데리러 오랬잖아. 근데 우리 군대 갔을 땐 누가 데리러 왔냐?”

“어…… 누가 데리러 왔지?”

우리 둘 다 갸우뚱하면서 생각하고 있었는데 옆에서 이한솔이 크큭 대며 웃었다.

“왜 웃냐? 너도 생각해 봐. 갑자기 궁금한걸.”

갑자기 이한솔이 크큭 대다 못해 중학생 때처럼 깔깔 대며 웃었다.

“둘 다 바보야? 우리 군대 성인 되자마자 갔잖아. 그때 얘 초등학교도 다니기 전인데 혼자 다닐 일이 있었겠니? 항상 엄마랑 같이 다녔겠지. 아, 진짜 너네 너무 닮았다. 어떻게 생각하는 자세마저 똑같아?"

그 말에 흠칫 놀라 남선아를 보았더니 솔직히 말해서 자세가 똑같더라. 입술을 쭉 내밀고 고개를 오른쪽으로 기울이며 미간을 찌푸리는 것. 황급히 자세를 풀고 "안 똑같거든!"이라고 이한솔에게 소리쳤는데 헉 남선아도 동시에 말했다. 이제는 빼도 박도 못한다. 남선아도 한숨을 쉬었다.

"선호야. 넌 이렇게 귀여운 여동생이랑 남매인 걸 행운으로 알아."

투닥투닥 싸우다가 순식간에 우리 집 앞 오르막길에 다다랐다. 남선아를 집에 데려다 주는 것도 되게 오랜만에 한 것 같은 느낌이었다. 앞으로는 이럴 기회가 몇 번이나 있을까?

"엄마 저희 왔어요. 엄마가 좋아하는 남선아도 데리고 왔어요. 데려가세요. 빨리 어우."

장난스럽게 남선아에게 훠이훠이 하며 빨리 들어가라며 손짓했더니 남선아가 눈에서 레이저가 나올 것 같이 째려보더니 방으로 들어갔다.

"어우 쟤 째려보는 것 좀 봐라. 눈 돌아가겠다."

이한솔이랑 현관에 서서 남선아를 놀리다가 엄마가 우릴 불렀다.

"아들들~ 일로 와봐. 이제는 둘 다 자취하니까 반찬 쫌 갖고 가. 오늘 특별히 한솔이도 와서 쫌 많이 했어. 선호가 좋아하는 메추리알 장조림에 한솔이가 좋아하는 고추장아찌도 했지. 우리 총각들 먹고 힘내라고 총각김치도. 낙지 젓갈에 고구마줄기 반찬~"

"헐, 엄마. 나 내가 좋아하는 고추장아찌도? 감동~"

"우리 진짜 아들은 뭐 감사인사 없나~"

솔직히 요즘 슬슬 엄마 표 총각김치가 그리워지긴 했다. 딱 날짜 맞춰서 아삭아삭한 총각김치를 받아가다니! "어머니 감사합니다! 잘 먹겠습니다." 엄마한테 경례를 하며 집을 나섰다.

우리 둘 다 양손 가득 반찬통을 들고 버스를 타러 갔다. 처음에는 내리막길이었고 어두운 골목길이라 반찬을 조심조심 다루었지만 걷다 보니 내가 반찬통을 들고 있는지 금세 잊어 버려 그냥 걸었다. "어, 야 저기 버스!"

우리가 탈 버스가 정류장에 거의 다 와 가는 것을 보고 마구 뛰었다. 빠르게 버스에 들어가면서 버스 계단에 내가 들고 있는 총각김치 통이 쿵하고 부딪혔다. 빛의 속도로 좌석에 착석하고 버스 앞쪽으로 가 교통카드를 기계에 삑 하고 대고 왔다.

두 정류장쯤 지났을까 김치냄새가 퍼지기 시작했다.

"이한솔 이거 무슨 냄새야? 설마 우리야?"

"너 아니야? 헐 밑에 봐"

내 신발 바로 옆에서 붉은 물이 퍼지고 있었다. 내 발밑에 두었던 총각김치 통 바닥이 금이 갔나보다. 아까 버스 계단에 부딪쳤을 때. 아. '망했다'라는 문장이 내 눈앞에 지나갔다. 우리에겐 비닐이나 천 같은 게 없었다. 당혹스러워서 벌떡 일어났는데 버스 앞쪽에 낯익은 얼굴이 보였다. 우리씨인가? 아니 우리인가? 멍하니 쳐다보고만 있었는데 우리가 고개를 돌렸다.

"어? 선……호? 선호구나~"

우리가 좌석에서 일어나 내 쪽으로 다가오는데 순간 내 총각김치가 샜다는 게 생각났다. 우리가 내 쪽으로 오든 말든 허리를 숙여 총각김치 통을 들었다. 통에서 물이 뚝뚝 흘렀다. 어떡하지. 난감했다. 다른 승객들이 불쾌해하는 소리가 들렸다.

그런데 갑자기 내 눈앞에 쓰레기 종량제 봉투가 보였다. 우리가 내민 거였다. 나는 급하게 그 봉투를 받아 두 겹으로 접어 통 밑을 받히려 했다. 그러자 우리가 통과 봉투를 빼앗고는 봉투 안에 통을 넣었다.

"너 뭐하는 거야? 그러면 봉투 찢어지잖아."

나도 모르게 성질을 내버렸다. 그렇지만 우리는 묵묵히 자기 가방에서 봉투를 두 개나 더 꺼내 하나씩하나씩 통을 감싼 봉투를 그 안에 넣었다. 나는 당황해 김치 국물이 묻은 손을 허공에 가만히 둔 상태로 우리를 계속 바라보았다. 봉투 3개로 김치 통을 단단히 감싸고 나서야 우리가 고개를 들어 씩 웃었다.

"됐지?"

"어…… 어 고마워."

우리가 감싼 김치 통을 나한테 주려다 다시 내려놓고 자기 가방을 뒤졌다. 그러더니 자기 가방에서 물티슈를 꺼냈다. 꺼낸 물티슈를 나한테 건네더니 다시 넣고는 다시 자기 자리로 돌아가 앉았다.

내 뒷좌석에서 가만히 지켜보고 있던 이한솔이 내가 앉자마자 뒤에서 날 콕콕 찔렀다.

"재 뭐야? 썸녀? 친구?" 썸녀라니…… 어이가 없었다. 이제 두 번째 본 건데 "이번 정류장은 '학정 청아람 앞'입니다. '학정 청아람 앞'입니다. This stop is 'In front of 학정 청아람'"

"어. 야, 난 간다. 잘해 봐~"

"아니, 야! 그런 거 아니라고!"

그 후로는 어색한 분위기 속에서 눈만 멀뚱멀뚱 뜨고 있다가 도착하자마자 버스에서 뛰어 내려갔다. 빠르게 걷기도 천천히 걷기도 좀 뭐해서 반찬 통들을 껴안고 최대한 그냥 걸었다. 뒤에서 또각또각 소리가 들리더니 우리가 다가왔다.

"같이 가. 왜 혼자 가. 방향도 같은데."

깜짝 놀라 휘청거렸더니 우리가 총각김치 통을 빼앗아 들더니 들고 앞서갔다. 또각또각. 어릴 적 엄마가 한창 회사에 다니실 때 밤마다 엄마를 기다리며 계속해서 들려오기를 바랐던 소리. 밖에서 누군가 구두를 신고 걸어 다니면 엄마인 줄 알고 그때마다 창문으로 다가가 고개를 내밀었던 기억이 떠올랐다. 우리에게서는 나에게 익숙한 장면들이 자꾸만 보였다.

이런저런 생각을 하다 보니 벌써 계단을 올라야 했다. 힘겹게 계단을 올라가고 보니 뒤에서 하이힐을 신은 우리가 느릿느릿 올라오고 있었다. 하긴, 균형조차 잡기 힘든 하이힐을 신고 자기 가방에 내 김치 통까지. 내 반찬통들을 급하게 집 앞에 내려놓고는 빠르게 다시 계단을 내려갔다.

"이제는 내가 할게. 고마워, 도와줘서 아까도."

감사 인사를 하니 도리어 우리의 눈이 커졌다.

"너도 나중에 나 도와줄 거 아니야? 내가 뭐 힘든 거 있으면 도와줘야지. 그게 이웃인데. 고마워 할 필요 없어. 굳이 뭐 고맙다면 뭐 하나 부탁 좀 들어줘."

갑자기 웬 부탁? 뭐 고마우니까 들어줘야 하긴 하지만.

"뭔데?"

"음식 좀 맛봐 줘. 내가 좀 이따 들고 올라갈게. 우리 가게 신 메뉴로 할지 고민 중이야."

"그 정도야 뭐."

난 뭐 거창한 부탁을 할 줄 알아서 내심 긴장 했었는데 그냥 메뉴 시식해 보는 거라 다행이라 생각되었다.

"알겠어. 좀 이따 올라갈게. 쉬고 있어."

그렇게 각자 집으로 들어갔다. 집으로 들어가는 순간 모든 생각이 사라지고 기운이 빠졌다. 허물을 벗듯이 옷을 벗어내고 후다닥 샤워를 끝낸 후 수건으로 머리를 탈탈 털며 화장실을 나오니 아까 부엌에 갖다 놓은 반찬통들이 눈에 띄었다. 반찬들을 하나씩 냉장고에 넣다가 비닐에 꽁꽁 싸여진 총각김치 통을 본 순간 그제서야 우리가 내 집에 올라온다고 했던 게 기억이 났다. 비닐에 싸여진 채로 냉장고 깊숙이에 쏙 넣고 냉장고 문을 닫았다. 냉장고가 꽉 찬 게 기분이 좋았다. 방바닥에 널브러진 옷들을 세탁기에 던져 놓고 거울 앞에 섰다. 스킨을 손에 떨어뜨린 후 세수 하듯이 찹찹 얼굴에 발랐다. 그 순간 딩동 하고 초인종이 울렸다.

"잠깐만"이라고 말하고는 책상 위의 펼쳐진 책들을 접고 뛰어가서 현관에 도착하자마자 왼쪽 다리로 중심을 잡으며 오른쪽 다리로 신발들을 밀며 정리하고 현관의 거울을 보며 오른손으로 머리를 쓸어 넘기며 왼손으로 현관문을 열었다. 휴. 험난한 손님맞이였다. 생각보다 우리가 빨리 왔기 때문이다. 여자친구는 아니라고 해도 은근히 집이 더러우면 부끄러우니까. 아까 빨래 돌리길 잘했다고 생각했다.

"왔어? 뭐 만들었어?"

약간 소스를 뿌린 듯한 샐러드로 보였다. 난 샐러드를 좋아해서 기대가 되었다.

"어, 쉬림프 샐러드라고, 새우랑 조개를 넣은 해산물 샐러드야. 해산물 좋아하지?"

헐 새우. 내가 젤 좋아하는, 아니 사랑하는 새우였다.

"일단 안에 들어가자. 서서 먹기 좀 그러니까."

드르륵 하며 의자를 당겨 앉았다. 저번에 이웃들 모두와 함께 먹은 고기파티 이후로 단 둘이서 본 것은 오늘이 처음이기에 조금 어색한 기운이 감돌았다. 적어도 나한테만큼은. 우리는 아무렇지 않은 듯 접시에 담아온 샐러드를 식탁에 나누고 자연스럽게 젓가락을 가지고 왔다.

"새우 엄청 넣었어. 조개도. 표정 보니까 좋아하나 봐. 먹어봐."

일단 냄새를 맡아보았다. 약간의 매실 냄새와 발사믹 소스 향이 났다. 코를 찌르는 듯했지만 나쁜 냄새라기보다는 달달한 냄새였다.

"아, 이거는 메인 요리 먹기 전에 에피타이저로 먹는 거야. 내가 새로 만든 메뉴. 뭐, 요리에는 원본이라는 게 없긴 하지만 어쨌든 원래는 보통 새우 문어 샐러든데 나는 새우의 탱탱함에 조개의 감칠맛 같은 게 어울릴 듯해서."

우리의 설명을 듣고는 새싹에 새우를 얹어 소스를 듬뿍 찍어 맛보았다. 입안에서 새우의 탱글탱글함이 느껴졌다. 오랜만에 새우요리를 먹는 거라 너무 들떠서 미각을 제외한 거의 모든 감각들을 다 닫은 채로 제대로 음미했다. 그 와중에 새싹의 맛도 은은하게 느껴졌다. 살짝 쓴맛이었지만 소스가 커버해 주었다. 소스가 달달하지만 상큼해서 입을 호강시켜주는 기분이 들었다. 그렇게 천천히 먹고 삼키자 앞에서 우리가 크 하고 웃었다.

"왜, 왜 웃어?"

갑자기 우리가 날 보고 웃자 당혹스러웠다.

"웃겨서. 눈까지 감고 엄청 진지하게 먹어서."

아, 나도 모르게 눈을 감았나 보다. 순간 얼굴이 붉어진 게 느껴졌다.

"그래서 평가는? 5점 만점에 몇 점?"

솔직히 너무 맛있었다. 나이가 나랑 동갑인 걸 보니 정식 요리사가 된 지도 몇 년 되지 않았을 텐데 이 맛을 낼 수 있다는 게 놀라웠다.

"음, 5.5점!"

우리의 입 꼬리가 슬슬 올라가는 게 보였다. 눈에서도 기쁨이 가득했다.

"오예! 5.5점! 엥 근데 5점이 아니라 5.5점이야?"

"5점이라기보다는 너무 완벽해서. 지금 너무 완벽해 버리면 앞으로는 뭘 먹었을 때 에이 별로야 라는 생각이 들것 같은 맛이라서."

"헐. 너 너무 사람 기분 좋게 말한다. 고마워. 계속 먹어."

그 말을 듣자마자 고개를 그릇에 박고 흡입하듯이 먹었다. 새우를 열심히 씹고 조개의 부드러움을 느끼며 샐러드의 아삭아삭함을 만끽하다 문득 고개를 들었다. 우리가 사라져 있었다. 고개를 더 들자 내 집을 구경하고 있었다.

"넌 안 먹어? 맛있는데."

"난 그거 지겨워. 더 맛있게 만들려고 매일같이 먹었거든. 이제는 아무리 맛있어도 질려서 못 먹을 거 같아서 너한테 맛보게 하려고 갖고 온 거야. 근데 너 글 쓴다는 게, 드라마 작가였어?"

아, 우리가 '사랑의 포레스트' 촬영장에서 찍은 사진을 본 모양이다. 근데 말 안 했었나.

"음, 드라마 작가긴 작간데……."

"와, 대박! 네가 '또 사랑의 포레스트' 작가라고? 헐. 나 그 드라마 완전 좋아해. 내 최애 드라마야. '또 사랑의 포레스트' 진짜 재밌던데. 나 그거 정주행 10번이나 했어. 그거 진짜 감동적이기도 하고……."

우리가 몇신지 알기 위해 집에 있는 시계를 찾으려 고개를 여러 번 두리번거리다 발견하지 못했는지 휴대폰을 켜서 시간을 보았다. "헐, 벌써 11시네. 난 갈게. 안녕."

빠르게 랩 하듯이 말하는 우리의 말에 오해의 소지를 풀 시간도 없었다.

그렇게 우리가 빨리 나가고 난 후, 얼마의 시간이 흐른지도 모른 채 멍 때리고 있었다. 그 드라마 작가의 보조로 일하고 있는데 혹시나 검색해 보고 거짓말했다고 생각하면 어떡하지. 혹시나 내가 보조작가인데, 일부러 자랑하려고 보조작가인 걸 말 안 한 것이라고 생각하면 어떡하지. 온갖 상상들이 내 머리를 헤집어 놓았다. 정신을 차리고 보니, 우리가 접시를 안 들고 갔었다. 깨끗이 비어 있는 접시가 나의 얼굴을 연하게 비춰주고 있었다. 마침 잘 되었다 싶었다. 접시를 가져다주면서 오해도 풀고. 오늘은 너무 늦었으니 자고, 내일 아침에 출근하면서 가져다주어야겠다고 생각했다. 만족스러운 음식이었다. 그런데 어느 샌가 언제 먹어봤던 식당의 음식과 느낌이 비슷하다는 생각이 들었다. 뭐 그런 생각을 하다 보니 점점 노곤해져 왔다.

집들이

눈을 떠 보니 7시도 채 안 된 너무 이른 시간이었다. 출근이 9시까지니까 시간이 꽤 남은 편이었다. 이사 온 이후론 이른 아침에 주변을 돌아본 적이 없었다. 본가에 있을 때는 맨날 출근하기 전에 일찍 일어나서 운동하고 씻고 가곤 했는데. 오랜만에 후드티에 편안한 체육복을 입고 집을 나섰다. 문을 열자마자 아침 공기가 얼굴에 닿았다. 아침 일찍 나가면 새벽 공기의 냄새를 맡을 수 있다. 요즘은 해가 일찍 떠서 새벽 공기가 점점 흐려지고 있었다. 집 문 앞에서 스트레칭을 가볍게 하고 계단으로 향했다. 아침 일찍이라 그런지 도로에는 차도 생각보다 별로 없었고, 빌라 전체가 쥐죽은듯 조용했다.

또각또각 빌라 마을의 조용함을 깨는 소리가 들렸다. 뒤쪽에서 소리가 들려 고개를 돌려 보았다. 바로 우리였다. 아직 7시도 채 되지 않은 시간에 출근 복장을 하고 나서는 것 같았다. 우리가 나를 보곤 먼저 인사했다.

"어? 남선호? 아침 일찍부터 어디 가?"

"아. 나는 눈이 일찍 떠져서 빌라 주위 좀 돌아보려고. 아직 한 번도 주변을 안 돌아봐서. 그러는 너는 이렇게 아침 일찍 출근해?"

내가 우리 쪽으로 다가가서 얘기하려고 하자, 어제 주지 못한 접시가 생각났다.

"아, 잠깐만."

집으로 들어가서 접시를 꺼내왔다.

"이거 어제 안 들고 갔더라. 지금 만난 김에 줄게."

"아, 고마워. 까먹고 있었는데. 나중에 레스토랑에 와. 내가 맛있는 거 많이 줄게. 나 지금 가 봐야 할 것 같다. 나 먼저 간다."

우리는 손목시계를 보곤 늦을 것 같다며 또 먼저 갔다. 아, 내가 보조작가라고 말하는 것을 또 잊어버렸다. 오해를 풀 시간이 있어야 하는데. 자꾸 저렇게 먼저 가버려 거짓말하고 있는 것 같아 마음이 불편했다. 우리가 계단을 내려가는 것을 다 보고, 그제야 계단을 오르기 시작했다. 계단을 다 올라가 본 건 저번에 빌라 사람들끼리 고기 구워 먹을 때 빼고는 단 한 번도 없었다. 기대되었다. 어떻게 생겼을지. 빨리 계단을 올라갔다. 계단이 생각보다 너무 많았다. 이럴 줄 알았으면 평소에 체력 좀 길러 놓을걸 싶었다. 그래도 조금 있으니 계단의 끝이 점점 가까워졌다. 숨을 헉헉 거리며 계단을 다 올랐다.

계단을 오르고 왼쪽엔 고기를 구워 먹었던 정자가 있었고, 그 오른편으로는 산책로처럼 되어 있었다. 그 길을 따라서 걷다 보니 서울이 아름답게 밑으로 보였다. 산책로의 끝에는 벤치가 하나 있었다. 서울이 나의 것인 것 같은 느낌이 들었다. 오랜만에 운동을 하니 몸의 체력이 잘 따라주지 않았다. 그래도 시원한 바람을 맞으며 운동을 하니 몸에 활기가 도는 것 같았다. 역시 운동을 해야 내가 살아가고 있는 듯한 느낌이 들었다. 운동을 하고 숨도 고를 겸 벤치에 앉아 있었다. 그렇게 한 10분을 앉아 있었다. 그런데 뒤에서 누군가가 나를 톡톡 건들었다. 뒤를 돌아보니 할머니가 환하게 웃으며 나에게 인사해 주셨다.

"아이구 총각 오랜만이네. 총각도 아침에 이렇게 운동하고 그러는 거여?"

"아, 안녕하세요 할머니. 오늘 처음 빌라 주변 뛰었는데, 계속 뛰어야 할 것 같아요. 산책로가 너무 잘 되어 있는데요?"

할머니께서 내 옆으로 와 벤치에 앉아 계셨다.

"흐흐 그럼, 여기 너무 잘 되어 있어서 나도 맨날 뛴다니까. 안 그럼 내일부터 맨날 같이 뛸까? 가끔 유림이네도 와서 뛰는데."

"오, 정말요? 저야 좋죠. 할머니는 몇 시부터 뛰셨어요?"

"나는 6시부터 인나서 뛰었제. 사람이 늙을수록 아침잠이 없어져~ 출근하는 사람이 그때부터 일어나서 운동해도 되겠나?"

할머니께선 내가 힘들까 봐 괜히 제안을 했나 싶은 표정을 지으시면서 말씀하셨다.

"운동하고 싹 씻고 출근하면 얼마나 개운한데요, 하루가 달라져요. 흐흐"

"아이구 그려? 기특하기도 하네, 일찍 일어나서 운동도 할 생각을 다하고. 아 참 총각 집들이 언제 할 거여?"

집들이? 순간 당황했었다. 집들이를 해볼까라는 생각이 있었지만, 초대를 해도 되는지 싶어 묻지 못하고 있는 상태였다.

"안 그래도 하려고 했는데, 오늘 시간 괜찮으세요? 저번에 고기 같이 먹은 지 좀 되기도 했고. 다 같이 밥 먹어요. 제가 다 준비 해 놓을게요. 할머니한테 너무 많이 얻어 먹기도 했고. 근데 다른 분들은 시간이 괜찮은지 모르겠네요."

"유림이네는 무조건 될 거고, 윤아도 부르면 올 것이고, 우리가 올지 모르겠네. 내가 조금 있다가 우리한테 전화해 보고 안 되면 우짤 수 없지."

"네."

우리가 와야 오해를 풀 수 있을 것 같은데, 올지 안 올지 모르겠다고 하니 또 마음 한편이 불편했다.

그렇게 할머니와 한참 얘기하다가 헤어졌다. 운동을 다하고 돌아오니 7시 30분이었다. 얼른 샤워를 하고 사과 한쪽을 꺼내 먹었다. 다행히 시간이 생각보다 여유롭게 남아 있었다. 생각을 해보니 할머니 앞에서 집들이 한다고 소리를 쳐 놨는데, 제대로 된 음식을 할 줄 아는 게 없었다. 냉장고에는 엄마가 얼마 전에 준 반찬이 있어서 다행이긴 한데, 사람들을 초대해 놓고 저 음식들로만 식사를 대접할 수 없으니. 어떻게 해야 할까. 한참 고민을 하다 보니 어느새 출근할 시간이 되었다. 그래서 부랴부랴 회사로 향했다. 회사에 도착하고도 계속 머리에서 그 생각이 떠나가질 않았다.

내가 하루 종일 생각하는 게 티 났는지 이한솔이 와서 물었다.

"무슨 생각을 그렇게 골똘하게 하냐?"

"아니, 오늘 우리 집에 집들이 하려고 했거든. 그런데 정작 할 수 있는 음식이 별로 없어서. 야. 집들이 음식으론 뭐해야 하냐?" "야, 나 빼고 하냐? 누구누구 오는데?"

이한솔이 약간 서운했는지 누구 오는지 물어보았다.

"아, 친구들 아니고 빌라 식구들. 오늘 집들이 하려고 했는데, 진짜 뭐하냐? 어떻게 하지?"

갑자기 이한솔이 피식 웃더니 뭐가 걱정이냐며 물었다.

"야, 뭐가 걱정이냐. 나 요리 엄청 잘하는 거 몰라? 내가 가서 해 줄게."

아, 맞다. 이한솔이 요리도 좀 할 줄 알았다. 역시 이한솔이 있어야 한다니까.

"그럼, 나도 오늘 네 집에서 집들이 같이 해도 되냐? 저번에 할머니도 보고 싶고, 또 누구 있는지 궁금하기도 하고, 또 네가 나 초대해 준다 했는데 제대로 초대해 주지도 않고……."

이한솔도 자기가 바로 가겠다고 당당하게 말하지 못하는 거 보니 빌라주민들이 반기지 않을 것 같았는지 말을 망설였다.

"야, 괜찮을 거야. 음식도 해주는데 내가 너한테 뭘 못해 주랴. 오늘같이 빌라주민들한테 인사드리자. 대신 음식 진짜 맛있게 해야 해."

그제야 이한솔의 얼굴에 화색이 돌았다.

"당연하지. 내가 완전 맛있게 해줄게."

뭐가 그렇게 좋았는지 이한솔이 콧노래를 부르면서까지 신나 했다. 곧 있으면 퇴근시간이었다. 퇴근시간이 딱 되자마자 이한솔과 나는 마트로 바로 달려갔다. 마트에서 조개도 사고, 파도 사고 밀가루도 샀고 여러 가지를 이한솔이 집어서 자신 있게 카트에 넣었다.

"야, 뭐 만드는데 이렇게 많이 사?"

내가 의심스럽게 말하니 자신 있게 자기가 다 알아서 하겠다고 했다. 그렇게 계산을 하고 집으로 향했다. 손에 장바구니를 들고 보니 계단이 눈 앞에 펼쳐졌다. 우리 빌라의 최대 단점. 장을 보고 나면 집에 갈 때 너무 힘들다. 둘이서 무거운 장바구니를 낑낑대며 들고 드디어 집에 왔다. 이한솔이 집에 도착하자마자 옷을 벗어던지고 손을 씻고 요리를 시작했다.

"야, 너는 빨리 집 청소나 해. 손님들 오시는데 이렇게 반길 거야? 아무리 혼자 살아도 손님 초대하는데, 나는 요리를 할 테니 너는 빨리 청소를 해라."

"예, 셰프님. 음식 맛있게 해주십시오!"

나는 빨리 방에서 자그마한 청소기를 들고 와서 청소하기 시작했다. 침대 위에 엉클어진 이불도 다시 정리하고, 식탁도 깨끗이 닦았다. 혼자 사는 집이라 여럿이 모이면 집이 좁아질 것 같아 옆에 불필요한 것들은 모조리 방으로 넣어두었다. 그 사이 집에서 맛있는 냄새가 나기 시작했다. 오늘은 해물로 음식을 다 만들었다. 우선, 조개로 조개찜을 했다. 매운 청양고추와 베트남 고추를 넣어 맵게 한 뒤, 간을 하고 전자레인지에 조개를 넣었다. '띠띠띠' 전자레인지에서 다 됐다는 소리가 났다. 전자레인지 문을 열어보니 집에 매콤한 냄새가 퍼졌다. 조개에서 물이 나와 그 국물도 맛있을 것 같았다. 그렇게 조개찜을 하나 하고, 파전에 오징어를 넣었다. 노릇노릇한 파전에 보랏빛을 띠는 오징어가 들어가니 더 맛있어 보였다. 배에서 꼬르륵 거렸다. 음식들을 보니 갑자기 맥주가 당겼다. 앞에 편의점에 가서 캔맥주를 여러 개 사왔다. 내일도 출근해야 해서 많이 먹지는 못하고 한두 캔 정도만 먹기로 하고 다 같이 먹을 간식도 여러 가지 사 갔다. 그렇게 맥주를 사 오니 집에는 음식이 모두 완성되어 있었다. 조개찜이며, 오징어가 들어간 파전이며, 새빨간 양념이 되어 있는 오징어무침회까지. 냉장고에 맥주를 넣어두고, 엄마가 저번에 보내 준 반찬을 꺼냈다. 반찬을 꺼내 놓으니 어느새 진짜 제대로 된 한 상이 완성되었다.

완성되고 나니 유림이와 유찬이가 먼저 왔다. "안녕하세요." 유찬이가 귀엽게 인사를 해주었고 뒤이어 유림이가 핸드폰을 보며 들어와서 인사를 했다. 오늘도 유림이는 드라마를 보고 있는 모양이었다.

"얘들아, 엄마랑 아빠는?"

"엄마랑 아빠 지금 내려오고 있어요. 반찬 몇 개 들고 오던데요?" "엥 반찬?"

오늘은 내가 다 준비하겠다고 할머니께 말씀드렸는데, 걱정이 되셨는지 반찬을 들고 온다고 유찬이가 말해 주었다.

"형, 근데 저 분은 누구에요?"

유찬이가 이한솔을 가리키며 물었다. 그제야 유림이도 한솔이 쪽으로 눈이 향했다.

"아, 이쪽은 내 친구. 오늘 음식 얘가 다 했어. 짱이지? 서로 인사 해."

유찬이가 또 나를 처음 봤을 때처럼 부끄러움 모드로 들어가 인사했다.

"안녕, 나 선호 친구 이한솔이라고 해. 반가워."

인사를 나누고 있으니 윗집 형님과 형수님께서 오셨다.

"아, 안녕하세요. 오늘은 반찬 준비 안 해주셔도 되는데, 뭘 이렇게 많이 들고 오셨어요."

내가 인사하며 반찬을 받아들었다.

"아니, 그래도 오는데 빈손으로 오기도 좀 그렇고, 걱정되기도 하고 그래서……ㅎㅎ"

받은 반찬을 보니 간장게장과 양념게장 등이 있었다. 오늘 해산물 총 출동이었다. 그리고 윗집 형님께서 와서 휴지를 건네주었다.

"아, 형님 오셨어요. 휴지는 또 뭐하러 사오셨어요. 감사해요 잘 쓸게요."

뒤이어 할머니께서 오셨다. 할머니도 손에 잔뜩 무언가를 들고 들어오셨다. 할머니 표 소고기 장조림에, 메추리알들이 보였다. 집에 있긴 했지만, 할머니 표 메추리알도 먹고 싶었다. 진짜 다들 내가 걱정되긴 한 모양이었다. 할머니께서도 휴지를 들고 오셨다.

"아이구, 왜 이렇게 뭐를 다들 바리바리 싸오셨대, 할머니 감사해요. 잘 쓸게요."

"원래 집들이 때는 이런 거 받는 거여. 와, 음식을 뭐 이리 많이 했노, 맛있겠네."

윤아가 들어왔다.

"안녕하세요, 오랜만에 뵙네요. 다들 휴지 들고 올 것 같아서 저는 이거, 오늘 초대해 주셔서 감사합니다."

"아, 감사해요. 안 그래도 디퓨저 살려고 생각 중이었는데. 음, 냄새도 좋네요. 잘 쓸게요."

오늘은 나갔다 왔는지 저번에 봤을 때와 다르게 화장도 했고, 예쁘게 입고 있었다. 그런 윤아를 보더니 할머니께서 말하셨다.

"아따 우리 윤아 엄청 예쁘네, 오늘 남자친구 만나고 왔나?"

그렇게 물으니 윤아가 얼굴이 빨개져서 고개만 조금 끄덕였다. 디퓨저를 현관 앞에 놔두고 있었는데, 마지막으로 우리가 도착했다.

"드디어 집들이를 하네. 초대해 줘서 고마워. 이건 내 집들이 선물."

윤아가 접시와 컵 세트를 여러 개 내밀었다.

"어제 집 와서 잠깐 보니까 접시랑 컵 별로 없는 것 같아서. 아무리 혼자 살아도 이렇게 초대해야 할 상황이 오니까, 잘 써."

"아, 고마워. 완전 센스 죽이는데? 지금 쓰면 되겠다. 다들 모였어. 빨리 앉아서 먹자."

그렇게 다 모이고 나니 다들 이한솔을 향해 일제히 눈이 모였다. "그런데 누구?"

윤아가 먼저 물었다. 그러자 유찬이가 대답했다.

"이한솔 형이래. 선호 형 친구. 이 음식도 오늘 한솔이 형이 다 해줬대."

그렇게 유찬이 말을 듣고 나자 다들 이해했다는 듯이 고개를 끄덕였다.

"안녕하세요. 할머니랑 저 분은 한 번씩 뵈었는데, 다들 처음 보내요. 반갑습니다. 저는 유찬이가 말한 대로 이한솔이라 하고, 선호랑 친구라서 자주 같이 보실 수도 있을 거예요. 잘 부탁드립니다."

이한솔 스타일대로 인사를 씩씩하게 하고 다들 음식을 먹기 시작했다.

"우와, 이거 우리 누나가 엄청 좋아하는 회다. 누나 이거 먹어봐. 완전 맛있어!"

유찬이가 무침회를 먹고 눈을 크게 뜨며 맛있다고 하니까 폰을 먹는 건지 음식을 먹는 건지 모르게 깨작깨작 밥을 먹고 있던 유림이가 고개를 번쩍 들었다. 유림이는 젓가락을 급하게 들어서는 오징어무침회를 입에 넣고 열심히 씹더니 입을 다물지 못했다.

"헐, 이거 누가 만들었어요? 제가 젤 좋아하는 거! 진짜로 양념이 막 매콤한데, 어, 달콤하고 근데 안 짜고 야채도 막 아삭아삭하고."

말을 잇지 못하고 폰을 식탁에 아무렇게나 내려놓고 다시 젓가락을 들어 오징어 무침회로 돌진했다.

그 모습을 지켜보던 한솔이는 입이 헤벌쭉 해가지고는 초롱초롱한 눈빛으로 유림이를 바라보았다. 역시 이한솔이 요리를 잘하긴 잘하지. 내가 친구 하나는 잘 됐어. 나는 조개찜에 숟가락을 갔다 대었다. 국물을 맛보니 역시 일품이었다. 짜지도 않고 목구멍을 싹 씻겨 내려가는 이 맛. 심지어 버섯도 향이 별로 나지 않고 식감도 쫄깃쫄깃했다. 그리고 제일 중요한 조개! 비린내 전혀 없고 달짝지근했다. 이 맛에는 맥주가 짱이지! 아까 냉장고에 넣어두었던 맥주를 꺼내려 일어섰다. 일어나 보니 다들 정신없이 음식을 먹고 있었다. 내가 만든 건 아니지만 괜히 뿌듯해져 입 꼬리가 올라갔다.

캔맥주 몇 개를 꺼내려 냉장고 문을 열었더니 이사 왔던 날 밤에 혼자 즐기려고 샀다가 까먹고 안 먹은 소주가 하나 있었다. 한 병 있는 소주부터 클리어 하고 캔맥주를 마실까 생각하며 소주를 들고 식탁으로 돌아왔다.

"오빠, 저도 소주 한 잔만요!"

고기파티 때에는 별 말이 없던 윤아가 적극적으로 손을 뻗었다. 그렇지만 그냥 줄 수는 없지. 이한솔한테 슬쩍 눈치를 줬다. 이한솔이 곧바로 알아듣고는 사람들을 주목시켰다.

"자, 다들 여기 보세요! 소주 따기 묘기입니다."

고등학생 때 백일주 마신다고 아버지한테서 배운 소주 따기 묘기! 이한솔한테만 보여준 묘기를 여기서 펼칠 줄이야. 살짝 병을 흔들고 거꾸로 뒤집어 왼손으로 뚜껑을 돌리는 순간 다시 소주의 위아래를 바꾸는 것! 그러면 뻑 하고 뚜껑이 빠진다.

"이야, 총각. 그거 우예 하노. 내 칠십 몇 년을 살면서 그런 거 하는 사람 첨 봤다."

하고 나니 되게 민망해서 자리에 앉아 윤아에게 술을 따라 주었다.

"총각. 나도 좀 따라줘. 에취!"

형수님이 소주를 따라 달라고 하셔서 따라 드리고 다른 분들께도 따라 드렸더니 형님이 입을 열었다.

"자, 우리 유림이랑 유찬이는 물로, 나머지는 소주로 건배 한 번 합시다!"

이런 자리에 술이 있는데 건배가 빠질 수가 없지. 건배사를 생각하고 있었는데 마침 형님이 먼저 말씀하시네.

"자, 정 많은 가온빌라 행복하자!"

다 같이 짠하며 잔을 부딪치고 꿀꺽꿀꺽 원 샷을 했다. 혼자 마시는 소주도 맛있지만, 역시 소주든 맥주든 같이 먹어야 맛있는 법.

"그런데 여러분! 우리 새로 이사 온 선호가 드라마 작가랍니다! 대단하지 않나요? 심지어 그 드라마가 '또 사랑의 포레스트'랍니다. 아시죠? 다들. 우리 유림이가 맨날 얘기했던 거. 저도 그거 진짜 재밌게 봤거든요."

어, 어, 우리가 결국 말해버렸다. 나도 분위기에 취해 오해를 풀어야 한다는 생각조차 들지 않아 오해라는 걸 아직 말도 안 했는데.

"저 그게, 제가 아……."

"헐, 진짜요? 정말? 와, 존경합니다. 작가님. 저 그거 제가 제일 좋아하는 서연수 나오는 드라마잖아요. 그거 때문에 평생 안 보던 드라마 보기 시작한 건데. 이제부터 작가님이라 부를게요."

아까 오징어 무침회를 다 먹자마자 다시 휴대폰에 코를 박고 있던 유림이가 허리를 갑자기 쭉 폈다. 그러고는 속사포같이 말을 쏟아냈다. 옆에서 이한솔이 날 의아하게 쳐다보고는 목을 빼어 내 귀에다 대고 귓속말을 했다.

"너 거짓말 했냐? 너 보조작가잖아."

"그니까. 내가 말한 게 아니라 우리가 오해했는데 그거를 그대로 막 말하는데 어떡하지. 오해를 풀긴 해야 하는데."

그냥 이 김에 단체로 한 번에 말을 하려고 입을 뗀 순간 방에서 콩이가 뛰어나왔다. 아, 아까 이한솔이랑 집에 왔을 때부터 요리하고 집 정리한다고 콩이가 방에서 자고 있는 것도 까먹었다. 방 두 개 중에 하나가 콩이 방인데 콩이 방이 따로 있으니까 콩이가 조용하거나 자고 있을 때는 콩이가 있다는 사실을 자꾸 잊어버린다.

"어, 콩아. 일로 와."

의자에서 내려와 바닥에 양반다리로 앉아 콩이를 안았다. 이사 오면서 데려온 강아지인데 애가 되게 똑똑해서 볼 때마다 흐뭇하다. 마치 아들의 재롱을 보는 기분이랄까.

"우와 형! 강아지 있었어요? 좋겠다. 이름이 뭐예요?"

"어, 콩이라고. 콩자반 같이 생겼지 않아? 너무 귀엽지?"

괜히 자랑스러웠다.

"네! 엄청 까매요. 이런 애 처음 봐요. 강아지는 다 하얗거나 갈색인 줄 알았어요."

"자, 안아 봐."

그런데 뒤에서 자꾸 재채기 소리가 들려왔다. 목소리가 얇은 걸로 봐서는 형님은 아닌데.

"총각! 나랑 형수는 먼저 올라갈게. 알레르기 있어서."

엥? 형님? 형님 재채기 소리가 저렇게 얇다고?

"아니, 네. 근데 형님 재채기 소리가 좀 특이하시네요. 얇으셔서요."

그러자 뒤에 있던 형님과 할머니 그리고 우리가 깔깔대며 웃었다. 특히 형님이 숨넘어갈 듯 웃으셨다.

"야~ 정오 언니가 재채기 했잖아. 누가 들어도 그렇지 않냐 크크."

아. 우리가 말해 주고 나니 이제야 이해가 되었다.

"형수님이 하신 거였어요? 다음부터는 콩이 주의할게요. 죄송해요."

형님과 형수님이 올라간 후, 유찬이는 본격적으로 콩이랑 놀았다. 내가 보여준 '일어서', '앉아' 등의 묘기를 해보며 엄청 뛰어다녔다. 어우, 아랫집 사람이 지금 여기 있는 우리라서 다행이지. 안 그랬으면 이미 층간소음으로 우리 집에 올라와 문을 쾅쾅 두드렸을 것이다.

"유찬아 쪼끔만 살살 걸어 다니면 안 될까? 그러다 여기 바닥 무너져서 누나 집에 천장이 없어지겠다."

아무리 초등학생이라지만 160은 넘어 보이는 덩치라 언제 한 번 넘어지면 쿵 할 것 같아…… '쿵!' 어이쿠, 호랑이도 제 말 하면 온다더니. 미끄러져버렸네. 무릎이 부딪혔나 보다.

"아이고 유찬아. 괘안나? 다친 덴 없나?"

뭐 애들은 다치면서 크는 거니까 별로 크게 걱정은 안 했다. 근데 표정이 좀, 심각해 보였다.

"야, 남선호! 얘 뭐 박혔는데?"

"언니, 잠깐만요!"

드라마를 보던 유림이가 유찬이에게 황급히 뛰어갔다. 역시 평소에 아무리 싸워도 누나는 누난가 보다. 아니 근데, 그게 문제가 아니라 뭐가 박혔다니. 카펫을 밟고 넘어졌다는데 하필 반바지를 입고 있어서.

나도 유찬이에게 급하게 다가갔다. 헉 종아리에 스테이플러 심이 제대로 박혔다. 그것도 두 개나. 심지어 깊숙이 박혀서 피부 밖으로 스테이플러 심이 튀어나와 있지도 않았다. 함부로 빼내려면 위험할 것 같았다. 박힌 부위에서 피가 한 방울 두 방울씩 떨어졌다. 내 버릇 때문인 것 같다. 스테이플러를 쓸 때면 심을 아무 데나 버리는 내 버릇. 하, 갑자기 이게 무슨 일이람. 일단 형님, 형수님께 전화를 아니 그냥 가는 게 빠를까? 충격에 빠져 허둥지둥 뭐부터 해야 할지 감이 안 잡혔다.

"유림아, 니는 아부지랑 어무이한테 가갔고 내려오라 카고, 총각, 총각 차 있나? 병원 가야 할 거 같다."

"예? 네, 아니 아니요."

"저랑 선호랑 둘 다 차 없습니다. 아무래도 형님밖에 차가 없는 것 같네요."

혼란스러워 말이 잘 나오지 않았다. 말로만 듣던 동공 지진이 내 눈에서 일어난 듯했다.

"선호 형. 전 괜찮아요. 그렇게 안 걱정해도 돼요."

유찬이가 괜찮다고는 했지만 그래도 눈에 눈물이 맺힌 게 보였다. 자기도 모르게 아파서 눈물이 나온 거겠지. 멍멍! 멍! 갑자기 콩이가 눈치 없게 짖었다.

"선호야, 저 강새이 쫌 조용히 시키라. 할매 정신 사납다."

다들 신경을 곤두세우고 있나 보다.

"유찬아, 다친 데는? 피 많이 나? 엄마가 뛰어다니지 말랬지! 조심 좀 하라니까. 내가 너 언제 한번 이럴 줄 알았어. 빨리 병원 가자. 총각 집에 압박 붕대 이런 거 없어?"

구급상자 며칠 전에 인터넷으로 주문했는데. 아직 안 왔다. 이럴 줄 알았으면 그 전에 주문 해 놓을걸.

"없어요…… 죄송해요."

"언니. 제 집에 있어요. 갔다 올게요. 조금만, 조금만 기다려줘요."

내 집이고, 내 강아지 때문에 일어난 사고인데 난 아무것도 못하고 있었다. 아니 아무것도 할 수가 없었다. 손발이 움직이지가 않았다. 유찬이 종아리에서는 피가 줄줄 흐르고 있는데 난 뭘 하고 있는 걸까. 몸이 마음대로 움직여지지가 않았다. 다들 바쁘게 움직이고 있는데 나 혼자만 멈춰 있었다. 이대로는 안 되겠다 싶어서 억지로 몸을 움직여 유찬이에게 손을 내밀어 일으켜 세웠다. 그대로 침대로 직행했다. 이럴 때 만은 침대가 거실에 있는 게 다행인 듯했다. 유찬이를 앉혀놓고 유찬이 다리 밑에 베개를 받혔다. 때 마침 구급상자를 들고 우리가 올라왔다.

"정오 언니, 여기요."

우리가 빨리 뛰어와서 그런지 숨을 거세게 쉬며 힘든 기색을 띄며 구급상자를 건넸다.

"아, 우리야 고마워."

유찬이 어머님은 얼른 구급상자를 받아 피가 새지 않게 압박 붕대로 감은 뒤 유찬이를 차에 태워 곧장 병원으로 향했다. 차에 다 탈순 없어 할머니와 유찬이, 유찬이 엄마, 아빠 이렇게 가기로 했다. 남은 사람들은 우리 집에서 다들 정신이 빠진 듯 서 있었다.

"유찬이…… 괜찮겠지?"

내가 걱정되는 마음에 이한솔에게 계속 물어봤다.

"괜찮을 거야. 네가 뭐 일부러 다치라고 그래 놓은 것도 아니고, 너도 까먹고 있었잖아."

"그렇긴 해도 괜히 우리 집에서 다쳐서 내 탓인 것 같기도 하고, 미안하기도 하고…… 집들이 초대했는데."

내가 우리 앞에서 너무 징징 댔었나 보다. 그걸 보다 못한 우리가 나한테 한 소리 했다.

"야, 너는 그렇게 약해 빠져가지고 어떻게 살래? 그거 네 탓 아니잖아. 네 집에서 좋은 뜻으로 집들이 하다가 다쳐서 걱정되고 괜히 미안하고 그런 거 알겠는데, 우리가 지금 이렇게 절망하고 있다고 유찬이가 낫는 건 아니잖아. 약한 소리 그만하고 빨리 집이나 치우고 있자. 유찬이 괜찮을 거야. 겁먹지 말라고."

우리의 이야기를 듣다 보니 맞는 말이었다. 고개를 끄덕였다. 우리는 괜찮은 것 같았다. 하지만 접시를 옮기는 우리의 손은 덜덜 떨리고 있었다. 우리는 자신도 떨리면서도 나를 생각해 줬던 것이다.

유림이는 오히려 더 담담하게 드라마를 보고 있었다. 유림이가 더 기특하기도 했다. 지금 유림이에겐 어느 누구도, 관심도 주지 않았었다. 그저 유림이는 스스로 혼자서 마음을 다독이고 있는 중이었다.

"유림아, 괜찮아?"

내가 유림이에게 조심스럽게 물었다. 유림이가 제대로 못 들었는지, 휴대폰에 연결되어 있던 이어폰을 귀에서 빼고 다시 물었다.

"네? 방금 뭐라 했어요?"

"아, 괜찮냐고."

내가 유림이를 안쓰럽게 쳐다보았다.

"뭐가 괜찮은지 물으시는 거예요?"

당황했다. 나는 당연히 유찬이가 다쳐서 유림이도 많이 놀랐을 텐데 괜찮냐고 물은 것이기 때문이다.

"아, 너도 유찬이가 다쳐서 많이 놀랐을 텐데 괜찮냐고."

유림이 두 눈에는 눈물이 점점 고이기 시작했다. 아, 유림이도 많이 놀랐을 텐데 참고 있었구나 싶었다. 그러나 유림이의 말은 내 예상과 달랐다.

"제가 왜 서유찬 때문에 안 괜찮아야 하는데요?"

그때 유림이의 눈을 제대로 처음 봤다. 유림이의 눈은 크고 맑았다. 호수처럼 깊은 것 같다가도 사막처럼 마른 눈빛을 가지고 있었다. 유림이의 눈에서 비가 오듯 눈물이 줄줄 내리기 시작했다. 적잖이 당황했다. 괜히 그 질문을 했나 싶었다. 그제야 이한솔과 우리와 윤아가 집을 치우다 말고 뒤를 돌아보았다.

유림이의 그 한마디 이후로 적막이 흘렀다. 우리가 와서 유림이를 가만히 안아 주었다. 유림이의 머리를 쓰다듬으며, "우리 유림이 힘들었구나. 괜찮아."라고 하며 유림이가 진정될 때까지 위로해 주었다. 나와 이한솔은 당황해서 서로 눈치를 보고 있었다. 그렇게 유림이가 진정된 것 같았다. 우리는 동그랗게 모여 유림이의 이야기를 듣기 위해 앉았다. 우리가 물었다.

"유림아, 언니가 힘든 일 있으면 말해 달라 했잖아. 뭐가 힘들었어?"

우리는 자연스럽게 유림이가 말을 할 수 있도록 해주었다. 둘이 자주 이야기를 해본 듯했다.

"언니, 미안해. 조금 서운한 거 생길 때마다 언니한테 찾아가기도 조금 미안했고, 언니가 바쁜 거 아니까."

유림이는 그제야 입을 뗐다. 속상한 게 많은 것 같기도 했다.

"괜찮아. 지금 얘기해 봐."

"솔직히 서유찬한테 요즘에 너무 서운한 것도 많고, 화나는 것도 많은데, 근데 서유찬이 아직 초등학생이니까 뭐라 하기도 그렇고, 솔직히 엄마, 아빠한테도 서운한 것도 많아."

유림이가 입술을 삐죽 내밀며 이야기하기 시작했다.

"사실은 언니도 알잖아, 유찬이가 어릴 때 아파서 입원도 계속 했었고, 자주 아파서 엄마 아빠는 맨날 서유찬한테 온 관심이 가 있어. 나도 이해하려고 했는데, 아직 서유찬도 어리고, 알겠는데, 그래도 서운해."

유림이는 말을 하면서 눈물을 흘렸다. 구체적으로 어떤 일이 있었는지 몰랐지만, 유림이는 우리한테 이야기를 한참 하고 펑펑 울었다.

어디선가 그 이야기를 들었다. 엄마도 엄마가 처음이니까. 아빠도 아빠가 처음이니까. 동생, 누나, 형, 오빠. 누군가와 같이 살고 있을 모든 아이들의 부모님들도 그들이 부모가 처음이기 때문에 어떻게 해야 두 아이가 서운함을 느끼지 않을 수 있을지. 어떻게 해야 공평하게 사랑을 나눠줄 수 있을지. 그들도 사실은 잘 모르지만, 처음이지만 노력하는 중이라고. 어느샌가 우리 엄마 아빠에게서 그런 모습이 보였다. 남선아가 태어난 후, 모든 관심은 남선아에게. 나는 어느 정도 컸었기 때문에 별로 서운함을 느끼지 않았다. 나도 선아가 귀여웠었으니까. 선아가 태어나고 나서, 엄마는 나를 더 신경 쓰는 눈치였다. 혹여나 선아 때문에 내가 자신에게 서운함을 느끼지 않을까. 속상해하지 않을까. 내 눈치를 자꾸 살폈다. 그때 알았다. 엄마도 엄마가 처음이구나.

나 혼자 이런 생각에 잠겨 있을 때쯤, 유림이가 펑펑 울다말고 말을 했다.

"엄마도 엄마가 처음이고, 아빠도 아빠가 처음일 텐데. 그걸 아는 내가 어떻게 뭐라 그래."

그렇다. 우리 부모님 모두 엄마, 아빠가 처음이다. 엄마, 아빠도 두렵고 무서웠을 거다. 하지만 모두가 알다시피 엄마, 아빠의 힘이 가장 세다. 어느 누구도 당하지 못할, 아이를 지키겠다는 굳건한 마음. 그래서 우리는 엄마 아빠를 존경하고, 사랑하고 하는 것이다. 우리 셋은 이내 인정한다는 듯이 유림이의 말을 듣고 생각에 잠겼었다. 서운할지라도 그 서운함이 사랑에서 나왔다는 것은 잊지 말아야겠다고. 우리는 유림이를 꼭 안아 주었다.

"유림아 기특해. 나도 못하는 생각을 이렇게 하고 있었네? 그리고 힘들 땐 언니한테 꼭 얘기하기. 알겠지? 이렇게 펑펑 우는 것도 가끔씩은 꼭, 필요한 거야."

그 조용함을 깨고 벨 소리가 울렸다. 우리의 휴대폰이었다.

"네, 언니. 유찬이 괜찮아요?"

'어. 이제 괜찮아. 걱정시켜서 미안하고. 괜히. 유림이 빨리 집으로 올라오라고 전해 줘.'

우리가 유림이의 눈치를 한 번 보곤 다시 말했다.

"저 오늘 유림이랑 같이 자고 싶은데, 그래도 돼요 언니? 유찬이 병원 갔다 오느라 피곤하셨을 텐데 얼른 쉬세요."

'어, 우리는 괜찮겠어? 나야 그래 주면 고맙지.'

"고마워요 언니 푹 쉬어요. 유림이는 내일 아침 먹이고 올려 보낼게요."

우리가 통화를 끊었다. 유림이의 눈이 동그래졌다.

"언니, 나 오늘 언니 집 가서 자?"

"그럼, 오늘은 오랜만에 언니랑 가서 자자. 윤아야, 너도 오늘 우리 집 같이 와서 잘래?"

윤아도 눈물을 흘리다 말았는지 눈물자국이 있었다.

"나? 나도 언니 집 가서 자도 될까?"

"안 될 게 뭐가 있어? 오늘은 우리 여자 셋이 자자. 근데, 너 공부 하니까. 하루쯤은 안 해도 되지?"

우리가 조심스럽게 물었다.

"당연하지. 언니랑 자는데 그깟 공부쯤이야."

그렇게 우리랑 윤아랑 유림이는 우리네 집으로 갔다. 우리는 그녀들을 보내고 나머지 청소를 했다.

“야, 이한솔. 너도 오늘 우리 집에서 자고 갈 거지?”

이한솔은 아무 말이 없었다. 혼자 뭐하는 건가 싶었다.

“야, 뭐해?”

“야, 유림이 진짜 너무 착한 것 같아. 나는 한번도 그런 생각 해본적 없거든. 어떻게 중학생이 저런 생각을 할 수 있지?” 나도 놀랐다. 유림이가 저런 생각을 가지고 있을 줄은.

“그렇지. 나도 놀랐어. 우리보다 더 낫네.”

방문을 여니 콩이가 바로 달려 나왔다. 콩이를 까먹고 있었다. 너무 많은 일들이 순식간에 벌어져서. 내일 출근도 해야 하니 이만 자야겠다 싶었다. 오랜만에 정신이 쏙 빠지는 하루를 보냈다. 그래도 가끔 이런 하루를 보내는 것도 나쁘지만은 않았다. 자려고 침대에 누웠다. 그러고 보니 아침마다 할머니와 함께 운동하기로 했었는데 싶었다.

“야, 이한솔 나 매일 아침마다 할머니랑 같이 운동하는데, 내일 너도 갈래? 7시 전엔 일어나야지 출근하는데 시간 여유로워.”

“오, 할머니랑 같이? 할머니랑 많이 친해졌나 보네. 당근 나도 가야지. 근데 우리 오늘 술 먹어서 내일 일찍 일어날 수 있으려나 모르겠네. 빨리 자자.”

우리네는 다들 잘 자고 있으려나? 아까 간 우리와 유림이와 윤아가 생각났다. 모두 좋은 사람들이었다. 그렇게 잠이 스르르 들었다.

눈이 떠졌다. 시계를 보니 벌써 8시. 오늘은 운동 하긴 글렀다. 옆에 이한솔이 없었다. 뭐지? 이렇게 일찍 일어날 애가 아닌데…… 방 밖으로 나오니 샤워를 하고 머리를 말리는 중이었다.

“뭐냐? 원래 남의 집에서 샤워 안 하잖아.”

그가 욕실에서 나오면서 이야기했다.

"할머니랑 운동 하고 왔지. 내가 너 엄청 깨웠는데도, 안 일어나더라? 하여튼 잠을 깊게도 자요, 깊게."

"뭐? 할머니랑 운동하고 왔다고?"

"그래. 일찍 좀 일어나지."

"어제 술을 너무 많이 마셔서 그렇지. 나도 회사 가려면 씻어야겠네. 그전에 우리 아침 뭐 먹을래?"

"음. 오랜만에 아침에 라면?"

"오, 좋지."

옛날에 우리 집에 오거나 이한솔 집에 가면 아침마다 라면을 끓여먹었었다. 추억을 되살리며 라면을 끓였다. 어제 술도 먹었으니 해장할 겸 콩나물 넣고 시원하게 끓여 먹어야지.

얼마 만에 이한솔이랑 아침에 라면을 먹는 것인가. 맛있겠다. "잘 먹겠습니다!" 접시에 덜어서 후후 분 뒤 호로록 먹었다. 너무 맛있었다. 어제 먹은 술이 숙취해소 되는 느낌이었다. 얼큰하고 시원하고, 후후 불면서 먹는 라면은 너무 맛있었다. 빨리 라면을 다 먹었다. 양치하러 욕실에 들어갔을 때까지도 이한솔은 라면을 먹고 있었다.

"야, 오랜만에 먹으니까 맛있지?"

"당연하지. 아침 일찍 운동 갔다 와서 얼마나 배고팠는데, 너무 맛있다."

우리 둘은 그렇게 회사 출근 준비를 다하고 집을 나섰다. 오늘은 유난히 해가 밝았다. 그렇다고 또 더운 날씨는 아니었다. 그냥 날씨가 너무 좋았다. 택시를 타고 가고 있는데, 갑자기 도로가 막혔다. 꼼짝 못하는 차가 너무 많았다. 원래 이 시간에 차가 이만큼은 안 막히는데 오늘따라 왜 이렇게 막히지 싶었다. 차라리 걸어가면 그게 오히려 더 빠를 것 같아 내려서 걸어가기로 했다. 앞으로 걸어가니 사람들이 모여 있었다. 뭐지? 하고 이한솔과 뛰어갔다. 앞으로 가 보니 사람이 쓰러져 있었다. 그런데 사람들이 모여서 어쩔 줄을 몰라 하고 있었다. 이한솔과 내가 빨리 달려갔다.

"모두 비키세요!."

내가 빨리 119에 전화를 했고, 이한솔이 심폐소생술을 했다. 그제야 왜 차가 막혔는지 알 것 같았다. 그렇게 구급차가 올 때까지 심폐소생술을 번갈아 가면서 했다.

저 멀리서 사이렌 소리가 들렸다. '삐용삐용삐용'

드디어 구급차가 도착했다. 구급대원들이 환자를 실으며 사람들에게 물었다.

"혹시 보호자 분 계세요?"

아무도 없었다. 그래서 나와 이한솔이 먼저 빨리 뛰어갔다. 구급차에 처음 올라 타 보았다. 하기야, 구급차에 타 본 사람들이 얼마나 있을까. 생각보다 구급차는 좁았다. 그렇게 한참을 달려 병원에 도착했다. 우리는 병원에 방황한 채 서 있었다. 의사가 물었다.

"이 환자 어떻게 된 거죠?"

"길 가다가 쓰러져 계시길래 저희가 심폐소생술 했어요."

"몇 분 정도 하셨어요?"

"한 10분 정도 한 것 같아요. 혹시 저 환자 죽나요?"

"일단 심폐소생술 해주신 덕분에 꽤 괜찮아졌어요. 골든타임을 안 놓치고 잘해 주셔서 괜찮아 진 것 같습니다. 그래도 혹시 모르니 엑스레이 하고 이것저것 검사하고 보낼 거예요. 두 분은 이만 가주셔도 괜찮아요. 수고하셨어요."

휴대폰 벨이 울렸다. 휴대폰을 보니 작가님이었다. 시간을 보니 출근시간 1시간이 훌쩍 넘어 있었다.

"선호씨, 왜 안 오세요? 어디 아프세요? 지금 한솔씨도 안 왔는데, 무슨 일 있는 거예요?"

"아, 그게 지금 가고 있어요! 급한 일이 있어서요. 가서 말씀 드릴게요!"

혹여나 무슨 일이 생긴 건 아닐까 걱정해 주셨다. 죄송한 마음에 빨리 회사로 갔다.

"안녕하세요. 늦어서 죄송합니다."

"죄송합니다."

선호랑 내가 눈치 보면서 자리로 들어갔다. 시간이 조금 지나고 나서 작가님이 와서 물어보셨다.

"무슨 일 있었어요?"

"아, 그게 오는 길에 차가 막혀서 봤더니 한 분이 쓰러져 계시더라고요. 그래서 심폐소생술하고 병원까지 따라 갔다 오느라, 죄송해요."

"아, 정말요? 아니에요. 아니에요. 괜찮아요. 그런데 그분은 괜찮아지셨어요?"

"저희도 결과는 못 봤는데, 의사선생님께서 심폐소생술 한 덕분에 괜찮아진 것 같다고 말씀해 주셨어요."

"다행이네요, 사람 목숨 살리는 건 엄청 대단한 거예요. 아까 괜히 전화 했네. 미안해요."

"아, 아니에요. 아니에요. 전화 하시는 게 당연한 건데요."

"아! 다름이 아니라 제가 며칠 전부터 대본을 쓰고 있긴 한데 얼추 내용이 나와서요. 혹시 괜찮은지 읽어보고 얘기해 줄래요?"

이한솔이 먼저 대답했다!

"오, 정말요? 기대되네요! 얼른 읽어보고 답변을 드리겠습니다!"

"네 좋아요!"

작가님이 주신 대본을 읽어보기 시작했다. 꽤 흥미로운 이야기였다. 이웃간의 정이 없어지고 있는 요즘, 이웃의 정을 보여주고, 음식의 가치를 깨닫게 해주는 좋은 느낌의 대본이었다. 예전 작품을 멜로로 써서 혹여나 또 너무 멜로로 넘어가지 않을까 싶었는데, 어느 정도 나오고, 글도 깔끔하고 괜찮았던 것 같다. 역시 우리 작가님. 요즘 쪼끔 돈이 안 들어와서 그렇지만, 원래는 글 쓰는 솜씨가 아주 귀신 빰 쳤다. 고려대 국문학과 출신이신데 누가 감히 토를 달겠나. 그렇지만 요즘은 왜 다들 우리 작가님 글 솜씨를 못 알아보는 걸까.

작가님이 손수 써주신 대본을 한솔이와 같이 열심히 읽어 내려갔다. 아직 전체적인 내용밖에 쓰지 않으셔서 분량이 몇 쪽밖에 되지 않지만 그래도 이야기가 약간 심금을 울리고 현실 반영도 잘 되어 있어 이 느낌 그대로 잘만 이어나가면 대박 칠 수도 있겠다.

"여러분~ 커피 드실 분!"

"작가님 저 설탕 한 스푼 아시죠? 감사합니다!"

시원하게 커피를 마시고 다시 작업에 돌입했다.

평소랑 똑같이 원고 작업도 하고 작가님 몰래 게임도 하다 퇴근시간이 되었다. 어디선가 들은 말이 있다. 다들 월요병, 월요병 하지만 사실은 일주일 중에 과학적으로 우리 신체가 가장 힘든 요일은 화요일이라고. 오늘은 그 말이 조금은 공감이 되는 듯했다. 물론 어제 저녁에 술도 마시고 해서 그 영향이 없지 않아 있겠지만 말이다. 출근할 때는 택시를 탔지만 퇴근할 때는 버스에 몸을 실었다. 내 나이는 스물여덟이고 그런데 매번 이렇게 택시를 타고 버스를 타며 내 피 같은 돈을 쓸 때는 가끔씩 차를 갖고 싶다는 생각이 든다. 나도 내가 돈 내고 산 나만의 차가 있으면 얼마나 좋을까. 그러면 이렇게 출퇴근을 할 때 택시를 잡느라 고생, 버스에 끼어 타느라 고생을 하지 않아도 될 것이다. 어릴 때는 출퇴근을 할 때 버스를 타면 좌석에 앉아 무선 이어폰으로 멋있게 음악을 듣는 나를 상상했지만, 지금은 꿈도 꾸지 않는다. 이렇게 꾸역꾸역 끼어 타는데 음악을 듣긴 뭘 들어. 그냥 옆에 서 있는 사람 휴대폰 화면으로 눈이 가지 않게 창문 밖으로 눈을 고정시키고 남에게 피해가 가지 않게 손을 기둥이나 의자 위에 얹어두는 거지. 그렇게 덜컹거리는 버스를 타고 몇 정거장씩이나 이동하다 보니 벌써 우리 빌라로 들어가는 골목

앞이었다. 내 몸을 최대한 얇게 펴서 사람들 틈 사이로 쏙 빠져나갔다. 온도가 점점 올라가는 날씨에 긴팔을 입기에는 몸이 후끈후끈하다. 이제는 정말 반팔을 입을 땐가.

오늘따라 휑한 것 같은 계단을 올라가 열쇠를 열쇠구멍에 넣고 돌렸다. 기름칠이 되지 않아 끼익 소리가 나는 철문을 열고 들어가 또다시 현관문을 열었다. 그제서 내 집안에 발을 들여 놓았다. 아파트가 아니라서 문을 하나만 만들기에는 위험하다고 생각되었나 보다. 열쇠로 철문을 열고 들어가도 또다시 비밀번호를 눌러야 하는 현관문이 등장하니까. 들어가자마자 양말을 벗어 빨래 바구니로 휙휙 던졌다. 현관문이 열리고 닫히는 소리를 들었는지 콩이가 나왔다. 작은 검은색 털 뭉치를 안고는 비행기를 태워주다 콩이 방에 들어갔다. 역시나 아침에 배변패드를 갈고 왔는데도 바닥이 어지럽혀져 있었다.

"어휴…… 이 사고뭉치야."

익숙하게 허리를 숙여 바닥을 닦았다. 내 몸에서 나는 희미한 땀 냄새와 방에서 나는 냄새까지 내 코를 찔러왔다. 창문을 열고는 콩이를 바닥에 내려놓았다. 샤워를 하면 냄새가 가시겠지. 방에서 나오면서 상의를 벗어 빨래 바구니에 던졌다. 어차피 집에는 아무도 없으니까. 혼자 사니까 가족과 살 때와는 다르게 그냥 발가벗고 다녀도 아무도 보지 않아 편하다.

화장실 앞의 수건 한 장과 옷으로 가득 채워진 빨래 바구니를 들고 화장실에 들어갔다. 빨래 바구니의 옷들이 넘칠 것 같아 쏟아지지 않게 바구니에만 온 신경을 쏟으며 슬리퍼를 신으니 발을 헛디뎌 넘어질 뻔했다. 잘못 넘어졌다가는 세면대에 이마를 쾅 하고 부딪혔을 게 뻔했다. 슬리퍼를 질질 끌고 빨래를 세탁기에 쏟아 부었다. 세제를 감으로 따라 넣고는 세탁기를 돌렸다. 세탁기가 돌아가는 동안 나는 샤워기를 뽑아 들고는 물의 온도를 조절했다. 공중목욕탕이나 수영장처럼 공공 샤워실에서 물의 온도를 조절하면 옆에서 항상 이한솔이, "넌 사나이가 되서 찬물로 샤워도 못 하니? 사나이는 원래 찬물로 씻는 거야."라며 이를 덜덜 떨며 찬물로 씻곤 했다. 그래도 나는 꿋꿋이 물의 온도를 조절했던 기억이 난다. 물이 거의 다 데워져 갈 때쯤 나머지 옷들을 벗어 세탁기 안에 마저 집어넣었다. 샤워기를 틀었다. 머리에 대충 물을 묻히고는 샴푸를 손에 쭉 짰다. 아니, 짜려고 했다. 이사 올 때 집에서 쓰던 샴푸를 들고 와서 그런지 거의 다 써간다. 샴푸 통을 들어보니 너무 가볍게 들어졌다. 짜는 부분을 몸체에서 분리해내서는 빨대 같이 생긴 부분에 묻어 있는 샴푸를 손바닥에 묻혔다. 그러니 손바닥에 샴푸가 묻어나왔다. 샴푸 통을 내려놓고는 양 손바닥을 찹찹 부딪혔다. 양손으로 머리에 거품을 내며 비볐다. 머리에 샴푸를 묻혀 머리카락으로 웃긴 모양을 만들어 거울을 보며 혼자 장난을 치다 손바닥에 남은 샴푸로 온몸을 문지르며 지나갔다. 굳이 바디워시를 살 필요가 있을까. 샴푸 하나로 끝이 나는데 뭐. 거품이 잔뜩 묻은 손으로 바닥에 널브러진 샤워기를 들고는 온몸에 물을 뿌렸다. 물을 낭비할까 봐 몸에 샴푸를 묻히는 동안 꺼놓은 샤워기에서 나오는 물이 그새 차가워졌다. 온몸에 소름이 돋았다. 오늘의 피곤함을 다 털어내듯이 몸을 씻었다. 씻고 나오니 새삼 내 집이 얼마나 조용한지 느껴졌다. 콩이도 자고 아무도 없으니 내가 움직이면서 나는 발소리와 내 숨소리밖에 느껴지지 않았다. 가족들과 함께 살 때는 씻고 나오면 엄마도 아버지도 남선아도 있었으니까. 그때는 아무리 가족들이 아무 말도 하지 않았다 해도 어쩔 수 없이 각자 내는 소리들이 서로에게 들려왔다. 수건으로 머리를 닦고 빨래 바구니에 넣어둔 채로 바구니를 화장실 앞에 툭 놓아두었다. 옷 방에 들어가 옷을 주섬주섬 입었다.

머리를 손으로 탈탈 털며 부엌으로 느릿느릿 걸어갔다. 어제 저녁 먹다 남은 밥을 퍼고 할머니께서 해주신 메추리알 장조림과 우리 엄마 표 총각김치도 꺼내왔다. 의자를 당겨 털썩 앉고는 설거지 거리를 덜기 위해 숟가락 말고 젓가락으로 밥을 입에 넣었다. 비록 어제 한 밥이기는 하지만, 새하얀 쌀밥에 아삭아삭하고 매콤한 총각김치를 한 입에 넣으니까 입 속에서 폭죽이 팡팡 터지는 듯했다. 역시 우리 엄마가 김치 하나는 잘한다니까. 어릴 때부터 먹어 왔던 김치라 입이 익숙해졌다고는 하지만 항상 먹을 때마다 맛있으니 뭐, 말 다 했다. 이번에는 메추리알도 한 알 먹었다. 밥과 같이 먹지 않으니 조금 짭짤했지만 바로 입안으로 밥을 넣었다. 밥을 함께 먹으니 메추리알을 깨물면서 나오는 노른자와 밥이 입 안에서 비벼져 달짝지근하면서 폭신폭신했다. 된장찌개를 먹었을 때부터 알았지만 역시 할머니는 요리를 잘하시는 것 같았다. 매콤하고 새콤한 총각김치와 달짝지근한 메추리알 장조림과 먹다 보니 식사를 금방 끝내 버렸다. 벌써 배가 든든히 불러와 그 상태로 신속하게 설거지를 끝냈다. 통통해진 배를 두드리며 침대로 걸어가는 중 입에서 소리가 났다. "꺼억." 트림소리가. 아무도 없었지만 괜히 혼자 머쓱해졌다. 운동을 좀 해야 되나. 내일부터는 꼭 아침 산책을 나가고 말테다. 침대에 누운 듯이 앉았다. 우리 엄마가 허리 부러진다며 가장 질색하는 자세로. 등 윗부분은 벽에다 대고 허리를 숙이면 척추부터 등 아래 부분은 공중에 붕 떠서 오래 앉아 있으면 꼬리뼈가 아릿아릿한 자세.

휴대폰을 들고 오랜만에 SNS에 들어가 보았다. 바쁜 일상에 지쳐 SNS에 들어가 본 지도 오래 되었다. 오늘같이 여유로운 날 SNS에 들어가 봐야지 안 그럼 언제 들어가 보겠나. 오랫동안 보지 못한 친구들의 게시물들을 보았다. 좋아요를 누르고 화면을 올리면 가끔 명품을 사서 찍어 올리는 친구들이나 해외여행을 갔다는 사진을 올리는 친구들의 게시물이 보였다. 그 친구들이 돈 벌어서 명품을 사고 해외여행을 다니는 동안, 나는 무얼 한 걸까. 지금 이 순간만큼은 내가 부끄러웠다. 내가 보조작가가 되기 위해 얼마나 아등바등 열심히 살아왔는지. 돈을 한푼 두푼 아껴가며 얼마나 힘들게 이 집에 살게 되었는지. 이런 모든 게 다 부질없이 느껴졌다. 저들이 새삼 멋있게 느껴졌고 나 자신이 더욱더 초라하게 느껴졌다. 기분이 우울해져서 침대에 스르륵 미끄러져 누웠다. 천장을 빤히 쳐다보다 눈을 감으려 했다. 콩이가 어느새 잠에서 깨 내 배 위에서 점프만 하지 않았더라면.

"억!" 깜짝 놀라 눈이 번쩍 떠졌다. "야, 이 자식아. 형아 죽을 뻔했다." 콩이를 부둥켜안고 옆으로 돌아누웠다. 콩이의 똘망똘망한 눈을 바라보다 문득 생각이 났다. 내가 작가가 되기 위해 얼마나 노력을 해왔는지. 고등학생 때부터 글쓰기 대회라는 대회는 모조리 다 나가 어떻게든 수상 경력을 만들기 위해 애썼고. 겨우겨우 국문학과에 수시 합격을 했지만 최저를 맞추지 못할까 봐 전전긍긍하며 늦은 수능 준비를 했고. 그렇게 해서 대학생활을 시작했지만 나보다 더 뛰어난 애들 사이에서 이 경쟁을 이길 수 있을까 불안해하며 대학을 끝마친 것이. 그리고 이제 겨우 사회에 발을 디뎌 보나 했더니 군대에 가야 해 입대를 급하게 했다. 사회로 돌아오니 거의 글쓰기 초짜가 되어 있었던 것이. 그래도 어떻게든 해내서 보조작가 자리를 따낸 게 아닌가. 이제는 나만의, 내 명의로 된 집까지 있는데. 아직 인생이 정해진 게 아니니까 내가 지금까지 해온 것처럼 미래를 위해 힘을 쓰면 괜찮지 않을까.

콩이에게서 뜻하지 않는 위로를 받다가 힘차게 울리는 벨소리에 휴대폰 화면을 바라보았다. 몇 년 전에 연락이 끊긴 고등학교 친구였다. 아까 SNS에서 본 것 같은데, 근데 얘가 웬일이지. 일단 받아야 하니까.

"여보세요? 무슨 일이야?"

"어, 선호야. 뭐하고 지내냐. 딴 게 아니라……."

말끝을 흐리는 게 아무래도 수상했다. 뭐지.

"난 뭐 그냥 똑같이 지내지. 뭔데 그래."

설마 돈 빌려 달라는 건 아니겠지.

"우리 다음 주 토요일에 동창회, 있는데 올 거지?"

"아, 동창회 있구나. 시간 되면 갈게. 그때 스케줄을 정확히 모르겠다. 미안, 가게 되면 연락할게."

"어, 알겠어. 웬만하면 이번엔 나와서 얼굴 좀 보자. 끊는다."

휴대폰 속에서 들려오는 옛 친구의 목소리. 부담스러웠다. 진짜로 친구들이 보고 싶지도 않았다. 이한솔은 갈지 궁금해서 전화했다.

"야, 다음 주 토요일에 동창회 있다던데, 너는 가냐?"

"잘 모르겠는데, 아마 갈걸? 너는 가냐?"

"음. 나는 고민 중이다."

"별로 안 가고 싶으면 가지 마. 그런데 나도 저번에 한 번 가 봤는데 애들도 사는 거 다 똑같더라. 그냥 진짜 얼굴 보러 가는 거지. 갈 거면 같이 가게 전화해라. 아님 회사에서 말해 주던지."

"어, 알겠다. 끊는다."

걱정이 됐다. SNS에서 본 것처럼 막상 애들을 만나면 내가 괜찮을까. 휴대폰으로 보는 것만으로도 내 자존심이 이렇게 점점 작아지는데 그들을 직접 본다면, 괜찮을까? 오랜만에 친구들 얼굴 보고 싶은 마음도 있지만 내 자존감이 낮아질까 괜히 더 걱정됐다. 동창회 문제는 일단 걱정하고 싶지 않았다. 날이 점점 가까워지면 미래의 내가 어떻게든 결정 내리겠지.

침대에 누워 계속 휴대폰을 봤다. 요즘 달고나 커피가 유행하는 것 같았다. 그게 뭐길래 다들 저렇게 만드는 가 싶었다. 한번 해보고 싶었으나, 너무 힘들 것 같아서 내가 할 수 있을지 의문이 들었다. 그런데 달고나 커피 말고, '카루메야끼'라는 것이 눈에 띄었다.

일본식 달고나. 달고나 커피보다 만들기 훨씬 쉬웠고, 할 일도 없어서 만들기로 했다. 우선 계란을 깬 뒤, 흰자만 골라낸다. 그리고 계란 흰자와 소다를 1:1 비율로 섞어준다. 그 다음, 종이컵에 설탕을 넣고, 물은 설탕의 반 정도만 넣는다. 그런 뒤 전자레인지에 넣어 돌리고, 아까 만들어 둔 소다를 넣어 재빠르게 섞는다. 그럼 저절로 부풀어 오르면서 완성! 생각보다 간단했다.

그래서 금방 만들게 되었다. 얼른 먹어보니 식감이 다른 달고나였다. 그렇게 '카루메야끼'를 만들어 먹었는데도 아직 배가 고팠다. 집에 먹을 건 없고 배는 요동쳤다. 요즘 운동도 안 한 터라 살이 계속 찌고 있었는데, 이젠 야식까지 먹고 싶으니 큰일났다.

오늘따라 너무 치킨이 먹고 싶어졌다. 지금 시간은 10시. 배달 앱을 켜고, 치킨을 시켜버렸다. 집에 맥주도 없고, 마실 게 하나도 없었다. 그래서 빨리 맥주와 마실 것을 사러 갔다. 슬리퍼를 신고 잠옷 바람으로 대충 내려갔다. 그 슈퍼는 잘 보이지 않는 곳에 있어서 많은 사람들이 잘 오는 편은 아니었다. 대부분 빌라 사람들이 가는 곳이라 잠옷 바람으로 가도 상관이 없었다.

스토커

신나게 슈퍼로 가는데, 윤아가 보였다.

“윤아야!” 내가 윤아를 부르고 빨리 뛰어갔다.

“어? 안녕하세요.”

“어, 안녕. 공부하다가 머리 식히러 나온 거야?”

“네. 그렇죠.”

그런데 윤아의 눈빛이 안 좋았다. 조심스럽게 윤아에게 물어보았다.

“혹시 안 좋은 일 있어?”

“아…… 저 그게.”

윤아가 말 꼬리를 흐렸다. 우리는 계속 서 있기엔 다리가 아파서 슈퍼 앞 평상에 가 앉아 있기로 했다.

“사실은 조금 안 좋은 느낌이 자꾸 나서요.”

"응? 뭐가?"

"저는 제 물건을 항상 놔두는 자리에만 놔둬요. 그런데 밖에 나갔다 오면 자꾸 물건 위치가 바뀌어 있어서 조금 무서워요. 그리고 막 화장실 창문이 있잖아요. 저는 그걸 연 적이 없는데 자꾸 열려 있고. 그래서 무서워서."

여기는 안전한 아파트, 오피스텔도 아니고, 보안 시스템이 잘 되어 있는 곳은 아니기 때문에 다른 곳보다 위험에 노출되기 쉬운 곳이다 보니까.

"아, 정말? 혹시 집에 남자 옷이나 물건, 신발 이런 거 놔뒀어? 보니까 그런 거 많이 놔두던데."

"그런 거 해 놔도 소용없어요. 그걸 모르는 사람이 어디 있어요. 남자 물건 놔둬도 귀신같이 다 알아요."

그렇긴 하다. 이런 문제를 텔레비전에서 다 보여주는데, 누가 모를까.

그 사이에 방금 시킨 치킨의 배달원이 우리 집으로 올라가려는 것 같았다.

"저 혹시 가온빌라 201호 가세요?"

"네."

"그럼, 여기 주세요. 감사합니다. 안녕히 가세요."

"저녁은 먹었어? 일단 치킨 먹어. 먹으면서 얘기하자."

치킨 한 마리를 다 못 먹을 것 같았는데, 다행히 윤아가 있어서 남김없이 다 먹을 수 있을 것 같았다.

"그래서, 어머니께는 전화해 봤어? 혹시 모르잖아. 어머니가 오셨을지도."

"엄마한텐 아직 얘기 안 했는데, 얘기 못하겠어요. 걱정시켜 드리는 것도 그렇고."

"윤아야, 이런 일은 어머니께 말하는 게 걱정시켜 드리는 게 아니라 말 안 하는 게 도리어 더 걱정시켜 드리는 거야. 어머니도 아셔야지. 이런 일이 있는 줄은."

혼자 사는 여성들이 불안함에 지속되는 모습이 너무나도 안타까웠다. 우리나라가 얼른 누구든지 혼자 살기에 안전하고 안심되는 나라가 되면 얼마나 좋을까.

"네, 엄마한테 꼭 연락해야겠죠?"

"어. 꼭 연락 드려."

치킨을 먹고 있으면서도 윤아 얘기를 들으니 마음이 편치는 않았다. 그렇다고 내가 뭐라도 해줄 수 있는 게 없어서 답답한 부분도 있었다. 혹여나 혹시나, 어떤 일이 벌어질지 모르기에 마음 졸이며 밤을 새울 것 같았다.

"안 그럼 윤아야 오늘은 할머니 집에서 잘래? 그래도 혼자보단 둘인 게 낫지 않을까? 그런데 할머니 지금 주무시려나?"

"아, 안 그래도 오늘은 할머니 집에서 잔다고 말씀 드렸어요. 할머니도 늙으면 밤잠이 많아져서 새벽에 자는 경우가 별로 없대서 12시쯤 할머니 집에 가기로 했어요."

"아, 다행이네. 아 내 번호 없지? 혹시 모르니까 내 번호 저장해 놔. 무슨 일 있을 때 전화하면 내가 바로 갈게."

"아, 이렇게까지 안 해주셔도 되는데……감사합니다."

"아니야. 아니야. 이제 같은 빌라 식구잖아."

윤아를 보면 항상 집에 있는 남선아가 생각이 난다. 그래서 윤아한테 조금 더 신경을 써주는 것 같다. 그렇게 처음으로 빌라 사람이랑 번호를 교환했다. 번호 교환하는 게 그렇게 어려운 일은 아니지만, 그렇다고 많이 친하지도 않은 사람한테 그렇게 쉽게 묻는 것도 실례가 될 수 있기 때문에 조심스러웠다. 그래도 이참에 전화번호를 교환해서 이제 나도 어느 정도 빌라 사람이 된 것 같아 뿌듯했다.

그렇게 윤아랑 얘기를 계속 이어나갔다. 공부는 요즘 좀 어땠는지, 윤아는 어떤 걸 하고 싶어서 계속 공부를 하는 건지. 윤아는 경찰이 되고 싶다고 했다. 그래서 고등학교 3학년 때 수능을 쳐보고, 최저 맞춰서 경찰대를 지원했는데, 경찰대는 떨어지고, 동국대 경찰행정학과에 붙었다고 했다. 그 정도도 엄청 잘한 것 같았는데, 윤아는 성에 차지 않았나 보다. 그래서 올해 다시 공부해서 경찰대에 지원하려고 공부한다고 했다.

"근데, 경찰이 왜 되고 싶었어?"

"아, 제가 처음에 경찰을 꿈꾸게 된 이유는 잘 모르겠어요. 그런데 그렇게 계속 경찰이 되고 싶다는 생각은 했었어요. 그런데 제가 중학교 1학년 때였나? 그때 뉴스를 하나 봤어요. 저랑 같은 나이인 학생들이 사람을 죽였더라고요. 교통사고로. 근데 촉법소년이라는 이유로 처벌을 못 받더라고요. 그래서 내가 저 새끼들 언젠간 반드시 잡는다는 생각으로 경찰 되려고 했어요. 근데 지금 생각해 보면 어리석었죠. 법을 바꿔야 했는데, 그냥 개네 잡아넣겠다는 생각만 했던 거지."

윤아 얘기를 들어보니 꽤 멋진 아이인 것 같았다. 경찰을 꿈꾸게 된 이유까지. 솔직히 나는 작가를 꿈꾸게 된 이유? 그냥 글이 좋았다. 나는 그냥 어느 순간 내 장래희망을 정해야 했고, 그냥 남들처럼 제때 취직을 해야 했으니까. 남들과 같은 노력으로. 난 그냥 원래 그래야 하는 줄만 알았다. 재수하는 건 절대 안 되고, 그냥 남들처럼 단지 남들처럼만 해서 딱 남들처럼 들어가는 곳에 들어가서 남들처럼 평범하게. 실은 그 평범하게 산다는 게 세상에서 가장 어려웠던 것 같다. 그게 누구한테 맞춰야 할지, 맞춰져 있는 건지도 모르겠고.

"그럼 학교 다닐 땐 공부 열심히 했었어?"

"학교 다닐 때요? 음 중학교 2학년 때까지는 미친 듯이 놀았어요. 선생님 말씀 안 들어보기도 했고, 꾀병 부려서 조퇴하고 놀아도 봤고. 또 주말엔 맨날 친구들이랑 놀았어요. 시험기간엔 그냥 남들처럼 공부하고. 수업시간 연달아서 자 보기도 했고. 진짜 중학교 2학년 때까진 미친 듯이 놀고, 맨날 수업 안 듣고 했어요. 그런데 3학년 되니까 고등학교를 가야 하는데, 또 자존심에 공부 못 하는 학교는 가기 싫은 거예요. 그래서 3학년 때는 남들 하는 것만큼이라도 하자 해서 공부해서 일반고 진학했죠. 그리고 고등학교 때는 진짜 미친듯이 공부했어요. 잠도 하루에 4시간 이상 자본 적이 없어요. 근데 문제는 나만 그러는 줄 알았어요. 그런데 나보다 더 독한 사람도 많더라고요. 제 친구 중에 한 명은 일주일에 12시간밖에 안 자는 애도 있었어요. 그러니까 하루에 2시간도 안 잤던 거죠."

나는 항상 학교에서 놀아본 적도, 선생님 말씀을 어겨 본 적도 없었다. 노는 것도, 공부하는 것도 아니라 그 중간 어디쯤에서 갈팡질팡 하는 아이. 그냥 글만 좋아했던 아이. 그래도 공부해서 어느 성적 정도는 나왔기 때문에 선생님들은 항상 어릴 때부터 '모범생'이라는 말들을 해주셨다. 선생님 눈에는 자신의 눈밖에 나지 않고, 성적이 어느 정도 나오는 아이를 모범생이라 부르는 것 같았다. 나는 모범생 따위가 아닌 그저 그런 아이였을 뿐인데 말이다. 나는 그 말에 묶여 여기저기도 가지 못한 채 그냥 그렇게 살아왔던 것이다.

"오빠는 학교 때 어땠었어요?"

"난 그냥 조용했던 애? 왜 반마다 그런 애들 한 명씩 있잖아. 그래서 이한솔이 맨날 나 데리고 다니고 그랬었지."

"음, 그랬구나. 제가 얼마 전에 중학교 동창회를 갔다 왔거든요? 그런데 애들이 많이 바뀌었더라고요. 벌써 취직한 애들도 있고, 아직 나처럼 공부하는 애들도 있고. 다들 대학교 가서 잘 지내고 있더라고요. 오랜만에 얼굴 보니까 좋기도 하고. 또 걔네 보니까 나도 빨리 열심히 해서 대학 가야겠다는 생각이 막 들었다니까요? 제가 대학가면 걔네보단 한 학번 후배니까 막 대학교 어떤지 이야기도 듣고. 저희 학교 때 애들끼리 사귀는 애들도 있고. 너무 재밌었어요."

윤아는 되게 밝은 아이였다. 첫인상과 너무나도 다르게도. 나는 취직을 했으면서도, 이런 모습인 게 창피하다는 생각을 했다는 게 후회가 됐다. 동창회 나가봤자 좋을 건 없다고만 생각했던 내가 윤아의 이야기를 들어보니 사람마다 생각이 다른 것 같다는 생각이 들었다. 나도 그런 친구들을 보고서 동기부여 받아서 더 열심히 사는 그런 사람이 됐으면 했다. 휴대폰을 켜고 시계를 보니 벌써 11시가 훌쩍 넘었었다.

"벌써 시간이 이렇게 되어 버렸네. 너도 할머니 집 가서 얼른 자야지. 집까진 내가 데려다 줄게."

"아, 정말요? 감사합니다!"

윤아를 할머니 집까지 데려다 주고 내 집으로 들어갔다. 밤에 평상에 앉아 있어도 별로 쌀쌀하지 않다는 생각을 집에 와서야 했다. 이제 진짜 여름이 오고 있나 보다. 이제 봄과도 슬슬 인사를 해야겠다. 기분 좋은 밤이었다.

주말이 되기 전까지 많은 일이 있었다. 작가님이 작품을 쓰고 계셔서 나도 덩달아 바쁜 하루하루를 보냈다. 저녁에 집에 들어가 본지 너무 오래되었다. 야식으로 치킨 먹고 다음 날부터 계속 야근해서 회사에서 생활했다. 그래도 작품을 다 쓰고 드라마가 탄생하면 그것만큼 뿌듯한 일이 없다. 벌써 주말이 왔다. 한 것도 없는데 벌써 주말. 그런데 나는 오늘도 회사다. 눈을 떠보니 회사였다. 그렇게 일주일을 또 열심히 달렸다. 할 일은 너무 많았고, 쉴 새 없이 일을 했다. 그래도 점심, 저녁, 아침 시간만큼은 제대로 주어져서 그 시간에라도 쉴 수 있어 너무 좋았다. 그렇게 달리고 달려 벌써 동창회 전날인 금요일이었다. 나는 윤아의 말을 듣고 생각을 하다가 동창회를 나가기로 결심했다. 나도 친구들을 보고 좌절하기보단 더 열심히 해야지 라는 생각으로 나가려고 했다. 오늘만큼은 그래도 일이 적어져 이번 주말에 쉴 수 있게 되었다. 그래서 오늘 일 마치고 가서 푹 잔 다음에 일어나서 동창회가 저녁이니까 그때 만나면 되겠지 싶었다.

"야, 너 동창회 갈 거지?"

"어, 이번엔 가 보려고. 근데 너무 피곤하다. 다크서클 봐. 나 오늘 퇴근하자마자 집에서 바로 뻗을 거야."

내가 다크서클을 보여주며 말을 하자 이한솔도 자기 다크서클을 보여주며 말했다.

"야, 나도. 내 눈도 다크서클 봐봐. 내일 동창횐데 어떻게 이 꼴로 나가냐."

"그래도 한숨 자면 괜찮아지겠지. 퇴근하려면 빨리 일해야 해. 빨리 일하기나 하자."

불이 붙은 듯이 글을 쓰고 수정하고 회의하고 작업하다 보니, 해가 다 지고 달이 뜨고 있었다. 작가님의 배려로 그나마 조금 일찍 나왔는데도 그랬다. 사무실 건물을 나오니 바로 앞에 불그스름한 노을이 펼쳐졌다. 노을이 지는 타이밍을 딱 맞추어 나왔나 보다. 붉다고 해서 피처럼 시뻘건 게 아니라 약간 다홍빛 물감에 물을 섞어 하늘이라는 도화지에 부은 색깔이었다. 초등학생 때 팔레트에 새빨간 물감을 짜고 붓으로 물을 섞어 만들어내 와 예쁘다 라며 감탄했던 색깔이었다. 노을을 빤히 쳐다보며 버스 정류장으로 터벅터벅 걸어갔다.

사진 같은 저녁 하늘을 바라보다 어디에 걸려 넘어질 뻔했다.

"…… 윽!"

"야, 괜찮아?" 고개를 내려 발밑을 보았는데 아무것도 없었다. 아니, 짙은 회색의 무언가가 쓱 지나가는 게 보였다. 커다란 눈이 초롱초롱하게 빛나는 길고양이였다. 불현듯 우리 콩이가 생각났다. 우리 콩이, 처음 봤을 때도 이랬는데. 웬 까만 강아지가 길가에 쭈그려 앉아 지나가는 사람들을 빤히 쳐다보았다. 매번 퇴근길에 지나치면서 보다 보니 정이 들어서. 눈만 반짝반짝하지 털은 거칠거칠하고 빼빼 말라가지고 안쓰러워서. 어느 샌가부터 먹을거리를 챙겨서 볼 때마다 먹여주고 씻겨주고 했는데. 그러다가 금방 이사오게 되어서, 이사 오면서 콩이도 같이 데려왔다. 길고양이를 바라보다 콩이 생각이 나니까 이번 주 내가 힘들게 야근하는 동안, 신경을 써주지 못한 콩이에게 미안한 감정이 들었다. 적어도 오늘 내일은 콩이랑 열심히 놀아야지.

버스에 올라타고 오늘도 역시나 자리가 없어 천장의 손잡이를 잡고는 서 있었다. 버스 안의 공기가 너무나도 후끈후끈했기 때문에 아침에 바빠서 아무거나 입고 온다고 긴팔을 입고 온 것을 머릿속으로 매우 후회 중이었는데, 이한솔이 어딘가를 이상한 눈으로 쳐다보고 있었다. 얘가 뭘 보고 있나 궁금해서 고개를 돌려 한솔이의 시선을 쫓아가니 한 여학생이 교복을 입고 손잡이를 잡고 서 있었다.

"야, 아무리 예뻐도 학생은 아니지."

"아니, 그게 아니라 자세히 봐봐, 저 여자애 뒤에 사람."

으음? 그래 한솔이가 그렇게 쓰레기는 아니지. 한솔이가 보라고 한 사람을 보았다. 여학생 뒤에 있기에, 설마? 하고 불안한 마음으로 슬며시 쳐다보았다. 다행스럽게 내가 생각한 성추행 그런 건 아닌 것 같이 보이는데, 저 사람, 뭔가 이상하다. 뭐지. 조심조심 한걸음씩 다가갔다. 슬며시 다가가다 무심코 창문을 바라보았다. 창문에 비친 여학생의 표정이 이상했다. 겁먹은 표정. 딱 봐도 중학생으로밖에 보이지가 않는데. 여학생의 뒤쪽 사람의 손에 시선을 꽂았다. 한손은 의자에 있고, 한손은 가방을 들고 있군.

"이번 정류장은 시청 별관 앞입니다."

버스가 정차하고, 사람들이 우르르 내렸다. 빠르게 성큼성큼 걸어가 여학생 근처 자리에 털썩 앉았다. 가까이서 보니 가관이었다. 술 냄새가, 어우. 소주랑 맥주 냄새가 코를 찔렀다. 아까는 왜 보지 못했을까. 저 사람, 고개를 숙여 턱을 거의 여학생 어깨 위에 얹듯이 했다는 걸. 저 자세면 입김이 여학생 목에. 여학생이 안쓰러웠다.

"저기, 여기 앉으세요."

저 대로면 저 여학생, 토할 수도 있겠는데 하는 생각이 들어 자리를 양보했다. 마음 같아서는 고통 받은 여학생에게 양보하고 싶었는데, 저 사람이 나와 더 가까이 있었기에.

“아, 예에 감사합니다. 정말~”

말을 한다고 입을 여니까 입에서 냄새가 아주 그냥 내 코가 썩어버릴 수도 있을 것 같았다. 다시 이한솔 옆으로 조용히 돌아가니 여학생이 나에게 꾸벅 인사를 했다.

“야, 우리가 생각한 성추행은 아니고, 그냥 술 냄새 때문인 듯. 다 왔네. 내일 보자 늦지 마.”

“어어, 그래. 아저씨 잠깐만요! 저 내려요!”

나랑 얘기하다가 이한솔이 내릴 타이밍을 놓쳤다. 급하게 일어나 뛰어 내려갔다. 어! 이한솔 가방을 두고 갔다. 내일, 만나면 갖다 줘야겠다.

내 집 앞 정류장에 도착해서, 서둘러 버스에서 내렸다. 왼쪽 손엔 내 가방, 오른쪽 손에는 한솔이 가방. 총 두 개를 들고 골목을 걸어가는데, 얘는 가방에 뭐가 들었기에 이렇게 무거운 걸까. 거의 내 가방의 두 배는 될 것 같은 무게다. 빨리 집에 들어가 침대에 몸을 던지고 싶은 날이기에 발걸음을 서둘렀다. 불이 다 꺼진 골목을 돌아가니 집이 마치 산꼭대기 같았다. 에베레스트 산을 올라가셨던 고상돈, 엄홍길 등산가들의 마음을 이해할 수 있을 것만 같았다. 힘겹게 집안에 들어가 가방을 내려놓고는 바닥에 털썩 앉았다. 뒷주머니에 꽂아두었던 휴대폰을 꺼내니 부재중 전화가 5개나 와 있었다. 모두 다 이한솔한테서 온 전화였다. 아마 가방 때문에 전화했지 싶다. 문자도 여러 개 와 있었다.

‘야, 나 버스에 내 가방 나두고 옴. 좀 챙겨봐.’

‘너 버스 내렸지? 내 가방 챙겼지?’

‘문자 좀 봐라. 거기 내 USB 있다고. 중요한 거.’

얘가 어지간히도 급한가보다.

‘내가 챙겼고, 네 가방 내일 만나면 줄게. 내가 안 챙겼으면 어쩔 뻔했냐.’

이한솔한테 문자를 보낸다고 휴대폰 화면을 보니 눈이 뻑뻑했다. 빨리 자야지. 일주일 동안 푹 잔 적이 거의 없었으니. 매일 같이 야근하다 집에 들어오는 경우도 거의 없었으니. 아침에 급하게 일어나 침대 위에 던져두었던 몇 년을 입어 다 늘어진 티셔츠와 고무줄 끝부분이 너덜너덜 해진 바지를 주섬주섬 입고는 화장실에 들어갔다. 역시나 화장실은 춥다. 화장실 창문을 열어두고 가서 밤바람이 화장실 안으로 들어왔다. 팔에 닭살이 돋아 온몸을 덜덜 떨며 세안을 시작했다. 세면대 배수구를 잠가 놓고는 물을 콸콸 틀었다. 고개를 숙여 물이 차는 걸 지켜보았다. 물이 어느 정도 차고 손을 들어 올려서는 수도꼭지를 잠갔다. 세면대에 찬 물에서 내 얼굴이 보였다. 다크서클이 코까지 내려와 있었다. 흐릿하게 보이기는 하지만 얼굴빛도 안 좋아보였다. 오늘은 스킨케어를 제대로 하고 자야지. 평소에 귀찮다고 스킨케어를 제대로 하지 않아서 더 피부가 안 좋아진 것 같다. 얼음장 같은 물로 세안을 하고 나니 잠이 조금 깨는 듯했다. 거울을 보고 찬장을 드르륵 열었다. 스킨을 꺼내서는 손바닥에 부었다. 거의 때리듯이 얼굴을 손바닥으로 톡톡 두드렸다. 로션도 치덕치덕 펴 발랐다. 잠은 조금 깼지만 피곤함은 여전해서 조금 누워 있으면 다시 잠 오겠지 라는 마음으로 침대에 몸을 던졌다. 아, 콩이를 잊어버릴 뻔했네. 다시 일어나 콩이 방문을 열었다.

“콩아~ 이리 와.”

문을 열면서 콩이를 불렀는데 대답이 없었다. 아이쿠. 몸을 웅크리고 깔개 위에서 자고 있는 콩이를 발견했다. 오늘은 콩이랑 같이 자고 싶어 콩이를 들어 올려 내 품에 쏙 안았다. 콩이가 깨지 않게 뒤꿈치를 들고 살살 걸어서 거실로 나와서는 침대에 누웠다. 이불을 살포시 덮고는 그새 잠에 들었다. 내 생각보다 내가 더욱더 피곤했나 보다.

동창회

눈곱이 많이 묻어 잘 떠지지 않는 눈을 억지로 떼어내니 통유리로 된 창문으로부터 햇빛이 찬란하게 들어왔다. 콩이는 나보다 일찍 일어나 침대에서 이름에 걸맞게 콩콩 뛰고 있었다.

"콩아~"

아침이라 그런지 목이 걸걸해졌다. 휴대폰을 들어 올려 시간을 확인하니, 어? 아침이 아니다. 벌써 12시가 넘었네? 와 일주일동안의 놓친 취침을 어젯밤에 다 몰아서 해결해 버렸나 보다. 약속시간은 5시. 조금 여유 부리다 나갈 준비를 하면 딱 맞을 것 같았다. 오늘의 아침은 오므라이스~ 시간적으로 아침은 아니지만 원래 일어나서 처음 먹는 밥이 아침인 거다. 대학교에 한창 다니고 있을 때, 일곱, 여덟 살밖에 되지 않았던 선아가 너무 좋아했던 내 오므라이스를 오랜만에 만들었다. 오늘은 선아가 아니라 나를 위해. 당근을 싫어했던 선아에게 당근을 먹일 수 있는 유일한 방법이었다. 이 오므라이스가.

양파, 당근, 감자, 그리고 스팸을 다지고 계란을 풀어 간을 했다. 다진 야채와 밥을 프라이팬에 넣고 볶으니 슬슬 고소한 냄새가 올라왔다. 역시 음식 냄새가 세상에서 가장 향긋한 냄새지 라는 생각을 하며 볶음밥을 그릇에 옮겼다. 바로 간을 한 계란을 프라이팬에 부어 달걀지단을 만들었다. 종이처럼 얇게 펼쳐진 지단 한쪽에 볶음밥을 살며시 얹어주고 지단의 나머지 한쪽을 그 위에 덮어주고는 그대로 접시에 옮겼다. 옛날에는 선아 오므라이스에 케첩으로 하트나 스마일 모양을 그려주곤 했는데.

거실 창문을 열어 발코니로 건너갔다. 빨래가 널려져 있지 않았더라면, SNS 감성 '나는 오늘 아침을 먹는ㄷr…….' 느낌으로 밥을 먹을 수 있었을 텐데. 발코니에 임시로 놔둔 식탁과 의자에 앉아 오므라이스를 입 속에 떠 넣었다. 입에서 양파의 아삭아삭한 식감과 계란의 어? 계란에 간이 덜 되었나 보다. 밍밍했다. 내가 우리 엄마 손맛에 길들여져서 그런가, 오므라이스를 오랜만에 해서 그런가. 조금 심심했지만 그래도 그런 데로 먹을 만했다. 1시 즈음이라 그런지 햇살이 따갑게 내리쬈다. 식물들이 광합성을 하는 것처럼 발코니에서 햇빛을 흡수하고는 다시 집 안으로 들어가 컴퓨터 앞 의자에 앉았다. 오늘 동창회에 오는 애들은 다들 어떻게 하고 사나, 급하게 파악하기 위해서. SNS는 물론이고, 한 지 오래된 다른 종류의 SNS도 뒤지려고 하다가 아이디를 까먹어 휴대폰 메모장을 한참 찾아야 했다.

나름 애들에 대한 공부를 하고 나니 벌써 3시가 되었다. 아무리 내가 행복하면 된 거고, 명품 그런 거 하나도 부럽지 않다지만, 그래도 멋있어 남들 눈엔 성공한 것 같아 보이니까. 예전에 입대하기 전에 급하게 질렀던 루이비통 지갑을 꺼내들었다. 한동안 아까워서 쓰지도 않았지만, 이럴 때 아니면 또 언제 쓸 수 있을까. 이사 오면서 사서, 산 지 한 달밖에 안 된 슬랙스도 입고 머리도 만지면서 한껏 멋을 부렸다. 그래도 내가 학생 때 키 하나는 잘 키워 놨다 싶었다. 옷을 쫙 빼 입고 전신거울 앞에 서니 키가 크니까 비율이 산다. 애들이 날 보고 놀라면 어떡하지. 너무 달라져서. 거울 앞에서 왕자 병에 걸린 듯이 괜스레 카디건 단추도 잠갔다 열었다 해보고 바지 주머니에 손도 넣어 보고 했다. 이제는 나갈 시간. 뒷주머니에 휴대폰과 지갑을 끼워 놓고는 한솔이 가방도 챙겼다. 열심히 꾸몄는데 이한솔 가방이 다 망쳤다. 빨리 이한솔을 만나서 줘야겠다. 문을 닫고는 집을 나왔다. 동창회 장소가 여기서 약 1시간 반 정도가 걸리는데, 택시는 돈 아까우니까 아무래도 버스를 타야겠지. 어, 저 버스, 놓치면 안 되는데. 다리를 성큼성큼 벌려 정류장에 도착하는 버스에게로 뛰어갔다.

"잠깐만요."

헉헉거리며 카드를 찍고는 좌석에 털썩 앉았다. 방향이 우리 사무실이랑 똑같아, 혹시나 이한솔이 이 버스에 타 있을까 싶었다. 좌석에 앉아 숨을 고르고 있는데, 뒤에서 누가 톡톡 내 어깨를 건드렸다. 뒤를 살짝 돌아보니, 이한솔이었다. 그럼 그렇지. 가방을 건네주었다.

"이야. 남선호 오늘 멋있게 하고 왔네."

"네가 나한테 그런 말할 처지냐. 넌 안경도 쓰고 머리는 또 네가 아이돌이냐? 그 쉼표 머리는 뭐야. 남색 셔츠, 와, 네가 남친 룩의 정석이구만. 누구 반하게 하게? 왜 그렇게 힘을 주고 왔어?"

"너야말로. 생전 안 입던 슬랙스에 카디건. 훈훈하다 우리 선호씨. 사무실 올 때도 쫌 그렇게 입고 오지 그랬냐. 오늘 김설아 온다는 거 듣고 이러냐?"

김설아. 고등학교 때 내가 쫓아다녔던 우리 학교 퀸카였다. 예뻤다. 그냥 예뻤다. 거의 3년 내내 쫓아 다녔는데 왠지 모르게 나한테만 철벽이 심해서. 물론 그때는 내가 좀 꾸미지 않기도 했고. 조금 4차원이기도 했으니까. 내가 설아를 오래 좋아했다는 것은, 설아랑 한솔이만 아는 사실이다. 본 지 꽤 오래 되었지만 그 이름을 들으니까 다시금 마음 깊숙이 설렘이라는 감정이 올라오는 듯했다.

"어, 이한솔이랑 남선호 왔다. 이야! 몰라보겠는데."

버스를 오래 타고 동창회 장소에 가니까 몇몇 애들은 이미 와 있었다. 거의 10년을 안 보다 보니까 애들도 새삼 많이 달라졌다는 것을 느꼈다. 어떤 애들은 온몸을 명품으로 치장했고, 어떤 애들은 일에 평소에 파묻혀 있던 게 보이고. 그리고 10년이라는 세월이 우리 얼굴에 다 나타나 있었다. 그때는 탱탱했던 피부가 다들 조금씩 건조해 보였다. 확실히, 학창시절, 공부도 안 하고 꿈도 없었던 일명 날라리라고 불렸던 애들은 기도 못 펴는 것처럼 보였다. 자리에 앉으려고 하니 뒤에서 목소리가 들려왔다.

"선호야 바지 뒤에 지갑이랑 휴대폰 좀 빼지. 그것 땜에 핏이 안 산다. 핏이."

엇, 이 목소리는? 내가 버스에서부터 생각했던 설아였다. 뒤를 돌아보니 설아가 서 있었다. 그런데, 조금 달라져 있었다. 저 날카로운 목소리는 분명 설아인데, 내 뒤에 서 있는 사람은 내 기억 속의 멋있는 설아가 아니었다. 내 기억 속의 설아는 날라리였지만 담배를 펴도 멋있고 욕을 써도 멋있는 걸크러쉬 설아였는데. 지금은 그냥 향수 냄새가 너무 진했다. 복장도 너무 선정적이었다. 클럽처럼. 아, 내가 보았던 10년 전의 설아는 그냥 내 눈에 콩깍지가 쓰여 그저 좋게만 보였구나. 어릴 때 뭣 모르고 좋아했던 내가 한심했다.

"아, 오랜만이다."

그렇게 바뀐 모습에 놀랐다. 당황스럽게 바지 뒷주머니에서 휴대폰이랑 지갑을 뺐다. 루이비통 지갑을 위에 꺼내 놓으니 설아의 관심이 갑자기 나에게로 쏟아지는 것 같았다.

"선호야, 뭐하고 지냈어? 가끔 네 생각나던데."

생각이 나긴, 모두 거짓말이다.

내가 불편해하는 눈치였는지, 이한솔이 갑자기 모두를 집중시켰다. "야, 다들 오랜만이다."

학교 다닐 때부터 재치가 많았던 이한솔이 친구들의 주목을 받고 있었다. 그렇게 우리는 다 같이 그제야 모여 이야기를 제대로 시작했다. 어느새 시집, 장가 간 아이들이 부쩍 많았다. 이제 다들 20대 끝물들이니까 하루아침에 시집, 장가가려고 하는 듯했다. 대기업에 취직해서 돈 잘 버는 친구도 있었고, 벌써 애 엄마가 돼서 바쁘게 생활하고 있는 친구도 있었다. 그리고 아직 공부하고 있는 친구도 있었고 뭐, 그랬다. 학교 다닐 때 놀았던 애들이 다 못 사는 법칙은 드라마에서만 존재한다. 학교 때 일진이었던 애들도, 놀았던 애들도 지금 번듯이 자기 사업을 해서 돈도 꽤 많이 벌고 명성도 알아주고, 그쪽 바닥에선 꽤 유명한 모양인 것 같았다. 하지만 놀았었던 모든 애들이 그랬던 건 아니었다. 내가 좋아했던 설아는 아직도 학교 다닐 때와 같았다. 이야기를 들어보니, 아직도 클럽을 계속 다니고 있다했다. 아직 직업은 없고, 알바 정도만 간간이 하며 생활하고 있다 했다. 또 학교 다닐 때 공부를 잘했던 애들도 무조건 좋은 곳에 취직하는 건 아니었다. 다들 바쁘게 살고 있는 것 같았다. 이한솔은 뭐가 그렇게 재밌는지 친구들과 한참 떠들어 댔다.

그렇게 친구들 이야기를 듣고 있었는데, 갑자기 나에게로 질문이 던져졌다.

"선호야, 너 드라마 작가라면서, 이한솔이랑 같이 일하지 않아? 어떤 드라마 썼어?"

우리가 오해하도록 한 것처럼 얘기하지 않아야 한다. 분명히. 또박또박 정확히.

"나, 그냥 보조작가야. 내가 메인 작가가 아니라."

"야, 그래도 드라마 작가가 어디냐. 우리가 본거 일 수도 있잖아. 무슨 드라마 썼어?"

"아, 그 '또 사랑의 포레스트'이라고아, 그거 썼어."

내가 이야기를 하자마자 눈이 다들 동그래졌다. 무엇보다도 설아의 눈빛이 더욱 선명해졌다.

"뭐? 또 사랑의 포레스트? 야, 나 그거 완전 인생드라마인데. 그걸 네가 썼다고? 내 친구가? 와 믿기질 않는다. 대박인데?"

한 친구가 앞에서 이야기하자 주변에 내 얘기를 듣고 있던 친구들도 맞장구를 한 마디씩 치기 시작했다.

"맞아, 나도 그거 보면서 매 회마다 울었잖아. 나 그거 본방사수하려고 엄청 애썼는데."

"야, 그럼 거기 나오는 서연수 배우도 봤어?"

"어, 뭐 나도 가끔 촬영장 따라 나가니까. 몇 번 못 봤어. 그냥 인사만 간단하게 나눈 정도?"

"야, 대박이네 서연수랑 인사를 해보다니."

"그러니까. 너 성공했네."

겨우 보조작가인 내가 성공했다는 이야길 듣다니. 참, 역시 사람은 단순했다. 복잡하게 생각하지 않고 단순하게. 자신에게 보이는 대로 생각한다.

동창회에 온 지 3시간이 흘렀을 무렵, 이제 슬슬 다들 들어가기로 했다. 다들 각자 오랜만에 봐서 너무 재미있었다며 인사도 했고, 다음번에 다시 만나자고 이야기하기도 했으며, 우리는 그렇게 오랜만에 본 서로를 다시 서서히 잊어갈 준비를 하고 있었다. 나도 친구들에게 서로 인사하고, 식당에서 나왔다. 난 이한솔이랑 식당 안에 있던 커피자판기에서 커피를 뽑아서는 밖으로 나왔다. 그런데 설아가 눈치 보며 우리 쪽으로 왔다.

"저, 선호야."

설아가 나에게 다가 왔다. 당황스러웠다. 게다가 이한솔을 부르는 것도 아닌, 나를 부르다니.

"아, 왜?"

"사실은 오랜만에 봐서 너무 좋기도 했고, 친구니까 연락하면서 지내자. 어떻게 나이 이렇게 먹도록 네 전화번호 한 개가 없었네. 미안. 우리 앞으로 같이 연락하면 지내자. 전화번호 줄 수 있어? 아님, 내 전화번호를……"

그녀는 그녀 특유의 목소리로 나에게 웃으며 말했다. 내가 설아의 말을 끊었다.

"저기 설아야. 나도 오랜만에 친구들 만나고 좋았어. 근데 우리 어른 돼서까지 이러지 말자. 자존심이 있지."

설아가 자존심이 상했는지 표정이 싹 바뀌었다. 마치 학교 다닐 때 표정으로. 아무도 자신을 깔볼 수 없다는 표정으로. 그녀가 콧방귀를 뀌며 나에게 한 발 짝 가까이 더 다가왔다.

"아~ 그러시구나. 그런데 선호야, 나는 너한테 감정 없어. 그냥 오랜만에 친구로서 연락 하자고 전화번호 물었는데, 그게 그렇게 기분 나빠할 일이야? 오랜만에 봤는데, 너무 심한 거 아니야? 너. 앞으론 보는 일 딱히 없었으면 좋겠다."

그녀는 자기 할 말만 하고 갔다. 어처구니가 없었다. 이한솔이 옆에서 엄청 크게 웃었다.

"푸하하하하하하하하하."

설아가 앞으로 가다가 뒤로 돌아오며 다시 말했다.

"야, 넌 뭔데 옆에서 웃니? 우스워? 뭐가 웃긴데?"

살기가 흐르는 눈빛이었다.

"음. 네 모든 게 웃겨. 마치 명품을 보고 반한 사람? 마치 직업 보고 반한 사람? 그런데 그걸 안 들키려고 친구라고 포장해서 건네는 말이. 너무 티 나잖아. 모르는 척 시치미 좀 떼지 말고."

"하, 참 야! 뭐래~ 넌 빠져. 남 일에 네가 왜 참견인데!"

설아가 고래고래 소리를 쳤다. 이한솔도 더 이상 상대하기 싫었는지 먼저 가버렸다. 내가 그녀를 기분 나쁘게 쳐다보곤 나도 갔다.

택시를 기다리다 택시에 탔다. 타자마자 이한솔이 오히려 성질을 더 내며 말했다.

"야, 재 분명히 네가 작가라 하니까, 지갑 보니까 돈 좀 버는 것 같아서 너 유혹하려고 한 거야. 네가 지갑 꺼낼 때부터 눈 돌아가 있었어."

"알아, 야 나도 그 정도는 눈치채거든. 근데 사람이 영 아니더라. 너무 많이 바뀌었어."

이한솔이 콧방귀를 뀌며 말했다.

"뭐래, 재 옛날에도 그랬거든. 너만 콩깍지 씌였던 거라고."

그랬을지도 모르겠다. 나도 어렸으니까.

우리는 한참동안 설아 얘기를 하면서. 어느새 집에 도착했다. 우리는 서로 내 집에 가자는 약속을 하지 않았지만, 통했었다. 말하지 않아도. 집에 들어가기 전에 슈퍼에서 과자 몇 개 사서 집으로 올라갔다. 집으로 들어가자니 꽤 괜찮은 밤이었다.

"야, 저쪽 위에 정자 있는데, 거기 가서 과자 먹다 집에 다시 올래?"

"오, ~ 좋지 빨리 가자."

우리는 계단을 성큼성큼 더 올라 어느새 정자에 도착했다. 과자를 정자 위에서 까먹기 시작했다. 시간은 그리 늦지도, 그리 이르지도 않은 9시. 주변은 조용한 것도 같았고, 아직 잠을 자지 않는 시간이라 여기저기 조금씩 생활하는 소리가 들리는 것도 같았다.

"야, 애들 진짜 많이 변했더라."

"맞아, 생각보다 달라서 좀 놀랐던 애들도 몇 있고."

"솔직히 내가 김영민이 걔는 좀 잘 안 될 줄 알았거든? 근데 성공했더라. 걔도 일진이었잖아. 맨날 술 담배 하고 애들 괴롭히기나 하고. 학교도 제때 안 나와서 담임한테 엄청 혼나고."

"그러니까. 나도 걔는 진짜 궁금했거든. 어떻게 살려나. 그래도 자기 사업은 또 열심히 해서 성공한 거 보니까 좀 배 아픈 것 같기도 하고."

이야기를 하고 있는데 저 멀리서 누군가가 걸어왔다. 멀어서 작게 보여 애 같이 보이는 건지, 아님 진짜 애인 것인지는 구분이 잘 안 됐지만, 점점 가까이 우리 쪽으로 걸어오는 듯했다. 어느새 올라오는 사람도 우리를 보았는지 뛰어왔다. 얼굴이 점점 가까워지고, 보였다. 유찬이었다. 줄넘기를 들고 왔다.

"어? 형들 있었네. 한솔이 형은 여기 살아? 맨날 보는 것 같아." "어? 어떻게 알았어요? 들켜버렸네."

"근데, 유찬이 너 저번에 다리는 괜찮아? 그 뒤로 우리 한번도 못 봤잖아."

"아, 맞네. 나 그때 한숨 자고 나니까 다 나았던데 뭘. 나 치료해 준 의사선생님이랑도 친해져서 가끔 가면 나한테 맛있는 거 완전 많이 준다?"

"오호~ 진짜? 다 나았나 보네. 근데 줄넘기는 왜 가지고 왔어? 운동하게?"

"학교에서 수행평가로 줄넘기 한대. 선생님이 통과 못하면 학교 남아서 수행평가 해야 한다 해서 연습해야 해서."

"그럼 형들이 도와줄게. 무슨 줄넘기 하는 건데?"

"2단 뛰기 10개랑 엑스자로 뛰는 거 10개랑 그냥 뛰는 거 20개."

"형 줄넘기 엄청 잘해"

이한솔이 뽐내듯 정자에서 나와 줄넘기를 유찬이에게 받아들었다. 그러곤 바로 줄넘기를 했다.

"오오 형 대박인데? 선호 형은 못해?" 유찬이가 내 자존심을 찔러 버렸다. 조금 당황했다.

"어? 어, 형은 줄넘기 잘 못해. 대신에 다른 거 잘해."

급하게 다른 거 잘한다고 말을 돌렸다.

"뭐 잘하는데?"

음. 거짓말을 빨리 떠올려야 했다. 그래도 운동에서만큼은 초등학생인 유찬이한테 지고 싶지는 않았으니까.

"나 농구 잘해. 농구." "으음……."

이한솔이 의심스러운 눈빛을 쏘아댔다.

"됐어요. 제가 농구를 못하거든요. 나중에 농구 가르쳐 주세요!"

떨떠름하면서도 한편으로는 다행이었다. 혹시라도 지금 농구 경기를 하자고 할까 봐.

"유찬아~ 그만 하고 들어와. 늦었다!! 자야지!"

윗집 형수님이 발코니로 나와 유찬이를 불렀는데 무심코 돌아본 나와 눈이 마주쳤다. 형수님이 당황하시면서 고개를 끄덕이셨다. "아, 네~"라고 하며 나도 고개를 끄덕였다.

"형들 나중에 봐~"

역시 초등학생은 다르구나. 나도 초등학생 때 9시에 잤었나. 이제 나에게 9시는 퇴근시각 혹은 그냥 집에서 저녁 먹은 후의 시각 일뿐인데. 기억을 되짚어본다. 아, 난 초등학생 때 매일 8시 반에 침대에 누웠구나. 잠에 관해서만큼은 우리 엄마 덕분에 이렇게 키가 쭉쭉 커진 거지. 그때는 일찍 자기가 너무 싫었는데 지금 생각해 보니 우리 엄마께 너무 감사하다.

"…… 누구냐?"

옛날 생각을 하다가 다시 현재로 돌아왔다. 이한솔이 나한테 무슨 말을 한 것 같았는데 잘 들리지 않았다.

"누가 누구야?"

"아니, 아까 좋아하는 애 있다며"

"음? 내가?"

난 그런 사람 없는데.

"아까 김설아 앞에서 그랬잖아. 너 기억상실증 있냐?"

아, 아까 그 핑계 댔던 거. 난 또 뭐라고.

"아, 아까 그거? 나 사실은……."

"너 사실 그 조우리인가 개 좋아하지? 맞지?"

응? 갑자기? 조우리가 갑자기 여기서 왜 나올까.

"응? 아……"

"맞구나. 역시. 알겠어. 이제부터 이 연애 전문가가 너의 연애를 도와준다. 형님이라 불러……."

어디선가 진동 소리가 들렸다. 내 폰은 아닌데? 이한솔 폰인가.

"여보세요? 어 자기야~ 왜? 우리 집에 온다고? 알겠어. 나 바로 갈게~ 응~"

여자친구랑 전화하는 이한솔이 왠지 모르게 피곤해 보였다. 여자친구랑 전화하면 좋아야 하는 거 아닌가. 흠.

"넌 여친이랑 전화하는데 왜 그렇게 피곤해 보이냐. 이상하네."

"내 여자친구가 날 너무 좋아해. 하 이놈의 인기. 나도 물론 좋아는 하는데, 꽤 극성이라."

아. 그러면 뭐 그럴 수 있지.

"난 이제 간다. 여친이 빨리 오란다."

저번에 조우리가 날 드라마 보조작가가 아니라 진짜 메인 작가라고 오해했을 때랑 조금은 비슷했다. 거의 데자뷰 같다고 할까나. 뭐, 큰 오해는 아니니까. 다음에 말해 줘야겠다.

아, 이한솔 과자 다 흘리고 갔다. 허리를 숙여 과자 부스러기를 줍고는 집을 향해 터벅터벅 걸어갔다. 아까 동창회 때 잘 마시지도 못하는 술을 주는 대로 받아먹었더니 이제야 속이 울렁거렸다. 속에서 알코올이 막 뛰어다녔다. 입으로 넣었던 것이 입으로 다시 나오기 전에 집으로 올라가서 변기를 잡고 뱉어냈다. 방금 전까지만 해도 속에서 올라오기 직전이었는데 한번 뱉고 나니까 더 이상 입에서 나오지를 않았다. 그렇지만 속은 여전히 울렁거렸다. 옷도 갈아입지 않고 씻지도 않고 그대로 침대에 몸을 던져 눈을 감아버렸다. 자면 좀 낫겠지. 분명히 피곤은 한데, 잠은 오는데, 잠에 들지를 못했다. 어쩔 수 없이 다시 비척비척 일어나 옷을 갈아입고는 치약을 잔뜩 짜서 양치를 했다. 샤워는 내일 하면 되겠지. 내일은 진짜 아무데도 안 나가니까. 대충 양치를 하고는 입에 소량의 치약이 찝찝하게 남아 있는 상태로 드디어 다시 이불 속을 파고들었다. 이제는 진짜 자야 되는데. 잠에 들지 못해 오른쪽 왼쪽으로 몸을 돌리기도 하고 베개에 코를 파묻기도 해보았다.

그러다 보니 나도 모르게 잠이 들었나 보다. 눈을 잠깐 감은 것 같았는데 다시 눈을 뜨니 햇빛이 들어오고 있었다. 요새는 뭐, 햇빛이 내 알람이다. 이제는 블라인드나 커튼을 좀 사야 하나. 의도치 않게 일어나버렸다. 내 침대 밑에서 장난감을 가지고 노는 콩이를 안아서 멍하니 쓰다듬다 보니 배가 허한 게 느껴졌다. 배는 고픈데 몸에 힘은 없어서 아무것도 하고 싶지는 않다. 일어날까 말까 한참을 고민하다가 결국에는 일어나서 냉장고를 열었다. 반찬은 많았지만, 별로 당기는 게 없었다. 오늘 아침으로는 고소한 게 당기는데. 냉장고를 닫고 기지개를 펴며 발뒤꿈치를 들어 올리니 냉장고 위의 달걀이 보였다. 달걀을 꺼내 식탁 위에 나두고는 그릇에 밥을 담았다. 달걀 프라이를 만드는 동시에 다시 냉장고에서 버터를 꺼내 밥 위에 얹었다. 달걀 프라이가 담긴 프라이팬을 들고 와서는 그릇에 담긴 밥 위에 달걀프라이를 스르륵 흘러내리게 만들었다. 참기름과 간장을 고소할 정도로만 살짝 넣어서 맛깔나게 싹싹 비벼서 입에 쏙 넣었다. 음~ 역시 간장계란밥은 언제 먹어도 맛있다니까. 단 것도 같다가, 짠 것도 같다가 잘 어울렸다. 이게 바로 단짠의 정석! 난 달걀프라이를 먹을 때 흰자는 끝부분이 약간 바삭하게, 노른자는 거의 덜 익은 듯한 반숙으로 만들어 먹는 걸 좋아한다. 간장계란밥을 먹을 때는 반숙 계란을 섞어줄 때 부드럽고 끈적끈적하게 숟가락에 달라붙는 느낌이 굉장히 좋다. 밥을 비비고 나면 밥 구석구석에 노른자의 고소함과 흰자의 바삭함이 어우러져 아주 그냥 환상이다.

밥풀 하나 남김없이 설거지할 필요 없을 정도로 긁어먹고는 익숙하게 책상 앞에 앉았다. 오랜만에 드라마나 정주행 해야지. 내가 보고 와 실물이 갑이다

했던 배우들 중 하나였던 서연수 배우가 나오는 '바크'. 러브라인이 거의 없고 신선한 소재라 드라마가 방영되었을 때 아 저건 꼭 봐야겠구나 했던 드라마다. 진짜 현실적이라고 믿겨지고, 어떻게 이런 소재를 생각해낼 수 있는지 그 작가님의 머릿속도 궁금하고. 하루 종일 눈이 아릿아릿할 때까지 컴퓨터 앞에 앉아서 '바크'만 보고 앉아 있다 밤이 다가왔다. 물론 그 사이에 콩이와 놀기도 했고 화장실도 다녀왔지만 서연수 배우의 연기가 너무 좋아서 눈을 뗄 수가 없었다. 아이돌 가수 출신 배우인데도 이렇게 연기를 잘할 줄이야. '또 사랑의 포레스트'를 찍을 때도 물론 연기가 완벽했지만, 관계자가 아닌 그저 시청자로서 본 '바크'에서의 연기에서도 손색이 없었다.

컴퓨터를 밤 10시까지 켜 놓고 '바크'를 끝까지 다 보고 나니 속이 후련했다. 이제 그만 컴퓨터를 끄고 내 눈을 쉬게 하려는데 예전에 보려고 했던 '닥터'가 기억이 났다. 내가 또 한번 꽂히면 그만두지를 못하는 성격이라 다시 컴퓨터 화면에 시선을 고정한 채 '닥터'를 시청했다. 내일 출근이라는 걸 내 몸이 느끼고 있었기에 다급히 최대한 빠르게 필요 없는 장면을 샥샥 넘기면서 시청했음에도 불구하고 다 보니까 새벽 5시였다. 바들바들 떨리는 위아래 속눈썹을 서로 붙여 겨우 잠에 들었다.

천근만근인 몸뚱이를 이끌고 사무실을 올라가 내 자리에 털썩 앉았다. 어제 드라마 하나만 볼걸. 내 눈꺼풀을 코끼리가 짓누르는 듯했다. 오늘은 불행인지 다행인지 컴퓨터 작업보다는 손으로 하는 파일 정리 같이 수작업이 많아 사무실에 있는 소파에 앉아서는 한솔이랑 정리를 시작했다. 졸음이 몰려와 정신이 오락가락하는데 어느 누가 정리를 제대로 할 수 있겠는가. 정리를 하다 순서를 뒤죽박죽으로 해놓아서 이한솔한테 지적을 받기 일쑤였다. 배가 부르면 잠이 더 올까 봐 아침에 대충 밥에 김을 싸먹고 점심을 건너뛰니 배에서 꼬르륵 소리가 났다. 그렇지만 배가 고픈 건 고픈 거고 잠은 여전히 많이 와서 나도 모르게 소파에 앉아 있다 보니 잠이 들었나 보다.

일어나 보니 아무도 없었다. 탁자 위에 있었던 정리하던 자료들도 없어져 있고 뭔가 담겨 있는 검정비닐봉지만이 놓여 있었다. 열어보니 매운 냄새가 스멀스멀 올라오는 양념어묵이었다. 고춧가루가 살짝 보이는 시뻘건 국물에 붉게 색이 칠해진 어묵이 여러 개 잘려져 있었다. 난 심하게 배가 고팠기에 봉지 안에 들어 있던 젓가락을 꺼내 들고는 숨 쉴 틈도 없이 먹어댔다. 입 안에 매콤한 감이 맴돌았다. 먹다 보니 점점 더 매워졌다. 내가 원래 이렇게 매운 걸 못 먹지는 않는데. 입에 하나 더 넣어보았다. 입 안에서 불이 나는 듯했다. 물이 급하게 필요했다. 중학교 이후로 매운 걸 먹으면서 물을 이렇게까지 찾아본 적은 없었던 것 같은데. 어쨌든 물이 급했다. 빨리 이 활활 타오르는 매운맛을 식혀야만 했다. 물을 받으러 정수기가 있던 쪽에 갔는데, 이럴 수가. 정수기가 없었다. 정수기가 원래 있던 자리에 정수기가 없고, 내 자리에 내가 집에서 담아온 물통조차 없었다. 이제는 매운 맛이 코까지 따갑게 했다. 눈에서 눈물이 흘렀다. 콧물을 훌쩍거리며 작가님과 이한솔 자리에 물통이 없나 찾아보았다. 불행하게도 물이라고는 흔적도 찾을 수 없었다. 하는 수 없이 어묵 국물을 마셨더니 온몸에서 땀이 나기 시작했다. 목구멍이 따끔따끔했다. 위장까지 쓰린 느낌이었다. 입을 열고 숨을 쉬면 목젖까지도 화끈화끈해 말이 잘 나오지 않았다.

"물……."

사막의 뜨거운 햇빛이 내 온몸에, 특히 얼굴에 정통으로 내리쬐는 듯했다.

"물!!"

소파에 앉으려다 잘못 앉아 쿵하고 바닥에 엉덩방아를 찧고 말았다.

"남선호! 괜찮냐?"

어, 아까는 분명 아무도 없었는데. 사무실 각자 자리에 이한솔이랑 작가님이 앉아계셨다. 정수기가 정수기 자리에 그대로 있기에 급하게 일어나서 달려가서는 물을 마셨다. 그러고 나서 뒤를 도니 탁자에 어묵은 있지도 않았다. 아니, 처음부터 없었던 것 같았다.

"어묵은……?"

"무슨 어묵이야. 너 저기서 자다가 굴러 떨어졌네."

아. 꿈이었구나.

"야, 너 괜찮아? 엄청 아플 것 같은데 큭큭"

남선호가 처음엔 놀라 눈이 동그랗게 커졌다가, 갑자기 배를 잡고 계속 웃었다.

"아야. 좀 아프네."

꿈에서 맛 봤던 어묵이 갑자기 먹고 싶어졌다. 오늘은 집에 들어가기 전에 길거리에 파는 어묵을 사 먹어야겠다.

그렇게 또 한참 일을 하니 벌써 퇴근시간이 왔다. 오늘은 이한솔이 자기 여자친구와 같이 있겠다면서 나를 거들떠보지도 않고 퇴근하자마자 바로 사라졌다. 그래도 오랜만에 혼자 어묵을 조용히 먹는 것도 괜찮을 것 같았다. 혼자서 맛있는 어묵을 먹을 생각을 하니 너무 기분이 좋았다. 회사 근처에 어묵을 기가 막히게 하는 곳이 있었다. 그래서 회사 건물에서 나오자마자 가서 어묵을 집어 들었다. 매운 어묵도 있었고, 옆에는 누가 봐도 시원하고 맛있을 것 같은 어묵이 있었다. 처음엔 그냥 어묵을 먼저 들었다. 나는 꼬불꼬불한 어묵을 더 좋아한다. 그래서 그 어묵을 먼저 들고 먹기 시작했다. 간장에 찍어 먹기도 했고, 옆에 있던 매콤한 소스를 얹어 먹기도 했다. 어묵을 한참 동안 먹고 보니 옆에 있던 어묵 꼬챙이가 어느새 수북이 쌓여 있었다. 그리고 집에 가서 떡볶이를 먹기 위해서 떡볶이 2인분도 포장해 갔다. 1인분은 조금 모자랄 수도 있을 것 같다는 생각에 2인분을 포장했다. 포장된 떡볶이를 들고 택시를 잡아탔다.

드디어 집에 도착했다. 집에 들어가서 샤워를 싹 하고 나니 뽀송뽀송한 상태였다. 떡볶이를 먹기 시작했다. 너무 맛있었다. 역시 떡볶이랑 어묵은 길거리 포장마차 게 제일 맛있지. 떡볶이를 먹고 있는데 휴대폰으로 전화가 왔다. 석민이 형이었다. 석민이 형은 대학교 과 동기인데, 재수하고 1년 늦게 대학교에 들어와서 나보다 나이가 한 살 더 많았다. 대학교 다닐 때는 이한솔이랑 석민이 형이랑 항상 붙어 다녔었는데, 대학교 졸업하고는 잘 못 봤던 것 같다.

"여보세요 웬일이래. 전화를 다하시고."

"아, 내일 혹시 시간 되냐? 나 내일 캠핑 가려 하는데, 너 맨날 따라 가고 싶다 했었잖아. 내일 어때?"

"오, 정말? 당연히 되지. 바로 휴가 내야겠네. 내일 같이 가."

"그럼, 내일 내가 아침에 너 데리러 갈게. 어디로 이사 갔는지 궁금하기도 하고."

"어, 알겠어. 지금 마트 가서 뭐 사 놓을까?"

"됐어, 내가 준비 이미 다 해 놨지. 너는 몸만 오면 돼. 빨리 자고 내일 보자."

"예! 내일 봐요~"

석민이 형은 항상 말했다. 클래식 카를 개조해서 캠핑을 자주 가는 게 꿈이라고. 그래서 차를 사자마자 개조해서 캠핑을 자주 다니기 시작했다. SNS를 보니 캠핑을 간 사진을 자주 올려놓았다. 서울에서 가까운 장소만 다니는 것이 아니었다. 부산도 갔고, 포항도 갔었고, 담양도 갔었고. 하여튼 그 형은 혼자서 자주 다녀서 지역마다 좋은 곳이며, 좋은 구경거리며 여러 가지를 알고 있었다. 1박으로 가는 게 아니라 2박 3일, 3박 4일로 가기 때문에 캠핑만 하는 것이 아니라 그 지역을 직접 구경 다니기도 한다. 그래서 그 형이랑 다니면 좋은 곳을 다니기도 하고, 좋은 것을 다 해볼 수 있다. 너무 기대됐다. 일단, 너무 늦은 시간이 아니라 문자로 먼저 양해를 구하고 전화를 드렸다.

"작가님, 저 다른 게 아니라 휴가를 좀 쓰려고요."

"아, 정말요? 어디 놀러 가세요?"

"아, 오랜만에 아는 형이 전화 와서 캠핑을 같이 가자고 하더라고요. 한 2박 3일 정도 갔다 올 것 같은데 3일 휴가 낼게요. 아 근데, 아직까진 조금 바쁜 시긴데 제가 3일이나 휴가를 가도 될까요?"

"괜찮아요, 괜찮아. 한솔씨 많이 시키지 뭐. 재미있게 놀다 와요. 갔다 와서 열심히 일해 봅시다! 재밌게 놀고 와요."

"네 감사합니다! 3일 뒤에 뵐게요!"

"네. 먼저 끊을게요."

"네."

휴가도 냈고, 완벽했다. 얼마 만에 이렇게 오랜만에 바로 준비도 없이 떠나는 걸까. 너무 좋았다. 친한 사람과 얼마 만에 여행을 가는 걸까. 그 형도 참 좋은 사람이었는데, 못 본지 한 3년 됐나? 그래서 더욱 기대되기도 하였다.

콩이가 방에서 나와 옆으로 다가왔다.

"콩아, 형이 내일부터 몇 일간 콩이 산책 못 시켜주니까 우리 지금 산책하러 나가볼까?"

내가 물으니 콩이가 "멍멍" 하고 짖었다.

"우리 콩이, 형이 자주 못 놀아줘서 미안해. 우리 그럼 목줄을 차고 나가볼까~"

콩이를 데리고 산책을 하러 나갔다. 아침마다 출근시켜 주기 전에 산책을 하지만, 그래도 하루 종일 집에 있으면 얼마나 답답할까. 집에서 입고 있던 반팔을 그대로 입고 나왔는데 춥지가 않았다. 꽤 괜찮았다. 내일부터 이제 슬슬 여름옷을 입어야겠다. 콩이를 데리고 산책을 하고 있는데, 우리가 퇴근하고 오는 길인지 힘이 빠져 있는 듯 터벅터벅 계단을 오르고 있었다.

"조우리!"

우리를 불러 세웠다.

"꺄아아아! 콩이잖아! 콩아 오랜만이지?"

"지금 퇴근하는 거야?"

"응, 콩이랑 산책하고 있었어? 너 원래 콩이랑 아침마다 산책하잖아. 오늘은 왜 지금 산책해?"

"아, 3일 동안 놀러 가서 미리 산책 좀 시켜두려고. 걱정이야. 우리 콩이 혼자 3일 동안 어떻게 집에 있을까? 콩아."

콩이를 번쩍 들어 올렸다.

"아, 진짜? 그럼 놀러가는 동안 할머니께 맡기면 될 것 같은데? 할머니 강아지 좋아하셔. 잘 챙겨 주실걸? 나도 맡아주고 싶은데, 요즘 신 메뉴 개발하느라 바쁘네. 미안"

"괜찮아. 뭐가 미안해 별게 다 미안해. 네 말대로 할머니한테 여쭤 봐야겠다."

맞다. 우리한테 빨리 오해를 풀어야 하는데, 지금 말해야겠다.

"아, 참, 조우리. 그 음……."

내가 말을 더듬자 우리가 나를 빤히 보았다.

"왜, 무슨 말인데 왜 이렇게 더듬어."

"아, 그게, 네가 오해하는 게 있는 것 같아서."

"응? 내가 오해하는 거? 그게 뭔데?"

"사실은 내가 '또 사랑의 포레스트' 작가라고 했잖아. 나 그 드라마 담당작가가 아니라 보조작가야."

내가 말하고 고개를 푹 숙였다.

"푸하하하하하"

갑자기 우리가 호탕하게 웃었다. 내가 고개를 들고 우리를 쳐다보았다.

"야, 그 드라마 검색하면 극본 누가 썼는지 나오잖아. 그리고 우리 나이에 그렇게 성공한 극본을 쓴 거면 네가 여기서 살겠냐. 더 비싼 데 가서 살 수 있는데. 크크크 당연한 거 아니야? 내가 네가 거짓말했다고 생각할 줄 알고 있었어?"

아, 그런 거였구나. 우리는 당연히 내가 보조작가일 거라 생각했던 것이다. 순간 조금 당황하기도 했지만, 그래도 오해하고 있지 않아 다행이라고 생각했다.

"아, 그런 거였어? 괜히 나만 불안해했네. 피곤할 텐데 빨리 들어가서 쉬어. 난 슈퍼 가서 뭐 좀 사서 할머니께 부탁드려야겠다."

"어, 놀러 잘 갔다 오고. 콩아 누나랑 나중에 놀자~"

계단을 내려가서 슈퍼에 들렀다. 뭘 사가야 할지 고민되었다. 그래서 할머니께서 간식으로 드실 만한 것들을 몇 개 사 갔다. 계산대에 올려놓으니 슈퍼 사장님이 놀라셨다.

"아이고 마, 와 이리 많이 사노? 이거 너 혼자 다 먹게?"

"아, 그게 아니라 할머니께 콩이 부탁드려야 하는데, 뭘 드리면서 부탁드려야 할지 모르겠어서요."

"아이고 할매 이런 거 안 좋아하신다. 기다려 봐래이."

슈퍼 아주머니께서 잠깐 안으로 들어가시더니 초콜릿을 가지고 나오셨다.

"할매, 달다구리 한 거 좋아한다니까. 그런 옛날 과자 말고 이런 초콜릿을 사가야 좋아하시제. 이것만 갖다드리면 기분이 좋아서 방방 뛰신다. 여기 있는 건 내가 갖다 놓을 테니까, 이것만 저 짝에 갖다 놓고 와."

"네."

"할머니 가끔 자주 살펴보고 그래. 노인네 혼자 살아서 마이 외로울 기라. 알겠제?"

"아이고 알겠습니다. 아주머니도 혼자 사시잖아요. 그래서 제가 슈퍼에 자주 오는 거예요. 아줌마 잘 계신지 보러~ 크크크."

"뭐라노, 나는 아직 짱짱한디. 혼나려고 막. 어여 가. 할머니한테 이거 갖다드리고."

"네. 안녕히 계세요~"

슈퍼 아주머니는 너무 재미있으시면서 정이 넘쳤다. 대구에서 올라 와서 장사를 하고 계시는 분이라 사투리를 많이 쓰신다. 내가 서울 토박이지만, 사투리를 들으면 더 친근해지는 느낌이 들어 좋았다. 그래서 조금 더 가면 편의점이 있지만, 집 앞에 있는 슈퍼를 애용하는 이유 중 하나이기도 하다.

계단을 다시 올랐고, 할머니 집 앞에 왔다. 띵동 초인종을 눌렀다. 조금 기다리니 할머니가 나오셨다.

"아이구 오랜만이여, 우짠 일이여?"

"할머니, 이거. 초콜릿이요. 할머니 이거 좋아하신다면서요.ㅎㅎ"

내가 할머니한테 애교를 부리며 드렸다.

"아이고, 웬일이여, 어떻게 사왔노? 집에 들어와서 과일 좀 먹고 가그래이."

"네!!~~"

"아이고 강새이도 델꼬 왔네. 귀여버라."

할머니가 우리 콩이를 꽤 맘에 들어 하시는 것 같아서 좋았다. 집에 들어와서 할머니가 거실에 앉아 있으라 했다. 몇 번 와 봐서 이젠 조금 친근해졌고 편해졌다.

"오렌지가 맛있게 익었더라고. 노인네 혼자 많아서 다 묵지도 못할 것 같았는디, 다행이네."

오렌지라니. 새콤할 것 같으면서도 달달하고 시원한 오렌지. 오랜만에 먹어보는 것 같았다. 할머니께서 오렌지를 들고 오셨다.

"잘 먹겠습니다!"

입에 오렌지를 하나 넣고 씹으니 시원한 과즙이 뿜어져 나왔다. 냉장고에 있던 거라 그런지 시원했고, 달콤했고, 시큼하기도 했다. 산책을 좀 많이 해서 마침 출출하던 참이었는데, 과일을 먹으니 금방 배가 든든해졌다.

"어우 할머니 너무 맛있는데요."

"그제? 완전 맛있제? 혼자 먹기 너무 아까버까고."

할머니께 부탁을 드릴 타이밍을 눈치보고 있었다. 그런데 할머니께서 눈치 채셨는지, 무슨 할 말이 있냐고 물어보았다.

"다른 게 아니라 할머니, 우리 콩이 딱 3일만 봐 주시면 안 돼요?"

"엥? 콩이를 왜? 어디 가나?"

"네, 제가 친한 형이랑 캠핑 가기로 했거든요. 그런데 그 형이 강아지를 별로 안 좋아해서."

"아, 내가 보면 되지. 안 될 게 뭐여. 그래서 아까 나한테 초콜릿 사다준 거구만."

"아이 할머니 죄송해요. 나중엔 그냥 꼭 사드릴게요. 저 진짜 할머니 좋아해서 맡기는 거죠. 안 좋아하는 사람한테 내 가족 어떻게 맡겨요."

내가 애교를 부리면서 말하니 할머니께서도 좋으신지 함박 웃으셨다.

"아유, 뭐 내가 내 가족 보는 거랑 뭐가 달러. 나도 안 심심하고 좋지."

"할머니, 감사해요 진짜로. 내일 아침에 가기 전에 할머니한테 맡기고 갈게요."

"그려 알았어. 너도 내일 가야 할 텐데 어여 가서 푹 자."

"네, 할머니 저 그럼 갈게요. 안녕히 계세요!"

"오야 내일 보자."

그렇게 할머니한테 과일도 얻어먹고 콩이를 집에 데리고 가서 씻은 후에 잤다. 내일 아침이 빨리 오길 기대하면서.

눈을 떠 보니 아침이었다. 콩이 장난감과 배변패드, 간식, 밥을 얼른 챙기고 할머니 집으로 갔다.

'똑똑똑'

"할머니 콩이 왔어요~"

그런데 안에서 인기척도 없고 아무 소리도 나지 않았다. 갑자기 쎄한 느낌이 들었다. 가슴이 빨리 뛰기 시작했다. 문을 더 빨리, 세게 두드렸다.

"할머니, 할머니! 할머니!!"

내가 나도 모르게 흥분해서 대문을 쾅쾅 치고 소리를 너무 크게 질렀는지, 유찬이네 어머니가 나오셔서 나에게 말했다.

"선호씨, 할머니 아침 운동 가셨는데, 왜 그래?"

아, 맞다. 할머니는 아침 운동을 하시지. 순간 나도 모르게 할머니가 혹시 쓰러지신 건 아닌지, 별 생각이 다 들면서 온갖 걱정을 했었다. 식은땀도 조금 났다.

"아, 맞다. 죄송해요. 시끄러우셨죠?"

"아니야, 그럴 수 있지. 콩이네? 할머니한테 콩이 맡기게? 어디 가?"

"네. 오랜만에 친한 형이랑 캠핑 가려고요."

"캠핑 좋~~지. 재밌겠네. 재밌게 놀고 와요."

"네, 들어가세요."

형수님이랑 얘기를 하다 보니 할머니께서 나를 불렀다.

"어이, 총각 나를 왜 그렇게 불러싸 내가 콩이 안 봐줄까 봐 그래에?"

할머니께서 농담으로 눈을 새초롬하게 뜨시면서 장난을 치셨다.

"에이, 아니죠. 저는 혹시나 할머니 쓰러지셨을까 봐. 걱정돼서."

"아이구! 내가 이 나이에 쓰러지면 쓰나. 그래도 옆에서 걱정해 주는 사람 있어서 좋긴 좋네."

"아, 이거 콩이 물건이에요. 3일 동안 잘 부탁드려요! 감사해요. 콩아 형아 갈게 안녕~~"

"어이구 젊은 게 좋긴 좋네, 놀러도 자주 가고. 젊을 때 많이 가 둬."

"네!! 안녕히 계세요!"

기다리던 캠핑

집에 다시 들어와 옷을 챙겨 놓은 가방을 문 앞에다 놔두고, 빨리 씻고 준비를 했다. 준비를 다하고 침대에 누워 형이 전화 오기를 기다렸다.

'띠리리리링'

"여보세요. 형 도착했어?"

'어, 도착했어. 바로 내려올래?'

"아니, 형 우리 집 구경하고 싶다며. 집에 잠깐 올라왔다 가자."

"그래 알겠다. 너 집 밖에 나와 있어. 그래야 어딘지 알고 가지."

"어, 지금 나갈게."

전화를 끊고 집 밖으로 나갔다. 저 계단 밑에 형이 보였다. 내가 위에서 손을 흔들었다. 그러니 계단을 올라오고 있던 형도 나에게 손을 흔들어 주었다.

"야, 몇 년 만이냐. 진짜 오랜만이다."

"그러니까. 들어가자."

우리 집으로 들어왔다.

"오~ 집 잘 샀네. 깔끔하고. 혼자 살기 딱 좋네."

"그런가? 뭐 커피라도 한 잔 줄까?"

"커피? 좋지."

"뭐 먹을래? 믹스, 블랙"

"난 믹스."

"오케이."

커피를 빨리 내 거랑 형 거 두 잔을 타서 내 놓았다. "오, 땡큐" 앉아서 커피를 마셨다. 점점 더워지고 있는 중이라 얼음을 동동 띄어 시원하게 주었다.

"캬아, 시원하네. 야, 진짜 오랜만이다. 뭐하고 지내?"

"나는 뭐 보조작가로 일하고 있지."

"오, 보조작가? 보조작가는 뭐 아무나 하나 완전 멋지네. 너 글 쓰는 거 좋아했잖아. 좋아하는 거 하니까 다행이네. 아, 맞다. 한솔이는 어떻게 지내고 있어?"

"한솔이도 나랑 같은 회사에 편집자로 같이 일하고 있지."

"걔 요즘에 여자친구 생겨가지고 말이야, SNS 보니까 어딜 자꾸 많이 다니던데. 조만간 이한솔한테도 같이 가자고 해야겠네."

"셋이 가면 좋은데, 이한솔이 휴가를 안 내놔서. 이제 슬슬 출발하자."

"그래, 가자."

"어디로 가?"

"음. 그건 비밀이고 바다 갈 거야."

"오, 바다 좋지."

계단을 내려가고 형의 차를 봤다.

"오, 좋은데 나도 클래식 카 엄청 좋아하잖아. 이거 싹 다 고친 거지?"

"어, 안에도 엄청 예쁘게 해 놨어. 깜짝 놀랄걸?"

형이 차 문을 열어보였다. 안에는 캠핑을 할 수 있게 개조되어 있었다.

"진짜 예쁜데? 돈 좀 썼겠는데?"

"쫌 썼지."

차에 탔다. 뒤를 보니 너무 예뻤다. 앞에도 아기자기하게 예쁜 것들이 많았다. 말 그대로 로망의 차였다. 그렇게 출발했다.

어디로 가는지는 잘 모르겠지만, 그래도 여행 간다고 하니 기분이 좋았다. 하늘은 맑았고 바람이 선선하게 불어왔다. 형과 얘기하면서 조금 가니 IC를 나가서는 내가 익숙한 풍경들이 사라졌다. 잘 가지 않던 길이라 더 궁금했다. 창문을 스르륵 내리고 차 밖의 풍경을 바라보니 드넓은 산이 펼쳐져 있었다. 평일이라 차가 별로 없었기에 한적한 도로 위를 천천히 달리면서 자연을 감상했다. 시선을 조금 아래로 내리니 작은 냇가가 보였다. 물이 졸졸졸 흐르고 있었고 사람의 손길이 거의 닿지 않은 듯 보였다. 갈대가 무성히 자라 있었고 바람이 불어 이리저리 흔들렸다. 오리 가족이 보였다. 동화책에 나오는 것 같이 엄마 오리가 앞장서고 아기 오리 네 마리가 그 뒤를 뒤뚱뒤뚱 따라가고 있었다. 자세히 보니 가장 마지막 오리가 조금 뒤처져 있었다. 문득 어릴 적 읽었던 동화 '미운 오리새끼'가 생각났다. 그 동화의 한 장면을 그대로 옮겨 놓은 듯했다.

"…… 지?"

오리 가족에 빠져 있다가 형의 말을 잘 듣지 못했다.

"뭐라고? 못 들었다."

"개네 귀엽지?"

"아, 어. 귀엽네. 동화 같아."

"이야, 역시 작가는 다르네. 어휘력이 크. 멋지네."

갑자기 칭찬을 해주니 머쓱했다.

"무슨. 형도 작가잖아. 여행 작가."

"여행 작가도 작가면 뭐. 그래 나도 작가지."

"그렇지. 큼, 크억!"

서로 안 하던 칭찬을 하고 보니 괜히 민망해 헛기침을 하다가 숨이 넘어갈 뻔했다. 아니, 헛기침을 하긴 했지만 차가 갑자기 멈춰 서서 그랬다.

"형? 갑자기 왜 멈췄어?"

"밖에 봐봐. 예쁘지?"

어느새 냇가는 없어져 있고 들판이 펼쳐져서는 그 위에 보랏빛 꽃들이 활짝 펴 있었다. 확실히 아까부터 꽃향기가 코를 자극하기는 했었다. 차 문을 열고는 꽃 쪽으로 다가갔다. 아직 완전한 여름은 아니라 벌이 많지는 않았지만 그래도 윙윙거리며 날아다니는 소리가 들렸다. 그러다 귓가에서 찰칵 하는 소리가 울렸다. 석민이 형이 사진을 찍나 보다.

"이거, 라일락이야. 한 2주일 전에는 더 예뻤대. 지금 다 져가고 있어서."

져가고 있는데 이렇게나 예쁘다고? 만개했을 때는 얼마나 예쁠지 궁금했다.

다시 차에 올라타 조금 더 가니 자그마한 식당들이 늘어선 마을이 보였다. 아직도 어디에 가는지 잘 몰랐는데 식당 간판을 보니 그제서 여기가 강화도라는 것을 알게 되었다.

"형, 여기 강화도야? 몰랐네."

"어. 우리 밥 좀 먹고 가자. 배에 거지가 들어 있는 것 같네."

형이 발을 옮기는 곳으로 따라가니 한 국밥집이 나왔다. 지은 지 꽤 된 낡은 식당이었는데 건물 주위에 핀 꽃들과 자란 나무들이 인상적이었다.

"여기, 국밥이 아주 예술이거든. 완전 맛집이야. 맛집."

안 그래도 배에서 꼬르륵 소리가 나기 직전인 듯했다.

"이모! 오랜만이에요~"

달랑달랑 거리는 종소리를 뒤로 하고 식당에 들어섰다.

"어, 총각~ 오늘은 다른 총각이랑 같이 왔네. 이 총각은 누구야? 오늘도 돼지 2개지?"

석민이 형이랑 사장님은 서로 잘 아는 사이 같았다.

"네 이모~ 제 대학 동기예요. 오늘도 그렇게 주세요!"

자리를 잡고 앉아 수저를 꺼내고는 물을 따라 마셨다. 냉장고에서 갓 꺼내온 물이라 차가워서 머리가 띵했다. 그 사이에 반찬이 나왔다. 깍두기처럼 생겼는데 약간은 흐물흐물한 김치가 눈에 띄었다. 궁금해서 입에 하나 집어넣었다. 깍두기만큼 아삭아삭하지는 않고 약간 물렁거렸지만 맛있었다. 이런 양념의 맛은 머리털 나고 처음 먹어보는 맛이었다. 달콤새콤하면서 살짝 매콤했다. 살 수만 있다면 사가서 집에서 밥이랑 계속 먹고 싶은 맛이었다. 반찬에 푹 빠져 있었는데 국밥이 나왔다. 뚝배기에 담겨서 나왔는데 뚝배기에 담아 그대로 끓였는지 뚝배기가 뜨끈뜨끈해 잘못 만지면 손을 데일 것만 같았다. 일단 국물을 맛보았다. 형 말이 맞았다. 국물이 아주 일품이었다. 원래 돼지국밥 먹을 때는 주로 뽀얀 국물을 먹었는데, 이 국밥은 특이하게도 국물이 맑았다. 속이 다 보일 정도였다. 항상 뽀얀 국물을 먹었기 때문에, 이렇게 맑게 나오는 국물은 맛이 비교적 별로일 것 같다고 상상했는데, 뽀얀 국물보다 맑은 국물이 훨씬 더 시원하고 맛있었다. 형이 부추를 넣어 먹고 있기에 나도 부추를 담가 살짝 섞어 입에 한 입 넣었다. 고기에 부추 향이 배어서 좋았고 국물도 칼칼하니 느낌이 좋았다. 너무 맛있어서 뚝배기에 남은 국물 한 숟가락까지 후루룩 들이키고 나니 배가 불렀다.

"그렇게 맛있냐?"

와 진짜 이 형은 이런 맛집을 어떻게 찾은 걸까.

"어. 형. 여기 진짜 맛집이네."

조금 더 가니 밖이 어두워졌다. 차가 어느 샌가 산 속으로 들어와 나무 그늘이 진 것이었다. 산 속으로 꼬불꼬불 들어가니 갈림길이 나왔다. 왼쪽으로 꿔으니 바로 캠핑장이 나왔다.

"자, 도착이다. 내가 자주 오는 곳이야. 여기 텐트 치고 텐트 안에서 밖에 바라보면 풍경이 완전 그림 같거든."

같이 차에서 내려서는 트렁크를 열었다. 트렁크 문을 여는 순간 각종 캠핑 장비들로 가득 채워진 트렁크에 입이 딱 벌어졌다. 형이 익숙하게 텐트를 1분 만에 치고는 다른 장비들을 꺼냈다. 멀뚱멀뚱하게 서 있다가 형이 가져 오라는 장비 몇 개를 갖다 주고 나니 벌써 세팅이 끝나 있었다. 캠핑이 이렇게 쉬운 거였나. 텐트에 들어가 보니 형이 만들어 놓은 간이 식탁과 잠자리가 있었다. 혹시나 싶어 어젯밤, 집에 있던 맥주도 몇 캔 들고 왔는데 형도 나랑 마음이 통했는지 간이 선반 위에 맥주가 조금 놓여 있었다. 그런데 아직은 해도 지지 않았고 밝은 시간대라 술을 벌써부터 마시기는 조금 애매했다. 그런데 안주가 보이지 않았다.

"선호야. 혹시 안주 좀 사올래? 저 내리막길 조금만 내려가면 캠핑장 입구에 편의점이랑 그 조개탕 집 있거든. 각각 가서 마른안주랑 그 바지락 이천 원어치, 아니 사천 원어치만 사와 주라. 아직 장비 세팅을 덜해서 나 좀 하고 있을게."

아직도 세팅을 덜 했다고? 세팅을 다한 줄로만 알았다.

"응, 형. 요쪽 길로 내려가면 되지?"

빠르게 대답하고는 텐트에서 나와 다시 신발을 신었다. 형이 가리킨 길로 내려가다가 주머니를 더듬었는데 돈이 없었다. 아, 차에 지갑 두고 왔구나. 다시 뒤를 돌아 올라갔다. 차 쪽에 도착해서 조수석 문을 열고는 지갑을 챙겼다. 그러고는 뒤를 돌아보니 형이 텐트 안에서 허리를 굽히고는 무언가를 하고 있었다. 텐트 사이로 살짝 보이는 팔이 살짝 떨리고 있었다. 곁눈질로 봐도 힘들어보였다. 형은 이렇게 힘든 일을 항상 혼자 와서 하는구나. 물론 즐거운 것도 있겠지만, 혼자 하면 함께하는 것보다는 더 고생일 텐데. 앞으로는 자주 같이 와야지 생각이 들었다.

다시 내리막길을 내려가 조금 걷다 보니 작은 건물 여러 채가 나왔다. 알록달록한 간판의 편의점에 들어가 버터오징어와 쥐포, 그리고는 옛날 쫀드기를 사고 나왔다. 우리 엄마가 나 임신했을 때, 쫀드기를 그렇게 많이 드셨다는데. 그래서 내가 쫀드기를 좋아하는 지도 모르겠다. 형이 말한 조개탕집을 찾기 위해 조금 더 안쪽으로 들어가 보았다. 저 멀리 조개탕집이 보였다. 그쪽으로 걸어가다 어디선가 개 짖는 소리가 들렸다. 한두 마리가 아니었다. 궁금해서 오른쪽으로 꺾으니 내 눈앞에서 거의 늑대라고 볼 수 있을 정도의 덩치의 개들이 왈왈 짖어댔다. 깜짝 놀라 다시 뒤를 돌아 냅다 뛰었다. 왠지는 모르겠지만 날 쫓아오는 큰 개들을 피해 이리저리 다니다 보니 길을 잃어버렸다. 개들은 어느샌가 사라져 있었고, 내가 찾으려던 조개탕집도 내 시야에서 벗어나 있었다. 지나다니는 사람도 없어 그저 정처 없이 여기가 저기고 저기가 여기인 기분으로 돌아다니다 한 아주머니를 발견했다. 그 순간 갑자기 힘이 솟아 아주머니께 다가갔다.

"이모~ 혹시 조개탕집 어디 있는 줄 아세요?"

"당연히 알지. 우리 가게인데. 따라와."

아주머니를 따라 골목을 돌아가니 바로 조개탕집 입구였다. 허, 골목만 한 번 꺾으면 될 것을 엄청 헤맸네. 바지락을 사천 원어치만 달라고 하니, 아주머니께서 힘들어 보인다며 천 원어치를 더 담아주셨다. 왠지 기분이 좋았다. 인사를 하고 가게를 나오니 이제는 어디로 가야 캠핑장인지 헷갈려서 멍하니 서 있었다.

"총각~ 왼쪽으로 가서 직진하면 캠핑장이야. 몰랐지?"

"아, 네 감사합니다."

다행히도 아주머니께서 알려주셔서 신나는 기분으로 텐트로 돌아왔다.

"형! 나 왔다."

"왔어? 들어와."

텐트에 들어가니 역시 캠핑 고수는 다르더라. 아까까지만 해도 딱딱했던 바닥에 매트리스랑 각종 푹신한 것들을 깔아 그냥 막 앉아도 꼬리뼈가 절대 아프지 않게 만들어 놓았다. 나란히 앉아서 캔맥주를 까서는 부딪쳤다. 맥주 거품이 넘쳐 흘러내리려고 해 바로 입술에 갖다 대 흡입했다. 맥주를 한 입 마시고는 형이 간이 선반의 아래쪽을 뒤적거렸다. 뭘 찾나 싶었다.

"어? 없네. 잠깐만 차에 좀 갔다 올게."

뭘 찾고 있는지는 모르겠지만, 차에 있나 보다. 형이 간이 식탁 위에 올려놓은 태블릿을 고정시키고 있었는데 형이 뛰어 들어왔다.

"선호야, 팬이 없다. 어떡하지? 소고기 참 스테이크 해먹으려 했는데."

둘 다 큰일난 눈빛으로 눈을 마주쳤다. 벌떡 일어났더니 머리를 텐트에 부딪쳤다. "아야." 머리는 아팠지만 캠핑까지 와서 고기를 안 먹을 수는 없으니까. 다른 게 없을까 고개를 두리번두리번 거리다 뚝배기를 발견했다. 캠핑하는 데 왜 뚝배기가 있나 싶었지만, 뚝배기에도 해 먹을 수 있지 않을까.

"형, 뚝배기는 어때?"

"그거…… 그걸로라도 해보자."

그렇게 해서 뚝배기에 참 스테이크를 해먹기로 했다. 형은 차에 있는 아이스박스에서 고기를 꺼내 왔고 난 양파랑 마늘을 썰었다. 집에서 쓰던 주방 칼이 아니라 작은 다용도 칼로 하니 익숙하지 않았다. 형이 고기랑 같이 꺼내온 피망과 버섯도 조금 썰었다. 그동안 형은 고기를 기름을 두른 뚝배기에 잘라 넣었는데 뚝배기에 고기가 가득 차서 썰어 놓은 야채들을 꾸역꾸역 집어넣었다. 간을 맞추고 조금 가져온 와인을 넣고는 태블릿을 켰다. 우리 대학 때 영상을 보다 텐트 안에 가득 찬 고기 냄새에 영상을 멈추고는 고기를 각자 그릇에다 덜었다. 아니 덜기 전에 사진부터 찍었다. 예전에는 음식 사진 찍는 것은 여자들이나 하는 건 줄 알았는데, 대학교에서 이 형을 만나고부터 시각이 바뀌었다. 이제는 형이나 다른 사람이 음식을 먹기 전에 사진을 찍는 것도 아무렇지 않았고 충분히 기다려 줄 수 있었다. 도리어 음식 사진을 남기는 것이 하나의 추억이고, 그 추억을 담아두는 메모라고 생각된다.

침이 입안에 고여서 젓가락을 들고는 고기를 한 입 먹어보았다. 역시 그때부터 요리를 잘하던 형이었으니까 팬이 아니라 뚝배기에 스테이크를 해도 그저 예술이었다. 고기는 입에서 사르르 녹았다. 씹는 순간 육즙이 막 폭발을 해서 이게 내 침인지 육즙인지 구분이 안 갈 정도로 입안에 육즙이 가득했다. 다른 야채들은 또 어떻고. 양파는 사과처럼 아삭아삭하고, 마늘 냄새도 나지 않았다. 도리어 고소했고 버섯의 식감도 장난이 아니었다. 쫄깃쫄깃한데다 버섯의 약간 희미한 향까지 나서 환상적이었다. 전혀 짜지도 않고 달보드레한데다 와인의 쌉쌀한 맛까지 살짝 느껴졌다. 집에서 내가 해먹으면 전혀 나지 않을 맛이었다. 고기를 열심히 음미하고 있는데 형이 날 불렀다.

"남선호. 요새 여자는 없냐?"

갑자기 여자가 없냐며 물어봐서 당황했다. 우리가 그런 거 물어볼 사이였나. 대학 때는 내가 여자가 있는지 물어 보지 않아도, 내 행동, 말투로 다 알아챘는데. 시간이 많이 흘렀구나.

"없지. 형은? 뭐 형은 연애 안 하니까."

이 형이 대학 4년간 고백을 수두룩하게 받았는데 한번도 연애를 한 적이 없었다. 그만큼 철저한 비혼주의자였는데, 오늘따라 분위기가 묘했다. 뭐지.

"형 사실 결혼한다. 한 달쯤 뒤에 식 올려."

너무 놀라서 젓가락을 떨어뜨렸다.

"뭐? 결혼한다고? 형 비혼주의자였잖아. 갑자기 왜?"

형이 이런 질문을 많이 받아본 듯 익숙하게 대답해 주었다.

"나도 결혼하게 될 줄 몰랐지."

"그래서 누구랑 결혼하는데?"

"너 현아 알지? 이현아."

현아는 대학교 다닐 때 형이랑 맨날 싸우던 동기였다. 걔도 참 괜찮았던 애였다. 형이랑 맨날 의견이 안 맞아서 과제할 때 싸우고 했었는데. 설마 걔랑 결혼한다는 건 아니겠지 싶었다.

"알지, 형 맨날 걔랑 싸웠었잖아. 근데 걔도 엄청 괜찮았던 것 같은데. 형, 설마 걔랑 결혼해?"

"뭐, 어떻게 하다 보니 그렇게 됐다."

"정말로?"

"그래, 그렇게 됐어."

"근데 형은 완전 비혼주의자였잖아. 어떻게 결혼하게 된 거야? 고백은 누가 했고? 어쩌다가 사귀게 됐는데?"

"야, 하나씩 물어봐. 대답해 줄게. 처음에는 대학교 졸업하고, 뭐 각자 일하다 우연히 만나게 됐어. 미팅 있어서 잠깐 갔었는데, 거기 현아가 앉아 있더라고. 그래서 반갑다고 인사하고 그랬지. 그러고 나서 일 때문에 한동안 계속 붙어 다녔었어. 근데 너도 알듯이, 우리끼리 의견이 잘 안 맞아서 계속 싸웠지. 그러다가 정이 든 거야. 싸우다 정들었어. 근데, 결정적으로 걔가 봉사 활동을 다니는 걸 봤어. 그리고 너도 알듯, 걔가 착하긴 착하잖아. 강단도 있고, 똑부러지기도 하고. 그래서 그때부터 '되게 괜찮은 애다'라고 생각하고 있을 무렵에, 걔가 전화가 왔어. 사실은 나를 좋아하고 있었다고. 근데 자기도 내가 비혼주의자인 걸 아니까 사귀는 건 바라지도 않는다더라고. 그래서 그냥 자기가 나를 좋아하는 것만 알고 있기만 하라는 거야. 그래서 내가 그랬지. '내가 너 덕분에 생각이 많이 바뀌었다. 비혼주의자는 결혼만 안 하는 거라면서 다른 사람이라면 몰라도 너랑 사귀는 건 괜찮을 것 같다.'라고 해서 그렇게 한 3년 정도 만났나? 그러다가 이제 결혼 얘기가 슬슬 나오기 시작했지. 나는 결혼 생각은 아예 없었지. 그때까지만 해도. 얘가 그걸 알고 나랑 사귄 거니까. 근데 갑자기 얘가 나보고 헤어지자네. 자기는 결혼도 하고 애도 낳고 그렇게 행복하게 살고 싶은데, 나는 결혼을 안 할 걸 아니까 이렇게 자기 시간 낭비할 바엔 다른 사람이랑 연애 더 해보고 결혼도 하고 싶대. 그래서 내가 알겠다고 하고 헤어졌지. 근데 내가 안 될 것 같은 거야. 한 달이 지났는데, 그때까지도 너무 힘들었어. 진지하게 다시 생각을 해보니까 대부분 연애의 끝은 결혼이라고 생각하잖아. 걔도 젊을 때는 미래에 대한 생각이 확고하진 않았겠지. 근데 자기도 점점 나이를 먹다 보니까 안 될 것 같더라고. 고민 끝에 전화를 했지. 그래서 내가 '생각이 짧았다. 나 하나만 생각했던 것 같고, 네 미래에 대해서는 그냥 별생각이 없었던 것 같다. 미안하다.'라고 해서 그때부터 다시 만나다가 결혼을 하기로 했지. 그래서 딱 한 달 뒤에 결혼하게 됐다."

"헐. 형 너무 멋진데? 근데 형은 왜 비혼주의자가 되기를 원했던 건데?"

"나는 항상 어릴 때부터 그 생각이 있었어. 내가 나중에 결혼을 하더라도 애는 안 낳고 살고 싶다고. 왜냐하면 다들 우리 엄마 아빠도 그렇고, 결혼하면서 포기하는 것도 있지만 애를 낳으면 포기해야 하는 게 어마무시하게 많은 거야. 너도 알잖아. 나는 내가 원하는 건 할 수 있으면 어떻게 해서든 노력해서 얻는 것. 근데 내가 애를 키우면 그걸 포기하고 살아야 한다는 게 조금 마음에 안 들었어. 물론 애가 싫다는 건 아니야. 너무 예쁘고, 나도 키워보고 싶다는 생각은 하지. 근데 현실적으로 내가 애를 키우는 건 또 다른 문제잖아. 애 본다고 사랑하는 사람이랑 보내는 시간이 더 짧아지는 것도 별로 안 좋았고. 그리고 점점 클수록 나는 내가 나한테 조금 더 시간을 투자해서 자기계발도 많이 해보고, 또 그냥 누구의 아빠, 남편이 아니라 나 혼자 오롯이 그냥 사람으로서 인정받고 싶기도 했고. 뭐 그래서 그랬었지. 그래서 항상 부모님들이 대단해 보였어. 자기가 하고 싶은 걸 포기하고, 꿈을 접고 한다는 게. 근데 현아를 만나면서 지금은 생각이 많이 바뀌었지. 어쩌면 나 닮은 애를 키우면서 일어날 일들이 내가 포기할 일들보다 더 값지다는 생각이 들어 요즘엔."

"와, 이 형 안 본 사이에 너무 많이 바뀌었는데?"

"그치? 나도 이렇게까지 바뀔 줄은 몰랐네."

"형, 결혼 축하해. 곧 있음 청첩장 돌리겠네. 결혼 준비는 거의 다 된 거지?"

"전체적인 건 대부분 준비했고, 이제 세부적인 것만 준비하면 돼."

그렇게 형이랑 오랜만에 시간 가는 줄 모르고 대화를 했다. 그 사이, 맛있는 바지락찜이 완성되어 있었고, 우리는 또 맛있게 먹었다. 너무 행복했다. 일 걱정 없이 할 게 없어서 다음에는 뭘 할까 생각하는 시간조차도. 바지락찜에 청양고추를 넣어 매콤하게 만들었다. 바지락에서 물이 나와 국물이 얼큰하고 맛있게 우러나 있었다. 너무 맛있었다. 어쩌면 집에서 먹어 더 맛있는 것일지도 몰랐다. 다 먹고 바다를 보러 텐트 밖으로 잠깐 나갔다.

바닷바람이 솔솔 불어 왔다. 춥지도, 덥지도 않은 딱 적당한 바람이. 캠핑용 의자를 꺼내 와 바다 가까이 자리를 잡았다. 파도가 밀려오는 소리가 들렸다. 천천히 멀리서부터 밀려오는 파도 소리가 너무 좋았다. 더군다나 평일이라 아무도 없었던 터라, 더 조용히, 우리끼리만 이 좋은 파도 소리를 들을 수 있었다. 일만 하다 보니 바다 소리를 들어본지 오래 됐었다. 그냥 멍하니 파도가 왔다 갔다 하는 것을 가만히 앉아서 보는 것도 좋았고, 눈을 감고 파도의 소리를 듣는 것도 좋았다. 바다는 언제나 좋았다. 아침에는 해가 조금씩 뜨는 모습을 빛이 나는 바다와 볼 수 있어 좋았고, 햇빛이 쨍쨍할 때는 바다가 햇빛에 비춰져서 영롱하면서도 푸르면서도 하얀 빛이 도는 게 참 예뻤고, 저녁에는 어두우면 어두운 대로 또 예뻤다. 바다 앞에는 자갈들이 있었는데, 그 자갈들이 바다에 쓸려갔나 밀려오는 달그락달그락 소리도 너무 예뻤다. 우리는 그렇게 멍하니 바다를 바라보며 오랫동안 앉아 있었다. 그냥 이렇게 보고 있기만 해도 힐링이 됐다.

조용히 우리의 귀까지 들어오는 예쁜 파도소리를 조용히 깨고 형이 말했다.

"내일은 어디 가 볼래? 주변에 예쁜 곳 엄청 많아. 뭐 맛있는 식당도 엄청 많고.”

“아니 형, 뭐가 있는지는 알아야 선택할 거 아니야.”

“아, 맞네. 미안.”

형도 말하곤 어이가 없었는지 금세 웃기 시작했다.

“내일은 이 주변에 산책로에서 걸을래? 거긴 진짜 아는 사람 별로 없는 곳이야. 진짜 사람들이 많이 다니는 곳처럼 산책로가 잘 되어 있지도 않고, 네가 상상하는 보통의 산책로랑 많이 다를 거야. 그런데 그럴 거 알고 나 따라온 거지?”

“당연하지. 내가 평범한 캠핑이었으면 형 따라왔겠어?”

“그렇겠지. 내일은 우리 여기저기 조용하고 좋은 데 많이 알려 줄게.”

“나야 좋지.”

“요즘엔 글은 잘 써져?”

형은 여행하고 그 일에 대한 후기나 현실적인 이야기나 조언을 많이 해주는 책을 쓰는 여행 작가이다. 가끔 형이 쓴 글을 보다 보면 잠시 생각에 깊게 빠질 때가 종종 있다. 형은 책을 읽을 때 극도의 몰입을 할 수 있도록 책을 몰입감 있게 잘 쓴다. 그래서 형의 글을 개인적으로도 너무 좋아한다. 형의 책이 새로 나올 때마다 꼭 한 권씩 사서 읽곤 한다. 형이 여행 작가라 남들보다 캠핑이며, 여행이며 더 자주 다닐 수 있다.

“이제 슬슬 자러 갈까? 잠 온다.”

“그래 이제 자러 가자.”

기지개를 펴며 하품을 했다. 여전히 귀에는 파도소리가 계속 들렸다. 자세히 계속 듣다 보면, 파도소리가 다르게 들리기도 했다. 하늘도 예뻤고, 오늘은 너무 행복했다. 내일은 또 어떤 것을 만나게 될까 기대하며 잘 수 있었다. 텐트에 누워 파도소리를 자장가로 삼아 눈을 스르르 감았다.

밝은 햇빛이 나의 눈을 괴롭혔다. 눈이 부셔서 눈을 뜨니 여전히 파도소리가 들렸다. 너무 상쾌한 아침이었다. 자고 싶을 때까지, 편하게 파도소리를 들으며 일어나니 너무 좋았다.

"야, 일어났냐. 왜 이렇게 오래 자. 벌써 12시 다 됐네. 평소에 잘 못 자나 봐?"

"어. 간만에 늦게까지 자서 그런지 개운하네. 형 덕분에 늦게까지 잤네. 감사합니다아~"

텐트에서 슬슬 나오니 맛있는 냄새가 솔솔 풍겨왔다.

"뭐야?"

"아침은 간단하게 토스트 먹고 점심이든 저녁이든 회 먹으러 가자. 바닷가에 왔는데 회는 먹고 가야지."

"오, 토스트도 좋고~ 회도 좋고~"

"형 나 때문에 너무 고생만 하다가는 거 아냐?"

"뭐래, 좋아서 하는 건데. 네 토스트 다 됐다. 만들어 먹어."

"오, 땡큐."

당근이랑 대파랑 양배추, 달걀이 들어가 있었다. 한 입 베어 물었다. 빵은 바삭바삭 했고, 안의 내용물은 부드러운 달걀이 아삭아삭한 당근이랑 양배추, 대파까지 너무 맛있었다. 완전 맛있었다.

"맛있는데?"

"맞지? 내가 음식 하나는 기똥차게 만든다니까."

"그니까. 형 나중에 작은 식당 하나 차려라. 진짜 맛있다."

맛있게 토스트를 먹고 있는데, 휴대폰으로 전화가 왔다. 내 전화인 줄 알아 휴대폰을 보니 나에게 온 전화가 아니었다. 형에게 온 전화였다.

"어, 여보세요, 방금 일어났어?"

형이 말하는 목소리 뒤로 핸드폰에서 통화하는 소리가 들렸다.

"어, 방금 일어났어. 오빠는 지금 캠핑 가 있지? 어제 캠핑 가는 날이었잖아. 오늘은 어디로 갔어?"

"오늘은 강화도 왔어. 옆에 선호랑 같이 왔는데 바꿔줄까?"

형이 갑자기 나에게 전화를 넘겨주었다. 어떻게 해야 할지 몰라서 휴대폰을 그냥 받아서 들고 있으니 형이 얼른 받으라 했다.

"여, 여보세요?"

"야~~ 진짜 오랜만이다. 몇 년 만이냐 진짜."

전화기 사이로 익숙한 목소리가 들렸다. 강단 있으면서도 부드러운 목소리.

"완전 오랜만이네. 형한테 들었어. 다음 달에 결혼한다며, 축하해."

"고맙다!! 결혼식 올 거지? 너하고 대학 동기들 오랜만에 다들 보고 싶네. 결혼식 때 와서 다 같이 보자."

"어, 그러자. 결혼 축하하고 형 바꿔 줄게."

"어~~"

형한테 전화기를 다시 넘겼다.

"어, 현아야 밥 거르지 말고 꼭 먹어. 무슨 일 있으면 전화하고~ 며칠 뒤에 봅시당~"

어우, 징그러. 형이 저러는 모습을 보니 조금 어색했다. 내가 형을 징그러워 죽겠다는 눈으로 보자, 형이 나에게 뭐라면서 입모양을 말하고 통화를 이어나갔다. 다들 연애하는 모습을 보니 부러웠다. 연애를 많이 해본 건 아니지만, 그래도 남들 하는 것만큼은 했었다. 아픈 기억도 있고, 좋았던 기억도 있고. 꼭 모든 끝이 그렇게 나쁘지만은 않았던 것 같다.

형이 전화를 끊고 나에게 물었다.

"토스트 다 먹었냐? 다 먹었으면 이제 슬슬 치우고 산책하러 가자." "그래."

캠핑용 식탁 위를 치우기 시작했다. 치우고 나서 산책하기 편안한 옷차림으로 갈아입은 뒤, 산책하러 나섰다. 산책로 쪽으로 걸어가는 중이었다. 계속 걸어가다 보니, 숲속으로 향하는 작은 구멍이 보였다. 동화책에서만 나올 것 같은 풍경이 펼쳐졌다. 여름이 진짜 점점 다가오고 있는 건지, 덜 폈지만,

새빨간 장미가 자그마한 구멍 옆으로 아름답게 펼쳐져 있었다. 예쁜 장미가 있던 구멍을 지나자, 지금 사는 세상과는 차단된 것 같은 느낌이 들었다. 걸어오는 내내 약간 덥다는 생각이 들었는데, 숲 안으로 들어오자마자 나뭇잎들 사이로 간간이 햇빛이 들어오고, 대부분은 나뭇잎으로 가려져 있었다. 시원했다. 그리고 너무 예뻤다. 어떻게 이런 공간이 실제로 있는지 궁금했다. 너무 예뻤다. 나무들 사이로 걸어갈 수 있게 일부러 만들어 놓은 것 같은 길이 쭉 펼쳐졌다.

"형. 너무 예쁜데."

"대박이지? 나도 가끔 힘들 때 찾아와서 여기 가끔 혼자 걸어 다녀. 그러면 진짜 너무 좋아."

무엇보다도 공기가 너무 좋은 것 같았다. 나무들 사이에서 신선한 공기를 공급받고 있는 것 같았다. 시원하기도 했고, 새소리가 들리는 것도 같았고, 그냥 너무 예뻤다. 설명할 말이 따로 없었다. 그냥 단지 너무 예뻤다. 한참을 숲 속 산책로에서 시간을 보냈다. 한참을 걸었고, 걸었다. 말없이 조용히. 나무들만 보면서. 세상에는 그냥 보는 것 자체만으로도 힘이 되는 것들이 있다. 그것이 자신에게는 가치 있다고 생각하기 때문이다. 사람들은 자신에게 가치 없는 것에 시간을 잘 투자하지 않으려 한다. 나도 그렇다. 자신에게 중요하지 않은 것에는 별로 시간을 쓰고 싶지 않은 것이 당연하다고 생각한다. 하지만 가치가 있든 없든 모든 것이 경험이 될 수 있다고 생각한다. 그래서 되도록 내가 좋아하든 싫어하든 모든 것들이 내게 있어서 가치 있게 만들고 싶다는 생각을 할 수 있게 된 시간이었다.

산책을 다하고, 형과 밥을 먹으러 가기로 했다. 바닷가 근처 자락에 위치한 자그마한 횟집이었다. 바닥에 앉을 수 있는 식탁이 있었다. 신발을 벗고, 앉았다. 형이 자연스럽게 사장님을 불렀다.

"사장님~ 어우 오랜만이에요."

"어이구, 왜 이제야 왔어. 내가 얼마나 기다리고 있었는데. 옆에는 누구야?"
"아, 제 친한 동생이에요. 저희 모둠회 중자 하나하고, 매운탕에 밥 두 개 주세요!"
"아유, 뭐 먹는지 다 알지 알아~ 말해 뭐해 맛있게 해서 갖다 줄 테니 조금만 기다려!"
"네!!"
밥을 먹기 전에 간단한 죽이 나왔다. 내가 가 보았던 횟집들에서는 죽을 쉽게 볼 수 없었는데, 죽이 나와 신기했다. 전복죽이었다. 내장까지 다 넣고 끓여 너무나도 맛있어 보이는 빛깔이었다. 김이 모락모락 올라와 숟가락으로 살짝 떠서는 입 안에 흘려 넣었다. 씹지 않아도 부드럽게 목구멍에 넘길 수 있을 정도로 보드라웠다. 한 번 씹어보니 전복은 얼마나 쫄깃쫄깃한지. 순식간에 클리어하고 나니 딱 맞춰서 반찬들이 나왔다. 나는 횟집의 이런 점을 좋아한다. 회를 제외하고도 배부를 정도로 맛있는 반찬들이 많은 점. 맨날 양 조절을 못해서 회가 나오기 전에 반찬으로 배를 채워서 회를 다 먹고 나면 배가 엄청나게 불러오는 느낌. 싫을 만도 한데 회를 먹을 때는 왠지 모르게 그 느낌마저 좋다. 어쨌든 반찬이 나왔는데 엄청 푸짐했다. 식탁에 반찬만 다 놓았는데도 아슬아슬하게 식탁이 가득 찼다. 회 접시가 나오면 어느 곳에 어떻게 놔두어야 할지 내가 괜히 고민되었다. 젓가락을 들고 어느 반찬부터 입에 대야 할까 생각이 들었다.
일단 내가 가장 좋아하는 반찬인 산낙지부터 먹기로 결정했다. 접시 위에서 꿈틀거리는 낙지들을 보고 어릴 적에는 징그러워서 못 먹었는데 지금은 아주 맛있게 잘 먹는다. 옛날에 가족들과 바다에 갔을 때 같이 갔던 아저씨가 산낙지를 통째로 한 마리를 주시기에 억지로 먹어보았다. 입천장에 쩍쩍 달라붙는 게 불편하긴 했지만 간이 너무 잘 되어 있어 고소해서 너무 맛있었다. 그때 이후로는 산낙지에 푹 빠져서 산낙지만 나오면 순식간에 다 해치워 버린다. 아까 먹어본 죽이 맛있었기에 산낙지도 맛있을까 기대하며 먹었는데 맙소사. 바다에 가서 먹어본 바로 그 맛이었다. 혹시 그 바다가 여기 이 바다였나, 탱탱하고 간도 전혀 짜지 않고 달고 고소한 맛이었다. 오늘부터 여기는 내 산낙지 단골집이다. 산낙지를 천천히 음미하고 나니 그제서 다른 반찬들이 눈에 들어왔다. 사촌동생이 좋아하는 고구마튀김. 내 사촌동생 경은이는 횟집에 가면 젤 비싼 회는 잘 안 먹고 허구한 날 고구마튀김만 먹는다. 그래서 어느 날은 회를 먹다 고구마튀김이 먹고 싶어 젓가락을 뻗었더니 날 째려보더니 자기 입에 억지로 욱여넣었다. 그후부터는 고모네 가족과 횟집에 가면 절대 고구마튀김을 탐내지 않는다. 그렇지만 여기는 경은이가 없으니까. 고구마튀김을 먹기 위해 손을 뻗었는데, 누가 고구마튀김을 또 입에 욱여넣더라.

"선호야. 이거는 양보 못해. 회 많이 먹어. 여기 고구마튀김은 너무 맛있단 말이야."

여기 제 2의 경은이가 있었다. 하나는 맛보고 싶은데.

"형. 나 그럼 하나만. 하나만 맛 좀 보자."

형이 힘껏 울상을 지은 채로 하나를 건네주었다. 고구마튀김이 내 입에 들어가는 순간까지도 형이 날 바라보는 게 느껴졌다. 고구마튀김을 먹어보았더니 와, 경은이를 데리고 와야 한다는 생각이 들었다. 아마 경은이는 여기 오면 식탁에 코를 박고 튀김만 먹을 것이다. 그 정도로 겉에 튀긴 부분이 바삭바삭하고 속이 보드라웠다.

반찬의 가짓수가 너무 많아 한 번씩 다 맛보기 전에 회가 나왔다. 메인 반찬인 회가 나와 준비 자세에 들어갔다. 아까 전에 이미 간장과 와사비, 그리고 초장까지 착착 세팅해 놓았기 때문에, 젓가락만 들고 눈을 반짝반짝 거렸다.

"총각~ 회가 그렇게 먹고 싶어? 우리 집 회가 이 동네에서만큼은 제일이야. 먹고 기절하지 마. 호호"

사장님의 말씀을 들으며 회가 식탁에 놓아지는 과정을 지켜보았다. 역시

고수는 다르더라. 나라면 절대 저 많은 밑반찬들과 회를 고르게 세팅하지 못할 텐데. 세팅된 회 그릇에 조심스레 젓가락을 갖다 대 가장 가까이에 있는 회를 쏙 빼냈다. 와사비를 살짝 섞은 간장에 푹 찍어 먹어보았다. 내가 생선 종류를 잘 모르긴 하지만, 푸른색 빛깔의 생선회는 색깔도 좋고 맛도 좋았다. 역시 보기 좋은 음식이 맛도 좋다더니. 간장과 와사비 맛이 많이 날까 걱정했는데, 회의 맛이 소스 맛을 다 덮어버렸다. 일단은 식감이 완전 예술이었다. 딱 처음 씹었을 때는 부드럽고 폭신폭신한데 조금 씹다 보면 살짝 오독오독한 느낌도 들고 회 한 조각 자체가 내 입 속을 점령해버렸다. 회의 환상적인 식감과 와사비의 쓴 맛, 거기에 살짝 비릿한 횟집의 냄새까지 입속으로 들어와 아름다운 하모니를 만들어냈다. 형은 이미 이 맛을 알고 있었기에 '삼국지' 속 '장비'라도 빙의한 듯 허겁지겁 흡입하고 있었다. 형의 그런 모습을 보고 나도 고개를 숙여서는 순식간에 회를 끝내버렸다.

둘 다 빠른 속도로 회를 먹고 나서 눈을 마주쳤더니 머쓱했다. 그만큼 말도 하지 않고 먹는 데에만 집중을 했다. 원래 같았으면 술이나 한 잔씩 기울이면서 얘기를 하는 건데 아무래도 캠핑을 하는 거다 보니 술 먹고 취해서 텐트를 못 찾아 가면 어떡해. 술 대신 방금 나온 따끈따끈한 매운탕을 한 숟가락 맛보았다. 얼큰하니 좋았다. 몇 숟가락을 밥그릇에 덜어서 싹싹 비볐다. 새하얀 물감에 다홍빛 물감을 섞은 듯 밥이 매운탕 색깔로 붉어졌다. 밥이랑 비비면서 으깨진 무와 생선을 밥에 얹어 먹었다. 입에 밥이 들어와 꽉 찬 듯 입에서 포만감이 느껴졌다. 배가 든든히 불러왔다.

"선호야. 너 자취하잖아."

"응. 얼마 안 됐지. 근데 왜?"

"자취. 나도 할 걸 그랬어. 현아가 자취를 하거든. 그래서 그런지 잘하는 게 많더라. 집안일도. 나는 뭔가 엄마랑 사니까 엄마가 다 해주잖아. 그런데 현아는 원래 자기가 하던 거니까. 너무 힘들지 않게 자연스레 하더라고. 나도 자취를 했으면 현아처럼 자립적이었을까. 넌 자취 잘했다. 난 안 해본 거 넌 해봐야지."

"아. 내가 형이 아쉽지 않을 만큼 즐겁게 자취할게."

"그래라."

술은 한 모금도 들어가지 않았는데, 술을 마신 듯 말이 늘어졌다. 횟집에는 우리 뿐만 아니라 많은 사람들이 있었다. 우리의 아빠뻘로 보이는 아저씨들부터 친척끼리 온 것 같은 아이들까지. 흰머리가 무성하신 할머니들도 있었고, 이제 갓 스물밖에 되어 보이지 않는 앳된 연인도 있었다. 술을 마시지는 않았지만 그들의 왁자지껄하고 웃는 분위기에 취해 괜스레 기분이 좋아졌다. 형과 나는 조용히 계산을 하고 나와 텐트로 발걸음을 향했다. 터벅터벅 걷다 보니 텐트에 다다랐다.

"남선호. 야식. 먹을 거야?"

형이 그렇게 묻기는 했지만, 형도 아까 보니까 되게 열심히 먹던데. 야식 굳이 먹어야 할까.

"아니, 안 먹을래. 형은?"

"나도. 여기서 더 먹으면 배가 터질 것 같아."

우리는 횟집을 뒤로한 채, 텐트로 돌아왔다. 두 번째 날엔 바다 소리가 익숙해지고, 아침에 산책로를 너무 많이 걸어서 피곤하기도 했다. 그래서 텐트에 오자마자 바로 잠에 들었다.

눈이 떠졌다. 오늘은 햇살의 도움 없이 스스로. 휴대폰을 켜 시간을 보니 아직 6시밖에 되지 않았다. 형은 아직 옆에서 자고 있었다. 자고 있는 형의 모습을 오랫동안 할 짓 없이 보았다. 형은 꽤 잘생겼다. 그리고 187쯤 되는 큰 키에 좋은 비율. 얼굴을 보면 은근 귀여운 것 같다가도, 무서운 얼굴도 가지고 있다. 그래서 형이 화나거나 화난 척을 하면 그때만큼은 형보다 무서운 게 없었다. 형을 그렇게 뚫어지게 쳐다보고 있자니 지루하기도 하고, 언제 일어날지 몰라서 바다 근처 산책을 한 바퀴 돌기로 했다. 놀러 온 사이에 너무 많이 먹고, 평소에 했던 콩이와의 산책도 하지 못했기 때문에 캠핑 온 후, 몸이 조금 무거워진 것 같았다. 텐트 문을 열고 신발을 신었다.

밖에 나오자마자 확실히 바다 냄새가 났다. 시원했다. 후드 티에 달려 있던 모자를 쓰고 뛰기 시작했다. 지금은 걷는 것 보단 뛰고 싶었다. 달렸다. 앞만 보고. 절대 옆에 뭐가 있는지는 보지 않고 달렸다. 그렇게 한참을 계속 뛰었다. 내 다리가 풀릴 것 같을 때쯤, 멈췄다. 숨이 너무 찼다. 무릎을 잡고 숨을 고르고 있었다. 인생도 그런 것 같다. 너무 앞만 보고 달리면, 금방 쓰러지고 지친다. 가끔 쉬기도 하다가, 천천히 가 보기도 하다가 그러면 된다. 그러다 이 먼 길을 어떻게 가야 할지 막막하면, 바로 앞만 보고 가도 괜찮을 것 같다. 바로 앞만 보고 가다 보면, 언젠가 도착하게 될 테니까. 그러다 여유가 생기면 주변도 좀 보고. 한 번 달리고 나니 뭔가 마음가짐이 달라지는 것 같았다. 내가 하고 있는 일에 있어서 자신감을 가지고 열심히 해보고 싶었다. 내 일을 소중히 여기고, 더 열심히, 성실히 해보고 싶다는 생각이 났다. 어느 정도 숨을 쉬는 게 괜찮아졌다.

시계를 보니 7시였다. 1시간이나 뛰었었다. 땀이 비 오듯 쏟아졌다. 텐트로 향했다. 형은 아직도 자고 있었다. 가방에서 수건을 꺼내 땀을 닦고, 캠핑용 의자에 앉았다. 할 게 없어 가방에 뭐가 없나 뒤적거리던 와중에, 책을 한 권 발견했다. 내가 놀러 오기 전에 가방에 책을 넣은 적이 없었는데 뭐지? 아, 생각이 났다. 옛날에도 놀러 갈 때 이 가방을 가져 갔었는데, 놀러갈 때 할 것 없거나 차에서 심심할 때 읽으려고 넣어 뒀던 책이다. 뭐 결국 그때는 읽지 않았지만. 깜빡하고 빼두지 않았었는데, 오히려 잘 된 것 같다. 형이 일어나기 전까지는 여유가 조금 있으니까. 책 표지를 보았다. '나미야 잡화점의 기적'이었다. 중학교 때 한 번 읽고 나서 엄청 마음에 들었던 책이다. 내가 좋아하는 책을 다섯 손가락에 꼽자면, 아마 첫 번째 ,아니면 두 번째로 꼽히는 책일 것 같다. '나미야 잡화점의 기적'은 굉장히 따뜻한 소설이었다. 꽤 오래전에 읽었던 책이라 내용이 잘 기억나지는 않지만, 마음에 들었던 소설 이었다. 그리고 책 자체가 파트별로 주인공인 사람이 다르지만, 그 전에 나왔던 사건 전개와 전 파트 주인공과 연결된 내용이라 특히 더 기억이 남는다. 지금 앉은 자리에서 바로 다 읽기엔 너무 두꺼운 책이었지만, 그래도 읽는 데까지는 읽고 싶었다. 책 표지를 보았다. 표지는 너무 예뻤다. 남색 배경에 예쁜 2층 집이 보였다. 자세히 보니 1층은 미술용 도구며, 신발이며, 여러 가지를 파는 상점인 것 같았고, 그 위층에는 지붕이 기와로 되어 있고, 옆은 나무로 된 예쁜 집이었다. 기와로 된 2층 지붕 위에는 고양이 한 마리가 앉아 있었으며, 1층에는 예쁜 빨간 자전거가 있었다. 정말 표지가 예뻤다. 하나하나 모든 것에 신경을 쓴 것 같았다. 일본 작가 분이 쓰신 책이라, 아무래도 건물은 일본 느낌이 났다. 그렇게 천천히 표지의 그림을 감상했다.

뒤로 뒤집어 책 소개를 읽어 보기로 했다. '과거와 현재를 이어주는 기묘한 공간에서 벌어지는 가슴 훈훈한 이야기!'라는 큰 문장이 눈에 띄었다. 내용을 찬찬히 읽어보니, 30년 동안 비어 있던 나미야 잡화점에 3명의 도둑이 숨어들었는데, 예전 주인 앞으로 도착한 고민 상담 편지를 발견하고 상담자들에게 답장을 보내는데, 엉뚱하고도 솔직한 조언이 상담자들에게는 큰 힘이 되는 내용인 것 같았다. 이제 책을 본격적으로 읽기 시작하기에 앞서, 책 커버가 책을 읽는 데 불편할 것 같아서 뺐다. 그런데 예상외로 책은 빨간 배경 위에 제목과 작가 이름 등 필요한 정보들만 적어 놓았다. 마치 모든 배경이 빨간 것이 우체통을 나타내는 것 같아 이 책에 조금 더 정이 가기 시작했다. 우체통을 직접 사용해 보지는 않았지만, 오히려 한 번도 사용해 보지 않았기에 우체통의 소중함이 더 잘 느껴지는 것 같았다.

책을 펼쳤다. 3명의 도둑이 나미야 잡화점에 들어가는 내용부터 시작했다.

책을 넘기고 넘겼다. 책이 술술 넘어갔다. 너무 재미있었다. 예전에 한 번 전자책을 읽어 본 적이 있었다. 정말 읽기 힘들었다. 눈이 너무 아팠고, 잘 집중되지도 않았을 뿐더러 작가가 주고자 하는 느낌도 받지 못했다. 그래서 조금 읽다 너무 힘들어서 그만뒀었던 기억이 있다. 책은 역시 종이로 된 책이 최고인 듯싶다. 책 한 장 한 장을 넘길 때 나는 종이의 촉감과 소리. 그리고 책마다 다른 종이의 재질로 책의 성격을 나타내는 것 같았다. 그리고 책에서만 나는 특유의 종이 냄새가 좋았다. 책을 넘길 때마다 나는 '사사삭' 소리. 그 모든 것들을 느끼며 책을 읽고 있었는데, 형이 잠에서 깬 듯 텐트 안에서 꾸물거렸다. 깼는가 싶더니, 다시 잠을 자는 듯했다. 오늘은 뭘 할까 기대가 많이 되었다. 책을 한동안 더 읽었다. 휴대폰을 보니 벌써 9시였다. 오늘은 너무 일찍 일어나서인지 아직 오전인데도 벌써 오후가 된 것 같은 기분이었다. 하루가 너무 길어진 것 같았다. 9신데 햇볕이 조금 따가웠다. 아직까지 자다니. 깨우고 싶은 마음이 굴뚝같았지만, 내가 어제 훨씬 늦게 일어났는데도 형이 깨우지 않고 내버려 뒀었기 때문에 나도 내버려 두고 아침이나 해 줘야지 싶었다. 그런데 내가 가져온 것이 아니라 형이 가져온 것에 있어서 어디에 뭐가 있는지 잘 몰랐다. 그리고 이 형은 자기 물건에 손 대는 것을 별로 좋아하지 않기 때문에 내가 미리 준비해두지 못해 미안하긴 하지만, 형이 일어날 때까지 기다리는 수밖에 없었다. 할 것이 더 이상 없었다. 그래서 이 근처에 할 것이 없나 검색해 보았다. 검색해 보니 별로 나오지는 않았지만, 블로그에 들어가 보니 좋은 후기들이 꽤 있었다. 여기도 아는 사람만 아는 곳인 것 같았다. 걸어서 10분 정도 거리에 있다고 하니 가고 싶었다. 자는 형을 내버려둔 채 한번 가 보기로 했다. 혼자서 이렇게 돌아다녀 보는 것도 꽤 괜찮을 것 같았다. 휴대폰으로 가는 길을 검색해서 지도가 안내하는 대로 따라 갔다. 거의 다 도착했는지 도착했다는 것을 알리는 음성 메시지가 나왔다.

휴대폰을 그만 보고, 옆을 보니 연한 노란색으로 된 책방이었다. 나는 그 책방에 홀린 듯 바로 들어갔다. 생각보다는 좁은 공간이었다. 꽤 클 줄 알았었는데. 그 대신 앞으로 끝없이 갈 수 있었다. 책이 옆에 쭉 이어지고 있었다. 웬만한 도서관이 가지고 있는 만큼의 책을 가지고 있는 것 같았다. 몸을 책장 쪽으로 돌려 눈에 띄는 책 한권을 꺼내들었다. 책 제목은 '뜨개방에 오실래요?'였다. 안을 살펴보니 뜨개질로 인형을 만드는 방법과 그 옆에는 사진이 있었고, 그 사진은 너무나도 귀여웠다. 이 책이 갑자기 사고 싶어졌다. 또 한참을 걸어 계산대 같은 곳으로 향했다. 그곳에는 한 명이 앉아 있었다. 남자였고, 나랑 나이가 비슷해 보였다. 조심스럽게 먼저 말을 꺼냈다.

"저, 이 책을 사고 싶어서 그런데 살 수 있나요?"

내가 조심스럽게 말을 꺼내자, 그가 보고 있던 책을 놓고 나를 바라 본 뒤, 웃으며 말했다.

"아, 저희 책방 처음 와 보셨죠?"

생뚱맞게 내가 한 질문에는 대답하지 않고, 나에게 오히려 물었다.

"네."

"저희 책방은 마음껏 집에 들고 가셔서 보시고 그냥 다시 돌려주시면 돼요."

"그럼 책 빌릴게요. 혹시 대출증 같은 게 있어야 하나요?"

"아니요. 그냥 가져가서 보시고 돌려주시기만 하면 돼요. 그게 한 달이 됐든, 두 달이 됐든, 1년이 됐든 간에요."

되게 특이하게 책을 빌려주는 곳이었다.

"아, 정말요?"

"네. 책 재밌게 읽다가 돌려주시면 돼요. 그리고 궁금하시거나 문의사항 있으시면 여기로 전화해 주시면 됩니다."

정말 특이하고, 이상했다. 그가 준 명함에는 책방의 이름과 전화번호가 있었다. 명함은 아까 본 책방 건물과 같이 연한 노란색이었다.

"아, 감사합니다. 죄송한데 책을 읽고 가도 될까요?"

"당연히 되죠. 아무데나 편한 곳에 앉아서 읽으시면 됩니다."

책장 중간 중간에 옆에 앉을 수 있도록 해 놓은 곳이 있었다. 되게 특이한 구조였다. 처음에는 책을 넣는 공간인 줄 알았는데, 자세히 보니 방석이 있고, 책을 넣기엔 생각보다 큰 공간이었다. 그곳에 살포시 앉았다. 혼자 앉으니 등을 기대서 읽을 수 있었다. 책장을 개조해서 만든 공간이었다. 그래서 그런지 양쪽이 뚫려 있어 떨어질 것 같았지만, 나름대로 편하기도 했던 공간이었다.

책을 읽고 있었는데, 전화 벨 소리가 났다. 처음에는 누군가 싶어 짜증이 났는데, 계속 울렸다. 자세히 듣고 보니 내 벨소리였다. 너무 창피하고 당황스러웠다. 재빨리 휴대폰을 들고 긴 책장 사이를 지나 책방 밖으로 나왔다.

"여보세요. 너 어디야?"

형이 방금 깬 듯 잠긴 목소리로 나에게 전화했다.

"아, 나 오늘 일찍 일어났는데 오늘은 형이 좀 늦게 일어나서. 심심해서 여기 책방에 잠깐 왔는데?"

"오, 진짜? 혼자서 잘 찾아갔네. 기다려 나도 거기 갈 테니까."

"어? 형, 여기 어딘지 알아?"

"내가 오늘 너한테 가자고 하려고 했던 곳인데 어떻게 알아서 갔대. 금방 갈게. 끊어."

"어."

형이 오늘 나한테 같이 가자고 하려고 했던 장소가 여기였나 보다. 형에게 소개 받지 않고도 혼자 찾아왔다는 생각에 스스로 좋은 장소를 찾은 것 같아 괜히 뿌듯했다. 또 점점 이 책방이 좋아졌다. 밖에 있자니 더워 책방으로 다시 들어갔다. 다시 들어가면서 보니 생각보다 사람이 별로 없었다. 군데군데 1명, 2명 정도 평일이라 그런지 사람이 적었다. 그래서 다행이다 싶었다. 내 전화 소리를 들은 사람이 별로 없어서. 그래도 다시 내가 앉아 있던 장소로 가는데 눈치 보며 조심조심 걸어갔다. 그런데도 그 사람들은 별 신경을 안 쓰는 것 같았다. 다시 자리로 돌아와 책을 폈다. 책을 펴고 읽으려고 하는데, 형이 들어왔다. 형이 내 쪽으로 바로 올 줄 알았는데, 앞에서 책을 읽고 있던 주인 같은 분한테 바로 갔다. 내가 왜지 싶어 형한테로 갔다. 형이 그분과 함께 이야기하고 있었다. 그런데 이야기를 들어보니, 형의 동생인 것 같았다.

"형, 여기서 뭐해?"

"아, 내 동생이야. 몰랐지? 인사해."

아, 어디선가 본 듯한 익숙한 얼굴이었는데, 바로 형이랑 닮았던 것이다.

"아, 형 동생 분이셨구나. 안녕하세요."

"아, 형이랑 아시는 분이셨네요. 반가워요."

그분은 되게 밝았다. 몇 마디 안 해보았지만, 누가 봐도 밝은 분이라는 것이 느껴졌다.

"아, 맞다. 너희 동갑이더라."

형이 말해 줬다. 내가 생각했던 게 맞았다. 처음에 나랑 나이가 비슷해 보이다고 생각했었는데.

"아, 그렇구나. 그럼 우리 말 놓을까요?"

"그래 그러자!"

내가 웃으며 먼저 반말을 했다. 그러자 그 사람도 맞장구를 쳤다.

"이름이 뭐예요? 반말하는데 이름도 모르면 되나."

"나는 남선호예요. 남선호."

"저는 하석진이에요. 하석민이랑 이름 되게 비슷하죠?"

"그렇네."

그러자 형이 말했다.

"너는 형한테 하석민이 뭐냐."

"아, 뭐 1년 차이 가지고 그러냐."

둘이 투닥거리는 모습이 마치 나와 남선아를 보는 듯했다.

책방에서 책은 안 읽고 한참 수다를 떨기만 하고 나와 버렸다. 나중에 다시 와서 책을 한 번 오랫동안 읽어보는 것도 나쁘지 않을 것 같다고 생각했다. 읽고 싶었던 책을 빌려서 나왔다. 아직 아침을 먹지 않은 상태여서 배가 출출했다. 배에서 꼬르륵 소리가 났다. 그러자 옆에서 형이 웃었다.

"푸하하 뭐야. 너 왜 소리가 그렇게 크게 나? 배 많이 고픈가 보네."

"아침에 1시간 동안 바다 주변 뛰었더니 배가 고프네."

"아침에 뛰었어? 그것도 1시간이나? 역시 부지런하다 부지런해. 요 근처에 찻집 있거든. 우리 거기 가서 밥 얻어먹자."

"어? 찻집에 가서 밥을 먹는다고?"

형은 나를 옆에 있던 한적한 찻집으로 데리고 갔다.

"할머니~~"

"아직 장사 시간 아인데요~ "

할머니가 익숙한 듯 장난으로 받아치셨다.

"오랜만에 와가지고, 또 밥 얻어 묵으러 왔제? 뻔뻔한 놈 같으니라고"

할머니께서 웃으시면서 말씀하셨다. 말은 저렇게 하셔도 좋으신 듯했다.

"할머니 보고 싶어서 왔지. 내가 뭐 밥만 얻어먹으러 왔나. 할머니 힘든 일 있으면 도와줄 겸 해서 그런 거지. 할머니 여기는 내 친한 동생."

"안녕하세요~"

처음 같았으면 진짜 형 할머니인 줄 알았겠지만, 형의 할머니는 이미 돌아가셔서 여기보단 더 예쁜 세상에 계신다. 안타깝게도 우리는 그 예쁜 세상을 보지도 못하고 지금은 가지고 못하지만 말이다. 형은 모든 어르신들과 두루두루 잘 지내는 것 같았다. 여기저기 다니면서 일도 도와드리면서 맛있는 것도 얻어 먹고 하면서 친해지는 것 같았다.

"내 오늘은 냉장고에 맛난 게 없는디…… 뭐 먹고 싶노?"

할머니께서 나한테 뭐 먹고 싶은지 물어 주셨다.

"음. 저는 비빔밥이요!"

내가 망설임 없이 진짜 먹고 싶은 걸 말했다.

"맨날 먹는 비빔밥이 그래 먹고 싶나?"

할머니께서 예상치 못한 대답으로 얘기를 해주셔서 어떻게 대답해야 할지 몰랐다.

"어. 그럼 그냥 있는 것 주세요."

내가 당황한 게 티가 났는지 할머니께서 호탕하게 웃으시면서 농담이라고 하시며 비빔밥을 해주신다고 하셨다.

창가의 작은 2인용 식탁에 앉아서는 할머니께서 비빔밥을 만드는 걸 바라보았다. 그러고 보니 경상도 사투리를 쓰시는 걸 보니 옆집 할머니를 닮은 것 같기도 하고. 할머니께서는 고수의 손길로 마술처럼 비빔밥을 만들어내셨다. 왠지 모르게 아무거나 넣은 것 같지만, 또 어떻게 보면 맛있는 재료만 쏙쏙 골라 만들어내시는 것 같았다.

"총각들~ 비빔밥 간다!"

할머니께서 커다란 양푼이 두 개를 들고 오셨다. 식탁에 내려놓은 양푼이를 보니 새하얀 밥 위에 고사리, 시금치 같이 알록달록하게 나물들이 꾸며져 있었다. 그 중간에 반숙 달걀 프라이가 얹혀있었다.

"잘 먹겠습니다. 감사해요. 할머니."

아까부터 배에 거지가 들어 있는 것 같았기에 서둘러 숟가락을 들고 밥과 나물을 섞었다. 달걀 프라이의 노른자는 터뜨리지 않고 살살 비볐다. 석민이 형은 어떻게 먹나 고개를 들었더니 그냥 노른자까지 싹싹 비벼서 입에 한 숟가락 가득 넣더라. 나랑은 먹는 방법이 다르네. 나는 잘 섞어진 밥과 나물을 숟가락에 얹고는 달걀노른자의 반 정도만 슥 덜어서 입에 넣었다. 살짝 덜 익은 노른자의 고소함과 갓 지은 쌀밥이 잘 어우러졌다. 그 사이에 각종 나물들이 자기만의 색깔을 내는데 자칫 튀게 느껴질 수 있지만, 비 오고 난 뒤 하늘에 그려지는 무지개처럼 서로서로 부족한 점을 보완해 주면서 맛있게 느껴졌다.

정말로 몹시 배가 고팠기에 허겁지겁 손목을 움직이면서 입으로 쑤셔 넣다 슬슬 배가 부르다 느껴질 때쯤 뒤에서 인기척이 느껴졌다.

"차 뭐 마실 거고?"

밥 먹는 데에만 신경을 쓰다 할머니께서 내 뒤로 온 것을 방금 알아챘기에 깜짝 놀랐다. 히끅. 내 몸이 너무 적극적으로 반응을 했다. 밥 먹다 이게 웬 딸꾹질인가.

"어이구. 총각. 많이 놀랐나 봐?"

"네, 조금요. 히끅" 당황스러웠다.

"일단 밥 다 먹고 뭐 마시면 괜찮아질 거다. 총각. 골라봐."

아, 못 봤는데 할머니께서 메뉴판을 들고 오셨다. 오래 된 것처럼 보이는 메뉴판을 손에 건네받았다. 메뉴판에는 꽤 많은 종류의 차가 있었다. 녹차부터 시작해서, 민들레차, 모과차, 오미자차, 등등. 난 단 걸 좋아해서 모과차나 오미자차가 마시고 싶었다. 처음 와 보는 찻집이니까 차 맛이 어떨지 궁금하기도 했고.

"할머니~ 저 오미자차로 할게요. 오미자차 맛있죠? 히끅."

"그럼. 저 총각은 항상 녹차만 마시더라. 오늘도 녹차 맞지?"

"할매 뭘 물어봐요~ 당연히 녹차지~"

석민이 형은 대학 때도 매일 같이 녹차만 마시던데, 아직도 그러나 싶었다.

할머니가 다시 주방으로 돌아가시고, 나는 남은 비빔밥을 설거지하듯 싹싹 긁어 먹었다. 어느샌가 딸꾹질이 멈춰 있었다. 원래 집중을 하면 딸꾹질이 멈춘다던데. 진짜인가? 만약 그 사실이 진짜라면 내가 먹는 데에 너무 집중을 해서 딸꾹질이 멈춘 것 같다. 딸꾹질이 멈췄다는 사실을 깨닫고 나니까 딱 맞춰서 할머니께서 우리에게 다가오셨다. 위아래 길이는 짧지만 뚱뚱한 찻잔

두 개가 쟁반에 올려 져서 흔들리고 있었다. 동글동글한 두 찻잔이 식탁 위에 앉았다. 무심코 손을 뻗으려다 손을 멈췄다. 형이 사진을 찍으려고 휴대폰을 꺼내고 있었다. 찰칵. 하며 소리가 들렸다. 형을 기다리는 동안 차 표면을 멍하니 바라보았는데 향기가 슬며시 내 코를 자극했다. 달콤한 향이었지만, 초콜릿처럼 마냥 달기만 한 냄새가 아니라, 씁쓸한 냄새도 섞이고 심지어 정말 조금이었지만 톡 쏘는 매운 내도 올라왔다. 벌써부터 맛이 기대가 되었다. 형이 사진을 찍고 나서 조심스레 찻잔을 들어올렸다. 찻잔을 코와 가까이 가져왔더니 아까의 그 독특한 냄새가 더 강하게 났다.

배가 부르고 나서야 가게 주위를 식탁에 앉아 둘러보기 시작했다. 가게는 따뜻한 느낌이 들었다. 심적으로. 가게는 밖에서 볼 땐 전체적으로 산뜻하면서도 깔끔한 초록색이 주는 느낌을 받을 수 있었고, 가게 안은 둥글둥글한 듯한 느낌이 강했다. 내부는 책상에 의자가 있는 곳도 많았지만, 편안하게 앉을 수 있는 소파가 여러 개 있었다. 책상과 의자, 소파 모양도 대부분 동그랬다. 그래서 다른 가게보다 조금 더, 훨씬 따뜻함과 편안함을 느낄 수 있었을지도 모르겠다.

"할머니, 책상이며 소파며, 의자며 왜 다 동그라미예요?"

내가 궁금해서 할머니께 물어 보았다. 할머니께서 씩 웃으시면서 나에게 말해 주셨다.

"아, 그건 말이여, 사람이 너무 네모처럼 뾰족뾰족하게 살면 안 돼. 네모난 것만 보면 성격이 뾰족뾰족해지고 둥글둥글한 것들만 보면 사람도 성격이 둥글둥글해지는 거 아니겠나. 그래서 내가 다 둥글둥글한 걸로 다 골랐지. 왜 예쁘나?"

할머니께서 귀엽게 웃으시며 나를 바라보았다.

"네. 너무 귀엽고 예뻐요."

내가 웃으며 대답했다. 할머니께서는 동글동글한 것들로만 배치해 놓으신 이유가 있었다. 가게도 귀엽고 예뻤지만, 할머니도 가게 못지 않게 되게 귀여우셨다. 파마를 하지 않으신 단발머리를 하고 계셨고, 그 단발머리는 아주 하얀 머리카락들로 가득했고, 군데군데 검은색 머리카락이 보이기도 했다. 할머니는 키가 되게 작으셨으며, 할머니 얼굴에 조금 큰 안경을 끼고 계셨다. 하얀 셔츠에 연한 갈색 치마를 입고 계셨다. 하얀 셔츠 목의 중간 부분에는 포인트라도 주듯 초록빛을 내는 장식이 달려 있었다. 찻집 할머니는 옷을 잘 입으시는 것 같았고, 다른 할머니들과 다른 개성이 넘치셨다.

차를 다 마셔갈 때쯤, 형이 할머니께 익숙하게 뭘 도와드려야 할지 여쭤보았다.

"할매~ 우리 뭐할까?"

부엌에서 허리를 숙이며 냉장고에서 무언가를 찾고 계시던 할머니께서 고개를 빼꼼 내미시고는 "우예 먼지 청소 좀 해줘~" "네!" 할머니께서는 키가 작으셔서 의자 위에 올라가서 청소를 혼자 하시다가 의자에서 떨어져서 병원에 가신 적도 있다고 했다. 그래서 그 뒤로는 아직 떨어져서 부러진 팔의 후유증이 남아서 청소를 하지 못하시고, 가게도 어제부터 다시 여셨다고 했다. 그래서 먼지가 생각보다 많을 것 같았다. 형과 나는 팔을 쭉 뻗어 청소를 하기 시작했다. 예상대로 먼지가 많았다. 음식을 파는 가게일수록 청결은 무조건이다. 음식을 파는데 가게가 청결하지 않으면, 음식이 아무리 맛있다 해도 별로 맛있게 느껴지지 않을 것이다. 그러므로 가게의 청결이 곧 음식을 살리는 길이다. 내가 이 가게의 주인인 듯 열심히 청소했다. 위에 먼지가 쌓여 있던 것을 치우는 것을 다 끝낼 즈음에 나는 대걸레로 바닥을 닦기 시작했다. 할머니께서 혼자서 가게를 운영하시기 힘들 것도 같았다. 내가 혼자서 청소하는데도 힘이 빠졌다. 청소만 해도 기운이 이렇게 빠지는데, 맨날 일찍 나오셔서 청소하고, 차까지 만드셔서 파는 게 너무 멋지셨다. 그것도 다 혼자서 하시는 게.

그렇게 청소를 시간 가는 줄 모르고 한참 했다. 시계를 보니 벌써 4시가 훌쩍 넘었었다. 이렇게 하루를 보내는 것도 뿌듯했고, 좋았다. 역시 누군가를 도와주는 일을 할 때면 마음이 가벼워지고 선해지는 느낌이다. 어른이 될수록 상처입고 빛바랜, 이젠 동심 따위는 없어진지 오래인 내 마음이. 자신이 힘들 때면 오히려 자원봉사를 다니는 것도 나쁘지 않을 것 같다. 힘들다고 생각하고 있으면 있을수록 더 힘들어지기 십상이니까. 남들을 돕다 보면 오히려 더 괜찮아진다. 솔직히 말하면 자원 봉사를 하고 난 후의 고맙다는 말 한마디가 힘이 되는 것 같기도 했다. 청소를 열심히 하고 있자 할머니께서 이제 그만 됐다는 말을 해주셨다. 청소를 깨끗이 하고 주변을 살펴보니 완전 깨끗해져 있었다. 가게를 들어오는 문 옆에 있던 통유리창에서 노을이 지고 있는 모습을 볼 수 있었다. 그 노을이 깨끗해진 통유리창을 반기는 같았다. 할머니께서는 또 여러 가지 과일을 내 주셨다. 맛있는 복숭아가 접시에 한 가득 담겨 있었다. 샛노란데, 그 중간에는 진한 핑큿빛이 도는 그런 잘 익은 복숭아. 보기만 해도 군침이 고였다.

할머니에게서 복숭아를 잘 얻어먹고, 이제 헤어질 시간이 됐다.

"할머니, 오늘 비빔밥도 너무 맛있었고, 차도 너무 향긋했고, 방금 먹은 복숭아도 너무 맛있었어요! 다음에 여기 다시 오면 할머니 찾아 와서 또 도와드릴게요!"

"아이고 정말? 나야 좋지. 아 그리고 이거 가져가~"

할머니께서 맛있는 차가 우러날 수 있도록 병에 가득 담아주셨다. 그 병에는 내가 아까 먹었던 오미자청도 있었고, 민들레차를 먹을 수 있도록 민들레꽃도 있었고, 레몬차를 먹을 수 있도록 레몬청도 있었다. 푸짐한 선물을 받았다.

"허어어어! 너무 많은 거 아니에요 할머니? 진짜 잘 먹을게요!" 내가 할머니를 안아드리면서 선물을 받아들었다.

"다음번에 또 온다 해서 뇌물로 주는 거야. 다음에 와서도 나 많이 도와줘야 혀~~"

"당연하죠. 이런 거 안 주셔도 도와드리는데…… 너무 많이 주셔서 혼자서 1년도 넘게 먹을 수 있겠는데요?"

"에이, 뭐 일 년이야. 여기저기 나눠먹고 그러면 금방 없어져~~ 아껴 먹어~"

"네 진짜 안녕히 계세요!!"

"할매 나도 갈게!!"

"오야~ 다음에 또 보자!" 할머니와 오랫동안 다음을 기약하며 가게에서 발을 뗐다.

"근데 형은 이거 안 받았네. 나 많이 받았으니까 이거 줄게."

"됐어. 나 차 별로 안 좋아해서 할매가 안 주는 거야. 처음부터 안 받아 왔어."

"그래도 가져가서 형 부모님한테 드리면 좋아하실 텐데."

"됐어. 우리 가족은 다 차 별로 안 좋아해." 처음에 책방을 찾으러 왔던 길로 다시 되돌아갔다. 어느새 해가 뉘엿뉘엿 지고 있었다. "오늘 저녁은 뭐야?"

"오늘은 마지막 밤이니까 고기 구워 먹을 거다!!"

"오!! 고기? 드디어 먹네." 하루 종일 먹기만 했는데도, 배가 끊임없이 고파 왔다. 역시 형이랑 놀러 다니면서 먹기만 하고 운동을 하나도 안 하니까 살이 너무 많이 찌고, 너무 많이 먹는 버릇을 만든 것 같다. 아침에 뛰긴 했지만, 먹는 것만큼 운동을 하지 않았기 때문에 몸이 진짜 무거워졌었다. 조금씩 나오고 있는 것 같은 내 뱃살을 보고 있자니 한숨이 절로 나왔다. 그래서 집에 도착하자마자 근처 헬스장이라도 바로 신청해야 하나 싶었다. 형이랑 같이 놀기만 해서뿐만이 아니라 이사 오고도 하루도 빠짐없이 운동을 해야 했는데, 그랬지 않았기 때문에 분명 근육보다 지방이 훨씬 많이 늘었을 것이라고 생각한다. 형은 그래도 다음 달에 결혼한다고 몸 관리 좀 한 것 같았다.

"형, 다음 달에 결혼하는데, 몸 만들어놨어?"

"안 그래도 요즘에 다이어트 하다가 오랜만에 풀려서 폭식하고 있잖아. 또 서울 가면 다이어트 빡세게 해서 다시 체중 조절해야 해."

"형, 몸 관리 어떻게 했어? 나도 부쩍 살 쪄서 헬스장 신청해 볼까 하는데."

"절대 헬스장 신청하지 마. 돈 낭비야. 나도 처음엔 헬스장 신청했었는데, 잘 안 가게 되고. 게다가 너는 일하잖아. 야근하는 날은 못하지? 그 다음 날은 피곤해서 자야 해서 못해. 그냥 집에 와서 공원 계속 뛰는 게 나을걸. 이한솔이랑 홈트나 해. 돈 낭비 하지 말고."

"아, 그렇긴 하겠다. 나도 막상 신청해 놓으면 안 갈 것 같기도 하고."

텐트에 도착하기까지 여러 이야기를 주고받았다. 텐트에 도착하자마자, 형이 옆에서 분주하게 준비했다. 그런데 나는 막상 할 게 없었다.

"형, 나 뭐할까?"

"그냥 가만히 앉아 있어."

"아, 그래도 간단히 할 수 있는 건 나 좀 시켜줘. 이렇게 가만히 있는 것도 힘들어."

"그럼, 나는 불판 준비하고 여러 가지 준비해 놓을 테니까 상추하고 깻잎하고 옆에 있는 것들 좀 씻어와."

"알겠어."

해가 뉘엿뉘엿 지고 어둑어둑해졌다. 식수대에서 상추며, 깻잎이며 여러 가지 채소들을 씻다가 하늘을 보니 너무 예뻤다. 그래서 상추를 씻다 말고 주머니에서 휴대폰을 꺼내 하늘 사진을 찍었다. 너무 예쁘게 담겼다. 이렇게 예쁜 곳에 와서 사진을 안 찍었다 생각하니 너무 아쉬웠다. 휴대폰을 다시 주머니에 넣고 다시 깨끗이 씻은 것들을 접시에 담아 조심조심 담아갔다. 접시를 식탁에 두고, 앉아서 사진을 마구 찍기 시작했다. 너무 예뻤다. 하늘이며, 바다며, 파도가. 텐트도 찍었고, 고기를 굽고 있는 형의 모습도 찍었다.

"형, 나 조금 있다가 밥 다 먹고 사진 한 장 정도는 남기자."

"그래. 여기 사진 진짜 예쁘게 나온다? 예전에 현아랑 왔었거든, 현아가 사진 찍어 달라 해서 찍어줬는데, 진짜 아무렇게나 찍어도 다 예쁘더라."

"여기 진짜 예쁘다. 형 이제 결혼하면 지금처럼은 자주 여행 많이 못 다니겠네."

"아무래도 그렇겠지?"

"형, 나중에 애도 낳는다고 했잖아. 그럼 딸 낳고 싶어 아들 낳고 싶어?"

"음. 그건 생각을 해본 적 없는데. 솔직히 한 명씩은 있었으면 좋겠다. 현아는 맨날 딸 낳자고 하던데. 딸이랑 맨날 시밀러룩 입고 다니고 싶대."

"나는 만약에 나중에 결혼해서 애 낳으면, 딸 있으면 좋겠어. 사촌형이 결혼하고 딸 낳았단 말이야. 개 진짜 너무 귀여워. 하는 말 하나하나 진짜 귀엽고 발이랑 손도 다 작고. 근데 형은 나중에 애 낳으면 진짜 애들이랑 잘 지내고, 잘해줄 것 같다. 애들 캠핑 오는 거 좋아하던데."

"남들한테 이렇게 해주는 거 좋아하는데 내 자식한테 해주면 얼마나 좋을까. 크~~"

형과 미래에 대해서 얘기하고 있는 와중에, 고기가 다 익었다. 형이 접시 앞에 고기를 산더미로 놔두어 주었다. 너무 많아서 다 못 먹을 것 같았다. 그래도 형이랑 같이 먹는 거니까 뭐. 바다를 바로 앞에서 보면서 고기를 먹으니 진짜 맛있었다. 고기 옆에는 라면도 맛있게 끓고 있는 중이었다. 밖에서 먹는 라면이 또 최곤데. 크. 진짜 맛있겠다. 고기를 입에 넣었다. 사르르 녹았다. 질길 것 같았는데, 생각보다 너무 부드러웠다. 진짜 맛있었다. 콧노래를 흥얼거리며 먹었다. 노래를 흥얼거리고 있자니 노래가 듣고 싶어졌다. 재빨리 형 차에 가 블루투스 스피커를 가지고 나왔다. 바다에서 고기를 먹으며 노래를 들으면 너무 좋을 것 같았다. 블루투스와 연결하고 노래를 켰다. 너무 좋았다. 어제까지는 불지 않던 바닷바람도 솔솔 불어왔다. 오늘은 마지막 밤이었다. 내일은 서울로 올라갈 차례이다. 여름휴가를 미리 온 것 같아서 너무 좋았다. 그것도 좋아하는 사람과 함께 해서 더욱 좋았다. 다음에는 혼자서 여기를 와도 괜찮을 것 같았다. 나를 알아봐 주는 사람도, 반겨주는 사람도, 기다려주는 사람도 있으니.

형이 고기를 다 구웠는지 자리에 앉았다.

"맛있냐? 나도 먹어보자."

형은 바로 깻잎에 쌈장을 묻힌 고기를 올렸고, 그 위에는 구운 마늘과 구운 버섯도 올려서 한 쌈 싸 한입 가득 넣었다. 어떻게 저 크기의 쌈이 입에 들어가지 싶었다. 형도 진짜 잘 먹었다. 형은 배달음식은 일절 안 시키고 무조건 스스로 해 먹는다. 부모님이랑 같이 살아서 다른 사람보다 배달음식을 적게 먹는 것도 있지만, 형이 직접 요리를 배워서 부모님께도 자주 해 드리기도 한다. 워낙 먹는 것을 좋아하고 스스로 요리해서 누군가에게 주는 것을 좋아한다. 옛날에 대학교 다닐 때 이한솔이 자취하는 집에서 자주 모여서 형이 해주는 밥을 얻어먹곤 했다. 고기 산더미 옆에는 방금 구운 노릇노릇한 소시지도 한 움큼 있었다. 한 입에 맞게 잘라져 있는 소시지에서 김이 났다. 호호 불어서 입에 쏙 넣었다. 후후 불고 먹었는데도, 방금 막 구운 거여서 그런지 입천장에 화상 입을 것 같았다. 입에 넣고서도 하호하호 하며 뜨거운 김을 식히며 먹었다. 라면도 한 젓가락 들고서 후후 불고 한 입에 호로록 하고 넣었다. 완전 맛있었다. 해물 라면이었다. 조개와 새우와 낙지가 들어가 있어서 국물에서 깊은 맛이 났다. 해장하는 것 같았다. 캔맥주도 한 캔씩 들고서 한 모금씩 중간 중간에 먹었다. 시간 가는 줄 모르고 계속 먹었더니 벌써 산더미처럼 쌓여 있던 고기가 두 점밖에 남지 않았고, 쌈도 거의 다 먹었었고, 라면이 들어 있던 냄비도 텅 비어 있었다. 형과 나머지 고기 두 점을 한 점씩 사이좋게 나눠먹고 잠시 자리에 앉아 있었다. 너무 많이 먹어서 일어날 수 없을 것 같았다. 뭐 아까 찍기로 한 사진도 찍었고, 다 먹은 것들을 설거지하기도 했고, 바다 주변을 걷고 여러 가지를 했다. 그리고 지금은 텐트에 누워 있다. 힘들었던 것 같기도 했지만 나름 만족을 했던 3일이었다. 너무 행복했고, 내일을 이제 가서 집에서 푹 쉬다가 그 다음날 회사로 다시 출근한다. 이제 출근하면 얼마나 일을 많이 해야 할지 상상이 가진 않았지만, 그래도 그런 날들이 있으니 이런 날들도 있는 것 같아 괜스레 뿌듯하고 그랬다. 피곤한 몸을 이끌고 눈을 감았다. 오늘까지 너무 행복했다. 내일도 행복했으면 좋겠다.

고소한 냄새가 솔솔 났다. 어제 너무 많이 먹고 자서 개운하진 않은 것 같았다. 시계를 보니 10시였다. 적당하게 일어났다. 형은 또 나보다 일찍 일어나 아침을 준비하고 있었다.

"으아아아아하하함"

기지개를 펴니 하품이 나왔다.

"일어났냐? 와서 야채죽 먹어."

"오, 웬 야채죽? 아침에 간단하면서도 든든한 죽 좋지요~"

"그래 아침에 죽 먹으면 좋으니까 빨리 앉아서 드세요~"

"예!! 감사합니다."

아직 잠에서 완벽히 깨지도 않은 채로 아침을 먹기 시작했다.

"현아는 아주 그냥 좋겠어. 형이랑 같이 살면 늦게까지 자고 아침 얻어먹고"

"현아는 아침 잠 많고, 나는 아침 잠 별로 없어서 아침은 맨날 내가 해. 내가 하는 게 더 맛있을지도 몰라. 킄킄."

"어어어오~ 자신감"

아침부터 또 정신없이 장난을 치며 먹었다. 오늘은 드디어 집에 가는 날이다. 물론 집까지 가려면 시간이 꽤 걸리겠지만.

차를 타고 집으로 향했다. 오늘은 아침까진 날씨가 좋았는데 비가 추적추적 내리기 시작했다. 차에서 비가 오는 창밖을 보니 그 또한 너무 예뻤다. 심적으로 여유가 생기니 모든 것들이 긍정적이게 보였다. 한참을 달려 우리는 점심을 먹기 위해 칼국수 집에 도착했다. 이곳은 맛집이었는지 사람들이 엄청나게 많았다. 옹심이 칼국수였다. 우리 앞에 기다리는 3팀이 있었다. 사람도 얼마 없고, 아직 집까지 가려면 한참을 가야 해서 먹고 가기로 했다. 어느새 비가 그쳤고, 우리는 기다렸다. 30분쯤 지나자 우리 차례가 왔다. 드디어 가게 안으로 들어갔다. 가게안의 모든 자리는 만석이었고, 사람들로 꽉 차 있어서 들어오자마자 후끈후끈한 열기가 느껴졌다. 가게에는 에어컨을 틀어놨다. 가게 안에 들어온 지 얼마 되지 않아 가게 안이 금방 시원해졌다. 2인석 자리에 앉아 옹심이 칼국수와 냉면을 시켜서 형이랑 나눠 먹기로 했다.

먼저 나온 밑반찬들을 먹고 있었는데 패스트푸드처럼 음식들이 엄청나게 빠른 속도로 나왔다. 여름이라 하기에는 조금 이른 감이 있지만, 그렇다고 해서 덥지 않은 것도 아니라 냉면을 시켰는데, 식당 내부가 에어컨 때문에 냉기가 돌아서 냉면을 시킨 걸 후회했다. 젓가락을 들어 차가운 냉면 국물에 적셔진 달걀 반쪽을 먹어보았다. 노른자가 완숙이라 비교적 딱딱했다. 내가 좋아하는 타입의 노른자는 아니었다. 숟가락으로 국물을 맛보았다. 시원하기는 했지만 간이 맞지 않았다. 짭짤한 소금 맛이 느껴졌다. 맛집이라고 해서 기대했는데, 생각보다 별로였다. 조금 실망한 채로 면을 건져서 후루룩 마시듯이 먹었다. 면도 다 불어서 냉면의 면 같지가 않았다. 뭘까, 이 맛은. 불쾌한 표정을 지으며 형을 바라보았는데, 형은 나와 정반대의 표정을 짓고 있었다. 냉면이 맛없는데, 칼국수라고 맛이 있을까라고 생각했는데. 맛있나 보다. 젓가락과 앞 접시를 뻗어 칼국수를 건져왔다. 면과 옹심이를 야무지게 잡아서 입에 넣었다. 놀랐다. 냉면은 저렇게나 먹을 수 없게 만들어 놓았는데, 칼국수는 왜 맛있을까. 이 가게 뭔가 이상하다. 국물이 구수했다. 많이 걸쭉하지도 않고 그렇다고 해서 묽지도 않고. 내가 국물을 따로 떠서 마신 것도 아니고, 고작 면 몇 가닥과 옹심이를 입에 넣었을 뿐이었는데, 국물이 느껴졌다. 물론 면과 옹심이도 충분히 쫄깃쫄깃하고 맛있는데, 국물이 그 맛을 가렸다. 그냥 국물이 아주 일품이었다.

“이모, 여기 옹심이 칼국수 하나 더요.”

결국 못 먹겠는 냉면은 옆으로 치우고 칼국수를 하나 더 시켰다.

칼국수가 하나 더 나왔고, 맛있게 칼국수를 먹고 있는데, 안쪽 방에서 시끄러운 소리가 들려왔다. 무슨 일인가 했다.

"야, 여기 냉면이 맛이 왜 이래! 너무 짜잖아. 이걸 어떻게 사람이 먹어? 너희 먹어는 보고 장사하는 거야?!"

고개를 돌려 보니 한 아저씨가 소리를 지르고 있었다. 그 앞에는 종업원이 고개를 숙이고 서서 어쩔 줄 몰라 했고. 우리 말고도 소리를 들은 손님들이 웅성거렸다.

"무슨 일 났냐?"

"누가 냉면을 시켰는데 많이 짠가 봐. 우리도 그랬는데."

그 순간 누가 눈앞을 휙 하고 빠르게 지나갔다. 그 사람이 지나가는 방향을 보니 그 방으로 들어가는 듯했다. 여기 직원인가. 귀를 쫑긋 하고는 대화 내용을 들어봤다.

"손님, 냉면 맛이 이상하신가요?"

"그래! 너무 짜잖아 이 자식아. 이걸 사람 먹으라고 만든 거야, 돼지 새끼 먹으라고 만든 거야?!"

"네. 손님, 죄송합니다. 오늘 냉면 만든 저희 직원이 소금을 정해진 양보다 많이 넣었나 봅니다. 제가 직원 교육을 잘못 시켰습니다. 맛이 없으시다면, 계산하지 마시고 가십시오. 저희는 맛없으면 공짜입니다."

사장님처럼 보이는 한 남자분이 말씀을 하셨다. 그런데 버럭버럭 소리지르는 아저씨에 비해 굉장히 정중하고 아무렇지 않은 듯 말씀하셔서 놀랐다. 물론 사장님의 뒷모습밖에 보이지 않지만, 말투가 굉장히 예의바르고 조용조용하셨는데도, 카리스마가 풍겨져 나왔다.

"아이, 직원 교육을 대체 어떻게 시킨 거야."

멀리 있는 나도 느꼈는데, 저 아저씨라고 못 느꼈을까. 아저씨가 조금 조용해졌다. 사장님의 기세에 눌렸겠지. 그 방에서 사장님이 나오시는데, 웃고 있었다. 입 꼬리가 올라가 있는 거, 분명히 보았다. 오히려 같이 화를 내는 것이 아니라, 웃으면서도 상대방의 기를 예의적으로 죽일 수 있는 그런 게 진짜 멋있는 것 같았다. 태도가.

"선호야, 다 먹었냐? 가자."

칼국수도 맛있었고, 냉면은 별로였지만, 직원 실수라 하니까 뭐. 여기 사장님이 충격이었다. 다음에 또 와보고 싶었다. 가게에서 나와서 다시 차에 올라탔다. 형이랑 나, 둘 다 피곤해서 말이 없었다. 난 그저 창밖을 바라보고 있었다. 아까 그쳤던 비가 다시 내리기 시작했다. 비가 오고 있는 걸 보니, 5살 때쯤에, 우리 엄마가 불러주셨던 노래가 기억이 난다. '비가 온다. 뚝뚝. 비가 온다. 뚝뚝. 주르륵 주르륵 주르륵 주르륵 갑자기 비가 온다.' 노래 제목도, 가수도 모르는 동요였지만, 항상 비가 오면 엄마가 이걸 불러 주셨다. 이런저런 생각을 하며 잠깐 눈을 감았다.

눈을 떠보니 내가 10살이 되어 있었다. 노란색 우비를 입고, 장화를 신고. 내 앞에는 동네 친구 유진이가 있었다.

"야, 남선호! 우리 물총 놀이 하자!"

"응!"

어느새 내 손에는 물총이 들려 있었다. 우리 집으로 올라가는 오르막길에서, 비가 쏟아지는 날, 물총 놀이를 했다. 일부러 물웅덩이가 깊은 곳만 골라서 밟고 다니다 얼굴에 흙탕물이 튀기도 하고 쓰고 있던 우비 모자가 벗겨져 머리카락이 축축하게 젖기도 했다.

"야, 내 총알을 받아라! 탕탕탕!"

이미 속옷까지 흠뻑 젖어 있음에도 서로 물을 뿌려댔다. 오르막길에서 뛰어다니다 보니 미끄러지기도 했다. 발이 미끄러져 휘청휘청하다 다시 허리를 펴고 서로에게 물총을 쏴댔다. 유진이가 쏘는 물을 피하려 뒷걸음질을 치다가 발이 미끄러져 고개를 하늘로 들고 등이 점점 길바닥과 가까워졌다.

쿵 하는 소리와 함께 눈을 감았다 떴다. 하늘이 회색빛이었다. 아니, 회색빛인 게 아니라 회색이었다. 하늘이 굉장히 가깝게 느껴졌다. 손을 뻗으면 닿을 것만 같았다. 무심결에 손을 뻗어보았다. 어? 하늘에 손이 닿았다. 아, 여기는 차 안이었다. 자다가 일어나 몽롱한 상태라 꿈과 현실을 헷갈렸나 보다. 자다가 나도 모르게 흐트러져 버린 자세를 바로 하고는 뒤로 팔을 쭉 뻗어 기지개를 폈다. 하늘이라고 착각한 차 천장을 손으로 툭툭 건드리고는 손을 내렸다. 눈을 비비고는 차 밖의 풍경을 보았다. 아직도 비가 주룩주룩 내리고 있었다. 봄비인가, 여름비인가. 유진이와 했던 물총 놀이처럼 다시 빗속에 뛰어 들어가 비를 맞고 흠뻑 젖고 싶다. 내가 언제 이렇게 커버렸을까. 가끔씩은 초등학생, 중학생이던 시절로 돌아가고 싶었다. 돈 걱정 같은 것도 하지 않아도 되고. 학습지를 풀다 투정도 부리며, 좋아하던 여자애에게 수줍게 다가가는. 이제는 내가 아는 동네였다. 벌써 IC 안으로 들어 왔나 보다. 언제 이만큼 왔지.

"형. 재밌었다. 다음에도 불러줘. 그때는 이한솔이랑 같이."

바쁜 일상 속에서도 삶의 여유를 찾게 해준 석민이 형이 고마웠다.

"그래. 다음에는 더 좋은 데 가자."

차에서 추적추적 내리는 비를 맞다 보니 어느새 집 앞에 다 왔다.

"형. 다음에 봐. 고마웠어."

차에서 내리기 위해 손잡이를 잡고 당겼다.

"선호야, 잠깐만."

형이 가방을 뒤적거렸다. 뭘 찾는 것 같은데. 무엇인지는 잘 모르겠지만, 나에게 내밀었다. 음, 청첩장이네.

"청첩장이구나. 축하해 진짜로. 형. 축의금 두둑이 챙겨갈게. 뷔페 맛있는 곳으로 예약했지?"

"그럼. 내 주위에는 다 미식가들밖에 없어서."

“고마워. 다음 달에 보자. 조심해서 잘 가.”

“너도 얼른 들어가서 푹 자. 나 간다”

내가 차 문을 닫아주고 형은 다시 돌아갔다. 몸은 3일 내내 어디를 그렇게 다닌 탓에 피곤한 듯했지만, 마음은 굉장히 좋았던 감정들로만 꽉 차 있었다. 어릴 때는 방학 때마다 가족과 여행을 자주 가다 보니 옛날에 가서 특히나 좋았었던 것이 아직도 생각이 난다.

옛날에만 느낄 수 있었던 그 감정들을 나는 지금에야 그 가치가 얼마나 대단한지 비로소 느끼게 되었다.

우산을 쓰고 하염없이 내리는 비를 보며 멍하니 너무 오랫동안 서 있었나 보다. 그걸 지켜본 슈퍼 사장님께서 나를 불렀다.

“총각, 멍하니 거기서 뭐해? 따뜻한 두유 한 잔 할 텨?”

두유? 오랜만에 들어보는 단어였다. 내가 어릴 때 두유는 병원에 병문안 갈 때만 사가고 평소에는 잘 먹지 않았다. 비가 와서 여름 기운이 다시 조금씩 빠지고 쌀쌀한 기운이 도는 것 같았다. 슈퍼에 파는 유리병에 담긴 따뜻한 두유. 먹고 싶어졌다.

“좋죠.”

슈퍼로 성큼성큼 걸어갔다. 그러곤 비를 한 방울도 옷에 묻히고 싶지 않아 우산을 재빠르게 접었다. 우산에 묻어 있는 물기를 조금 털었다.

“자. 먹어. 오늘 같은 날엔 두유가 최고여.”

슈퍼 사장님께서 따뜻한 두유를 유리병 채로 한 잔 주셨다.

“완전 오랜만이에요. 두유.”

두유를 받아들며 말했다. 두유는 예상대로 따뜻했고, 사장님 손에서 건너받자마자 찬 기운이 가득했던 손을 따뜻하게 감싸 주었다.

“어른 돼서 두유를 찾아서 꼬박꼬박 마시는 사람이 어디 있어. 이제 총각도 그 어린 나이를 벗어나 진짜 어른이 돼서 그런 것이지.”

사장님은 항상 슈퍼에 계시는 듯했다. 저녁 12시에 나와도, 새벽 6시에 나와도 항상 저 슈퍼는 밝게 빛을 내고 있었고, 우리는 당연한 듯이 슈퍼로 달려와 슈퍼 아주머니와 인사를 주고받으며, 물건을 샀다. 이제는 우리 빌라에 절대는 빠질 수 없는 슈퍼가 되었고, 그 슈퍼는 우리 빌라의 간판이 되어 주었다. 슈퍼 사장님과 하염없이 내리다 이제는 조금 추적추적 내리는 비를 보며 두유를 마시고, 한참을 얘기했다. 이번에 다녀온 캠핑은 어땠는지. 누구랑 같이 다녀왔으며 그 사람은 나에게 어떤 사람이었는지. 또 그 사람의 변한 모습도 봤고, 나도 얼른 결혼하고 싶다는 생각도 막연히 들기도 했다고. 내일 출근하면 정말 행복하게 일을 할 수 있을 것 같다고. 뭐 그런.. 시시콜콜한 얘기까지 다 했었다. 따뜻한 두유를 한 모금씩 마실 때마다 온몸은 따뜻한 기운으로 점점 채워졌고, 시간이 지날수록 그 온기는 더해졌다. 두유 때문인지, 슈퍼 사장님 때문인지는 모르겠지만 말이다.

슈퍼 사장님과 얘기 하고 비가 와 금방이라도 발을 헛디디면 바로 넘어져 구를 것 같은 아찔한 계단을 천천히 걸어 올라갔다. 집에 도착했다. 3일 만에 오는 집이었다. 아무 생각 없이 콩이 방을 열었다. 콩이는 할머니 집에 맡겨뒀었는데 말이다. 습관이 이래서 무서운 것 같다. 콩이는 나를 이 자리에서 항상 기다렸을 텐데 말이다. 나는 무심코 당연히 콩이가 나를 기다리는 존재만으로 생각해 왔던 걸지도 모르겠다. 아이러니 하게도 망각이 나타나지만, 몸에 베인 습관이 그 망각을 이겨버린다는 생각을 했다. 나의 망각 속에서도 어쩌면 콩이는 당연히 나를 기다려주고, 언제나 있어줄 존재라는 생각이 있었던 것 같다. 콩이 생각이 난 김에 할머니 집에 바로 갔다. 3일 이나 넘게 콩이를 정성스럽게 봐 주셨을 텐데 그냥 가기는 죄송해 찻집에서 열심히 청소해 드리고 나서 받은 선물을 조심스레 꺼내 할머니 집으로 향했다. 띵동 초인종을 눌렀다. 한 손은 우산을, 한 손은 유리통을 들고 있었지만, 초인종을 눌러야 하는 바람에 한 손에 두 가지를 다 들고 있어서 혹여나 손에서 미끄러져 깨질까 위태위태한 상황이었다. 두 개를 둘 다 놓치지 않으려 안간힘을 쓰다 보니 집중해서 입술을 점점 내밀고 인상이 찌푸려지고 있었나 보다. 할머니께서는 나오시자마자 얼굴이 왜 그렀냐며 말을 하셨다. 할머니께서는 내 시선이 향해 있는 오미자 청을 그제야 보시고는 할머니께서 드시겠다며 가지고 들어가셨다. 나도 우산을 접고, 집 안으로 들어갔다.

할머니 집에 들어가자마자 콩이를 찾았다.

"콩아~ 형 왔다."

내가 부르니 콩이가 어디 있었는지 갑자기 어디선가 불쑥 나타났다. 콩이를 오랜만에 봐서 그런 건지 모르겠지만 어딘가 다른 느낌이 났다. 어디를 봐도 크게 달리진 점은 없는 것 같았는데 뭔가, 그냥 모를 약간의 뭔가가 달라져 있는 듯했다. 콩이가 내 품으로 쏙 안겼다. 내가 콩이를 번쩍 안았다. 묵직했다. 살이 쪄 있는 것이었다. 불과 3일밖에 되지 않았는데 할머니와 지냈다고 벌써 이렇게 살이 쪄 있다니.

"콩아, 너 밥 많이 먹었지? 뱃살 봐 어떻게 해. 이거~"

"콩이가 마냥 바싹 말라가지고는 내가 밥 좀 마이 줬다. 아 그리고 사료는 내 하나도 안 먹였데이."

그게 무슨 말…… 일까? 사료를 안 줬는데 밥을 많이 줬다니?

"내가 저 강새이 묵인다고 닭도 삶아가지고 뼈 다~ 발라서 먹여줬다 아이가. 나랑 같이 지내면서 이것저것 마이 묵었을 기라. 그쟈? 그래서 이제 사료 주면 안 묵을라 할걸~"

할머니께서는 콩이를 손자 보듯 사랑스럽고 귀여운 듯 쳐다보셨다. 내가 이제야 할머니 집에 온 이유를 깨닫고는 할머니께 말씀 드렸다.

"할머니 3일 동안 저희 콩이 보느라 힘드셨죠? 저거 제가 찻집에서 얻어온 건데 따뜻한 물에 조금씩 태워서 먹으면 엄청 맛있더라고요. 감사해서 가져왔어요."

"아이고 마 이런걸 뭐할라꼬 가져 오노 남사시리. 우리가 뭐 모르는 사람도 아이고 뭐. 그리고 콩이 델꼬 가면 내 외로울 긴데. 콩이 있어가 안 심심했다. 맞제. 콩아~?"

할머니께서는 진심으로 콩이를 아껴주시는 것 같았다. 콩이를 보며 생각했다. 오히려 할머니 같은 분을 만났더라면 하루 종일 주인을 기다리지 않고도 충분히 더 많은 사랑받으며 살 수 있을지도 모르겠다는. 콩이한테 조금씩 더 미안한 마음을 가지게 되는 하루였다.

할머니 집에서 나오니 어느새 해가 뉘엿뉘엿 지고 있었다. 콩이를 안고 집으로 향했다. 어느새 비는 그쳐 있었고, 아직 바닥에는 빗물이 남아 있었다. 비가 와서 아직 습한 느낌이 없지 않아 있었지만, 공기는 더 가벼워지고 상쾌해진 듯했다. 무거운 몸을 이끌고 철문을 끼익 열었다. 비가 와서 젖은 현관문 앞 공간에는 축축한 물기가 남아 있었다. 오랜만에 내가 좋아하는 비 냄새를 맡으며 잠에 들 수 있을 것만 같았다. 챙겨간 것도 별로 없었긴 하지만 조금의 짐을 바닥에 아무렇게나 내팽겨 치고 바로 화장실로 들어갔다. 정말 자유롭게 우리 마음대로 놀기는 했지만 약 3일 동안 머리를 안 감으니까 머리에서 온갖 냄새가 다 나는 것 같았다. 조금만 만져도 비듬이 우수수 떨어져 내릴 것 같았다. 몸을 씻으면서 3~4일 동안 내 몸에 묻었던 피곤함, 지침 같은 것들을 같이 씻어 내렸다. 그러나 여행 갔다 오면서 생긴 많은 좋은 생각들과 에너지 같은 것들은 그대로 내 마음 속에 간직했다. 이렇게 가끔씩 여행을 갔다 오면 바쁜 일상 속에 지친 내 몸과 마음을 달래 줄 수 있다.

"콩아~ 일로 와~"

씻고 나와 젖은 머리를 탈탈 터니 바닥에 물이 뚝뚝 떨어졌다. 콩이를 안고 침대에 누웠다. 다시 비가 오기 시작해 빗방울들이 창문을 똑똑 두드렸다. 앗, 발코니에 빨래 널어야 하는데. 비가 와서 어쩌지. 난 비가 오는 걸 좋아하는데, 이 빌라로 이사 오고 나서는 집에 발코니가 있어 비가 오는 게 걱정이 되었다.

발코니가 있으면 저절로 발코니에 빨래도 널고 물건을 많이 내놓는데, 비가 와버리면 그 물건들이 다 젖으니까. 나중에 돈을 조금 더 많이 모아서, 지금보다 생활이 더 여유로워지면, 발코니에 식물을 기르거나 콩이가 뛰어 놀수 있는 공간을 만들어야겠다. 그러면 콩이가 밖에 나가고 싶어 하는데, 나는 산책을 나가고 싶지 않을 때, 내 시야 안에서 콩이가 뛰어 노는 게 보이지 않을까. 콩이가 발코니에서 놀 때 나는 침대에서 콩이가 노는 모습을 보는 거다.

집에 관한 로망은 많은데 그 많은 로망을 실현시킬 수 있는 충분한 돈이 없어서 큰일이다. 내가 늙으면 늙어갈수록 하고 싶은 것도 많아질 거고, 해야 하는 것, 사야 하는 것, 시간과 돈을 소비해야 하는 것도 많아질 것인데, 돈이 없다. 그냥 지금처럼 아직은 몸에 에너지가 남아 있을 때, 그나마 젊을 때 열심히 일을 해서 돈을 버는 수밖에. 일에 빠져 살면 돈은 어느 샌가 많이 모여 있지 않을까. 우리 집이 그렇게 가난한 것도 아니고 그저 그냥 평범한 가정일 뿐인데도, 내가 이렇게 돈 걱정을 한다. 그러면 나보다 가난하거나 집안 사정 등이 좋지 않은 사람들은 어떻게 이런 사회에서 살아남을까. 새삼 대단하게 느껴졌다. 사실 어릴 때 나는 스무 살이 되면 어른이 되는 줄 알았다. 열아홉 살 12월 31일 때에는 어리고, 스무 살 1월 1일에는 성숙해질 줄 알았다. 진짜 그렇게 믿지는 않았지만 왠인지 모르게 그럴 것 같았다.

근데 아니더라. 12월 31일이든 1월 1일이든 그냥 나이만 바뀐 거지, 똑같더라. 어른은 쉽게 되는 게 아니더라. 난 아직 어른이 될 준비가 되지 않았는데, 세상은 나에게 어른이 가는 학교를 가서 어른이 하는 공부를 하고, 어른이 되었으니 군대에 가서 나라를 지키라하고. 대학교를 어영부영 다녀오고 어쩌다 군대에 다녀오고 나니, 나 벌써 20대 후반이 되어 있더라. 그냥, 법적으로 성인인 거다. 성인은 성인인데, 어른은 아닌 거다. 어른은 어떻게 하면 될 수 있을까. 내가 미성년자 때 바라본 정말 어른스러워 보였던 성인들도 지금의 나와 똑같은 생각을 했던 걸까. 그저 살아가는 대로, 살다 보니 벌써 스물여덟이 되어 있고, 내 친구들 중에서는 벌써 자식을 낳은 애들도 있고, 사업을 성공해 떼돈을 번 친구도 있고. 지금 생각해 보면, 고등학생 때는 어서 빨리 어른이 되고 싶었다. 혹시나 어른이 되지 못하더라도 법적으로 만큼은 성인이 되어 하고 싶은 걸 다 해보고 살고 싶었다. 마음껏 술도 마셔보고 싶었고 클럽도 가 보고 싶었고, 성인이 하는 것들, 성인만 할 수 있는 것들을 해보고 싶었다. 그런데 지금은 미성년자가 되고 싶다. 고등학생 때 대입에 신경 써야 했고 수능 준비에 스트레스를 받았고 매일 같이 공부해서 힘들다고 생각했지만, 그래도 고등학생 때는 항상 친구들과 붙어 있었다. 친구들과 함께 공부하고, 함께 놀고, 희로애락을 다 같이 보냈는데. 지금은 물론 한솔이가 있지만 고등학생 때의 그 북적북적함과 특유의 소소한 행복이 그리웠다. 중학교 때도. 중학생 때는 잘 노는 애들 무리에 끼고 싶어서 교칙도 어기고, 좋아하는 여자애랑 풋풋한 연애도 해보았고, 지금은 절대 느끼지 못하는 사춘기 시절의 그 소녀감성. 말로만 소녀감성이지, 소녀감성을 소녀만이 갖고 있는 건 아니니까. 나도 사춘기 시절, 음악 듣다 울어도 보았고 새벽에 깨서 괜히 눈시울이 붉어진 적도 있었다. 그때는 왜 그렇게 어른이 되고 싶어 했을까. 어른이 되면 더 힘들다는 것을 몰랐다. 수능을 치고 내가 원하는 대학에 합격하면 끝이 나는 학창시절 공부보다 드라마를 내도, 원고 작성을 끝내도 끝이 없는 직장생활이 더 지치는데. 그때는 그 직장생활이, 술이, 괜히 멋있어보였나 보다. 성인이 된 지 아직 8년밖에 되지 않았는데, 이것 하나만은 알겠더라. 술을 먹는 이유는 쓴 술을 먹음으로써 내 인생의 쓴 맛을 잠깐이나마 잊기 위해서 라는 걸. 그래도 아직 난 어른이 아닌 것 같다. 아마 이 기분은 내가 30대가 되고, 40대가 되도 마찬가지겠지. 더군다나 우리 부모님에게는.

예전에 이런 얘기를 들은 적이 있다. 90대 노인이 70대 자식한테 '아가, 횡단보도 건널 때 차 조심해'라고 말한다고. 내가 40대가 되든 50대가 되든 그래도 우리 엄마 아빠한테는 내가 애겠지. 마냥 어릴 때에는 엄마 아빠가 내가 진짜 아기도 아닌데 자꾸 아기 취급을 한다고 짜증이 났던 적도 있었다. 그때는 어른이 되고 싶었으니까. 하지만 우리 엄마 아빠가 보기에는 아직 어린 아이일 뿐이었겠지. 지금도 그렇고. 나중에도 그렇고. 지금은 그냥 감사하고 있다. 날 아기로 봐 주신다는 건 날 그만큼 사랑해 주신다는 의미니까. 우리 엄마아빠도 지금의 나처럼 힘들게 노력하셔서 우리를 키우셨고, 살아오신 거겠지. 어쩌면 더 많이 힘드셨을 수도. 내가 감히 생각할 수도 없을 것이다. 그런데도 엄마 아빠가 힘들게 버신 돈으로 원하시는 거 하나 덜 가지고 우리가 원하는 걸 갖게 해주시고, 우리에게 충분한 교육을 받게 해주시고. 내가 나중에 조금 시간이 지나서 결혼을 하고 애를 낳아도 우리 엄마 아빠처럼 좋은 부모가 되지 못할 것 같다. 이 세상에 자기 자식이라도 사랑해 주지 못할망정 내치는 부모도 많은데, 항상 우리를 보시는 눈에서 사랑이 뚝뚝 떨어지고 그렇다고 해서 싸고돌지 만은 않으시고 잘못한 건 잘못했다 제대로 훈육시켜주셨던 우리 엄마 아빠. 서로서로도 아껴주시고 좋은 모습만을 보여주셨던 우리 엄마 아빠. 내가 나중에 어떤 아이의 아빠가 되거나 누군가의 남편이 된다면 우리 엄마 아빠를 닮고 싶다. 내 아이를 아끼고 소중하게 그리고 또 친근하게 대해 주면서도 확실히 해야 할 것은 확실히 지키는 그런 아빠. 그러기 위해서는 무엇보다 우리 엄마 같은 여자를 만나야겠구나. 아이들을 사랑으로 보듬어주고 친구 같이 수다 떨어주면서도 엄한 우리 엄마 같은 사람.

스토커2

침대에 누워서 이런저런 생각을 하다 보니 나도 모르게 잠이 들었다. 눈을 떠보니 비 냄새가 물씬 풍기는 아침이 되어 있었다. 밤새 비가 계속해서 내렸나 보다. 콩이도 내 곁에서 잠들어 있었다. 이불은 새하얀 구름 같은 색인데, 콩이는 숯덩이처럼 까매서 콩이의 털이 살짝만 묻어도 바로 보였다. 오늘, 이불을 빨아야겠다. 콩이랑 같이 자고 일어나니 하얀 이불 여기저기에 콩이의 새까만 털 몇 가닥이 묻어 있었다. 고개를 들어 시계를 확인해 보니 벌써 아침 10시. 어제 재밌었는데, 내 생각보다 많이 피곤했구나. 오늘은 요리를 해 먹기는 귀찮았다. 침대에서 일어나기도 귀찮고. 휴대폰으로 배달 어플을 켜 뭘 시킬지 고민했다. 치킨은 부담스럽고, 해물볶음밥이나 시킬까.

난 해물을 무지막지하게 좋아하니까. 회 먹은 지 이틀밖에 되지 않았는데도 해물볶음밥을 또 시켰다. 볶음밥이 우리 집으로 오는 동안, 이불도 빨고 밀린 집안일을 해야 할 것 같다. 비교적 가벼워진 몸을 일으켜 기지개를 켰다. 어이쿠. 내가 일어나면서 콩이를 밀쳤나 보다. 곤히 자고 있던 콩이가 침대 밑으로 떨어져 자던 자세 그대로 데구르르 굴렀다.

"아이고 콩아. 아팠지? 형이 미안."

감겨져 있던 눈이 슬며시 떠지다가 속눈썹을 파르르 떨고는 다시 힘이 빠져 자는 콩이였다. 침대 위에 다시 올려놓고는 이불을 쓱 들어올렸다. 이불 같이 이렇게 큰 세탁물은 내 집에 있는 작은 세탁기로는 무리가 있으니까. 빌라 앞의 빨래방에 가서 세탁을해야 할 것 같았다. 아직 이빨래방에는 한 번도 가본 적이 없는데. 사장님이 좋은 사람이면 좋겠다는 생각을 했다. 이불을 척척 개서는 들고 문을 열고 집을 나섰다. 일어난 지 한 시간도 채 되지 않아, 눈에는 눈곱이 끼고 머리가 까치집이 된 상태로. 슬리퍼를 질질 끌고 계단을 내려가다 다리를 삐끗해 넘어질 뻔했다. 이거 하얀 이불이라 넘어지면 흙이 이불에 다 묻는데 흙이 막 묻어버리면 세탁비가 더 나오지 않을까. 조심조심 한 걸음 한걸음 걸어가 세탁소에 다다랐다. 이불을 두 손으로 들고 있어서 빨래방 문을 열 수가 없었다. 이불을 한 손으로 들기 위해 서 있다가 누가 뒤에서 날 건드리는 느낌이 들었다.

"누구세요……?"

뒤를 돌아보니 키가 한 2미터는 될 것 같은 덩치 큰 아저씨가 있었다. 몸이 온통 근육인 몸 때문에 무서워 보였다.

"여기 빨래방 사장이요. 그거, 빨려고 하는 거 맞죠?"

큰 덩치에 비해 목소리가 얇고 높아 하마터면 웃을 뻔했다. 웃으면 큰일 날 것 같은데.

"아, 네."

아저씨가 내 이불을 빼앗듯이 들고는 빨래방 안으로 성큼성큼 들어갔다. 나도 아저씨를 따라 쭈뼛쭈뼛 따라 들어갔다. 아저씨가 나 대신에 돈을 넣어 세탁을 해주셨다.

"먼저, 돈을 넣고, 여기 버튼 누르면 세탁 되고. 건조 버튼은 여기 있으니까 이거 누르면 되고."

뭔가 분명히 친절은 했으나, 겉모습 때문인지 나도 모르게 무서움이 느껴졌다.

"감사합……니다."

"나 무서워요?"

아저씨께서 너무 직설적으로 물어보셔서 당황스러웠다. 처음 보는 사이엔 보통 이렇게 직설적으로 물어보진 않는데 말이다. 아저씨께서 어떤 의미로 묻는 건지 알 수 없었다. 대게 여자들이 말하는 "나 예뻐?"라는 질문에는 당연할 만큼, 너무 예쁘다 해주면 되는 것이고, "커피 마실까?"라는 의미는 커피를 마실 생각이 있는데 고민하고 있는 것이기 때문에 커피 마시자라는 말을 고민 없이 하면 된다. 상대방의 질문 의도를 알고 있기 때문이다. 아저씨의 말은 도통 의미를 할 수 없었다. 솔직히 말해 드리자니 상처받으실 것 같고, 또 아니다 라고 칼같이 말해 드리기엔 내가 이미 너무 티를 많이 낸 것 같았다.

"어, 조금?"

내가 눈치를 보며 아저씨께 말했다. 그러더니 아저씨께선 뭐가 웃기신 건지 배를 잡고 크게 웃으셨다.

"푸하하하하하."

빨래방이 떠나갈 듯했다. 내가 다시 눈치를 봤다. 뭔가 잘못 한 걸까?

"내가 조금 무서운 얼굴이긴 하지. 저기 저 문 앞에서 봤을 땐 내가 좀 무섭게 보이는 척했는데. 진짜 무서웠는가 보네?"

"아……뭐" 내가 고개를 약간 끄덕이며 말했다.

"내가 그런 말 자주 들어. 나 진짜 무섭게 생겼나 봐. 허허"
"또 자세히 보니 꼭 그렇게만 생긴 것 같지는 않……아요."
"그런가? 허허 고맙네, 고마워. 원래 여기는 무인으로 하는 데라 내가 잘 안 오는데, 가끔씩 와서 문제 없나 확인할 때가 있거든. 그때 온 손님들한테는 공짜로 세탁할 수 있게 해 드리긴 한데, 오늘은 청년밖에 없네. 오늘 땡 잡은 거야~"
이렇게 말해 주시니 오히려 더 친근감이 들었다. 동네 아저씨 느낌도 났고. 처음 인상과는 되게 다른 성격과 친근감을 가지고 계셨다. 그래서 이때부터 마음 놓고 아저씨와 이야기를 했던 것 같다.
"아! 감사합니다. 사실 오늘 처음 와서 어떻게 해야 하나 싶었는데 다행이네요."
"오, 정말? 우리 빨래방 처음이구나. 그나저나 처음 보는 얼굴인데, 새로 이사 온 사람인가?"
"네, 얼마 전에 가온 빌라로 새로 이사 온 남선호라고 합니다."
"새로 이사 온 사람 맞네. 요 근방에는 다들 알고 지낸 지 꽤 된 사람들밖에 없어서 다들 얼굴을 아는데. 처음 보는 얼굴이라 누군가 했네. 그쪽 빌라 사람들끼리는 벌써 인사 다 했지?"
"네. 빌라 주민 분들이 다들 너무 좋으셔서 다행히 금방 적응했어요."
"맞아, 그 빌라 사람들은 다른 빌라 사람들보다 다들 성격도 좋으신 분들이라, 금방 친해지고 그래. 우리 마을은 빌라끼리 팀 나눠서 작게 체육대회 같은 것도 하는데, 아마 이번 가을에도 할 텐데 총각도 하면 재밌겠네. 여기는 대부분 젊은 사람이 많이 안 살아서 젊은 사람이랑 같이 체육대회 하기 쉽지 않았는데 다행이네. 이번 체육대회는 재미있을 것 같네. 허허허허."
여기는 대부분 할머니, 할아버지 분들이 사시는 경우가 대부분이기 때문에 젊은 사람들을 좀처럼 많이 보기 어려웠다. 아저씨와 얘기하다 보니 점점 보면 볼수록 어디선가 많이 본 듯한 느낌이었다. 이 말투와 얼굴까지도 어디선가 본 듯한 느낌. 그렇지만 그 느낌에 별로 연연하지 않고 아저씨와 대화를 이어나갔다.

"믹스커피 한 잔 먹을래?"

"주시면 감사히 먹도록 하겠습니다."

아저씨께서는 커피포트에 물을 담고 버튼을 눌러 물이 끓을 때까지 기다리고 계셨다. 하지만 역시 아저씨는 수다쟁이임에 틀림없는 것 같았다. 물이 끓는 그 시간을 버티지 못하시고 내게 말을 또 먼저 건네셨다.

"아까 빌라 사람들이랑 다 같이 인사했다 했잖아."

"네."

"그럼 우리랑도 인사했어?"

"우리씨요? 네, 인사했죠. 저랑 동갑이던데요. 정말 다들 아시고 지내시는 건가 봐요."

"아, 그게 아니라 내가 우리 아빠거든."

아, 이럴 수가 말투며 얼굴이며 어디에선가 본 듯한 느낌이 들더니. 우리의 아버지였다니.

"아, 정말요? 어디서 많이 본 듯한 느낌이 들었었는데, 우리씨 아버지였을 줄이야!"

"허허. 그렇게 깜짝 놀랄 일인가?"

아저씨가 말하시면서 컵에 믹스커피를 붇고 뜨거운 물을 부우셨다. 마지막으로 커피 봉지로 휘휘 저었다. 고소하면서 달달한 내가 빨래방을 덮었다. 그 순간 세탁기에서 세탁이 다 되었다는 노래 소리가 들렸다. 나는 내 이불이 든 세탁기 앞으로 가서 아까 아저씨께서 설명해 주신 대로 건조 버튼을 눌러 건조를 시작했다.

"자, 커피 대령이요~"

아저씨께서 커피를 건네 주셨다. 코까지 스멀스멀 올라오는 커피 냄새. 일할 때마다 먹는 믹스커피였지만 주말에는 잘 챙겨 먹지 않았었는데 오늘 또 커피를 마시게 되었다. 내 이불이 건조가 될 때까지 아저씨와 이야기를 실컷 했다. 초면인데도 불구하고 굉장히 친숙했고 여태까지 알고 지낸 사람 같이 편하게 이야기를 이어갔다. 커피 한 잔을 다 마시자 건조가 다 완료되었다는 노래 소리가 나왔다. 세탁기에서 뽀송뽀송해진 내 이불을 꺼내들고 아저씨께 커피 잘 마셨다는 인사와 함께 나는 집을 향해갔다.

뽀송뽀송해진 이불을 침대 위에 펼쳐 보니 그 자태는 더욱 빛을 발하는 것 같았다. 오랜만인걸. 이런 이불. 할 것 없이 집에서 서성이고 있었다. 반팔에 반바지 차림이었지만 집 안이 후끈후끈해진 느낌이 없지 않아 있어 창문을 시원하게 열었다. 생각해 보니 아직 세수조차도 안 했었다. 그런 상태로 아저씨와 빨래방에서 이야기를 하다 오다니. 이런. 뒤늦게 창피함이 몰려왔다. 그래도 뭐 별수 있나. 이미 지나간 일인데. 얼른 화장실로 들어가 세수를 했다. 세수를 개운하게 하고 나니 동네 한 바퀴 돌고 싶다는 생각이 들었다. 콩이를 데리고 밖으로 나섰다. 대문을 열고 밖으로 나왔다. 그런데 아까도 본 듯한 느낌의 검은 색 반팔 티와 회색 반바지를 입은 남성이 자꾸 윤아네 집 앞을 서성거리는 느낌이 들었다. 누구지? 여태 보지 못한 사람인데. 저번에 말했던 윤아의 남자친구인 걸까. 별 생각 없이 평소처럼 동네 한 바퀴를 돌고 있었다. 걸으니 또 더워 슈퍼에 들렀다. 슈퍼에 들러 아이스크림이 가득한 곳으로 향했다. 음 뭘 먹을까나? 저 구석에 있던 아이스크림이 보였다. 옛날에 진짜 많이 먹었었는데. 아직도 있네. 그래 오랜만에 너를 먹을 테다 하는 심정으로 아이스크림을 하나 집어 들었다. 다른 아이스크림보다 아이스크림을 어릴 때 그렇게 먹고 싶어 했었다. 왜인지 그 이유를 지금도 모르겠지만 아마도 다른 아이스크림과 다르게 올려 먹는 재미도 있는 것 같았고 얼음으로 된 게 아삭아삭 씹히는 맛도 포도 맛도 꽤 맛있어서 항상 친구들과 어린 나에겐 인기 만점이었던 아이스크림이었다. 계산대에 아이스크림을 하나 올렸다.

"왜 이렇게 자주 오는 거여 어제도 봤는데."

요즘 따라 슈퍼에 많이 오는 것 같긴 했다. 아마도 슈퍼 사장님과 꽤 친해지고 편해진 사이가 된 것이 아닌가 싶었다.

"왜 오긴요~ 사장님도 보고 맛있는 것도 사고. 일석이존데요 뭘~"

"너처럼 자주 오는 사람은 없어."

사장님께서는 농담 반 진담 반으로 내게 말하시는 것 같았다.

"그럼 내가 여기 단골하지 뭐."

나도 농담 반 진담 반으로 사장님께 이야기하고 슈퍼를 나섰다.

근처에 걸어서 10분 정도 거리에 괜찮은 공원이 있다고 해서 이번에는 콩이랑 그곳에 가기로 했다. 한 손에는 콩이의 목줄을 쥐고, 한 손으론 시원한 아이스크림을 들고 먹으면서. 근처에 공원에 도착했다 꽤나 큰 것 같았다. 시설도 다 새 것인 마냥 깨끗했다. 주말이라 그런지 이곳으로 나들이 온 가족들도 보였고, 그 사이에 간간히 연인들도 보였으며, 신나게 뛰어노는 아이들도 보였다. 특히 눈에 띄는 건 자전거 타는 사람들. 나도 자전거를 타고 싶었다. 시원한 바람을 느끼며. 예전에 한 번 자전거를 서울에서 부산까지 타고 간 경험이 있었다. 그때 친해진 사람들과 연락을 아직도 가끔씩 하고 있다. 나보다 어린 동생도 있었고 나이 많은 형도 있었고 나랑 동갑도 있었다. 우리는 넷이서 자전거를 타고 여행을 갔다. 일종의 취미 모임 같은 것이었다. 우리는 인터넷 상으로 취미 생활을 공유했고, 마침내 자전거로 서울에서 부산까지 같이 여행을 가 보기로 했다. 대충 언제까지 도착하겠다는 생각을 가지고 열심히 달렸다. 첫날에 굉장히 많이 달려서 그 다음 날부터는 천천히 주변의 풍경을 보며 갔다. 자전거를 타면서 도로 옆에서 달려야만 하는 장소가 있어서 위험했던 때도 있었지만, 그래도 나름 괜찮았던 것 같다. 저녁에는 근처 숙소에서 머물렀으며, 거의 쉬지 않고 달렸기에 힘이 빠져 저녁이 되면 다들 곯아

떨어졌었다. 그러곤 아침을 먹고 다시 출발하는 형태였다.

그때까지만 해도 자전거를 그만큼 타도 조금 지나고 나면 금방 괜찮아 졌는데 요즘에는 콩이랑 산책 조금만 하고 나도 힘든 것 같았다. 역시 나이와 체력은 반비례 하는 것 같다. 뭐 어쨌든. 자전거가 눈앞에 보이니 오랜만에 자전거를 타 보고 싶었던 것인데 생각하다 보니 너무 멀리 와버렸다. 콩이가 짖었다. 분명 처음 오는 길이었다. 길을 잃은 건 아닐까. 걱정되기 시작했다. 다급히 휴대폰을 꺼내서 우리 집으로 가는 방법을 찾았다. 지도를 보니 생각보다 가까운 곳이었다. 집을 바로 앞에 두고 어딘지 몰라 허우적거리다니. 난 확실히 길치가 맞나 보다. 시계를 보니 벌써 6시. 확실히 여름이 다 온 듯했다. 점점 해가 길어지는 거 보니 이제 집에 가야지 집으로 발걸음을 돌렸다. 아까 온 길로 다시 걸어갔다. 콩이도 힘든지 계속 중간 중간에 쉬려고 해서 안아서 가기로 했다. 너무 많이 걸었었다. 잠깐 옛날 생각에 빠지는 바람에 오늘 집 가서 자전거를 같이 타고 갔었던 사람들에게 연락을 해야겠다. 계단을 한 걸음 씩 천천히 콩이를 안고 가고 있었다. 저 위에 아까 본 듯한 남성이 계속 서 있었다. 뭐하는 짓이야 둘이 싸우기라도 한 걸까? 저 남자가 많이 잘못 한 건가. 윤아도 어련히 하고 받아주지 몇 시간 째 서 있게 하는 거야. 공부하는데 방해되진 않을까 싶었다.

땀을 뻘뻘 흘렸다. 얼른 들어가서 콩이부터 씻기고, 나도 씻어야겠다.

"콩아 우리 깨끗하게 씻자~"

콩이는 일주일에 4일 정도는 꼭 씻기는 것 같다. 콩이가 다른 강아지들보다 몸이 약한 편이다. 무엇보다도 깨끗해야 병이 쉽게 안 걸리기 때문에 깨끗이 더 자주 씻겨 주는 편인 것 같다. 내가 열심히 씻겨 주는 걸 아는지 콩이도 처음에는 씻는 걸 그렇게 싫어하더니 이젠 스스로 물에 적응해서 먼저 들어온다. 콩이를 깨끗하게 씻겼다. 감기 걸리기 전에 빨리 털을 말려줬다. 안 그래도 꼬불꼬불했던 털이 더 꼬불꼬불해진 듯했다. 귀여워. 나도 얼른 씻었다. 씻고 나오니 개운했다. 역시 운동하고 하는 샤워는 최고였다. 그런데 윤아 집 앞에 있던 남자, 계속 눈에 거슬렸다. 그러다 무서워서 할머니 집에서 자겠다고 했던 윤아가 생각이 났다. 혹시 저 사람이? 아무리 그래도 이렇게 벌건 대낮에 모든 사람이 다 볼 수 있는 곳에서 티 나게 있지는 않을 텐데. 그래도 혹시 몰라 윤아에게 전화를 해봤다.

뚜루루루 전화 연결 음이 한참을 울리다 윤아가 전화를 받았다. "여보세요."

"아 안녕하세요. 웬 일로 전화 하셨어요?"

"아, 다른 게 아니라 혹시 너 남자친구랑 싸웠어?"

"네? 헤어……졌는데요. 그런데 그건 왜요?"

헤어졌다고? 그럼 저 사람은 윤아의 전 남친인 걸까.

"혹시 너네 집 앞에 아침부터 계속 누가 서 있는 것 같은데 알고 있었어?"

"네? 저희 집 앞에요?"

불안한 느낌이 들기 시작했다. 대개 전 남친이 윤아에게 매달리는 거라면. 전화라도 아니 문자라도 한 통 남겨둘 텐데. 불안한 느낌이 들어 일단 윤아에게 움직이지 말고 그래도 있으라고 했다. 나는 통화를 하면서 그 남자를 계속 지켜보고 있었다. 언제 돌발 행동을 할지 몰랐기 때문이다.

"윤아야, 일단 내가 그 사람 지켜보고 있거든. 너는 움직이지 말고 가만히 있어."

"네."

전화기 너머로 윤아의 떨리는 목소리가 들렸다. 숨소리가 점점 거칠어지고 있는 것 같았다.

"윤아야. 혹시 네 전 남친 어떻게 생겼는지 말해 줄 수 있겠어? 전 남친인 것 같은데 한번 확인해 보려고."

"네. 그 키는 185 정도 되고, 어, 검정색이랑 회색 자주 입고 다니고요. 그리고 어."

윤아는 갑자기 내가 물어서 그런지 아니면 무서움에 떨고 있어 기억이 나지 않는 건지 대답을 쉽게 하지 못했다. 그 남성이 내가 보이는 곳에서 등지고 서 있어서 얼굴은 보이지 않았다. 자주 입는 옷의 색깔에 키만으로는 저 사람을 윤아의 전 남친이라고 확신을 할 수 없었다.

"근데 제 전 남친은 그럴 사람 절대 아니에요. 헤어질 때도 좋..게 헤어 졌어요. 그럴 사람이 아닌데."

그럼 전 남친이 아닌 것일까.

"윤아야. 혹시 너 요즘에도 집에 물건이 제대로 되어 있지 않거나 뭐 그런 거. 이상한 느낌 났어?"

"네."

조금씩 확신에 찼다. 그럼 저 사람이 네 스토커일 수도 있다는 거네.

"윤아야, 미안한데 그럼 지금 네가 나한테서 전화를 끊고 전 남친한테 전화를 한 번 해볼래? 전 남친이 맞다면 전화를 받을 테니까. 내가 확인하고 말해 줄게."

"안 끊어도 될 것 같아요. 집 전화로 하면 돼요."

"어, 그럼 그래 줄래?"

나는 마치 형사가 된 듯 그를 잡고 싶다는 생각이 마음속에서 불끈불끈 들었다. 그리고 또 윤아는 내 동생과 비슷한 애인데 저렇게 위험에 놔두고 싶지 않았다.

"어 여보세요?"

전 남자친구가 전화를 받은 듯했다. 하지만 윤아 집 앞에 서 있는 사람은 전화를 받지 않았다. 윤아는 남자친구의 목소리를 듣고 다급히 전화를 끊은 듯했다.

"혹시 밖에 있는 사람이 전화 받았어요?"

"아……니"

그럼 그 사람은 윤아를 뒤쫓는 사람임에 틀림없었다. 몇 시간을 윤아네 집 앞에서 서성거렸으니. 그 사람이 어느 흉기를 들고 있을지, 공격을 할지 모르는 위험한 상황이었기에 일단 먼저 경찰에 전화를 했다. 사이렌 소리를 끄고 와 달라고 부탁했다. 그러겠다고 했다. 윤아에게 이 소식을 전했다.

"윤아야, 내가 경찰에 신고했거든. 일단 경찰이 올 때까지 기다려 보자."

시간이 조금 지난 듯싶었더니 경찰인 듯한 두 분이 계단 위를 올라오고 있었다. 그 사람은 다행히 눈치 못 채고 있는 것 같았다. 경찰이 나에게 다시 전화를 걸어왔다.

"혹시 제 앞에 보이는 분이 의심되는 분 맞나요?"

조용히 전화를 해주셨다.

"네, 맞습니다."

경찰이 그에게 다가가 이야기를 했다. 그는 갑자기 주머니에서 칼을 꺼내 들었다. 경찰들도 놀란 눈치였다. 그 사람은 경찰 두 명을 향해서 칼을 휘두르고 있었다. 그 사람도 당황했는지 소리를 크게 치며 칼을 휘둘렀다.

"다가오기만 해! 다 찌를 거야아아!"

그는 제정신인 상태는 아닌 것 같았다. 아마도 정신 질환이 있는 사람 같았다. 말을 똑바로 할 수 없는 상태였으며, 정신도 온전치 않은 것 같았다. 경찰 두 분께서 인근 지구대에게 지원 요청을 하는 것 같았다. 금세 경찰차가 도착했고, 계단 위에서 세 분의 경찰들이 내려오고 있었다. 그 사람은 꽤나 당황한 눈치였다. 혼자서 다섯 명을 상대하기에는 무리라는 생각이 들었는지 경찰들의 말을 따랐다. 칼을 계단에 떨어뜨리고는 갑자기 미친 듯이 소리를 질렀다. 절대 사람의 모습을 보이지 않는 눈을 하고 있었다. 내가 창문으로 고개를 내고 있었다. 그 사람과 눈이 마주쳤다. 섬뜩했다. 방금까지 더워 어쩔 줄을 몰랐는데 그의 눈을 보는 순간 집안의 공기가 서늘해진 것 같았다. 그 사람의 눈은 이성을 상실하고 더 이상 사람으로서의 제대로 된 정신을 가지고 있지 않은 것 같았다. 계속해서 소리를 지르고 있었다. 경찰들이 조심히 그의 눈치를 살피며 그에게로 다가갔다. 한 분은 칼을 그에게서 멀리 치웠고, 한 명은 다가가 그에게 수갑을 채웠다. 섬뜩하면서도 일이 이렇게 커질 줄은 몰라서 약간의 당황스러움이 있었다. 그와 눈이 마주치자마자 창문에서 고개를 뗐다. 건장한 성인 남성도 이렇게 무서운데, 윤아는 혼자서 얼마나 무서웠을까. 몇 날 며칠 동안.

그렇게 진압이 되었다. 경찰에 가서 어떻게 된 일인지 자초지종 설명을 했다. 윤아는 그 사람과 마주칠 수 없도록 다른 시간에 가서 어떻게 된 지 설명을 했다. 나는 윤아의 이야기를 같이 천천히 들었다. 며칠 전부터 계속 어떤 남자가 쫓아 다녔었다고. 아마도 같은 독서실 다니는 사람 같았다고 했다. 언젠가부터 계속 따라 다니는 느낌이 들었다고 했다. 따라다닌 지 얼마 지나지 않아서는 뒤에서 조용히 모자를 뒤집어쓰고 이야기를 했다고 했다. 그가 꺼낸 말은 바로 '왜…… 그랬어.'라고 했다. 경찰 분께서 아마 그 사람이 정신질환이 있어서 그런 것 같다고 했다. 그래도 혹시 모르니 경찰은 윤아에게 다른 집으로 이사 가는 것을 추천 한다고 했다. 윤아는 경찰 준비생이라 그가 한 말을 다행히도 녹음하고 있었다. 윤아는 매뉴얼대로 녹음하기 전에 분명히 계속 하면 녹음하겠다고 몇 차례 얘기했었고, 어긋나는 행동을 하진 않았다. 덕분에 증거 자료도 많이 남아 있어서 그를 조사할 때 조금이나마 쉽게 할 수 있겠다고 말해 주셨다.

나와 윤아는 경찰서에서 나왔다. 윤아는 경찰서 안에서는 꽤나 씩씩한 듯했다. 증거 제출할 때도 '이거 내면 조사하실 때 조금이라도 도움이 될 것 같아서요.' 하면서 똑 부러지게 말했었다. 역시 경찰 준비생이라 그런지 꽤나 철저하게 준비해 왔던 것 같았다. 무서워서 울 법도 한데 똑 부러지게 울지 않고 이야기해 줘서 고맙다고 경찰 아저씨께서도 말하셨다. 그런데 경찰서에서 나오자마자 윤아는 털썩 주저앉아 울기 시작했다. 그렇게 한참을 울었다. 나는 해줄 수 있는 것이 아무것도 없었다. 그저 윤아 옆에서 앉아 있어 줄 수 있는 일밖에는. 윤아를 조금 진정시켜 경찰서 옆에 있던 벤치에 앉혔다. 내 마음이 다 무너지는 듯했다. 윤아 부모님께서 이 사실을 아시면 얼마나 속상해하실까. 얼마나 억장이 무너지실까. 윤아는 그제서야 조금 그치고 나에게 말했다.

"오빠, 고마워요. 진짜 오늘 오빠가 얘기 안 해줬으면 나 어떻게 됐을지도 몰라요. 고마워요. 진짜." 이렇게도 연약했던 아이가 어떻게 혼자서 버텼을까. 나에게 무섭다고 털어놓았던 그날 밤, 나는 대수롭게 넘기지 않았어야 했다. 할머니 집에서 하루 밤만 자고 끝낼 문제가 아니었다.

"미안해. 네가 나한테 무섭다고 말했던 날, 할머니 집에서 자라고만 할 일이 아니었는데."

마음이 뒤숭숭 했다.

"윤아야 오늘은 네 집에선 못 자겠다."

"네."

"저녁은 먹었어?"

내가 밝게 물었다.

"아……아직이요."

"내가 밥 사 줄게. 뭐 먹을래?"

"저는…… 죽이요. 죽 먹고 싶어요."

"죽? 그래. 가자 죽 먹으러."

윤아를 데리고 근처에 죽 집으로 갔다. 가끔 이렇게 놀라는 일이 있거나, 마음의 안정을 취하고 싶을 때면 죽을 먹는 것도 나쁘지 않다고 생각했다.

가게에 도착했다. 자리에 앉고, 윤아가 먹고 싶다 했던 죽과 내가 먹을 죽을 주문했다. 테이블에 앉아서 기다렸다. 죽이 나올 때까지 기다렸다.

"윤아야, 이사 가는 게 좋을 것 같다. 그렇지?"

"네, 그러는 게 좋을 것 같아요."

이야기를 하다 보니 죽이 나왔다. 김이 폴폴 났다. 나는 매운 것이 먹고 싶어서 김치낙지죽을 시켰고 윤아는 소고기버섯죽을 시켰었다. 우리는 죽을 먹으면서 오늘 있었던 일을 약속이라도 한 듯 더 이상 언급하지 않았다. 윤아에게는 상처로 남을 이야기를 더 이상 꺼내주고 싶지 않았다. 우리는 죽을 먹으며 그 이야기만 빼고 즐겁게 대화를 했다. 엄마가 며칠 전에 김치를 줬는데, 너무 많이 줘서 어떻게 해야 할지 모르겠다는 이야기, 어제처럼 비가 내리는 날에는 가끔씩 비를 시원하게 맞아보고 싶다는 이야기 뭐 그런. 굉장히 다양한 얘기를 했다. 우리는 죽을 먹으면서 배를 채웠고, 대화를 하면서 마음을 채웠다. 윤아도 이렇게 시간을 들여 대화를 해본 적이 없다고 했다. 요 몇 년간 공부만 했었으니까. 뭐 그럴 만도 했다. 식당에서 나왔다. 윤아는 오늘 할머니와 같이 자기로 했다며 아마도 곧 있으면 이사를 갈 것 같다고 이야기를 해주었다. 윤아를 할머니 집까지 데려다 주고 집으로 돌아왔다. 아까 상황을 다시 생각하면 나도 너무 섬뜩했다. 특히 그 사람과 눈이 마주쳤을 때. 윤아도 오늘은 편히 잘 수 있을 것 같아 다행이었다. 편안한 마음으로 잠에 들었다.

그 일이 있고, 며칠이 지났다. 윤아에게서 전화가 왔다.

"어, 여보세요?"

"오빠. 방금 경찰서에서 전화 왔는데, 그 사람 전과범이래요. 저 말고도 예전에 다른 분들한테도 그런 적 있대요. 그리고 저 한 달 뒤에 이사 가기로 결정했어요."

"아, 정말? 잘 됐네. 근처로 이사? 근처로 이사 가면 그래도 위험할 것 같은데."

"아니요, 저 대구로 이사 가요."

"정말? 멀리 가네. 처음 자취하면서 많이 친해졌는데, 아쉽네. 너 이사 가기 전에 빌라 사람들끼리 모여서 다 같이 밥 먹어야겠다."

"네. 그때 다 같이 모여서 봐요. 아 그리고 진짜 고마웠어요."

"아니야~ 너 괜찮으면 됐지 뭐. 나중에 보자~"

"네. 먼저 끊을게요."

"어~"

다행이었다. 윤아에게 먼저 전화가 와서 이렇게 소식을 전해 주니 마음이 놓였다.

어느새 한 달 가까운 시간이 흘렀다. 지금은 한 여름이다. 하루하루 더위와 전쟁하며 살아가고 있는 중이다. 오늘은 윤아 이사 가기 전 마지막 빌라 모임을 다 같이 모여서 보내기로 했다. 윤아는 일주일 뒤에 이사를 가기 때문에 오늘 다 같이 모여서 밥을 먹기로 했다. 오늘의 메뉴는 간장게장, 양념게장. 할머니께서 윤아가 간다고 오랜만에 솜씨 발휘를 하신다고 하셨다. 오랜만에 먹는 간장게장, 양념게장이라 들떠서 일을 초스피드로 끝냈다.

"이한솔~ 나 오늘 일 다 했어! 먼저 간다~"

내 마음이 워낙 급해서 그런지 세상이 느리게 돌아가는 것 같았다. 사무실 계단을 신나게 뛰어 내려갔지만, 아뿔싸 나에게는 차가 없다. 매일 퇴근길에 그랬듯이 오늘도 마찬가지로 조금만 서 있어도 땀이 나는 이런 날씨에 복잡한 지옥버스에 탑승해 이리저리 흔들리다가 내려야 겨우 집에 도착하는데, 오늘따라 차가 갖고 싶었다. 차가 없더라도, 사무실이 집과 바로 옆에 있었으면 했다. 엄마 집이 사무실에서 너무 멀어서 이사를 온 게 지금 내 집인데 사람의 욕심은 끝이 없는지 확실히 더 가깝게 이사를 왔는데도 그래도 멀다고 느껴졌다. 만약에 사무실이 내 집과 바로 옆에 있었으면, 버스나 지하철, 혹은 자가용을 이용할 필요 없이 그저 내 발로만 걸어서 도착할 수 있을 텐데. 나도 언젠가 재택근무를 할 수 있을까. 미래에 세상의 제도가 바뀌어서 모든 직장인들이 재택근무를 하게 한다면, 출 퇴근에 소요되는 시간과 노력 등이 필요가 없을 텐데. 바뀌지 않는 현실에 슬퍼하며 어느새 정류장에 멈춰 선 버스에 올라탔다.

간장게장과 양념게장의 맛을 기대하며, 후끈후끈한 열기가 올라오는 복잡한 버스 속에서 버텼다. 끼익 버스가 갑자기 멈추어 섰다. 서서 봉을 잡고 있었는데, 하마터면 앞니를 박을 뻔했다. 안 그래도 초등학생 때 친구들과 술래잡기를 하다 친구 뒤통수에 박은 적이 있어 살짝 끝부분이 깨져있는데, 여기서 더 세게 박으면 으. 생각만 해도 무시무시하다. 고개를 쭉 내밀어 버스 밖을 보았다. 고등학생처럼 보이는 남자 둘이 버스 앞쪽으로 무단횡단을 하고 갔나 보다. 누가 봐도 교복을 입고 있었는데, 입에 담배를 물고 있었다. 그게 멋있다고 생각하나 보지. 내가 고등학생 때도, 괜히 담배하고 술 마시고 건들거리는 애들이 있었는데, 많은 애들이 걔네한테 꼼짝 못하더라. 왠지 모르겠는데 걔네 앞에만 서면 말이 안 나오고. 지금 10년 정도 커서 바라보니까 한심했다. 풋풋하고 순수한 고등학생 시절의 그 감성을, 지금은 느끼려야 느낄 수 없는 그런 느낌을 자기 스스로 떨쳐내는 그런 한심한 애들이었다. 그 애들이 나중에 성공할지 어떨지는 모르지만, 적어도 자신의 과거를 부끄러워하지 않는 사람들은 없었다.

담배를 피며 무단횡단을 당당히 하는 고등학생들을 보며 내 옛날 기억을 끄집어내고 보니 어느새 집 앞에 다다랐다. 분명히 사무실은 에어컨이 빵빵해서 시원하다 못해 추웠는데, 사람이 바글바글한 버스 안에 서있다 보니 나도 모르게 땀이 주르륵 흘러내렸다. 버스에서 내리고는 서둘러 내 집으로 향했다. 빨리 씻고 할머니 댁으로 건너가야지. 집에 들어오자마자 들고 있던 가방을 내팽겨 치고 허물을 벗듯이 옷을 벗어내고는 화장실에 들어가 1분 만에 샤워를 끝냈다. 머리를 탈탈 털며 말리고는 바로 옷을 입고 슬리퍼를 신었다. 다 낡아빠진 현관문을 열고 나가 할머니 집 초인종을 눌렀다. "할머니 선호 왔습니다!!" 우렁차게 빌라가 떠나갈 정도로 소리를 크게 쳤다. 할머니께서 대문을 열어주셨다.

"아이, 소리를 왜 이렇게 질러, 빌라 다 떠나가게."

"오랜만에 할머니 밥 먹으려니까 신나서 그런 거죠. 흐흐" 나도 모르게 할머니 앞에서 바보 같은 웃음을 보였다.

"다들 와 있어요?"

"그래, 니 빼고 다 도착했제. 빨리 빨리 좀 댕기지."

"정말요? 빨리 온다고 왔는데, 죄송해요. 빨리 들어가요 빨리"

"오늘따라 왜 저런데 안 그래도 급한 성질 더 급해지게 생겼네."

할머니께서는 나에게 웃음을 보여 주셨다. 할머니 집에 가니 다들 모여 앉아 있었다. 할머니 집에서 다 같이 모여서 음식을 먹은 적이 없었는데, 이렇게 다들 모이니 집이 북적북적하니 이제야 뭔가 사람 사는 집 같았다. 한편으로는 할머니께서 빌라 사람들이 가고 나면, 이 집에 덩그러니 혼자 있으면 외로우실 것 같다는 생각도 들었다.

"안녕하세요. 늦어서 죄송합니다. 윤아를 위한 식사자린데, 제가 늦게 와서 괜히 미안하네요. 미안, 윤아야."

"에이, 괜찮아요. 오빠 도움 많이 받았는데요, 뭘."

그 자리에는 우리와 유림이네 가족 윤아 할머니 나까지 빌라 사람들이 다 모여 있었다. 다들 날 웃음으로 반겨주었다. 식탁 위에 있던 게장들까지도. 침이 고였다. 자리에 앉자마자 식사를 시작했다. 자취생에겐 게장이란 절대적으로 먹을 수 없는 음식이다. 만들기도 힘들 뿐더러, 많이 만들어 놓으면 다 먹지 못하고 버려야 하는 상황이 일쑤다. 그래서 나 같은 자취생들에게는 더더욱 소중한 음식이다. 게다가 비싸서 사먹기에도 어렵고 사 먹더라도 진짜 맛집이 아닌 이상 제대로 된 게장 맛이 나지 않기 때문에 정말 까다로운 음식 중 하나이다. 게다가 지금 같이 음식이 상하기 쉬운 여름철에는 더더욱 소중한 게장이라 감히 말씀할 수 있다.

"잘 먹겠습니다."

접시에는 그 영롱한 자태를 마음껏 뽐고 있는 게들이 쌓여 있었다. 간장게장을 먼저 먹을지, 양념게장을 먼저 먹을지 고민하고 있었다. 어떻게 할까. 끝끝내 하나씩 사라지고 있는 게장들을 보니 더 이상 생각하면 안 되겠다는 마음에 급히 간장게장으로 먼저 스타트를 끊었다. 살이 꽉 차고 튼실한 게 눈으로만 봐도 맛있어 보였다. 간장에 오랫동안 숙성되어 있는 것 같았다. 게장을 입에 물고 쪽쪽 빨았다. 살이 폭포처럼 입에 한 가득 들어 있었다. 행복했다. 오늘 하루 중에 가장 행복한 순간이다. 달큰하면서도 짭조롬한 맛이 있고, 간장 특유의 맛도 있으며, 게의 살만의 특유의 부드러움과 맛도 느껴졌다. 살살 녹았다. 한 입 맛보고 나니 더 이상 참을 수 없었다. 계속 입으로 들어갔다. 간장게장이 조금 물린다 싶으면 양념게장을 손에 집는다. 양념게장의 관건은 양념의 맛. 양념의 맛이 게장의 맛을 좌지우지 한다. 할머니의 양념이라 의심하지 않고 바로 입속으로 직행. 처음에는 달큰했다. 하지만 뒤로 갈수록 매움이 조금씩 치고 나왔다. 달큰함과 매움이 사이좋게 게장의 맛을 더 해주는 것 같았다. 한참 동안 게장만 먹었더니 밥이 당겼다. 양념게장의 양념을 밥 위에 촤르르 올렸다. 윤기로 코팅된 밥 한 알 한 알 사이로 양념이 파고들었다. 양념을 밥에 쓱쓱 비벼 한 숟가락 크게 떠서 입으로 넣는다. 입에 넣기 전부터 침이 고이기 시작하고, 마침내 입 속으로 들어갔을 때는 맛있음이 최고치에 달하는 순간이다. 옆에 있던 김부각이랑도 같이 먹었다. 김부각의 특유의 바삭바삭하고 고소한 맛이 게장과의 꿀 조합이었던 것 같다. 너무 게장에만 한 눈이 팔려 있어 옆의 반찬들을 제대로 먹어보지 못했다. 식당에 가면 기본으로 나오는 반찬들을 한 번씩은 먹어보는 편이었다. 할머니 반찬은 메인 메뉴만큼 너무 맛있었기 때문에 솔직히 오늘 게장 없이도 반찬으로만 밥을 먹을 수 있을 정도였다. 반찬으로는 고등어조림, 할머니 표 나물, 김치, 소고기 장조림에 여러 가지 들이 있었다. 특히 소고기 장조림이 너무 맛있었다. 짭짤하면서도 맛있는 소고기를 윤기가 좔좔 흐르는 밥에 얹어 한 순갈 크게 떠서 먹으면 얼마나 맛있는지 모른다. 탑처럼 쌓여 있던 게장들이 점점 사라지고 있었다. 우리 빌라 식구들은 다들 식성이 좋기 때문에 이것저것 가리지 않고 잘 먹는다. 게다가 할머니가 해주시는 맛있는 음식이라면 사정을 못 쓰고 조금이라도 더 먹으려 안달이 난 사람들이었다. 어느 누구라도 할머니의 음식을 맛본다면, 그후로 할머니 음식이 계속 생각 날 것이다. 할머니의 음식을 못 먹어 본 사람은 있어도, 한 번 먹어본 사람은 없을 것 이다. 할머니께서는 게장을 냉장고에서 더 꺼내오셨다. 우리는 그 행복감에 미소를 감추지 못했고, 아쉬워하던 마음을 다독여 주는 게장이 와 우리의 마음을 평화롭게 진정시켜 주었다. 밥 한 공기를 어느새 뚝딱 해치웠다. 얼마나 맛있게 먹었는지. 역시 밥도둑이라는 말이 붙을 만한 게장이다.

"할머니 저 밥 한 그릇만 더 주세요!"

내가 할머니께 밥공기를 내밀었다. 할머니께서는 흐뭇하게 바라보시곤 밥이 아직 많다며 더 먹을 사람들은 더 먹으라고 이야기해 주셨다. 그러니 다들 여기저기서 밥 한 공기를 더 먹기 시작했다. 어쩌면 가족 같은 우리와 보내는 식사시간이 마지막일지 모르는 윤아도, 한참 크고 있는 유찬이도, 다이어트 한다며 잘 먹지 않았던 유림이도. 또 그렇게 한참을 먹다 새로 받아 온 밥 반 공기가 비어 갈 때쯤, 할머니께서는 냄비에 게가 들어간 된장찌개를 가스버너 채로 들어오셔서 식탁에 놓아 주셨다. 할머니께서 한식 가게 운영 경험이 있으셔서 그런지, 정말 가게에 나오는 코스 그대로, 반찬 가짓수 그대로 나오는 것 같았다. 혼자 살면서 할머니 도와드릴 겸 가끔 음식 맛있게 하는 법을 배우러 와야겠다. 보글보글 끓고 있던 맛있는 된장찌개가 할머니 집을 서서히 맛있는 냄새로 가득 채우기 시작했다. 다들 국자로 양껏 된장찌개를 퍼갔다. 그냥 된장찌개도 맛있지만, 해산물이 들어간 된장찌개는 언제나 옳다. 처음에는 게만 들어 있는 줄 알았던 된장찌개에 새우도 들어 있었고, 바지락도 들어가 있었으며, 바다의 우유라 불리는 커다란 전복도 여러 개 들어가 있었다. 할머니께서 해주신 밥 중에 정말 최고였다. 할머니께서 윤아와 함께하는 마지막이라고 신경을 많이 써 주신 것 같았다.

"윤아야, 맛있나?"

할머니가 밥을 먹다말고 윤아를 빤히 쳐다보더니 물어보셨다.

"할머니, 완전 맛있어요. 이제 할머니 음식 못 먹을 텐데 저 어떡하죠. 히히."

"아이고 마 내 음식을 못 묵긴 왜 못 묵노. 이사 가고 여기 안 올라 캤는기가? 그라믄 이때까지 밥 먹여준 내가 서운하지. 안 그릏나?"

"당연히 와야죠. 지금처럼 이렇게 자주 할머니 못 보고 그러니까 그렇죠. 할머니랑 같이 잘 때 너무 포근하고 재밌었는데. 진짜 아쉬워요."

"니 경찰 붙고 우리 집 오면 내가 오늘 해 준 것보다 100배로 맛있게 해줄 기라. 그러니까 그 짝 가서도 열심히 공부해 가지고 경찰 꼭 되래이. 이제 우리나라 나쁜 놈들 바들바들 떨어야겠네. 우리 윤아 경찰 붙으면 다 잡으러 다닐 텐데. 우야지?"

"이번 일 있고 나서 경찰이 되고 싶은 이유가 더 분명해진 것 같아요. 직접 무서움을 겪어보니까 더 잘 이해할 수 있었던 것 같고, 경찰됐을 때 피해자들 만나면 이해하면서 도와 줄 수 있을 것 같아요."

"그럼 윤아는 경찰 쪽에서 어떤 걸 하고 싶은 거야? 뭐 형사도 있고, 여청계도 있고 여러 가지 있잖아."

윤아를 기특하게 보시던 형수님께서 윤아에게 물어 보았다.

"미제 사건 담당팀 가고 싶어요. 아직까지도 억울하게 살아가는 유가족들 보면 마음이 너무 아프더라고요. 그래서 만약에 경찰이 되면 미제사건 전담팀에 들어가 보고 싶어요."

"언니 완전 멋지다. 경찰 꼭 돼서 언니 나한테 무조건 연락해야 해! 알겠지?"

유림이도 윤아가 멋있어 보였는지 눈이 초롱초롱 해서는 윤아 손을 잡으면서 이야기했다. 밥을 다 먹고 할머니께서 과일을 깎아 오셨다. 복숭아도 있었고, 참외도 있었고, 포도도 있었다. 다들 튼실해서 먹음직스러워 보였다. 밥을 두 공기나 먹고 게장도 너무 많이 먹어서 과일을 먹을 수 있을지 걱정이 되었다. 하지만 아니나 다를까. 역시 디저트 배는 따로 있었다. 배는 불렀는데 계속 쉬지 않고 들어갔다. 과일이 푹 익어서 달았다. 포도는 송이송이 달려 있어서 어릴 때 참 좋아했었는데. 한 알씩 따서 먹는 재미도 있고. 과일을 먹으며 이사 가면 자주 보지 못할 윤아와 밀린 이야기하듯 오랫동안 이야기를 했다. 우리는 그렇게 윤아와의 이별을 준비하고 있었다.

"안녕히 계세요."

"할머니 저희 갈게요!"

"어여 들어가. 어~ 잘 들어가 다들."

우리는 할머니 집 대문 앞에서 서로 인사를 했다.

"윤아야. 오늘은 할머니랑 같이 자자. 오늘은 내가 적적해서 안 돼."

"할머니~ 너무 좋죠. 오늘 할머니랑 못한 얘기 다하고 자야 쓰겄네. 할머니 우리도 이제 슬슬 들어가서 잘 준비 해 봅세~"

윤아가 할머니 말투를 따라 하며 할머니 집으로 들어갔다.

"할머니 저도 이제 들어가 볼게요. 안녕히 계세요."

"오야 어여 들어가라."

"오빠 잠깐만." 윤아가 나를 갑자기 불러 세웠다.

"할머니 얼른 들어가서 씻고 있어. 금방 들어 갈게요."

"오야 둘이 얘기 하고 퍼뜩 들어 온나."

윤아가 할 말이 있는 듯 머뭇거렸다.

"무슨 할 말 있어?"

내가 물으니 두 볼이 빨개졌다.

"그게 사실은, 저."

무슨 말을 하려 이리 더듬는 것일까. 혹시 나를 좋아한다고 하기라도 하려는 걸까.

"오빠 좋아해요."

머리를 한 대 맞은 기분이랄까. 정신이 혼미해졌다. 나에겐 친동생 같던 윤아가 나를 좋아한다니. 이런 일이 일어날 줄은 상상을 하지 못했었다.

"저 좋아해 달라는 거 아니에요. 그냥 오빠가 되게 괜찮은 사람이라는 거. 진짜 좋은 사람이라는 거. 그래서 좋아했어요. 힘들 때 걱정해 주고, 무서울 때 챙겨 주고. 정말 고마운 사람이에요. 그러니까 오빠가 그냥 행복했으면 좋겠어요. 혼자라도 좋아하게 해 줘서 고마워요. 짧았지만 꽤 괜찮았던 짝사랑이었으니까."

윤아는 그 말을 나에게 남기고 할머니 집으로 들어갔다.

한여름 밤, 더위 때문인지 윤아의 말 때문인지 얼굴부터 몸 전체가 화끈 거렸다. 그런 약간의 설렘이 감도는 밤이었다. 이렇게 잔잔한 파도처럼 설레는 감정이 오는 것도 나쁘지만은 않은 것 같았다. 나도 조용히 집으로 들어가서는 화장실로 직진했다. 칫솔을 꺼내 들어 치약을 쭉 짰다. 치약이 묻은 칫솔을 입에 넣고 양치질을 하다 고개를 들어 거울을 보았다. 날 누군가가 이성적으로 좋아해 준다는 것, 오랜만이었다. 난 중고등학생 때부터 누군가를 좋아하게 되면, 끝을 맺기 힘들어했는데. 내가 좋아하면 고백을 반드시 해야 했었고, 그 대답을 들었어야 했다. 그녀가 내 고백을 거절해도 쉽게 잊지 못했다. 그래도 학창시절에는 나 나름 인기 있었는데, 요즘 생활에 피폐해져서 그런지 꼴이 말이 아니었다. 수염을 깎아도 입 주변은 거뭇거뭇하고, 더워서 그런지 피부도 안 좋아지고. 그런데도 날 좋아해 주는 사람이 있으니, 신기했다. 그래 뭐, 나도 어릴 적에는 내가 30살이 되면 결혼은 당연히 하게 될 줄 알았다. 그런데, 아직 딱히 좋아하는 상대가 없네. 결혼은 무슨, 연애도 하질 않는데, 결혼은 어떻게 할까. 날 좋아해 주는 사람을 내가 좋아하는 경우, 혹은 반대로 내가 좋아하는 사람이 날 좋아해 주는 경우 이런 경우들은 흔치 않다. 그렇지만 난 만약 결혼을 하게 된다면, 그 흔치 않은 경우로 내가 좋아하고 날 좋아해 주는 사람과 결혼하고 싶다. 아, 결혼 생각을 하니 잊고 있었던 석민이 형의 결혼식이 생각났다. 바로 내일인데, 어떻게 이걸 까먹을 수가 있지. 입에 가득 찬 거품을 뱉어내고는 손에 물을 잔뜩 묻혀 세수를 했다. 더운 이 날씨에 물도 더위를 먹었나 보다. 나는 차가운 물을 원해서 수도꼭지를 최대한 오른쪽으로 돌렸는데도, 뜨뜻미지근한 물이 졸졸졸 흘러나왔다. 찝찝하게 미지근한 물로 세수를 하고 나오니, 콩이가 나에게 달려들었다.

"이크, 콩아. 형 넘어질 뻔했다."

콩이를 데리고 컴퓨터 앞 의자에 앉아서는, 요즘 견주들 사이에서 유행한다는 DOG TV를 틀어보았다. 광고가 사기가 아니었는지 장난스럽게 뛰어다니던 콩이가 어느새 침대에 올라가서는 조용히 컴퓨터 화면만 뚫어지게 쳐다보았다.

나는 이 틈을 타서 콩이는 절대 들어오면 안 되는 옷방 문을 열었다. 콩이가 옷방에 들어오는 순간 방은 엉망진창이 될 것이다. 나는 학생 때부터 옷 사는 걸 좋아해서, 남들 다 갖고 있는 브랜드별 체육복은 물론이고 핏이 조금씩 다른 정장들이 옷방에 가득했다. 내일은 석민이형 결혼식. 하객이라는 위치에 맞추어 하객 룩으로 입고 나가야겠지? 직장을 몇 년 다니다 보니 편해진 사무실이라 일하러 갈 때는 굳이 정장으로 차려 입고 가지 않아서 옷방에 들어와도 옷을 세심히 뭘 입을까 고민한지가 오랜만이었다. 이참에 내일 입을 옷을 고르면서 옷방 정리도 해야 할 것 같았다. 이사 와서 대충 넣어두기만 했던 옷들이라 정리가 제대로 되어 있지 않았다. 엄마 집에서 살 때는 그냥 옷장 안에 터져 나갈 듯이 집어넣었는데, 이제는 아니니까. 나만의 집이 있고, 옷 방이 있으니까 제대로 정리를 해야 할 것만 같았다. 허리를 숙이고 잔뜩 쌓인 옷들을 꺼냈다. 요 며칠 간 입고 빨래를 해서 그냥 아무렇게나 넣어두었던 청바지, 면바지들이 구깃구깃한 채로 자신을 드러냈다. 꺼내고 보니 치울 게 산더미였다.

"후……."

머리를 쓸어 넘기고는 옷들을 차곡차곡 개서 서랍에 넣었다. 거실에서 물티슈를 가져와서는 뿌옇게 먼지가 앉은 거울을 닦고, 잘 사용하지도 않았던 향수들도 재배치했다. 평소에 입는 옷들을 정리하고는 안 입는 옷들이 있는 옷장을 열었더니, 세상에. 10년 전 고등학교 교복이 옷걸이에 단정하게 걸려 있었다. 옷걸이째로 꺼내서 그대로 착용해 보았다. 셔츠랑 넥타이까지는 괜찮게 입을 수가 있었는데, 바지를 입다가 허벅지 부분이 터질 뻔했다. 겨우겨우 허리까지 올려서 배에 힘을 빡 주고 허리를 잠그고 보니 내 모습이 웃겼다. 고등학생 때랑 비교했을때 딱히 몸무게가 늘어나지도 않았는데 이게 바로 나잇살인가. 나이가 들면서 살이 찌는 게 사실이었나 보다. 약간의 자괴감과 함께 다시 교복을 주섬주섬 벗어서는 고이 걸어두었다. 손목시계들도 하나하나 진열해 놓고 내 방을 둘러보니 괜히 뿌듯했다. 정리된 옷장을 다시 열어서 내일 입을 하객 룩을 골랐다. 하객 룩으로는 슈트가 젤 낫겠지? 베이지색 슈트와 체크무늬 회색 슈트를 꺼내어 고민했다. 베이지색 슈트가 조금 더 단정한 것 같아 옷장 앞에 쫙 펴서 걸어두었다. 내일 입을 하객 룩을 고르고는 거실로 나오니 콩이가 침대에 누워서 곤히 자고 있었다. 컴퓨터에서는 DOG TV의 영상이 조용히 나오고 있었는데, 콩이는 침대 위에서 한껏 웅크린 채 쌕쌕거리고 있었다. 너무 시끄러운 소리를 내면 깰까 봐 그대로 컴퓨터를 조용히 껐다. 살금살금 발을 디뎌서는 전등 스위치를 껐다. 어둠 속에서 희미하게 들어오는 달빛에만 의지한 채 침대 위에 조심스레 누웠다. 늦은 밤이라 어둑어둑하다 보니, 밖에서도 빛이 잘 들어오지 않아 하마터면 콩이를 내 몸으로 누를 뻔했다. 콩이를 안고는 눈을 감았다.

우리 함께

가벼워진 몸을 일으키고는 눈을 비볐다. 자기 전에는 희미한 달빛이었는데, 일어나 보니 해가 떠서 내 눈을 부시게 만들었다. 결혼식 시작 시간은 12시. 11시에는 도착해야 한다. 일어나니 7시가 조금 넘어 있었다. 밥을 대충 챙겨먹고 준비해서 가면 딱 맞을 시간일 것 같았다. 본래 결혼식을 가면 뷔페에서 마음껏 먹는 게 진리 아니겠나. 마음껏 먹기 위해 아침은 간단하게 햇반을 데워 김치와 먹었다. 간편하게 먹고는 싶은데 아침이라 라면은 먹기 싫을 때, 가장 손쉬운 방법이다. 따끈따끈하게 데운 햇반을 꺼내 김치를 딱 얹어 입 안에 가득히 채웠다. 제일 기본적이면서도 제일 간편한, 그리고 심지어 맛있는 방법으로 밥을 먹고 나니 다시 더워졌다. 며칠 전에 주문한 에어컨이 아직 도착하지 않아 이 한여름에 선풍기 하나로 버티고 있었다. 그렇기 때문에 외출하기 전에는 꼭 샤워를 하고 나가는 게 며칠 전부터 필수가 되고 있었다. 그렇지만 이 한여름에 덥다고 무작정 차가운 물을 틀기에는 내 몸이 너무 놀랄까 봐 오늘도 역시 온도를 조절해서 미지근한 물로 샤워를 했다. 샤워를 하는 데에 5분밖에 걸리지 않았다. 드라이기로 머리를 한껏 세팅하고는 어제 골라둔 옷을 입으려 옷 방으로 걸어 들어갔다. 베이지색 슈트를 입기 위해 옷장 손잡이에 걸어둔 옷걸이를 들었는데, 이럴 수가. 슈트가 밤새 옷장 문 틈 사이에 끼여서 바지 끝부분이 온통 구겨져 있었다. 혹시 입으면 괜찮을지 몰라 입어보았는데, 그래도 확실히 티가 나게 구겨져 있었다. 어쩔 수 없이 어제 옷장 속에 다시 넣어둔 체크무늬 회색 슈트를 꺼내었다. 베이지 색 슈트가 비교적 단정하긴 했지만, 회색 슈트도 세련되게 보이는 듯해 베이지색 슈트 대신 이걸 입어야겠다. 산 지 조금 되어 걱정이 좀 되었지만, 그래도 막상 입고 거울을 보니, 괜찮았다. 내 키가 일단 좀 크니까. 오늘따라 자신감이 하늘을 찌른다. 혼자 거울을 보고 막 웃다가 잠깐 내 자신이 한심해져서 거울에서 눈을 뗐다. 시계도 슈트에 맞추어 손목에 착용하고 거실로 나오니 벌써 시간이 9시 반이나 되었다. 신발장 구석에 썩혀두었던 구두를 꺼내 신으니, 역시 옷이 날개라고. 사람이 확 달라보였다.

집에서 조금 걸으면 나오는 지상철 역으로 걸어갔다. 특별한 날에만 사용하는 루이비통 지갑을 꺼내 교통카드를 찾았는데, 아뿔싸 현금을 안 들고 왔다. 교통카드도 집에 있는데. 나에게 있는 것은 오직 카드 뿐. 그런데 이 카드는 교통카드 역할을 하지 못해 큰일이었다. 지금 집에 갔다 오면, 시간이 애매한데. 어정쩡하게 역 앞에 서서 어떻게 할지 고민하다, 누가 내 앞에 돈을 내밀었다. 고개를 드니 우리였다.

"이야, 이렇게 멋있게 차려입고 어딜 가시나. 지금 돈 없지?"

"어?, 어어."

우리에게서 받은 돈으로 출입구를 통과했다. 딱 출입구를 통과하니 지상철이 역에 도착했다. 종종걸음을 쳐서 복잡한 지상철에 올라탔다. 그래도 확실히 주말이고, 내가 출퇴근을 할 때 타는 버스만큼은 복잡하지는 않았다. 내 뒤에서 우리가 타는 줄 알았는데, 어느새 고개를 돌려보니 사라져 있었다. 돈은 내주고 어디로 간 걸까. 몇 달 전, 이 집에 이사 올까 고민 했을 때만 해도 지상철은 아직 탈 수가 없었다. 그래서 자가용을 제외하면 교통수단이 버스밖에 없어서, 고민을 조금 했지만, 곧 지상철역이 완공된다는 소리를 듣고는 교통 조건이 갖추어지는구나 생각을 했다. 그 조건을 믿고 여기로 이사를 오니, 내가 이사를 오자마자 딱 맞추어서 지상철을 탑승할 수 있게 되어 참 좋았다. 그후로부터 조금 멀리 갈 일이 있거나 하면 지상철을 탄다. 땅 밑에서 움직이는 지하철과 달리 창밖의 풍경을 바라보며 내가 어디쯤 왔는지 밖에서 무슨 일이 벌어지고 있는지가 생생하게 다 보이는 게 좋다. 바깥 풍경을 구경하다가 보니 벌써 도착해버렸다.

지상철에서 내려서는 결혼식장으로 터벅터벅 걸어갔다. 기분이 묘했다. 대학 때 동고동락했던 동기가 결혼을 한다니. 이 형이 아무리 나보다 나이가 많다고 해도, 그래봤자 한 살 차이지 않은가. 이 형이 결혼을 하니 나도 이제 누군가를 만나고 슬슬 결혼 준비를 해야 되겠다는 생각이 들었다. 흔히들 말하는 결혼 적령기. 난 청춘이 영원할 줄 알았는데, 벌써 내 나이가 이렇게 되다니. 몇 년 뒤에는 형이 내 결혼식에 오게 될지도. 걸어가다 보니, 결혼식이 열리는 호텔에 다다랐다. 'Sweet Dream' 정말 이름부터가 로맨틱한 호텔이었다. 그래서 그런지 이 호텔이 결혼식장으로 유명하더라. 호텔 문을 열고 들어가니 사람이 북적북적하니 많았다. 소중히 넣어온 축의금을 내고는, 대학 동기들과 마주쳤다.

"어우 야 이게 얼마만이냐."

대학 때는 별로 친하게 지내지 않았지만, 그래도 시간이 흐르고 보니 반가웠다. 동기들과 이런저런 얘기를 하다 무심코 문 쪽으로 고개를 돌리니 이한솔이 걸어 들어오고 있었다.

“어우 야 이한솔도 오늘 멋 좀 부렸는데?”

“평소보다 신경 썼는데, 괜찮냐?” 우리는 오랜만에 만나 서로 얘기를 했다. 이한솔과 나는 형의 하객으로 온 것이기도 하지만, 신부가 될 사람의 하객으로도 온 셈이라 인사하러 신부 대기실에 들어갔다.

“이야아아아~ 이게 누구십니까. 완전 다른 사람인데?”

이한솔이 신부 대기실에 들어가면서부터 장난을 걸었다. 현아가 그걸 또 다 받아줬다.

“야, 내가 이때까지 안 꾸며서 그렇지, 꾸미면 예뻐.”

오랜만에 본 현아였다. 형과 캠핑 갔을 때 전화로 잠깐 안부를 주고받았는데, 얼굴을 직접 보니 더 반가웠다.

“야, 결혼 축하한다~ 석민이 형이랑 결혼을 하다니. 진짜 오래 살고 볼 일이다.”

다른 사람은 몰라도 석민이 형 결혼식에 올 것이라는 것은 생각도 못했는데. 예쁘게 웨딩드레스 입고 있는 현아와도 사진을 찍었다.

“야, 근데 안 떨려? 난 만약에 결혼하면 엄청 떨릴 것 같은데.”

이한솔이 자신의 결혼을 상상하며 현아한테 질문을 하기 시작했다.

“뭐 아직 시작 안 해서 안 떨리긴 한데, 막상 들어가면 떨릴 것 같기도 하고. 곧 있으면 시작하니까 빨리 식장 안에 들어가 있어.” “알겠다. 알겠다. 성격 급한 건 아직도 안 변했네.”

들어가는 길에는 신랑 신부의 웨딩사진이 여러 개 있었다. 신부가 사진작가라 그런지 사진이 더 예뻐 보이는 것 같았다.

현아는 전공과 많이 다른 분야의 꿈을 선택했다. 어떤 계기로 지금의 직업을 가진지는 모르겠지만, 현재 사진작가를 하고 있다. 그래도 그쪽 바닥에서는 꽤 이름을 알린 모양인 것 같았다. 동기들 얘기를 들어보니 미국이나 영국에서도 스카웃 제의가 들어왔는데, 석민이 형이랑 신혼은 한국에서 보내고 싶다 해서 다 거절했다고 했다. 걔도 참 대단했다. 나 같으면 미국 가서 살자고 했을 텐데. 한국에서의 신혼생활이 그만큼의 가치가 있을 거라 생각했을지도 모르겠다. 결혼식장은 꽤 근사했다. 위를 보니 은은한 샹들리에가 줄지어 예쁘게 달려 있었고, 식장 안에는 이미 많은 사람들로 꽉 차 있었다.

"오, 예쁜 데로 잘 골랐네. 맞지?"

"어? 어어."

나는 다른 것에 잠시 한눈팔려 있었다. 신부 측 하객 자리에서 자꾸 익숙해 보이는 뒷모습이 보였기 때문이다. 대학 동기가 결혼하는 거다 보니 동기들이 많이 와서 오랜만에 본 사람들이 익숙해 보일 수도 있다고 생각했다. 계속 그쪽만 뚫어지게 쳐다보는 것도 부담스러울 것 같아서 이내 고개를 돌렸다. 드디어 결혼식이 시작됐다. 불들이 꺼지고, 신랑 신부가 걸어갈 길이 예쁘게 빛나고 있었다.

"신랑 입장!"

사회자의 큰 소리를 시작으로 석민이 형이 당당하게 걸어갔다. 형은 무대 위에서 빛나고 있었다. 전혀 떨리지 않는 모습으로.

"오늘 좀 멋진데 석민이 형? 야 진짜 기억 나냐 형 맨날 비혼 주의자라 하면서 그래서 딴 사람들은 몰라도 석민이 형 결혼식에 올 줄은 생각도 못했다. 진짜 이 형 현아 만난 게 인생에서 제일 잘한 일이야. 그렇지 않냐? 크큭큭"

"나도. 형이 캠핑 가서 갑자기 뜬금없이 말해 줘서 장난인 줄 알았는데 진짜라잖아."

요즘 따라 부쩍 늘어난 내 주변 사람들의 결혼소식. 나는 아직 누굴 만나지도 못하고 있는데 남들이 결혼하는 것을 보니 괜히 조급해 지는 것 같았다.

"신부 입장!"

사회자의 목소리가 우렁차게 들려왔다. 결혼식의 꽃. 신부가 입장 준비를 하고 있었다. 현아는 현아 아버지와 함께 걸어왔다. 현아는 어느 누구보다 어느 때보다 너무 예뻤다. 대학교 다닐 때도 화장을 잘 안 했었고 잘 꾸미지 않고 다니는 탓에 그 모습이 우리에겐 더 익숙했다. 그래서 그런지 오늘 그녀의 모습은 세상에서 제일 예쁜 듯했다. 현아의 아버지가 석민이 형에게 현아의 손을 넘겨주었다. 딸의 손을 넘겨준 아버지의 마음은 어떠할까. 30년이 넘게 키워온 딸을 사위가 될 사람에게 보낼 때의 마음이 궁금했다. 아무렇진 않을 순 없겠지. 그렇게 결혼식은 한참동안 진행되었다.

"……하겠습니까?"

벌써 결혼식이 끝나간다. 이로써 현아와 석민이 형은 부부가 되었다. 아침을 간단하게 먹어서 그런지 배가 고파왔다. 하객들 모두가 다 같이 우르르 나가 뷔페로 향했다. 석민이 형의 결혼식뿐만 아니라 이 호텔 Sweet Dream에서는 결혼식이 많이 이루어지기에, 뷔페는 이미 사람들로 득실득실했다. 대학 동기들도 나처럼 아침을 간편하게 먹고 왔는지, 다들 성큼성큼 걸어가 재빠르게 음식을 집었다. 나도 뒤따라 접시를 들었지만, 사람이 워낙 많고, 대학 동기들도 많아서, 식탁이 가득 찼다. 어쩔 수 없이 뒤쪽에 있던 이한솔과 나는 동기들이 앉아 있는 테이블 바로 옆 테이블로 향했다. 그 옆 테이블에는 여자 두 분이 앉아계셨다. 아까 식에서 보았던 익숙한 뒤통수의 여자 분이셨다. 음식이 가득 쌓인 접시를 들고는 테이블에 조심스레 앉았다. 사람이 워낙 많아 부딪힐 것 같아 온 신경을 곤두세우며 앉고 고개를 드니 익숙한 얼굴이 보였다.

"어, 조우리?"

아까 지상철 역에서 마주친 우리였다. 앉자마자 테이블에 코를 박고 먹기 시작한 이한솔이 고개를 들었다.

"어! 너 저번에 봤던 걔네에!"

이한솔이 입에 음식을 가득 넣고 우물 거리며 말했다. 아까 지상철 역에서 마주친 이유가 이거였구나. 우리도 이 호텔 손님인가. 뒤에서 누가 내 어깨를 툭툭 쳤다.

"선호야."

뒤를 돌아보니 식이 끝나 옷을 갈아입은 석민이 형과 현아가 서 있었다.

"어, 형. 결혼 축하한다. 이제 유부남이네."

"그래. 나도 이제 유부녀고. 너 우리랑 아는 사이냐?"

우리라니. 우리도 석민이 형 결혼식 하객이었구나.

"선호야. 너 현아랑 아는 사이구나."

우리도 몰랐다는 듯 눈을 동그랗게 뜨고 나에게 말을 걸어왔다.

"어, 대학 동기야. 너는?"

"우리는 내 20년 친구! 초등학교 때부터 친구지."

우리와 현아가 친구였다니.

호텔 뷔페에서 먹는 점심을 즐기고 나니 벌써 시간이 3시가 되어 있었다. 오랜만에 가는 뷔페라 정신없이 먹고, 정신없이 대화했다. 현아와 석민이형이 웨딩카를 타고 떠나는 걸 바라보면서 손을 흔들었다.

호텔 안에 있다가 밖으로 나오니까 후끈후끈한 여름 공기가 날 덥게 만들었다. 불러오는 배를 두드리며 지상철 역으로 향했다. 아, 맞다. 나 지금 현금 없지. 현금도 없고 교통카드도 없고. 아무래도, 은행에 가서 현금을 뽑아야 할 것 같다. 이 주변은 익숙지 않은 동네라 은행이 어디 있는지 잘 모른다. 고개를 쭉 빼어 이리저리 돌리다 보니 은행 간판이 저 멀리 보이는 듯했다. 지상철 역과는 전혀 반대 방향이었지만, 어쩔 수 없지. 보이는 은행이 저기밖에 없었다.

다시 뒤를 돌아 은행 쪽으로 걸어갔다. 내 뒤에서 누가 뛰어왔다. 힐을 신고 뛰는 듯했다. 소리가 또각거렸으니까. 은행에 거의 다 와 가는 어느 순간 뛰는 소리가 멈추었다.

"야! 남선호!"

누가 날 불렀다. 고개를 돌리니 얼굴이 빨개져서는 땀을 흘리는 우리였다. 낯설었다. 저렇게 힘들어 하는 우리를 본 적이 없어서 그렇다.

"어, 왜?"

"넌 발걸음이 왜 그렇게 빠르냐. 은행가는 거 맞지?"

"어떻게 알았어?"

"가지 말고 내가 돈 내줄게. 뭐 하나만 해줘."

내가 은행에 가는 걸 어떻게 알았을까. 말로만 듣던 여자의 감인가. 놀라웠다.

"뭐, 뭐해 줄까."

"내가 집 가는 돈 내줄 테니까 맛 좀 봐줘."

우리가 내 팔을 잡고는 지상철 역으로 이끌었다. 나는 그저 어리벙벙한 상태로 우리가 내주는 돈으로 지상철을 탔다. 오늘따라 지상철에 사람이 바글바글 했다. 조금만 고개를 돌리면 옆에 서 있는 사람의 숨소리까지 들릴 것 같았다. 무슨 역에 도착해 사람들이 우르르 내렸다. 사람들이 엄청 빠져 이제는 숨을 조금 쉴 수 있을 것만 같았다. 무심코 고개를 들어 창 밖 풍경을 바라보았다. 벌써 지날 역이 2개밖에 남지 않았다. 지상철을 타고 하늘을 지나가면, 옆에서 지나가는 건물들의 1층, 2층은 보이지도 않고 항상 옥상이나 창문을 바라보게 된다. 그러다 보니 지나가는 건물의 내부가 보일수도 있어 지상철이 고층 아파트와 같은 사람들의 주거 공간과 가까워지면, 지상철 창문을 저절로 뿌옇게 변하며 사람들의 사생활을 지켜준다. 이 기능이 너무 좋은 것 같다. 이 기능을 생각해 낸 사람은 얼마나 똑똑한 걸까. 벌써 다음 역에 도착했다. 이제 집에 도착하기까지 얼마 남지 않았다.

"어? 우리야 왜?"

아직 집에 도착하기까지 역이 하나 남았는데, 우리가 내 소매를 잡아당겼다. 아까 지상철에 탄 것과 같이 얼떨결에 지상철에서 내리게 되었다. 아직

역 하나 남았는데.

"야, 역 하나 남았어."

우리에게 말해 보았지만, 우리는 아무 말 않고 내 소매를 잡고 에스컬레이터를 타고 내려갔다. 지상철 역에서 나오자마자 우리가 고개를 들어 날 바라보더니, 말했다.

"일로 와. 저기 내 식당 있어."

"너 식당?"

"어. 내 레스토랑."

아, 저번에 얘기했던 그 레스토랑.

우리를 따라 골목길 안으로 들어가니 식당 골목이 나왔다. 분식집도 있었고, 냉면집도 있었고. 그런데, 뭔가 익숙했다. 아, 여기 사무실 근처였다. 왠지 와본 적 있는 것도 같았다. 주변 가게들을 둘러보며 걷다가 하마터면 우리의 뒤통수에 코를 박을 뻔했다. 우리가 앞장서서 걷다가 왜 갑자기 멈췄나 싶어 앞을 바라보니 레스토랑이 있었다. 'Beatrice'라는 간판의 레스토랑이었다.

"베아트ㄹ……"

"일단 들어와."

들어가 보니 입구 쪽에 작은 칠판이 세워져 있었다. '베아트리스'의 뜻이 '행복한 축복 받은 이'라는 문구가 적혀 있었다. 이제는 확실했다. 여기 와본 적 있었다.

"여기가 너네 가게야?"

"네~ 일단 조용하고 앉아서 기다리세요."

우리가 나도 모르는 사이에 주방에 들어갔나 보다. 바로 옆에 있던 철제 의자를 당겨서 털썩 앉았다. 가게의 풍경을 둘러보다가, 문득 이런 생각이 들었다. 지금 나한테 음식 맛을 보여준다고? 뷔페에서 먹은 음식들이 아직도 내 뱃속에 존재하고 있는데? 솔직히 말해서 입에 뭐가 들어갈 상황이 아니었다.

"근데 지금 저녁 해주려고? 4시밖에 안 됐는데?"

"저녁은 무슨. 내가 네 엄마냐. 신메뉴 맛 좀 봐 달라고."

"아. 알겠어."

저녁이 아니었구나. 내가 멋대로 오해해서 민망하게 되었다. 그런데, 내가 여기 이 가게, 언제 와 봤을까. 아기자기하게 꾸민 인테리어가 마음에 들었다. 출입문 쪽 자리에서는 통유리로 되어 있는 커다란 창으로 가게 밖도 볼 수 있고, 무드 있으면서도, 그렇게 어둡지 않은 분위기가 좋았다. 데이트 장소로 딱이었다. 여자친구가 있으면 데려오고 싶은 곳이었다.

주변을 둘러보다 심심해져서 휴대폰을 드는 순간, 식탁 위에 그림자가 드리웠다. 고개를 들어보니 우리가 그릇을 식탁 위에 올려놓고 있었다. 토마토 파스타였다. 겉으로 보기는 그냥 무난한 기본 파스타였다. 다만 양이 조금 적었을 뿐.

"이거 양이 왜 이렇게 적어? 그릇 반도 안 찼네."

"너 배부르잖아. 맛만 볼 건데. 많이 해봤자 버릴 것 같아서."

헉. 날 배려해 준 거였다. 내가 배부른 것을 고려하여 일부러 양을 적게 만든 거라고. 내가 눈치가 없었구나. 포크를 들어서 파스타를 조금 집어 숟가락에 돌돌 말았다. 지금까지는 다른 파스타들과 여느 다를 것이 없었다. 돌돌 만 면을 숟가락 째로 입에 쏙 넣었다. 조금 씹다 보니 향긋한 향이 올라왔다. 향긋한데 살짝 독특한. 그런데 어디선가 맡아본 듯한 익숙한 향.

"이거, 뭐 넣었어?"

"인삼. 특이하지?"

토마토와 인삼이 어우러져 약간의 씁쓸한 맛을 냈다. 난 원래 인삼을 별로 좋아하지 않아서, 삼계탕을 먹을 때도 인삼 맛이 나면 잘 먹지 못하는데, 이 파스타에 들어가 있는 인삼은 괜찮았다. 향이 그리 강하지도 않지만, 인삼 맛이 약간 나는. 토마토의 새콤달콤한 맛이 인삼의 쓴맛을 덮어주었다. 면의 식감은 또 어떻고. 탱탱하게 불지도 않고 덜 익지도 않아서 딱 먹기 좋았다.

인삼, 토마토 생각만 해도 어울리지 않은 조합이었다. 하지만 나름대로 향은 살리고 또 쓴 맛이 그리 강하지 않게 만들어서 누구나 가볍게 시도해 볼만한 음식인 것 같았다. 특히 이 메뉴는 어르신들에게 인기가 많을 것 같았다.

"인삼 향이 그리 세지도 않고 뭔가 토마토랑 같이 있으니까 더 향긋해지는 느낌이다. 잘 만들었는데? 근데 나는 그게 있으면 좋겠다. 그 인삼이 씹히는 느낌? 인삼을 잘게 다져서 다진 마늘처럼 만들어 넣어보는 건 어때? 나는 식감이 있으면 좋겠는데."

"오, 그것도 괜찮은 생각이다."

우리가 앞치마 주머니에 있던 작은 수첩을 꺼내서 필기했다.

"진짜 열심히네. 너 저번에도 신메뉴 만들어서 나한테 줬었잖아. 메뉴 너무 많이 만드는 거 아니야?"

"우리 식당에는 메뉴가 별로 없어. 다른 식당보다. 그래서 메뉴를 더 많이 개발해야 하긴 한데, 다른 식당과는 다른 느낌의 음식을 만들어 보고 싶어서."

우리네 가게는 다른 가게들과 비교하자면 메뉴가 조금 적은 편이긴 했다. 그래도 우리가 이렇게 정성들여서 개발하고 연구해서 만든 음식이라 그런지 손님들 반응이 꽤 좋았고, 많은 사람들이 찾아주는 편이라고 우리가 말해 주었다.

"그럼 내가 인삼 다시 다져서 만들어 볼게. 먹고 비교해 봐."

"그래."

괜히 내가 생각한 아이디어라 조금 더 떨리게 기다린 것 같다. 우리는 얼른 주방으로 향했고, 바로 음식을 만들기 시작했다. 주방에서 우리가 일하는 모습은 굉장히 멋졌다. 역시 사람은 자기가 잘하는 일을 할 때가 가장 멋있는 순간인 것 같다.

휴대폰 진동이 울렸다. 결혼식 가느라 진동으로 바꿔놓았던 탓에 식탁 위에 있던 폰이 진동으로 울리니 책상이 울려 더 시끄러워진 것 같았다.

"여보세요, 어 왜?"

이한솔이었다.

"야, 어디 갔어?"

"나? 어, 지금 어디 좀 와 있는데 왜?"

"야, 아까 결혼식 끝나고 애들끼리 오랜만에 모여서 같이 술 먹으러 가기로 했잖아."

"아, 맞다. 근데 지금 아직 4시도 안 됐는데 뭔 술이야."

"아, 그래서 지금 너 빼고 다 모였는데 어딘데 지금 데리러 갈까?"

"아니. 나 어차피 먼데 와서 그쪽으로 다시 못 가."

"아, 그니까 어딘데?"

"아, 먼데 왔어. 내가 조금 있다가 다시 전화할게."

"아야 뭐하……."

이한솔이 말을 다하기 전에 내가 먼저 전화를 끊었다. 전화를 끊고 나니 내가 왜 이런가 싶었다. 굳이 먼저 끊지 않아도 이한솔이 분명 잘 알아서 못 온다고 말해줄게 뻔한데. 뭐가 그리 급해서 먼저 끊었던 걸까. 우리랑 있는 시간이 더 좋았을 수도 있다는 생각에 얼굴이 화끈 거리는 것 같았다.

"누군데 전화를 그렇게 급하게 끊어?"

맛있게 완성된 음식을 들고 오면서 물었다.

"아, 뭐 친구 놈이 자꾸 이상한 소리해서."

"다 만들었어. 혹시 몰라서 아까랑 똑같은 거 하나랑 네가 말한 대로 만든 거 하나랑 두 개 만들었어. 다시 잘 비교해서 먹어봐." 우리가 내 앞으로 접시 두 개를 밀어 주었다. 아까 먹어본 스파게티를 다시 먹어보았다. 그러곤 내가 의견을 제시한 스파게티까지. 확실히 두 스파게티의 느낌이 달랐다. 스파게티 면을 돌돌 말아 입에 넣고 씹으면 아삭아삭함이 중간 중간 면에서 묻어나오는 것 같았다. 향도 훨씬 이게 조금 강한 것 같다가도 연한 것 같은 그런 느낌이 있었다. 개인적으로 나는 내가 의견을 제시한 스파게티가 더 좋은 것 같았다.

"나는 이게 더 맛있는 것 같다. 중간 중간에 씹히는 맛도 있고. 나는 이거."

우리도 포크로 떠서 두 가지 음식을 먹어 보았다.

"오. 나도 이게 더 나은 것 같다. 남선호 너 보조 셰프로 넣어도 손색이 없겠는데?"

"오~ 그 정돈가 내가? 그럼 나중에 일 때려치우고 여기로 올까?"

"야, 그때까지 이 가게 있을지 어떻게 알아. 나 이것만 마저 설거지 하고 집에 같이 가자."

"그래. 나도 뭐 도울 거 없나?"

"없어. 없어. 그냥 앉아 있으세요~"

"네."

우리가 설거지를 다 끝내고 집으로 같이 향했다. 버스를 타러 같이 걸어가고 있었다. 역시 후덥지근했다. 앞에 집으로 향하는 버스가 있었다. 걸어가면 먼저 출발할 듯했다.

"야, 버스 출발하겠는데? 뛰자."

"그래. 뛰자."

우리는 생각보다 얼마 되지 않는 거리를 버스를 향해 뛰어갔다.

"아저씨 잠깐만요!!"

다행히도 아저씨께서 우리를 발견해서 뒤늦게 출발하려는 버스를 붙잡고 탔다.

"감사합니다."

우리가 빌려준 현금을 내고는 버스에 올라탔다. 버스에는 생각보다 많은 사람들이 있었다. 짧은 거리를 뛰었음에도 불구하고 심장이 빨리 뛰고 얼굴이 시뻘게져 있었다. 빨리 뛴 탓에 호흡도 가빠져 있었다. 빨리 뛰어 심장이 빨리 뛰는 것인지, 아니면 우리 때문인지. 그녀를 보고 있는데 심장이 빠르게 뛰었다. 정말로 단순히 버스에 오르기 위해 뛰어서 그런 것일까. 내가 우리를 보고 있으니 그 큰 버스에 많은 사람들 중에서 우리와 눈과 마주쳤다. 서로 빵 터졌다. 서로 크게 웃으니 옆의 시선이 곱지 못함을 느꼈다. 어떤 할머니께서 우리 둘을 빤히 쳐다보셨다.

"죄송합니다."

"아무리 둘이 좋아 죽어도 그렇지 버스에선 그러믄 안 되제~ 둘이 얼마나 좋아 죽으면 둘 다 얼굴도 시뻘게져서 서로 눈만 마주쳐도 웃고 그런당께? 아무리 좋아도 여기선 그러믄 안 돼. 알긋나 아가들아?"

"저희 그런 사이 아닌……."

내가 말을 다하기 전에 우리가 말을 끊으면서 이야기했다.

"네. 죄송해요 할머니. 앞으로 안 그럴게요."

우리와 나는 모두 버스에 탄 사람들의 눈총을 받으며 죄송하다고 거듭 인사했다. 집에 다다랐을 때, 버스에서 내렸다.

우리와 나는 내리자마자 다시 빵 터졌다.

"푸하하하하핳핳하핳"

우리와 나의 웃음소리가 울려 퍼졌다. 우리와 나는 그렇게 한참을 웃었다.

"야, 아까 너무 웃겼지 않냐. 사람이 너무 많은데 우리 둘만 버스에서 헉헉거리고. 둘 다 얼굴은 시뻘개져서는."

"그러게. 아까 진짜 웃겼어."

나는 버스 정류장에서 집까지 향하는 길에 우리에게 말했다. 한 달 전쯤에 이불 빨러 빨래방에 갔었는데 우리의 아버지를 봤었다고. 되게 인상도 밝으신 분 같았고, 가을에 동네에서 빌라끼리 모여 운동회 하는 것도 얘기해 주셨다고.

"아, 맞다. 아빠가 얘기해 줬었어. 너 되게 괜찮다고 칭찬 엄청 하던데? 우리 아빠 빨래방에서 보기 쉽진 않은데 어떻게 처음 갔는데 봤데? 운도 좋다."

"그러게. 너희 아버지 성격 엄청 좋으신 것 같더라. 아저씨랑 있으니까 나도 괜히 기분 좋아졌어."

"맞아. 우리 아빠랑 있으면 나도 괜히 기분 좋아진다니까. 우리 아빠는 긍정 기운이 넘쳐 진짜로. 그런데 진짜로 웃긴 건 뭔지 알아? 우리 아빠 결혼하기 전에는 엄청 조용한 사람이었데. 엄마가 그러는데 나하고 동생 돌보면서 성격 엄청 바뀐 거래. 신기하지?"

"오, 진짜? 아저씨는 그냥 어릴 때부터 웃기만 하셨을 것 같던데. 처음에 봤을 땐 되게 몸도 울끈불끈 하셔서 조금 무서웠었는데 얘기 해보니까 되게 좋으신 분 같았어."

"우리 아빠 처음 본 사람들은 다들 무섭다고 하더라고. 우리 아빠 체육 도장도 운영하시거든. 그래서 또 애들이랑 많이 지내시다 보니까 성격도 더 좋아지신 것 같아. 가끔 체육 도장 놀러 가면 애기들 엄청 많이 볼 수 있다? 저녁에 조금 늦게 가면 중등부, 고등부 애들도 볼 수 있고. 거기서 나 인기 엄청 많아."

"오오 진짜? 부럽다."

"아, 그럼 말 나온 김에 체육 도장 가 볼래?"

"오늘도 문 열어? 나야 가 보면 좋지."

"고등부는 주말에도 연습하고 있을 걸? 내가 아빠한테 전화해 볼게."

우리는 아빠에게 전화를 걸었다.

"아빠, 지금 체육도장에 애들 있어? 어어 어 그럼 지금 갈게."

전화를 끊고 우리는 나에게 마트에 들렀다 가자고 했다.

"애들한테 갈 때는 무조건 간식 사가야 해. 애들 진짜 열심히 하거든. 이거라도 해줘야지."

체육도장 근처에 있는 마트에 갔다. 거기서 애들이 먹을 과자며, 음료수며 빵이며 먹을 거라곤 싹 다 담은 것 같았다.

"이 정도면 되겠지? 부족한가?"

"너무 많이 산 것 같은데? 애들 많나 봐."

"음 그렇게 많진 않고 한…… 지금 하고 있는 애들은 8명 정도?"

"헉, 8명인데 왜 이렇게 많이 사?"

"야, 걔네들 운동을 하루에 얼마나 하는데. 이걸론 부족할걸? 그냥 간식으로 사가는 거니까 더 사면 조금 많겠지? 이 정도면 된 것 같다. 가자."

장바구니 하나는 내 손에, 장바구니 하나는 우리 손에 있었다. 봉투에 꽉꽉 담은 음식들이 두 봉지나 되었다. 체육도장은 빨래방 근처 상가 2층에 위치하고 있었다. 무거운 장바구니를 들고 2층에 도착했다. 문을 열고 들어갔다. 학생들은 다들 우리와 내가 온 지도 모르고 연습 삼매경이었다.

"얘들아 나 왔다."

우리가 익숙한 듯 애들을 불러 모았다.

"어? 언니다!"

"누나 왜 이제 왔어요."

투덜 거리면서 오는 애들이며 징징 거리면서 애교 부리며 오는 애들이며 다들 귀여웠다. 그런데 점점 가까이 오니 나보다 덩치가 더 큰 아이도, 키가 더 큰 아이도 있었다. 성인 못지않게 다들 한 덩치들씩 하는 것 같았다.

"누구세요?"

학생들이 눈을 동그랗게 뜨고 나를 바라 봤다.

"아, 신청하러 온 거면 저기 안에 관장님 있으니까 가서 신청하시면 돼요."

우리가 옆에서 엄청 호탕하게 웃었다.

"얘들아, 얘는 신청하러 온 애 아니고, 내 친구야."

"아, 죄송해요. 너무 어려 보여서 저희랑 동년배인 줄 알고."

은근 기분이 좋았다. 학생 시절이 언제인지도 모르게 까마득하게 오래되었지만, 이런 이야기를 들으니 나쁘지만은 않았다.

"고마워. 다들 열심히 연습하고 있네. 너희 먹으라고 간식 사왔어."

"오오오우우!! 배고팠었는데."

점점 시끄러워지는 소리를 들으셨는지 빨래방 아저씨께서 나오셨다. 아직 관장님 보다는 빨래방 아저씨로 호칭이 더 편했다.

"안……녕하셨어요?"

내가 먼저 아저씨께 인사를 드렸다. 도복을 입고 계신 아저씨의 모습은 빨래방에서 본 아저씨의 모습과 꽤나 달라보였다. 역시 몸이 좋으신 이유를 이제야 알게 된 듯했다.

"오오 선호도 왔네."

아저씨께서 내 이름을 알고 계시니 괜히 감사했다. 한 번밖에 보지 못한 사람의 이름을 기억하는 건 꽤 쉬운 일은 아닌데.

내가 아저씨와 인사하고 있는 중에 아이들은 그새를 참지 못하고 과자를 다 까서 먹고 있었다. 아저씨와 나까지 둥그렇게 모여 앉아 간식을 먹기 시작했다. 우리는 당연한 듯 스스럼없이 아이들과 함께 이야기를 했다. 아이들이 갑자기 나를 보더니 그중에서 한 명이 나에게 물었다.

"우리 언니 어떤 면이 좋았어요?"

"어?"

예상치 못한 질문에 얼굴이 빨개졌다.

"야. 우리 그런 사이 아니야. 왜 그래 너희들!"

"에이 누나 맨날 남자 데려오면 나중에 남자친구라 그러고 그러잖아요. 그냥 빨리 얘기해요. 누나 남친 맞죠? 얼마나 사귀었어요?"

우리도 당황했는지 얼굴이 빨개져 있었다.

"어. 그게 흠."

당황해서 마른기침만 계속했다.

"우리 그런 사이 아니라."

우리의 말을 끊고 내가 대답했다.

"요리하는 모습이 멋있어서."

"오오오오우오오오우오오오오 멋지다!"

"우리 언니 멋지다!"

아이들에게서 환호 소리가 나왔다. 나도 뭐 그렇게 기분 나쁜 질문은 아니었으니까 대답했던 것뿐이다. 그런 것뿐이었다. 혼자 최면을 걸며 그 상황을 넘어가려 했다. 그러나 아이들의 질문이 쏟아지기 시작했다.

"그럼 오늘 며칠이에요? 언니 어디서 처음 만났어요?"

"아, 우리 진짜 사귀는 사이 아닌데?"

"에? 방금 요리하는 모습이 멋있어서 만났다 했잖아요."

"장난해 본 거지. 근데 요리하는 모습은 진짜 멋있어."

"에이 뭐야."

아이들의 반응이 확 줄어들었다. 어릴 땐 이런 이야기 들으며 나도 좋아했었던가 싶은 생각이 들었다.

"나도 너네한테 물어볼 거 많은데."

"질문 해주셔도 되요!"

"너네는 진로를 이쪽으로 하려고 고3인데도 운동하는 거야?"

"그런 친구들도 있고 아닌 친구들도 있어요."

"정말? 고3인데 공부하면서 운동하는 건 안 힘들어?"

"저는 공부하다가 여기 오면 스트레스 다 날아가요. 그리고 공부하려면 체력 관리도 어차피 해야 해서 운동하고 있어요."

"오, 되게 멋있다. 나는 고3때 공부하는 것도 힘들었었는데."

"그럼 형은 무슨 일하고 있는 거예요, 지금?"

어떤 남자 아이가 나한테 눈을 동그랗게 뜬 채 물어 보았다.

"야, 그런 거 묻는 건 실례야. 그런 걸 물으면 어떡해 바보야."

어느새 그 학생은 애들 사이에서 비난을 받고 있었다.

"아이 얘들아 아니야 괜찮아. 나는 지금 드라마 보조작가로 일하고 있어."

"보조작가요? 그럼 막 드라마 대본 쓰고 하는 거예요?"

"뭐 내용 대부분은 메인 작가님께서 써 주시고 거기에다 조금씩 살만 붙이는 작업을 하고 수정하는 게 대부분이야."

"무슨 드라마 쓰셨는데요?"

우리가 자랑스럽게 먼저 말했다.

"너희들 〈또 사랑의 포레스트〉 봤냐? 그 드라마 쓴 보조작가 봤어? 얘 내 친구야 다들 나한테 잘해라. 어?"

"〈또 사랑의 포레스트〉요? 나 그거 어제도 정주행 했는데? 그거 완전 제 인생 드라마. 대박"

"저랑 사진 찍어주세요."

"저도요. 저도요."

갑자기 사진 요청이 빗발치게 쇄도했다.

"얘들아 나 그 정도 아니야. 나중에 내가 꼭 성공하고 나서 사진 찍어줄게."

사진 찍어 달라 하는 애들 앞에서 나는 이게 뭐하는 짓인가 싶기도 했다. 보조작가인 주제에 사진을 찍다니.

"그리고 우리 드라마가 성공할 수 있었던 건 배우님들 덕분이지 뭐. 맛깔나게 살리는 배우들 덕분이지."

"그럼 실제로 서연수 배우 보셨어요?"

"뭐 가끔 메인 작가님 따라 현장 가서 본 적 있지."

"어때요 어땠어요? 진짜 예뻐요?"

"어, 연예인들은 다르긴 다르더라. 진짜 예뻐."

"나도 가 보고 싶다, 그치.?"

"나도 보고 싶다."

귀엽긴. 연예인 얘기를 하며 신나있는 애들 모습을 보니 괜히 기분이 좋았다.

"근데 너넨 우리 언제부터 알았어? 꽤 오랫동안 본 것 같은데."

"저희는 어릴 때부터 여기 꾸준히 다녀서 한 8년 정도? 다들 그 정도 다녔어요. 제일 오랫동안 다닌 애는 얜데, 얘는 12년 정도? 7살 때부터 꾸준히 다녔으니까."

아저씨께서는 자식 보시듯 아이들을 보셨다.

"우리 민재는 오랫동안 해서 흑역사도 내가 다 알고 있지."

"아, 관장님 ~ 또 그 얘기 하려고 하는 거죠? 하지 마세요~~"

"아, 왜 임마!! 얼마나 귀여웠는데, 언제 이렇게 징그러운 애로 바뀌었는지 몰라. 키도 187에 거인이야 거인."

민재는 귀여운 인상을 가지고 있었다. 아직도 다른 애들에 비하면 애기 티가 나는 듯했다.

"얘가 어릴 때 혼자서 처음 도장에 오는데 길을 잃어버린 거야. 그래서 어른들이 난리가 났었어. 나는 도장에서 기다리고 있는데 애가 오지도 않고 부모님한테 전화해 보니까 출발한 지 한참 됐다고 하고. 그때가 초등학교 2학년 이었나 1학년 이었나. 근데 전화를 끊고 나니까 애 울음소리가 나는 거야. 얼마나 서럽게 우는지. 그래서 문 열어보니까 1층 상가 앞에서 어느 쪽으로 들어가야 할지 몰라서 울고 있었어. 여기 앞에 다 와가지고는 울고 있었다니까. 얼마나 귀여웠는데 그때는."

"아, 관장님 저 지금도 귀여워요."

"우웩"

"뭐래 제정신이야?"

애들이 민재를 놀렸다.

이렇게 한참을 수다를 떨었는데 아이들 이름을 몰랐다. 이름을 모르고 헤어지긴 아쉬웠다.

"나 너희 이름을 모르네. 다들 이름 좀 말해 줘. 나중에 또 보면 그땐 맞힐게!"

"좋아요. 저는 이선화고, 18살이에요. 제 이름 예쁘죠? 꼭 기억하셔야 해요!"

"저는 정원이에요. 채정원. 저는 19살. 고3이에요."

그렇게 한참을 이름을 들었다. 기억하기가 버거웠지만 헤어지기 전에 이름을 맞혀 보며 다음번을 기약하며 그때는 그 이름을 꼭 맞히기로 약속했다. 오랜만에 학생들을 만나서 이야기하니 나도 오랜만에 그 시절로 돌아간 것 같아서 너무 좋았다. 아저씨께서 문 앞까지 나와서 고맙다며 인사해 주셨다.

"오늘 애들 먹을 과자하고 뭐 여러 가지 사줘서 고마워! 선호야 다음번에도 할 일 없으면 놀러와. 내가 태권도 가르쳐 줄게."

"네! 다음번에 또 봬요!. 안녕히 계세요."

"그래그래. 다음번에 보고 우리도 잘 들어가"

"어, 아빠 나도 갈게."

도장에서 나와 우리와 함께 집으로 가고 있었다.

"애들이랑 진짜 친한가 봐. 엄청 잘 놀던데?"

"그치. 재네 애기 때부터 보고 자주 놀아주고 그랬으니까 다들 친하고 식구 같아. 재네 부모님이랑도 다 친하고 다 이 동네에 살아서 아마 가을에 체육대회하면 만날 수 있을걸?"

"오, 정말? 이름 열심히 외워놔야겠네."

"그래. 애들 기대하고 있더라."

우리와 쉬지 않고 이야기를 하다 보니 어느새 집에 도착했다.

"들어가. 나도 갈게."

"어. 잘 들어가."

우리를 집에 먼저 보내고 계단 몇 개를 더 걸어와 집에 도착했다.

오늘 완전 녹초가 되었다. 아침부터 결혼식장에 가고 태권도 도장까지. 몸은 피곤했지만 굉장히 즐거운 하루였다. 땀에 찌든 몸을 이끌고 샤워하러 들어갔다. 상의를 벗고 등을 보니 땀띠가 난 듯했다.

"아, 따거."

오늘 그렇게 뛰어 다녔으니. 어릴 때는 하도 놀아서 자주 나던 땀띠를 오랜만에 본 듯했다. 그리고 이렇게 오랜만에 뛰어다닌 것도. 샤워를 하니 시원해졌다. 얼른 선풍기를 켜고 더위를 식혔다.

샤워를 하고 나니 콩이가 나에게 와서 품에 파고들었다.

"콩아, 오늘 뭐하고 놀고 있었어? 형이 늦게 와서 미안해~"

콩이가 삐진 듯 내가 콩이를 볼 때마다 얼굴을 다른 데로 돌렸다. 귀여워.

"콩아 미안해 내일은 콩이랑만 놀아줄게."

언젠가 이런 생각이 들었다. 콩이를 언젠가는 보낼 준비를 해야 하는 날이 오겠지. 어릴 때부터 콩이를 키운 것이 아니라 버려져 있던 콩이를 주워 왔기 때문에 콩이가 어느 정도 더 살진 나도 장담하진 못했다. 동물병원에 데리고 가서 검진을 자주 받고 예방접종도 꾸준히 하고 있지만, 어릴 때부터 콩이를 키웠으면 어땠을까. 콩이와의 추억이 더 많을 텐데. 또 콩이는 나와 만나기 이전에 누군가의 손에서 길러졌을 생각을 하니까 마음이 아팠다. 좋아하고 잘 따랐을 주인이 자신을 버리고 가는 날엔 마음이 어땠을까. 사람처럼 말도 못하고 얼마나 답답했을까. 콩이는 기특하게 그 사람이 언젠가 다시 올까 봐 그 자리에서 계속 기다렸다. 그래서 그런지 점점 말라갔고 보는 내가 다 힘들어 보일 정도였다. 가족과 상의해서 결국엔 그 강아지를 받아들였고, 다행히도 콩이는 나를 잘 따라주었다.

"콩아, 콩이는 형이랑 오래오래 살자."

콩이에게 뽀뽀를 해주고 안아주었다. 그러는데 전화가 왔다. 이한솔이었다.

"어, 여보세요?"

"야, 너 아까 어떻게 된 거야? 어? 전화를 그렇게 막 먼저 끊고. 어디 있었어?" 이한솔답지 않았다.

"아, 그게 결혼식 끝나고 돈 없어서 현금 뽑으러 가는데 우리가 나 불러서 돈 빌려주고 자기가 만든 신메뉴 좀 맛 봐달라고 하는 거야. 그래서 따라갔는데 맛보고 그러다가 집 근처에 버스를 타고 오는데 놓칠까 봐 막 뛰고 우리랑 나랑 얼굴 시뻘개져서 어떤 할머니께 혼나고, 또 우리 아버지께서 내가 사는 빌라 건너편에서 빨래방 하고 계신데, 예전에 한 번 만났었거든. 근데 그 분께서 체육 도장 운영하고 계신다고 해서 따라 갔는데 애들이랑 한참 얘기하다가."

이한솔에게 오늘 있었던 이야기를 장황하게 늘어놓았다. 이한솔은 가만히 듣고 있더니 딱 한마디 했다.

"너 우리 좋아하네."

머리를 한 대 맞은 느낌이었다. 갑자기 뜬금없이 무슨 소리인가. 나는 절대로 우리랑 그런 사이가 아니라 정말 친구 사이라 생각했다.

"야, 아니야 그냥 동네친구야. 동네 사람들끼리 자주 모이는데 내 또래라서 이야기하다 보니 친해진 거고. 이상한 소리 하고 있어."

"진짜야. 너 조우리 좋아하는 것 같다고."

"아, 이상한 소리 할 거면 끊어."

"아아 왜 맞는 것 같은데."

"아니거든. 나 오늘 피곤해. 잔다."

"참 내. 그래라."

싱겁게 이한솔과의 통화를 끊었다. 자꾸 옆에서 밀어붙이니 나도 우리를 좋아할지도 모르겠다는 생각이 들었다. 설마. 요즘 따라 주변에서 더욱 그런 말들을 많이 하는 것 같아 그런 상황이 오면 매우 곤란해진다. 그런 생각을 하고 있으니 다시 얼굴이 화끈거렸다. 왜 자꾸 이상한 소리를 해선.. 선풍기를 틀어도 아직 후덥지근한 느낌이 사라지지 않아 아이스크림을 사러 아이스크림을 사러 갔다.

평상에 많은 사람들이 앉아 있는 듯했다. 오늘 무슨 날인가? 할머니하고 유림이네 가족이 있는 줄알고 신나게 내려갔는데 모르는 분들이 앉아 계셨다. 누구지 싶었다. 조용히 슈퍼에 들어가 아이스크림을 몇 개 집어 들곤 계산대로 향했다.

“사장님, 저분들은 누구세요?”

“아, 저 사람들 저~쪽 동네 사람들인데 이렇게 운동 같이 하고 모여서 평상만 빌려서 먹는다. 집 가서 시원하게 먹으면 될 것을 시끄럽게 여기까지 와서 뭐하러 먹나 몰라.”

“재밌게 노시던데요 뭘.”

“아이스크림을 맨날 먹는 것 같아. 고만 좀 먹어.”

“아니에요. 진짜 오랜만에 먹는 건데?”

“아이고 장난입니다요~~ 빨리 올라가서 아이스크림이나 드세요”

“안녕히 계세요.”

아이스크림들 담은 검은 봉지를 들고 올라가는데, 슈퍼 사장님께서 나오셔서 소리를 꽥 지르시는 바람에 놀랐다. “아이고 이 여편네들아 시끄러워 죽겠어 아주 그냥. 나와 봐 나도 좀 앉게.”

슈퍼사장님은 말은 저렇게 하셔도 은근 같이 놀고 싶으셨나 보다. 귀여우셨다. 아이스크림을 미리 꺼내 먹으니 집에 벌써 다 도착하였다. 집에서 선풍기 틀어놓고 먹으려 했는데 그새를 못 참고 먹어버렸다.

집에 와서 남은 아이스크림들은 냉동실에 넣어두었다. 시계를 보니 이제야 9시. 오늘 많은 일을 한 것 같은데 생각보다 시간이 잘 흐르지 않았다. 띠링 알림소리와 함께 문자가 왔다. 드디어 내일 에어컨이 배송이 된다는 내용이었다. 내일부터는 시원하게 보낼 수 있겠다 싶었다. 오늘은 이만 자야지. 너무 많은 일을 했으니까. 침대에 누웠다.

따로 또 같이

눈을 떠 보니 벌써 아침. 어제 나도 모르게 침대에 눕자마자 잠이 들었나 보다. 기억이 나지도 않았다. 아침인데도 여전히 더웠다. 어제 일찍 자서 오늘은 일찍 눈이 떠졌다. 아직 7시. 여름이라 그런지 해는 이미 떠 있는 듯했다. 언젠가 유튜브를 보다가 다짐한 바가 있었다. 혼자서 음식을 맛있게 해 먹어 보고 싶다고. 유튜브를 가끔 볼때 음식 하는 방법, 간식 만드는 방법이 나오는 영상을 보면 나도 혼자 만들어서 맛있게 먹어보고 싶다는 생각을 했다. 우리 집엔 일단 요리할 도구가 별로 없기 때문에 오늘은 요리하기 위해 필요한 것들을 사러 가기로 했다.

일단 아침부터 만들었다. 오늘 아침은 간단하게 토스트. 후라이팬에 버터를 두르고 그 위에 빵을 올려 노릇노릇하게 구웠다. 다 구워진 빵 위엔 햄과

양상추, 토마토를 마음껏 올리고 한 입 크게 베어 물었다. 아침을 맛있게 먹고 오랜만에 빨래를 한꺼번에 돌렸다. 밀려 있던 빨래를 끝내고 집 청소도 하기 시작했다.

"얼마 만에 집을 깨끗하게 청소하는 거지."

혼잣말을 하면서 청소를 했다. 청소하는 사이에 빨래가 다 되었다. 빨래를 널어놓으니 드디어 집안일이 끝난 줄 알았는데 설거지가 남아 있었다. 얼른 아침 먹은 그릇과 숟가락과 프라이팬을 씻었다. 드디어 끝. 열심히 청소하다 보니 어느새 땀을 뻘뻘 흘리고 있었다.

샤워하고 이제 요리에 필요한 여러 가지 것들을 사려고 하는데 혼자 가서는 너무 대책 없이 많이 사 올 것 같아서 친한 형에게 도움을 요청해야 할 것 같았다. 보현이 형은 어릴 때부터 자취를 시작하기도 했고, 혼자서 거의 모든 음식을 만들어 먹기 때문에 뭐가 필요한 지 알 것 같았다.

"여보세요. 형 뭐해?"

"웬 일로 전화를 다한데. 나 일어난 지 얼마 안 됐는데."

"오늘 아무것도 할 거 없어?"

"어, 왜 어디가게?"

"아니 나 이제 요리 해 먹을 때 필요한 것들 사러 가는데 나 혼자 가면 너무 대책 없이 모르는 것도 막 살 것 같아서 혹시 같이 가서 나 도와줄 수 있나 해서."

"오, 그러면 나야 좋지. 음 12시에 만나서 점심 같이 먹고 가자."

"그래. 그럼 형이 나 12시까지 데리러 와."

"어, 그래."

지금은 어느덧 9시. 형이 올 때까지의 시간이 충분했다. 아침부터 집안일을 하느라 뻘뻘 흘린 땀을 씻어 내기 위해서 샤워를 했다. 요즘 따라 하루에 한

번은 꼭 샤워를 하는 듯했다. 집에서도 후끈후끈 하니까 어쩔 수 없지 뭐. 오늘 에어컨이 6시쯤 배달된다 했으니까 그 전까지는 들어와야겠다는 생각을 했다. 시간이 한참 지나고 나니 형이 도착했다고 전화를 했다. 신나게 내려갔다.

"형 완전 오랜만이다."

"그러네. 일단 빨리 타."

보현이 형은 진짜 자취 고수였다. 항상 sns를 보면 스스로 해 먹은 음식들 사진뿐이었다. 진짜 혼자 살게 되면 보현이 형처럼 되고 싶다는 생각을 많이 했던 것 같다.

"일단 점심부터 먹자. 뭐 먹을래?"

"묵밥 먹으러 갈래? 여기 근처에 묵밥 맛있게 하는 집 있던데." "그래. 가자. 길 모르니까 네가 가면서 설명해."

"어, 금방 가." 처음으로 이 동네에서 찾은 맛집이었다. 또 처음으로 내 지인에게 내가 맛있게 먹은 맛집을 소개해 주니 또 다른 느낌이 들었다.

"근데 대충 뭐 살 건지 생각은 해 봤어?"

"음 대충 생각하긴 했는데. 일단 뚝배기랑 철판이랑 프라이팬 몇 개 더 사고 냄비도 몇 개 더 사야 하고. 사실 뭐 사야 할지 모르겠어. 사고 싶은 건 많은데."

"일단 집에 뭐 있어?"

"프라이팬 한 개랑 냄비 작은 거 한 개. 그거밖에 없어."

"뭐? 너 이사 한지 그래도 한 달은 넘었잖아. 근데 집에 그것밖에 없어?"

"어.. 그래서 오늘 제대로 형한테 도움 받아서 사려는 거잖아. 그런 의미에서 오늘 점심은 내가 사 줄게."

"당연하지. 이 더위에 사람을 불렀으면. 큭큭큭 농담이야." 차를 타고 10분정도 오니 금방 도착했다. 가게에 들어가 익숙하게 묵밥 두 개를 시켰다.

"보현이형. 형 자취 언제 시작했지?"

"나 고등학생 땐가."

"고등학생 때 자취가 가능한가? 미성년자잖아." 의문이 들었다.

"내가 다닌 고등학교가 약간 원룸형 기숙사? 그런 시스템이 있어서. 난 거기서 살았고 성인이 되어서 대학교 다니면서 그때부터 제대로 된 자취 했지. 그때부터 음…… 군대 갔다 온 시기만 제외하면 한 7년? 8년? 그 정도 했어."

보현이형의 자취 생활 역사를 듣다 보니 식탁 위에 묵밥 두 그릇이 툭툭 놓아졌다. "오랜만이네~ 선호. 옆에는? 친구니? 맛있게 먹어." 새 집으로 이사 오기 전에도 가족들이랑 자주 왔던 식당이라 사장님이랑 이미 안면이 있는 사이였다. 익숙하게 약간의 김 가루가 뿌려져 있는 묵사발을 들어 내 앞으로 당겼다. "야, 이건 어떻게 먹냐. 양념 따로 주는 가게는 처음 봤네." "응? 원래 이렇게 먹는 거 아니야?" 고개를 들지 않고 중얼거리듯 대답을 하며 자연스레 손이 척척 움직였다. 잘게 썬 김치와 양념장을 숟가락으로 살짝 퍼 따뜻한 묵사발에 섞어 간을 맞추었다. 10년이 넘게 먹으러 다닌 가게라, 간 맞추는 것 정도는 식은 죽 먹기였다. 그에 반해 보현이형은 손이 식탁 위로 올라오지를 않더라. 간을 맞추는 와중에 고개를 숙인 내 정수리에 보현이 형 눈에서 나온 레이저가 쏘아지는 게 느껴졌다. 내가 간을 맞추고 고개를 그제서 드니까 형이 느릿느릿 간을 맞추었다. 형이 가본 도토리묵밥 식당은 간이 맞춰져서 나왔나 보다. 난 간이 맞춰져서 나오는 것보다 내가 직접 간을 맞추어 먹는 것을 선호한다. 사람마다 미각이 다르고 짜다 싱겁다 느끼는 정도가 다르니까. 그래도 역시 8년 자취생은 달랐다. 요리도 잘하니까 간도 쉽게 바로 맞추었다. 따뜻한 묵사발에 간을 맞추고 나니 살짝 칼칼한 맛이 느껴졌다. 만든 지 꽤 되어서 살짝 신 김치 맛과 들쩍지근한 간장 맛이 묵사발 국물에 배였다. 말랑말랑하고 탄력 있는 도토리묵이 묵사발 위쪽에 가득 떠 있었는데 양념 맛이 국물에 배이면서 묵에도 배였다. 숟가락으로 묵과 국물을 한 움큼 떠서 먹어보았다. 자칫 밍밍할 수 있는 도토리묵에 국물 맛이 어우러져 조화를 이루어냈다. 묵사발을 먹고 이제 밥을 넣으려 하는데 밥이 없었다.

그러고 보니 아까 사장님이 묵사발 두 그릇만 갖다 준 거 같기도. 식탁 끄트머리에 있는 벨을 눌렀다. 우리나라 최고의 발명품 들 중 하나인 식탁 벨. 외국인들이 우리나라에 관광 와서는 매번 놀란다는 것. 괜한 자부심에 취했다.

벨을 누른지 조금 되었는데 사장님이 오시지를 않았다.

"사장님~!" "어, 잠깐만 선호야!"

사장님은 내가 벨을 누른 것을 알고 계시는 듯했는데 손님이 너무 많아 오시지를 못하고 계시는 것 같았다. 조금 더 기다리니 사장님이 우리 테이블로 오셨다.

"사장님 저희 밥이 없어서요……"

"어? 잠깐만. 미안해. 지금 손님이 너무 많아서. 바로 갖다 줄게."

평소에는 손님이 그렇게 많지는 않은데 이상하네. 우리가 오고 나서 바로 연달아 손님이 주르르 오셨나 보다. 밖을 보니 심지어 줄까지 서있었다. 이 도토리묵밥집이 맛은 있지만 이렇게까지 유명하거나 인기가 많지는 않았다.

"여기 밥. 미안해서 골패묵은 서비스~"

사장님이 우리 테이블에 바람 같이 오셨다 사라지셨다. 갓 지어서 따끈따끈한 공기 밥을 묵사발에 그대로 투하했다. 뜨뜻미지근한 묵사발에 뜨거운 밥을 말아 밥이랑 묵이랑 입에 넣었다. 아까의 그 맛에 구수한 밥맛이 더해지는 게 좋았다. 도토리묵밥을 먹다 사장님께서 서비스로 내오신 골패묵을 먹어보았다. 이 집의 도토리묵이 왜 골패묵이라고 불리느냐 하면은, 묵에 골이 패여 골패묵이라고 불리더라. 패인 골 따라 이빨로 잘라 먹는 것도 어릴 때는 골패묵을 먹는 큰 재미였는데. 확실히 서비스로 나온 거라 양은 조금 적었지만 가볍게 반찬으로 먹기에는 적지 않았다. 탱글탱글하면서도 부드러운 묵이라 씹는 행위 자체가 즐거웠다. 아니, 거의 씹을 필요도 없었다. 열심히 식사를 마치고 요리 도구들을 사러 나가기 위해 계산을 했다.

"사장님~ 계산이요." 또 어디선가 사장님이 뛰어오셔서는 급하게 계산을 하고 나가셨다. 우리가 문을 열고 나가자마자 줄을 서있던 분들 중 몇 명이 순식간에 가게 안으로 들어갔다. 길게 늘어선 줄을 지나치다 익숙한 얼굴을 보았다.

"어, 형님! 여기 식사하러 오셨어요?" 윗집 형님이었다. 정오 형수님과 유림이 유찬이도 같이 서있었다.

"어, 선호야. 먹고 나오는 거야?"

"네. 근데 여기 뭐가 있기에 줄이 왜 이렇게 길어요?" 진심으로 궁금했다. 형님한테 물어보면 아시지 않을까.

"너 여기 몰라? 어제 누구 무슨 배우 SNS 에 올라왔다던데. 유림이가 안다."

"유림아 누군데 이렇게 사람들이 많아?"

"이정우 배우님이요. 이정우 배우님이 여기 왔다 가셨대요. 어제 이정우 배우님 SNS에 올라왔어요."

"아, 진짜?"

"동생. 옆에는 누구신지……."

"아, 친한 형이에요. 형, 여기는 윗집 형님."

"아, 안녕하세요. 안보현이라고 합니다."

"서강훈이라고 합니다." 대화를 조금 나누다가 우리는 가게에서 멀어졌는데, 조금 허하기도 하고 씁쓸하기도 했다. 나만 아는 맛집인 듯했는데, 이렇게나 많은 사람들이 이제 이 가게를 찾아오겠구나. 약간 내 물건을 빼앗긴 듯한 허전함이 느껴졌다.

다시 차에 올라타고 근처 요리에 필요한 것들을 파는 곳으로 향했다.

"형은 뭐 살 거 없어? 난 이왕 나온 김에 장도 보고 들어가려고."

"누가, 태워준대? 참내."

"에이~ 태워다 주라 형도 저녁 먹을 거잖아."

"알겠다. 알겠어." 형이 못 이기는 척 같이 저녁 재료를 사러 가기러 했다. 근처 주차장에 주차하고, 서둘러 둘러보기 시작했다.

"형, 이건 어때? 이런 거 많이 쓸 것 같은데."

"예쁘긴 한데 생각보다는 별로 안 써. 너 뚝배기 사야 한다 했잖아. 그리고 철판이랑."

"어, 어디 있지?" 형과 함께 한참을 구경했다. 예쁜 접시며, 요리도구들이 잔뜩 있었고, 다 사고 싶은 마음이 들었다.

"여기 있다!"

그 곳에는 여러 종류, 크기의 뚝배기가 있었다.

"이거 어때? 이거 너 혼자 사용하기에 크기도 딱 맞는 것 같은데."

"오, 귀엽다. 좋다. 그거 사자."

우리는 한참을 둘러보았고, 생각보다 많은 것들을 샀다. 형도 옆에서 보고 필요한 접시들이나 컵들을 더 샀다. 우리는 꽤 많은 것들을 양손에 가득 들고 형 차에 다시 올라탔다.

"아, 오늘 너무 많이 샀다. 이것도 생각보다 힘들다. 그치?"

"오랜만에 또 나와서 이런 것 사니까 기분도 좋아지네. 이제 저녁거리 사러 갈까?"

"그래. 여기 근처에 대형마트 있더라. 거기 가자."

차에 타자마자 쉴 새 없이 바로 근처 대형마트로 향했다. 오늘의 저녁은 계란찜과 매콤한 쭈꾸미 볶음. 생각만 해도 입에서 벌써 군침이 돌았다.

"나는 오늘 쭈꾸미 먹으려고 하는데 형은 저녁으로 뭐해 먹을 거야?"

"음... 난 오랜만에 월남쌈 먹어야겠다."

"크 월남쌈도 좋지."

우리는 2시간 가까이 장을 봤다. 대형마트라 필요한 것들을 찾는데도 오랜 시간이 걸렸을 뿐더러, 중간 중간에 우리를 유혹하는 것도 있었고 무엇보다 지쳐서 천천히 다니다 보니 생각보다 시간이 오래 걸렸었다. 출발은 분명 해가 떠 있을 때 했는데, 집에 도착하니 어느새 해가 어둑어둑 지고 있었다.

"형, 오늘 고마워. 형 덕분에 좋은 거 샀네. 내가 나중에 다시 밥 한 번 살게!"

"아냐, 나도 너 덕분에 오랜만에 예쁜 것도 많이 보고 좋았다. 다음에 또 만나자. 난 간다~"

"어. 조심히 가."

형을 먼저 보내고 집으로 양손 가득히 짐을 들고 올라왔다. 오늘 산 것들로 저녁을 직접 해 먹을 생각을 하니 설렜다. 집에 들어가자마자 짐을 바닥에 두고 손을 씻었다. 뚝배기와 철판을 꺼냈다. 뚝배기에는 몽실몽실한 계란찜. 철판에는 지글지글 매콤한 쭈꾸미를. 배가 고파왔다. 늦은 시간까지 밥을 먹지 않아 배꼽시계가 요란하게 울리는 중이었다. 재료 준비를 하기 시작했다. 쭈꾸미를 손질했고, 쭈꾸미 볶음에 들어갈 채소도 여러 가지 준비했다.

휴대폰을 보니 여러 개의 부재중 전화와 문자가 와 있었다. 바로 에어컨을 배송해 주는 기사 분께서 남겨주신 것이었다. 깜빡했다. 집에서 나갈 땐 기억하고 있었는데, 너무 즐겁게 장도 보고 하느라 새까맣게 까먹고 있었던 것이다. 기사 기사님께 너무 죄송했다. 전화하기엔 조금 늦은 시간이라는 생각이 들어 메시지를 보냈다.

'죄송합니다. 오늘 에어컨이 온다는 걸 까먹고 잠시 외출을 했어요. 정말 죄송해요ㅠㅠㅠ 내일은 진짜 집에만 있을 거니까 내일 와 주실 수 있을까요? 죄송합니다ㅠㅠㅠ'

거듭 죄송하다는 말을 남겼다. 진짜 어쩔 줄을 몰랐다. 기사님께서는 내가 방금 보낸 문자를 바로 보셨는지 빨리 답장을 해주셨다.

"혹시 지금 배송해 드려도 될까요? 아직 퇴근을 안 했어요! 혹시 가능하다면 연락주세요~" "늦은 시간까지 수고가 많으시네요!! 저 지금은 집에 있답니다. 지금 배송해 주시면 저야 감사 하죠~"

문자를 보내고 답장을 기다렸다.

"그럼 지금 출발하도록 하겠습니다. 도착은 30분쯤 뒤에 할 것 같아요! 조금 이따 뵐게요."

"네 감사 합니다"

정말 따뜻하신 분인 듯했다. 보통 이 시간대에는 괜히 짜증낼 만한데도 말이다.

다시 준비해 두었던 재료들을 가지고 요리를 시작했다. 계란 두 개를 톡 깨서 뚝배기에 넣었다. 계란을 넣고, 새우젓으로 간을 했다. 마지막으로 더 부드럽게 해 줄 우유까지 넣어 전자레인지에 돌리면 완성. 뚝배기에 계란찜을 해보는 건 처음이라 어떤 모양이 나올까 괜스레 궁금했다. 계란찜이 완성되고 있을 때 어서 서둘러서 주꾸미 볶음을 만들었다. 우선 파 기름을 만들어 준다. 파가 어느 정도 익어 냄새가 올라온다 싶으면 채소와 주꾸미와 양념을 한꺼번에 같이 넣어 센 불에 볶았다. 맛있는 냄새가 집안에 퍼지기 시작했다. 바로 앞에서 요리를 하니 매콤한 냄새도 스멀스멀 올라왔다. 오늘은 괜히 더 맵게 먹고 싶어서 청양고추도 송송 썰어 넣었다. 이제 완성! 식탁에서 따뜻하게 먹기 위해 가스버너를 꺼냈다. 그러곤 그 위에 올려 곧 있으면 먹을 음식을 세팅해 두었다. 이미 완성된 계란찜도 식탁에 올려 두었다. 냉장고에서 반찬을 꺼내 차려 놓으니 제법 제대로 된 저녁식사가 된 듯했다. 지금 당장이라도 얼른 먹고 싶었지만, 에어컨 설치를 해주실 기사님께서 곧 있으면 오실 것 같아 설치하고 밥을 먹기로 했다. 30분 정도 지난 듯했는데, 아직 오지 않으셨다. 계란찜과 주꾸미 볶음이 식을까 괜히 맘이 초조해 졌다. '띵동' 드디어 반가운 소리가 들렸다.

"네 나가요!"

문을 열어 들었다.

"안녕하세요, 남선호씨 맞으시죠?"

“네. 죄송해요 괜히 저 때문에 늦게까지 일하시네요.”

“아니에요, 아직 퇴근 안 하고 있었어요. 설치해 드릴게요.”

“네.”

기사님께서 에어컨을 설치하시는 모습을 지켜보고 있었다. 에어컨이 설치되는 모습을 보니 실실 웃음이 났다. 이제는 더 이상 집에서도 땀을 뻘뻘 흘리진 않겠지. 이젠 선풍기 한 대만으로 이 여름을 버티지 않아도 된다 생각하니 행복했다. 그 사이 기사님께서는 에어컨 설치를 다하셨다.

“설치는 다 했고, 이제 기능 설명 드릴게요. 이 버튼 누르시면..”

기사님께서는 친절히 내가 질문하는 것까지 상세히 답을 해주셨다.

“이제 다 된 거죠? 그럼 이만 가 볼게요.”

“네. 감사합니다.”

아저씨께서는 이제야 내가 식탁에 차려놓은 음식을 보셨는지 나가면서 이야기해 주셨다.

“혼자 자취하시나 봐요. 혼자서도 되게 잘 해 먹네. 나도 자취하는데 요리가 서툴러서 잘 못해 먹는데. 나도 이참에 요리 배워야 하나 생각이 들기도 하네요.”

“아, 요리 생각보다 쉬워요! 저도 오늘 처음으로 제대로 혼자서 요리해서 먹어보는 건데 맛이 어떨 진 모르겠네요. 그래도 이게 또 자취의 묘미 아니겠어요? 오늘 늦게까지 수고하셨어요. 죄송해요. 괜히 저 때문에.”

“아유 진짜 괜찮아요. 그렇게 생각 안 해주셔도 돼요. 안녕히 계세요!”

“네 안녕히 가세요.”

너무 죄송하고 감사해서 내가 만들어 놓은 식사라도 대접하고 싶었지만, 기사님께서 불편하실 수도 있고 으레 이런 자리가 당황스러운 부분이 있을 수 있기 때문에 혹시 실례가 되진 않을까 말도 꺼내지 못했다.

배에서 꼬르륵 소리가 났다. 이젠 진짜 배가 너무나도 고팠다. 가스버너에 불을 켜고 식은 주꾸미를 데워 먹기 시작했다. 계란찜은 뚝배기에 해서 그런지 숟가락으로 휘적휘적 젓자 아직도 김이 펄펄 났다. 쌀밥 한 숟가락을 가득 떠서 주꾸미를 올려 한 입 가득 먹었다. 쫄깃쫄깃한 주꾸미와 양념은 정말 잘 어울렸다. 양념이 쌀밥과 잘 버무려 져서 너무 맛있었다. 배가 많이 고플 때 먹어서 더 맛있는 걸지도 모르겠다. 사실 주꾸미 볶음을 만들기 시작할 때, 제대로 된 요리를 내가 처음부터 끝까지 책임지고 해본 적이 없기 때문에 걱정이 많았다. 혹시 너무 맛없어서 다 버려야 하는 건 아닐까. 하지만 걱정과는 다르게도 너무 맛있는 음식이 완성되어 있었다. 이렇게 맛있기까지 하니 요리가 점점 더 해보고 싶어졌다. 역시 양념을 맵게 해서 그런지 입안이 얼얼했다.

그때는 계란찜을 후후 불어 입 속으로 넣었다. 뜨거웠다. 매운 것을 승화시켜주는 것이 아니라 뜨거워서 더 맵게 해주는 것 같았다. 그래도 점점 먹다 보니 매운 맛을 진정시켜 주었다. 밑반찬으로 있던 콩나물을 밥에 넣고, 쭈꾸미 볶음도 집게로 크게 덜어 밥을 슥슥 비벼 먹었다. 얼마나 매운지 먹는 내내 콧잔등에 땀이 송송 났다.

맛있게 저녁을 먹었다. 너무 만족스러운 식사였다. 땀이 났다. 매운 걸 먹으면 항상 땀이 났다. 씩 웃으며 에어컨을 틀었다. 시원했다. 너무 행복했다. 설거지도 해야 했다. 하기 싫었다.

"아아아 설거지하기 싫다아아"

혼잣말을 하며 휴대폰을 켰다. 에어컨 설치해 주시는 기사 분으로부터 온 메시지 말고도 확인해 보았다. 뭐 굳이 특별한 내용은 없었다.

심심했다. 벌써 9시 30분. 뭐할까나. 오랜만에 영화가 보고 싶어졌다. 무슨 영화를 보지. 오랜만에 지브리 영화를 볼까. '마녀배달부 키키'를 보기로 결정했다. 항상 영화를 보면 동심의 세계로 돌아간 것 같은 느낌이 들었다. 물로 디즈니도 그랬지만 일본에서의 그런 특유의 그림체와 색감 자체가 너무 예뻤다. 그리고 하는 말 모두 하나하나가 주옥같았고, 내용도 꽤 만족스러웠다. 옛날에 한 번 본적이 있었지만, 오래되어서 기억도 잘 나지 않았다. 대충 뭐 큰 줄거리 정도? 한 번 더 보는 것도 괜찮을 듯했다. 예쁜 소녀 마녀가 나왔다. 우리가 대부분 생각하기엔 마녀는 대부분 악한 존재인 것 같은데, 이 영화에서는 발랄하고 귀엽게 나온다. 어릴 때만 가질 수 있는 소녀의 풋풋한 마음을 잘 표현해 주는 것 같아 보는 내내 마음이 간질간질했다. 항상 이런 영화를 보면 드는 생각이지만, 한 번 날아보고 싶다는 생각도 했다. 진짜 자연의 바람을 느끼며 날면 어떤 기분일까. 궁금했다. 어느덧 영화가 끝날 시간이 다 되었다. 영화가 끝나니 괜히 서운했다. 예쁜 색감의 영화를 보면서 오랜만에 마음이 푸근해졌다. 콩이를 꼭 안았다. 콩이도 포근했다.

되돌아보니 어느덧 올해의 반이 훌쩍 지나갔다. 솔직히 한 것도 별로 없는 것 같은데, 시간이 이렇게 빨리 흘러간다. 학교 다닐 땐 정말 시간이 느리게 갔던 거였다. 학교 다닐 때는 그때도 시간이 엄청 빨리 흐르는 것 같았는데. 이렇게 살다 보니 어느덧 서른이 가까이 되어가고 있다. 나는 과연 잘 살아왔을까. 나 혼자 스스로 뿌듯해 할 수 있을 정도로 살았을까. 남들과 인생을 바꾸라면 바꾸지 않을 만큼의 자신이 있을까. 난 그저 나였으면 좋겠고, 난 여기서 조금만 더 나아지길 바랐었고, 바라는 중이다. 남들과 비교하지 않고 당당하게 살아갈 수 있는 그런 사람이 되면 좋겠다는 생각을 문득했다. 아까 더워 틀어 놓은 에어컨의 바람이 이제 선뜻한 느낌이 들었다. 이젠 에어컨을 끄고 침대에 누웠다. 달이 유난히 빛났다. 예쁘게 뜬 달을 보며 잠이 들었다.

눈을 뜨니 아직 어두컴컴했다. 아직 아침이 되기 전이었다. 아침이 되기 전, 눈이 떠졌다. 이런 경우는 별로 없는데, 신기했다. 새벽에 다 일어나다니. 목이 말라서 그랬던 걸까. 냉장고로 발걸음을 옮겼다. 냉장고에서 물을 꺼내 한 잔 마셨다. 시원한 물을 한꺼번에 많이 먹었던 탓일까 머리가 띵했다. 식탁에 멍하니 앉아 있었다. 어느새 해가 뜨는 모습을 볼 수 있었다. 예쁘다. 이런 생각이 훅 스쳐 지나간 후 다시 잠이 왔다. 다시 침대로 발걸음을 향했고, 침대에 다시 누웠다. 나도 모르게 잠이 들었나 보다. 눈을 떠 보니 해가 중천에 떠 있었다. 시계를 보니 벌써 12시. 아 벌써 점심시간이네. 아까 잠깐 깬 이후로 침대에 누운 이후에 기억이 없다. 아마도 바로 다시 잠들어서 그런 거겠지. 오늘이 월요일이라는 사실이 갑자기 떠올라 급하게 휴대폰을 들어 온 문자나 전화가 없는지 확인하기 위해 새까만 배경화면을 켰다. 오늘 날짜가 7월 27일. 아, 오늘은 작가님이 미팅 나가시는 날이라 나와 이한솔은 쉬게 되었다. "후." 안도의 한숨을 쉬며 다시 침대 베드에 등을 기댔다.

아, 맞다 설거지. 어제 하기 싫어 싱크대에 그대로 넣어둔 설거지 거리들이 나를 반기고 있었다. 일어나자마자 설거지부터 시작했다. 오늘은 먹은 게 아무것도 없는데 설거지를 하다니 기분이 썩 좋지 않았다. 이젠 먹고 바로바로 설거지 해야겠다는 생각을 했다. 설거지를 다하고 나니 배가 고파왔다. 웃겼다. 일어나자마자 배에서 꼬르륵 소리가 난다는 것이. 오늘은 뭘 먹을까. 지금은 먹을 게 없는데.. 우유와 시리얼을 집어 들었다. 먹을 게 없고, 간단히 먹고 싶다면 시리얼이 진짜 최고다. 오늘은 뭘 할까. 휴일 마다 할 게 없는데 무언가를 하고 싶어서 가만히 있질 못했다. 그렇다고 아무거나 하기엔 재미가 없을 것 같고. 가만히 누워 쉽게 오지 않을 휴일을 보내자니 시간이 아깝고. 뭘 할까. 이한솔을 집에 부를까. 무턱대로 이한솔에게 전화를 했다.

"야, 뭐해?"

"나 그냥 집에 있는데 왜?"

"아, 그냥 심심해서. 나 너희 집 가도 돼?"

"그래. 와라. 너 내 집에 안 온 지 꽤 된 것 같은데 맞지?"

"그렇지. 대학교 때 오고 그후로 거의 안 가봤을걸?"

"그럼 와라. 오랜만에 게임도 하고 우리 집에 할 거 많다. 빨리 와."

"어. 지금 바로 간다."

옷만 대충 갈아입었다. 집에서 나가면 또 얼마나 더울까. 밖에는 나가기도 싫은 날씨였지만 뭐, 이한솔 집까지는 금방이니까. 집에서 입던 반바지 그대로 상의만 갈아입고 현관문을 열었다. 평일 낮에는 거의 항상 사무실 안에서만 거의 생활하다 싶으니, 이렇게 편안한 차림으로 밖을 돌아다녀 본 적이 거의 없다. 나에게는 낯설었다. 한여름이라 햇빛이 내 눈을 찔러왔다. 자칫 잘못 바라보면 실명이 될 것만 같았다. 버스로는 한 정거장, 솔직히 걸어가도 되는 거리였다. 한적한 골목 사이사이를 걸어갔다. 햇볕은 내리쬐고, 나무 에는 매미들이 울고 있었다.

이런 날에는 정자에서 함께 있으면 좋은 사람들과 함께 북적북적하게 둘러 앉아 매미소리를 들으며 수박을 먹어야 하는데. 수박을 통째로 몇 번 갈라 그대로 들고 먹어도 되고, 얼음과 사이다 같은 더 달고 시원하게 해주는 것들을 첨가해 화채를 만들어 먹어도 되고. 혼자 사니까 확실히 수박처럼 사이즈가 크고, 보관하기 힘든 것들은 안 사먹게 되는 것 같았다. 그렇지만 먹고 싶은데. 어떤 마트에서는 나 같이 혼자 사는 사람들을 위해 수박을 반 정도나 4분의 1 크기로 잘라 판매 한다는데, 아쉽게도 내 집 주변의 마트에는 그런 수박은 없었다. 누가 수박 먹을 때 나 좀 불러 주면 좋겠다. 날 불러 준다면 넙죽 절하고는 양손에 수박을 가득 들고는 어릴 때처럼 와구와구 먹고 싶었다.

벌써 골목 틈 사이에 있는 이한솔 집이 있는 빌라 앞에 다 왔다. 대학교 때 오고 그 동안 거의 안 왔으니까. 가까워도 내가 자주 다니는 골목과는 방향이 달라 오랜만에 와보았다. 역시 세월이 지나긴 했구나. 몇 년밖에 지나지 않았지만, 그 몇 년이 꽤 오래 된 것처럼 느껴졌다. 대학교 때 이한솔 집에 올 때마다 자주 와서 술을 사갔던 빌라 근처 편의점도 어느새 바뀌어 있었다. 이한솔은 3층 빌라의 맨 꼭대기 층에 살아서 옥탑방과 옥상도 자기 마음대로 사용했었다. 옥상을 마음대로 사용해서 부럽기는 하지만 빌라라 엘리베이터가 없어 계단으로 헉헉 대며 올라가는 게 힘들었다. 내 집 계단식 빌라의 계단은 적어도 바깥에 있으니까 바람 부는 게 느껴지고 뒤만 돌면 서울 한복판이 보이기라도 하지. 이 빌라는 계단을 오를 때 앞을 보든 뒤를 보든 오른쪽이나 왼쪽을 보든 그저 삭막한 회색빛 벽밖에 보이지 않았다. 매일같이 집에 갈 때 이 회색 벽밖에 보지 않는 이한솔이 불쌍했다. 힘들게 3층까지 올라와 초인종을 눌렀다.

"왔냐?"

이한솔이 부스스한 새집 머리 그대로 문을 열었다. 아까 전화할 때도 잠에 잠긴 목소리더니. 역시 전화 끊고 계속 잤구나. 그런데 집에 들어가니 내가 기억하는 예전의 모습과는 많이 달라져있었다. 대학생 때는 이한솔 집에서 거의 항상 술만 마셔서 내 기억 속 이한솔 집 안이 많이 더러웠는지도 모르지만, 확실히 달라진 거 같았다. 가구를 바꿨나

"너 집이 좀 달라진 거 같다?"

"아, 나 여자친구랑 가까이 살잖아. 네가 우리 집 마지막으로 왔다 간 이후로 사귄 애라서 집이 좀 바뀌었지. 걔 영향이 좀 크다."

신발 벗고 들어가서 소파에 앉으니까 확연히 달라진 게 눈에 보였다. 혼자 사는 남자 집이라 냄새가 날 수가 있었지만 그런 냄새는 전혀 나지 않고 도리어 군데군데 여자친구가 왔다간 흔적이 보였다. 데스크톱 옆에 있는 립스틱이나 여자 향수 냄새 같은 거.

"야, 너 혹시 어제도 여자친구 왔다 갔냐?"

"어떻게 알았어? 헐."

"그걸 모르면 바보지. 흔적이 아주 엄청 널려 있구먼."

몇 년 만에 오기는 했지만, 그래도 전혀 불편하지 않고 자연스럽게 소파에 누웠다. 이대로 잘 수 있을 것도 같았다.

"야, 게임 콜?"

이한솔이 눈을 반짝반짝 빛내며 물었다.

"어, 콜"

왜인지는 모르겠지만, 이한솔은 옛날부터 큰돈을 들여서 비싼 데스크톱을 집 안에 두 대나 가지고 있었다. 로망이 PC방이라나. 뭐라나. 어쨌든 이한솔이 사둔 값이 꽤 나가는 데스크톱 앞에 앉아 헤드셋을 딱 꼈다.

"준비됐지? 들어간다."

요즘 유행하는 게임이 아니라 몇 년 전부터 해 오던 게임이었다. 이한솔과 나 둘 다 유행을 크게 타는 성격이 아니라서 게임이든 일이든 무언가를 함께 할 때는 편했다. 게임을 할 때면 게임에만 완전 몰두해서 시간 가는 줄 몰랐다. 삶 속의 복잡한 잡생각들을 떨쳐버릴 수 있어 좋았다. 뭐든 적당히만 하면 좋은 거니까.

컴퓨터 화면에서 약 3~4시간 동안 눈 한번 안 떼고 게임을 하다 어깨가 뻐근해져 기지개를 폈다. 한번 정신을 차리고 보니 배가 고파왔다. 그러고 보니 좀 추운 것 같기도. 너무 오랫동안 에어컨 밑에 있었나 보다. 이러다 냉방병 걸리는 거 아닌가 싶다. 으슬으슬한 팔을 쓰다듬으며 부엌으로 향했다.

"이한솔! 에어컨 잠깐만 끄자. 그리고 나 배고파. 먹을 거 없냐?"

"거기 잘 찾아보면 옥수수랑 치즈 있어. 위에 보면 버터랑 설탕 있고."

장시간 동안 게임을 하느라 축 늘어진 몸뚱이를 이끌고 느릿느릿 움직여 이한솔이 말한 음식들을 꺼냈다. 꺼내고 보니 떠오르는 음식이 있었다.

"어, 콘치즈."

내가 20살 때부터 콘치즈는 기가 막히게 잘 만들었지. 아래쪽 찬장에서 가장 널찍한 프라이팬을 꺼내 가스레인지 위에 올렸다. 프라이팬이 달궈지는 동안 이한솔이 꺼내라 했던 피자치즈 말고 스트링 치즈는 없나 냉장고를 뒤졌다. 보통은 콘치즈를 만들 때 피자치즈를 솔솔 뿌리는데, 나는 약 10년간 콘치즈를 만들어 본 결과 먹었을 때 입 안에서 제일 살살 녹고 맛있는 치즈가 스트링치즈였다. 운 좋게도 냉장고 문 끄트머리에 스트링치즈가 딱 세 개 꽂혀 있었다. 쏙 빼서 빠르게 칼로 작게 잘랐다. 잘라야지 녹을 때 자연스럽게 잘 퍼지면서 녹는다. 스트링치즈랑 같이 꺼내온 버터를 프라이팬에 올려두고 옥수수를 넣어 신나게 볶았다. 고소한 향이 올라올 때 마요네즈를 쭉 짜고 설탕을 촤르르 뿌려 섞고는 살짝 끓여주었다. 스트링치즈를 골고루 뿌려서는 뚜껑을 덮었다. 요리를 하다 무심코 이한솔을 보았다. 바닥에 드러누워서는 휴대폰을 만지작거리고 있었다.

"야! 네 집인데 넌 뭐하냐. 빨리 세팅 안 하냐."

그제서야 일어나 부엌으로 다가왔다. 프라이팬 째로 식탁 위 받침대에 올려놨다. 뚜껑을 딱 여니 고소한 냄새가 올라왔다. 냄새부터가 달짝지근하니 끝내주었다.

"야, 맥주 없냐?"

이한솔이 아무 말 없이 냉장고를 열더니 안쪽을 뒤적뒤적 거리다 맥주 두 캔을 들고 왔다. 캔을 따고는 맥주 거품을 입으로 싹 훑었다.

"이한솔. 입에 거품 묻은 거 빨리 닦아라. 더럽다."

젓가락으로 치즈를 돌돌 말아 입으로 직행했다. 내가 좋아하는 옥수수의 고소한 맛과 듬뿍 들어간 마요네즈의 느끼함이 좋았다. 쭉 늘어나는 치즈에 씹히는 옥수수. 버터에 마요네즈, 설탕, 치즈까지 고칼로리의 끝판 왕이지만 가끔씩 먹기에는 완벽한 안주 아닐까. 게임을 하다 배고파서 뚝딱 만들어 먹는 간식으로는 제격이었다. 콘치즈를 먹는다는 명목 하에 우리는 잠깐 컴퓨터 게임을 멈췄다. 오랜만에 너무 오랫동안 정신없이 게임에 빠져 있었다. 그래서인지 머리가 띵한 느낌이 들었다. 우리는 그렇게 게임을 그만 하기로 했다.

"야, 게임 오랜만에 너무 많이 해서 머리 아프다. 또 뭐 할 거 없나?"

"음. 딱히 할 거 없는데. 아! 야 오랜만에 우리 퍼즐 해볼래?"

"오, 퍼즐? 좋다. 재밌겠다. 해보자."

우리는 그렇게 퍼즐을 맞추기 시작했다. 퍼즐의 완성작을 먼저 사진으로 보니 바다 속 모습이었다. 너무 예뻤다. 그러나 퍼즐은 꽤 컸다. 오랜 시간이 걸릴 거라 예상했다. 처음은 맨 끝 쪽 부분부터 천천히 맞춰나가기 시작했다. 맨 끝 쪽 부분을 다 맞춘 후 서서히 안쪽으로 들어가며 맞추기 시작했다. 생각보다 퍼즐 조각들을 찾고 맞추기가 어려웠다. 그래도 하나하나씩 맞춰가면서 뿌듯함을 느꼈다. 드디어 완성했다. 시간을 보니 어느덧 시계가 6시를 향해 있었다. 퍼즐을 하는 데 이렇게 오랜 시간이 걸리다니. 그래도 이한솔과 둘이서 쉬지 않고 완성해서 뿌듯했다. 다 완성하고 보니 생각했던 것보다 엄청 컸다. 다시 부숴 통에 담으려니 아까웠다. 그래서 사진을 몇 장 남겨두고 다시 퍼즐을 통에 담아 두었다.

"야, 벌써 저녁이다. 시간 봐. 퍼즐 맞추니까 시간 엄청 빨리 간다. 어릴 때 말곤 해보지 않았는데 너 덕분에 해 봤네. 이거 생각보다 괜찮네."

"나도 가끔 진짜 시간 안 갈 때 하는데, 시간도 꽤 잘 가고 재미도 있고 집중도 잘 돼서 가끔 하기 좋아. 너도 다른 퍼즐 하나 사서 가끔 해 봐."

"그래야겠네."

"아아 내일은 출근해야 하는데, 하기 싫다."

이한솔이 옆에서 칭얼거렸다.

"칭얼거리지 좀 마. 원래 오늘 작가님 미팅 없었으면 우리 회사 가야 해. 이렇게 쉬는 게 어디냐."

"솔직히 말해 봐. 너도 내일 출근하기 싫잖아. 안 그래?"

"아니 뭐. 굳이 따지면 그렇긴 한데."

이한솔이 옆에서 킥킥대며 웃었다.

"야, 나 이제 가야겠다. 내일 출근도 해야 하고."

"저녁은 먹고 가지. 벌써 가게?"

"어, 나 요즘 직접 밥 만들어서 먹기에 꽂혀가지고 갈 때 장 봐서 가서 또 저녁 해 먹으려고."

"오오 이제 드디어 진짜로 자취의 맛을 알게 된 건가? 알겠어. 가~ 나 멀리 안 나가."

"어. 갈게.~"

철커덩. 현관문 닫히는 소리와 함께 이한솔의 집을 나섰다. 오늘은 뭘 먹을까나. 집 가는 길에 마트에 들렀다. 카트를 끌며 저녁 메뉴를 생각하고 있었다. 눈에 두부가 들어왔다. 그래. 오늘 저녁은 된장찌개로 하자. 그렇게 된장찌개에 들어가는 재료들을 카트에 담고 계산대로 향했다. 오늘 쉬는 날도 아닌데 마트에는 사람들로 북적였다. 그래서 계산하기 위해 선 사람들로 인해 줄을 오랫동안 서 있어야 했다. 곳곳에 전단지가 붙어 있었는데, 세일한다는 내용이 대부분이었다. 아마도 오늘은 세일하는 날이라 많은 사람이 와서 저녁거리를 사 가시거나 하는 것 같았다. 오랫동안 서서 다리가 아파왔다. 그래도 금방 줄이 줄어들었고 어느새 내 차례가 되어 계산을 했다. 아, 장바구니! 장바구니를 안 들고 왔었다. 평소에는 자주 장바구니를 들고 다니는데 오늘은 이한솔 집 간다고 신나서는 장바구니를 못 챙겼다. 어쩔 수 없이 종량제 봉투를 하나 사서 거기에 담았다. 더워서 걸어가기도 싫었는데, 장까지 봐서 들고 가니 귀찮은 게 이만저만이 아니었다. 빨리 집에 가서 에어컨 틀고 시원하게 있고 싶다는 생각뿐이었다.

어느새 집에 도착했다. 이한솔 집이 내집으로부터 그리 멀지 않아 생각보다 빨리 집에 도착해서 좋았다. 빨리 에어컨을 틀었다. 에어컨 앞에서 시원한 바람을 조금 쐬다가 장봐 온 것들을 그제서 꺼냈다. 오늘의 저녁 메뉴는 된장찌개. 할머니 표 된장찌개며, 엄마 표 된장찌개며 맛있는 된장찌개는 다 먹어봐서 혹여나 맛이 많이 없어서 못 먹진 않을까 하는 걱정이 슬금슬금 들기 시작했다. 그래도 이미 사 왔는걸 뭐 어떻게 하겠는가. 실패하면 실패한 대로 먹지 뭐. 일단 인터넷에 올라 와 있는 여러 블로그들을 살펴보았다.

사람마다 다들 된장찌개 만드는 방법이 달라서 여러 개를 살펴보았다. 그러곤 그것들 중에서 가장 만들기 쉬울 것 같은 방법으로 머릿속에 정리 한 다음 요리를 시작했다.

일단 마트에서 사 온 재료를 예쁘게 송송 썰어 두었다. 멸치와 다시마로 육수를 낸 다음, 멸치와 다시마로 낸 육수에 된장을 풀었다. 그 다음에는 준비해둔 재료를 넣고 고춧가루도 한 스푼! 그리고 뚜껑을 덮고 바글바글 끓을 때까지 기다렸다. 괜히 초조한 마음이 들었다. 제발 맛있어라 제발 맛있어라. 된장찌개가 펄펄 끓었다. 이제 불을 끄고 된장찌개를 식탁으로 옮겼다. 지난번에 산 뚝배기에 끓여서 그런지 식탁으로 옮겼는데도 아직 된장찌개는 보글보글 끓고 있었다. 맛있는 냄새가 나기 시작했다. 코로 은은하게 된장찌개 냄새가 나기 시작했다. 냉장고에서 얼른 밑반찬을 꺼내고, 밥도 밥솥에서 퍼서 식사 준비를 끝냈다. "잘 먹겠습니다!" 혼자서 큰 소리를 치고 얼른 숟가락을 된장찌개로 향했다. '후루룩' 입에 데지 않게 후후 분 뒤 입으로 향했다. 뭔가 고개가 기우뚱 했다. 한 숟가락 먹어봐서는 정확히 맛을 제대로 판단할 수가 없었다. 다시 한번 '후루룩' 소리와 함께 된장찌개를 먹었다. 이제야 맛이 조금 느껴졌다. 조금 짠 듯했다. 그래도 처음 한 것 치곤 맛이 괜찮은 듯했다. 아까 된장을 풀 때 부족할 것 같은 느낌이 들어서 된장을 반 스푼 더 넣어서 풀었더니 짠 듯했다. 다음에는 된장 조금만 넣어야겠다. 내가 직접 만드는 된장찌개를 먹고 제대로 된 자취의 길에 한발자국 들어선 것 같은 기분이 들었다. 식사를 하고나니 배가 불러 잠이 솔솔 찾아왔다. 순식간에 잘 준비를 하고 이불속에 들어가 잠자리에 들었다.

이렇게 혼자 된장찌개를 만들어 먹고 그후로 며칠이 지난 지도 모르겠다. 내가 이한솔의 집에 다녀온 그 여유로운 휴일에 우리 작가님은 미팅에서 원하던 걸 성공을 하셔서 그후로는 처리해서 보내야 하는 바쁜 작업에 시달리고 있었다. 요리를 하고 싶어 안달 났던 과거의 내가 사놓은 요리 도구들은 찬장 안에서 주인이 사용해 주기만을 기다리고 있었고, 주인인 나라는 사람은 집에 오는 길에 항상 편의점이나 슈퍼에 들러 즉석식품만 주구장창 먹기 바빴다. 주말이나 평일 그런 날짜 구분 없이 시간이 어떻게 흘러가는 지도 모른 채 사무실에서 거의 살다시피 하다 보니 어느새 금요일이 다가왔다. 지금 하고 있는 작업만 처리하면 바쁜 일들은 다 끝난다. 사무실에 있는 모든 사람들이 다 빨리 끝내자는 생각을 하는지 키보드 치는 소리가 멈추지를 않았다. 프린터에서는 종이가 끊임없이 출력되어 나오고 아무도 입을 떼지도 않았다. 눈에 불을 켜고 마지막 작업을 했다.

"작가님, 김 작가님 전화번호가 어떻게 되나요?"

오랫동안 감돌고 있던 사무실의 침묵을 이한솔이 벌떡 일어나며 깨버렸다. 자기도 모르게 목소리가 커졌는지 깜짝 놀라는 눈빛이었다. 작가님이 분위기에 맞추어 한솔이에게 눈치를 주며 앉으라고 손짓했다. 다시 일에 집중하다 보니 벌써 시곗바늘이 5시를 가리키고 있었고 곧 퇴근시간이었다. 퇴근 시간 전에 일을 끝내야 하는데. 시계를 바라보고 고개를 내리다가 작가님과 눈이 마주쳤다. 작가님도 시간을 확인을 하다 나와 눈이 마주쳤나 보다. 괜히 어색하고 민망했다.

"자, 여러분, 지금까지 하던 거 다 저한테 메일로 보내주세요. 어차피 각자 몇 분만 하면 끝나는 거잖아요. 제가 한 번 시원하게 끝내겠습니다. 다들 퇴근하세요."

몇 안 되는 직원들이지만 다들 눈을 반짝반짝 빛내며 박수를 치고는 주섬주섬 짐을 챙겼다. 나도 드디어 오늘은 칼 퇴근. 집에 가서 여유로운 저녁을 즐길 생각을 하니 나도 모르게 실실 웃게 된다. 집에 가자마자 콩이랑 뒹굴뒹굴 놀아야지. 불쌍하게도 이한솔은 작가님이랑 남아서 작업을 더 해야 한다.

"이한솔! 잘 있어라. 나는 먼저 간다."

한껏 들떠서 콧노래를 부르며 퇴근을 했다.

오늘같이 즐거운 날은 찜질방에 온 것 같이 더운 날씨도 긍정적으로 느껴졌다. 오늘은 바빴던 일이 다 끝난 기념으로 오랜만에 맛있는 걸 해먹을까 생각을 했다. 집에 재료가 없으니 마트에 갈까, 마트에 가서 장을 봐오려면 조금 더 돌아가야 하는데. 귀찮아서 대충 슈퍼에서 장 봐서 어떻게든 맛있게 만들어야겠다. 우리 아빠가 좋아하는 카레, 카레를 만들어 카레라이스를 해먹고 싶었다. 그렇다고 해서 간편하게 먹는 3분 카레 말고, 직접 카레 소스를 만들어서 밥에 부어 비벼 먹는 카레라이스. 집에 사두지 않은 당근과 감자를 양손 가득 사가지고는 계단을 올라갔다. 뒤에서 익숙한 목소리가 들려왔다.

"총각~ 이제 오나?"

"어? 네! 할머니 오랜만이에요!"

옆집 할머니셨다. 요즘 바빠서 잘 못 뵀는데, 오랜만이었다.

"어, 바빴제?"

"네, 할머니. 잘 지내셨죠?"

당근과 감자를 들고 집 앞에 다다랐는데, 뒤를 돌아보니 할머니께서 끙끙대며 수박을 세 개나 들고 올라오고 계셨다.

"어, 할머니! 조심하세요."

서둘러 계단을 내려가서는 수박 두 개를 들고 올라왔다.

"웬 수박이 3개나 있어요?"

"총각 못 들었나? 유림이 아비가 말 했다 카던디."

"네? 무슨 말이요?"

난 전혀 들은 얘기가 없었다. 수박과 관련된 얘기라면 더더욱.

"내일 저녁에 저 짝 밑에 슈퍼 평상에서 수박 먹기로 했는디, 못 들었나 보네."

"어, 들은 적은 없는데, 몇 시에 가면 되요?"

"9시 즈음 오면 될 거여."

"아, 그럼 내일 그때 올라갈게요. 할머니. 수박, 집 안까지 넣어다 드릴게요."

내 온몸의 힘을 써서 수박 세 개를 한꺼번에 집 안까지 들어다 드리고 나니, 몸에서 힘이 쭉 빠졌다. 할머니는 이렇게 무거운 것들을 어떻게 들고 올라오신 거지.

"할머니, 저녁 맛있게 드세요!"

"어, 총각. 잠깐만 기다려봐. 이것 좀 들고 가."

할머니께서 내 손에 무슨 반찬통을 들려주셨다. 불투명한 반찬통 뚜껑을 통해 내부를 얼핏 보니, 동치미가 담겨 있는 듯했다.

"어우, 할머니. 자꾸 뭘 해주시네. 굳이 안 그러셔도 되는데.. 감사합니다. 잘 먹을게요."

"총각, 내가 원래 식당을 해서 1인분을 못 해먹어. 전에도 내 손이 좀 많이 크다 안 카드나. 그냥 갖고 가. 어차피 나 혼자 다 못 먹는다."

자주 친손자처럼 뭘 자꾸 해주셔서 그저 감사할 따름이었다.

"할머니, 감사해요. 맛있게 먹을게요."

기분 좋게 반찬통을 들고 할머니 댁 대문을 닫고 나왔다. 이제 이 시원한 동치미랑 카레랑 같이 먹으면 완전 꿀맛이겠는데? 여름이라 해가 늦게 져서 이제야 노을이 내 눈앞에 펼쳐졌다. 살짝 노란 부분부터 새빨간 부분까지. 그림 같았다. 그런데 왠지 느낌이 약간 데자뷔인 듯했다. 예전에도 비슷한 느낌이 있었다. 아, 이사 온 초반에 이 계단에 앉아서 카레 생각을 했던 거 같기도. 오늘은 이사 오고 나서 카레를 처음 먹는 거니까, 빨리 집에 들어가서 카레나 만들어야지.

"흐으으음~" 콧노래를 부르며 카레를 만들기 시작했다. 우선 예쁜 색깔을 가진 당근부터 큼직큼직하게 썰었다. 그리고 양파, 감자 등 재료를 썰어 준비해 놓는다. 파 기름을 낸 후 돼지고기를 넣어 적당히 익었을 즈음에 채소를 함께 넣고 볶는다. 채소도 어느 정도 볶였다 싶으면 물을 넣고 또 팔팔 끓으면 카레가루를 넣어 카레의 맛이 잘 우러날 때까지 기다렸다.

"맛있는 냄새."

카레 특유의 냄새가 코를 찔렀다. 또 요리하느라 불 앞에 서 있었더니 후덥지근해졌다. 그럴 때는 에어컨을! 에어컨을 켰다. 불 앞에 서 있느라 후끈해졌던 빰이 시원해졌다. 콩이도 맛있는 카레 냄새를 맡았는지 방에서 나왔다.

"콩이도 이제 저녁먹자~"

콩이의 밥그릇에 사료를 부어주고 물도 주었다. 카레를 기대하며 기다렸다. 내가 만든 음식 앞에서는 언제나 그렇듯 빌었다.

"제발 오늘도 맛있었으면."

이제 불을 끄고 흰 쌀밥에 카레를 옮겨 담았다. 장을 볼 때 옆에 작은 반찬 가게가 있어서 들러 진미채 볶음 사 놓았는데 할머니께서 주신 동치미와 카레와 같이 먹으면 맛있을 것 같았다.

"잘 먹겠습니다~"

김이 솔솔 났다. 지금 바로 떠서 먹었다가는 입천장이 다 데일 것 같았다. 한 술 크게 떠서 후후 불었다. 어느 정도 식은 듯해서 입으로 직행했다. 하지만 입에 넣으니 아직도 뜨거웠다. 입에 넣고도 호호 거리면서 먹었다. 너무 뜨거워서인지 맛을 잘 느끼지 못했다. 너무 뜨거워서 동치미를 한 숟가락 떠서 먹었다. 불이 붙은 곳에 물을 부어 화재를 진압시킨 것 같았다. 그 와중에도 동치미는 맛있었다. 역시 할머니 음식은 정말 최고다. 기회가 된다면 할머니께 음식 하는 방법을 배워보고 싶었다. 솔직히 혼자서 만들 때는 계량 없이 만드는데, 할머니께서도 계량 없이 하시는지. 뭐 그런 사소하고 작은 것들이 궁금했다. 동치미로 입을 식히고 시간이 흘렀는지 꽤 괜찮아졌다. 다시 카레를 한 숟가락 크게 떠서 한 입 먹었다. 어느 정도 뜨거운 감이 없어졌다. 이제야 맛이 제대로 나기 시작했다. 음 꽤 괜찮았다. 아쉬운 게 있다면, 후추를 조금 더 넣었으면 했다는 점? 어디선가 봤는데, 조리할 때 넣는 후추의 맛과 음식을 다 만들고 나서 넣는 후추의 맛이 다르다고 했다. 뭐 아님 말고. 그래도 나중에는 조금 매콤하게도 먹어보고 싶었다. 내가 직접 안 만들고 남이 해 준 음식을 먹었을 때는 그저 불평이 많았는데, 혼자서 만들어 먹어보니 음식을 해 준 사람들에게 괜히 미안해지는 느낌이 들었다.

"아, 배불러."

설거지를 바로 했다. 또 안 하고 놔두다간 저번처럼 다음 날에 고생할 지도 모르니까. 설거지를 얼른하고 책상에 앉았다. 노트북을 꺼냈다. 요즘은 글을 조금씩 쓰고 있는 중이다. 뭐 드라마를 쓰는 거라기보단 그냥 쓰고 싶었던 말들. 갑자기 떠오르는 그런 작은 생각들을. 가끔 상상했다. 내가 만약 드라마를 써서 그 드라마가 방영할 수 있게 된다면 어떤 내용을 쓰게 될지. 멜로도 써보고 싶고, 막장도 써보고 싶고, 힐링 드라마도 써보고 싶었다. 너무나도 많은 장르들을 써보고 싶었고 도전하고 싶었다. 뭐 지금 이렇게 노트북에 끄적거리는 글들을 쓰는 것도 언젠가 내가 쓰게 될 글을 대비하는 것일지도 모르겠다. 대단한 글을 쓰는 것도, 뭔가에 대해 내 느낌을 진솔하게 적는 것도 아니지만 이도저도 아니지만 그 말들을 나는 넣어보고 싶었다. 대사로. 배우들이 대사를 하는 모습을 상상하며 나는, 행복하게 아무 말이나 생각나는 대로 썼다. 그저 생각나는 대로. 의식의 흐름대로. 노래를 들으면서. 그 노래를 흥얼거리며. 오늘의 밤은 그렇게 깊어갔다.

행복은
원래
소소하다 2

화목한 화채

눈에 붙은 눈곱을 떼어내며 몸을 일으켰다. 요즘 냉방병이 유행이어서 겁이 나 밤새 에어컨을 켜고 있지 못했다. 그래서 그런지 팔꿈치 안쪽 살이나 무릎 뒤쪽 살 같은 접히는 부분이 끈적끈적했다. 안 그래도 밤에 더워서 창문을 약간 열고 방충망만 닫고 잤더니 집 밖의 열기가 집 안까지 꽉꽉 채워 머리맡 베개가 땀으로 젖은 것 같았다. 아침부터 에어컨을 켜고 있기에는 전기세가 나갈까 봐 걱정이 되고, 그렇다고 해서 이대로 있기도 뭐했다. 수박 먹으러 올라가기까지는 아직 몇 시간이나 남았으니 어떻게 할까 고민이었다. 일단 밥부터 먹고 보자. 자꾸자꾸 내려와 내 눈을 가리는 떡진 앞머리를 고정시키기 위해 엄마 집에서 가지고 온 남선아 헤어밴드를 찾아보았다. 옷방 저 구석에서 찾았다. 앞으로 남은 여름 동안 잘 쓸 거 같았다. 확실히 앞머리가 뒤로 넘어가니까 숨통이 확 트였다. 여자들이 여름에는 앞머리를 왜 안 자르는지, 이마를 왜 까고 다니는지 알 것 같았다. 이마만 시원해도 얼굴 전체가 시원한 느낌이었다.

그래도 여전히 몸은 후끈후끈해 상의를 벗었다. 아무도 없는 집에서 좀 시원하게 있으면 어때. 어제 먹다 남은 카레를 데워 먹으려다, 좀 고민했다. 카레는 미지근하게 먹어도 맛있는데. 이 더운 날에 굳이 뜨겁게 해서 내 몸 속까지 더 뜨겁게 할 필요가 있을까. 그냥 햇반만 전자레인지에 데웠다. 밥이 뜨거우니까, 카레는 뜨거울 필요가 없겠지. 식어서 그런지 어제 저녁과 비교해 조금 고체가 된 카레 소스를 뜨끈뜨끈한 즉석 밥 위에 사르르 얹었다. 숟가락을 치켜들고는 그냥 마구 퍼먹었다. 아침이라 그렇게 많이 먹고 싶지도 않았고 더워서 그저 빨리 씻고 싶었기에 맛을 느낄 틈도 없이 그냥 먹었다. 먹다가 배가 불러와 의자를 뒤로 밀어 일어났다. "엇!" 카레 소스가 조금 남은 그릇을 들고 일어나다 그릇에서 흘러나온 소스가 내 배에 툭 떨어졌다. 아까 더워서 상의를 벗고 있었는데, 내가 만약에 카레를 데웠다면 난 이미 화상이었을 것이다. 과거의 나에게 감사를 하며 배 밑으로 소스가 떨어지기 전에 서둘러 그릇을 싱크대에 던지다시피 넣고 거실에 있는 휴지로 손을 뻗었다. 휴지로 배를 닦다 내 배를 내려다 보니 씁쓸했다. 복근은 무슨 근육이 하나도 없이 아랫배만 나와 있는 게 꼴 보기 싫었다. 운동을 해야 할 것 같았다.

밥도 다 먹었고, 잠도 다 깼으니 빨리 이 더위를 식히러 샤워를 해야겠다. 이 더운 날에 뜨거운 물로는 도저히 샤워를 못할 것 같았다. 그렇다고 해서 차가운 물로는 내 몸이 거부했기에 딱 적당한 미지근한 온도로 물을 맞추었다. 허물을 벗듯이 옷을 벗어 바닥에 내팽겨 치고는 샤워기에서 뿜어져 나오는 물을 맞았다. 딱 알맞게 맞춰진 온도의 물로 머리를 적셨다. 머리와 어깨, 배를 지나 무릎, 발까지 흘러 내려가는 물의 감촉이 좋았다. 더위와 함께 내 모든 걱정이 다 배수구로 빨려 들어가는 기분이었다. 손바닥에 샴푸를 잔뜩 짜서는 머리를 감았다. 거품이 막 만들어졌다. 하얀 거품으로 내 머리 위에 산을 쌓았다. 손에 남은 거품으로 내 몸도 문질렀다. 내가 피부 하나는 끝내주지. 학생 때부터 여드름 하나 없는 깨끗한 피부였다. 조금 까맣기는 하지만 잡티 하나 없이 매끈한 피부에 많은 여자애들이 부러워했었다. 온몸에 거품을 구석구석 칠하고는 다시 물을 틀어 씻어 내렸다. 어두운 색의 피부에 하얀 거품들이 흘러내리는 모습을 보니 대조적이라 살짝 이질감이 들었다. 익숙하지만 대조적이라 언제 봐도 신기한 장면이었다. 왜 어두운 색의 거품은 없는 걸까. 새하얀 거품들이 물에 섞여 씻겨 내려가니 내 피부가 다시 본연의 색을 찾았다. 물이 뚝뚝 흘러내리는 머리를 양 옆으로 돌리니 머리카락에서 물이 탈탈 털렸다. 머리를 닦으려고 수건걸이에 손을 뻗었는데 수건이 없었다. 아, 아까 들어올 때 급하게 들어오느라 화장실 앞 서랍에서 수건을 가져오지 않았다.

실오라기 하나 걸치지 않고 흠뻑 젖은 맨몸으로 화장실 문을 열자마자 이쪽을 바라보고 있던 콩이와 눈이 마주쳤다. 콩이의 동공이 확 커지더니 갑자기 컹컹 짖어댔다. 뭘 보고 짖는 거지. 화장실 밖으로 나가면 거실 바닥에 물이 떨어질까 나가지도 못하고 손을 더듬어 서랍을 여는데, 그 와중에 콩이는 자기 방으로 뛰어 들어가 자기가 가장 아끼는 뼈다귀 실리콘 인형을 들고 나왔다. 내가 절대 못 만지게 하는 건데. 인형을 들고 이쪽으로 다가오더니 화장실 안에 밀어 넣었다. 갑자기 왜 이런 돌발 행동을 하나 생각해 보았더니, 왜인지 알 거 같았다. 콩이는 샤워를 무척이나 싫어한다. 자기 몸에 물이 닿는 걸 싫어하는데, 내 몸에서 물이 뚝뚝 떨어지니까, 나도 콩이처럼 샤워를 싫어할 줄 알고 자기가 아끼는 인형을 넣어준 것 같았다. 저 인형으로 위로받으라고. 아, 콩이 마음씨가 너무 착하고 귀여웠다. 평소에는 내가 손도 못 대게 하던 인형인데. 허리를 숙여 인형을 들었더니 콩이가 나를 보고 꼬리를 살랑살랑 흔들었다. 역시, 이 의도가 맞나 보다. 인형을 세면대에 올려놓고는 수건으로 머리를 탈탈 털었다.

머리를 대충 말리고 화장실을 나오니 내가 아까 허물 벗듯이 벗어놓은 옷가지들이 보였다. 아, 샤워하기 전에 빨래 돌려놓을걸. 그러면 지금 바로 널 수 있는데. 조금 후회스러웠다. 후회의 마음을 가지고 옷들을 세탁기 안에 쑤셔 넣었다. 버튼을 꾹꾹 누르니 세탁기가 돌아가기 시작했다. 샤워를 하느라 젖은 슬리퍼를 밟고 나왔더니 발바닥이 축축했다. 조만간 발 깔개를 사야 할 거 같다. 화장실에서 젖은 상태로 나오니 거실바닥이 내 발로 인해 젖어버렸다. 축축해진 바닥을 얼른 걸레로 닦았다. 요즘 같은 날씨에는 이런 식으로 나둔다면 언제라도 바닥이 끈적끈적해지는 건 시간 문제다. 분명히 방금 샤워를 하고 나왔는데, 바닥을 닦는다고 허리를 숙였다 일어나니 다시 내 몸이 후끈해지는 기분이었다. 에어컨을 틀기에는 너무 이르고. 그저 빨리 저녁이 다가와서 비교적 시원한 날씨에 평상에 앉아서 수박을 베어 물고 싶은 심정이었다. 수박을 먹을 생각을 하니 벌써 입가에 군침이 돌았다. 아, 수박하면 수박화채지. 화채에 넣을 토핑이나 사이다 좀 사면서 에어컨 바람도 쐴 겸 마트나 다녀올까. 나에게 있는 가장 얇고 시원한 옷에 몸을 집어넣었다. 요즘에는 물건 계산을 휴대폰에 들어 있는 카드로 할 수 있기 때문에 편하게 휴대폰만 뒷주머니에 쑤셔 넣고는 문을 열었다.

생각보다 바깥 공기가 시원했다. 선선한 바람도 불어오고. 집 안에 있을 때 너무나도 더웠던 이유를 알 것 같았다. 집 안에 있을 때도 창문을 활짝 열고 있었더라면 선선한 바람이 들어와서 조금은 더 시원했을 텐데. 창문을 열지 않고 있었기에 쨍쨍 내리쬐는 햇볕만 집 안으로 들어와서 후덥지근했다. 마트에 갔다가 집에 도착하면 도착하는 즉시 창문을 활짝 열어야겠다. 일단 나왔으니 발걸음을 버스 정류장으로 향했다. 버스가 방금 정류장을 지나쳐 가서 다시 돌아오려면 장장 20분이나 걸린다고 나와 있었다. 여기서 마트까지 걸어가면 30분밖에 안 걸리는데. 그냥 오늘은 산책도 할 겸 걸어가야겠다. 확실히 휴일 아침이라 그런지 매일 출근하면서 보는 평일의 아침보다는 조용하고 한적했다. 매미가 울고 햇볕이 무섭게 내리쬐는 와중에도 바람은 불어 와 나뭇가지가 살살 흔들리는 게 보였다.

모두가 한가로워 보이는 주말의 아침을 만끽하며 마트에 도착했다. 수박 화채를 만들 재료를 사겠다고 다짐하고 집에서 출발했건만 난 화채에 정확히 무엇이 들어가야 하는지, 또 뭐가 들어가야 맛있는지에 대해 아무것도 몰랐다. 일단 사이다는 필수라는 것을 알기에 음료 코너로 천천히 걸어가면서 검색창을 켰다. '수박화채 만드는 법', '수박화채 재료' 난 그저 화채를 먹고 싶다고 생각만 했을 뿐 화채를 만들 때 이렇게 많은 재료가 필요한 줄은 꿈에도 몰랐다. 수박을 동그랗게 파낼 과일 스쿠프도 필요했다. 음료 코너로 향하던 발걸음을 돌려 장바구니를 가지러 갔다. 가장 양이 많아 보이는 우유와 사이다를 각각 한 병씩 장바구니에 넣었다. 내가 혼자 마트에 자주 오지를 않으니까 평소에 잘 사지도 않았던 꿀이 어디 있는지 찾는 게 꽤 고생이었다.

마트를 한 세 바퀴는 돌다 시식 코너의 아주머니께서 날 불러 세우셨다.

"총각~ 뭐 찾아? 내가 찾아줄게."

"아, 감사합니다! 저 꿀……이 어디 있는지 좀 알려주실 수 있나요?" "꿀? 저기 저 젤 끝에서 두 번째 줄. 저기 들어가면 꿀 있지."

"감사합니다!"

아주머니께서 알려주신 대로 꿀이 있는 곳을 걸어갔다. 인터넷상에서는 헬 조선이다, 야박하다, 뭐다 하면서 세상이 차갑게 변했다고들 하는데 난 아직 이 세상이 살 만한 것 같다. 이렇게 착하고 따뜻한 사람들이 있기 때문이다. 훈훈한 기분으로 꿀을 장바구니에 담고는 주방도구 코너로 걸어갔다. 숟가락, 젓가락, 나이프들을 지나쳐 가서 신기하게 생긴 주방도구들 앞으로 가서 눈에 크게 떴다. 내가 태어나서 처음 보는 도구들도 많아서 보는 내내 신기했다. 번쩍번쩍 빛나는 도구들 사이에서 과일 스쿠프를 겨우 찾아냈다. 하나 가지고는 적을 것 같아서 3개는 장바구니에 넣고 계산대로 가서 계산을 했다. 계산을 하려고 총 금액을 보았는데 55000원이었다. 별로 산 것도 없는데 왜 이렇게 비싼가 보았더니 꿀 한 병의 가격이 사이다와 우유, 그리고 과일 스쿠프의 총 가격보다 비쌌다. 평소에 꿀을 살 일이 없으니 내가 꿀이 이렇게 비쌀 줄 알았을까. 다음에 또 살 일이 생긴다면 인터넷으로 최저가를 찾아보고 사야겠다.

손에 든 게 많아서 집에 들어갈 때는 어쩔 수 없이 버스를 타야만 했다. 아까보다 더 더워진 날씨에 집에 가면 기필코 에어컨을 틀겠다고 결심하며 손등으로 땀을 닦았다. 단지 마트만 다녀온 것뿐인데 몸에서 힘이 쭉 빠졌다. 좀 잘까. 사이다와 우유를 냉장고에 낑낑 대며 넣어두고는 내 침대로 몸을 던졌다. 처음에 자취를 하기로 결심했을 때는 거실에 소파를 두고 싶었지만, 소파와 침대를 두 개 다 사용하기에는 돈도 많이 들고 공간도 꽤 많이 차지해서 그냥 침대만 두기로 했었다. 그 대신 침대를 소파형이면서도 2인용으로! 그래서 거실 한복판에 침대가 놓여 있어도 별로 이상할 게 없었다. 아무튼 침대에 몸을 던지고는 꾸물꾸물 이불 속으로 들어가려다 이불을 내팽겨쳤다. 이렇게 더운데 이불을 왜 덮어. 에어컨을 틀기 위해 침대 구석구석 리모컨을 찾았다. 내가 저번에 리모컨을 쓰고 어디에다 두었더라. 발견하기가 너무 쉽지가 않으니까 순간 덜컥했다. 진짜 어디 갔지? 또 돈 써야 하나. 혹시 콩이는 알까 싶어 콩이 방에 들어가니, 콩이의 장난감들 사이에 숨어 있었다. 가져가려고 하니 잠든 줄 알았던 콩이가 눈을 번쩍 뜨고는 뛰어올라서 리모컨을 꼭 안고는 도망쳤다.

"안 돼! 콩아 나 에어컨 틀어야 해!"

콩이와의 필사적인 추격전에서 승리하고는 헉헉 대며 리모컨 전원 버튼을 눌렀다. 새로 장만한 에어컨이라 그런지 아주 그냥 바람이 시원하다 못해 차가웠다. 이거지. 냉기가 가득한 집안에 만족하며 이불을 덮었다. 아까 집에 들어오면서 땀이 날 듯 말 듯 했는데 그 느낌은 사라져버린 지 오래고 피서에 온 기분이었다. 그래 여름휴가 어디 멀리 떠날 필요 있나. 짐 가득 싸서 힘들게 나가서 돈만 펑펑 쓰고 오는 것 보다, 내 집에서 나 혼자 쾌적한 환경에서 내가 하고 싶은 거 하면서 쉬는 게 이게 바로 피서지. 아무것도 하지 않고 침대에 누워만 있으려니 심심해서 벌떡 일어났다. 엉금엉금 기어가 컴퓨터 전원을 켜고 오늘은 또 무슨 드라마를 볼지 고민했다. SNS에 자주 떠돌아다니는 드라마들 보다는 난 요즘 주말드라마가 끌린다. 불과 몇 달 전까지만 해도 의학 드라마나 로맨스 드라마 같은 주로 젊은 세대를 겨냥한 드라마가 끌렸다면 요즘은 방송사들이 4~50대 여성들을 타깃으로 한 주말드라마가 끌린다. 주말드라마는 주인공들이 인기 많은 배우들도 아니고 스토리 구성이 짧고 굵게 신박하지도 않지만 주말드라마만의 그 특유의 막장 느낌과 시끌벅적한 분위기가 좋다. 이미 '인생은 언제나 옳다'이나 '꿈은 이루어진다'를 정주행한 지 오래고 오늘은 우리 엄마가 전화할 때마다 좋다고 아주 난리를 치시는 '한 번 갔다왔습니다'가 왠지 끌린다.

정주행하기 위해 창을 띄워 두고는 부엌에 가서 팝콘처럼 먹을 음식을 고민했다. 팝콘 대신 카라멜 식빵 팝콘을 튀겨 먹는 것을 어떨까? 카라멜 식빵 팝콘이 생각난 순간 바로 슬리퍼를 신고는 계단을 뛰어 내려갔다. 우리 집에 없는 식빵과 버터, 그리고 같이 마실 음료를 사기 위해서다. 배가 고파서 그냥 눈에 보이는 식빵과 버터를 집고, 같이 마실 사이다를 꺼내고는 계산을 했다. "안녕히 계세요!" 서둘러 집으로 향해서는 문을 쾅 소리가 나게 닫았다. 카라멜 식빵 팝콘이라. 생각만 해도 군침이 돌았다. 사이다는 미지근해지지 않게 바로 냉장고에 넣고 부스럭거리며 식빵을 꺼내고는 가위로 먹기 좋은 크기로 잘랐다. 너무 크게 자르면 팝콘의 바삭바삭함이 잘 느껴지지 않을 것 같아 신경 쓰며 잘랐다. 예전에는 식빵 껍데기는 잘라서 버리고 식빵의 흰 부분만 사용해서 팝콘을 만들었는데, 어디서 봤는데 식빵 껍데기가 팝콘으로 만들어 먹으면 정말 맛있다고 하더라. 그후로부터는 식빵 껍데기를 절대 버리지 않고 그냥 같이 잘랐다. 찬장에서 프라이팬을 꺼내고는 자른 식빵을 촤르르 붓고는 딱딱해진 것 같을 때까지 구워주었다. 벌써부터 온 집안에 빵의 고소한 냄새가 퍼졌다. 설탕과 물을 프라이팬에 넣고 어느 정도 녹고 나서 버터를 투척했다. 버터가 누진누진하게 녹았을 때 우유를 붓고는 주걱으로 휙휙 저어주었다. 달콤한 냄새가 집안에 진동을 했다. 냄새를 맡았는지 거실에서 놀던 콩이도 부엌으로 달려왔다.

"콩아! 여기는 안 돼! 위험해 저쪽으로 가!"

콩이도 거실로 보내랴 식빵도 프라이팬에 넣으랴 몸이 두 개라도 모자랐다. 소스가 굳기 전에 시간을 잘 맞춰서 식빵에 휘리릭 버무려 주고 나니 정말 먹음직스러워 보였다. 접시에 잘 담아두고 냉장고를 열었다. 차갑다 못해 들고 있으면 손이 얼 것만 같은 사이다를 컵에 졸졸 따랐다. 사이다를 따라서 쟁반 위에 얹고는 팝콘이 담긴 접시도 쟁반 위에 같이 얹어서 침대로 가져갔다. 침대에 앉기 전 컴퓨터로 드라마를 일단 재생 시켰다. 드라마를 너무 많이 봐서 이제는 너무 익숙한 방송사별 드라마 오프닝이 들려왔다. 콩이를 안고 드라마를 보고 싶지만 일단 팝콘은 먹어야 하니까. 콩이가 침대 위에 못 올라오도록 장난감을 쥐어주었다. 이제 한동안은 침대 위에 안 올라오겠지.

침대에 쭉 엎드려서는 적당히 식어서 겉으로 보기에도 바삭바삭해 보이는 팝콘을 하나 먹었다. 입안에서 파사삭하는 소리가 들리는 게 영화관에서 먹는 팝콘이랑 차원이 달랐다. 카라멜이 입안에   하고 감겼다. 절로 탄성이 나왔다. 이제 그냥 영화관 갈 필요 없이 팝콘도 내가 직접 만들어서 집에서 이렇게 영화 보면 되겠네. 팝콘을 먹다 보니 끈적끈적해진 입안에 사이다를 부어주었더니 입안이 샤워를 한 듯 시원해졌다. 드라마를 정주행하다 보니 어느새 다 같이 만나기로 한 시간에 가까워졌다. 이제 슬슬 준비해야겠네. 준비할 물건들을 챙기려 침대에서 일어나는 순간 머리가 띵 해서 쓰러질 것 같은 느낌이 확 왔다. 오랫동안 같은 곳에서 컴퓨터를 보고 있어 그런 것 같았다.

침대에 한참을 앉아 있었다. 그리고 일어나니 어느 정도 괜찮아 진 것 같았다. 화채에 필요한 물건들을 여러 개 챙긴 후 얼른 슈퍼 앞 평상으로 내려갔다.

내가 조금 늦게 내려간 터인지 다들 모여 있었다.

"안녕하세요!! 늦어서 죄송합니다."

"괜찮여. 우리도 방금 다 모였어. 이제 빨리 묵자."

"오예. 수박화채 빨리먹자."

다들 들떠 있는 분위기였다. 그렇게 시원한 밤도, 그렇게 더운 밤도 아니었으나 우리는 단지 어느 밤보다도 더욱 시원한 밤을 보내기 위해 모인 것이다.

"어, 제가 스쿠프랑 우유, 꿀 준비 해 왔는데 여기 다 있었네요."

"그라믄 우리가 수박화채 다 같이 몇 년째 해묵는 긴데."

아. 그 생각을 못했었다. 내가 이사 오기 전에도 다 같이 수박화채를 만들어 먹었겠구나. 어느 정도 많은 시간을 보냈다는 자만을 했었던 내가 부끄럽기도 하고 수치스럽기도 하고 너무 뻔뻔한 건 아니었나 싶기도 했다. 너무 혼자 앞서간 것 싶기도 했다. 그래도 나한테는 그만큼의 가치가 있는 사람들이니까. 나한테는 또 처음 같이 겪어보는 경험이니 더욱 소중했다. 내가 혼자 생각을 할 동안 벌써 수박화채가 다 만들어져 있었다. 내가 빨리 빨리 움직이지 않으면 여기서는 게으름뱅이가 될지도 모르겠다는 생각을 했다. 다들 손도 빠르시고 빨리빨리 하셔서 언제나 내가 뒤처지지만 그 덕분에 항상 감사한 것도 있다.

"와아 맛있겠다."

"어여 묵자"

"네!!"

할머니의 말씀이 떨어지자마자 다 같이 크게 한 숟가락씩 떠서 입 안 가득히 채워 넣었다. 얼마 만에 먹는 수박화채였는지 너무 맛있었다. 초등학교 때 수업 시간에 친구들과 함께 만들어 먹어 보고 그 뒤로는 한 번도 먹어본 적이 없었는데. 클수록 귀찮은 것도 있었고. 여러 이유 때문에 굳이 만들어 먹지는 않았던 것 같다. 오랜만에 먹어서 그런지, 더운 날 먹어서 그런지 그것도 아니면 빌라 식구들과 함께 먹어서 그런지는 잘 모르겠으나 어쨌든 좋았다. 사람이 많아서 그런지 역시나 수박 반 통으로는 부족했다. 반 통을 자르고 남은 반 통으로 수박화채를 더 만들었다. 다들 맛있게도 먹었다. 유찬이는 수박화채를 더 먹는다는 것에 신이 났는지 콧노래까지 흥얼거렸다. 콧노래를 흥얼거리다 못해 아주 노래를 크게 불렀다. 유찬이 엄마와 아빠는 급하게 유찬이를 말렸고, 유찬이는 그럼에도 불구하고 계속 노래를 불러나갔다. 초등학생다운 목소리. 까랑까랑하면서도 귀여움이 가득 들어 있는 그런 목소리였다. 유찬이의 발랄한 목소리와 다 같이 웃는 소리가 들려오며 그 밤은 더욱이 깊어갔다. 우리는 그렇게 한참을 웃고 떠들다 반통 더 만든 수박화채가 바닥이 드러날 때쯤 우리는 슬며시 일어났다. 내일은 일요일이니 마음 편히 놀 수 있다는 것에 감사했다. 내일은 아침 늦게까지 늦잠을 자리라 다짐하고 평상에서 일어섰다.

"할머니 오늘 너무 맛있었어요. 다음엔 수박화채 말고 회 같이 먹어요! 회 먹은 지도 오래된 것 같다."

"그려, 같이 먹으면 뭔들 안 맛있겠어. 다음에 또 모여서 같이 묵자. 다들 늦었응께 잘들 들어가~"

"네! 할머니도 안녕히 주무세요!"

"할머니 안녕히 들어가세요! 선호 형도 잘 들어가!!"

"유찬이도 잘 들어가 늦었으니까 빨리 자고! 형님도 들어가세요." "어, 선호도 잘 들어가고."

우리는 그렇게 인사를 하고 다들 집으로 각자 향했다. 항상 시끌벅적하던 곳에서 조용한 집으로 들어오면 왜인지 모를 허전함과 공허함이 마음속에 조금씩 생겨나는 것 같다. 외로운 걸까…… 싶기도 하다가도 무슨 생각을 하는 거냐며 혼자서 고개를 절레절레 흔들었다. 내가 아직 외롭다고 말할 만큼의 여유가 있는 상황은 아니니까. 마트도 갔다가 드라마도 정주행하고 수박화채까지 먹으니 하루가 생각보다 긴 것처럼 느껴졌다. 피로가 한 순간에 몰아서 오는 느낌이었다. 양치만 하고 자야지 생각만 하면서 침대에 누워 휴대폰을 만지고 있었다. 눈꺼풀은 점점 내려오고 있었다. 아 안 되는데.. 양치하고 자야 하는데.. 하지말까? 눈꺼풀이 점점 내려오고 무거워졌다. 양치를 하고 자야 하는데 너무 귀찮았다. 하루쯤이야 뭐 라는 생각과 함께 바로 잠이 든 듯했다.

눈을 떠보니 벌써 해가 중천에 떠 있었다. 시계를 보니 어느새 11시 30분을 가리키고 있었다. 어제 그대로 자 버려서 옷도 그대로. 양말만 간신히 벗어 놓았다. 하루 종일 잤는데도 피로가 몰려왔다. 요즘 잠을 통 안자다 몰아서 자서 그런가 싶기도 했다. 아니면 오래 잘수록 피곤해 지는 건가? 하여튼 몽롱한 상태에서 침대에 누워 간신히 오는 잠을 버티고 있는 중이었다. 생각해 보면 사실 오늘 할 일도 없는데. 굳이 잠을 깨려 한 이유는 무엇일까 궁금하기도 했다. 그렇게 다시 잠이 들었다. 어제 저녁에 하도 수박화채를 많이 먹고 자서 그런지는 모르겠으나 배 고플 새 없이 잤다.

상대방에 따라서

한두 시간쯤 잤나? 하고 다시 눈을 떠 보니 어느새 오후 3시. 자고 일어났는데 하루가 반이나 지나갔다. 갑자기 현실자각 시간이 온 것 같은 느낌.. 자취를 하기 전에는 자취를 하면 꼭 규칙적인 생활을 하면서 살아야겠다며 다짐하면서 시작했었는데 불과 1년도 채 되지 않아 이런 나태한 생활을 다시 반복하다니 자괴감이 들면서도 내가 편하면 된 거지 뭐 라는 생각이 들었다. 대체 뭐가 맞는 걸까. 사람들 눈에 맞춰 살면서 기대에 부응하기 위해 바른 사람이 되고 자 했던 걸까 아니면 진짜 내가 그렇게 열심히 살아보고 싶어서 그랬던 것일까를 생각해 보면 완전히 내 의지만이라고는 할 수 없을 것 같다. 때로는 사람들 눈치 보며 그 사람들의 기대에 맞는 사람이 되고자 했으며, 그 행동을 어른이 될 때까지 하니 몸에 배여 습관이 돼서 내 생각이 그렇게 굳은 건가라는 생각이 들기도 했다. 대체 뭐가 맞는 건지 모르겠다.

솔직히 학생 때는 마냥 공부하기 싫어 어른이라는 존재가 되길 원했고, 그 어른이라는 존재는 20살만 넘으면 다 그런 줄 알았다. 하지만 살아보니 진짜 어른은 스무살이 된 사람이 아니라, 진정으로 자신이 무엇을 좋아하는지, 무엇을 해야 하는지를 깨닫고 다른 누군가에게도 도움을 줄 수 있는 그런 사람인 것을 알게 되었다. 그 진정한 어른이라는 의미를 깨닫고 나서도 나는 과연 그렇게 살고 있을까 혹은 나는 진정한 어른이 맞을까 그냥 나이만 먹고 있는 것이 아닐까 라는 수많은 의문에도 대답을 하나 똑바로 하지 못하는 이유는 내가 모자라서 일까. 부족해서 일까 이런 질문들을 스스로 하고 생각하고 나면 그 하루는 종일 우울하고 무기력해지는 것 같다.

어떨 때는 내가 좋아하는 영화를 보면 기분이 날아갈 듯 좋다가도 이런 짧은 질문에 대한 답하나 제대로 하지 못하는 나를 보면 축 처지고 한없이 우울감에 빠지는 것을 보니 사람이라는 게 진짜 단순하다 싶다가도 또 어떨 때 보면 너무 어렵다 싶다가도 사람은 진짜 모르겠는 존재. 뭐 그런 생각을 가끔 하는 편이다. 단순히 먹고 싶은 것을 먹으면 기분이 좋고 먹고 싶은 것을 먹지 못하면 기분이 좋지 않은 것은 어릴 때와 다름이 없으나, 그런 작은 것에만 기분이 좌지우지 했던 어린아이가 마냥 부러웠다. 가끔 드라마나 영화를 보면 주인공이 어떤 행복한 일이 있거나 화나는 일이 있거나 슬픈 일이 있으면 길거리에서 소리를 친다거나 욕을 시원하게 한다거나 행복하게 웃으며 뛰어다닌 다거나. 그런 것들을 부러워한다. 실제로 일어날 수 없는 일이니까. 일어날 수 없다는 일이라기보단 사람들의 눈치를 보느라 그렇게 하지 못하는 것이어서 오히려 더 부럽다는 생각을 했는지도 모르겠다. 그렇게 한참을 침대에 앉아 생각을 하고 있는 도중에 전화가 한 통 걸려왔다.

전화 창에 뜬 이름을 보니 이한솔. 요즘 왜 이런지 모르겠으나 이한솔 전화만 오면 받기는 하는데 사소한 것까지 이야기하는 것을 들어주기 거북할 때가 있다. 반사적으로 전화를 받기는 했으나 기분이 좋지 않아 그의 이야기를 끝까지 들어줄 자신이 없었다.

"어, 여보세요."

"야, 뭐하냐?"

"그냥 침대에 앉아 있지 뭐,"

"나 너한테 할 얘기 있어. 나 헤어졌어."

"뭐? 왜?"

내가 그에게서 나올 말을 생각했던 부류가 아니라 꽤나 놀라긴 했지만 내가 힘든데 굳이 그의 이야기를 지극 정성 들어주고 싶은 마음은 없었다. 무슨 연애하는 것도 아닌데 권태기도 아니고. 싶다가도 정신적으로 힘드니 신체적으로도 힘든 것 같아 부담이 된 듯했다.

"아니, 뭐 서른 다 돼서 헤어져서 울고불고 할 건 아니고 또 성격 안 맞아서 투닥투닥하다 헤어졌지 뭐. 예전에는 누구랑 헤어지면 진짜 죽을 듯이 힘들었는데, 요즘엔 또 그렇지도 않네. 감정이 메마른 것인 걸까. 나?"

"아니, 뭐 서른 다 돼 가면 그럴 수 있지. 그런 헤어짐에 너무 다 죽을 듯이 슬퍼하고 그러면 어떻게 생활 유지해. 애도 아니고. 스스로 그 정도는 감수하면서 잘 조절해야지."

"그런가. 그래도 너무 그 사람한테 매정한 것 같기도 하고. 그런데 나는 그만큼 안 힘들었으면 좋겠는데. 그 사람은 나보다 더 힘들었으면 좋겠는 거 있지? 참 이기적인 것 같다가도.."

"사랑은 원래 이기적인 거야. 처음엔 자기보다 덜 아프면 좋겠고, 더 행복했으면 좋겠고 그렇지만 시간 지나면 나보다 더 아프면 좋겠고 나보다 더 치유되는데 오랜 시간이 걸렸으면 좋겠고. 그래도 어쩌겠어."

의식 없이 이한솔의 말에 대답을 해주고 있었다. 빨리 끊고 싶었다. 어떤 이유에서인지는 모르겠으나 어떤 일을 빨리 해야 한다는 핑계를 대면서 끊어야 할지 아니면 피곤하다는 핑계를 대야 할지. 또 아니면 너무 힘들다고 진짜로 그러니 잠깐만 내 시간이 필요하다는 말을 직접적으로 해야 할지. 굳이 힘든 애한테 나까지 상처주기는 싫었지만 내가 굳이 재한테 이렇게까지 맞춰줘야 하나 싶다가도 또 지금 이러한 순간적으로 생긴 감정 때문에 친구의 믿음을 저버리고 상처를 주는 것이 아닌가 싶었다. 나는 다만 모든 게 완벽하고 싶었던 것일까. 그도 아니면 무엇을 원하는데 이렇게 힘들게 생각하고 있는 것인가. 내가 두려워하는 모든 것이 얼른 사라져 버렸으면 하는 마음에서일까. 나는 굉장히 유리 멘탈이다. 누구나 나에게 사정없이 공격을 해오면 더 이상 막지 못하고 쉽게 깨져버리는. 내가 생각도 충분히 하기 전에 항상 깨지니 까먹었다. 아니, 애초부터 어떻게 해야 할지 몰랐던 걸지도 모르겠다. 어떻게 이러한 상황을 해결할 수 있을지. 나는 항상 그 유리가 깨지지 않기 위해 약간의 방법들로 피하고 회피하기만 했었던 것 같다. 이십대의 끝자락에 서 있는 나는 어떻게 해야 이 길고 긴 인생이라는 바다의 길을 안전하고도 보람차게 항해할 수 있을까.

이한솔과의 통화는 내가 생각했던 것보다 짧게 끝났다. 밖을 보니 비가 오고 있었다. 꿉꿉했다. 비가 와서 이렇게 처지는 걸까. 기분이 좋지 않았다. 일단 그 기분을 바꿔보려 내가 제일 좋아하는 옷들로 갖춰 입고 우산을 쓰고 무작정 길을 걸어갔다. 우울함의 연속. 이렇게 어두운 것을 좋아하는 사람이 아닌지라, 이렇게 반갑지 않은 손님이 갑자기 예고도 없이 불쑥 찾아오면 어찌 해야 할 바를 몰라 무작정 걷곤 한다. 그럼 어느 순간 나아지는 것 같았다. 이렇게 해서도 더 이상 괜찮아지지 않으면 그냥 그 상태로 또 잔다. 뭐 어쩌겠나. 피곤한 것을. 기분이 좋지 않을 때는 되도록 본능적으로 행동을 하려한다. 배가 고프면 맛있는 것을 먹고, 잠이 오면 자고 대게 뭐 그런 식으로 하다 보면 금방 괜찮아진다. 우울해서 하지 못했던 일들을 또 내일부터 바쁘게 하다 보면 어떻게든 살아지고 또 버텨지고 그렇게 일주일, 한 달, 일 년이 빠르게 지나간다. 이 우울함이 사라지게 하려면 나는 또 집에 들어가 시원하게 샤워를 하고 자야겠다. 열심히 살았으니 이 정도 보상은 내게 줘도 되겠지.

우울한 밤이 지나가고 또 다시 월요일이 돌아왔다. 몸이 으슬으슬했다. 막 얼 것 같이 추운 건 아닌데 약간 쌀쌀한 정도? 코도 괜히 간질간질하고. 역시 개는 주인을 닮는다더니 내가 일어나니까 콩이도 내 품에서 부스럭댔다.

"콩이 잘 잤어?" 내가 잠결에 너무 꽉 안고 있었는지 낑낑 대면서 내게서 벗어나려 했다.

"으에, 에. 엣취!"

내가 기침을 하자 콩이가 깜짝 놀라며 나로부터 도망쳤다. 아까부터 계속 코가 간질간질하더니 감기에 걸렸나 보다. 개도 안 걸린다는 여름 감기를. 콩이도 안 걸리는 여름 감기를 내가 걸리다니. 그래서 아까부터 쌀쌀했구나.

감기에 걸려도 출근은 해야 하니까, 서둘러 에어컨을 끄고 이불을 푹 눌러 쓴 채 옷 방으로 향했다. 평소 같으면 얇은 반팔 티에 얇은 반바지를 입고 최대한 더위를 피하려 했겠지만 오늘은 감기에 걸렸으니 조금은 따뜻한 옷을 입어야 할 듯했다. 날씨가 더워져서 안 입은 지 몇 개월은 된 긴 면바지를 꺼내 다리를 끼웠다. 위에는 조금 두꺼운 반팔을 입어야겠다. 원래는 별로 입고 싶지 않아서 옷장 저 안쪽에 쑤셔박힌 두꺼운 반팔을 찾아 팔을 이리저리 휘저었다.

두꺼운 반팔을 찾다가 추억의 옷을 발견했다. 군대를 갓 제대하고 직장을 다닌다는 사실에 너무 들떠서 군대에서 받은 월급 나머지를 탈탈 털어서 산 정장이었다. 처음에는 내가 직장을 다니면 맨날 멋있게 정장을 딱 차려입고 다닐 줄 알았다. 그런데 직장을 다닌 지 한 달 만에 바로 깨달았다. 일을 하려면 편해야 하는 구나. 또 가만히 앉아서 키보드 작업만 하는 것도 아니고 내 발로 이리 뛰고 저리 뛰고 방송사도 다니고 막 그래야 하기 때문에 정장은 그냥 내 헛된 상상이라는 걸 알아차렸다. 그후로부터는 그냥 여름에는 진짜 반팔 반바지 얇고 시원하고 면으로 만들어진 편한 옷을 주구장창 돌려 입었고 겨울에는 나도 그렇고 작가님도 그렇고 이한솔도 그렇듯이 면바지, 청바지. 정말 가끔가다 어디 외근 나가거나 미팅 갈 때만 회사에 챙겨둔 슬랙스를 입었다. 그래서 군대 월급을 탈탈 털어서 구매한 내 인생 첫 정장 세트는 옷장 저 구석에 처박혀 있었다.

아무튼 추억 속 정장을 뒤로 하고 내가 찾던 두꺼운 반팔을 발견해서 내 몸통을 끼워 넣었다. 오늘 아침 식사는 뜨끈한 국물이 먹고 싶은데 뭐가 있을까. 내 집에 거창한 찌개나 국을 끓일 만한 재료도 별로 없고, 월요일 아침이라 시간도 별로 없어서 간단하고 빠르게 흡입할 수 있는 국물이 필요했다. 이리저리 찬장을 열고 닫다가 옛날에 쟁여둔 스프를 발견했다. 자취 시작 할 때 들떠서 이것저것 사놓은 간편 식품들 중 하나였다. 오늘 아침에는 스프를 끓여 먹어야겠다. 대충 냄비에 물을 콸콸 부어놓고 스프를 넣어 끓이기 시작했다.

스프가 끓는 동안 무심코 고개를 내렸더니 며칠 간 버리지 않았던 음식물 쓰레기가 눈에 띄었다. 스프가 끓는 데 시간이 좀 걸리니까 그동안 빠르게 밖에 나가서 버리고 와야겠다. 세수도 안 한 얼굴로 슬리퍼를 신고는 현관문을 열었다. 문을 열다 잠깐 휘청 해서 쓰레기를 쏟을 뻔했다. 음식물 쓰레기라 쏟았으면 온 집 안에 끔찍한 음식물 쓰레기 냄새가 퍼졌을 것이기에 정말 다행이었다. 밤에 비가 좀 내렸나 보다. 계단 중간 중간에 자그마한 물웅덩이들이 생겨나 있었다. 물웅덩이들을 피해서 빠르게 계단을 내려갔다.

쓰레기장에 다다라 숨을 흡 하고 참고는 음식물 쓰레기를 쏟아 부었다. 며칠 동안 묵혀두었던 음식물 쓰레기의 퀴퀴한 냄새가 숨을 참아도 코를 찔렀다. 거의 다 부었는데 뒤에서 누가 나를 툭 쳤다. 손에 힘이 풀려 내 발등 위에 음식물 쓰레기 덩어리가 떨어졌다.

"으억!"

"헉 미안. 어떡해?"

뒤에서 날 친 장본인은 다름 아닌 우리였다. 우리도 아침에 쓰레기를 버리려고 쓰레기장에 나왔는지 양손에 검정 비닐 봉투가 매달려 있었다. 내 발등에 음식물 쓰레기 덩어리가 떨어진 걸 본 우리의 표정은 엄청 울상이었다. 진짜 어쩔 줄 몰라 하는 표정이랄까. 난 조심스럽게 허리를 굽혀 음식물 쓰레기 덩어리를 두 손가락으로 들어 올려서 쓰레기통으로 골인했다. 직접 맡아보지는 않았지만 왠지 내 발에서도 음식물 쓰레기 냄새가 나는 듯했다.

내가 내 발등 위의 음식물 쓰레기 덩어리를 쓰레기통에 넣는 동안 우리는 자기 양 손에 있던 쓰레기들을 쓰레기통에 넣고는 갑자기 내 손목을 잡았다. 난 깜짝 놀라 아무 말도 할 수 없었다. 그러고는 우리가 내 손목을 잡은 상태로 냅다 뛰기 시작했다. 우리가 내 손목을 잡은 상태로 뛰니까 나도 어쩔 수 없이 뛸 수밖에 없었다. 벗겨질락 말락 하는 슬리퍼를 질질 끌면서 뛰어 가니까 우리가 더 세게 내 손목을 잡고는 계단을 올라가서는 자기 집으로 향했다.

"엥, 우리야 네 집은 왜?"

엄청 헉헉 거리며 물은 순간 비밀번호를 누르던 우리의 손이 멈췄다.

"아니, 내가 너 발.. 에 음식물 쓰레기 떨어뜨렸잖아. 미안하니까…… 아침 먹고 가"

조금 당혹스러웠다. 나 지금 세수도 안 했는데 남의 집 가서 아침 얻어먹어도 되는 건가. 홀린 듯이 우리 네 집으로 끌려들어갔다. 우리가 내 손목을 계속 잡고는 화장실로 이끌었다. 아 발 씻으란 건가.

"발, 씻고 나와. 나 아침에 김치찌개 해놨어. 너 발 씻는 동안 계란찜 하려고."

여자 혼자 사는 집에 처음 들어와 보았다. 확실히 내 집이랑은 분위기가 달랐다. 화장실부터가 깔끔하고 조금 더 신경 쓴 느낌이랄까. 그리고 더 사랑스러운 느낌? 발을 대충 씻고 변기 뚜껑에 앉아 발을 들어 냄새를 맡아보았다. 다행히 이제는 냄새가 별로 나지 않았다. 냄새 나지 않은 내 발에 만족하며 화장실 문을 열었더니 고소하고 담백한 계란찜 냄새가 풍겨왔다. 계란찜 냄새를 맡고 있으니 내가 아까 끓여둔 스프가 떠올랐다. 어, 스프?

"우리야 나 잠깐만 집에 좀! 스프 넘쳤을 거야!"

덜 닦아서 아직 젖은 내 발을 슬리퍼에 꾸겨 넣고는 서둘러 내 집으로 향했다. 끓인 지 좀 되었는데…… 분명히 흘러 넘쳤을 것이다. 온갖 근심 걱정이 다 들었다. 스프 냄새에 이끌린 콩이가 부엌에 들어오다가 화상을 입지는 않았을지 비정상적으로 온도가 높은 스프에 방바닥의 장판에 흉이 남지는 않았을지 많은 안 좋은 생각들이 들었다. 현관문을 쾅 하고 닫고는 부엌으로 뛰어갔다. 어? 스프가 괜찮았다. 딱히 흘러넘치지도 않았고 냄비 주위도 내가 나가기 전과 달라진 게 없었다. 시간이 이렇게 지났는데 어떻게 된 거지. 가스레인지 불을 켜보니, 아. 가스레인지 배터리가 다 나갔던 거였다. 정말 운이 좋은 건지, 나쁜 건지. 가스레인지 배터리가 나간 것에 안심하며 다시 현관으로 발을 돌렸다.

'띵동!'

현관문을 딱 열려는 순간, 누가 벨을 눌렀다. 어차피 나가려했으므로 바로 현관문을 열었다. 역시 내 예상과 맞게 우리였다. 내가 갑자기 집에 내려가니까 밥 같이 먹으려고 내려온 거겠지.

"빨리 와. 찌개랑 계란찜 식어."

또다시 우리가 내 손목을 잡고는 자기 집으로 올라갔다. 이거, 약간 아까랑 비슷해. 데자뷰랄까. 이제는 익숙하게 끌려 들어가서는 식탁에 착석했다.

김치찌개 냄새와 계란찜 냄새가 섞여서 내 코로 흘러들어왔다. 옛날 옛적 급식 먹던 시절에 흰 쌀밥에 김치찌개, 학교 급식 특유의 스펀지 같은 계란찜 바로 딱 그 느낌이었다. 안 그래도 밥그릇에 흰 쌀밥이 수북이 얹어져 있었다. "잘 먹을게." 오랜만에 느끼는 이 느낌에 눈을 번쩍 뜨며 숟가락을 들었다. 김치찌개를 한 숟가락 퍼니 김치와 고기가 가득 떠져 그대로 밥그릇을 향해 돌진했다. 국물이 촉촉하게 적셔진 쌀밥을 김치, 고기와 함께 한입 먹고 입 안에서 맛을 느끼기 직전에 계란찜을 듬뿍 떠 입에 넣었다. 밥도 뜨겁고 김치찌개도 뜨겁고 계란찜도 뜨거워 입에서 화재가 일어난 것 같이 순간 뱉을 뻔했지만 참고 꾹꾹 눌러가며 씹고 나니 조금씩 열기보다는 맛이 느껴지기 시작했다. 쌀밥이라는 새하얀 도화지에 살짝 물이 섞인 김치찌개라는 이름의 빨강 물감으로 그림을 그리는데 중간 중간에 김치와 고기라는 아름다운 명암의 얼룩이 묻고 그 종이를 계란찜이라는 연한 노란색의 물감으로 끝부분부터 조금씩 차례차례 물들이는 맛이었다.

조화로운 맛을 느끼고 있었는데 우리가 무언가를 가져왔다. 우리의 손에 들린 게 무엇인지 궁금해 열심히 우물우물 씹으면서 고개를 들었다. 눈을 동그랗게 뜨며 물어보았다.

"그거 뭐야?"

"김! 나중에 밥에 비벼 먹을 때 뿌려 먹으면 맛있잖아!"

김을 보니 아까 한창 추억하다가 잘린 기억의 뒷부분이 기억났다. 항상 김치찌개와 계란찜 그리고 밥은 먹다가 다 같이 비벼서 같이 나온 김자반도 섞어 먹었는데. 그건 그거대로 조화로워 맛있었다. 식탁 위의 김을 쳐다보며 밥 한 입, 김치찌개 한 입, 계란찜 한 입 이렇게 먹고 나니 슬슬 이 맛도 질려 비벼 먹고 싶어졌다.

그렇게 한참동안 밥을 맛있게 먹었다. 어찌나 맛있던지 밥을 두 공기나 먹었다. 다 먹고 나니 땀이 삘삘 흘러내렸다. 아침에 으슬으슬했던 기운은 어디론가 사라져 버렸다. 지금은 열이 나 죽을 것 같았다. 우리가 보기에도 내가 많이 더워보였는지 선풍기를 틀어주었다. 역시 밥의 힘이란 이런 것인가. 더운데 상쾌했다. 뭔가 오랜만에 제대로 된 힘을 얻은 것 같다는 느낌일까.

"야, 너 요리 진짜 잘한다. 완전 맛있던데."

"야, 그래도 내가 명색이 가게 하나를 차린 사람인데 그것도 못하면 어떡해?"

"아, 그런가? 맞네, 그 생각을 못했네."

"그래도 맛있게 먹어줘서 고맙네."

"아유 저는 그냥 다 차린 밥을 그저 먹기만 했을 뿐입니다. 뭘. 그나저나 오늘은 늦게 출근하나 봐?"

"어, 오늘은 조금 천천히 출근하려고. 내가 너무 일찍 나가니까 직원들도 눈치 보는 것 같아서. 뭐 물론 천천히 오라고 하긴 하는데 불편해하는 것 같더라. 되도록 더 할 것 같으면 저녁에 조금 늦게까지 남아서 하려고."

"오오~ 이런 것이 바로 젊은 사장님의 장점인 것인가?"

"아, 뭐 그렇다고 할 수 있죠. 푸하하하하."

자기도 그런 말을 하고 민망했는지 크게 한바탕 웃었다.

"그럼 출근 전까지 시간이 조금 있는 거네?"

"그렇지. 왜?"

"저에게 밥을 대접해 주셨으니 저는 아이스크림을 대접하도록 하겠습니다."

"사주신다면야 그럼 거절하지 않고 맛있게 먹겠습니다."

"가자, 요 앞에 슈퍼에."

"오케이~"

나는 제대로 씻지도 않은 채 밥도 얻어먹고, 아이스크림도 먹고 우리 동네의 곳곳을 모두 돌아다녔다.

집을 나서니 이미 밖은 너무 더워져 있는 상태였다. 아까까지만 해도 분명히 그렇게 더운 날씨는 아니었던 것 같은데 말이다.

"어후 더워. 아직 10시도 안 됐는데 이렇게 더우면 오늘은 또 어떻게 버티나~"

"그러게 말이야. 빨리 가서 아이스크림이나 먹자."

우리는 슈퍼로 향했고, 슈퍼는 두말할 것 없이 시원했다.

"와아 진짜 시원하다."

"그니까. 계속 여기 있고 싶다."

우리 둘은 각자 먹고 싶은 아이스크림 한 개씩 고르고 집으로 다시 향했다. 평상에 앉아서 먹으려니 너무 더워 아이스크림이 금방 녹을 것 같았다. 아이스크림을 먹다 갑자기 우리가 말했다.

"야, 내가 요즘에 환경문제에 대해 관심이 가더라고, 그래서 무작정 찾아봤는데 바이오 플라스틱? 이란 게 있더라고. 말 그래도 친환경적인 플라스틱인데, 우리가 완벽하게 만들 수 있더라고. 우유랑 식초랑 다른 준비물도 주변에서 쉽게 구할 수 있는 거라서 한 번 만들어보고 괜찮으면 어떻게 잘 해서 가게에서도 쓸 수 있도록 하면 괜찮겠더라고. 어때? 네 생각은?"

얘 뭐지라는 생각이 들었다. 나는 평소에 일하기도 피곤하고 지치고 힘든데 그것까지 신경 쓰지 못했는데.

"야, 너 진짜 대박이다, 어떻게 그런 걸 생각할 수가 있지? 나는 그런 거 학교 다닐 때만 했었는데."

"에이, 내가 발전하기 위해서 그런 걸 생각 한다 기보다 내 사업을 하는 거니까. 그리고 다른 사람들도 어떻게 보면 내가 책임지고 있는 거니까 사업이 잘 못되면 나 혼자 일자리를 잃는 게 아니라 직원들도 일자리를 한 순간에 잃을 수 있기 때문에 내가 더 각별히 신경 쓰고 진짜 세세한 것까지 신경 쓰려고 하는 편이지."

"야, 그래도 다른 사장들도 이만큼 할까? 다들 자기 음식만 신경 쓸 것 같은데 대박이야 너 진짜 내가 너 존경한다 진짜로."

"아유, 뭘 그렇게까지는 아니고."

"이제 슬슬 출근 준비 해야겠다. 너도 얼른 준비해. 잘못 하면 시간 모자랄 수 있겠다."

"알겠습니다. 오늘 밥 맛있게 잘 먹었어~ 나도 나중에 맛있는 거 해줄게. 같이 먹읍시다." "알겠어, 들어가."

우리도 나도 집에 도착했다. 오늘은 그렇게 일찍 일어나지 않았는데도 벌써 많은 일들이 일어난 것 같았다. 그렇다고 피곤하다거나 그렇지는 않고. 그냥 보람 있는 것 같았다. 앞으로도 많이 일찍 일어나지는 않더라도 직접 요리 해 먹고 여유롭게 준비 할 수 있었으면 좋겠다. 얼른 준비를 했다. 양치도 하고 세수도 하고. 옷도 갈아입고. 드디어 준비 끝.

시간을 보니 집에서 나가는 시간 전까지 30분 정도 남아 있었다. 그래서 콩이랑 좀 놀아주다가 가려했다.

"콩아~"

옛날에는 부르면 잘만 나오더니 이제는 보이지도 않고. "콩! 왜 안 나와~"

이상했다. 뭐지 아직 자고 있는 건가. 콩이 방으로 들어가 봤다. 콩이가 그르릉 그르릉 대고 있었다. 어디 아픈가? 뭐지?

"콩아 어디 아파? 왜 이래?"

예상치 못한 변수가 발생했다. 콩이가 아픈 것 같았다. 일단 침착하게 회사에 먼저 전화를 해야 한다.

"전화기가…… 전화기가 어디 있지?"

마음이 조급해지니 물건이 어디 있는지 보이지 않았다. 얼른 전화를 찾았다.

"여보세요? 작가님 죄송한데, 제가 오늘 휴가를 써야 할 것 같아서요, 혹시 괜찮을까요?" "네, 당연히 괜찮죠. 오늘 할 일도 별로 없어요. 걱정 말고. 근데 무슨 일이에요 목소리가 좋진 않은 것 같은데."

"아, 제 강아지가 갑자기 많이 아파해서 병원에 가 보려고요."

"아, 그렇구나, 알겠어요, 일은 신경 쓰지 말고 강아지 병원 잘 갔다 와요~"

"네 알겠습니다. 죄송해요."

"아니에요, 나는 고양이 키우는데 가끔 그러면 진짜 당황해서. 아무튼 잘 갔다 와요."

"네, 감사합니다."

얼른 택시를 타고 근처 동물 병원으로 향했다. 콩이에게 무슨 일이 일어난 건 아닌지. 어디가 많이 아픈 건지. 말을 할 수 없으니 더 답답했다. 이럴 때면 콩이가 말해 주면 얼마나 좋을까 싶다. 택시를 타고 동물병원으로 향하는 시간은 정말 너무 떨렸다. 아마도 자식 키우면 이런 기분일까. 오만가지 생각이 다 들면서 제발 별 거 아니었으면 하는 마음이었다. 동물병원에 도착했다. 얼른 내려서 동물병원으로 냅다 뛰었다. 병원 접수를 하고 기다렸다.

“콩아, 많이 아파? 조금만 참아.”

콩이한테 괜히 미안했다. 괜히 나 때문에 아픈 건 아닌지. 어딘가 심하게 아픈 건 아닌지. 자꾸 생각을 하니 눈앞이 흐려졌다. 안 되는데 안 되는데 하면서 눈물을 다시 삼켰다. “콩이 진료 보러 들어갈게요.” 드디어 진료를 보러 들어간다.

“네~ 안녕하세요, 여기 앉아보실까요?”

“네.” “어떻게 오신 거죠?”

“아, 어제 까진 괜찮았는데 오늘 아침에 보니까 콩이가 그릉그릉 소리 내면서 힘들어 하더라고요.”

“아, 정말요? 한 번 볼게요. 혹시 집에서 에어컨 많이 틀어 두시나요?”

“그렇게 많이 틀지는 않는데 그래도 좀 트는 편인 것 같아요.”

“우리 사람들도 감기가 걸릴 수 있지만, 강아지도 감기에 걸릴 수 있거든요. 특히 강아지들은 여름에 많이 걸리는 편이에요. 에어컨을 많이 쐬다 보면 그럴 수 있습니다. 너무 걱정하시진 마시고 집에서 덥다고 너무 많이 에어컨 틀지 마시고. 그러면 될 것 같습니다.”

“네, 감사합니다.”

“약도 드릴 테니 밥 줄 때 섞어서 주시면 잘 먹을 겁니다.”

“네, 안녕히 계세요.”

아이구 콩아 형이 미안해, 나만 생각하고 에어컨 너무 많이 틀었나 보다. 앞으론 선풍기를 자주 틀게. 콩이 약을 받고 집으로 향했다. 아까만 해도 너무 멀어 보이던 길이었는데. 지금은 편안히 갈 수 있다.

여름이라 많이 덥고 감기 걸려 더 힘들었을 콩이를 위해 오늘은 보양식을 해 줘야겠다 싶어서 마트에 들렀다.

"닭이 어디 있나~"

콩이를 위해서 닭을 삶아서 줄 생각이다. 얼른 닭을 샀다.

"그럼 난 무엇을 먹을까나."

콩이이에게 해 줄 음식을 담고 내가 먹을 음식을 찾고 있었다. 직접 해 먹으니 항상 매 끼니마다 무엇을 해 먹을지 생각해야 하는 게 너무 힘들었다. 오늘은 그냥 간단하게 국수를 해 먹을까 아니면 아! 닭을 사는 김에 닭 한 마리 더 사서 나는 닭볶음탕을 먹어야겠다. 과연 혼자서 잘 만들 수 있을 진 모르겠지만 그래도 한 번 먹어보자 싶어서 닭 두 마리랑 닭볶음탕에 들어가는 대파, 당근, 감자 뭐 이런 것들을 샀다. 근데 또 저녁은 뭘 먹어야 하나. 할머니 집에 가서 콩국수를 같이 먹고 싶었다. 할머니에게 전화를 드렸다.

"할머니~ 안녕하세요! 저 지금 마트에 장 보러 나왔는데 할머니랑 저랑 오늘 같이 콩국수 먹으면 안 돼요? 제가 재료 사서 갈게요."

"어이구 얼마나 먹고 싶었으면 나한테 전화를 다 했데. 알겠어, 근디 사실 나도 지금 마트여. 어디 있어?"

"아, 정말요? 저 지금 채소코너에 있는데 당근 있는 쪽 어딘지 아세요?"

"그럼. 내가 글로 갈게."

"네!"

곧 있으니 할머니께서 오셨다.

"할머니!! 여기에요!"

할머니가 근처에 오시자 너무 반가워서인지 큰 소리로 외쳐버렸다. 그러는 바람에 주위에 있던 사람들이 나를 다 쳐다보기 시작했다. 민망하고 부끄러워서 얼굴이 빨개졌다. 할머니께서는 그런 모습을 보시고는 호탕하게 웃으셨다.

"내가 많이 반가웠나벼~ 마트 한 가운데서 소리도 치고"

"할머니 너무 반가워서 저도 모르게.."

"빨리 콩국시 재료 사러 가자~"

"네!"

그렇게 신나게 우리 둘은 쇼핑을 했다. 콩국수 재료뿐만이 아니라 요구르트며 과자며 이것저것 간식도 할머니께서 사 주셨다. 내가 좋아할 만한 것들로 할머니 카트는 채워져 있었다.

"할머니 너무 제 것만 많이 산 거 아니에요? 그리고 저 이렇게 많이 안 먹는데?"

"아니여, 혼자 사는데 이런 것들 마이 챙겨 무야제"

"감사합니다. 잘 먹을게요! 할머니 덕분에 살 포동포동 찌겠다."

"그려, 선호 너는 더 쪄야 혀. 많이 먹고 키도 더 커야제."

장을 다 보고 할머니와 함께 집으로 향했다. 둘이 짐을 들기엔 너무 많이 산 것 같았다. 또 날씨도 더운 것 같고 할머니가 있었기에 더욱 택시를 불러야 했다. 택시를 잡고 택시에 탔다. 너무 시원했다. 마트에 있다 나온 지 얼마나 됐다고 그새 또 더워졌었나 보다. 콩이도 데리고 짐도 있고 이러니 힘들었다.

"근디 아침 댓바람부터 일은 안 가고 콩이를 델고 있냐?"

"아, 오늘 아침에 보니까 콩이가 조금 아픈 것 같아서 병원에 갔다 왔어요."

"아이구. 이 쪼매난 게 아프면 어떡햐. 그래서 의사가 뭐라디?"

"감기래요. 에어컨을 하도 많이 쐐서."

"아이고 고로코만, 말도 못하고 힘들었겠네. 니."

어느새 집에 도착했다. 할머니와 함께 할머니 집으로 향했다.

"아, 할머니, 저 이거 콩이 밥 좀 해주고 올게요. 콩이 보양식 먹이려고 했는데 깜빡했어요.."

"아니여 뭘 따로 가~ 내가 할 테니까 콩이랑 놀아주고 있어~"

"할머니 두 개 동시에 할 수 있으시겠어요? 너무 힘들잖아요, 그럼 제가 도와드릴게요."

"이래 뵈도 내가 왕년에 잘나가던 식당에서 일했었는데 이거 두 개도 동시에 못할까 봐 그려? 나를 뭐로 보는 거여?"

"아, 그런 말은 아니고 할머니께서 힘드실까 봐.."

"히히히 장난이여 장난~ 얼른 콩이랑 놀아주고 있어"

"네, 그럼 저 이거 산 것만 저희 집에 냉장고에 넣어두고 올게요."

"오야 빨리 갔다 온나."

"네."

할머니께서 다행히 내가 먹고 싶은 콩국수에 콩이 보양식까지 챙겨 주셔서 너무 감사했다. 나중에 나도 요리 열심히 연습해서 맛있게 먹을 수 있는 정도가 되면 할머니께 음식을 대접해 드리고 싶었다.

"할머니 저 왔어요."

"네가 잠깐 갔다 오는 사이에 콩이 자더라. 가도 힘들었나 보더라."

"아, 정말요? 콩이도 힘들었을 거예요."

할머니께서 콩국수를 준비하고 계셨는데 그 손놀림이 워낙 빠르고 신속하셔서 내가 감히 끼어들 틈이 없었다. 내가 조금이라도 할 수 있는 게 뭐가 있을까 생각을 하다 할머니와 내가 장 봐온 재료들로 꽉 차있는 어질러진 식탁이 보였다. 내가 또 정리 하나는 기깔나게 잘하지. 감자와 당근, 그리고 양파를 양손 가득 안고는 베란다 창문을 열어 바구니에 담았다. 베란다 창문을 열자마자 보이는 흙이 살짝 묻어 있는 듯한 바구니가 내 눈에 띄어 바로 야채 바구니구나 생각했다. 싱크대에서 손에 묻은 흙을 깨끗하게 씻고는 식탁 위에 수저를 정돈했다. 야채에서 떨어져 나온 식탁 위의 흙을 행주로 닦고 있으니 할머니께서 부르셨다.

"총각. 어여 앉아~ 콩국시 금세 미지근해진다."

"아! 넵. 할머니도 어서 앉으세요!"

내 콧속으로 고소한 콩국수 냄새가 스며들어왔다. 학창시절에 다니던 독서실 근처 콩국수 가게가 생각이 났다. 친구와 공부를 하다 1시에 만나자라고 하고는 열심히 공부를 하다 배가 고플 때쯤 나와서 수다 떨며 걸어갔던 콩국수 가게. 콩국수 한 그릇에 3500원밖에 안 해 자주 가서 사먹었다. 그때는 시원하고 달달한 콩국물을 남김없이 먹었는데, 할머니께서 만들어주신 콩국수는 어떤 맛일지 궁금했다. 기대를 잔뜩 품고 국물을 떠먹으려고 하는 순간, 할머니께서 내 손목을 딱 잡았다.

"총각! 국물 간 안 했어."라며 할머니께서 하얀 가루가 담긴 통을 건네주셨다. 아무 생각 없이 숟가락으로 그 가루를 퍼서 국물에 넣으려다 깜짝 놀랐다. 알갱이의 크기가 곱고 작은 설탕의 알갱이 크기가 아니라 크고 단단한 소금 알갱이의 크기였다.

"할머니! 이거 소금인데요?"

"어, 그거 소금이지. 소금 넣으면 된다."

"설탕…… 넣어야 하는 거 아닌가요?"

"총각은 설탕 넣는구먼."

콩국수를 먹을 때 국물 간을 소금으로 한다는 사람이 있다는 사실은 알았는데 실제로 본 건 처음이라 놀라웠다. 약 30년 인생을 살아오면서 국수가게 옆 독서실을 같이 다녔던 친구와 가족을 제외하고는 콩국수를 같이 먹은 사람이 잘 없기도 했고 가족과 그 친구와 먹었다 해도 다들 설탕으로 간을 했기에 신기했다.

"자. 설탕 갖고 왔으니 니 맘대로 해무라."

다시 숟가락을 들어 설탕을 국물에 뿌리고는 휘저었다. 이제 진짜로 국물을 맛 볼 시간이다. 숟가락에서 뚝뚝 떨어지는 국물을 그대로 입 안으로 직행했다. 고소하고 달짝지근한 맛이 입안에 퍼졌다. 얼음이 동동 띄워져있어 시원해서 기분이 좋았다. 계속해서 손이 가는 맛이었다. 그렇지만 국수니까 숟가락을 내려놓고는 숟가락 대신 젓가락을 들어 면을 돌돌 말았다. 면치기를 하다 새하얀 콩국물이 사방팔방으로 튀었다. 급하게 옆에 있는 휴지로 닦았다. 국물이 튄 건 튄 거고, 역시 면도 엄청 쫄깃쫄깃하고 매끄러웠다. 그리고 국물이 면에 잘 흡수되어 면을 계속해서 씹을수록 국물이 더욱 감미로워졌다. 학창 시절에 먹던 특별한 추억이 담긴 콩국수를 생각하며 기대하고 먹었는데도 꽤 맛있었다. 역시 할머니 실력은 믿을 만하다.

"할머니. 완전 맛있어요! 나중에 또 해주세요!"

"어 오늘 콩국시는 꽤 구시네. 다행이다. 네가 해달라 카면 언제든지 해주지"

할머니께 감사인사를 드리고 곤히 잠든 콩이를 살며시 안아들고는 집으로 들어왔다. 점심 먹고 나니 시간이 어느덧 1시가 되어 있었다. 사실 이 시간이면 직장에 가서 오전 반차 처리만 해도 되는데. 계속 쉬는 거 작가님께 죄송하기도 하고. 콩이가 좋아하는 방석 위에 콩이를 조심히 눕혀주고는 나갈 준비를 했다. 대충 머리만 빗고 다시 현관문을 열었다. 지난주에 교통카드에 돈이 없어서 애를 먹었기에 오늘은 버스 정류장에 가기 전에 돈을 먼저 충전했다. 나도 빨리 후불 교통카드로 바꾸든가 해야지.

"저 왔습니다!"

"어, 선호씨~ 오늘 못 온다 하지 않았어?"

"아, 아침에 동물병원 갔다 왔어요. 병원 갔다 오는데 생각보다 시간이 별로 안 걸려서요. 오전에만 갔다 오면 되는데 오늘 하루 종일 쉬는 건 좀 그렇잖아요. 약간 양심의 가책을 느끼기도 하고요."

"그래. 잘 왔어. 안 그래도 선호씨 말고는 저거 할 수 있는 사람이 없더라. 미안한데 프린터 저거 어떻게 하는지 좀 가르쳐 줄래? 가르쳐 주면 이제 우리가 할게."

"넵 이거는요……."

도착하자마자 바쁜 내 직장생활이 시작 되었다. 순식간에 하루가 지나갔고 집에 다시 들어와 인터넷으로 레시피를 혼자 찾아보고는 닭볶음탕을 만들어 먹었다. 처음 혼자 만들어 본거라 간도 제대로 못 맞추고 소금을 더 넣고 물을 더 넣고 설탕을 더 넣고 그러다가 겨우 완성했다. 비록 국물에 고춧가루가 둥둥 떠 있었지만 이때까지 혼자 만들었던 음식들은 다 맛있었기 때문에 내 요리 실력에 대해 신뢰성을 가지고 맛을 보았다. 아, 별로였다. 아까 졸면서 간을 맞췄더니 소금 대신 설탕을 넣었나 보다. 국물이 너무 달달했다. 큰맘 먹고 산 고긴데, 아까워서 고기만 건져 올려서 먹었다. 그래도 국물이 메인인 요리가 아니라 고기만 먹어도 별 문제는 없어서 다행이었다.

보고 싶었던 사람들

닭볶음탕을 먹은 월요일의 저녁이 내 마지막 만찬이 될 줄 몰랐다. 그후로 한 2주는 미칠 듯이 바빴다. 작가님이 새로운 웹 드라마 대본을 맡게 되어 아이디어를 짜느라 회의를 계속해서 했다. 야근은 밥 먹듯이 하는 게 기본이었고 밥도 제대로 챙겨먹지 못하고 간편식으로 때웠다. 시간 날 때마다 편의점에 내려가 컵라면을 대량으로 사서 사무실 한 편에 쟁여두고 점심으로 먹었고 아침은 출근할 때 김밥 집에 들러 김밥 한 줄을 회의 하면서 먹는 게 고작이었다. 매일 이런 식으로 대충 먹다 보니 피부가 점점 썩어 들어가는 게 느껴졌다. 얼굴 구석구석 뾰루지도 나고 여름이라 더워서 그런지 등에 땀띠도 생겨났다. 이대로 계속 지내기에는 너무 힘들겠다고 생각했는데 마침 오늘은 마지막 회의 날이었다. 기쁜 마음으로 긴 시간이었지만 순식간이라고 느끼며 마지막 회의를 끝냈다.

"수고하셨습니다!."

"다들 좀 푹 쉬자. 선호씨, 한솔씨, 예지씨, 다인씨. 다 수고 많았어요. 내가 선물 하나 줄게요. 내일 나오지 마세요. 월급은 그대로 들어갑니다."

"헐, 작가님 최고. 역시 우리 작가님이 제일이에요!"

"감사합니다 작가님! 모레 뵙겠습니다."

다들 내일 출근을 하지 않아도 된다는 사실에 들떠서 신나는 발걸음이었다. 며칠간 거의 여기서 먹고 자는 것을 다 해결했기에 얼굴은 그 어느 때보다 초췌했지만 우리들의 눈동자만큼은 초롱초롱 하게 빛났다. 바쁜 일상 속에서 가끔은 이렇게 쉬어 주는 것도 도움이 되지. 내일은 전처럼 하루 종일 집에 있는 것 보다는 조금 더 생산적인 활동을 하면서 휴일을 즐기고 싶은데. 오랜만에 운동을 할까 이한솔이랑 맛집을 다녀올까. 머릿속에서 온갖 상상의 나래를 펼치면서 버스를 탔다.

"야. 너 내일 뭐할 거야"

"나 내일 가족모임 있어. 작가님이 나한테는 월요일에 말해 주셔서 가족 모임 잡아놓았어. 같이 못 놀아서 미안."

"아, 알겠어."

그날 전화 이후 어색한 느낌의 공기가 아직 조금 남아 있었다. 내가 그땐 너무 냉랭하게 대했었나 싶기도 하고. 어쨌든 그 날 전화 이후로 우리는 그냥 그렇게 별 다를 일, 특별한 일 없이 지냈다. 거의 하루 종일 회사에서 같이 지냈다 하지만 회의 때만 잠깐 얼굴보고 거의 일만 했기 때문에 이한솔과 회사에서 했던 대화도 얼마 되지 않았다. 어쨌든 그 어색했던 공기를 지나쳐 나는 집에 돌아왔다. 이한솔과 싸워서 3일 동안 연락도 안 하고 보지도 않고 하다가 게임하면서 다시 친해졌던 기억도 있고, 이한솔 때문에 다쳐서 병원에 입원한 적도 있었는데, 그때는 꼴도 보기 싫어서 일주일 동안이나 말을 안 섞고 전화란 전화는 다 피하고 메시지도 읽고 답장을 보내지 않기도 했었다.

그런데도 그 시간은 어색하지 않았던 것 같은데. 다시 이한솔과 친하게 지낼 수 있다는 믿음 때문이었을까. 지금은 약간 불안한 느낌이 있다. 이 뭔지 모를 불편함. 혹시 나만 느끼는 걸까.

어쨌든 이런저런 생각을 하면서 오다 보니 어느새 집에 도착했다. 얼마만에 훤하게 보이는 시간대에 집에 들어온 것일까. 일단 밥이고 뭐고 잠이 쏟아졌다. 나는 지금 이렇게라도 퇴근하고 내일은 안 가도 되지만 작가님은 열심히 작업하시겠지. 웹 드라마라도 퀄리티가 좋아야 한다. 내용 구성도 드라마 못지 않게 매끄러워야 하고 정말 공들여서 만들었다는 티가 나야 한다. 요즘은 10대들은 tv보다 유튜브를 더 많이 보기도 한다. 그래서 TV에서 보던 드라마를 웹 드라마가 대신하기 때문에 그만큼의 퀄리티가 나와야 한다. 그렇다고 또 너무 식상해서도 안 되는데. 그래서 우리 팀이 이번에는 정말 고민도 많이 하고 공들여서 쓴 작품이다. 다듬고 매끄럽게 이어나갈 수 있도록 거친 부분들을 작가님이 마지막 수정을 하시는 중이다. 아마도 분량이 많아서 다다음주쯤에야 마무리를 할 수 있을 것 같다. 시나리오를 다 쓰고 난 뒤에는 생각해둔 배우들을 섭외해야 하니까 시간이 많이 빠듯할 것 같다. 웹 드라마에는 신인배우들이 많이 나오기 때문에 원하는 배우를 찾기는 어렵지만 신인 배우들의 연기가 어떨지 기대를 다들 많이 하는 중이다. 어쨌든 그건 다음 주에 다시 생각을 해보자.

내일만큼은 계속 자야지. 오후까지 계속. 침대에 씻지도 않고 바로 누웠다. 철푸덕. 아 맞다, 콩이. 요 며칠 바빠서 아픈 콩이를 제대로 보살피지 못했었다. 그래서 할머니께 콩이 밥을 부탁드렸는데 할머니께서 얼마나 많이 주셨는지 며칠새 콩이가 살이 꽤 붙은 것 같았다.

"콩아 미안해~형이 요 며칠 새 바빠서 아픈 콩이도 제대로 못 봐주고. 형 나빴다. 그치? 미안해~"

'띠리리링'

콩이와 대화를 하고 있는데 전화가 울렸다. 엄마였다. 진짜 오랜만이었다. 이한솔과 집에 한번 간 이후로 전화를 다시 한 적이 있었나 싶을 정도로 전화를 안 했던 것 같다. 자취의 단점이자 장점인 것 같았다. 엄마가 있을 때는 하도 잔소리를 많이 해서 너무 귀찮고 감정을 붉히는 일이 많이 있었는데 지금은 그 시간마저도 그리운 느낌이 없지 않아 있다.

"여보세요"

"아들, 잘 지냈어? 왜 이렇게 연락이 없어~"

"미안. 요즘 새 시나리오 쓰고 있어서 다 같이 바쁘네. 그래도 내일은 다 휴가를 주셔서 쉰다."

"오, 진짜? 아들 그럼 오랜만에 집에 와라. 우리 저어어번에 보고 그 뒤로 한 번도 못 봤잖아."

"그렇지? 하도 오랫동안 안 보긴 했지?"

"그래. 내일 푹 자다가 오후에 와. 어차피 내일 금요일이니까 주말까지 푹 쉬다가 가고."

"아, 그러면 되겠다. 엄마 그럼 나 내일 간 김에 요리하는 법 좀 가르쳐 주라. 혼자서 맛있게 해먹으려니까 맛이 없게 만들어진다."

"알겠다~ 오기나 와라 아들. 그럼 푹 자다가 내일 콩이도 데리고 와. 콩이도 안 본 지 너무 오래된 것 같다."

"알겠어. 그럼 내일 갈게."

"어, 그래. 올 때 조심히 오고."

"어, 끊을게."

"알겠다. 쉬어라~"

"어."

오랜만에 엄마 목소리를 들으니 왠지 모를 감정이 들었다. 뭉클한 것 같으면서도 또 익숙해서 그런지 엄청 반갑다거나 오랜만이라는 느낌은 들지 않았다. 뭐지 이 느낌. 모르겠다. 일단 자자. 이젠 엄청 뜨겁던 한여름도 한발 물러선 듯했다. 침대에 누워 있으니 바람이 솔솔 조금씩 불어와 얼굴에 부딪혔다. 이 느낌 오랜만이었다. 시원하고 편안하게 잘 수 있었다.

눈을 떠보니 창밖은 캄캄했다. 시간을 보니 새벽 3시 30분. 평소 같았으면 이 시간이 퇴근 시간이었을 텐데. 오늘은 다행히도 자고 있었다. 슬슬 배가 고프기 시작했다. 냉장고로 가서 물을 마셨다. 물을 마시는 김에 냉장고에 뭐 좀 먹을 것이 없는지 보았다. 역시나. 집에서 밥을 며칠 동안 먹지 않은 터라 냉장고는 텅텅 비어 있었다. 그렇다고 지금 배달을 시키기엔 괜히 죄송해서 배달은 시키지 않기로 했다. 냉동실을 보니 저번에 먹다 남은 냉동 고기만두와 김치만두가 있었다. 또 선반을 뒤져 보니 비빔라면이 떡하니. 이건 대체 무슨 우연인가. 이런 우연으로 맛있는 조합이 있다니. 기분이 좋아졌다.

얼른 불을 켜고 물을 올렸다. 하나는 만두를 찔 찜기, 하나는 비빔라면을 끓일 냄비. 새벽에 이 무슨 만찬인가. 내일 아침에 일어나면 몸이 찌뿌둥할 것 같았다. 그래도 일단 배가 고프니까 빨리 먹고 싶었다. 보글보글 물이 끓기 시작했다. 면을 빨리 넣었다. 만두는 이미 넣어두었으니 이제 다들 익기만 기다려주면 된다. 라면이 어느새 익은 것 같았다. 젓가락으로 한 가닥 건져서 먹어 보았다. 얼추 다 익은 것 같았다. 이제 물을 붓고 면을 채에 건졌다. 다시 냄비에 면만 담고 소스를 넣고 비볐다. 침이 고였다. 매운 냄새가 코를 확 찔렀다. 너무 맛있는 냄새가 났다. 쓱쓱 비비고 만두를 한 번 확인 했다. 만두도 다 익은 것 같았다.

맛있는 냄새. 찜기의 뚜껑을 열자 은은하게 만두 냄새가 조금씩 집을 채워나갔다. "하 얼마만의 만두야. 완전 맛있겠다." 만두도 접시에 담았다. 김치만두 2개에 고기만두 1개인데 너무 많나? 아 참, 이건 왕만두이다. 평소에도 만두를 좋아해서 사이즈에 관계없이 김치만두는 무조건 2개, 고기만두는1개를 기본으로 먹었다. 한참 먹을 땐 만두 총 4개에 라면 1개 다 먹고 밥까지 말아먹고 우유 한 컵을 다 마시고 아이스크림까지 먹었던 기억이 있다. 지금 생각해 보면 그땐 어떻게 그렇게 많이 먹었을까 싶다.

라면 한 젓가락을 돌돌 말아 한 입에 싹 넣었다. 처음에 매콤한 향이 확 올라왔다. 코를 찌르는 것 같은 매콤함이었다. 천천히 먹다 보니 괜찮아지는가 싶었지만 이내 다시 훅 올라왔다. 이때는 고기만두를. 한 입 가득 베어 물었다. 육즙이 팡팡 터지는 느낌. 무엇보다도 방금 쪄서 너무 뜨거웠다. 입천장이 데일 뻔했다. 매운 것에 뜨거움이 더해지니 더 매워졌다.

냉장고에 있는 얼마 남지 않은 우유를 들고 왔다. 우유를 빨리 마셨다. 이제야 입에 난 불을 끈 듯했다. 그런데도 다시 매움을 느끼고 싶어서였는지 비빔라면을 이번에는 더 크게 말아 한 입에 크게 넣었다. 이번에는 매운 맛보다는 면의 쫄깃쫄깃함이 많이 느껴졌다. 쫄깃쫄깃 소리가 나는 듯했다. 그 정도로 너무 쫄깃했다.

생각보다 별로 맵지 않은 것 같아 김치만두를 한 입 먹었다. 내가 가장 좋아하는 김치 왕만두. 김치 특유의 아삭아삭 씹히는 느낌이 너무 좋았다. 그리고 고기만두는 계속 먹다 보면 너무 느끼해지는 면이 있는데 김치만두는 그렇지 않아서 너무 좋았다. 계속 먹어도 질리지가 않았다. 한참을 그렇게 계속 먹었다.

배가 불러왔다. 이대로 잤다간 오늘 아침에 속이 안 좋을 것 같아서 설거지를 얼른하고 바깥 공기를 쐬고 싶어서 소화도 시킬 겸 나갔다. 새벽 공기 특유의 냄새가 났다. 나는 새벽 공기 냄새가 좋다. 왜 그런지 모르겠지만 새벽 공기의 냄새가 금방 어디론가 떠나고 싶게 만들고 혼자서도 외롭지 않은 느낌이 있다고나 할까? 뭔가 몽환적인 느낌도 있는 것 같았다. 어릴 때도 새벽에 다니는 걸 그렇게 좋아했다. 다른 것보다도 몽환적인 느낌? 아무도 없는 한적한 거리를 걷다 보면 이 세상이 마치 내 것이 된 느낌이 강하게 들어서 좋아했던 것 같다. 누군가와 같이 있는 것보다도 새벽에는 혼자 무작정 걸으면 그냥 기분이 좋아진다. 막 신나게 좋아진다는 것보다 행복해진다는 느낌을 받을 수 있는 걸 알게 된다는 느낌? 하여튼 좋았다. 오랜만에 혼자서 새벽 공기를 마시며 하는 산책은. 30분을 걸었나? 소화가 되는 느낌이 들었다. 소화도 된 듯하고 곧 있으면 해가 뜰 것 같아서 이제 다시 자러 들어가야겠다. 다시 들어와 샤워를 하고 양치도 하고 이제 제대로 잘 준비를 마쳤다. 자기 전에 웹툰을 볼까 싶어서 들어갔다.

그렇게 밀려 있던 웹툰을 하나하나 보다 보니 어느새 시계는 6시를 가리키고 있었다. 망했다. 휴대폰 보다가 한숨도 못 잤다. 다음 주부터 또 신인 배우들 섭외해야 해서 바쁠 텐데. 바보인가. 그래도 오늘은 엄마 집에 가는 날이니까 가기 전까지 계속 자야지. 오후까지 잘 생각으로 눈을 감았다.

나는 어디인지 모를 길 한복판 위에 있었다. 정확히 말하자면 길 한복판이라기보다 어느 건물에 위치한 정원인 것 같았다. 그 안에는 꽃들로 가득 차 있었다. 내가 좋아하는 보라색 꽃들도 있었고, 초록색 청록색 녹색 등 초록색 계열의 색깔도 비슷한 것 같지만 다들 다르게 있었다. 그런데 나는 거기서 꼼짝달싹 못했다. 발이 떨어지지 않았다. 바닥에 발이 붙은 것마냥 절대 떨어지지 않았다. 갑자기 뭔지 모를 이 평화롭고 아름다운 공간에서 나는 서서히 무서움을 느껴갔다. 누군가 나를 쫓아올 것 같다는 그런 느낌이 들었다. 나는 여기서 얼른 피해야 할 것 같은 생각이 누구보다도 절실하게 들었다. 도와달라고 소리를 질러도 내 메아리만 울려 펴져 다시 돌아올 뿐 그 누구도 나의 목소리에 답해 주지 않았다.

"저기요, 아무도 없어요?"

"저 좀 도와주세요."

"저 좀 도와주세요!!!"

메아리만 울려 다시 돌아올 뿐 그 어느 누구도 나의 목소리를 듣지 못했다. 그런데 어디선가 갑자기 노래 소리가 들려왔다. 굉장히 평화로운 노래 소리. 하지만 이 소리가 나를 더 미치게 만들었다. 어떻게 하지라는 생각으로만 머리가 가득 차 있을 때 주변을 둘러보다 문을 발견했다. 얼른 저 문으로 빠져 나가야겠다는 생각에 발을 미친 듯이 힘을 주어 끌어올렸다. 드디어 빠졌다. 나는 얼른 이 무서운 곳을 탈출해야겠다는 생각에 얼른 문을 향해 뛰어갔다. 그런데 갑자기 어디선가 큰 구렁이가 나무에서 슬금슬금 내려왔다. 혀를 낼름 하며 나를 더욱 무섭게 했다. 갑자기 저 앞에서는 자그마한 토끼가 신사복과 시계를 가지고 있었고, 나무 위에 있던 원숭이는 피리를 부르고 있었다. 갑자기 이게 뭐지 싶었다. 정신 줄을 놓을 것만 같았다. 이게 대체 무슨 상황인가…… 근데 갑자기 문이 열리고 누군가가 들어왔다. 얼굴은 정확히 보이지 않았고 신사복을 입고 있었다. 그 사람이 위를 손으로 가리켰다. 나는 그 손끝을 향해 고개를 들었고, 이내 그 장소는 다시 어느 건물 속 방으로 바뀌었다. 회의실인 것 같았다. 꽤 넓었고 의자와 긴 책상이 여러 개 있었다. 강의실인가 싶기도 했다. 그때 또 누군가가 들어왔다. 아까와 같은 사람이었다. 갑자기 그 사람이 말을 했다.

"어떠셨나요?"

갑자기 눈이 떠졌다. 바로 꿈이었다. 무슨 이런 꿈을 꿀 수 가 있지. 신기한 것 같으면서도 기분이 좋은 꿈은 아니었다. 한 달 조금 넘은 날들의 바쁜 일정들이 지나가고 나서 오랜만에 햇살이 내 눈을 콕콕 찌를 때까지 푹 잤던 거 같았다. 보통 꿈을 꾸면 꿈을 꾸지 않는 것보다 잠을 깊게 자지 못한 것이라고들 하는데 내가 요 몇 주 동안 꽤 피곤하게 살았는지 꿈을 꾸었는데도 깊게 잤더니 찌뿌둥했던 몸이 개운하고 가벼워진 기분이었다. 꾸역꾸역 어쩔 수 없이 하는 출근이 아니라 우리 엄마 아빠 보고 싶어서 나가는 거라 오랜만에 즐거운 기분으로 외출 준비를 했다.

"아들~"

"엄마 오랜만!"

"아들 살이 쪽 빠졌네. 오늘 엄마가 살 좀 찌워야겠다."

"아, 무슨 소리야 엄마 나 먹기만 하고 운동 안 해서 살 뒤룩뒤룩 쪘어~"

몇 개월 만에 오는 집이라 달라진 게 있을까 눈을 크게 뜨고 이리저리 살펴보았지만 눈곱만큼도 달라진 것은 없었다. 본래 4명이었던 우리 가족이라는 공동체에서 내가 한 명 빠진다고 해서 달라지는 것은 없다는 것을 깨달으니 약간 씁쓸했다. 내가 우리 가족 안에서 차지하는 부분이 원래 별로 없었나. 괜히 이런 생각을 하게 되었다. 내가 존재감이 이렇게나 없나.

"아들 여자친구는 없고?"

내 표정이 안 좋은 걸 눈치챈 아빠께서 나에게 장난을 걸어오셨다. 갑자기 훅 들어오는 여자친구 질문에 당혹스러웠다. 그런데 난 왜 우리가 생각나는 걸까. 우리가 내 여자친구도 아니고. 아빠께서 물어본 질문보다 내가 이 질문에 대한 답으로 우리를 생각했다는 게 더 이상했다.

"응 없지. 여자친구 사귈 시간이 어디 있어. 요즘 엄청 바빠. 우리 작가님이……."

"그런 얘기는 좀 이따 밥 먹으면서 하자. 오늘 저녁은 우리 아들이랑 같이 먹을 거라 좀 일찍 먹으려고. 5시 어때? 배 많이 안 고파? 1시간 정도면 준비 끝날 거 같은데. 아빠가 오전에 고기 사오셨거든. 오랜만에 고기도 구워먹고 옥상에서 놀자. 우리 가족 다 같이."

점점 길어지려는 얘기를 엄마께서 바로 딱 끊고는 우리를 부엌으로 이끌어 들이셨다. 부엌에 들어가 시원한 물 한 잔 마시려고 냉장고를 열었더니 역시 우리 아빠 수준이 남달랐다. 한우 등심과 한우 안심, 그리고 대패삼겹살과 마지막으로는 염통 꼬치가 차곡차곡 쌓여 있었다. 오늘 우리 가족 4명이서 이 많은 고기를 다 먹을 수 있을지가 의문이었다.

"엄마! 남선아는?"

오늘따라 남선아가 집에 보이지 않았다.

"학원 갔지 이놈아. 선아는 이제 중학생이다."

학원이라고 하니 감회가 새로웠다. 보통 학창 시절의 학원은 공부하려고 가는 목적이니 난 학원 그만 둔지 이제 거의 10년이 다 되어 가는데 남선아는 아직 6년은 더 다녀야 한다니. 선아가 아직 많이 어리다는 게 실감났다.

"그러면 선아 언제 와? 밥 같이 안 먹어?"

"지금 4시니까…… 음 5시에 집에 오겠다."

"엥 학원에 2시간도 안 있는다고? 공부가 돼?"

내가 놀란 이유는 그도 그럴 것이 내 기억 속의 학원은 학교 마치자마자 가서 학원 문 닫는 시간인 10시에 맞춰서 집에 오는 고등학교 때의 학원이었기 때문이었다.

"선아 이제 겨우 중1이야. 시험도 안치는 데 영어랑 수학만 짧고 굵게 다니면 됐지. 뭘 더 시켜. 너도 중학생 때는 저 정도 했어. 너 고등학교 올라가서 수능 준비하면서 학원에 오래 있고 그랬던 거지."

엄마께서 부엌 한구석에서 접이식 탁자를 낑낑 대며 꺼내며 말씀하셨다. 우리 엄마도 이제는 나이가 들었는지 내가 어릴 때 보았던 천하장사 엄마와는 다른 힘들어하는 엄마가 내 눈 앞에 보였다. 괜히 마음이 싱숭생숭했다. 우리 엄마 언제 이렇게 나이를 드셨을까.

"엄마 내가 할게. 엄마는 가벼운 것 들어."

"어이구 우리 아들 언제 이렇게 다 컸대. 엄마도 챙겨주고. 그런데 왜 여자친구가 안 생겨!"

"그러게. 나도 궁금하다. 나 여자친구 언제 생길까."

나 이제 29살인데, 번듯한 직장도 있고 군대도 다녀왔는데 역시 우리 엄마한테는 난 영원히 애인가 보다. 예전에 이한솔이 얘기해 준 어떤 사람의 에피소드가 있었다. 90세이신 어머니를 둔 70세 할아버지께서 혼자 외출을 하는데 어머니께서 할아버지께 이렇게 말했다고 한다. '아들~ 횡단보도 건널 때 차 오는지 보고 건너.' 70세 할아버지라도 어머니에게는 여전히 아이라는 의미가 담겨 있었다. 난 아직 결혼도 안 했고 아이도 없어서 모성애, 부성애라는 것을 무엇인지는 잘 모르겠지만 그런 에피소드를 통해 조금이나마 간접적으로 느낄 수 있었다.

"남선호 오랜만~"

누가 들으면 동갑내기 친구나 동창이 말을 거는 줄 알겠지만 사실은 나보다 15살이나 어린 선아가 집에 들어오면서 나에게 인사를 하는 것이었다. 어쨌든 저 말버릇 좀 고쳐 놔야지. 오빠라는 소리 남선아가 초등학교 입학하고부터는 못 들었던 것 같다.

"야, 너 오빠라고 좀 불러라. 내가 네 나이만큼 너보다 더 인생을 더 살았어."

"안 어울리게 웬 꼰대 짓? 그냥 하던 대로 하지?"

"하던 대로가 아니라……."

"그만 싸우고 올라가. 준비 다 됐다."

또 내 말은 엄마에 의해 끊겼다. 옛날부터 우리 가족 중재자는 우리 엄마였으니 말 다 했다. 우리는 그냥 평소처럼 입 꾹 다물고 엄마가 시키는 대로 해야 할 뿐. 그래도 오랜만이었다. 이런 거. 자취하기 전에는 일상이었는데. 기분이 묘했다.

엄마가 쥐어준 갓 씻어서 물이 뚝뚝 떨어지는 쌈 채소들을 들고 옥상으로 올라갔다. 엄마 집을 안 오니까 옥상도 거의 반 년 만이었다. 우리 집 옥상 관리는 항상 내 담당이었는데, 내가 없으니 황량했다. 그러고 보니 내가 지금 들고 있는 쌈 채소들도 우리 집 옥상에서 기르는 작은 사이즈의 채소들이 아니라 마트에서 파는 큰 채소들이었다. 내가 식물 기르는 걸 안 가르쳐 주고 집을 나왔다는 게 생각이 났다. 뭐, 알아서 하겠지.

옥상의 평상에 둘러앉으니 황량한 옥상에 시선이 빼앗겨 미처 보지 못했던 텐트가 눈에 들어왔다. 우리 가족이 캠핑을 그렇게 즐기지도 않는데 웬 텐트일까, 의문이 들었다.

"이모한테서 빌려왔다. 우리 아들 행차하시는데 이정도야 뭐. 아들 오늘 아빠랑 늦게까지 술 한잔 할까?"

"아빠 혹시 벌써 낮술 한잔 했어?"

"했지~ 준비운동이다 이게 다."

그럴 줄 알았다. 우리 아빠는 평소에는 꽤 정중하고 차분한데 술만 들어가면 취하지 않아도 사람이 좀 털털하게 바뀐다. 원래는 늙은 것 같다고 잘 쓰지 않으려던 아저씨 말투도 술을 마시면 안 쓰는 날이 없다.

아빠가 벌써 우리가 올라오기 전에 굽기 시작한 고기를 뒤집었다. 살짝 기름진 고기 냄새가 옥상 전체에 퍼졌다. 이 몇 주간 간편 식품 같은 음식들만 질리게 먹어서 그런지 원래 맛있는 고기가 더 맛있어 보였다. 가장 처음으로 굽는 고기는 대패삼겹살이었다. 잘 구우면 입안에 넣었을 때 쫄깃쫄깃한 보통 고기들과는 달리 바삭바삭한 과자 같은 게 일품인 대패삼겹살. 하지만 얇아서 타지 않게 불 조절을 잘하거나 시간을 잘 맞추어서 구워야 한다. 내가 대학생 때부터 동아리 대표 고기 굽는 사람이었는데 대패삼겹살만큼은 여러 번 실패한 적이 많았다. 하지만 그만큼 이제는 잘 굽긴 한다.

"우리 아들은 고기도 잘 구워요. 그 어렵다는 대패삼겹살을 키야~"

"솔직히 남선호 네가 고기 잘 굽는 건 인정."

"이게 다 나를 닮아서 그래~ 엄마 닮았으면 고기 이미 다 태워 먹었다. 이 아버지한테 감사해라 아들."

"에이, 고기 굽는 게 뭘 아빠 닮아서 그런 거야. 다 내 스킬이 좋아서 그런 거지."

"그래, 그리고 내가 뭘 고기를 다 태워, 당신 자꾸 거짓말하면 좀 이따 디저트 안 준다." "에? 무슨 디저트? 우리 이거 먹고 디저트도 먹어? 오늘 무슨 잔치 날이야? 왜 이렇게 많이 준비했어."

"우리 아들 오는 날이니까 그렇지. 너 자취시작하고 나서 집에 자주 못 오니까. 이렇게 가끔 모일 때 이렇게 준비하면서 나도 잔치 준비하는 것 같아서 좋지 뭐."

"오, 내가 집에서 그 정도인거야?"

"고작 이 정도밖에 안 될까 봐? 엄마가 더 하려면 할 수 있지."

"아유 됐어. 나는 맨날 집에 있어도 이렇게 안 해주고 흥이다."

남선아 장난으로 엄마에게 삐진 척을 했다. 하여튼 엄마를 안달 나게 하는 데는 재주가 있다.

"에이, 무슨 소리야. 엄마가 밥 맨날 하는 것도 얼마나 힘든 건데. 그럼 너도 오빠 따라가서 같이 살던지. 이렇게 가끔 오면 더 잘해 줄 수도 있는데."

"아, 굳이 나가고 싶진 않고……하하하하…… 배고프다. 빨리 밥 먹자."

자기가 불리해지니 또 말을 돌렸다.

"으이그, 가지가지해라." 내가 남선아 머리를 콩 쥐어박았더니 그새 또 왜 때리냐고 동네가 떠나갈 정도로 소리를 고래고래 쳤다.

"야, 미쳤어? 소리를 왜 이렇게 질러?"

이렇게 말했는데도 미동이 없자 내가 먼저 포기하고 알겠다고, 내가 잘못했다고 하면서 쌈을 싸 입에 넣어줬다. 그랬더니 그제야 조용해 졌다. 남선아도 아직 보면 어린아이라는 게 티가 난다.

"어떻게 너네는 오자마자 싸우기만 해. 같이 살 때는 눈만 떠도 싸우고. 하루도 조용히 넘어가는 날이 없어요."

"아, 뭐가, 남선아가 나한테 오빠라고도 안 부르잖아."

"내가 왜 너한테 오빠라 불러야 하는데, 그럼 지가 오빠노릇부터 제대로 하던가."

"야, 말이면 다냐? 장난하나 진짜. 15살이나 어린 게."

"뭐 어쩌라고, 15살이나 더 늙은 게,"

"어이구 집에서만 이렇게 싸우는 거지, 선아 옛날에 기억 안나? 오빠가 너

키우다시피 했는데."

"뭐라고? 남선호가?"

"그래. 중학교 마치면 다른 애들은 다 같이 PC방 몰려가는데 이한솔이랑 네 오빠는 맨날 학교 마치고 어린이집에 가서 너 데리러 갔었어. 맨날 둘이 붙어서 놀았으면서. 다 크니까 싸우기나 하고."

"아, 내..내가 언제 그랬어?" 내가 부끄러워서 말을 피하자 남선아가 나를 이상하게 쏘아 보았다.

"왜, 왜 그렇게 쏘아 보는데?"

"뭐가, 내가 뭘. 빨리 고기나 더 구워."

우리는 다 같이 신나게 옛날 얘기를 했다. 우리 가족은 이제 가끔 모이니 옛날 얘기를 더 하게 되는 것 같다. 다 같이 모여서 이럴 땐 어땠는데 이야기를 하다 보면 나도 나이를 먹은 걸 실감하기도 하지만 엄마 아빠가 나이를 먹은 것이 더 실감났다. 어릴 땐 마냥 커 보이고 예뻐 보이고, 멋져 보였던 그 시절들이 어디로 간 건가 싶기도 했다. 이런 것들을 생각하면 눈에 눈물이 고이곤 했다. 무엇보다도 걱정인 건 엄마 아빠 연세에 비해 남선아 나이가 아직 어려서 언제까지 뒷받침해 줄 능력도 안 되고. 그리고 무엇보다도 남선아 친구들 부모님보다 우리 부모님이 세상을 뜨실 날이 더 얼마 남지 않은 걸 생각하다 보니 막막하기도 했고, 내가 얘를 어떻게 잘 키우나 생각이 들기도 했다. 그래도 남선아가 야무진 면이 있어서 평소에 엄마, 아빠한테 내가 못해 드렸던 이벤트도 자주 해주고 하니까 아직까지 큰 걱정이 되진 않았다.

'띠리리링'

전화가 왔다. 누구 휴대폰인지 모르겠어서 다 같이 자기 핸드폰을 한 번씩 보았다. 나는 아니었다. 엄마도, 아빠도 아닌 것 같았다. 남선아에게 걸려온 전화였다.

"여보세요, 응. 왜? 갑자기? 알겠엉"

방금까지도 나랑 으르렁 으르렁 하며 싸우던 남선아가 목소리가 싹 바뀌며 기분 좋게 통화했다.

"엄마, 나 잠깐 저기 앞에 공원에 좀 갔다가 올게."

"남친 만나러 가는 거지?"

"어, 금방 갔다 올게."

"뭐어? 남치이인? 엄마, 쟤 남친 있어?"

"그래. 선아도 남친이 있는데 너는 뭐하고 다니는데 여태까지 여자친구가 한 명이 없어. 회사 같이 다니는 여직원 중에 괜찮은 사람 없어? 안 그럼 선 볼래? 엄마 친구 중에 사람 좋은 친구 한 명 있다는데."

"아유, 뭘 선이야. 그냥 있으면 만나고 없으면 안 만나면 되지. 근데 남선아 언제부터 남자친구 있었어?."

"꽤 됐는데? 한 세 달 된 것 같아. 선아 남자친구 애가 참 괜찮더라고. 우리 집 와서 같이 밥도 먹고 숙제도 같이 하다 가고 그랬는데. 근데 걔네 사귀는 게 아니라 그냥 친한 친구 같아. 자기 남자친구 SNS에도 올리던데? 넌 못 봤어?"

"엄마 인스타도 해?"

"어, 몰랐어?"

모든 게 충격이었다. 집에 있지 않으니 집에서 일어나는 일 대부분을 모르고 있었다. 남선아가 남친이 생겼다는 것부터 충격이었고, 엄마가 SNS를 시작했다는 사실도 놀라웠다.

"아빠는? 아빠도 남선아 남자친구 본 적 있어?"

"어, 둘이 귀엽게 사귀더라. 그 친구 공부도 잘하고 운동도 잘 해서 여러 대회에서 상도 많이 받았다고 하더라고. 그리고 잘생겼어. 너보다 훨씬."

"아빠, 장난해? 지금 나랑 중1이랑 비교할 거야? 근데 아빠는 질투 안 나? 딸 있는 아빠들은 남자친구들한테 질투한다 그러던데."

그러더니 엄마가 호탕하게 웃었다.

"안 그래도 너네 아빠 선아가 남자친구 있다고 하니까 하도 캐물어서 그래서 선아가 우리 집에 데리고 와서 보여준 거 아니야."

"아, 그랬었어? 우리 아빠도 딸 가진 아빠 맞네, 맞아. 남선아 나중에 시집갈 때 울고불고 난리 나는 거 아니야?"

"네 아빠 선아 시집 갈 때 떠나가게 울지 싶다. 어휴 딸 바보 정말로."

"아, 나도 누군지 보고 싶은데, 한 번 내려가 볼까?"

"내려가 봐. 남자친구가 이제 선아 데려다 주러 올걸?"

"오호 별꼴이야. 중1들끼리 귀엽기만 한데 뭘."

남선아가 남자친구가 있다하니 왠지 모르게 이상한 기분이 들었다. 솔직히 내가 남선아 업어 키운 때가 언젠데 남자친구가 있다하니 섭섭한 것 같기도 하고 벌써부터 사귀는가 싶기도 했다.

저 멀리서 남선아와 옆에 남자친구가 걸어오는 모습이 보였다. 점점 가까워지자 나는 무슨 말을 해야 할지 몰라서 괜히 할 것 없는 휴대폰만 만지작거렸다.

"어? 오빠가 여기 왜 나와 있어?"

남선아가 나에게 말을 걸었다. 아까 전화한 목소리와는 너무 다른 목소리였다.

"어, 왔냐. 엄마가 너랑 아이스크림 사러 갔다 오라 해서."

"음.. 그래 알겠어. 가자."

"안녕하세요." 옆에서 조용히 눈치 보고 있던 남선아 남자친구가 나에게 인사를 했다.

"아, 어 안녕. 네가 선아 남자친구구나? 듣던 대로 잘생겼네."

"아, 감사합니다. 선아가 오빠 얘기 저한테 자주 해요. 오빠 좋다고."

"얘가? 너한테 내 칭찬을 한다고?" "아, 내가 언제. 빨리 가. 도착하면 전화하고."

남선아가 조용히 눈치를 보다가 당황하며 빨리 남자친구를 보냈다. 그래도 내 앞에서는 놀리기만 하더니 다른 사람들한테는 내 칭찬을 하는 것 같아 은근 뿌듯했다.

"야, 뭐냐. 나 칭찬하고 다닌 거야?"

"아니거든. 갑자기 왜 친한 척이야?"

"너 남자친구 언제부터 있었어? 나한테는 말도 안 해주고. SNS 비공개해서 나는 팔로우해 주지도 않고. 너 SNS에도 네 남친 사진 올린다며. 나는 아무것도 모르게 하고. 너 진짜 이럴래?"

"아, 뭐가. 갑자기 왜 이렇게 말이 많아. 나 밥 먹다가 나와서 배고파. 빨리 아이스크림 사서 다시 들어가자."

우리는 아이스크림 가게로 향했다. 가면서 남선아 남자친구에 대한 이야기를 많이 들었다. 들어보니 남자친구, 여자친구가 아니라 그냥 엄청 많이 친한 친구들 같았다. 학교 다닐 때 엄청 친한 친구가 있으면 좋으니까. 오랜만에 아이스크림 사러 가면서 남선아와 이것저것 이야기를 많이 했다. 남선아가 엄마 아빠 결혼기념일 때 용돈을 모아서 뷔페도 데려가고 파티도 해주고 커플링에 레터링 케이크까지 준비해 주기도 했다는 것이었다. 나한테 돈을 보태달라고 하지도 않고 오롯이 자기 용돈을 안 쓰고 모아서 엄마 아빠한테 그런 기념일을 더 특별하게 만들어주니까 너무 뿌듯하면서도 기특했다.

"야, 엄마 아빠 기념일이나 그런 거 챙길 때 나한테도 이야기해 달라고 너무 혼자만 하지 말고 내가 돈 버니까 나한테 돈 좀 보내달라고 하고 그리고 전화해서 같이 좀 하자고."

"아, 지가 알아서 하면 되지 귀찮게. 알겠어. 근데, 오빠 나도 용돈 주면 안 돼? 엄마 아빠 결혼기념일이나 생일 준비할 때 혼자서 하려니까 돈 모자라서. 그리고 나도 요즘에 사고 싶은 거 있어."

"뭔데?"

"그, 뭐 이것저것 사고 싶은 게 많은데 다 말하려면 너무 많아. 용돈 주면 조금씩 모아서 내가 사고 싶은 것 사고 싶어."

"알겠어. 용돈은 말고 사고 싶은 거 보내봐. 내가 그중에서 비싼 거는 조금 생각을 해보고 사 주지."

"오예!! 역시 오빠밖에 없어"

"언제는 나 싫다면서 저리가라고 가라고 소리를 치더니만 이럴 때만 나 좋다고 하고. 진짜 이럴래?"

옥상에 올라가니 확실히 아까 내려갈 때 보다는 고기 냄새가 진동했다. 아빠께서 구워놓으신 고기를 잘근잘근 씹으며 음미하고 있자 아빠께서 조용히 집에 내려가시더니 소주를 4병 들고 올라오셨다. 술병을 찰랑찰랑 흔들면서 신이 난 듯 뛰어오시더니 날 부르셨다.

"아들~ 아빠랑 술 한 잔 할까?"

"좋지! 고기는 내가 구울게."

"아냐 아들. 엄마가 굽는다. 선아는 아마 곧 지 남친이랑 전화하러 내려가지 싶다 맞지?"

"역시 엄마는 날 좀 잘 알아. 난 배부르기도 하니까 내려갈게."

선아가 내려간 뒤, 우리 가족은 잠시 동안 조용해졌다. 엄마께서 남은 소고기를 굽기 시작해 치이익하는 소리가 들리고 나서야 다시금 대화가 오고갔다.

"자, 그래서 아까 뭐 너희 작가님이 어쩌고 했잖아."

"어? 어 엄마. 얼마 전에 우리 작가님이 새로운 웹 드라마 대본을 맡게 됐거든. 그래서 한 달 넘게 되게 바빴어. 한 달 넘게 매일같이 회의 들어가고 그랬어. 내 직업이 근무 시간 이외에도 야근이 자주 있고 쉬는 날도 정해진 게 아니라 누굴 따로 만날 시간이 없어. 아까 아빠가 여자친구 어쩌고 말하더라고."

"우리 아들 바빠서 어째. 안 힘들어?"

"괜찮아. 엄마. 내가 좋아서 하는 일인데 뭐."

"그래. 지가 괜찮으니까 하는 거겠지. 여보. 우리 아들도 어엿한 어른이야."

"그래도..."

집에 오고 나서 계속 느끼는 거지만 우리 엄마는 나를 너무 어리게만 보신다. 예전에는 그게 싫었고 나도 어른인데 이런 마음이었다면 이제는 나 29살이나 되었는데 그래도 어리게 봐주시고 어화둥둥 해주셔서 그저 감사하는 마음일 뿐이다. 그리고 조금은 애틋하고.

우리 집 옥상은 새벽까지 웃음꽃이 피었다. 오랜만에 편안한 우리 집 옥상에서 누구보다도 소중한 우리 가족과 앉아서 술잔을 기울이니 그저 즐거울 뿐이었다. 별 거 아닌 이야기에도 깔깔깔 웃음을 터뜨렸고 술이 술술 들어가고 고기도 전혀 더부룩함 없이 잘 먹혔다. 내 얘기를 하다 어느새 선아 얘기로 넘어갔고 내가 집을 나가고 자취를 시작하고 나서 몰랐던 선아의 소소한 근황, 새로 생긴 엄마의 취미, 그리고 아빠의 승진 얘기까지 들어야 할 주제가 끝도 없었지만 하나도 지겹지 않았다. 도리어 재밌었다. 가족이라는 존재가 이런 존재라는 것을 다시금 깨닫는 순간이었다.

어젯밤에 술을 주량 이상으로 먹고 집안으로 다 같이 기어들어가 거실에 퍼져 잤다. 일어나니 낮 12시가 넘어 있었다. 오랜만에 내 휴대폰 알람소리가 아닌, 콩이가 짖는 소리가 아닌, 우리 아빠의 코고는 소리 때문에 깼다. 피식 웃음이 나왔다. 비록 술을 많이 마셔서 몸은 무거웠지만 마음은 그 어느 때보다도 가벼웠다. 내가 나 혼자 일어나서 나 혼자 조용한 아침을 맞이하고 나 혼자 밥을 먹고 나 혼자 영화보고 그랬는지 얼마나 되었다고 가족이랑 있으니까 기분이 좋냐. 신기했다. 우리 엄마는 소파 위에 한껏 웅크려서 이불도 안 덮고 주무시고 계셨고 우리 아빠는 내 옆에서 대자로 누워서 힘차게 코를 골고 계셨다. 내가 덮던 이불을 엄마께 덮어주고는 선아 방으로 향했다. 선아 방에 가까워질수록 선아의 목소리가 선명하게 들려왔다.

"아, 인정. 우리 시험 안 쳐서 정말 다행이다. 선배들은 요즘 시험 기간일걸."

"학원 도착했다고? 알겠어. 나도 숙제해야 해. 안녕."

내가 대화를 엿듣는 것 같아 다시 뒤돌려는 그때 전화가 끊겼다. 문을 두 번 두드리고는 방에 들어갔다.

"엄마야, 깜짝이야. 아 왜 그냥 들어와. 간 떨어지겠다."

"노크 했잖아."

"그게 노크냐. 노크는 들어가도 되냐고 허락을 구하는 건데 내가 언제 허락을 해줬어! 일방적으로 문만 두드리고 들어왔지."

"그래. 내가 잘못했어. 미안해. 근데 그건 그렇고 너희 시험 안쳐? 중학생 아니야?"

"우리 자유학년제야. 작년까지는 자유학기제였고 올해부터는 자유학년제. 그것도 모르냐. 어휴 시대에 뒤떨어진 사람."

"자유학기제는 뭐고 자유학년제는 뭐냐."

"자유학기제는 한 학기만 지필평가 치고 자유학년제는 지필평가 아예 안 치는 거. 대신 막 진로활동 같은 걸 막 하기는 해. 수행평가 양도 늘고."

"헐, 그걸 중학교 내내 한다고? 애들 공부 안 하겠네. 뻔하다."

"아, 무슨 소리야. 중학교 1학년 때만 하는 거야. 그리고 공부 안 해도 진로 관련 활동들 많이 해. 나도 그런 활동 덕분에 내 꿈도 정했고."

"오오. 네 꿈 뭔데. 뭐가 되고 싶은데?"

"여행 작가. 나 여행 좋아하잖아. 알지?"

"알지."

"학교에서 진로 시간에 외부 강사가 들어오거든? 그때 강이나 여행 작가님이 강사로 오셨어. 나 여행 가고 싶어서 원래도 여행 책이나 잡지 같은 것도 많이 봤는데 이름이 익숙한 거야. 그래서 수업 들어보니까 진짜 내가 아는 그

강이나 작가님이신 거야. 작가님이 자기 책들이랑 자기 제자들이 쓴 책들 보여 주셔서 읽어봤지. 근데 제자 분들이 쓴 거 보니까, 내가 더 생동감 있게 잘 쓸 수 있을 것 같은 거야. 사진도 내가 더 잘 찍고. 그래서 자신감이 막 붙었지."

선아와 가족이 된 지 13년이 흘렀는데 선아가 이렇게 진지하게 자신의 미래와 진로에 대해서 말하는 걸 보니 뭉클했다. 맨날 장난치고 티격태격하기는 하지만 그래도 내가 한참 오빠니까, 조금 애틋한 감정도 있었다. 선아가 늦둥이라 우리 엄마 아빠의 나이가 좀 많은데, 선아 다 커서 결혼할 나이가 될 때까지 살아 계실지도 의문이고. 나랑 나이 차이도 많이 나서 예전에는 아빠 노릇도 한 기억이 있기에 조금 더 아련했다. 이렇게 진지하게 자기 마음을 나에게 말해 주는 것은 13년 만에 처음이었기 때문에 나도 덩달아 진지해졌다.

"선아야. 내가 너랑 장난도 많이 치고 네가 미운 것처럼 행동하지만 절대 그렇지 않은 건 알지? 나는 네가 꿈도 가지고 명확한 시야를 가진 게 너무 좋다. 여행 작가도 글 쓰는 직업이니까 궁금한 거 생기면 나한테 바로바로 연락해. 내가 명색이 드라마 작간데. 보조작가이긴 하지만 나 이쪽에 인맥도 좀 있어서 네가 만나보고 싶은 사진작가도 네가 원하면 만나는 거 도와줄……."

"밥 먹으러 나와!" 그러고 보니 아까부터 얼큰한 콩나물국 냄새가 맡아졌다. 선아와 눈이 마주치고는 웃음보가 터져 둘 다 깔깔깔 웃었다. 몇 년 만에 진지하게 대화하고 있는데 갑자기 분위기가 밥으로 전환되어서 웃겼다.

초등학생 때는 콩나물이 재미없는 피아노 악보의 음표처럼 생겨서 싫어했었는데, 우리 엄마가 만들어준 혀끝이 알싸한 매운 콩나물국을 먹고는 또 한동안 콩나물에 빠져 살았다. 기본 매운 콩나물국에 어묵도 넣어먹고 맑은 콩나물국, 콩나물에 소금 간을 한 콩나물 무침, 고춧가루로 무친 콩나물 무침, 간단한 간만 하고 밥에 섞어 먹는 콩나물밥까지. 안 먹어본 콩나물 요리가 없었다. 몇 달 만에 먹어본 우리 엄마 표 숙취해소 콩나물국. 살짝 매콤하면서 얼큰한 국물부터 아삭아삭 씹히는 콩나물, 그리고 쫄깃쫄깃한 어묵까지 뭐 하나 빠지는 게 없는 콩나물국이었다.

“아들! 뭐 음식 만드는 거 가르쳐 달라 안 했나?”

“했지, 나 음…… 맛있는데 만들기 어려운 게 뭐가 있지.”

“잡채 어때? 너 잡채 환장하잖아.”

“오, 엄마 대박. 잡채 완전 좋지.”

“여보! 나가서 당면이랑 느타리버섯, 그리고 잡채용 돼지고기 좀 사와!”

“오늘 저녁 잡채야? 금방 사올게.”

“아빠! 올 때 메로나!”

“여보 표고버섯도 추가!”

우리의 주문을 받은 아빠가 마트에 다녀오고 나서까지 소파에 누워서 멍하니 텔레비전을 보다 보니 시간이 빠르게 흘러 벌써 7시가 넘어갔다. 우리 모두의 배에서는 꼬르륵하고 시끄러운 소리가 울려댔다.

“아들 이리로 와. 잡채 해보자.” 비장한 마음으로 손을 씻고 주방으로 들어갔다.

“자. 일단 버섯이랑 양파, 부추, 그리고 당근을 채 썰어야 하는데, 엄마가 미리 썰어놨어. 다들 배고파 하니까 썰어놨는데 너 혼자 해먹을 때도 미리 썰어놓든가 아님 제일 먼저 썰든가 해야 해. 그다음에는 고기를 먹을 만큼 볼에 담아서 참기름이랑 다진 마늘, 후추랑 소금으로 간을 해줄 거야. 너희 고기 좋아하니까 300g 다하는데, 너 혼자 할 때는 훨씬 적게 해야 하는 거 알지?”

“에이 엄마 내가 그 정도도 모르게?”

“그래 네가 이 정도도 모르면 바보지. 그다음에 고기랑 야채 볶을 거야. 아, 아니다. 당면 식는 시간이 있으니까 당면 한번 한 7분 정도 삶고 찬물에 식혀. 당면 식히는 동안 고기랑 야채 볶아야지. 부추는 볶으면 안 되고. 고기랑 야채 같이 볶아도 상관은 없는데 따로 볶는 게 그래도 나아. 대충 이렇게 볶고. 볶은 야채 모아둔 볼에 부추도 같이 나둬.”

"다 볶았습니다!"

"오, 우리 아들! 이제 마지막으로 양념장만 만들면 되지. 냄비에다가 식용유 다섯 스푼, 올리고당 150밀리리터, 진간장 100밀리리터 넣고 끓여. 끓어오르면 거기다가 당면 넣고 당면에 양념장이 스며들게 하는 거야."

"우와. 양념장이 당면에 스며들면서 당면이 갈색이 되는구나."

"그렇지. 너무 많이 스며들면 짜니까 한 3~4분만 끓이고 그릇에 덜어서 고기랑 야채 넣고 섞으면 끝. 어때 생각보다 그렇게 많이 어렵지는 않지?"

"어, 괜찮네. 아빠, 선아야. 이 남선호님이 만든 잡채 드시러 와."

"오, 우리 아들. 잡채도 해? 아빠는 저번에 만들다가 포기했는데. 아빠도 못했는 걸 우리 아들이 해내네."

"일단 잡숴봐."

"잠깐 모두 스탑! 잡채만 먹을 수는 없잖아? 밥하고 반찬 좀 차리고 같이 먹자." 내가 만든 잡채에 다들 젓가락을 갖다 대고 먹으려고 한 순간 엄마가 모두를 막아 세웠다. 역시 우리 엄마. 예전부터 이렇게 우리를 종종 막아 세우고 해야 할 일부터 하게 만들었다. 우리는 각각 숟가락을 챙기고 반찬을 꺼내고 밥을 퍼서 초스피드로 식탁에 모여 앉았다.

"엄마. 이제 먹어도 돼? 남선호가 만든 잡채 내가 엄청 객관적으로 평가해 주겠어!"

선아는 어지간히도 배가 고팠는지 엄마의 대답을 듣지도 않고 젓가락으로 잡채를 휘리릭 감아서 먹었다. 맛이 있을지 없을지 두근두근 기대가 되었다. 혹시나 뭘 잘못 넣은 건 없을까. 잡채를 입에 넣고 오묘한 표정으로 씹던 선아의 표정이 밝아졌다.

"꽤 먹을 만하네?"

선아의 말을 듣고 안심하고는 나도 한 입 먹었다. 면은 쫄깃쫄깃하고 야채가 아삭아삭하게 씹히는 게 입이 즐거웠다. 재료의 식감은 내가 이때까지 먹어본 잡채들 중 가장 뛰어났다. 그런데 조금 싱거웠다. 먹지 못할 정도는 아니지만 간을 덜 했었나 보다. 엄마가 한 입 먹더니 잡채 그릇을 들고 일어섰다.

"내가 소금 간 아주 조금만 더 쳐 올게. 쪼끔만 더 치면 더 맛있을 거야!"

확실히 엄마가 소금 간을 치고 나니 더 맛있었다. 간도 맞고 식감도 뛰어나고 완벽했다. 이제 집에 가면 나 혼자 잡채를 해 먹을 수 있을 것 같았다.

완전히 밥도둑인 잡채를 순식간에 해치우고 나니 다들 배가 부른지 아빠는 소파에 누워 주무시고 엄마도 안방에 들어가셨다. 남선아는 뭐하나 방에 들어가 봤더니 얘도 역시 자고 있었다. 초저녁부터 자면 밤에 잠 안 올 텐데. 오랜만에 우리 집 가장 구석에 있는 내 방에 들어갔다. 내 방은 내가 나가고 나서 거의 창고로 사용되고 있었다. 내가 없는 동안 내 방을 아무도 이용을 안 하는지 책상 위를 손가락으로 쓸어보니 먼지가 수북이 묻어났다. 집에 온 김에 방 청소나 하고 갈까. 물티슈와 휴지를 들고 와서는 꼼꼼하게 닦았다. 학창 시절 때 내내 써서 낡아 색이 바란 나무 책상도 한번 싹악 닦고 나와 선아의 추억들이 담겨 있는 여러 가지 앨범들이 자리한 책장도 먼지를 털어냈다. 내 방 곳곳에 놓여 있는 물건들도 자리 배치를 다시 하고 나니 방이 꽤 깨끗해지는 게 기분이 좋았다. 방 청소를 하고 나니 덥고 피곤해서 나도 얼른 자고 싶었다. 창문을 열어놓아 가을바람이 선선하게 불어오는 거실에 대자로 누워 아빠의 코골이를 자장가 삼아 뻗어버렸다.

'삐용삐용' 어디선가 구급차 소리가 들려왔다. 한 대도 아니고 여러 대가 한번에 지나가고 있었다. 다른 방향에서는 누가 틀었는지 모를 뉴스가 방송되고 있었다. '어제 107명의 확진 환자가 발생했습니다.' 언젠가 들어본 것 같은 아나운서의 목소리였다. 또 다른 방향에서는 대학교 재학 중에 크게 한번 싸워서 그후로 단 한 번도 본 적 없는 대학교 과 동기의 전화 속 목소리가 들려왔다. '선호야. 내가 그때 미안했어. 나 진짜 죽는 거 아니야? 내가 너한테 너무 심한 말을 했나봐. 이게 내가 치러야 할 죗값 인가봐. 온몸이 쑤시고 아파.' 동기의 목소리는 파르르르 떨리고 눈물이 섞여 있었다. 감기에 걸린 목소리 같기도 했다. 겁이 났다. 이게 대체 무슨 일인지 상황 파악이 되지 않았다. 구급차는 왜 여러 대 나 지나가는 것이고 갑자기 뭐가 확진되었다는 것인지, 또 왜 절교한 동기가 전화가 오는지. 너무 혼란스러웠다. 아무래도 무슨 일이 일어난 것만 같았다. 당황해서 말도 잘 나오지 않았다. 말이 안 나오니까 답답해서 악 쓰다가 그만 눈에서 눈물까지 같이 흘러나왔다.

그런데 내 위에서 익숙한 목소리가 들려왔다. 시야가 어두워지더니 몸이 흔들렸다. 누군가가 날 '아들'이라고 불렀다. 날 아들이라고 부를 만한 사람은 엄마, 아빠……

눈을 뜨니 엄마 얼굴이 내 눈 앞에 있었다. 그 옆에는 아빠가 날 걱정스럽게 바라보고 있었다.

"아들 괜찮아?"

엄마가 내 눈가를 닦아주었다. 다행이다. 그 끔찍한 상황이 꿈이었나 보다.

날 바라보는 엄마와 아빠의 시선이 너무나도 다정했다. 마치 내가 어린 아이가 된 기분이었다. 아들이 악몽을 꿀 때 이렇게 걱정해 주시는 다정한 사람들이 내 부모님이라는 건 너무 큰 축복이라는 걸 깨달았다.

내가 이 며칠 동안 이 집에 오길 잘한 것 같았다. 이게 바로 힐링이지. 몸의 힐링뿐만 아니라 마음의 힐링. 자취하기 전에는 자취하는 것에 대한 로망이 있었다. 집에 항상 혼자 있는 거니까 모든 일을 내 마음대로, 자유롭게 할 수 있을 거라는 생각이 들었다. 모든 일을 내 마음대로, 자유롭게 할 수 있기는 했다. 하지만 그만큼 대가도 따랐다. 같이 살면 서로의 생활 방식에 대해 불만은 있었지만 그만큼 좋은 점도 많았다. 내가 힘들고 지칠 때 옆에서 내 얘기를 들어주며 다독여주던 우리 엄마, 아무 말 안 해도 따뜻한 눈빛을 보내던 우리 아빠, 옆에서 어리광을 부리고 재롱을 피우던 선아까지. 지난 며칠 동안 이 집에서 다시 지내면서 가족의 소중함을 절실하게 깨달은 것 같다.

"엄마 아빠 안녕~! 나중에 또 올게!

어제 가족의 소중함을 너무나 느껴버려 최대한 가족과 붙어 있으려 노력하며 보냈다. 저녁에는 아빠와 단 둘이서 거실에 앉아 도란도란 얘기를 나눴다. 물론 몇 병의 술과 함께. 그러다 보니 시간이 꽤 빠르게 지나가 벌써 월요일 아침이다. 집에 들어오니 콩이가 컹컹 짖어댔다. 콩이는 다른 사람이 들어올 때만 짖는데, 내가 어제 술을 너무 많이 마셔 대서 내 체향이 가려졌나? 입에 손을 대고는 후하고 불어 코에다 갖다 댔다. 으윽! 술 냄새가 지독했다. 소주 냄새도 아니고 맥주 냄새도 아니고 이도저도 아닌 술 냄새가 코를 찔렀다. 천근만근인 몸을 끌고 훌렁훌렁 번데기처럼 허물을 벗어던지고는 화장실에 들어갔다. 샤워기를 틀어 머리에 그대로 차가운 물을 맞았다.

"앗 차가워!"

얼음장 같은 물을 갑작스럽게 몸에 접촉하니 온몸의 신경이 곤두세워졌다. 그렇지만 동시에 술에 쩔어 있던 내 정신도 바짝 들었다. 온도를 조절하고는 샴푸로 거품을 뽀글뽀글 많이 내서 온몸 구석구석을 씻었다. 씻고 나오니 한결 시원했다. 다음 주부터 신인배우들 오디션이니 오늘은 그나마 덜 바쁜 날이고 미팅도 없으니 대충 입고 나가야겠다는 마음으로 대충 보면 슬랙스 같은 체육복을 입고 나왔다. 몇 시쯤인지 확인하려 휴대폰 화면을 켜니 출근 시간이 20분밖에 남지 않았다. 마음이 조급해져 막 뛰었다. 슬리퍼형 샌들을 신어서 뛰는데 탁탁 소리가 났다. 샤워하고 나온 지 30분도 안 되었는데 뛰니까 다시 땀이 주르륵 흘러내렸다. 샤워는 무용지물이었다.

직장생활과 친구생활 그 어딘가

"오, 선호씨 시간 재고 있었는데. 1분 남기고 들어오네요. 세수하고 와요. 얼굴에 불났네."

작가님이 장난으로 누가 지각하나 보는 것 같은 말씀을 하셨다. 진짜로 지각 시간을 저렇게 깐깐하게 잰다면 난 이미 잘리고도 남았을 것이지만 우리 작가님은 꽤 너그러우셔서 그냥 자기 양심에 맞게 출근을 하는 게 우리 회사의 말 없는 규칙인 것도 같다. 대충 물로 세수를 하고 나니까 훨 시원했다.

"작가님, 우리 에어컨 좀 틀죠?"

"맞아요, 작가님 오늘은 좀 틀어요. 오늘은 진짜 덥잖아요."

"그래요. 오늘은 뭐, 틀죠."

오랜만에 사무실에서 에어컨도 빵빵하게 틀고 있으니까 아까 출근하면서 주르륵 많이도 흘렸던 땀들이 다 식는 기분이었다. 하루 동안 쉬었던 작업을 다시 시작했다. 웹 드라마 대본은 지난 번 몇 십번을 거듭한 회의에서 끝냈고 이제는 신인배우들 오디션을 하기 전에 잠깐이라도 다시 그전에 쓰던 다른 스토리를 구상해야 한다.

해야 할 일 하나가 끝나면 다른 일이 나에게 찾아오기 때문에 오늘도 어김없이 바쁘게 키보드 위에서 손을 놀려가며 보냈다. 매일 같이 컴퓨터 모니터만 뚫어져라 쳐다보고 있으니 눈도 뻑뻑하고 조금만 더 이러면 안구건조증이 찾아올 것만 같았다. 습관적으로 눈을 비비다 예전에 사다놓은 인공눈물이 서랍 안에 아직 남아 있는지 서랍을 뒤졌다. 딱 하나가 남아 있는 것을 찾긴 찾았는데 너무 오래전에 사 놓았던 건지 이미 유통기한이 지나 있었다. 우리 사무실에 인공눈물을 가지고 다닐 만한 인물은 예지씨와 다인씨.

"예지씨? 혹시 인공눈물 있어요?"

"네? 아 네 있죠. 드릴까요?"

"주시면 고맙죠. 눈이 좀 건조해서요."

"그러니까요. 어릴 때는 이런 사무직이 컴퓨터를 하루 종일 만질 수 있어 좋았는데 이제는 컴퓨터를 하루 종일 만져야 해서 싫네요. 제 눈이 한 예순이 된 기분이에요."

역시 이런 고민은 나만 하는 게 아니었어. 조만간 시간이 날 대 안과나 한 번 가봐야 하나 생각했다. 안과에 가면 적어도 내 눈의 노화가 느려지지는 않을까. 눈뿐만 아니라 내 몸 여기저기가 쑤셨다. 오랫동안 같은 자세로 똑같은 의자에 계속 앉아 있다 보니 허리가 굽고 그러다 보니 몸의 균형을 맞추기 위해 내 목도 저절로 거북목이 되어가고. 아직 나 스물아홉밖에 안 되었는데 왜 내 몸의 나이는 오십이 넘은 기분일까. 진짜 헬스를 다녀야 하나.

아, 역시 우리 작가님 빠르시다. 오늘 해야 할 일들을 끝내고 조금 시간이 남아 내일 할 일을 찾아보았다. 내가 여기 넣어뒀는데. 흠. 내가 내일 하려고 했던 일들을 오늘 다하시다니. 역시 10년차 베테랑은 다르신 듯하다. 난 언제 저렇게 빠르면서도 일의 정확성이 떨어지지 않고 도리어 완벽에 가깝게 일을 해낼 수 있을까. 내가 다른 작가님이 아닌 우리 작가님 사무실에 들어오게 된 것도 과거 작가님과의 인연 때문이었다.

대학교를 다닐 때, 책을 낼 때마다 베스트셀러로 만드는 유명 작가님이 우리 학교로 강의를 오신 적이 있었다. 그때 그 작가님은 자기 제자를 데리고 오셨는데 그 제자분이 바로 우리 작가님이시다. 우리 작가님 스승이신 이사역 작가님께서는 강의를 하시면서 우리 작가님의 얘기를 많이 하셨는데 그때마다 귓가가 솔깃해졌다. 여러 얘기를 해주셨는데 그 얘기들을 듣고 우리 작가님을 보니 사람이 달라보였다. 그후 우리 작가님이 이사역 작가님으로부터 독립을 했다는 소식을 전해 듣고 바로 찾아가 보조작가로 들어가게 되었다. 이사역 작가님이 해주신 얘기에는 내 마음에 불을 지피는 이야기가 몇 개 있었다.

예를 들면, 이사역 작가님이 예전에 기차역에서 기차에 치일 뻔한 아이를 살려주셨다고 했다. 그 아이는 굉장히 작고 귀여웠다고 하셨다. 그러던 그 아이의 눈에 눈물이 그렁그렁 맺히는데 그렇게도 마음이 아팠다고 말씀해 주셨다. 그렇게 다시 아이를 진정시키고 아이스크림까지 사 주었더니 글쎄 갑자기 그 아이가 종이를 꺼내서 무언가 적었다고 했다. 그 조그만 고사리 같은 손으로 연필을 쥐고서는 '안녕하세요, 아저씨. 저를 구해 주셔서 감사합니다. 저에게 아이스크림을 사 주셔서 감사합니다. 아저씨께서 저를 살려주신 덕분에 저는 더 오래 살 수 있어졌어요. 열심히 예쁘게 잘 크도록 노력할게요.' 그런 식으로 아이가 메모지에 적어 전해 주곤 홀연히 떠나 버렸었다. 그리고 다시 20년 정도 지나, 어떤 청년이 길을 물었다.

"저 혹시, 죄송한데 이곳에 가려면 어느 버스를 타고 가야 할까요?"

"이곳에 가려면 곧 있으면 오는 버스를 10분 동안 타고 걸어서 5분 정도 더 걸어가야 해요."

"감사합니다. 저 제가 드릴 건 없고 더우실 텐데 목이라도 축이시라고, 여기 시원한 물드세요." "아이고, 그냥 예쁜 청년이 길을 가다 나에게 친절하게 길을 물어봐 주었는데 제가 어떻게 대답을 해주지 않을 수 있어요? 그래도 대답했다고 이렇게 선물까지 주네, 고마워. 잘 마실게요."

"아니에요, 제가 드릴 게 물밖에 없어서 죄송하죠. 그런데 제가 탈 버스는 몇 분 뒤에 여기 오나요?"

"한 20분쯤 뒤에 올 것 같은데"

"아, 감사합니다. 그럼 저도 여기서 기다려야겠네요."

"내가 젊을 때 20년 전이었나. 그때도 이렇게 착한 꼬마 아이를 만났어요. 기차역에서. 그 아이도 지금 청년같이 예쁘게 컸겠지요. 내가 기차에 치일 뻔한 아이를 살려주었는데 글쎄 그 아이가 나에게 고사리 같은 손으로 작은 메모를 써 주는 거예요. 죽을 뻔한 자신의 목숨을 살려주셔서 감사하다고. 예쁘게 잘 크겠다고. 어린 아이가 그런 말을 메모지에 남기곤 사라졌어. 다시 자기 가족에게 잘 돌아가 예쁘게 잘 크고 있으면 좋겠네요."

"저.. 혹시 그 아이에게 아이스크림도 사 주셨나요? 그리고 등산복을 입고 계셨나요?"

"어떻게 알았죠? 그때 등산을 하고 내려오는 길에 기차를 타고 어머니 집으로 가려고 하는 중이었지요. 그 아이가 울먹이기에 아이스크림을 사 먹이며 달래주었는데, 아직도 그 기억이 선명하게 남아 있어요."

"저 어르신, 당황스러울 수 있으시겠지만 그 어린아이가 저인 것 같아요."
"네? 청년이 그 어린아이라고요?"

"네, 그런 것 같아요. 혹시 그 애 장화를 신고 비옷을 입고 있지 않았었나요?"

"맞아요, 그날 비도 오지 않고 비가 온다는 소식도 없었는데 그 아이가 비옷을 입은 채 우산을 들고 있었어요."

"그날 제가 슬픈 일이 있었거든요. 그래서 슬플 때 비옷을 입으면 울 때 비옷이 그 눈물을 다 막아주는 것 같아서 좋았어요. 어릴 땐 슬픈 일이 있을 때면 비옷을 자주 입었었어요."

"아, 그 아이가 이렇게 잘 자라 예쁜 청년이 되었네요. 이렇게 다시 만날 줄이야."

"그러게요, 저도 놀랐어요. 어떻게 버스 정류장에서 어르신을 다시 만날 줄 누가 알았겠어요."

그랬다. 그 청년이 바로 지금 나의 담당 작가님이셨다. 마침 작가님은 그때부터 작가를 준비하고 있었고, 그 어르신은 이름만 대도 다 아는 유명한 이사역 작가님이셨다. 그렇게 둘은 한참 이야기를 하다 글을 쓴다는 공통점을 찾게 되었고, 혹시 괜찮으면 같이 일해 보지 않겠냐는 어르신의 말에 작가님은 흔쾌히 감사하며 일을 같이 시작하게 되었다고 하셨다. 그 이야기를 나는 대학교 다닐 때 들어본 적 있었기에 작가님을 처음 보았을 때 마냥 처음 만난 분이 아니라 오래전부터 계속 알고 지내던 분 같아 친근하게 느껴져 일을 할 때도 굉장히 편했었다.

그리고 놀랐던 건 작가님이 착하신 건 알았지만 어린 아이였을 때부터 그랬다는 것에 다시 감탄하고 놀랐다. 어릴 때의 나였으면 나를 구해 주신 분께 어떤 말을 했을지 상상해 보곤 했다. 어릴 때의 나였으면 도무지 이야기할 수 없었던 감사라는 표현을 작가님은 어릴 때부터 일찍 표현하는 방법을 알았고, 아는 데에 그치지 않고 실천을 꾸준히 해오셨다. 바쁘지 않으실 땐 주말엔 꼭 벽화에 그림을 그리는 봉사를 한다거나 아이들에게 동화를 읽어주시는 봉사는 꾸준히 해 오셨다. 모르는 남들이 보면 작가님이 어느 정도 경제적인 면에서 충분하다고 오해하시는 많은 분들이 있다. 실제로는 작가님도 그렇게 경제적인 면이 충분하지는 않다. 물론 나보다는 경제적으로 더 우위에 계시겠지만. 경제적 여유보다 마음의 여유를 가지고 특별한 것이 아니라 일상생활에서 자기가 할 수 있는 범위 내에서도 누군가를 도와주는 것이 진정한 봉사라는 것을 일깨워 주신 분이다. 그래서 나는 우리 작가님을 존경하면서 제일 살아가면서 닮아가고 싶은 사라 중 한명이다.

"한솔씨랑 선호씨는 지금 당장 회의실로 잠깐 들어와 주세요."

작가님의 부름이었다. 회의실? 왜 이한솔이랑 나만 둘이 부르신 거지? 그런 생각을 하며 회의실로 향했다.

"여기 두 분 잠깐 앉아주시고. 다름이 아니라 저희가 이제 곧 있으면 신인 배우들 면접을 보잖아요. 그래서 1차 예선 때 너무 많은 분들이 지원을 해주셔서 지금 그 영상을 다 보고 떨어뜨릴 사람은 떨어뜨리고 괜찮다 싶은 사람을 일단 본선으로 진출시킬 거예요. 그래서 그 일을 한솔씨랑 선호씨가 해줬으면 하는데 어때요?"

"당연히 해야죠, 그럼 저랑 한솔이가 열심히 찾아서 작가님께 추려서 보고해 드리겠습니다."

"네, 실은 저도 주말에 다 봤었거든요. 그래서 제가 생각 해 놓은 사람을 몇 분 적어 놓았는데, 제 생각만 들어가면 예선에서 떨어지신 분들은 너무 억울할 것 같아서요. 그래서 혹시 선호씨랑 한솔씨가 추려주신 분들 제가 추린 분들과 비교하면서 오늘 저녁에 회의하고 퇴근하도록 합시다. 아, 너무 애매한 것 같으면 예지씨랑 다인씨 불러서 같이 해도 되는데, 지금 예지씨랑 다인씨도 제가 시켜놓은 것들이 있어서 아마 바쁠 것 같아요. 수고 좀 해줘요."

"네, 알겠습니다. 추려서 작가님께 알려드릴게요."

"네, 고마워요. 아 그리고 영상으로 참여해 주신 분들이 500명 가까이 되는데 거기서 저희가 100명을 뽑아야 해서 신중히 결정해 주세요."

"아, 그렇군요. 네 알겠습니다."

이한솔과 나는 이때까지의 어색함을 풀 겨를도 없이 바로 영상을 보았다. 각 한명 당 2분정도 소요되는 연기 영상을 보냈으며, 그중에는 진짜 못하는 사람도 있었고, 그냥 그런 사람도 있었고, 진짜 눈에 띄게 잘하는 사람도 있었다. 그렇게 한 300명 조금 넘게 영상을 보고 있을 때였다. 시계를 보니 어느새 5시. 빨리 하면 9시 전까지 다 끝낼 수 있을 거란 희망을 가지고 열심히 정리를 하고 있었다.

한 300명 넘게 보니 어느새 연기를 못하는 사람과 잘하는 사람을 분류하는 능력이 생겼다. 대부분 못하는 분들은 우는 연기를 도전하셨고, 서론 부분이 길어서 연기에 대체로 집중하지 못하게 만들었다. 연기가 되지 않아 편집의 힘을 빌린 영상들도 꽤나 있었다. 이 영상들을 보다보면 장난식으로 시도해놓고 합격하면 좋지 라는 마음가짐으로 도전하는 사람들이 종종 보였다. 그러나 그 방식은 매우 보기에 좋지 않았으며, 굉장히 한심해 보이는 경우도 더러 있었다. 이렇게 누군가는 꿈을 향해 쫓아가고 있는 반면에 누군가는 그 꿈에 대해서 그냥 단순히 돈을 버는 목적만으로 대충대충 도전하는 모습이 그려졌다. 그런 식으로 기준을 세우다 보니 영상의 지원자들을 쉽게 분리 해 낼 수 있었고, 어느새 400명을 넘긴 영상을 다 보았다. 100명의 영상만 더 보면 이제 끝난다. 벌써 7시였다. 저녁시간이라 그런지 꽤 출출해져 왔다. 배고파져 있는데, 작가님께서 저녁 배달 왔다고 밥 먹고 하라고 해주셔서 빨리 밥을 먹고 다시 남은 100명의 영상을 다시 봐야겠다.

"어떻게, 잘 되어가요? 너무 힘들죠?"

"네, 생각보다 500명이 너무 많네요. 그래도 계속 하다 보니까 누가 연기를 잘하고 대충하고 그런지 눈에 이제 막 보이더라고요. 신기했어요."

"오, 정말요? 나는 몇 명 남지 않았을 때 그게 보이던데. 끝자락에 보여서 제대로 분리한 건지 모르겠어서 선호씨랑 한솔씨한테 부탁했어요. 진짜 미안해요. 이거 완전 힘들었거든 나도 하면서."

"저도 아직 연기 잘하는지 못하는지는 구분이 안 되고 그냥 열심히 했는지 안 했는지 그것만 보이더라고요."

이한솔이 말했다. 오늘 굉장히 피곤했는지 아침부터 축 처져 있었다. 그냥 그러려니 넘겼는데 이제야 갑자기 걱정되기 시작했다. 얘가 나이가 몇 살인데 아직까지 이별 후유증을 겪고 있는 건가 싶기도 하고 아니면 다른 문제 때문에 힘들어서 이러는가 싶기도 했다. 웬만하면 남들한테 힘든 거 티 안내는 스타일인데 그날따라 많이 힘든 것 같았다.

"야, 괜찮냐? 왜 이렇게 요즘 힘이 없어 보여?"

"요즘에 잠을 좀 설쳤더니 좀 피곤하네."

"무슨 일 있어요, 한솔씨?"

"맞아, 요즘에 한솔씨 너무 무기력해 보이긴 했어. 너무 힘든 것 같은데."

직원들도 한마디씩 덧붙였다. 다들 이한솔이 힘들어 보이고 무기력해 보인다고. 설마 이한솔 어머니 혹은 아버지 아프신 걸까. 아니면 얘가 이렇게까지 텐션이 다운 될 애가 아닌데. 무슨 일인진 모르겠지만 알 수 없는 불안함이 마음속에서 계속 솟구치고 있었다.

"한솔씨, 내가 죽 가져올 테니까 지금 그거 돌려 먹고 집 가서 오늘은 쉬어요. 내가 괜히 미안하네.

"아니에요, 저 혼자 하는 일이면 집 가서 하면 되는데 남선호랑 같이 하는 거라서… 그리고 또 팀에 민폐 끼치고 싶지 않아요."

"야, 너 빨리 가서 쉬어, 장난하나. 이러다가 너 쓰러지면 누가 업고 뛰라고. 누구 고생시키려고 이래. 빨리 가서 쉬고 얼마 안 남았으니까 나 금방 할 수 있어. 걱정 말고 오늘은 가서 쉬어요."

"그럼 다들 죄송한데 오늘만 제가 먼저 가도 될까요? 오늘은 저도 제가 몸이 좀 안 좋은 것 같아서. 곧 있으면 또 신인배우들 면접 봐야 하는데."

"당연히 가도 되지. 푹 쉬어."

한동안 서먹서먹했고 저번에 전화할 때 내가 너무 퉁명스럽게 말했나, 괜히 이한솔이 아픈 게 나 때문인 것만 같았다. 퇴근하고 약이라도 사 가봐야겠다. 내 머릿속은 온통 이한솔 생각밖에 나지 않아 업무에 집중도 잘 되지 않았다. 괜히 안 하던 타자 실수를 하고 작가님한테 보내야 하는 메일을 다인씨한테 보내고. 심지어는 내용이 잘못된 문서를 파쇄기에 넣어야 하는데 작가님이 부탁하신 출력물을 파쇄기에 넣고 갈아버렸다. 다행히도 작가님이 부탁하신 출력물은 컴퓨터 파일이 존재해 십년감수했다. 나에게 이한솔의 존재가 이렇게나 컸었나. 그냥 감기나 몸살이면 이렇게까지 걱정은 안 했다. 내가 괜히 짜증내고 그래서 이한솔이 아픈 것만 같아 그렇다. 친구의 친한 정도를 오래 봐온 햇수로 따지는 걸 별로 좋아하지는 않지만 이한솔과는 예외라는 것을 깨달았다. 내가 우울하고 힘들어 할 때 소주 맥주 안주 삼종 세트로 사와서 나랑 같이 술잔을 기울여주던 친구도 이한솔, 내가 기쁘고 좋을 때 같이 옆에서 웃어준 친구도 이한솔, 학창 시절 때 가끔씩 하던 일탈도 같이 했던 친구도 이한솔이었다. 오래 봐왔고, 오래 봐온 만큼 서로에 대해 잘 알고 어쩌면 가족과도 같은 친구라는 걸 이제야 제대로 알게 되었다.

"안녕히 계세요!

회사에서 나오자마자 일단 먼저 약국으로 발걸음을 옮겼다. 늦은 시간이라 약국이 닫혀 있진 않았을 까 조바심 내며 왔는데, 딱 마침 회사 건물 옆 상가에 있는 약국에 불이 켜져 있었다. 혹시라도 마감하고 있는 시간이어서 약을 못 판다고하면 어쩌나 싶은 마음에 더 빨리 뛰어갔다. 약국의 문을 열고 헉헉 거리며 약사에게 말했다.

"그 감기약 좀 주세요."

"정확한 환자 증상은요?"

"감기 몸살 같은데 열도 좀 나고 얼굴도 창백해지고 그랬어요."

약사가 어디선가 약을 가져오더니 설명해 주었다.

"이 약은 하루에 3번 정도 복용해 주시면 되고, 열이 많이 날 때는 해열제를 꼭 먹여야 합니다."

"아, 해열제가 있으려나? 해열제도 하나 주세요."

"네."

그렇게 약국에서 약을 산 뒤 빨리 택시에 올라탔다. 재빠르게 아저씨께 주소를 불러 드리고는 나는 배달 앱을 켰다. 배달 앱으로 죽을 시켰다. 웬만하면 죽을 직접 사 가려고 했는데 도저히 시간이 되지 않을 것 같아서 시켰다. 갑자기 너무 초조했다. 이한솔의 모습이 딱히 상상되진 않았지만 상상되지 않았기에 더 조급했던 것일지도 모르겠다. 곧 택시가 이한솔네 집 앞에 도착했다. 기사 아저씨께 돈을 드리고 바로 택시에서 내려 이한솔 집으로 향했다.

'똑똑똑' 문을 먼저 두드렸다.

"야, 이한솔, 나 왔어 문 열어봐. 야. 나 비번 누르고 들어간다."

'띠띠띠띠 띠리리링'

내가 비밀번호를 누르고 이한솔네 집으로 바로 향했다.

"야, 왜 대답이 없어. 괜찮냐? 많이 아파?"

대답이 없었다. 정적이 흘렀다. 쓰러지기라도 한 건가? 얼른 이한솔의 침실 쪽으로 향했다. 갑자기 심장이 빨리 뛰기 시작했다. 뭐지뭐지 진짜 쓰러지기라도 한 건가? 왜 대답이 없지?

"야, 괜찮냐니까. 대답이 없어."

"……."

침대에서 이한솔이 누워 있었다. 혹시 몰라 이불을 뒤집어쓰고 있는 이한솔을 이불을 내려 확인했다. 애가 사시나무처럼 떨고 있고, 온몸은 땀으로 흥건히 젖어 있었다.

"야! 너 왜 이래? 괜찮아? 많이 아파?"

"……."

이한솔은 별다른 말을 하지 않았다.

"야, 일단 병원부터 가자."

무작정 이한솔을 업고 나왔다. 앞에 택시가 바로 한 대 있었다. 바로 택시에 탔고, 근처 응급실로 바로 가달라고 했다. 다행히 늦은 시간이라 차가 많이 없어 밀리지 않았고, 아저씨께서도 많이 걱정되셨는지 빠른 속도로 응급실로 향해 주셨다.

"감사합니다."

"아니에요. 난 그냥 돈 번다고 한 일인데. 그쪽 친구 많이 아픈 것 같은데 빨리 들어가 봐요."

"네, 감사합니다. 안녕히 가세요."

이한솔을 얼른 등에 다시 업고 응급실로 향해 뛰어갔다.

"여기, 여기 사람 좀 봐주세요, 많이 아파요."

내가 뭐라 해야 할지 몰라서 일단 시간이 급해 아무 말이나 뱉었다. 병원은 한적했고 내 목소리가 크게 울리자 의사 몇 명과 간호사들이 뛰쳐나와 이한솔을 받아주었다.

"증상은 어떻게 되죠? 언제부터 이랬었죠?"

의사가 다급하게 나에게 물어 보았다.

"같이 일을 하다가 얼굴이 창백해진 것을 봤었고, 집에 가 보니 열도 많이 나고 기침도 꽤나 하더라고요. 이렇게 심하게 된 건 한 3시간쯤? 된 것 같아요."

"네, 일단 알겠습니다. 일단 먼저 보호자 동의서에 사인해 주시고요, 친구분은 지금 링거를 놔드렸는데 링거를 맞고도 괜찮아지지 않으면 몇 가지 검사를 진행할 거예요."

"네, 알겠습니다. 그냥 감기몸살인 거죠?"

"저희도 그렇게 생각하고 있습니다. 링거 맞으면 대부분 다 괜찮아지시니까 걱정 마세요."

의사의 말에 그래도 한시름 놓았다. 병원까지 이한솔을 업고, 뛰고, 심장도 너무 빨리 뛰어서 아직까지 이게 무슨 상황인지 정확히 인지되지 않았다. 정신이 너무 없었다. 그렇게 이한솔이 정신을 차리기까지 나는 계속 앉아 있었다. 앉아 있다 너무 피곤했는지 눈이 점점 무거워졌다.

그러고는 계속 잤는지, 일어나 보니 3시였다. 이한솔은 깨어 있었다.

"야, 괜찮아?"

"어, 조금. 어떻게 된 거냐? 기억이 잘 안 나네."

"아니 네가 아픈 것 같아서 회사 마치고 약 사서 바로 네 집으로 갔는데, 네가 무슨 사시나무 떨듯이 떨고 이불을 푹 덮어쓰고 있고 온몸은 땀으로 젖어 있어서……."

"아, 그랬구나."

"나 잠깐 화장실 좀 다녀올게."

"어."

피곤함을 떨치려 세수를 하러 화장실로 향했다. 화장실에 가며 휴대폰을 확인해 보니 문자며, 메시지며 너무 많이 와 있었다. 일단 아까 시킨 죽을 배달하시는 분께서 전화를 5통이나 하셨다. 괜히 죄송했다. 바로 문자를 보냈다. '죄송해요. 지금 친구가 많이 아파서 응급실에 와 있었어요. 미리 취소했어야 하는데 죄송합니다.'

배달하시는 분께 메시지를 보내고 난 뒤 다른 문자들과 연락을 확인했다. 할머니께서 오늘 저녁에 다 같이 과일이나 먹자고 문자를 넣어주셨는데 그것도 이제야 확인을 했다.

'할머니 죄송해요. 요즘 조금 바빠서 이제야 확인했네요. 다음에 꼭 같이 먹어요! 이제 확인해서 죄송해요.'

화장실에 가서 찬 물로 세수를 한 뒤 거울을 보았다. 다크 서클에 피곤했는지 입술도 터져서 피가 말라 붙어 있었고, 얼굴에 뾰루지가 나기 시작했다.

"하, 얼굴 많이 상했네."

한참을 화장실에서 얼굴을 들여다보다 지금 이럴 때가 아니지 하면서 빨리 나갔다.

"똥 싸고 왔냐? 왜 이렇게 늦게 와."

"그래 똥 싸고 왔다. 됐냐? 농담하는 거 보니까 이제 괜찮은가 보네."

"뭐, 이제 좀 괜찮아지는 것 같다."

"야, 솔직히 말해. 갑자기 왜 이렇게 아픈 건데."

"뭐 아픈 데 이유 있나. 늦게 자고 패턴 다 무너져서 면역력 떨어져서 그런 거지 뭐."

"진짜야? 그게 다야?"

"진짜야. 그럼 뭐가 더 있어야 하는데? 뭐가 있길 바라는 눈치다?"

"아니, 뭐 그런 건 아닌데. 혹시나 다른 이유 있나 싶어서. 아 그리고 네 부모님께는 연락 안 드렸어. 괜히 걱정하실까 봐."

"고맙다. 안 그래도 엄마가 요즘에 전화 안 된다고 어디 아프냐면서 집에 오려고 하던데. 아프다 했으면 바로 올라왔을걸."

"그래도 의사선생님이 조금 휴식을 더 취하라고 하니까 내일은 휴가 내고 좀 쉬어."

"그래도 요즘에 한창 바쁜데 이렇게 내가 한 명 빠지면 그 많은 일은 너네랑 작가님이 다 해야 하잖아. 한 명 더 들어와도 일 빡셀 텐데 내가 빠지면 안 되지."

"그래도 내일 오늘처럼 일하면 너 무조건 또 쓰러진다." "또 누굴 고생 시키려고." "장난하나 진짜. 그래도 너 덕분에 살았다. 내가 나중에 밥 한 끼 살게."

"밥 한 끼가 뭐냐 밥도 사고 술도 사고 네가 다 사."

"그래, 그래 일단 다 낫고."

"이미 다 나은 것 같은데 뭘."

한참 둘이서 떠들고 있을 때 간호사가 말을 걸어왔다.

"이한솔씨 보호자 분? 링거 거의 다 들어갔는데, 환자분 괜찮으신지 한번 확인할게요."

"네."

"이제 괜찮아지신 것 같네요. 그럼 집에 가셔도 되고. 혹시 집에 해열제 있으신가요? 혹시 다시 열나면 해열제 드세요."

"알겠습니다. 지금 바로 가도 되나요?"

"네, 링거 다 맞았으니까 빼드릴게요. 아까 다하셨으면 바로 가셔도 됩니다."

"네, 안녕히 계세요."

"안녕히 가세요."

병원을 나서니 벌써 밖은 어둑어둑했다. 말없이 버스정류장을 향해 걸었다. 무심코 옆을 바라보니 앞을 바라본 이한솔의 얼굴이 보였다. 달빛에 비춰진 한솔이 얼굴은 초췌하고 핏기가 없었다. 그래도 다행인 건 입 꼬리만큼은 올라가 있었다. 마음이 놓였다.

"기분 좋냐? 왜 웃어."

"기분 좋으니까 웃지."

"왜 기분 좋은데. 아픈데 좋냐. 바보야."

"아픈데 좋겠냐. 그냥……."

"그냥 뭐. 친구한테 말도 못하냐."

"고맙다."

이한솔에게서 이렇게 직접적인 감정표현을 들은 적이 손에 꼽을 정도로 적어 당황했다. 얘가 원래 재밌고 웃겨도 고맙다 미안하다 이런 표현은 직접적으로 말로 잘 안 하는데. 아까까지 웃고 있던 한솔이 표정이 한껏 진지해졌다.

"뭐가? 갑자기 왜이래. 오글거리게."

"나 병원 데려다 줘서 고맙다고. 너 아니었으면 나 그대로 쓰러졌을 수도. 그래서 고맙다고."

"야, 친군데 당연한 거 아니냐."

"그러니까. 내 친구 해줘서 고맙다고."

한솔이에게서 뜻밖의 말을 들은 후로 집에 들어가는 내내 기분이 좋았다. 이한솔 집에 들어가 보길 잘했다는 생각이 들기도 했고 아니 그냥 친구가 되길 잘했다는 생각이 들기도 했다.

한솔이와 친해지게 된 건 초등학교 6학년 때였다. 난 그때쯤에 같은 학교에 좋아하는 여자애가 있었다. 다른 반이었지만 현장체험학습 때 반별로 몇 명씩 섞어서 동아리를 하는 활동이 있었다. 난 그때 로잉머신이라는 노 젓는 운동기구 동아리에 들어 있었는데 그 아이도 그 동아리에 있었다. 선생님이 시키는 대로 운동기구 위에서 운동을 하고 있다가 고개를 돌렸는데 그 아이가 자기 친구와 함께 떠들며 활짝 웃고 있었다. 그 웃음에 첫눈에 반했다. 가지런한 앞니를 훤히 드러내며 웃는 모습이 정말 예뻤다. 그후로 그 아이의 눈에 들기 위해 별짓을 다했다. 일부러 그 아이 반을 자주 지나가기도 하고 그 아이의 친구와도 친해져 보았다. 그런데 그 아이는 날 한 번도 봐주지 않았다. 기껏해야 날 보고 웃는 정도였다. 그 이상은 절대 가까워지지 않았다. 날 봐주지 않는 그 아이 때문에 심통이 날 무렵 절망적인 소식이 들려왔다. 그 아이에게 남자친구가 있었다는 것이다. 심지어 내가 그 아이를 좋아하기 전부터 그 둘은 사귀고 있었다. 화가 나면서도 궁금해 그 남자친구라는 애를 찾아봤다. 그 남자친구라는 애를 보고는 드는 생각이 있었다. '나랑 더 잘 어울리겠다.' 짜증이 나 더욱더 그 아이를 좋아했다.

그러던 어느 날 그 아이의 남자친구가 나에게 메시지를 보냈다.

'내 여자친구한테 메시지 보내지 마.'

너무 속상해서 그 아이의 남자친구를 미워하게 되었다. 그런데 시간이 지나고 그 둘은 헤어지고 보니 그 메시지는 그 아이의 남자친구가 보낸 것이 아니었다. 내가 좋아했던 그 아이가 자기 남자친구 휴대폰으로 나에게 메시지를 보낸 것이었다. 내 환상 속 그 아이는 한없이 순수하고 착했는데 알고 보니 겉으로는 나에게 항상 웃어주면서 자기 남자친구까지 마음을 다치게 한 것이었다. 또 우리 둘 말고도 메시지를 보내며 노는 다른 남자아이들도 있었다. 그 아이는 생각보다 많이 잔혹했다. 그 아이의 남자친구의 이름은 이한솔이었다. 나는 그 아이를 좋아하다 마음에 상처를 입었고 한솔이는 그 아이의 사이코패스 같은 면에 상처를 입었다는 그 사실에 서로 동지애를 느껴 친구가 되었다.

그런데 그렇게 친해지고 보니 서로 겹치는 면이 생각보다 많았다. 둘 다 게임 하는 걸 즐겼고 드라마 보는 것도 무지막지하게 좋아했다. 그때 우리 또래 남자아이들 중에서는 드라마 보는 것을 즐기는 아이들은 별로 없었는데 취미가 겹쳐 너무 좋았다. 무엇보다도 진로가 같았다. 둘 다 자기 마음을 표현하는 것은 좋아했는데 소심해서 많은 사람들 앞에서 서는 것은 잘 못했다. 또 노래는 가수가 될 만큼 하지 못했기 때문에 우리가 좋아하는 일을 하려면 남은 선택지가 글을 쓰는 것이라 생각해 중학교 고등학교 대학교까지 같이 졸업했다. 심지어 군대도 동반입대를 해 내 인생의 반을 한솔이와 같이 살았다고 해도 무방했다.

이한솔과의 추억들, 기억들을 떠올리며 잘 준비를 하니 시간이 금방 갔다. 오늘 정말 다사다난한 하루였던 것 같다. 사무실에 앉아 수많은 영상들을 보며 내 눈을 혹사시키고 바로 이한솔을 업고 뛰어 병원에 가고. 내 몸이 남아나지 않을 것 같다. 이불을 덮고는 웅크리는데 콩이가 침대 위로 폴짝 뛰어 올라왔다.

"콩아. 일로 와."

콩이가 내 품 속에 쏙 들어왔다. 콩이가 내 피로를 풀어줄 수 있을 것만 같았다. 콩이를 꼭 안고는 곧바로 잠에 들었다.

오늘부터는 웹 드라마 '따로 또 같이'를 위해 준비를 한다. '따로 또 같이'는 아직도 심각한 인권 침해 문제들을 다루고 있는 약간의 로맨스가 섞인 학교 드라마이다. 남자 주인공, 여자 주인공들은 정해져 있지만 주인공들 못지않게 조연들도 각각 꽤 큰 비중을 차지 할 거라 더욱더 배우들을 신중하게 뽑고 신중하게 진행해 나가야 한다. 스토리도 진지하고 사회적으로 이슈가 많이 되는 스토리라 단 한번만이라도 실수를 하면 그대로 기사거리로 나가는 것이다. 그러니 조심 또 조심해야 한다. '따로 또 같이'라는 제목은 인권 보호를 위해서는 개인적으로, 스스로 노력해야 하고 다같이, 사회적으로 노력해야 한다는 의미를 담고 있다. 커다란 의미를 담고 있는 만큼 책임감이 막중했다.

배우들 오디션을 하기 전에 오늘은 웹 드라마 감독님들과 스태프 분들부터 만나보기로 했다. 내가 메인 작가가 아님에도 불구하고 작가님 뒤에서 같이 따라 갈수 있기에 영광이었다. '따로 또 같이'의 총감독님은 웹 드라마 계에서는 거의 신이라고 불리는 감독님이셨기에 두근두근 대는 가슴을 한껏 진정시키고는 감독님들을 뵈었다.

"안녕하세요. '따로 또 같이'의 대본을 맡게 된 작가 김주헌입니다. 이쪽은 제 보조로 일하고 있는 남선호라는 친구입니다."

작가님이 인사함과 동시에 나도 뒤에서 고개를 꾸벅 숙였다. 텔레비전에서 방영하는 드라마가 아니고 비교적 가벼운 웹 드라마라 그런지 사람들의 분위기도 조금은 가벼웠다. 이 분위기 그대로 이어가며 미팅을 진행했다. 순식간에 결정해야 할 사항들도 모두 다 결정되어 미팅이 마무리되었다.

시간이 왜 이리 빠르게 가는지 뭐했다고 벌써 오디션을 보는 날 아침이었다. 월요일에 이한솔과 같이 봤던 영상 속 주인공들이었다. 확실히 우리가 보고 반 정도는 골라냈더니 영상으로 본 것 보다는 조금 더 실력 있는 배우들의 비율이 높았다. 정말 예쁘게 생겼지만 이 웹 드라마의 주인공 배역과는 어울리지 않는 배우, 주인공 배역과 어울리지만 다른 배우들과의 얼굴 조화가 잘 되지 않는 배우, 연기는 정말 잘하지만 우리가 생각한 역할의 이미지와는 다른 배우까지. 정말 다양한 특징을 가진 배우들이 지나갔다. 딱 100% 완벽한 배우는 없었지만 그래도 노력하면 이 드라마 볼 만하겠다 라고 생각이 든 배우들을 뽑아 오디션을 끝마쳤다. 나름 만족스러웠다. 작가님도 꽤 만족스러워 하는 것 같았다. 이런 식으로 순차적으로 배우들도 뽑고 일주일 뒤 첫 번째 대본 리딩이 시작되었다.

"안녕하세요! 이 웹 드라마에서 여자 주인공 장효진 역할을 맡게 된 임상미예요. 잘 부탁드립니다."

적당히 귀엽지만 강단 있어 보이는 얼굴의 임상미 배우님의 인사를 시작으로 다 같이 인사를 이어갔다. 순조롭게 첫 번째 리딩도 즐거운 분위기 속에서 진행되었다. 조금 걱정했던 임상미 배우님이 생각보다 연기를 잘해서 다들 놀라워했다. 아마 일주일간 맹연습을 했을 수도. 배경이 학교인 만큼 배우들도 다들 어렸다. 아역배우를 제외한 가장 어린 배우가 이제 갓 성인이 된 20살의 도혜지 양이었다. 도혜지 양은 제대로 된 연기를 해보는 것도 이게 처음이라는데 너무 잘해 줘서 고마웠다. 다들 나이보다 뛰어나 연기를 펼쳐줘서 내 안목이 틀리지 않았다는 걸 증명 받은 기분이라 좋았다. 난 어릴 적부터 연기는 더럽게 못해서 발연기의 제왕이라는 별명까지 가지고 있었다. 그렇기 때문에 연기 잘하는 사람들만 보면 되게 신기하고 놀라웠다. 난 절대 저렇게 못 하는데 저걸 어떻게 저렇게 자연스럽게 연기하지?

대본 리딩을 마치고 직접 촬영에 들어가기 전까지 일주일의 시간이 남았다. 각자 준비하고, 공휴일도 있고 주말도 있어 생각보다 대본 리딩 이후의 촬영까지의 여유가 있었다. 작가들은 촬영현장에 촬영감독만큼 잘 가지 않기 때문에 작가들은 배우들과의 대본 리딩을 마치면 해야 할 일의 대부분은 끝냈다고 볼 수 있다. 그제야 우리는 모두 한시름 놓았으며, 평소와 다를 바 없이 각자 자신의 자리를 묵묵히 지키며 일을 하고 있었다.

"와, 벌써 가을이네. 벌써 쌀쌀한 것 봐. 왜 이렇게 빨리 지나가는지 모르겠다."

대부분 웹 드라마 대본을 쓰고 나면 한 계절이 훌쩍 지나가기 때문에 대본을 쓰다 보면 계절 지나가는지 모르는 경우가 많다.

"그러게요, 벌써 가을이네요. 시간 진짜 빠르다."

"우리 오랜만에 회식 할까요 다들? 대본 쓰고 배우들도 뽑고 대본 리딩도 가고 다들 처음이신 분들도 많았을 것 같은데 같이 회식할까요?"

"네, 좋아요!"

"완전 좋죠!"

"그럼 지금 나갈까요? 메뉴는 소고기로~"

"좋습니다! 완전 많이 먹어야겠다."

"다들 많이 먹어요. 우리 진짜 열심히 했었잖아. 그리고 앞으로도 이렇게 열심히 더 해주길 바라는 의미에서."

우리는 차를 타고 근처 맛집이라고 소문난 원래는 기다려서 먹어야 하는 소고기 집에 도착했다. 가격도 워낙 비싸고 예약하지 않으면 잘 먹을 수 없는 곳이라 다들 들떠 있었다. 역시 이런 모습을 보면 작가님이 너무나도 센스 있다는 것을 알게 된다. 그리고 또 그 센스를 나도 배워서 언젠가 써먹고 싶다는 생각도 든다.

"역시 우리 작가님 센스. 여기 어떻게 예약하셨어요?"

다인씨와 예지씨가 엄청 들떠 있었다. 안 그래도 둘이 가 보고 싶었는데 바쁘기도 바빴고 예약도 무지 힘든 곳이라면서 둘이 계속 이야기를 했다.

"SNS에서 보니까 여기 엄청 유명하더라고. 나도 한 번 가 보고 싶었는데, 혼자 가는 것보다야 우리 회사 식구들 다 같이 가면 좋잖아요. 다들 여기 괜찮나요?"

"네, 너무요. 작가님 센스 따라올 사람 아무도 없어요. 진짜."

"작가님 감사해요. 저도 예약해서 가 보려고 했는데, 예약이 쉽게 안 되더라고요. 근데 어떻게 예약 하신 거예요?"

"아, 사실은 제 사촌 누나가 여기서 일하고 있거든요. 그래서 지인찬스 좀 썼죠 뭐,"

"와 대박이다. 사촌 누나가 혹시 여기 사장님이세요? 가족들도 다들 잘 못 온다고 하던데.."

"아..뭐.. 그렇죠. 누나도 저희 가족만 받기에는 예약 손님들도 많고 공정하지 못하다면서 잘 안 받아주려고 하는데 제가 떼를 써서, 그러니까 오늘 다들 많이 드셔야 합니다!"

"아, 그렇구나. 작가님 진짜 감사해요. 여기 예약하려면 최소 한 달은 기본으로 기다려야 한다고 하던데."

"아니에요. 이런 때 안 가 보면 언제 가 봐요. 곧 있음 또 바빠질 텐데. 미리 뇌물 드리는 겁니다. 열심히 일하시라고."

"당연하죠, 이정도 뇌물이면 저희 1년은 꼬박 더 열심히 일할 수 있습니다."

"그 정도면 저희 사촌 누나한테 맨날 구걸해야 하겠는데요.""그럼 저희야 감사하죠."

곧이어 식당에 도착했다. 식당 외부는 어느 호텔에도 지지 않을 만큼 깔끔했고 세련되어 보였다. 게다가 지은 지 얼마 되지 않은 건물이라 주변 건물들에 비해 굉장히 좋아 보였다. 그리고 SNS로도 많이 알려져 젊은 사람들뿐만 아니라 가족 단위로도 많이 오는 분위기라 부담스러운 분위기도 아니었다. 누구나 편안하게 갈 수 있는 분위기 같았다. 우리가 가게에 들어서자마자 작가님의 사촌형 되시는 분께서 우리를 맞아 주셨다. 우리를 위해 특별히 제일 좋은 자리로 안내해 주셨다. 우리는 그 자리로 들어가는 순간 다들 입을 다물지 못했다.

"와아."

"안녕하세요, 저는 여기 사장 이보라라고 합니다. 다들 저희 사촌동생이랑 다 같이 일하시는 분들이라고."

"네. 안녕하세요."

"여기는 VIP고객님들만 자주 안내해 드리는 곳인데, 저희 사촌 동생이랑 같이 일하시는 분들이라고 해서 특별히 내드리는 거예요. 다들 맛있게 드세요."

"감사합니다."

"작가님, 저희 그러면 VIP들만 먹는 곳에서 먹는 거네요? 작가님 완전 감사합니다. 저희가 이런 곳엘 다 와 보고."

"아니에요. 저도 이 정도까지는 기대도 안 했는데 누나가 많이 신경 써줘서, 다들 맛있게 드세요!"

우리는 그렇게 소고기를 많이, 맛있게 구워 먹었다. 다들 배가 부른 줄도 모르고 계속 먹었다. 밑반찬도 다른 식당과는 다르게 굉장히 깔끔했고, 맛은 물론이며 고급스럽기까지 했다. 밑반찬은 뭐가 다르겠냐며 처음에는 그렇게 생각했지만, 결코 그렇지 않았다. 왜 인기가 있고 예약이 그렇게 어려운지 알 것 같았다. 후식까지도 굉장히 비싼 과일이며 음료는 직접 만든 과일 주스로 나왔다. 너무 만족스러운 식사였다.

"어떻게 다들 입맛에 맞으셨는지 모르겠네요."

"너무 맛있었어요. 예약 안 돼서 맨날 속상해했는데 저희 작가님 덕분에 맛있는 것도 많이 먹고."

"그럼 다행이네요. 바빠서 제대로 신경 못 써드렸는데."

"아니에요, 너무 잘 먹었습니다. 감사해요."

"누나 너무 잘 먹었어. 이렇게 좋은 자리 우리 안 줘도 되는데. 너무 많이 신경 쓴 거 아니야?"

"그래. 너 온다고 신경 좀 써서 제일 좋은 자리 내준 거야. 그나저나 얼마 만이야. 연락 좀 하고 지내. 너 드라마 나온다는 소식도 외삼촌한테 들었어."

"아, 아빠가 여기저기 다 얘기 했구나. 알겠어. 나중에 연락할게. 오늘 너무 잘 먹었어."

작가님과 작가님의 사촌누나는 사이가 굉장히 좋아 보이셨다. 오랜만에 만난 것 치고는 어색하지도 않았고 서로가 너무 친해 보였다.

"다들 많이 먹었어요?"

"네, 배 터질 것 같아요."

"와, 너무 잘 먹었어요 작가님."

"다들 맛있게 먹어주셔서 감사해요. 사실 저희 사촌 누나도 개업한지 얼마 되지 않아서 요즘 힘들고 많이 지친 것 같더라고요. 맛있다고 말해 주셔서 힘 많이 됐을 것 같아요."

"저희야 더 감사한데요. 말 한 마디에 힘을 얻으셨다면 다행이네요."

작가님은 우리를 회사에 내려 주셨고 우리는 흩어져 각자 집으로 갔다. 나도 회사에 도착하자마자 집으로 바로 향했다. 배도 불렀고 피곤하기도 했다. 버스를 탔다. 자리에 앉아 창밖 풍경을 보았다. 단풍으로 거리가 물들어 있었다. 약간의 낙엽들은 거리에 떨어져 나뒹굴고 있었다. 가을이라 그런지 여름이었을 때보다 훨씬 빨리 캄캄해졌고, 집에 도착했을 때는 이미 한밤중인 것처럼 깜깜해져 있었다.

고통이 사라지는

버스에서 내려 집으로 걸어 올라갔다.

"이제 오는 겨?"

"어? 할머니 안녕하세요. 네, 저 이제 와요."

"깜깜한데 왜 이렇게 늦게 다녀. 일찍 좀 다녀."

"네, 오늘 회식이 있어서 좀 늦게 왔어요. 할머니는 어디 가세요?"

"안 그래도 네 집에 매실액 좀 가져다주려 했는데 여기서 딱 만났지 뭐여."

"정말요? 감사합니다. 너무 맛있겠다. 시원한 물에 타 먹으면 딱 이겠는데요? 할머니 저희 집에 맛있는 과일 있어요. 드시고 가세요."

"오오 그려? 무슨 과일인디?"

"감도 있고 배도 있어요. 드시고 가세요. 저도 매실액 얻었잖아요.

"그럼 그럴까?"

할머니와 함께 집에 들어왔다. 할머니께서는 오랜만에 우리 집에 온다며 신나하셨다. 오자마자 콩이를 보시고 먼저 인사를 해주셨다.

"여기 감이랑 배 깎아왔어요. 드세요."

"아이고야 맛있겠다. 누가 샀어? 튼실한 걸 잘도 샀네."

"제가 샀어요. 잘 골랐죠?"

"그려? 이제 살림꾼 다 됐네. 아참, 다음 주 주말에 우리 동네 마을 체육대회 하니까 그때 꼭 참석해. 젊은이들이 많아야 재미있어. 늙은이들 많아봐야 재미도 없고. 그때 우리도 온다 하니까 너도 꼭 와야 혀."

"아, 안 그래도 세탁소 아저씨한테 이야기 들었었어요. 가을에 동네 체육대회 한다고. 저도 올해 가 보려고요. 너무 궁금해요. 재밌을 것 같기도 하고."

"젊은이들이 많이 올수록 재미있어. 그 뭐야, 예전에 본 친구 한솔인가? 가도 델꼬 오면 재미날 것 같은데 한번 얘기해 봐. 내가 보고 싶다 카고."

"아, 그럴까요? 그럼 내일 회사 가서 물어볼게요."

"그래, 그럼 난 과일도 다 먹었고, 인제 가께"

"네. 안녕히 가세요! 체육대회 할 때 봬요"

"오냐~ 간다."

오늘 아침에는 밤새 너무 푹 자서 그런지 침대에서 일어나지를 못해 늦잠을 자버렸다. 일어나자마자 바로 나가야 할 정도의 늦잠은 아니지만 그래도 마음은 급박하고 밥을 해 먹기에는 시간이 애매하고 그렇지만 배는 고프고. 대충 씻고 옷을 갈아입는 와중에 할머니께서 어제 갖다 주신 매실액 생각이 났다. 매실 주스 한 잔 타먹으면 시원하게 잠이 달아날 것 같았다.

14년 전 중학교 2학년 때 중간고사를 치는 날 아침이었다. 2학년이 되고 나서 처음 치는 지필평가라 너무 긴장돼 배가 사르르 아파왔다. 이른 아침부터 아파서 엄마께서 내 배를 손으로 살살 만져주기도 하고 화장실도 들락날락했는데 그래도 별로 나아지는 게 없었다. 어떡하지, 어떡하지 중얼거리며 집 안을 왔다갔다 거렸는데 엄마께서 커다란 유리잔에 아침밥 대신 매실액을 물에 시원하게 타서 주셨다. 마시면 배가 덜 아프다기에 믿고 말고를 생각할 틈도 없이 곧바로 들이마셨다. 효과가 있는지 없는지조차 생각 안 하고 곧바로 가방을 싸서 학교로 출발했는데 마시고 10분 정도가 지나니 배가 그 전보다 비교적 덜 아팠다. 조금 더 지나니 고통이 씻은 듯이 사라져 무사히 좋은 컨디션으로 시험을 끝마칠 수 있었다. 그날 시험을 마치고 집에 돌아와서 엄마께 여쭤보았다.

"엄마, 아침에 줬던 그 주스 뭐야? 그거 마시니까 배 아픈 게 싹 사라지던데."

"아, 그거? 매실액. 그냥 생으로 먹으면 시고 맛없는데 소주로 소독해서 설탕이랑 막 섞어서 청을 만들거든. 그렇게 해서 물에 넣고 얼음 동동 띄우면 여름 주스, 뜨거운 물에 넣고 마시면 겨울 매실차가 되는 거지. 몸에도 엄청 좋아. 네 배가 안 아파졌던 것처럼 배도 덜 아프게 해주고 피곤한 것도 덜어줘. 간도 보호해 줘서 너희 아빠도 이제 자주 드리려고."

"아, 매실!"

"작년 여름에 외할머니가 담가주셨는데 받아놓고 까먹고 있었어. 맛은 어땠어? 괜찮았어?"

"시원하고 맛있었어!"

이때 이후로 매년 여름에는 시원하게 얼음을 띄워서 매실 주스로 마셨고 겨울에는 따뜻하게 몸을 녹이는 용도로 매실차로 마셨다. 몇 년 전 외할머니께서 돌아가신 뒤로는 거의 마시지 못했지만 말이다. 그래서 그런지 어제 할머니께서 주신 매실액에 더욱 기대가 컸다.

찬장을 이리저리 뒤져 커다란 유리컵을 찾아 매실액을 따르고 물을 부었다. 냉장고에 넣어둔 물이라 충분히 시원했지만 냉동실에서 얼음도 따로 꺼내 컵에 넣고 긴 티스푼으로 휘저었다. 매실액이 컵 아래쪽에만 가라앉지 않게 젓고는 컵에 입술을 대고 몇 년 만의 매실 주스를 맛보았다.

입 안을 가득 채우는 시원하고 달콤한 매실 주스에 웃음이 차올랐다. 추억 속 그 맛이었다. 시원하다 못해 차가워서 잠이 확 깨는 맛이기도 했지만 달달해서 계속 먹고 싶은 맛이었다. 아껴 두고 천천히 먹어야지.

추억의 매실 주스로 배를 대충 채우고는 다시 출근을 해 열심히 키보드를 두들겨 댔다. 작가님이 써주신 여러 개의 스토리들도 읽어보고 틈틈이 나만의 이야기도 써내려갔다. 점심시간에는 한솔이와 예지씨, 다인씨와 내기를 해서 밥도 서로 사 주며 소소하지만 확실한 행복을 느끼며 지냈다. 평화롭고 잔잔한 일상들이 지속되었다.

오랜만에 그리고 처음으로

“지이이이이잉”

난 업무 시간에는 휴대폰 알람 소리를 꺼놓는데 오늘은 까먹고 아침에 켜놓고 왔는지 내 휴대폰에서 문자 알람이 울렸다. 알람 소리를 끄기 위해 휴대폰을 들고 화면을 켜니 모르는 번호에게서 문자가 와있었다. 누구지? 문자 내용을 확인했다.

‘11월 15일 일요일 구암동 동민 체육대회에 참가하기 바라는 아름드리 빌라 주민들은 내일 11월 14일 토요일 오후 3시에 아름드리 빌라 옥상과 연결되는 공원으로 모여주시기 바랍니다.’

문자의 내용으로 봐서 내가 살고 있는 아름드리 빌라의 관리자나 빌라 주인 분께서 혹은 빌라 대표께서 보낸 문자인 것 같았다. 동네 체육대회면 규모가 어느 정도 되는 걸까. 이 동네로 이사 온 지 1년도 안 되어서 우리 빌라 사람들이 아닌 다른 동민들은 잘 모른다. 이 대회에서 많이 만나게 되겠지?

"야, 너 무슨 생각을 그렇게 하냐?"

"아, 깜짝이야."

이한솔이 내 책상에 아이스 아메리카노를 내려놓으면서 나에게 말을 걸었다. 그런데 웬 아이스 아메리카노지? 점심시간도 아닌데. 의문이 가득한 표정으로 이한솔을 바라보았다.

"나 마시려고 나가는 김에 네 꺼도 사왔어."

"아, 땡큐."

다시 자기 자리로 가는 이한솔을 바라보다 할머니의 말씀이 생각났다.

"젊은이들이 많이 올수록 재미있어. 그 뭐야, 예전에 본 친구 한솔인가? 가도 델꼬 오면 재미날 것 같은데 한번 얘기 해 봐. 내가 보고 싶다 카고."

그동안 까먹고 있었다. 오늘 문자도 왔으니 퇴근 길에 이한솔에게 말해야겠다. 이번 주 일요일에 체육대회이긴 하지만 이번 주 토요일, 그러니까 내일도 오라던데, 얘가 일정이 될까?

"이한솔. 너 내일이랑 모레 둘 다 시간 돼?"

"엥 둘 다? 되긴 돼. 둘 다 일정 없이 비어 있긴 해."

"오예! 다행이다. 모레 일요일에 구암동 동민 체육대회 열리거든."

"네가 잊고 있나 본데 난 구암동이 아니라 동천동 동민이야."

"알아. 그래서 우리 빌라 손님? 약간 그런 사람으로 초대하면 되지 않을까. 할머니께서 너도 데리고 오랬어."

"아. 나도 가면 좋지! 나도 갈래! 내일 어디로 가면 돼?"

"아까 네가 나한테 아이스 아메리카노 갖다 줬을 때 그때 나한테 문자가 왔었어. 일요일은 모르겠고 내일은 일단 오후 3시까지 우리 빌라 옥상으로 오라는데, 너 2시에 내 집 와라. 좀 쉬다가 올라가면 될 듯."

"좋아. 할머니께서 날 데리고 오라고 하시다니 좀 감동인걸."

'이번 정류소는 강북중학교 건너'입니다.'

이한솔은 이미 내린 지 오래고 나는 이제 버스에서 내려 내 집 방향으로 발을 옮겼다. 오늘은 정말 칼퇴근을 했다. 이제 당분간 사무실에는 제대로 된 급박한 일이 없기에 조금 비교적 여유롭게 일 할 수 있었고 그만큼 내 마음에도 여유가 찾아왔다. 그 전보다 덜 바쁘니까 퇴근도 자주 칼퇴근을 하고 혼자 가지는 여유로운 시간도 많아졌다.

잡생각을 하며 우리 빌라 계단을 올라가는데 뒤에서 익숙한 목소리들이 들려왔다. 익숙하지만 한동안 못 들었던 목소리.

"야! 내 거 내놔!"

"나 배고프다고~ 나 좀 먹자."

유림이와 유찬이었다. 가볍게 뛰어올라오는 유찬이를 뒤에서 유림이가 필사적으로 쫓아오고 있었다. 대충 보니 유림이 과자를 유찬이가 들고 뛰어가는 것 같았다. 얘네 둘은 나이 차이가 얼마 안 나니 이게 가능한 거겠지. 나는 선아와 나이차이가 너무 나서 이렇게 투닥 거리며 놀기 시작한 것도 얼마 안 지났는데. 내가 중고등학생 때는 선아가 초등학생도 안 되어서 거의 내가 보호자인 듯 살았고 내가 초등학생 때는 선아가 태어나지도 않았다. 선아와 나이 차이가 많이 나는 게 이런 부분에서는 조금 안타까웠다.

"얘들아 안녕!"

"어, 안녕하세요! 오빠 쟤 과자 좀 뺏어줘요. 저거 원래 제 거예요!"

"에이 같이 나눠 먹어~"

"저거는 안 돼요! 저거 우리 오빠들이 모델인 한정판 과자란 말이에요! 제가 그냥 과자 같으면 나눠먹었죠!"

"같이 나눠먹으면 더 좋잖아."

"그래도 제가 좋아하는 아이돌 'MILK' 오빠들이란 말이에요!"

"아, 그러면 그럴 수 있지. 자. 유찬이는 과자 그만 누나 돌려주고."

"아, 저거 맛있는데……."

"유찬이는 형이 사 줄게. 저 아이돌이 모델 아닌 과자로. 어때?"

"좋아요. 빨리 가요."

유찬이에게 과자를 사 주었더니 유찬이는 금세 만족하는 표정을 짓고 누나에게 언제 꾸중을 들었냐는 듯 해맑게 유림이 뒤를 쫓아갔다.

"누나 같이 가."

"싫어, 갑자기 왜 친한 척이야."

유찬이와 유림이를 얼른 집으로 데려다 주었다.

"아, 맞다. 얘들아 너네는 이 동네에 꽤 살아서 알겠지?" "뭘요?"

"이번 주 일요일에 동네 체육대회 있잖아. 너네는 많이 가 봤지? 얼마나 크게 하는 행사야?"

"음. 오빠가 와서 보면 생각보다 규모가 커서 놀랄걸요? 저희도 거기 3번밖에 안 나가봤어요."

"아, 그렇구나. 이제 집에 다 왔네. 들어가. 다음 주 토요일에 보자!"

"네 안녕히 가세요! 유찬이 너도 얼른 인사해."

"형, 다음 주에 봐요."

"그래, 잘 들어가."

유린이와 유찬이를 집까지 데려다 주고 나도 다시 내려와 집으로 향했다. 뭐 얼마 안 되는 거리라 더욱 부담 없이 쉽게 데려다 줄 수 있는 것 같기도 하다.

"오늘 저녁은 무엇을 먹을까요?"

혼자서 저녁 먹을 생각에 신이나 콧노래를 흥얼거렸다. 무엇을 먹어야 오늘 하루가 기분 좋게 끝날 수 있을지 고민했다. 뭔가 고급진 것 같은 음식을 먹고 싶은데, 근데 또 너무 비싸면 부담되니까. 많은 생각을 한 끝에 메뉴를 선택했다. 오늘 저녁메뉴는 바로 초밥. 초밥이 다른 메뉴보다는 양에 비해 가격이 나가지만 그래도 행복한 저녁이 될 수 있으리란 믿음은 틀림없으니까.

배달 앱을 켰다. 근처 내가 좋아하는 식당을 찾아서 주문을 하려고 버튼을 누르는 순간 잠시 멈칫했다. 초밥은 초밥 하는 가게에 직접 가서 먹어야 그 느낌이 사는데. 그리고 오늘은 왠지 타지로 떠난 것 같은 느낌을 받고 싶기도 했다. 오늘은 나가서 먹어야지. 물론 밥을 먹을 때 음식이 중요하기도 하지만, 그 가게에 분위기로 굉장히 중요하다고 생각한다. 그 가게의 분위기 때문에 식당에 다시 가는 사람도 있을 것이고, 어쩌면 분위기에 취해 더 맛있게 느껴진 것일지도 모른다.

지금 굉장히 기분이 좋다. 사람들은 오늘은 꽤 만족스럽다는 이야기를 많이 하는데 나는 그렇지 않다고 생각한다. 사람은 굉장히 감정적이어서 하루에도 수십 가지의 감정이 들었다가 사라지기도 한다. 나는 하루에 그나마 좋은 감정들이 많이 생기기를 바라기보단 그냥 내가 지금 겪고 있는 이 순간이 밝아지기를 바라는 것뿐이다. 하여튼 내가 지금 오늘 하루의 끝이 좋길 바라면서 나의 행복을 위해 가고 있는 중이다.

"사장님~ 저 왔어요!"

"어?! 선호야 오랜만이네!"

"맞아요. 제가 너무 오랜만에 왔죠. 한동안 많이 바빠서 찾아 올 수가 없었어요. 오늘도 힘들어서 배달시키려다가 사장님 보고 싶어서 왔죠."

"정말? 피곤한데도 나 보려고 여기까지 온 거야? 그럼 내가 오늘은 서비스를 팍팍 줘야겠는데?"

"아, 서비스 바라고 그런 건 아닌데…… 사장님 자꾸 그러시면 저 배달시켜야 해요."

"배달을 시키든 우리 집에 찾아오든 내가 서비스 팍팍 줄 거야. 얼마 만에 찾아온 귀한 손님인데."

"매번 이렇게 안 해주셔도 되는데, 감사해요!"

"아니야~ 우리 안 까먹고 이렇게 찾아와 주는 게 더 고맙지. 그래서 오늘은 뭐 먹을 거야?"

"음, 저 오늘은 B세트 먹을래요. B세트 주세요."

"그래 알았어, 조금만 기다려."

B세트는 새우초밥, 계란초밥, 소고기 초밥, 연어초밥, 참치초밥, 문어초밥 등 15가지의 초밥종류가 나오고 우동과 여러 맛있는 음식들이 추가로 나온다. 평소 A세트를 자주 먹는 편인데 오늘은 그냥 왠지 모르게 더 많은 양을 풍족하게 먹고 싶었다. 오늘 점심을 제대로 못 먹어서 배가 고픈 상태였다. 배가 고플 때 맛있는 음식을 먹으면 얼마나 맛있을지 기대가 되었다.

"자, B세트 나왔습니다."

"사장님, 서비스 왜 이렇게 많이 주세요. 제가 시킨 거에 두 배는 나온 것 같은데요?"

"무슨 소리야. 두 배나 주면 나는 뭐 먹고 살라고. 그만큼은 아니고 다른 손님들 거 만드는 김에 양 조금 더 해서 만든 거야. 선호가 좋아하는 걸로 만들었는데, 다 맛있게 먹을 수 있는 음식들이지?"

"당연하죠, 저 오늘 이거 다 먹었다간 배 터질 것 같은데요?"

"누가 다 먹으래? 먹을 수 있을 만큼만 먹으란 거지. 맛만 보라고 조금씩 준 거야."

"감사합니다. 안 그래도 오늘 점심을 제대로 못 먹었었는데. 사장님 덕분에 세상을 다 얻은 기분이에요. 진짜 잘 먹겠습니다."

"그래 많이 먹어."

초밥은 굉장히 정갈하게 두 줄로 세워져 있었다. 그 위에는 생강과 락교. 즉 마늘초절임이 있었다. 초밥 집에 오면 특히 좋아하는 것이 생강인데, 핑크색이어서 굉장히 빛깔이 예쁘다. 게다가 초밥이랑 같이 먹으면 환상의 조합이 된다.

초밥 하나하나를 천천히 먹었다. 음식의 양은 조금씩 줄어들었고, 내 배는 천천히 불러왔다. 하지만 여전히 사장님께서 서비스로 주신 음식은 거의 먹지 못했다. 괜히 죄송했다. 죄송한 마음에 조금이라도 더 먹으려 했으나 여기서 더 먹으면 체할 것 같아서 더 이상 먹지 못했다.

"사장님, 죄송해요, 다 먹고 싶었는데 배가 너무 불러서……."

"내가 뭐 다 먹으라고 줬나? 맛만 보라고 줬지."

"그래도요. 정성 생각하면 다 먹어야 하는 건데."

"그렇게 생각해 주면 나야 고맙지요."

"사장님 가게는 분위기가 너무 좋아서 찾게 돼요. 진짜 외국에 온 것 같은 느낌이랄까."

"이제야 그 말을 해주는군. 사실은 손님들한테 그 한 마디 듣고 싶어서 이렇게 만든 거였는데."

"원래 그렇게 생각하고 있었는데, 저도 이제야 말했네요."

"이제라도 말해 주는 게 어디야. 허허"

"책도 읽고 차도 마시고 가. 내가 준비해 줄게."

"그럼 오랜만에 책 읽고 가야겠네요."

사실 이 가게에는 책도 읽을 수 있고 차도 마실 수 있는 공간이 따로 배치되어 있다. 처음 이 식당에 왔을 때는 많은 손님들이 밥을 먹고 나가지 않고 2층으로 올라가서 화장실 가는 건가 싶었다. 그래서 사장님께 물어봤더니 이 가게는 2층에는 책을 읽고 차를 마실 수 있는 공간이 있다고 했다. 그때 책을 읽은 지 얼마나 오래되었는지도 생각하게 되었다. 그래서 그때부터 이 가게에 종종 올 때면 빼 먹지 않고 꼭 2층으로 올라간다. 도서관에서 읽는 책의 느낌과는 또 사뭇 달라서 좋았던 것 같다. 또 은은한 차향이 올라오면서 불안했던 마음이 안정되는 느낌도 있어서 언제 불안할 때면 올라가서 차향이 나는 그 공간에 앉아서 책을 읽기도 했다. 갈 때마다 차향이 바뀌어서 오늘은 무슨 차를 우리고 계실지 너무 궁금해서 여쭈어 보기도 한다.

"사장님, 오늘은 무슨 차예요?"

"오늘은 그냥 평소에 자주 먹는 보리차. 뭐 차 중에서는 가장 으뜸인 보리차이지. 보리차는 시원하게 먹어야 맛있으니까 냉장고에 넣어뒀어. 꺼내서 먹으면 돼. 아 그리고 혹시 뜨거운 보리차 필요하면 주전자에 보리차 담아뒀으니까 불에 조금만 올려두면 돼."

"네, 감사합니다."

"오늘은 나도 여기서 잘 거니까 있고 싶을 때까지 있어."

"네, 책 조금만 읽다 갈게요."

얼른 올라와서 무슨 책을 읽을지 찾기 시작했다. 사장님이 책을 워낙에 좋아하시는 분이라 올 때마다 새로운 책들로 꽉 차있다. 사장님은 책을 사서 혼자서 읽기에는 아깝다며 가게에 오신 손님 분들과 책을 나눠 읽고 싶다고 하셨다. 책을 선물로도 잘 주시기도 한다. 다른 사람들보다 책에 대한 애정이 남다르시다.

시원한 보리차를 컵에 따라두고 한 모금 마셨다. 직접 우려낸 보리차라 그런지 진짜 찐했다. 대게 보리차는 보리차 향이 별로 나지 않는데, 이 가게의 보리차만큼은 향이 정말 은은하게 퍼진다.

2층으로 올라오면 1층 가게와는 사뭇 다른 모습을 띄고 있다. 책을 꽂을 수 있는 여러 선반들이 있고, 편하게 읽을 수 있게 쿠션도 있고, 집중해서 읽을 수 있게 책상과 의자도 있다. 마치 카페 같은 느낌이다. 그런데 또 인테리어를 보면 한옥 형태를 띄고 있다. 그래서 더욱 안정감이 드는 것일지도 모르겠다. 나무와 돌이 어우러진 한옥 형태의 찻집에서 차를 마시고 있으니 내가 마치 조선시대의 양반이 된 기분이었다. 오래 있지는 않을 거라 얇은 책 한 권을 꺼내고는 방석에 털썩 앉아 눈을 책 속 글자에 고정시켰다.

"총각~ 왔나? 와 이리 일찍 왔노."

"할머니랑 얘기하려고 일찍 왔죠!"

"아이구, 말도 이쁘게 해요"

날씨가 점점 추워지고 있어 전 보다는 꽤 두껍게 입고 공원에 올라왔다. 공원에 있는 사람들도 다들 옷이 결코 얇지 않았다. 그런데 이 공원 이름이 무엇인지 아직도 몰랐다.

"할머니~ 여기 이름이 뭐예요? 이 빌라 산지 이제 1년이 다 되어 가는데 공원 이름도 몰랐네요."

"아, 여기? 아름드리 공원. 우리 빌라랑 똑같제."

"우와 그렇네요~ 근데 아름드리 뜻이 뭐예요?"

"이거는 내밖에 모를 끼다. 내가 여서 젤 오래 살았는데, 니 빼고 아무도 내한테 묻지를 않더라. 아름드리 뜻은 둘레가 한아름이 넘는 나무라는데, 저 짝에 대따 큰 나무 한 그루 있는 거 알제?"

"알죠. 저 나무보고 공원 이름을 지은 거구나~"

할머니께 아무도 묻지 않은 이유를 알았다. 나무 근처로 가니 표지판에 이 공원의 이름부터 나무의 역사까지 적혀 있었다. 평소에 내가 이 나무 근처까지 오지를 않았으니 난 모를 법도 했다.

나무 반대쪽에서 트레이닝복을 입은 한 여성분이 걸어오셨다. 키가 꽤 크시고 센 분위기를 뿜내셨다. 선글라스를 내리시며 할머니께 말을 거셨다.

"먼저 와 계셨네요. 할머니 오랜만이에요."

"어! 은제 한국 들어왔냐. 이 총각은 새로 들어온 201호 총각. 소개 혀 봐."

"아, 네. 29살 남선호라고 합니다. 그런데 누구신지 ……?"

"저 아름드리 빌라 주인이에요. 강순정."

그러고 보니 이사 온 지 1년이 다 되어 가는데도 이 빌라의 주인을 한 번도 만난 적이 없었다. 계약 할 때도 부동산 아주머니와 간접적으로 말을 주고

받으며 계약을 했었다. 내가 상상했던 푸근한 인상의 아주머니라는 이미지와는 전혀 달라서 빌라 주인이라는 것을 전혀 예상치 못했다. 빌라 주인이라는 강순정씨는 나이가 나와 불과 5, 6년밖에 차이 나 보이지 않아 더 그랬다.

"처음 뵙겠습니다. 어디 해외 나갔다 오셨나 봐요?"

"네 일본에 있다 얼마 전 들어왔어요."

"자, 담소는 나중에 또 나누고 유림이네 왔다. 아 한솔 총각은? 불렀나? 내가 부르라 캤지 않나?"

"불렀어요. 아, 저기 오네요."

"할머니~ 저 왔어요~"

역시 이한솔답게 다가오는 걸음걸이에서도 활발함이 느껴졌다. 트레이닝복이 내가 자주 보던 축 늘어진 트레이닝복이 아니라 나름 빳빳하게 다려진 새 옷 느낌이 물씬 났다. 그리고 양 손 가득 무언가를 바리바리 싸들고 왔다.

"야, 오늘 뭘 할 줄 알고 그렇게 싸들고 왔냐?"

"너 줄 건 아니고. 우리 할머니 드릴 거야. 넌 먹을 생각도 하지 마."

"야, 나도 줘!"

뭔지는 모르겠지만 괜히 먹고 싶어졌다.

"할머니 드릴 거다. 꿈도 꾸지 말라고 했다. 이거 차야 차."

"뭔 차? 나도 차 마셔!"

"응 홍차."

"아, 그럼 됐어."

"봐봐. 너 안 마실 줄 알았어."

대학교 때 별로 좋아하지 않는 선배들과 불편한 자리에서 차를 마신 적이 있었다. 그때까지만 해도 홍차를 되게 좋아했었기 때문에 그날도 홍차를 시켜 마셨다. 불편한 자리라 차를 마시는 데에 난관이 있을 거라고는 예상했지만 훅 들어온 선배의 질문에 당황해 홍차를 식도가 아닌 기도로 넘길 뻔했다.

"선호 게이야? 왜 그렇게 남자들이랑만 다녀. 여자 싫어해?"

내가 동성애자를 혐오한다거나 차별한다거나 그렇지는 않지만, 다 똑같은 사람이고 사랑을 하는 대상이 다른 것뿐이라 생각은 하지만 그래도 여자를 좋아하는 나에게 동성애자이냐 물으니 꽤 많이 당황스러웠다. 심지어 그때 과에 좋아하는 여자도 있었는데 갑자기 그렇게 물어보니 깜짝 놀랐다. 내가 게이 같은 면이 있었나? 내가 어딜 봐서 남자를 좋아하는 것처럼 보이는 걸까?

그때 딱 홍차 빨대를 입에 물고 있어서 홍차가 입에서 식도로 흘러 들어가려다 기도로 들어갈 뻔해 캑캑 대며 고통을 호소했다. 그 와중에 침도 잘못 삼켜서 목도 따갑고 홧홧했다. 그 이후로는 홍차를 입에도 대지 못했다.

"아름드리 빌라 사람들 다 모였나? 일로 와 바라, 다들~ 여서 모여 봐."

할머니께서 빌라 주민들을 한데로 모았다.

"201호 총각 왔고~ 한솔이 총각도 왔고~ 유림이네도 왔고~ 세탁소 조씨도 왔고~ "

우리가 보이지 않았다. 다들 모여서 정자 위에 둘러 앉아 있었는데 우리만 없었다. 그런데 어디선가 또각또각 소리가 들렸다. 소리가 커질수록 걷는 소리가 빨라졌다. 역시나 우리였다. 긴 검정 머리를 휘날리며 걸어오는 분위기가 멋있었다. 아니, 그냥 식당 사장님으로서 멋있다고. 왠지 데자뷰 같았다. 우리와 빌라 사람들을 처음 보았을 때 그때도 우리가 다른 사람들보다 늦게 도착했었는데, 그때도 구두 소리를 내며 걸어 올라왔었지.

"선호 안녕~"

"어? 어. 우리 안녕! 너 또 늦게 왔네~"

"아, 미안. 그렇네. 런치 타임 마무리 하고 온다고 늦었어."

"그럼 그럴 수도 있지. 미안해하지 마."

"오~ 둘이 뭐야 뭐야? 둘이 심상치 않은데 이거~ 이것은 마치 사랑의 분위기~!"

“아, 아니야~!!!”

“아니긴 뭘 아니여. 맞구만. 총각이랑 우리랑 뭐 있제?”

주변 사람들이 나와 우리를 엮을 때마다 부정은 하지만 내 마음속에서는 좋은 것 같기도 하다. 아니 도대체 내 마음은 어떤지 정확히 모르겠다. 자꾸 주변에서 우리 둘을 자꾸 엮으니까 내가 우리를 좋아하는 것 같기도. 슬쩍 우리를 쳐다보니 우리도 살짝 웃고 있었다. 얼굴이 딸기처럼 분홍빛으로 익어가지고는 나와 눈이 마주쳤다. 왠지 나도 웃어야 할 것만 같아 씨익 미소를 띠었다.

“응 둘이 사귀는 거 빼도 박도 못해. 서로 눈에서 꿀이 뚝뚝 떨어진다. 아이 달아라.”

“아, 아니라고…….”

“사랑은 나중에 하고 우리 종목부터 알려줄게. 전에 말해 줬지만 다시 한번 더 말할게. 이제 우리까지 해서 아름드리 빌라 사람들 다 왔으니께. 우리는 2인 3각이랑 줄다리기, 그리고 훌라후프 나간다. 총각은 잘 모를 수도 있는데 훌라후프는 여자들만 나가가지고 훌라후프 뺑글뺑글 돌려갖고 젤 오래 버티는 사람이 있는 팀이 이기는 기다. 쉽제? 줄다리기는 매년 이 동네에서 4팀 뽑아갖고 그중에 우승팀 내는 거고 2인 3각은 우리 빌라 내에서 두 명 뽑아갖고 대표로 뛰어서 상품 받아 오는 거지. 며칠 전부터 연습한 것처럼 계속 연습하면 된다 그제? 올해는 총각 니랑 우리랑 하면 된다했었고. 둘이 사귀니까 마음도 아주 그냥 일심동체해서 잘 맞겠구만. 안 그르냐 한솔아.”

“맞아요, 할머니! 저 자식이 여자친구 사귀는 걸 저한테 말도 안 하고!”

능글맞게 할머니께 맞장구를 치는 이한솔의 표정이 어이가 없었다. 안 사귄다고 진지하게 딱 말하기에는 우리와의 사이가 어색해질까 두려웠다.

“그럼 할머니? 오늘은 2인 3각이랑 훌라후프 연습하러 모인 건가요?”

“그렇지. 총각. 역시 글 쓰는 사람이라 이해를 퍼뜩퍼뜩 하네. 처음에 유림이 아빠는 3번을 설명하니까 겨우 알아듣드만.”

"하 거 참. 할머니도 전 또 왜 그러십니까. 저보다도 한참 어린 동생한테 저 부끄럽습니다~"

"아하하 그런겨? 내가 생각이 짧았구만 그려."

"에이 뭘 또 그렇게까지 이야기하세요, 농담이에요 농담."

"나도 농담일세, 이 사람아. 자 일단 그럼 총각이랑 우리는 2인 3각부터 연습하고 나머지 여자들은 각자 훌라후프 연습을 하자."

"네!!"

"유림이는 작년에 하는 거 보이까 잘만 하던디 이 할미한테도 좀 갈켜줘봐."

"할머니, 이거는 감을 익혀야 해서 연습하는 것밖에 없어요." "아이, 그래도 요령이 있을거 아니여."

"음. 요령? 나도 잘 설명을 못하겠는데. 계속 하다 보면 감이 와요. 할머니도 그냥 계속 해 봐요."

"하이고, 이 허리가 제대로 될랑가 모르겄네. 일단 해봐야겄제?"

"네!!"

유림이와 할머니는 열심히 훌라후프를 연습하고 있었다. 한편에서는 형님과 형수님께서 사이좋게 2인 3각을 연습하고 있었다. 나와 우리도 서로 2인 3각을 열심히 연습해야겠다는 생각이 들었다.

"우리야 우리도 이제 하자."

"아, 미안, 나 구두 신고 와서 운동화 갈아 신고 준비 좀 하느라 다름 팀보다 연습이 많이 늦었지? 우리도 빨리 연습하자."

"그래, 우리도 빨리 하자!"

우리와 2인 3각을 같이 하려니 조금 쑥스러웠다. 좋아한다는 감정보다는 2인 3각을 하다 보니 의도하지 않은 스킨십에 많이 당황했기 때문이다. 아무래도 2인 3각은 서로 발을 맞춰 가야 하니까 나는 우리의 어깨를 잡고 우리는 나의 허리를 잡고 호흡을 맞추어가기 때문이다. 서로 연습하다가 민망해서 휴식하자며 먼 산을 보고 있을 때도 있었고 얼굴이 빨개진 채로 뛰기도 했다. 그렇게 한참 우리 빌라사람들은 열심히 체육대회 준비를 했다. 솔직히 1등을 목표로 해서 죽기 살기로 하는 것보단 이렇게 모여서 수다도 떨고 한바탕 웃는 것이 좋아 다들 모여 연습을 하는 것 같았다.

"야들아 인자 모이라 이제 우리 이거 좀 먹다가 집에 가자."

"네!!""오예 식혜랑 이건 뭐지? 할머니 여기 호일 안에 있는 건 뭐예요?"

"아, 그짝 안에 있는 건 해물파전이여."

"해물파전이요? 할머니가 직접 구운 거예요?"

"그렇지."

"헐, 할머니 이거 언제 다 만들었어요! 할머니 해물파전 완전 오랜만에 먹어본다. 할머니 잘 먹을게요!!"

"잘 먹겠습니다."

"오야, 어서들 무라."

"할머니 이거 너무 맛있는데요? 할머니한테 요리비법 진짜 배우고 싶어요."

우리가 할머니께 요리비법을 배우고 싶다며 할머니께 애교를 부리기 시작했다.

"아이 왜 이랴, 이건 비밀이여 비밀. 내가 난중에 죽기 전에는 한번 다 갈켜 주고 갈 테니께 그때까지만 좀 기다려."

"할머니, 갑자기 죽는다는 얘길 왜 해요! 우리 앞에서 그런 말 하는 거 아니야."

"아유 미안해 내가 또 괜히 쓸데없는 얘길 했네 그려."

"이렇게 다들 열심히 연습했는데 맛있게 먹고 우리 빌라가 1등 하자!"

"그래 우리 이번에 1등해서 상품을 싹 쓸어버리자!"

"예!! 좋아요!!"

한동안 수다를 떨며 맛있게 파전과 식혜를 먹었다. 그렇게 밤은 깊어갔고 우리는 새벽이 되도록 수다를 떨었다.

"우리 오랜만에 윤아한티 전화해 볼까?"

할머니께서 윤아가 보고 싶으셨는지 원래는 이렇게 늦은 시간에 연락하시는 걸 좋아하시지 않는 편인데도 오늘은 할머니께서 먼저 윤아에게 전화 걸어보자고 하셨다.

"지금요? 좀 늦은 것 같은데.."

"그래도 함 혀봐. 윤아도 좋아할 수도 있잖여."

"그럼 할머니 제가 한번 해볼게요."

"그려, 우리가 함 해봐. 우리가 젤 편할 수도 있잖여."

"네, 지금 전화 해볼게요."

'뚜루루루 뚜루루루' 계속되는 통화 연결음. 받지 않을 것 같다는 느낌이 들었다. 우리는 받지 않을 거란 확신을 하고 기대하고 있진 않았다.

"고마 끊어라. 공부하느라 바쁠 텐데 괜히 전화했나 보네."

할머니께서도 실망하셨는지 얼굴에서 웃음이 사라지셨다. 왠지 모를 서운함만 얼굴에 가득 있는 것 같았다. 갑자기 휴대폰에서 진동소리가 났다. 우리가 휴대폰을 들어보니 윤아였다.

"오마, 윤아 아니여 빨리 받아봐라."

시무룩한 표정으로 있던 할머니께서는 금방 얼굴에 미소를 되찾으셨고 우리도 다 같이 우리가 휴대폰을 들고 있는 쪽으로 모였다.

"여보세요?"

"언니, 스피커폰으로 바꿔줘. 나도 윤아 언니랑 통화할래."

유림이도 오랜만에 윤아와 통화하고 싶은 것 같았다.

"알겠어."

"여보세요! 언니 웬 일이에요! 전화를 다 해주고"

"얘는! 내가 무슨 일 있어야만 전화를 해?"

"에이, 장난인 거 알면서."

"알지 알어~ 너 지금 어디야? 공부하는 거 아니야?""이제 독서실에서 집 와서 막 씻고 조금 더 하다 자려고요. 지금은 쉬고 있어요."

"아, 그렇구나. 곧 있으면 우리는 체육대회해서 다 같이 모여서 연습하고 있었어. 지금 여기 빌라 식구들 다 모였어."

"어 진짜요?"

"윤아야, 할매다. 니 거서 잘 지내고 있나?""할머니이이이! 잘 지내셨어요? 제가 먼저 전화 따로 드렸어야 했는데!"

"아이다, 고마 이래 통화했으면 된 거지. 거기선 이제 적응은 다 했나?"

"네, 저는 집이랑 독서실만 왔다 갔다 하니까 적응은 다 됐는데 주변에는 아직 많이 안 둘러봐서 잘 모르겠어요. 갑자기 할머니 음식 먹고 싶다."

"그래 한번 와라, 내가 맛있게 한 상 차려줄게. 언제든 온나."

"헉 정말요? 그럼 저 진짜 힘들 때 할머니 밥 먹으러 갑니다?"

"오야, 그럼 안 올 생각이었나! 당근 와야제, 공부 열심히 하고."

"네 감사합니당~~ 언니 다른 분들은 더 없어요?"

"없긴 왜 없어 다 있지! 한명씩 번갈아 가면서 통화해!""여보세요? 윤아야!"

"어? 선호오빠 잘 지냈어요? 이렇게 통화하니까 또 색다르네!"

"그러게, 지금 있는 곳은 안전한 것 같아?"

"네, 엄마도 수시로 자주 오고 아빠도 거의 우리 집에 맨날 있다시피 하세요. 오늘은 없지만."

"그래, 다행이다. 혼자서 안 외롭게 있어서. 진짜 언제 한 번 놀러와! 우리 다 같이 빌라 식구들이랑 놀러 가자!"

"알겠어요, 다들 저 많이 보고 싶었나 보네요?"

"언니~~ 완전 오랜만이에요! 저 언니 너무 많이 보고 싶었는데 언니 공부하는데 방해될까 봐 연락도 자주 못하고……"

"어?! 유림아아아아 완전 오랜만이야. 나도 유림이 너무 보고 싶었는데. 공부하느라 휴대폰을 잘 안 해서 연락이 잘 안 되네. 대신 올해 합격 하면 언니랑 나중에 둘이서 놀러가자!"

"어허 왜 둘인겨, 나도 끼워도."

"아이 할머니도 당연히 같이 가야죠.'"윤아야 반갑다!"

"어?! 아저씨 안녕하세요! 잘 지내셨어요?"

"그래, 윤아야 반갑다. 앞에 통화할 때 보니까 잘 지내고 있는 것 같더라. 다행이네. 진짜 언제 한 번 놀러와. 우리 저번처럼 고기 파티 해야지."

"네 진짜 갈게요. 정오 언니는요? 옆에 없어요?"

"없긴 왜 없어, 나 여기 있지. 윤아야 경찰 공무원 되기 진짜 어렵잖아. 열심히 해서 우리 빌라에도 경찰 한 명 나왔으면 좋겠네. 우리 윤아는 할 수 있을 거야! 나중에 카페에서 한 번 보자. 언니가 커피랑 케이크 사 줄게."

"언니 덕분에 또 동기부여 받아서 열심히 할 수 있을 것 같아요! 이번에 꼭 붙어서 경찰 돼서 찾아 갈게요. 그때까지 다들 잘 지내셔요!"

"알겠어 들어가! 나중에 또 연락할게!"

"네 다들 나중에 봬요!"

오랜만에 윤아 목소리를 들어서 다들 표정이 밝아진 것 같았다. 가끔 이렇게 반가운 목소리를 들으면 나도 모르게 더 열심히 살아가게 되는 것 같다.

"자, 우리는 이제 시간도 늦었으니 각자 집에 갈까요~"

"그래, 그러자. 우리 이제 다 같이 일찍 자고 내일 아침 8시까지 모입시다!"

"네!! 다들 수고하셨어요! 안녕히 가세요."

내일이 체육대회라서 오늘은 일찍 자서 체력을 낭비하지 않도록 해야 한다. 며칠 동안 이렇게 매일 모여서 연습했으니 내일은 꼭 좋은 결과가 있었으면 좋겠다.

"야, 남선호 나 갈게."

"어, 오늘 수고했다. 내일 보자!"

이한솔도 다 같이 우리 집에 가는 곳까지 따라왔다가 그제야 집에 갔다. 땀은 너무 많이 흘려서 샤워부터 하고 자야겠다.

집에 들어가자마자 샤워를 했다. 땀을 비처럼 흘리고 차가운 물로 샤워를 하니 개운했다. 내일 처음으로 하는 체육대회라서 어떻게 할지 너무 궁금하기도 했고 설레는 것 같았다. 어릴 때만 했던 체육대회를 어른이 되어서도 한다는 게. 그것도 마을 사람들이랑. 어떻게 보면 사회는 메말라 있는 것 같으면서도 이렇게 소소하게 작은 정을 나누면서 서로 살아가는 것이 너무 보기 좋았다. 그리고 그 안에 또 내가 있을 수 있다는 것이 신기하기도 했고 좋았다. 이 빌라 주민들 덕분에 정을 알아버렸고, 나는 그렇게 다시 정을 누군가에게 나누어 주고 싶었다.

'띠리리링 띠리리링'

알람소리가 울렸다. 드디어 오늘은 체육대회 하는 날이다. 8시까지 모여야 해서 6시 30분에 일어났더니 아직까지 밖은 밝지 않았다. 일어나자마자 무슨 메뉴를 먹을지 고민했다. 너무 많이 먹고 가면 속이 좋지 않을 것 같고, 또 너무 적게 먹으면 중간에 배가 고파서 힘을 쓰지 못할 것 같았다. 무엇을 먹으면 좋을까. 시간이 그렇게 많지 않아 직접 해 먹기는 무리일 것 같고 배달을 시키기에는 너무 이른 시간이다. 집에 있는 위에 선반을 보니 안에 컵밥 몇 개가 있었다. 그중에서 매콤한 낙지 덮밥을 먹기로 했다. 5분도 안 돼서 뚝딱 만들어지니 간편하게 빠른 시간 내에 먹을 수 있다는 장점이 있어서 자주 사용해 먹고 있다.

아침을 간단하게 챙겨먹고 씻고 움직이기에 편안한 옷을 찾았다. 집에서 자주 입는 옷이 있는데, 그 옷은 너무 헐렁해져서 밖에 입고 나가기는 그럴 것 같았다. 그래서 오래 전에 샀지만 몇 번 입지 않아 거의 새것 같은 체육복을 하나 골라 갈아입었다. 그래도 새 체육복이다 보니 태가 좀 나는 것 같았다. 준비를 마치고 집을 나섰다. 집에서 나가니 다들 앞에서 나를 기다리고 있었다

"안녕하세요!"

"안녕~"

"다들 잘 주무셨어요? 저는 긴장돼서 잠도 안 오던데."

"정말? 뭐 그런 거에 긴장하고 그려."

"빨리 가요, 어떻게 되어 있을지 너무 궁금해요."

"그려그려, 저짝에 유림이네 하고 우리도 오네. 다 같이 모이면 출발하자. 아 그 한솔총각은 우짜기로 했어? 일로 온대? 아님 따로 간대?"

"따로 그쪽에 가서 만나기로 했어요."

"알았어. 카면 우리끼리 가면 되겠네. 출발합시다!"

할머니께서는 신나셨는지 아침부터 얼굴에 미소가 사라지지를 않으셨다. 입이 귀에 걸려 도무지 내려올 생각을 하지 않은 것 같았다. 유림이는 체육대회라고 또 편안한데 상큼하고 귀엽게 입고 왔다. 역시 중학생다웠다. 나도 옛날에는 체육대회하면 꾸밀 수 있는 날이 그런 날들밖에 없다 보니 체육대회 하는 날이면 더욱 신경 썼었던 것 같다. 그랬던 소중한 기억으로 남은 체육대회를 다시 한다니 설렜다. 다시 옛날로 돌아간 것 같은 느낌이 들어서 너무 좋았다.

"인자 도착했다. 다들 내리자."

형님 네 차로 빌라 식구 다 같이 체육대회 하는 장소로 왔다. 마을에서는 강당을 빌려서 날씨가 어떻든 간에 할 수 있도록 했다. 마을 사람들이 속속들이 모였다. 처음 보는 사람들이 대부분이었다. 내가 아는 사람들은 같이 지낸 빌라 사람들 뿐이었다. 나 빼고 빌라 사람들은 다들 어느 정도 이 마을에 살아서 서로 아는 사람도 꽤 있는 듯했다.

"안녕~ 다들 잘 지냈어? 완전 오랜만이다"

여기저기서 다들 오랜만에 만나 인사하는 소리가 들렸다. 나는 그 속에서 혼자 뻘쭘하게 서 있었다. 혼자서 뻘쭘하게 서 있을 때 마침 이한솔이 도착했다.

"야, 이한솔! 여기여기!"

내가 손을 흔들며 이한솔에게 소리를 쳤다.

"아, 어~"

우리 둘은 서로 아는 사람 없이 우리 둘끼리만 있었다.

"아, 맞다 소개 해야지, 여기는 올해 새로 이사 온 총각이여~ 남선호라 하고. 여기는 내가 젊은이들 많으면 더 좋을 것 같아서 선호 친구 델꼬 온 거여."

할머니께서 다른 할머니께 나와 이한솔을 인사시켜 주셨다.

"아, 다들 뭐해 인사들 안 하고."

"아, 안녕하세요! 저는 작가 하고 있는 남선호라고 합니다."

"안녕하세요! 저는 선호랑 같이 작가 하고 있는 이한솔이라고 합니다."

"아, 그려? 둘 다 작가를 하구만 그려~"

"이짝은 내랑 10년지기 친구 말복이여."

"아, 그려셨구나~"

"이잉 그려~ 니네 빌라에 젊은 애들이 이사 왔다고 그케 자랑을 하더니만 야였구만그려. 소문대로 잘생기고 훤칠한 게 좋네. 좋아. 아 혹시 둘 다 여자 친구 있는겨? 없으면 내가 한 번 소개시켜줘 봐?"

"야는 이란 데까지 와가꼬 그라고 싶나?"

두 할머니께서는 투닥투닥 하시면서도 재밌게 잘 노시는 것 같았다.

"우리 노인네들 있는 곳은 재미가 없을 거니까 저짝에 우리 있는데 가 봐. 그냥 가기 뻘쭘 하면 저기 있는 커피 몇 잔 뽑아서 가던가."

"네, 그럼 조금 있다 뵈요."

이한솔과 나는 둘 다 무슨 상황이지 싶어 정신이 나가 있었다. 정신없이 커피를 뽑고 우리에게 다가갔다.

“뭐해? 여기서?”

“아, 오랜만에 만난 친구랑 얘기하고 있었어. 아 그리고 얘는 내 가게에서 일하고 있는 직원 민주. 같은 동네에 살아서 이렇게 체육대회 하면 다른 팀으로 경쟁해야 한다니까.”“아, 그렇구나. 안녕하세요. 저는 우리랑 같은 빌라에 살고 있는 남선호라고 합니다.”

무슨 마음인지는 모르겠는데 우리의 지인들은 더 신경 쓰여서 바짝 긴장했었다. 왠지는 나도 모르겠는데 그렇게 덥지도 않았는데 땀이 갑자기 나서 덥기도 했다. 남들이 나를 어떻게 볼지 몰라 당황했었던 걸까.

“아, 그러시구나. 우리가 저한테 선호씨 얘기 많이 하더라고요. 그래서 어떻게 생겼나 궁금했는데 굉장히 잘생기셨는데요?”

“아, 감사합니다. 그런 얘기를 잘 안 들어봐서 몸 둘 바를 모르겠네요.”

“겸손하시기까지 하네요.”

우리의 표정을 보니 하지 말라는 듯 친구에게 얼굴을 찌푸렸다.

“옆 쪽 분은 누구세요?”

“아, 저는 남선호 친구 이한솔이라고 합니다. 저는 이 빌라 식구는 아닌데 할머니께서 저를 여기 초대해 주셔서 감사하게도 여기 왔어요, 괜히 여기 온 건 아니겠죠?”

“무슨 소리세요~ 젊은 사람들이 많을수록 할머니 할아버지도 좋아하시고 체육대회도 더 재미있죠! 잘 오셨어요. 아 참, 저만 이름을 안 이야기해 드렸네요, 죄송해요. 저는 초희라고 해요. 서초희.”

“아, 그러시구나. 초희.. 이름 예쁘시네요.”

“감사합니다. 한솔씨도 이름 예쁘세요. 혹시 한자 아니라 우리말이세요?”

“네. 저는 한자 아니고 우리말이에요.”

“어쩐지 이름이 예쁘더라고요.”

옆에서 보니 초희씨과 이한솔은 분위기가 매우 좋은 것 같았다. 둘이 처음 만났는데 말도 굉장히 잘 통하는 분위기였고 서로 괜찮은 눈치인 것 같았다. 초희씨는 굉장히 시원시원한 성격인 것 같았다. 말투부터 말하는 것까지.

"아, 맞다. 애를 소개 안 시켜줬네. 얘들아, 얘는 내가 아까 말했다 시피 우리 가게에서 일하는 친구인데 올해 대학생 돼서 완전 애기야. 내가 제일 귀여워하는 직원이야. 예쁘게 봐줘라. 동생처럼. 알겠지? 너도 인사해."

"안녕하세요. 저는 우리 언니 가게에서 일하고 있는 차소율이라고 합니다."

"안녕하세요. 반갑습니다. 저는 아까 인사했다시피 남선호라고 해요."

"예, 저도 아까 인사했다시피 이한솔이라고 합니다."

소율씨는 대학생이라 그런지 나이 차이가 많이 나서 진짜 동생처럼 느껴졌고, 부끄러움을 많이 타는 성격인 것 같았다. 아니면 나이차이가 많이 나서 어색해하고 있는 걸지도 모르겠다.

"어? 야!! 왜 이렇게 오랜만이냐. 박윤수."

저 멀리서 큰 체격의 남자와 2~3명이 무리 지어 이쪽으로 다가왔다. 키가 그렇게 크지는 않았지만 하나같이 다들 몸이 좋으셨다.

"야~ 조우리 뭐냐 왜 이렇게 오랜만이야. 너 작년에 체육대회 안 나왔었지 않냐?

"뭐래. 난 왔었고 네가 안 왔었던 거겠지. 야 니네도 엄청 오랜만이다. 작년 체육대회 때 보고 그 뒤로 안 봤으니까 1년만이네."

"그러니까. 근데 이분들은 누구?"

"아, 인사를 몇 번 시켜야 하는 거야. 빨리 좀 오지. 여기 우리는 다 인사했고. 이 분은 남선호라고 하고 올해 우리 빌라로 이사 왔고 여기는 이한솔이라 하고 우리 빌라 사람은 아닌데 할머니께서 선호 친구라서 같이 오라고 초대해 주셔서 온 거고."

"아, 그러시구나. 안녕하세요. 저는 김헌수라고 합니다."

"안녕하세요. 저는 박남수라고 합니다."

"안녕하세요. 저는 서채훈라고 합니다. 예 맞아요, 초희 오빠예요."

초희씨 얘기가 나오자마자 이한솔이 갑자기 굳는 것 같았다. 게다가 오빠가 있다하니 더 긴장한 느낌이랄까. 내가 보기엔 이한솔이 초희씨에게 관심이 있는 것 같았다.

"자, 제 10회 구암동 동민 체육대회를 시작하겠습니다. 다들 자기 자리로 돌아가 주시기 바랍니다."

초희씨에 대한 이한솔의 관심은 뒤로 하고 체육대회가 시작 되었다. 구암동에 사는 100명이 넘어가는 수많은 사람들로 강당이 빽빽하게 채워졌다. 우리 동네에 아파트가 없어서 다행이었다. 좀 외곽이라 우리 동네 경계 안에는 빌라와 주택들만 들어서있었다. 만일 아파트가 있었다면 이 강당에서 체육대회를 하는 것은 상상도 못했을 것이다. 아마 지금이 여름이었다면 이 많은 사람들과 한 공간 안에 가만히 있는 것만으로도 땀이 흘러내렸겠지만 다행히도 지금은 가을이라 그런 일은 일어나지 않았다.

다 같이 일어나서 웅장하게 흘러나오는 애국가를 제창하고는 본격적으로 시작했다. 강당 가장자리에서는 다른 동네에서 오신 아주머니들께서 작은 먹을거리들을 만들고 계셨고 무대에서는 오프닝을 알리는 무대로 우리 동네 운암고등학교 댄스 동아리 학생들이 춤을 추고 있었다. 추억을 자극하는 느낌이었다. 약 10년 전 마지막으로 느꼈던 분위기였다. 그때도 내 앞 무대에서는 댄스 동아리 학생들이 발랄한 춤을 추고 있었고 강당 가장자리에서는 학부모님들이 나란히 서서 떡볶이, 어묵 등 맛있는 요깃거리들을 만들었다. 그때와 달라진 거라고는 교복을 입고 있던 학생들이 다양한 연령대의 사람들로 바뀌었다 그뿐. 고등학생이 된 것 같았다. 이럴 때 아니면 또 언제 이런 추억 회상을 하겠는가.

신나고 떠들썩한 분위기에 맞추어 다 같이 노래를 부르며 몸을 흔들었다.

학생들이 춤추는 노래도 요즘 유행하는 노래보다는 전 연령대가 즐길 수 있는 음악계의 스테디셀러 같은 노래들로 흘러나왔기에 더욱더 즐겁게 몸을 들썩였다.

"네. 다음 순서는 2인 3각 달리기입니다. 2인 3각 달리기에서 1등이 되는 팀에게는 최신형 무선 이어폰 2개가 증정됩니다. 2인 3각 달리기에 참가하시는 분들은 강당 중앙으로 모여 주십시오. 2인 3각 달리기에 참여하지 않는 분들은 강당 뒤쪽과 옆쪽으로 퍼져 주시길 바랍니다."

드디어 2인 3각 달리기를 할 때가 되었다. 상품이 있다는 사실은 처음 들어 조금 놀랐다. 아무래도 2인 3각 달리기는 젊은 세대들이 많이 참여하는 만큼 그에 걸맞는 상품을 증정하는 것 같았다. 어제 우리와 한 발 한 발 맞추며 연습했는데, 연습한 보람이 있으면 좋겠다. 조금은 설레고 또 그만큼 떨리는 마음으로 강당 중앙으로 걸어 나갔다. 내 뒤를 따라 우리도 걸어왔다. 우리도 약간 긴장한 게 보였다.

"우리야! 우리 잘할 수 있을 거야! 우리 꼭 1등 하자."

"응! 내가 너 무선 이어폰 꼭 따준다. 이 누나만 믿고 따라와."

나와 우리의 발을 꽉 묶어 고정한 뒤 출발선에 자리를 잡았다. 우리의 눈에서 살기가 느껴졌다. 의욕으로 활활 불타오르고 있었다. 다른 사람들도 하나 둘씩 출발선에 서기 시작했다. 출발선에 서는 사람들을 보니 자신감이 생겼다. 한 팀은 아주 어려 보이는 초등학생 남매였고, 한 팀은 계속해서 말다툼을 하고 있는 건장한 청년 두 명이었다. 나머지 팀들 중 한 팀은 30대로 보이는 아빠와 기껏해야 8살, 9살로밖에 보이지 않는 여자아이였다. 아무리 부녀라고 해도 저렇게 체격이 차이가 나는데 안 넘어지는 게 이상하다. 주위를 아무리 둘러봐도 1등을 할 만한 팀은 나와 우리밖에 없는 것 같았다. 나와 우리가 성별이 다르기는 하지만 우리가 키가 크고 내가 조금 호리호리한 체형이라 우리는 체격도 비슷하다. 무엇보다 나는 어제 우리의 연습량을 믿고 있었다.

"자, 출발선에서 출발해서 콘을 지그재그로 돌고 가장 먼저 출발선으로 돌아오는 팀이 1등입니다. 2등, 3등에게도 소정의 상품이 있으니 1등이 아니라고 포기하지 마세요. 자 3. 2. 1. 출발!"

어제 열심히 연습한 효과가 있는지 나와 우리는 발을 척척 맞추며 앞으로 나아갔다. 가볍게 어깨동무를 하고 걸어갔다. 첫 번째, 두 번째 콘을 손쉽게 통과하고 마지막 콘을 돌다 우리가 발이 꼬였는지 휘청거렸다. 본능적으로 어깨동무를 하지 않은 반대쪽 손을 뻗어 우리의 허리를 내 쪽으로 당겼다. 괜히 민망해져 우리의 얼굴을 살짝 쳐다보니 우리의 얼굴이 붉게 물들어 있었다. 다시 발걸음을 옮기다 앞을 보니 체격 차이가 엄청 나는 부녀가 우리를 앞지르고 있었다. 아까까지만 해도 우리가 선두를 달리고 있었는데 휘청하는 사이 저 부녀가 우리를 역전했나 보다. 우리도 질 수 없지.

"우리야. 우리 저 사람들만 따라잡자."

"응. 가자."

이 말을 마지막으로 나와 우리 둘 다 입을 꾹 다물고 발걸음만 맞추어서 아까보다 두 배는 빨라진 속도로 나아갔다. 걸어가다 보니 어느새 우리가 부녀를 제쳤다. 부녀 팀의 아빠가 초조해졌는지 자기 딸을 한 팔로 살짝 들고는 뒤에서 척척 걸어왔다. 우리 둘 다 최대한 빠르게 걸었지만 혼자 걷는 사람을 따라잡을 수는 없었다. 결국 출발선은 부녀 팀이 가장 먼저 도착했다.

아쉽고 억울했다. 우리 어제 그렇게 힘들게 연습했는데. 저렇게 자기 딸을 번쩍 들고 혼자 당당하게 걸어가면 어제 우리의 연습은 뭐가 되는 걸까. 그런데 갑자기 문득 생각이 났다. 이 종목 이름은 2인 3각 달리기 이다. 2명이서 달려야 하는 것인데, 저 부녀 팀은 마지막에 아빠 혼자 달렸으니 반칙인 것이다. 좋은 사실을 깨닫고는 급하게 발을 묶은 끈을 풀고는 사회자에게 달려갔다.

"저기, 1등 팀 말이에요. 마지막에 남자분이 따님을 아예 들지 않았나요? 그럼 혼자 걸은 게 되는 거잖아요. 맞죠? 이름이 2인 3각 달리기인데 2명이서 달려야 되잖아요."

"음. 맞네요. 혼자 걸으면 반칙입니다. 제가 그걸 생각 못했네요."

혼자 심각한 표정을 짓던 사회자가 마이크를 들고 말을 시작했다.

"동민 여러분. 알려드립니다. 제가 착각했습니다. 2인 3각 달리기 1등 팀은 우주빌라 팀이 아닌 아름드리 빌라 팀입니다. 죄송합니다."

그대로 우리에게 달려가 손을 맞잡고는 방방 뛰었다. 둘 다 감정이 격하고 흥분되어서는 함박웃음을 지었다. 우리의 눈동자에서도 기쁨과 성취감이 비쳤다. 사회자에게 말 안 했으면 큰일 날 뻔했네.

"우리야! 우리 1등이야!"

"그러니까! 꺄! 너무 좋아~ 잘했어 선호야~"

우리가 내 품에 갑자기 쏙 안겼다. 순간 몸이 얼음장처럼 굳었다. 순식간에 얼굴이 불덩이처럼 뜨거워지고 심장 박동이 빨라졌다. 내 눈동자도 이리 갔다 저리 갔다 마구잡이로 굴려댔다. 눈동자를 이리저리 굴려대던 와중에 이한솔과 눈이 마주쳤다. 이한솔이 날 놀리는 듯한 표정을 짓고 있었다. 그제야 우리를 내 몸에서 떼어냈다.

"우리야. 상품… 받, 받아야지."

혀가 꼬여 말도 잘 나오지 않았다. 딱히 꾸미지도 않았고 열심히 뛰어다녀 땀이 흐르는 우리에게서 오늘따라 매력이 철철 흘러넘쳤다.

"응! 상품 받으러 가자."

우리가 배시시 웃으며 앞장섰다.

"아이구. 총각 고생 많았다. 우리 이 자식이! 집중해서 뛰라 안 캤나!"

"아이 할머니. 1등 했으니 됐죠. 그래도 선호가 잡아줘서 아예 넘어지지는 않았어요!"

"잘했어. 선호야. 우리야."

"1등 축하해 커플~ 이제 커플 이어폰도 끼고 다니는 거야?"

"그래. 여친 생긴 걸 이 형님한테도 말도 안한 남선호 이 자식아. 커플 이어폰 생겨서 좋냐. 둘이 아주 꽁냥꽁냥 하면서 꿀이 뚝뚝 떨어지더라. 어? 그냥 강당 중간에서 대놓고 껴안지를 않나."

다들 우리를 축하해 주고 좋아했다. 그리고 특히 이한솔은 1등을 축하하는 것 보다는 자꾸만 나랑 우리를 엮어댔다. 우리 친구 사인데…… 솔직히 친구끼리도 안고 다하잖아! 내 머릿속에서 자기합리화를 시키는 동안, 다음 순서가 다가왔다.

"이번 경기는 단체 훌라후프 돌리기입니다. 정해진 시간이 끝났을 때 팀원이 가장 많이 살아남은 팀이 우승입니다. 이번 우승 상품은 유명 브랜드 티셔츠로 팀원 전원에게 1인당 1장씩 주어집니다. 경기에 참가하지 않은 팀원들에게도 주어집니다. 단체 훌라후프 돌리기에 참가하시는 분들은 강당 중앙으로 나와 주시기 바랍니다."

우리 아름드리 빌라에서는 아까 나와 2인 3각 달리기에 참가한 우리를 포함하고 할머니, 형수님, 유림이 이렇게 4명이 참가한다. 우리는 바로 전에 뛰고 와서 힘들 텐데 다시 무대 중앙으로 나가는 모습이 멋있었다.

"할머니! 형수님! 유림이! 우리! 힘내세요~ 응원합니다~"

"내는 기대도 하지 마라. 늙어서 허리가 돌아가지도 않어~ 우리 정오랑 유림이 우리는 잘하니께 걱정 말고.

"할머니! 엄마! 우리 누나 파이팅! 유림이 누나는 안 파이팅! 메롱~ "

"나도 니 응원 바라지도 않았어. 서유찬! 진짜."

끝까지 투닥거리는 유림이 유찬이가 웃겼다. 다들 강당 중앙으로 가 자리를 잡고 훌라후프를 잡았다. 아까 할머니께서 말씀하신 대로 할머니께서는 처음부터 자세가 훌라후프를 돌리는 자세가 아니셨다. 그에 비해 형수님과 유림이는 꽤 올바른 자세였고, 우리에게서는 전문가의 냄새가 풍겨왔다. 할머니는 금방 탈락되셨고, 훌라후프경기는 계속 되었다. 중간에 간간히 할머니 분들께서 떨어지거나, 어린아이들이 떨어지는 것 외에는 다들 잘하고 계신 것 같았다.

5분가량 지났을 때 형수님께서는 지친 안색을 보이셨다. 곧 이어 힘이 빠지셨는지 훌라후프가 천천히 돌더니 결국엔 탈락했다. 유림이와 우리는 내가 1등이 꼭 되고 말겠다는 표정으로 죽을 듯이 계속 훌라후프를 쌩쌩하게 돌렸다. 우리와 유림이를 포함해서 현재 남은 사람은 총 6명이었다. 아까 인사를 나누었던 소율씨, 초희씨도 계셨고 나머지 2명도 있었다. 언제 끝날지 모르는 길고 긴 전투에서 소율씨가 훌라후프를 너무 많이 돌려 배가 아팠는지 중간에 훌라후프를 그냥 잡고 자진 탈락을 했다. 이로써 남은 사람은 5명 이었다.

"자, 이 중에서 3명의 승자는 바로 누가 될 것인가요?"

한참 열기가 오를 때 사회자가 멘트를 하며 분위기를 더 띄워 주었다. 8분이 다 되어가는 시간, 다들 슬슬 배가 아파오기 시작하는 것 같았다. 그래서 그런지 사회자가 막간의 타임이라고 훌라후프 선수들은 잠깐 쉬라는 의미에서 없던 행사를 만들었다.

"앞에 나와서 자신의 빌라 사람에 대해서 맛깔나게 칭찬할 수 있으신 분은 빨리 무대 위로 나와서 칭찬을 해주시면 됩니다. 그럼 그 빌라에 점수가 추가될 수 있습니다! 단, 탈락자의 칭찬을 할 경우 아직 경기에 남은 사람에 대한 칭찬보다 점수가 낮음을 알려 드립니다."

"…… 아무도 안 계실까요?"

한동안 잠잠했다. 예상치 못한 행사였고, 갑자기 당황해서 강당 분위기는 싸늘했다. 하지만 그런 분위기가 언제 있었냐는 듯 재치 있는 분들께서 빨리 손을 들어주셨다. 우리 빌라는 할머니와 유찬이가 손을 들었다. 주변에도 보니 아까 봤던 초희씨 오빠도 손을 들으신 게 보였고 또 아까 인사를 나누었던 남수씨도 있었고 채훈씨도 있었다. 그 외에도 여럿의 사람들이 손을 여기저기서 들어서 강당에는 손을 든 사람으로 가득 차 있었다. 사회자가 당황해서인지 무대에서는 사람 분들이 잘 안 보인다며 직접 내려와서 자기가 돌아

다니겠다고 했다.

"여러분, 갑자기 이렇게 많은 분께서 손을 드시면 제가 위에서 얼굴이 안 보여요. 그래서 제가 직접 내려가서 돌아다니면서 인터뷰 형식으로 하도록 하겠습니다."

"네!!"

"우선 칭찬을 들어보기 전 칭찬 받을 사람이 누구인지부터 알아야겠죠? 일단 훌라후프 경기에서 남으신 5명께 먼저 소개를 부탁드리도록 하겠습니다."

사회자가 그중에서 제일 어려 보이는 유림이에게로 다가가 질문을 했다.

"자, 친구는 몇 살 이에요? 자기소개 부탁해도 될까요?"

유림이는 긴장한 것 같았다. 토끼처럼 눈이 동그래져서는 사회자를 빤히 쳐다보곤 떨리는 목소리로 이야기했다.

"안녕하세요, 저는 중학생 서유림입니다."

"아, 반가워요! 혹시 어머니 아버지 어디 계세요? 어머니 아버지? 손 들어 보실까요?"

빌라 사람들 옆에 있던 형님과 형수님께서 손을 들으셨다.

"어머니 아버지 혹시 우리 유림이는 어떤 사람인지 한 번 칭찬을 해주시겠어요?"

사회자가 성큼성큼 다가와서 마이크를 넘기며 칭찬을 해 돌라고 했다.

"저희 아들이 유림이한테 칭찬 해 준다고 했어요."

형수님께서도 부끄러운지 아까 손을 들었던 유찬이에게로 칭찬의 기회가 넘어갔다. 유찬이가 마이크를 쥐자 유림이는 얼굴이 찌푸려졌다. 유찬이가 아무래도 자신의 칭찬을 하기에는 그럴 것 같지 않다는 생각이 들었을지도 모를 것 같다.

"아, 유찬군! 유찬군 일단 자신에 대해서 어떤 관계인지 소개해 주겠어요?"

"네! 저는 초등학교 다니고 있는 서유찬이라 하고, 저 사람은 저의 누나라는 사람입니다."

"아, 말하는 것부터 벌써 친누나인 사실이 들통이 나 버렸네요. 남매끼리 칭찬하기 쉽지 않은데. 일단 누나를 칭찬해준다면 어떤 점을 칭찬해 주고 싶나요?"

"음, 저희 누나는 저랑 잘 놀아줍니다. 그렇게 안 보이긴 한데 의외로 잘 놀아줘요. 제가 저번에는 귤을 먹다가 귤껍질을 예쁘게 까는 걸 연습하고 있었거든요? 근데 갑자기 와서 자기도 귤 먹겠다고 하고 귤껍질을 까는데 원숭이 모양, 닭 모양으로 잘 까더라고요? 그래서 그때 좀 누나가 아무 말을 안 하지만 나랑 놀아주는 거구나 이렇게 생각했어요."

"아, 정말요? 자 그럼 우리 유림씨의 의견을 들어볼까요?"

"네. 어, 저는 놀아준다는 생각으로 한 게 아니라 저도 옛날에 그거에 푹 빠져 있었던 적이 있어서 습관적으로 했을 뿐입니다."

"아, 이런, 안타깝군요. 칭찬 아닌 칭찬이 되어버렸네요. 네! 일단 친남매 간에 칭찬을 하려 시도했다는 자체가 기특해서 점수 드립니다!"

그렇게 한참을 서로에 대한 칭찬을 했다. 시간이 한 30분쯤 흐르고 나니 그제야 칭찬 시간이 끝났다. 그래서 다들 서로에 대한 칭찬을 하면서 점수도 얻고 서로의 관계에 선호도도 올리고 남이 보았을 때 그 사람이 꽤 괜찮은 사람이라는 이미지를 심어 주는 것도 좋은 효과인 것 같았다.

"자, 이제 경기자분들은 충분히 쉬셨을 거라 예상 됩니다. 이제 다시 훌라후프를 들고 일어서 주시기를 부탁드립니다. 곧 이어 훌라후프의 3인자를 결정짓도록 하겠습니다."

우리와 유림이, 초희씨와 나머지 2명이 훌라후프를 들고 전쟁터에 나가서 꼭 살고 오겠다는 살기어린 눈빛으로 대회에 임했다.

"준비 시~~작!"

사회자의 시작이라는 말과 함께 훌라후프는 빠르게 돌아갔다. 이제 2명만 탈락하면 3위 안에는 드는 것이기 때문에 유림이와 우리가 열심히 버텨주었으면 하는 마음이었다.

"네, 지금 경기자들 분께서 굉장히 치열하게 경기에 임해 주시고 계신데요, 열심히 하는 것도 좋지만 몸 상하지 않도록 살살하셔도 됩니다."

사회자의 말이 끝나자마자 2명이 바로 주저앉았다. 그 두 명은 초희씨와 모르는 한 명이었다. 초희씨가 주저앉자 이한솔이 걱정되는 눈빛으로 바라보았다.

"내 내 이럴 줄 알았어. 이한솔 너 초희씨한테 관심 있지?"

"아, 뭐래 미친놈이 아니거든."

"근데 초희씨가 주저앉는데 네가 왜 아쉬워해 좋아해야지? 우리 팀은 우리랑 유림인데?"

"야, 너어는 진짜 그럼 아까 인사 한 분이 주저앉는데 걱정하는 척이라도 해야지 말이야 사람이 그렇게 정이 없어요~"

"아이 우리 팀이 아닌데 왜 속상해 해. 솔직하게 말해 봐. 너 초희씨 좋아하지?"

"그래 관심 있다. 뭐. 난 그러면 안 되나."

"얼레리 꼴레리 얼레리 꼴레리~ 거봐 내 이럴 줄 알았어. 내가 한 번 밀어줄게. 잘해 봐라. 초희씨도 너 나쁘게 생각하는 것 같지는 않던데."

"야, 그럼 당연하지, 처음 만났는데 첫인상부터 나쁠 건 뭐냐."

"자, 대망의 3위는 누가 될 것인가요? 아 말하는 순간 바로 한 명이 탈락했습니다."

이한솔과 내가 신나게 떠들고 있는 사이에 3위가 결정이 되었다. 3위는 바로 우리였다. 2인 3각 뛰고 이정도 했으면 굉장히 잘했다 생각했다. 하지만 정작 우리의 표정을 그리 썩 좋아보이지는 않았다. 아쉬운 표정을 짓고 있었다.

"야, 네 여친 떨어져서 어쩌냐?"

"뭘 자꾸 여친이야. 이상한 소리 좀 하고 다니지 마."

"네가 자꾸 그러니까 할머니께서 맛 들리셔서 계속 그러시잖아."

"아, 왜 맞잖아. 빨리 너도 인정해. 나도 인정했으니까. 너 솔직히 조우리한테 관심 있지? 진짜 조금이라도 없어? 요만큼이라도? 진짜?"

"……."

"와 맞네, 네가 좋아한다는 사람 진짜 오랜만이다. 오래 살고 보니 이런 날도 오구나."

"아니 그냥 친구로서 좋은 거라고. 제발 자꾸 이상한 말 좀 만들어 내지 마."

"으응~ 그래 알겠어. 끝까지 말을 안 해줘요. 여기 너랑 조우리 빼고 다 알아. 너네 썸 타고 있는 거."

"아, 씨 자꾸 머라는 거야. 이상한 소리 좀 하지 마. 아직 유림이 남았네! 빨리 보자."

"네네 선생님. 하여튼 잔소리는."

우리 빌라에서는 마지막으로 유림이만 살아 있었다. 유림이도 조금 버거운지 훌라후프를 돌리는 속도가 느려지고 있었다. 그에 비해 다른 참가자 분은 아직 쌩쌩한지 일정한 속도로 온갖 잔재주를 부리며 돌리고 계셨다. 유림이가 떨어질 것 같다고 생각하셨는지 훌라후프를 돌리며 점프도 했다가 속도도 마음대로 조절했다가 하며 신기한 것들을 많이 보여주셨다.

평소 같았으면 신기하다고 생각하며 좋아했을 텐데 유림이가 헉헉 대는 게 눈에 훤히 보여서 마냥 신기해 할 수는 없었다. 아뿔싸. 다른 참가자가 훌라후프를 돌리며 묘기를 부리다가 유림이의 훌라후프와 자신의 훌라후프를 접촉 시켜버렸다. 두 개의 훌라후프가 급격하게 휘청휘청 거리다 동시에 바닥으로 툭 하고 떨어졌다.

가까이에 있는 것 도 아니지만 유림이의 억울한 표정이 눈에 들어왔다. 아 그러니까 그렇게 흔들지 말지. 저 참가자 때문에 유림이도 떨어졌잖아. 나가서 따지고 싶었지만 참가자 분이 유림이에게 진심으로 사과하며 어쩔 줄 몰라 하시는 게 보였다. 사회자분이 둘에게 다가가서는 두 명의 손을 둘 다 잡고 같이 위로 들어올렸다. 그러자 다른 참가자 분이 자신의 손을 황급히 내리고는 유림이를 가리키고 후다닥 무대 밑으로 내려오셨다. 그러자 억울함이 한껏 묻어났던 유림이의 얼굴이 당황함과 기쁨으로 차올랐다.

“네. 단체 훌라후프 돌리기의 대망의 우승자는 아름드리 빌라의 서유림 양입니다~ 유림 양 아름드리 빌라 팀원이 몇 명이죠? 8명이라고요? 넵. 티셔츠 8장 좀 갖다 주세요~ 유림 양 이거 들고 들어가시면 됩니다. 축하합니다!”

티셔츠를 한아름 안고 뛰어오는 유림이의 발걸음이 가벼웠다. 할머니도, 자기 엄마도, 우리도 하지 못한 1등을 자기가 해냈으니 얼마나 뿌듯할까. 기뻐서 어쩔 줄 모르는 눈빛이었다. 드라마를 볼 때처럼 눈동자가 초롱초롱하게 빛났다. 티셔츠를 급하게 내려놓고는 형수님을 꼭 껴안았다.

“엄마! 나 1등 했어! 나 학교에서도 한 번도 못해봤는데 여기서 1등 했다구!”

“잘했어. 내 새끼.”

1등을 했다며 가장 먼저 엄마에게 달려가 자랑하는 모습이 남선아를 연상케 했다. 남선아도 작년에 초등학교 6학년 기말고사에서 반 1등을 했다며 집에 오자마자 엄마를 소리쳐 불렀는데. 그때의 우리 엄마도 선아를 꼭 안아주며 머리를 쓰다듬어주었다. 이 세상 모녀들은 다 똑같은가. 확실히 엄마라는 존재가 대단한 것 같다. 자신이 10개월 동안 직접 배 아파하며 뱃속에서 키우며 자기 몸속의 영양분, 좋은 것들을 다 전해 주는 것. 그런 아이를 또 성인이 될 때까지 거의 20년을 책임지고 한 공간 안에서 길러내는 것. 20대 때의 자신의 파란만장한 인생은 잠시 내려놓고 오직 자신의 아이를 위해서만 살아가는 것. 철이 아직 안 들어 멋모르는 자신의 아이에게 모진 말, 나쁜 말 다 들어가면서도 그 아이를 사랑하며 길러내는 것. 나라면 절대 할 수 없을 것이다.

자신이 배 아파하며 품었던 존재라 더 애틋한 것도 있겠지만 그래도 그 애틋함을 뛰어넘은 엄마의 사랑은 이루 말로 표현할 수 없다. 내가 고등학교 3

학년이 되었을 때, 너무나도 우울하고 지난 과거가 후회되는 날에 아무 생각도 안 하고 바로 엄마에게 전화를 걸었다. 그때는 자동적으로 엄마께 전화를 걸어 펑펑 울었는데, 지금 생각해 보니 나나 선아가 가장 먼저 엄마를 찾았던 것은 그만큼 엄마가 우리에게 대단히 소중하고 중요한 존재라는 의미였다.

두 가지 종목을 끝내고 우리 빌라 사람들이 나가지 않는 미션 달리기도 진행되었다. 미션 달리기는 참가자들이 달리기를 하면서 그 전에 받은 쪽지의 조건에 맞는 사람을 찾아 손을 잡고 함께 도착점에 들어오는 종목이다. 미션 달리기를 하는 와중에 한 참가자 분의 조건이 '키 180cm 이상의 초록색 신발을 신은 남자'였었다. 그 참가자 분은 20대 초반 정도의 여자 분이셨는데 자기 쪽지의 조건을 이리저리 소리 치고 다니셨다. 마침 이한솔이 키가 180을 넘고 신발도 초록색 운동화였기에 내가 이한솔을 앞으로 쭉 밀었다. 이한솔도 왜 이러냐고 말하긴 했지만 자기도 앞으로 걸어 나갔다.

여자 분이 나와 눈이 마주치시더니 이한솔을 쓱 지나치고는 이한솔 옆에 있는 다른 남자의 손을 끌고 갔다. 손깍지를 끼더니 빠르게 뛰어갔다. 이한솔이 머쓱해하며 다시 뒤로 돌아왔다.

"야, 그러기에 날 왜 밀어."

"아니 나도 그럴 줄 몰랐지. 나도 민망하네."

경기가 끝나고 참가자들이 자리로 돌아왔는데 아까 이한솔을 지나친 여자 분이 데리고 갔던 남자분과 팔짱을 끼고 걸어왔다. 서로를 바라보는 눈에서 꿀이 뚝뚝 떨어졌다. 자세히 보니까 신발도 똑같은 연두색 스니커즈였다.

"자기야~"

여자 분이 남자 분에게 애칭을 부르는 걸 옆에서 바로 직관한 우리 둘은 더 민망해졌다.

"야, 커플이잖아. 남자친구 두고 날 왜 선택하겠냐."

"아, 그러네. 내가 알았겠니."

"지금부터 1시 20분까지 50분 동안 점심시간입니다. 자기가 싸오신 도시락을 드셔도 되고, 강당 뒤쪽에 보시면 우리 어머니들께서 돼지국밥을 끓이셨습니다. 가시면 돼지국밥을 일회용 그릇에 담아주시니 받아서 맛있게 드시고 화장실 옆에 잔반 버리시면 됩니다. 다들 밥 맛있게 드세요~"

우리는 도시락을 들고 오지 않았기 때문에 강당 뒤쪽으로 가 돼지국밥을 배식 받는 줄에 붙었다. 열심히 참가하고, 열심히 응원했더니 배가 고파왔는데 구수한 돼지국밥 냄새를 맡으니 기대됐다. 돼지국밥 배식대 옆에서는 한 아주머니께서 깍두기가 담긴 그릇도 배식해 주셨다. 그릇 위로 깍두기가 가득 쌓인 걸 보니 한 팀당 깍두기 한 그릇인 것 같았다.

"이모~ 많이 주세요! 저 배고파요~"

내 앞에서 아주머니께 애교 부리는 우리를 보니 나도 질 수 없었다. 나도 배고프니까. 부끄러움을 무릅쓰고 우리를 따라했다.

"이모~ 저 더 많이 주세요! 제가 더 배고파요~"

"아유 얘들이 왜 이래. 다 커가지고 징그럽다 야. 그런 거 안 해도 많이 준다."

나와 우리는 눈을 마주쳐 성공했다는 눈빛을 교환했다. 조금만 휘청해도 금방 국물이 넘칠 것 같이 많이 담아주셔서 아주 조심스레 살금살금 자리로 돌아갔다. 할머니께서 가져오신 엄청 커다란 돗자리 위에 다 같이 옹기종기 둘러앉아서 김이 모락모락 올라오는 돼지국밥을 먹었다. 막 엄청 맛있는 음식도 아니건만 열심히 경기에 임하고 나서 먹으니 꿀맛이었다. 아주머니께서 많이 주시면서 고기도 수북이 담아주셔서 아주 만족스럽게 점심식사를 해결했다. 돼지국밥도 물론 맛있었지만 다 같이 모여 앉아 열정적으로 국밥을 흡입하는 상황이 재밌었다. 나뿐만 아니라 다른 빌라 사람들도 경기에 열심히 임했기에 더욱 열정적으로 먹는 것처럼 보이기도 했다.

"다들 밥 맛있게 드셨나요? 마지막 종목으로 줄다리기가 남아 있습니다. 팀 대표가 무대로 올라와 순서를 뽑고 그에 맞춰 예선을 진행하겠습니다. 예선에서 이긴 4팀은 준결승에 올라갑니다. 준결승에 올라가기만 해도 팀 전체에게 예쁜 수첩이 주어지는데요. 준결승에서 승리해서 결승에 올라가고, 최종 우승을 하신 팀에게는 최고급 한우가 주어집니다. 한우가 먹고 싶으시다면 온 힘을 다해서 해야겠죠? 일단 팀 대표들이 무대에 올라와 주시기 바랍니다."

우리가 무대 위로 뛰어 올라갔다. 오늘따라 열과 성을 다하는 것 같았다. 가벼운 발걸음으로 종이를 들고 내려오는 모습이 강아지 같았다. 신나게 뛰어노는 강아지.

배를 든든히 채우고 나니 어느새 마지막 종목인 줄다리기가 남아 있었다. 각 팀당 8명씩 참가할 수 있었는데, 우리 팀은 딱 8명이라 모두가 나가는 종목인 셈이었다. 다 같이 다시 열정을 채우고 마지막이니만큼 더 열심히 하자고 마음먹었다.

"우리 파이팅 한 번 할까요? 다 같이 손 모아 봐요!"

"하나 둘 셋 파이팅!"

파이팅이라고 크게 외치고 나니 조금 더 힘이 솟는 듯했다. 우리 팀은 예선 두 번째 경기였다. 예선 첫 번째 경기가 진행되는 동안 줄다리기를 할 때 다치지 않기 위해서 손목과 발목을 열심히 돌려주었다. 손목을 앞으로 꺾었다 뒤로 꺾었다 오른쪽으로 돌렸다 왼쪽으로 돌렸다 하니 조금 풀린 것 같았다. 고등학교 체육대회 때 손목을 제대로 안 풀었다가 줄다리기를 하는 와중에 손에 힘이 풀려서 뒤로 넘어진 쪽팔린 기억이 있기 때문에 이번만은 제대로 안 넘어지고 경기에 임하고 싶었다.

예선과 준결승은 손쉽게 이기고 벌써 결승전에 올라왔다. 생각보다 예선과 준결승을 가볍게 끝내버려서 조금 당황스러웠다.

"할머니 줄다리기 원래 이렇게 쉽게 이기는 거예요……?"

"그르게. 요번에는 우리랑 싸운 팀들이 다 약해빠졌네."

"자, 대망의 결승전 시작하겠습니다. 결승전에 참가하는 아름드리 빌라 팀과 은혜빌딩 팀 앞으로 나오셔서 장갑 껴주시고 자기 팀 위치로 가겠습니다."

"삐이이이익!"

호루라기 소리와 함께 경기가 시작되었다. 다 같이 온몸에 힘을 빡 주고 줄을 당겼다. 내 몸 속에 깊이 숨겨져 있던 근육들을 꺼내서 최선을 다해 사용했다. 금세 얼굴이 빨개진 게 느껴졌다. 줄을 당겼다기보다는 제 자리에서 버텼다는 말이 더 정확했다. 경기가 끝나고 결과를 확인해 보니 우리 팀 쪽으로 1cm 더 와 있어서 아슬아슬 하게 승리했다.

"와아아아아아아!"

"이겼다!!! 우리가 이겼다!!!"

우리 빌라 사람들이 이긴 결과를 확인한 뒤에 힘껏 소리를 질렀다. 모두 다 같이 기뻐했다. 옆에서 소리를 지르는 사람도, 방방 뛰는 사람도, 함께 껴안고 기뻐하는 사람도. 우리는 모두 정신없이 그 순간을 즐겼고, 기뻐했다.

"네, 축하드립니다. 아름드리 빌라 팀에서 승리를 하셨네요! 상품은 마지막에 상품 시상식이 있을 예정이오니 대표 한 분만 뽑으셔서 나중에 시상식할 때 올라오시면 됩니다."

사회자도 같이 흥분된 목소리로 우리 아름드리 빌라 식구들을 응원해 주는 것 같았다.

"아유 형님 팀은 올해도 줄다리기를 이겼네. 어떻게 안 지는 해가 없어유."

"내가 뭘 했나. 다 우리 빌라 젊은이들이 한 거지."

"어쨌거나 좋겠어유. 나도 줄다리기 한번 이겨보고 싶네유."

"그럼 열심히 연습해서 내년에 이기면 되지. 말로 그렇게 속상해하나. 이 사람아. 그래도 그쪽 젊은이들한테 칭찬도 좀 해주고 그래. 그래야지 내년에 이길 수 있지."

은혜빌딩 팀 할머니 한 분께서 오셔서 줄다리기를 이겼다며 부러워하셨다. 그 말을 들으니 또 그렇게 소리 지르고 방방 뛰며 우리만 너무 기뻐했나 싶었다. 그래서 옆 팀을 슬쩍 보았다. 괜히 우리만 너무 좋아한 것이 아닌가 싶어서. 그런데 은혜빌딩 팀은 전혀 그런 것이 없었다. 서로 격려하고 다음번에는 어떻게 해야 이길지 생각하는 것 같았다.

"괜찮아, 괜찮아. 다음에 이기면 되지 뭘. 이런 것 가지고 속상해 해. 다들 으쌰으쌰 해서 다음번에 이기자."

"형, 그래도 이번 경기에서 이겼으면 좋았을 텐데…… 내년까지 또 어떻게 기다려."

그 팀의 어린아이가 슬퍼했다. 그렇지만 울지는 않았다. 초등학교 저학년 정도로 보였는데, 그 친구를 보니 괜히 너무 티내면서 좋아했나 싶은 생각이 들었다. '저 어린아이를 이겨서 좋을 게 뭐가 있다고..'라는 생각이 들었다. 괜히 어린아이한테 실망만 가득했던 체육대회를 만든 것은 아닌지도 모르겠다. 그 아이에게 무엇을 줄 만한 것이 없는지 주머니 속을 뒤져보다 아침에 집에 몇 개 있기에 챙겨 온 사탕이 여러 개 손에 잡혔었다.

"저기… 친구야 사탕 먹을래?"

"어? 저한테 사탕 왜 주시는 거예요?"

"오늘 경기 너무 좋았어. 네가 너무 열심히 해서 형이 오늘 이기려고 엄청 힘들었어. 이제 시간이 지날수록 점점 커서 형보다 힘이 세지면 어떡하지? 걱정하고 있었어. 이거 먹고 쑥쑥 커서 형 이기면 나중에 더 맛있는 것도 줄게. 너무 슬퍼하지는 마."

"감사합니다! 저 나중에 꼭 형 이겨서 맛있는 것 많이 받을게요!"

"그래. 나중에 보자~"

"네!! 안녕히 가세요!!"

꼬마 아이한테 사탕이라도 주고 나니 마음 한 편이 나아진 것 같았다. 저 아이가 나중에 커서 다시 만났을 땐 나를 기억하고나 있을지.

"네 이제 상품 시상식을 할 건데요, 슬슬 준비가 되었으니, 각 부분별에서 우승하신 분의 성함이나 빌라 이름을 불러 드리도록 하겠습니다."

사회자의 목소리가 더욱 크게 울려 퍼졌다. 이제 시상식만 남았다고 하니 괜히 긴장되고 설레고 그랬다.

"네, 일단 2인 3각 달리기 부문 1등은 아름드리 빌라! 축하드립니다. 대표한 분만 올라오셔서 대신 시상하도록 하겠습니다. 한 분만 올라와 주시기 바랍니다."

"선호랑 우리가 올라가. 둘이 해서 1등한 거잖아. 둘이가 이 부문 1등 공신이여. 둘이 같이 가서 받아."

"한 명만 올라오라 했는데요?"

"그냥 둘이 같이 올라가. 내가 말해 줄 테니까."

할머니께서는 우리와 내가 자랑스러우셨는지 사회자가 한 명만 올라오라고 신신당부 했음에도 둘이 올라가라고 이야기를 하셨다.

"한 분만 올라오셔도 되는데."

사회자는 당황한 듯 보였다.

그러자 할머니께서 큰 목소리로 우렁차게 소리를 지르셨다.

"아, 내가 둘이 올라가라 했어. 그냥 둘이 상 받게 냅둬. 둘이 열심히 해서 1등한 거니까."

"네. 그럼 두 분과 함께 시상식을 진행 하도록 하겠습니다. 2인 3각 부문 1등 상. 열심히 노력한 결과로 1등을 하셨다 하니 제가 다 뿌듯합니다. 1등 상품은 문화상품권 20만 원과 상장이 함께 나가도록 하겠습니다."

"감사합니다."

"감사합니다."

우리와 나는 서로 감사하다고 상장과 상금을 받자마자 거듭 인사를 했고 우리 둘은 서로 너무 기뻐서 입이 귀에 걸릴 만큼 크게 웃었다.

"네, 그 다음 부문으로는 여성 단독 부문 훌라후프 경기가 있었죠. 네 여기서 많은 언니들과 아주머니, 할머니들을 제친 서유림양. 대표로 나와 주시겠어요?"

"네!!"

유림이가 밝게 웃으며 바로 뛰어갔다.

"네. 축하드립니다. 앞으로도 내년, 내후년에도 계속 참가해서 훌라후프 부문상을 계속 받았으면 좋겠습니다. 여기 상금 15만 원과 상장 드리겠습니다."

'짝짝짝짝'

박수 소리가 크게 들려왔다. 다들 유림이가 상을 받은 것을 같이 기뻐해 주는 느낌이었다.

"그럼 여기서 우리 수상자인 서유림양의 우승 소감을 들어보도록 할까요?"

예상치 못한 질문에 당황한 듯 보였지만 유림이는 금세 다시 자신감을 찾은 표정으로 똑 부러지게 말했다.

"제가 학교에서도 훌라후프로 1등을 하지 못했었는데, 이렇게 여기서 1등을 하게 되어서 너무 기쁩니다. 사회자님께서 말씀해 주신 것처럼 내년, 내후년 그 다음에도 계속 나와서 훌라후프 부문만큼은 제가 상을 탈 수 있도록 노력하겠습니다. 감사합니다. 아, 그리고 제가 이렇게 상을 받을 수 있는 데에는 저희 예쁜 엄마와 멋진 아빠, 그냥 동생이 제가 훌라후프를 연습할 수 있도록 다 같이 노력해 주셨고, 우리 아름드리 빌라의 할머니도 다 같이 연습 할 수 있게 도와주셨고 연습 한 다음에도 계속 맛있는 음식을 먹게 해주셔서 너무 감사합니다. 다른 우리 빌라분들도 너무 감사한데, 일일이 다 말하면 시간이 길어질 것 같아서 여기서 이만 마치도록 하겠습니다. 진짜 너무 감사합니다!"

"네, 우리 유림 양의 당차면서도 깔끔하고 정감이 넘치는 소감 너무 잘 들었습니다. 다음 시상은 미션 달리기 부문입니……."

미션 달리기는 우리 빌라 사람들이 유일하게 나가지 않은 종목이었다. 한편으로는 다행이었다. 우리가 만약에 미션 달리기도 참가해서 1등을 했다면 모든 상품, 상장을 우리 빌라가 쓸어가니까. 솔직히 우리가 다 쓸어 가면 우리야 좋지만 다른 주민들이 뭐라고 생각할까. 다음 해부터는 의욕이 없어지지 않을까? 난 학생 때 똑같은 친구가 맨날 대회 우승을 다하면 우승을 하고 싶은 욕심이 사라지던데. "어차피 쟤가 또 우승할 텐데."

"다음으로는 줄다리기 부문인데요, 이 빌라가 이번 체육대회에서 한 부문만을 제외하고 상품과 상장을 모두 쓸어가네요. 축하드립니다! 아름드리 빌라. 이번만큼은 다 같이 오셔서 시상을 진행하도록 하겠습니다."

아름드리 빌라 사람들은 다 같이 몰려갔다. 서로 상을 받는다는 사실을 너무나도 좋아했다. 다들 우리가 받을 줄은 상상도 못했었는데 이렇게 많은 부문에서 상을 받아서 다들 들떠 있었다.

"네, 아름드리 빌라 여러분들은 이렇게 일자로 서주시고, 상장과 상품을 전달하도록 하겠습니다. 줄다리기만큼은 빌라 사람들이 다 같이 온 힘을 다해서 협력으로 이루어 낸 결과라 해도 과언이 아닌데요, 그만큼 빌라 사람들끼리 정이 많이 들었고, 협동력이 많이 길러졌다는 뜻이겠죠? 마지막 줄다리기 1등 상금은 100만 원입니다! 그리고 여기 상장까지."

생각보다 너무 많은 금액에 놀랐다. 동네 체육대회라서 이만큼의 규모는 생각하지 못했었는데.

"할머니께서 대표로 한 말씀해 주시겠어요?"

"오야, 내 한마디 할게. 자 오늘 우리 빌라가 100만 원을 상금을 탔는데, 너무 기쁘고 이 돈으로 다 같이 돼지고기 먹으러 갑시다. 체육대회 마치고 시간 되는 사람들은 모입시다. 내가 한턱 쏘지요. 우리 아름드리 빌라 앞으로도 잘 지냅시다. 알겠제?"

할머니의 갑작스러운 고기파티 발표에 우리 아름드리 빌라 사람들은 다 같이 눈을 마주치며 와아아 하며 박수 쳤다. 갑작스러운 고기 파티지만 고기는 언제 먹어도 좋고, 우리가 노력해서 따낸 성과인 느낌이라 더 좋았다.

체육대회가 끝나고 강당에서 사람들이 우르르 빠져나갔다. 우리 빌라 사람들은 고기 먹을 생각에 들떠 기대감에 차오른 대화를 나누다가 어쩌다 보니 가장 늦게 나가게 되었다.

"할머니~ 진짜 먹으러 가는 거예요?"

"당연하지. 왜, 싫나? 싫음 가지 마까?"

"아, 무슨 소리세요. 당연히 좋죠! 우리 근데 우리 8명으로 안 될 거 같으니까 점심 때 밥 해주신 아주머니들도 같이 가면 안 돼요?"

유찬이가 정말 착한 소리를 했다. 어린 나이에 이런 생각을 하다니 정말 바르게 잘한 티가 났다. 어쩌면 어려서 더 순수한 걸지도.

"와. 우리 유찬이 다 컸네~ 니 원래 이래 착했나? 같이 가면 좋지! 사람이 많을수록 음식이 맛있어진다 안 카나. 니가 저 가서 델꼬 와라."

"넵!"

유찬이가 한껏 신나는 표정으로 뒷정리를 하고 있는 아주머니들께 달려갔다. 뛰어가는 뒷모습마저도 착해 보였다. 내가 어릴 때도 저랬었나. 편견일지 모르지만 슬슬 사춘기가 오기 시작하는 시점인 저 나이 때 저렇게 선하기 드문데.

"형님~ 아들 잘 키웠네요."

"어. 나도 방금 그 생각 중이었다. 내가 아들 하나는 잘 키운 거 같다. 저렇게만 자라주면 이제 난 소원이 없다."

"여보. 나도 그 말에 동감. 우리 유찬이 너무 곱고 바르게 자라줘서 내가 다 고맙네."

유찬이를 바라보는 형님과 형수님의 눈에서 사랑의 레이저가 나오고 있었다. 내가 어릴 적에 우리 부모님에게 저런 기분을 들게 했던 적이 있었을까. 나도 단 한번이라도 우리 부모님이 날 보고 '잘 키웠다.'라는 생각이 들었던 적이 있었으면 좋겠다. 유찬이를 보는 형님, 형수님의 얼굴은 세상에서 가장 뿌듯한 부모님의 얼굴이었다. 나도 만약에 결혼해서 애를 낳고 유찬이 같은 착한 아이로 키우고 나면 저런 표정을 짓게 될까.

"할머니~ 된대요. 오히려 가도 되냐 물으시던데요! 우리 아주머니들이랑 같이 고기 먹으러 가요! 근데 10분만 기다려 달래요~"

"알겠어. 유찬아 잘했어~"

"이모! 여기 삼겹살 20인분이요~"

원래 점심에 돼지국밥을 해주신 아주머니들과 함께 먹기로 했는데 어쩌다 보니 사회자 분과 다른 스태프 분들도 함께 하게 되었다. 그래서 우리 아름드리 빌라 주민 8명에 국밥 해주신 아주머니 4분, 사회자분과 스태프 분들 3분해서 총 15명이나 자리에 앉게 되었다. 확실히 밥 먹을 때는 시끌벅적하고 화기애애하게 사람 많은 게 좋은 건지 친구나 가족과 함께 5명 이하로 고기 먹을 때와는 분위기가 달랐다. 조금 더 복잡하지만 그만큼 조금 더 재밌어졌다고 해야 하나.

"다들 수고 많으셨어요! 어떻게 상을 여기서 다 쓸어가 버릴 수가 있나요. 미션 달리기 안 나오신 게 신의 한 수네요. 그거까지 나가셨으면 이번 체육대회는 그냥 아름드리 빌라를 위한 대회가 되었겠어요."

"아, 그러니까요. 삼촌."

어, 삼촌? 왜 우리가 사회자 분께 왜 삼촌이라고 하지? 진짜 삼촌인 건가? 아니면 원래 알던 사이?

"아, 선호랑 한솔이는 모르지? 우리 삼촌이야. 진짜 삼촌."

"우와 그러셨군요. 몰라 뵀네요. 그러고 보니 둘 다 코가 오똑하니 닮았네요!"

"근데 우리야. 올해 형님 안 나오셔서 아름드리 빌라가 일등 싹쓸이 해간 거 알지? 올해도 형님 나오셨으면 올해도 형님은 그냥 얄짤 없었을 거야. 내년 조심해라."

"그건 인정합니다. 우리 아빠 나왔으면 우리 다 2등이었을 듯……"

"아, 우리야. 너희 아버지도 이 동네 사셔?"

"어, 그러니까 여기서 세탁소도 하고 도장도 하고 그러는 거지. 우리 아빠 생활범위 되게 좁아. 우리 아빠는 금성빌라 살아. 원래 집은 다른 데였는데 엄마 돌아가시고 나서 아빠가 내 집 주변으로 이사 오셨어. 금성빌라에서 매년 체육대회 나와서 모든 종목 참가해서 1등 싹쓸이 해갔거든. 올해 우리 아빠 안 나오셔서 우리가 아등바등해서 1등 받은 거야. 큭큭큭"

"하긴 너희 아버지시라면 모든 종목 나오셔도 다 1등 하실 거야. 큭큭."

"빨리 고기 묵으라. 식는다. 삼겹살 싫어하는 사람은 없제?"

"에이 할머니. 삼겹살은 진리죠! 우리 다 열심히 먹고 있어요!"

삼겹살을 쌈장에 찍어 먹고 밥에 얹어 먹고 쌈도 싸 먹고 명이 나물을 얹어먹고. 여러 가지 방법으로 다양하게 열정적으로 먹고 있던 와중에 이한솔의 말을 듣고 고개를 들어보니 다들 열심히 먹고 있었다. 아까 돼지 국밥을 먹기는 했지만 줄다리기를 하느라 시간이 오래 걸려 다들 다 배가 꺼져서 배가 많이 고팠나 보다.

"아, 다들 고개 함 들어봐라. 우리 다다음주 토요일에 김장 시작할 거니까 김치 먹을 사람은 다 내 집으로 오면 된다~ 한솔이도 와도 된다~"

"헉 할머니 저 여기로 이사를 와야 겠네요 그냥~ 감사합니다! 꼭 와서 손 보탤게요!"

"할머니 저도 가도 되죠?"

"당연하지 안 될 건 또 뭐고 다들. 대신 올 때 배추 한 포기씩 실한 걸로 가져 온나."

"네~~"

"근데 벌써 김장할 계절이네요. 가을도 순식간에 지나가고.."

"그러게 말이여.. 언제부터 짧아지기 시작하더만 지금은 그냥 얼굴만 비추고 그냥 가네. 뭐 어쩔 수 있나. 다들 맛있게 먹자~~"

"네!! 할머니 잘 먹겠습니다."

삼겹살뿐만 아니라 목살도 먹고 양념돼지 갈비도 먹고 엄청 먹었다. 개인당 많이 먹은 사람은 5인분까지 먹은 것 같기도 했다. 어느 팀의 불판은 이미 꺼져 있기도 하고 어느 팀은 밥을 먹기 시작한 팀도 있었고, 어느 팀은 아직도 고기를 구워 먹고 있는 팀도 있었다. 다들 속도가 다르니 어쩔 수 있나. 속도는 달라도 다들 자신의 양껏 배불리 먹은 것 같아서 내가 다 뿌듯했다. 이렇게 이겨서 좋은 마음으로 같이 나눠 먹는 것도 괜찮은 방법인 것 같았다. 대부분 이런 경기를 하고 나면 싸움이 안 일어날 수가 없다고 생각했는데 전혀 그렇지 않나 보다. 이 빌라는 예의는 물론이고 규칙까지 너무나도 잘 지켰고 서로 얼굴 붉히는 일이 없도록 사람들이 다들 노력하고 챙겨 주는 모습이 눈에 너무나도 잘 보였다.

옷에 고기 냄새가 빠질 것 같지 않을 만큼이 되었을 때 그제야 저 테이블은 밥을 시키고, 냉면을 시키기도 했다. 고기에 냉면은 절대적인 지원자. 아까 먹었지만 또 먹고 싶다는 생각에 군침이 돌기 시작했다. 마음 같아서는 이번엔 냉면 말고 밥이랑 된장찌개를 같이 먹고 싶은데 배가 너무 불러서 못 먹을 것 같았다. 곧 이어 그 사람이 주문한 냉면이 나왔다. 겨울이지만 고기 먹고 더울 때 살얼음이 둥둥 띄워져 있는 국물을 마시면 끝장난다. 일단 면을 한 입 후루룩 먹는다. 이제 그 위에 남은 고기를 올려 먹으면 끝난다. 이건 한국인이 진리다. 그 사람도 그렇게 먹고 있는 걸 보니 나와 식성이 꽤 통할 것 같은 느낌이 들었다. 아직 누군지는 정확히 모르겠지만.

이렇게 체육대회를 해서 근처 동네 사람들의 얼굴을 보고 친목을 다져가는 것도 좋을 것 같다. 매번 생각하는 것이지만, 이 빌라에 이사 오길 너무 잘했다는 생각이 들었다.

"자, 이제 얼추 다 먹은 것 같은데 나갑시다. 내가 계산하고 갈 테니 다들 먼저 나가시오."

"네 감사합니다 할머니~"

"잘 먹었어요 할머니~"

"형님, 오늘 잘 먹었어라. 형님 덕분에 다들 오늘 호강했다. 그나저나 고기값이 만만찮게 나올 텐데 괜찮으시겠어라?"

"내가 그 정도 각오 안 하고 왔을까 봐 이 사람아. 상금 받은 거 넘으면 내 돈으로 조금 보태면 되고 그런 거지 뭐."

"아유 그걸 형님 돈으로 따로 왜 내요. 그럼 우리가 뭐가 되~"

"내가 기분이 좋아서 그래. 나 돈 많아. 왜 이랴?"

"알겠어요. 오늘 진짜 잘 먹었어요."

"아휴 알겠어. 매년 있었던 일인데 다들 나한테 유독 왜 저러는 거고."

할머니께서 계산을 하러 카운터에 갔다. 왠지 모르게 긴장 되었다.

"90만 5000원입니다."

"뭐고, 이거밖에 안 되나. 난 또 넘을 줄 알고 현금 챙겨 왔는데. 다행이네."

"형님~ 여기 요 동네에서 제~일 싼 데 아입니까?"

"아, 그르나? 내는 여기 첨 와봐 갖고 잘 몰랐데이."

할머니께서 계산을 하고 가게 밖으로 나가셨다. 가게 앞에 마을 분들이 다들 아직 안 가고 할머니를 기다리고 계셨다.

"할머니 잘 먹었습니다.!"

"다들 나한테 와 이라노. 우리 아름드리 빌라 식구들한테 고맙다 해야지."

"아, 맞네, 감사합니다. 오늘 덕분에 잘 먹었습니다."

"그 뭐냐, 10만 원이 남았는데, 그건 다다음주에 있을 김장 재료비로 좀 보태서 살 거여. 인당 배추 한 포기씩이다. 다들 들고 와야 해."

"네!! 다다음주에 뵐게요!"

"오야~ 다들 들어 가그라. 아, 다들 올해도 강당인 거 알제? 일주일 전부터 청소 좀 해 놔라 청소당번."

"네! 열심히 해서 광이 나도록 청소 하겠습니다."

"아무리 그래도 음식 만드는 공간이 더러우면 안 되는 법인께 박박 닦아라."

"네!!"

"다들 다다음주에 보자"

"안녕히 가세요. 오늘 수고 많으셨어요,"

"안녕히 가세요."

서로서로 인사하는 사람들의 목소리가 들렸다.

우리 빌라 사람들도 다 같이 택시를 타고 빌라로 향했다. 이한솔은 올 때처럼 따로 택시를 타고 갔다.

"할머니 저 오늘 먼저 가 볼게요. 다들 수고 하셨습니다!"

"그래, 한솔 총각도 오늘 와 줘서 고마웠데이~~"

"별 말씀을요. 들어가서 푹 쉬세요."

이한솔과도 인사를 나누고 드디어 집으로 향했다. 빌라 사람들도 다 같이 택시를 탔는데 다들 피곤했는지 고새 잠들었다. 형님이며 형수님이며 유림이며 할머니.. 유찬이도 실신한 것처럼 다들 주무셨다. 나도 눈꺼풀이 점점 무거워졌다. 진짜 오늘은 보람차기도 하지만 너무 피곤한 날이었다. 나도 모르게 잠이 들었나 보다. 할머니께서 도착했다고 나를 깨워주셔서 다들 하품을 크게 하고는 저마다 내렸다.

"오늘 수고 많으셨어요~ 다들 들어가세요!"

"네 형님도 수고하셨어요. 오늘 유림이 공이 제일 컸어!! 유림이 덕분에 우리 아름드리 빌라가 상을 싹쓸이 했지 뭐야. 열심히 연습하더니 좋겠다. 그치?""네, 기분이 너무 좋긴 한데 오늘은 좀 피곤해요.. 다들 들어가서 주무세요. 안녕히 가세요."

유림이의 한 마디에 '오냐, 그러자' 라면서 다들 피곤한 모습으로 무거운 발걸음을 계단으로 터벅터벅 올라갔다.

드디어 집에 들어왔다. 오늘 진짜 너무 피곤하다. 아침부터 그렇게 열심히 몸을 쓰고 참여하고 했으니 안 피곤한 게 이상할지도 모르겠다. 운동하면서 땀을 워낙 많이 흘려서 얼른 씻고 고기 냄새가 밴 옷들을 얼른 세탁기에 넣었다. 빨리 냄새가 빠져야 할 텐데 뭐 이런 걱정들을 하면서도 너무 피곤했다. 얼른 씻고 머리를 말렸다. 시간을 보니 어느덧 12시. 시간도 늦었네. 빨리 침대로 향했다. 진짜 오늘만큼은 누워 있으니 다시 눈꺼풀이 무거워져 5분 뒤에 바로 곯아떨어졌다.

체육대회에서 우승한 지 벌써 일주일이 넘게 지났다. 오늘은 11월 30일 월요일. 11월의 마지막 날이었다. 11월의 마지막 날이든 아니든 우리의 일상은 똑같이 굴러갔고 벌써 겨울이 다가와 날씨가 추워졌다. 거리에는 요즘 유행하는 얇은 숏패딩을 입은 10대들이 자주 보였다. 몇 년 전 롱패딩이 한창 유행이었을 때는 대부분이 검정색 롱패딩을 입고 펭귄처럼 뒤뚱뒤뚱 걸어 다녀서 친구들끼리 웃기다고 말을 나눈 적도 있었다. 모양새가 조금 웃기기는 했지만 직접 사서 입어보니 꽤 따뜻해 올해도 입을 예정이다.

번화가마다 있는 잡화점에서는 메인 코너에 벌써부터 크리스마스 콘셉트의 상품들을 쭉 진열해놓았다. 12월이 코앞까지 다가왔다는 게 느껴졌다. 이제 2020년이 한 달밖에 남지 않았다. 이 1년 동안 내가 어떻게 살았는지 회상해 보았다. 연초에는 자취방 알아보고 급하게 돈도 대출하고 하느라 정신이 없었는데 날씨가 점점 더워지면서 좋은 사람들과 좋은 공간에서 편안하게 살 수 있어 다행이었다. 마지막 남은 한 달은 후회 없이 살아야지.

내일부터 12월이기도 하고, 계절도 겨울인데, 겨울에만 할 수 있는 게 뭐가 있을까. 올해 겨울은 조금 특별하게 보내고 싶은데. 내 사람들과 소중한 추억들을 하나하나 더 열심히 쌓아가고 싶은데. 겨울에만 할 수 있는 것이라고 하면, 단연컨대 겨울여행이다. 여름에는 캠핑을 다녀오고 여름의 무더운 날씨 속에서 여행을 하는 것이라고 하면, 겨울에는 온몸을 꽁꽁 싸매고도 옷 사이를 비집고 들어오는 겨울바람을 느끼며 겨울을 체험하는 게 최고지.

"어, 여보세요? 이 시간에 웬일이야."

"너 겨울에 딱히 할 일 없지? 나랑 놀러가자."

"헉, 너 독심술사니. 나 방금까지 겨울여행 생각하고 있었는데. 좋아. 어디갈래?"

"스키장 어때? 이 형님이 스키 가르쳐 준다."

"형님은 무슨. 내가 대학생 때 스키 동아리 회장이었어. 이 자식아."

"그래 뭐. 가면 알겠지."

"아, 너도 이번 주 토요일에 김장 올 거지?"

"맞다. 얘기를 못했네. 나 그때 못 가. 내 친구가 그 날 소개팅 잡아줬었음. 김장 얘기 듣기 전에 잡힌 거였는데 그때 까먹었었어. 할머니하고 다른 분들한테 말 좀 해줘라. 미안."

"알겠다. 니도 빨리 자라."

"자긴 뭘 자. 지금 이제 겨우 8신데."

"난 피곤해서 잘라고. 내일 회사에서 보자."

역시 15년 이상을 함께 한 친구라 그런지 생각하는 것도 척척 맞았다. 얘 없으면 나 심심해서 못 살겠지? 아무튼 몇 년 만의 스키장이냐. 어서 빨리 스키장에 가서 이한솔의 코를 바짝 누르는 일만 남았다. 스키장 생각을 하며 눈을 감았더니 순식간에 꿈나라에 도착했다.

꿈속에서 나는 공무원 시험 준비생이었다. 고시원에서 먹고 자며 매일 공부에만 매진하다 하루는 우리 집으로 향했다. 현관문을 열고 들어가서 엄마를 불렀다.

"엄마! 나 왔어!"

"콩나물 사오는 데 왜 이렇게 오래 걸려! 콩나물은?"

"무슨 콩나물? 나 몇 달 만에 왔잖아."

"무슨 소리야. 얘가 왜 이래. 아 엄마 콩나물국 끓여야 하는데 콩나물 좀 사오라니까."

"엄마 왜 그래? 괜찮아?"

난 분명히 몇 달 동안 고시원에서만 살다가 오랜만에 집에 왔는데 엄마가 아무렇지도 않았다. 분명히 우리 엄마라면 오랜만에 날 보고 "우리 아들~ "하며 반겨줄 텐데. 그러고 보니 내가 집에 왔는데도 아빠도 아무 반응 없이 소파에 누워 텔레비전만 보고 있었다. 이게 대체 무슨 상황이지 몰래카메라인가. 이때 내 뒤 현관문에서 비밀번호를 누르는 소리가 들렸다. 선아인 줄 알았다.

그런데 엄마 표정이 심각해지더니, 뒷걸음질 쳤다.

"선호야. 밖에 아무도 없었어? 여기 너랑 나랑 아빠랑 선아까지 집 안에 있는데 누구야."

나도 덩달아 심각해져서 신발장에 놓여 있던 엄마의 길쭉한 우산을 집어 들었다. 현관문이 끼이익 하며 열리고는 익숙한 얼굴이 보였다. 아니, 익숙한 정도가 아니라 그냥 내가 29년 동안 매일매일 단 하루도 빼놓지 않고 본 내 얼굴이었다. 내 얼굴을 가진 그 남자가, 아니 몸도 나와 완벽하게 똑같았으니 그 '나'가 날 본 순간 얼굴이 찡그려지더니 순식간에 표정을 일그러트렸다. 표정이 점점 일그러지더니 귀가 커지고 머리카락이 짧아지다가 키가 쑥 작아지더니 피부가 회색으로 변했다.

그러더니 눈 깜짝 할 사이에 내 손바닥 크기의 쥐로 변해서는 아직 열려 있는 문 틈사이로 찍찍 대면서 뛰어나갔다. 너무 당황해서 아무 말도 나오지 않았다. 입을 열고 말을 하려는 순간 눈이 번쩍 떠지며 꿈에서 깼다.

물론 꿈이겠지만 동화 '손톱 먹은 쥐'에서처럼 내가 손톱을 잘라서 아무데나 버리고 다녀서 이런 일이 생긴 것 같아 끔찍했다. 앞으로는 꼭 휴지에 잘 싸서 버려야겠다.

소름끼치는 꿈을 꾸고 나니 잠이 싹 달아나 그 상태로 출근 준비를 해 출근을 했다. 정말 오랜만에 가장 먼저 사무실에 도착해 불도 켜고 환기도 시키고 하다 보니 작가님이 도착하셨다. 작가님이 의아하다는 눈빛으로 쳐다보며 말씀하셨다.

"살다 보니 선호씨가 제일 먼저 출근 하는 것도 보네요! 오늘은 해가 서쪽에서 떴었나."

"아, 왜 그러십니까. 저 몇 번 일찍 왔었어요!"

"총각 오늘도 늦었네~ 이제는 총각 특징으로 해야 되겠구만."

"아, 죄송합니다. 헤헤 저 배추 사온다고……."

"허 배추 좋은 거 아니면 나 화낼 거여. 줘봐."

"여기요."

"음, 화 못 내겠네. 제일 좋은 걸 사왔어."

아침부터 배추를 절이기 위해 마트를 급하게 다녀왔다. 너무 이른 아침이라 동네 여러 군데 마트를 돌다가 그냥 마음 먹고 조금 먼 식자재 마트를 다녀왔더니 할머니께서 칭찬을 해주셨다. 식자재 마트까지 다녀온 보람이 있었다.

할머니께서 가르쳐주신 배추 절이기를 다 같이 열심히 따라 하고 절여놓고는 다시 각자 집으로 돌아갔다. 앞으로 5시간은 더 기다려야 하는데 아직 시간은 아침 9시. 주말 아침 9시라 하면 원래 같으면 푹 자고 있을 시간이다. 다시 자기 위해 꾸물꾸물 이불 속으로 기어들어갔다. 내가 마트를 다녀오기 위해 집에서 나갔을 때부터 이불 속에서 꿈쩍도 하지 않고 곤히 자고 있는 콩이를 꼭 안고 다시 잠에 빠져들었다. 내 소중한 주말은 잠에다 쓰는 게 가장 효율적이니까.

원래 내가 중학교 2학년 때까지만 해도 아침 형 인간이라 매일 늦어도 밤 11시에는 잠에 들고 아침 6시에 일어나 일과를 시작했었다. 그때는 체감 상

하루가 조금 더 여유로웠는데 중학교 3학년, 친구를 따라 독서실을 다니기 시작하고부터 내 삶의 패턴이 180도 바뀌었다. 독서실을 다니다 보니 집에 오는 시간은 기본이 밤 12시. 12시에 집에 와서 잘 준비를 하고 바로 누워도 새벽 1시가 넘어갔다. 그맘때 또 공부에 재미를 붙여서 엄마의 만류에도 불구하고 매일매일 커피를 달고 살았더니 밤마다 잠이 안 와 그 늦은 새벽 시간에도 내 방 책상 앞에 앉아 항상 공부를 하곤 그랬다.

한번 그러기 시작하니까 더 이상 나를 다시 아침형 인간으로 만들기 힘들어 고등학교 3학년 때까지 그렇게 낮과 밤이 뒤바뀐 채 살아갔다. 그 전까지는 상상도 하지 못했던 학교에서의 취침을 많이 행했고 그 때문에 선생님들으로부터 많이 혼났었다. 그때도 지금도 마찬가지로 평일보다는 주말이 비교적 여유로워, 평일보다 잠을 더 많이 잤다. 그때부터 이어진 습관이 평일에 부족했던 잠을 주말에 몰아서 자는 것이다. 주말에 잠을 몰아서 자다 보니까 평일 목요일 금요일 즈음이 되면 내 몸의 모든 피로가 누적되어 온몸이 무거웠다. 내 몸무게가 1톤으로 느껴질 때쯤 토요일 밤에 침대에 누워 일요일 늦은 아침까지 늦잠을 자면 그게 그렇게 행복할 수가 없었다. 어쩌면 그 행복을 놓치지 않기 위해서 더욱더 내가 평일에 그렇게 고생을 사서 했던 걸지도 모른다.

그렇게 오래 된 내 행복을 약 4시간 동안 누리고서 일어나니 약속 시간이 30분 앞으로 다가와 있었다. 배추를 양념에 버무리기 위해 옷에 튀지 않게 내가 가지고 있는 옷 중 가장 필요 없고 형편없는 옷으로 갈아입었다. 이사할 때 옷이 별로라고 다 버리지 않아서 다행이었다. 역시 아무리 별로 인 것도 언젠가는 다 쓸모가 있다니까.

옷을 갈아입고 집 밖으로 나가니 형님과 형수님이 항아리를 힘겹게 옮기고 있었다. 형수님이 꽤 많이 힘들어 보이셨는데, 그럴 만도 했다. 항아리가 엄청나게 컸기 때문이다. 누가 옆에서 조금만 툭 쳐도 금방이라도 넘어지실 것 같았다. 난 방금 자고 일어나 기운이 넘쳐났기 때문에 형수님에게 다가가 항아리를 전달받았다.

"하…… 고마워요. 안 그래도 힘들었는데."

"아닙니다! 제가 처음부터 들었어야 했는데."

"그럼 좀 들어줄래요? 이러다가 김장하기도 전에 쓰러질 것 같아서.

"당연하죠. 제가 할게요. 형수님은 잠깐 쉬고 계세요."

"이렇게 바쁜데 쉴 틈이 어디 있어요. 저는 할머니께 가 볼게요."

"네, 쉬엄쉬엄 하세요!!"

"자기야 쉬엄쉬엄해 그러다 몸살 나."

"알겠어요. 당신도 조심해요."

형수님과 형님은 항상 애정이 넘치신다. 옆에서 내가 보면 얼른 결혼하고 싶다는 생각이 들 정도로 너무 알콩달콩 잘 지내고 계셨다. 결혼한 지 10년이 넘었는데도 불구하고 여전히 신혼처럼 알콩달콩 지내는 모습을 보면 부럽기도 하고 어떻게 저렇게 잘 지내는지 신기하기도 했다.

"형님, 형님은 부부싸움 한 적 없어요?"

"없긴 왜 없어~ 우리도 신혼 초에 엄청 많이 싸웠지. 다른 환경에서, 다른 방식으로 살던 사람이 한 집에 같은 공간에서 생활하는데 얼마나 불편하겠어. 그래서 처음에는 그것 때문에 많이 싸웠는데, 조금씩 맞춰나가는 거지. 또 유림이랑 유찬이가 있으니까 자식은 부모의 거울이라는 말이 있잖아. 그래서 더 신경 쓰는 것 같기도 하고."

"그렇죠, 안 싸울 수가 없죠. 다른 둘이 만나 하나가 되는 건데."

"왜, 요즘에 연애하고 있어?"

"아니요, 그런 게 아니라 형수님이랑 형님이랑 이렇게 잘 지내시는데 싸우신 적이 있을까 해서요."

"허허, 그게 그렇게 보기 좋나."

"그럼요, 너무 보기 좋아요. 정말로. 주위에 이런 사람들이 별로 없다 보니까 신기하기도 하고, 저희 엄마 아빠는 이렇게 안 지내셨는데…… 그냥 뭐 그래서."

"선호도 나중에 결혼해서 잘 지내봐. 처음에는 힘들지 몰라도 이게 서로에게 도움이 되기도 하고 나중에 자식들 보기에도 좋고. 서로 감정 상할 일이 별로 없어."

"제 주위에서 이런 조언 듣기 힘든데 이렇게 빌라에 사니까 형님한테 이런 이야기도 듣고 뭔가 되게 감정이 복잡하네요."

"에이, 복잡할 게 뭐가 있어. 나중에 천천히 생각해 보면 되지. 그리고 아직 누구를 만나고 있지도 않잖아."

"아, 그건 그렇죠"

"일단 앞에 있는 이것부터나 해결하자고!""네, 그러죠!"이제 할머니 집에서 절여둔 배추를 모두 체육대회를 했던 강당으로 가지고 갔다. 누군지 모르겠지만 지난번 강당과는 다르게 매우 깨끗해져 있었다. 아무래도 직접 먹을 것을 만들 것이기 때문에 위생이 우선이어야 해서 그런 것 같았다. 강당에서 김장을 해 본적이 없어서 굉장히 얼떨떨하고 이렇게 많은 인원이 김장을 하려하니 새삼 새로웠다. 솔직히 집에서도 김장을 직접 몇 번 해 본적이 없는 것 같은데 이렇게 직접 하려니 막상 어떻게 해야 할 지도 잘 모르겠고 혼란스러웠다.

"자, 다들 모였나? 모이는 시간에서 이제 10분 정도 지났는디, 10분 정도 기다려 줬으니 이제 다들 모였을 테고, 내가 집에서 배추는 다 절여왔으니 일단 양념장부터 만들고 진짜 김장을 시작할 거니까 양념 만드는 동안 머스마들은 바닥에 위생 투명 비닐을 깔아주고, 강당에서 하는 기니까 다들 위생관리 철저히 해서 하도록 하제이. 오늘 모인 사람들은 각 집에 김장통 한 통까지만 채워갈 수 있으니까 그거 다 알고 있어래이."

"네!!"

"네"

"네 알겠습니다."

여기저기서 대답하는 소리가 들렸고 다들 일사불란하게 움직였다. 이것도 내가 이사 오기 전부터 계속 하던 행사라 그런지 다들 손발에 맞게 척척 하고 있었다. 나는 그 중간에서 어떻게 해야 할지 몰라서 중간에 뻘쭘하게 서 있었다. 이렇게 계속 있기는 다른 분들에게 죄송해서 아무데나 가서 도와드렸다. 멀리서 형님이 눈에 보였다. 그래서 형님 근처로 가서 일을 도와 드렸다.

"형님, 제가 뭐 도와 드릴까요?"

"아, 이것 좀 잡아봐."

"네."형님과 나는 그렇게 아무 말 없이 한동안 일을 했다. 다하고나니 괜히 뿌듯했다.

"와아아 진짜 넓다. 이렇게 보니까 진짜 넓네요."

"매년 하는 건데도 이렇게 새삼 보면 매번 넓어지는 것 같아."

"이렇게 많은 사람들이서 김장하는 게 너무 신기해요. 진짜 매년 이렇게 직접 하는 거예요?"

"그렇지. 내가 처음 이사 왔을 때도 하고 있었어. 워낙 할머니께서 음식을 잘하시고 식당 운영 경험도 있으시니까 대량으로 많이 해서 처음엔 이웃들한테 나눠줬었는데, 사람들이 너무 많아서 직접 다 해주실 수가 없으니까 이렇게 다 같이 모여서 할머니한테 김치 만드는 방법도 배우고 이렇게 이야기 하면서 친목도 쌓고 해."

"그렇구나. 근데 할머니께서는 왜 항상 빌라 사람들이랑만 이렇게 큰 행사를 하시는 거예요? 다른 분들 보면 가끔 자식 분들이랑 손자, 손녀들이 찾아와서 놀러도 같이 가고 김장도 다 같이 그렇게 대부분 하잖아요. 그러고 보니 할머니 손자, 손녀랑 자식들을 한 번도 본 적이 없네요. 혹시 다른 지역에 너무 멀리 사셔서 그런가?"

"할머니 자식들은 다들 외국에 사신다고 하더라고. 다 유학 가서 공부하다가 거기서 결혼하고 애 낳고 해서 아무래도 외국이다 보니까 잘 못 오지. 그래서 명절 때 말고는 잘 안 와. 큰 행사 빼고는. 그리고 여기서 이까지 비행기 표 값도 비싸다 보니까 아무래도 부담이고 할머니께서도 오지 말라고 하시는 거지. 그래서 할머니께서 이렇게 우리한테 잘해 주시는 것도 있어." "아, 그렇구나."

형님이랑 이야기하고 있는 사이에 할머니께서도 양념을 다 만들었다고 이제 다 같이 김장을 시작하자고 큰 소리로 사람들을 불러 모았다.

"다들 모여라. 양념은 다 만들었고 거기는 비닐 다 씌웠제?"

"네!"

"자, 이제 앞치마랑 장갑이랑 그라고 또 뭐더라.. 하여튼 저기 준비 해 놓은 거 각자 1개씩 쓰고 김장할 준비하고 여기 이렇게 크게 둥글게 앉아라."

우리는 옆에 있던 장갑, 앞치마, 두건 등을 쓰고 김장을 준비했다.

"자, 다들 여기로 모여서 중간에 양념통 놔둘 테니까 배추도 여기 있고, 한 포기씩 들고 가서 양념 발라주시면 됩니다."

"네."

나도 그 중간에 끼여서 오목조목 모여 절인 배추에 양념을 바르기 시작했다. 다들 여러 해 해서 그런지 곧잘 하셨다. 나만 처음이라 그런지 서툴렀다. 그 모습을 보시던 옆에 앉으신 아주머니께서 나에게 어떻게 해야 할지 가르쳐 주셨다. 너무나 친절하게 가르쳐 주셔서 감사했다. 내 옆에 앉으신 아주머니뿐만 아니라 반대쪽에 앉아계신 할머니, 대각선에 앉아 있는 내 또래쯤 되어 보이는 남자도 나에게 어떻게 해야 할지 자세히 알려주어서 김장을 잘할 수 있게 되었다. 드디어 아름드리 빌라 할머니께서 어떻게 해야 김치가 맛있게 잘 익는지 알려주셨다.

"자, 일단 김치가 잘 익게 하려면……."

한참을 할머니의 설명을 듣고 혼자서 해보았다. 사람들도 몇 해를 듣고 직접 해보니 손에 익었는지 할머니께서 설명을 하시는데도 들으면서 척척 바로 따라하셨다.

"다들 대단하시네요. 할머니께서 엄청 빠르게 설명해 주시는데 들으면서 하시다니."

내가 정신이 빠진 사람처럼 멍하니 할머니의 설명을 듣고 있는 모습을 보자니 할머니께서 답답하셨는지 내 곁으로 오셔서 직접 어떻게 해야 할지 1대1로 코치를 받았다.

"아유 아까 배추는 보니까 튼실한 거 잘만 사오더니 이건 또 왜 이렇게 못해."

"제가 해본 적이 있어야 잘하는데 해본 적이 없어서.."

"자, 봐봐. 이렇게 해서 이렇게 하구 다들 잘만 하잖아. 이거 몇 년 만 나랑 같이 하면 김장 고수가 될 거야. 언능 해라. 또 모르겠거든 나 또 부르고."

"네 감사합니다. 할머니!!"

할머니께서 가르쳐 주신대로만 하니 양념도 배추에 잘 스며들고 속도가 점점 붙었다. 내 앞에 놓여 있던 배추들을 다 끝내고 고개를 들어보니 이미 대부분의 사람들이 자기 할당량을 끝내고 하하 호호 수다를 떨고 있었다. 역시 난 올해가 처음이라 느린 편에 속하는 구나.

"자, 이제 마무리는 우리가 할 테니까 젊은 사람들은 뒷정리 좀 부탁혀."

할머니의 말을 끝으로 속전속결로 더러웠던 강당이 정리되었다. 역시 사람이 많으니까 빠르게 정리되는 듯했다. 바닥에 널브러져 있던 수많은 비닐장갑, 일회용 쓰레기, 비닐들부터 양념을 바르면서 튀었던 고춧가루, 고추장, 뭐 배추 조각들도 순식간에 사라졌다.

만약에 이 많은 양의 배추를 혼자 김장하고, 혼자 정리까지 한다면 난 아마 며칠을 앓아누웠을 것이다. 그 뿐만이 아니고 김장 하면서 같이 앉아서 떠드는 재미도 없고 재료비도 엄청나게 많이 든다. 이렇게 많은 사람들이 다 같이 모여서 협력하고 힘든 활동도 즐겁게 할 수 있다는 사실이 굉장히 좋은 것 같다. 체육대회도 그렇고 이번 김장도 그렇고 우리 빌라가 주도적인 것 같다. 우리 아름드리 빌라 사람들이 서로 협력하고 도와주며 함께 살아가는 사람들의 표본이라고 생각이 든다. 솔직히 요즘 같이 냉랭한 시대에 더군다나 서울 한복판에 우리 빌라 사람들 같이 서로 도와주며 같이 살아가는 사람이 드물지 않은가.

아까부터 어디선가 진동소리가 들려왔다. 아 계속 전화 오는데 안 받고 뭐 하는 거지. 짜증이 치밀었다. 그러고 보니 내 휴대폰은 어디 있지.

"여보세요?"

"~~~~"

"아, 선호 바꿔달라고? 한솔이지?"

아 전화 오던 휴대폰이 내 거였구나. 괜히 민망했다.

"어, 왜."

"왜 이렇게 안 받냐. 우리 스키장 가는 거, 크리스마스 때 가자고. 갑자기 생각나서."

"아, 또 뭔 일 생긴 줄 알았잖아! 나중에 말하면 되지 참.."

"아, 생각나는데 어쩌라고. 나 생각날 때 안 말하면 까먹는다고"

"알겠다. 회사에서 말해. 내가 기억할게. 나 김장 하러 왔어."

"아. 오케이"

"둘이 놀러가?"

내 휴대폰을 가져다 준 우리가 궁금해하는 눈빛으로 쳐다보았다. 눈이 왜 저렇게 초롱초롱하지.

"어. 스키장 가려고. 스키 잘 타?"

"나? 좀 타지. 왜 이 누님이 타는 거 보고 싶어? 킄"

"허. 내가 더 잘 탈 걸."

"언제 가는데? 나도 끼자."

"크리스마스 때나 그쯤?"

"헉 안 되겠네. 잘 다녀와. 아쉽다. 그때 가족 여행 가서 같이 못가겠다."

이 말을 끝으로 우리는 나에게서 점점 멀어져갔다. 왜 아쉽지? 나랑 스키 타고 싶나? 나랑 여행가고 싶나? 나랑 같이 있는 게 좋나? 김칫국 한 사발인 건 알지만 생각을 멈출 수가 없었다. 왜 그렇지 않은가. 보통 남자는 예쁜 여자가 인사만 해줘도 그 순간 연애부터 황혼까지 간다고. 난 그 말을 믿지 않았는데 이제부터는 확실하게 믿는다. 나 방금 우리랑 사귀었다가 싸우고 그러다 결혼하고 애도 낳고 알콩달콩하게 살다가 같이 예쁘게 늙어서 공원 벤치에 둘이 손잡고 앉아 있는 걸 생각했다. 내가 우리를 진짜로 좋아하는 게 맞는 것 같기도.

다 같이 열심히 담근 김치들을 양손에 무겁게 들고 빌라로 향했다. 몸은 무겁고 손은 무거워도 마음은 가벼웠다. 평소 김치를 잘 안 먹기는 하지만 내가 좋아하는 사람들과 함께 만든 거라 더 의미가 있어 손이 갈 것 같았다. 벌써부터 김치를 가지고 뭘 먹을까 고민 중이다. 스팸을 구워서 흰 쌀밥에 김치 얹어 먹어도 맛있고, 수육 하면서 김치 쫙 찢어서 싸먹어도 맛있고 그냥 아무것도 안 하고 밥에 김치 싸서 먹어도 꿀맛이다. 김치 삼각 김밥처럼 밥에 김 싸먹을 때 안에 김치도 꾸겨 넣어서 입에 쏙 넣어주면 천국이지.

"다들 고생 많았고 푹 쉬어~ 김장 하고 나니까 푹 안 쉬면 온몸이 아플 거여. 잘 됐네. 내일 일요일이니까 어디 가지 말고 집에 있는 게 좋을 거여."

"옙 할머니. 할머니가 젤 걱정이에요~ 할머니나 푹 쉬세요~"

"우리 언니 말이 맞아요! 할머니 얼른 들어가세요!"

우리와 유림이가 할머니를 집으로 들여보내고 나도 집에 들어왔다. 할 때는 몰랐는데 막상 모든 게 끝나니까 되게 힘들고 고되었다. 할머니 말씀대로 어서 빨리 씻고 쉬어야지. 양이 어마무시하게 많아서 냉장고에 다 들어가지도 않아 꾸역꾸역 넣다가 냉장고 속을 아예 갈아서 냉장고 정리를 해버렸다. 나중에 집에도 좀 갖다 줘야지.

빨리 침대에 눕고 싶은 심정으로 눈 깜빡할 새에 샤워를 끝내고 내 푹신한 침대에 몸을 던졌다. 내가 이러려고 일부러 침대 살 때 푹신한 침대로 골라 샀지. 몸을 던졌을 때 침대가 딱딱해서 내가 다치면 안 되니까. 자취하기 전부터 침대 하나만큼은 비싸고 좋은 걸 사야 된다고 생각했다. 자취 처음 시작했을 때 내가 비싼 돈 주고 산 좋은 침대가 새 집에 배송 되었을 때 아주 기쁜 마음으로 잠을 청하고 꿀잠을 잤다. 그 이후로 침대는 좋아야 한다는 생각이 더욱더 굳건하게 내 머릿속에 자리 잡았다.

침대가 푹신하고 부드럽지만 지금 내 온몸의 근육이 굳어서 무용지물이었다. 김장이 힘들다 힘들다 말만 들었지 이렇게까지 힘들 줄 누가 알았겠나. 우리 가족은 친가 외가 둘 다 김장을 하지 않아 김장을 해본 경험이 전혀 없었으니. 몸이 천근만근이라 눈꺼풀을 붙이자마자 잠자는 숲속의 공주가 물레 바늘에 찔렸던 것처럼 깊게 잠들었다. 이대로라면 그 공주처럼 100년도 잘 수 있을 것만 같았다.

잠자는 숲속의 공주는 왕자님이 찾아와 키스로 깨워 주었지만 나는 콩이가 날 막 흔들고 내 몸 위에서 난리를 치기에 그제야 일어났다. 일어나 보니 오후 1시. 어제 밤 11시에 들어와 12시에 뻗었으니, 13시간이나 누워 있었다. 어제 자기 전에 콩이 사료를 두끼치를 부어놓아 다행이었다. 안 그럼 이미 콩이는 컹컹 짖고도 남았겠지.

1시에 일어났고 어제보다 몸이 한결 가볍기는 하지만 그래도 침대에서 나가고 싶지는 않았다. 자동적으로 손을 뻗어 휴대폰을 찾아 이불 속을 뒤적거렸다. 오랜만에 SNS를 켜서 친구들이 어떻게 사나 둘러보았다. SNS에는 내가 아는 사람들뿐만 아니라 SNS스타들이나 예쁘고 잘생긴 사람들, 연예 뉴스 등 재밌는 볼거리가 가득했다. 그렇게 SNS를 보다가 익숙한 얼굴을 발견했다.

내가 중학교 때 같은 학원 다른 반이었던 옆 반 여학생이었다. 중학교 때는 우리 학교가 남녀 공학이었지만 분반이라 남중, 여중이라 해도 과언이 아니었다. 더군다나 그때는 내가 사교성도 별로 좋지 않아 친한 여학생도 없어 여학생이라는 존재에 대한 로망이 있었다. 그때 내가 눈여겨보던 여학생이 있었다. 키도 크고 늘씬했고 꽤 활동적인 아이였다. 말 한번 섞어보지는 못했지만 혼자 그 친구랑 얘기하는 상상도 하고 학원에서 같은 반이 되는 상상도 했던 기억이 난다. 그때도 참 예뻤지만 나이가 드니 성숙한 아름다움이 더해져 더 예뻐졌다. 그 아이의 프로필에 들어가니 지금 쇼핑몰을 운영 중인 듯했다.

아, 갑자기 소재가 생각났다. 그 아이를 좋아했던 내 마음과 연결 시켜서 가볍게 웹 드라마 한편 써내려 갈 수 있을 것만 같았다. 급히 침대에서 일어나서 컴퓨터를 켰다. 이런 경우에 항상 푹신하고 부드러운 침대도 좋지만 침대와 책상이 연결되어 있는 병원식 침대도 좋을 것 같다는 생각을 한다. 그러면 글을 쓸 소재가 생겼을 때 굳이 침대에 앉아 있다가도 일어나지 않아도 되니까.

아무튼 컴퓨터가 켜지는 동안 시간이 좀 걸려서 그 동안 간단하게 먹을 게 없다 부엌 찬장을 뒤졌다. 저번에 다 먹은 줄 알았는데 딱 하나 남아 있던 컵스프가 있었다. 이거 하나 해 먹으면 간단한 요깃거리는 되겠다. 컵스프 가루를 컵에 넣고 끓인 물을 부어서 저어주면 끝! 아주 단순해서 편했다. 처음에 컵스프를 먹을 때에는 옥수수 스프를 사 먹었는데 너무 달아서 양송이 스프로 바꾸었다. 내가 원래 단 음식을 그렇게 좋아하지 않기도 하고.

컵스프를 호호 불며 컴퓨터 앞에 앉았다. 뜨끈뜨끈한 스프를 한 입 떠 입안에 넣으며 글을 써 내려 가기 시작했다.

"아, 재 이름이 김주현이야? 잘생겼다."

"재 김가론 단짝이잖아."

"김가론? 니 쌍둥이 오빠?"

"어. 몰랐어? 둘이 완전 친한데."

"아, 그러면 둘이 이번에 2인 캠프 와?"

"오지. 너랑 나랑 2인 캠프 가고 김가론이랑 김주현이랑 짝지어서 올걸?"

"아, 어떡해. 너무 좋겠다~"

내 중학교 시절의 순수한 짝사랑을 남녀를 바꾸어 글을 적었다. 어른들은 청소년 시절의 사랑은 사랑이 아니라고들 하는데 나는 그렇지 않다고 생각한다. 청소년들도 어른들과 같이 똑같이 감정을 느낄 줄 알고 생각을 할 줄 아는데 어떻게 사랑만 못하겠는가. 단지 어른들의 사랑과 방식이 다르다 뿐이지 그 마음은 같다고 생각한다. 이 생각은 청소년 때부터 지금까지 변함이 없었다. 오히려 어릴 때의 그 순수한 그 느낌이 더 좋다고 생각한다. 솔직히 지금 생각하면 아무것도 아니었을 것 같은 그런 것들이 그때만큼은 더 크게 다가오고 그만큼 더 설레고 행복했었을 테니까. 지금은 그런 순수함을 느끼며 사랑을 하기에는 너무 마음이 빛바랜 것 같다. 마치 동심 같은 느낌이랄까. 동심은 어릴 때만 존재하는 것이기에 어른이 되면 너무 소중해진다. 그런 것과 같은 것 같다. 요즘 들어 옛날 것이 너무 좋아진다. 동심의 세계로 돌아간 것일까. 옛날 만화도 많이 찾아보고 옛날에 유행했었던 옷이며, 학교 다닐 때 자주 했었던 게임까지도. 많은 것들이 그리워지고 있는 중이다. 새로운 것이 점점 생겨나서 내가 했었던 것들이 사라지니 더욱 그리워지는 것 같다. 있을 때는 아무렇지도 않다가 막상 또 사라진다는 이야기를 들으면 아쉬워 지는 것처럼. 옛날 것들을 생각하다 보니 옛날에 친구와 함께 타임캡슐을 어딘가에 묻어두었던 것이 생각났다. 타임캡슐에 무엇을 내가 넣었는지 기억이 나지 않는다. 워낙 옛날 일이라 그런가. 그때는 내가 소중한 거라고 뭔가 많이 넣어두었던 것 같은데 그 소중하다 느꼈던 것이 무엇인지는 생각나지 않는다. 타임캡슐이 생각난 김에 같이 묻어두었던 친구에게 연락을 했다.

"여보세요? 뭐하냐."

"오랜만이다. 잘 지냈지?"

"나야 뭐 일하고 그러고 지내지. 다를 게 뭐 있나. 다른 게 아니라 우리 옛날에 타임캡슐 묻어 놨던 거 기억 나?"

"타임캡슐? 내가 그런 걸 네랑 왜 했겠냐."

"아니, 초등학생 때 왜 타임캡슐 어디 묻어뒀었잖아."

"우리가?"

"그래, 기억 안 나냐?"

"어, 아 기억 어렴풋이 나는 것 같기도 하고 아닌 것 같기도 하고."

"아, 잘 좀 떠올려 봐봐."

"아, 기억났다. 우리 왜 초등학교 다닐 때 뒷산에서 가장 큰 나무 밑에 타임캡슐 놔뒀었던 것 같은데, 아닌가?"

"아, 학교 뒷산!! 그래 기억난다. 야, 나랑 언제 한 번 가자. 타임캡슐 풀어보러. 몇 년이 지난 거야. 궁금하다 내가 그때 무슨 생각 하고 있었는지."

"그래, 나중에 얼굴 한 번 보자. 시간되면 거기도 한 번 가 보고. 잊고 살다가 네가 이렇게 말해 줘서 알았네. 가끔 연락도 좀 하고 그래라."

"알겠어. 나도 방금 생각나서 생각난 김에 네 목소리 들으려고 전화한 거야."

"알겠다. 나중에 한번 보자.""그래 끊는다."

오랜만의 초등학교 동창과의 전화. 목소리를 들어본 지 족히 5년은 넘은 것 같다. 5년 전 초등학교 동창모임을 하고 난 후 그 뒤로는 한 번도 본 적이 없다. 사실 볼 일이 잘 없지. 서로 각자 사는 것도 바빠서. 그래서 이렇게 바쁘게 살다가 듣는 오랜 친구의 목소리가 더욱 반갑게 느껴지는 것일지도 모르겠다. 친구와 통화를 하니 글이 더 이상 쓰여 지지가 않았다. 요즘은 그냥 이것저것 주제가 생각나는 대로 적고 있기도 하다. 요즘 들어서는 현대물 보다는 일제강점기를 배경으로 한 작품들이 굉장히 마음에 들었다. 어떤 의미에서 보면 좋지 않은 의미일 수 있겠지만, 그 힘든 과정 속에서 인물들이 어떻게 버텨냈는지. 또 그 과정을 상세하게 그리며 독립운동을 준비하고 모두 같은 마음이었던 그때가 좋았다. 또 그때 서양에서 들어온 빵이며 커피, 고풍스러운 옷들이 더욱 예뻐 보였다. 영어를 한글 발음으로 표시한다고 해 놓은 것이 제대로 되지 않은 것조차 마음에 들었다. 그 시대 속의 사람을 어떻게 잘 상세하게 바로 눈앞에 있는 것처럼 표현할지 생각을 해보기도 했고 독립운동가의 삶을 상상해 보기도 했으며, 나는 그 시대와 관련된 것을 모조리 했고, 더 해보고 싶었다. 그 시대의 거리와 유사하게 가꾸어 놓은 곳에 가 그 거리를 걸으며 누구인지 모르겠는 그때의 누군가와 함께 걷기도 하였고 차도 마셨고 밥도 같이 먹었다. 책도 같이 읽었으며 노래도 같이 불렀고 신나게 춤도 추었다. 하지만 그 끝은 항상 아무것도 보이지 않았다. 결말이 보이지도 않았고 더 이상 나아가는 내용도 없었으며 나는 항상 그렇게 다시 돌아왔다. 그 느낌으로 책을 써 보고 싶은데 막상 제대로 된 내용이 생각나지 않으니 일단 적히는 대로 여러 주제를 나는 하얀 배경 위에 쓰고 검정색 글자로 한 자 한 자 써 내려가고 있다.

그렇게 한참을 글에 대한 생각에 빠져 있었다. 혼자 살다 보니 이런 생각에 빠지게 되면 시간 가는 줄 모르고 계속 하게 된다. 주변에 아무도 없어 나에게 말을 거는 사람도, 내가 생각하고 있는 흐름을 끊는 그 누구도 없었다. 어떻게 생각하면 좋은 것 같기도 하고 아닌 것 같기도 하다. 우울한 생각을 할 때에는 한 없이 바닥으로 추락할 수 있다. 배가 고팠다. 컵스프가 양이 적기도 했고. 먹을 것을 찾아 집을 돌아다녔다. 먹이를 잡으려 어슬렁어슬렁 거리는 맹수 같은 느낌이 없지 않아 있었다. 배가 고픈데 무엇을 먹어야 할까. 뭐 만들어 먹기는 설거지해야 해서 귀찮고, 만드는 것도 귀찮으니 패스. 지금 이 시간에 배달 음식을 시켜 먹으면 살이 엄청나게 찔 것 같았다.

"먹으면 안 돼, 이제 나이 드는데 몸 관리 해야지. 안 돼 안 돼."

혼자 최면을 걸면서 계속 먹으면 안 된다고 이야기를 했다. 하지만 그 생각 없이 양심 때문에 뱉은 말은 통하지 않았다. 내 손이 이미 배달앱으로 들어가 주문을 했기 때문이다.

"하, 이런 또 시켰어. 이 배를 어떻게 하면 좋지?"

혼자서 궁시렁대는 게 시끄러웠는지 콩이가 슬며시 나왔다.

"콩아, 형 이 뱃살 좀 봐봐. 어떻게 하면 좋을까? 하…… 괜찮아. 운동해서 살 빼면 되는 거야. 그렇지?"

혼자서 말을 하고 대답을 했다. 항상 이런 식이다. 절대하면 안 되는 것을 항상 하다가 뒤에 꼭 탈이 나는. 하지만 어떻게 하겠는가. 이렇게 이미 습관이 되었는데.

"이왕 시킨 거 맛있게 먹고 내일부터 다시 운동 하면 되지. 내가 선택한 거에 후회하지 않을 만큼의 노력을 다시 하면 돼……."

오늘은 치킨을 먹고 내일은 운동을 하겠다는 불타는 의지를 가득 머금은 채로 치킨을 기다렸다. 인간은 참 아이러니한 동물이라 생각한다. 의지는 가득히 앞으로는 어떻게 하겠단 의지만 품은 채로 다시 그렇지 않은 행동을 하니. 참 아이러니다. 치킨이 생각보다 오래 걸렸다. 기다리다 지칠 것 같아 노트북을 켰다. 요즘에 하는 프로그램은 무엇인지. 또 사람들이 무엇을 많이 보는지 궁금했다. 요즘은 음식 프로가 많이 나오는 것 같았다. 경기가 안 좋으면 음식 프로그램이 많이 등장한다는데 우리나라 경기도 나빠지고 있는 것일까. 예능 프로를 찾아보니 죄다 음식에 관련된 프로그램밖에 나오지 않았다. 물론 다큐도 있었고 드라마도 나왔다. 간혹 나오는 드라마 화제가 되었던 드라마를 자주 시청하곤 하는데 재미있든 없든 대부분 거의 다 시청하는 편이다. 내가 만약에 담당 작가가 되었을 때 어떤 배우가 연기를 잘하는지도 미리 알아두는 것도 좋기 때문이다.

사실 드라마도 그렇지만 연극이나 뮤지컬도 여유가 있다면 자주 보러 간다. 뮤지컬 배우, 연극배우 중에서도 연기를 굉장히 잘하는 배우가 많기 때문에 솔직히 말하자면 나의 드라마의 주인공을 찾고 있는 것이라고 생각하고 보는 편이다. 아무리 그 작품이 재미가 없을지라도 배우가 연기를 잘하면 그만이기 때문에 연기 보는 것을 좋아하면서도 꼭 해야 하는 것 중 하나이다. 요즘 눈에 잘 들어오는 배우는 '오지희'라는 배우이다. 연기를 굉장히 깔끔하게 잘하는 것 같다. 말투부터 눈 연기까지. 그리고 또 생긴 것은 굉장히 성실한 것 같으면서도 강단 있고, 때로는 청순한 것 같기도 했다. 매번 다른 작품의 다른 연기를 많이 시도하는 배우이다. 그래서도 이 쪽 바닥에서도 굉장히 유명한 배우 중 한 명이다. 물론 연기를 잘하는 것도 있지만, 그 사람의 학력을 보면 엄청 대단했다. 서울대 국어국문학과를 졸업하였다. 어릴 때부터 글 읽는 것이 굉장히 좋다고 한 인터뷰를 본 적이 있다. 특히 문학을 읽는 것을 굉장히 좋아하는데, 그 문학을 집중해서 읽다 보면 그 사람의 생각이 어떤지, 어떤 배경이어서 그런 생각이 나온 것인지, 그 생각과정까지의 경로를 생각해 보는 것을 좋아한다고 했다. 또한 중고등학교 때 동아리를 보면 책 쓰기 동아리를 한 경험이 있다 밝혔다. 그 동아리에서 만들어낸 책이 출판이 되어서 아직도 책이 시중에 팔리고 있다는 이야기도 했었다. 그래서 그때 그 책이 어떤 책인지 궁금해서 구입하려 검색을 했던 적도 있었던 것 같다. 하지만 아무래도 팬들이 책을 많이 구입을 해서 더 이상 살 수 없었다. 그 사람의 생각이 담긴 책을 읽어보며 그 사람이 어떤 생각을 해왔고 어떤 상상을 했었는지 그 상상을 또 어떻게 글로 표현했는지를 보다 보면 그 사람의 성격이 드러나게 된다. 처음에는 잘 되지 않지만 능숙하게 계속 그 사람만의 글을 읽다 보면 그 사람에게서만 두드러지게 나타나는 특징을 찾아 볼 수 있다. 그 뒤로 어렵게 어렵게 지인에게서 구해 그녀의 책을 본 적이 있다. 중학교 때 쓴 책 중 출판된 2권과 고등학교 때 쓴 책 중 출판된 2권을 읽어 보았다. 중학교 때는 중학생임에도 불구하고 필체가 굉장히 좋았다. 예를 들어 나무를 묘사하는 부분이 있었다.

'울퉁불퉁하게 뻗은 그 나무는 껍질이 딱딱했으며 가지는 살려 달라고 애

원하는 듯한 느낌으로 뻗어 있었고 껍질은 성한 곳이 없고 상처가 많이 나 있었다. 땅 아래 깊게 뿌리박았지만 더 이상 살고 싶지 않아하는 것 같이 오롯이 그저 이때까지 버텨온 세월, 그 세월이 다만 아쉬워 쉽게 무너져 내리지 못하는 것 같다.'

이 구절을 어느 자존감이 없고 우울증을 가진, 자해를 했던, 자살을 하기로 마음먹은 사람에 빗대어 이야기한 부분이었다. 어떻게 중학생이 이런 필체를 가지고 책을 썼는지… 어른이 썼다고 해도 될 정도의 필체였다. 그 뿐만이 아니라 내가 지금 고민하고 있는 일제강점기 시기의 이야기를 써 놓은 것도 있었다. 독립투쟁을 하는 모습을 굉장히 사실적으로 적나라하게 표현했고 그 사회 분위기 속에서 원치 않는 억울한 죽음에 대해 이야기를 이어나갔다. 각각의 독립 운동가들을 내세우며 얼마나 힘들게 고되게 광복을 이루어 냈는지, 그 과정이 얼마나 힘들고 함께였지만 외로웠는지 잘 표현했다. 이 책을 읽는 순간 아 이 사람이다. 하는 느낌이 들었다. 내가 만약 일제강점기와 관련된 글을 쓰면 이 배우는 무조건 내 드라마의 주인공으로 내세워야겠다는 생각을 했다. 이런 생각을 했고 글로 써 보았던 사람이라면 드라마의 인물도 더 잘 이해할것이고 자신이 세세한 것까지 놓치지 않고 잘 표현할 것이라 믿어 의심치 않았기 때문이다. 또 '~하겠소.' 이런 말투를 그 사람의 목소리로 한 번 들어보고 싶었다

'띵동~'

초인종 소리가 들리고 나는 얼른 문 앞으로 나가 치킨을 받았다. 치킨을 가지고 집 안으로 들어오자 집에서 치킨 냄새가 엄청나게 나기 시작했다. 맛있는 냄새로 가득 찼다. 잘 때 음식 냄새가 나면 잠을 잘 못자서 웬만하면 자기 전에는 잘 안 먹으려 하는데 오늘은 배가 너무 고파서 식욕이 이겨버렸다. 자기 전에 충분히 환기하고 자면 되니까. 조금 춥긴 하겠지만. 그런 생각들은 제쳐두고 다시 치킨에 집중하기 시작했다. 매운 고추의 향이 코를 찔렀다.

오늘따라 매운 치킨을 먹고 싶어서 청양고추로 양념이 되어 있는 치킨을 시켰다. 그랬더니 매운 향이 코를 찔러 저절로 기침이 나오게 하였다. 금방 튀겨서 만들었는지 닭다리를 잡으니 뜨거워서 손에 화상을 입을 뻔했다. 하지만 음식은 뜨거울 때 먹어야 더 맛있는 법 조금 시간이 지나니 닭다리를 들고 먹을 수 있을 만큼의 온도가 되었다. 내 손이 그 온도에 적응 한 것일지도 모르겠지만. 닭다리를 한 입 크게 와앙 베어 물었다. 입에 들어오자마자 매운 향이 확 들어왔다. 청양고추 특유의 매콤한 맛이 다소 느끼할 수 있는 치킨과 같이 먹으니 찰떡궁합이었다.

맛있게 혼자서 치킨을 먹었다. 많이도 먹었다. 양을 보니 치킨이 4조각밖에 남아 있지 않았다. 요즘 따라 부쩍 양도 많아진 것 같기도 했다. 그러고 다시 내 배를 보니 배가 빵빵했다. 이러면 안 되는데 싶으면서도 또 이런 게 행복이지라면서 자꾸 자기 합리화를 한다. 이런 생활을 계속 하다간 언제 살이 금방 찔지 모른다. 그래도 먹고 바로 자면 양심에 너무 찔려서 창문을 열어 환기를 하고 청소를 했다. 자기 전에 깨끗이 청소를 하고 자면 뭔가 기분이 더 좋아지기도 했다. 그런 후 가벼운 스트레칭을 하고 양치를 하고 창문을 닫았다. 바람이 매서웠다. 하지만 겨울에 보일러를 틀고 있느라 이불이 차가운 경우가 별로 없는데 왠지 모르게 이불이 차가우면 잘 때 잘 잘 수 있었던 것 같다. 물론 내 체온 때문에 금방 따뜻해지긴 하지만 새 이불을 덮고 자는 느낌이라 기분이 좋았다. 오늘은 이만 자야겠다. 살이 찌든 말든 일단 푹 자고 나서 할 일이다. 오늘은 너무 피곤하다. 빨리 자야지.

크리스마스는 역시 크리스마스

'이번 정류장은 학정경찰서 건너입니다.'

오늘도 어김없이 출근을 했다. 하 직장인의 삶이란. 다행히 오늘 아침에는 여유롭게 일어나 서두르지 않고 준비를 해서 느긋하게 걸었다. 버스에서 내리니 교복을 입고 수다를 떨며 등교하는 중고등학생들이 보였다. 깔깔 웃는 여학생들도 있었고 서로 때리며 장난을 치는 남학생들도 있었지만 그중에 내 눈에 가장 띄는 학생들은 단연 커플이었다. 교복을 보니 같은 학교 학생들인데 서로 손을 잡고 바짝 붙어서는 뭐가 그리 좋은지 싱글벙글 웃고 있었다. 어이쿠. 춥다고 자기 롱 패딩 주머니 안에 여자친구 손을 넣어? 학생들이긴 하지만 부러웠다. 크리스마스도 다가오고 서른도 다가오는데 나도 없는 여자친구를 저런 꼬맹이가 가지고 있다니. 오늘도 역시 난 솔로인 상태로 크리스마스를 맞이하는 건가.

평소에는 잘 느끼지 못하는 부러움을 느끼며 회사로 들어왔더니 웬 걸. 우리 회사에도 커플이 한 쌍 생겼다네. 주로 조용하고 말수도 적어 눈에 띄지 않았던 효섭씨와 다인씨가 사귄지 벌써 몇 달이나 되었다니.

“효섭씨 그렇게 안 봤는데~”

“아, 우리 효섭씨한테 왜 그래요 선호씨~”

“부러워서 그렇죠. 부러워서. 효섭씨 비결이 뭐예요? 어떻게 하면 나도 효섭씨처럼 여자친구 만들 수 있나. 왜 다들 커플인 상태로 크리스마스 보내요. 저만 솔로입니까?”

확실히 둘이 사귄다는 것을 알고 보니 서로를 보는 눈에서 꿀이 뚝뚝 떨어지고 있었다. 우리가 모르는 사이에 열심히 꽁냥 대고 있었다니. 씁쓸했다. 아까 출근길에서 본 그 학생 커플은 아직 미성년자이고, 효섭씨와 다인씨는 아직 20대 중반이니, 결혼 걱정이 없겠지만 나는 곧 30이 되니 점점 결혼을 해야 할 것 같은 느낌이 든다. 여자친구가 없기는 하지만 만약에 생기면 이제는 가볍게 사랑을 하며 즐거운 연애가 아닌, 내 인생을 걸고 결혼까지 생각해야 할 것 같기도. 그래서 그런지 사람을 만나는 게 더욱더 어려워 졌다. 인생을 걸어야 한다고 생각하니 저절로 소개팅을 나가도 서로의 조건, 배경 등을 살펴보게 되고, 그 사람의 진짜 됨됨이는 오랫동안 함께 지내보아야 하는 건데 나도 모르게 상대방의 겉모습으로만 판단하게 된다. 어쩌면 나와 소개팅을 했던 몇몇 여자 분들도 날 보며 이렇게 생각했을지도. 솔직히 내가 객관적인 기준에서 돈을 많이 버는 편도 아니고, 그렇다고 해서 안정적인 직장을 가진 것도 아니다. 우리 집안도 그냥 평범하기 짝이 없는 일반 가정이고, 굳이 내가 내세울 게 하나 있다면 키가 크다는 것? 내가 뭐 연예인들처럼 흔히 말하는 그 잘생김의 기준에 가깝지도 않고. 내 스스로 자신감을 가지자. 자존감을 높이자 말은 하지만, 소개팅이나 그런 만남의 자리에 나가면 스스로를, 그리고 서로를 평가하기 바쁠 뿐이니 점점 자존감을 떨어진다. 그래서 소개팅을 안 나간 지 2년이 다 되어 가는데, 그 동안은 내가 여자친구가 없다는 게 그렇게 외롭지 않았는데 오늘따라 꽤 외롭게 느껴지네. 나도 빨리 마음 맞는 좋은 사람 만나서 여자친구나 사귈까.

작가님이 요즘 쓰고 있는 신작을 찬찬히 읽어보다 지겨워져 잠깐 창을 아래로 내리고 딴 짓을 했다. 이한솔이랑 스키장을 가기로는 했는데, 스키장을 가려면 스키복이 있어야지. 스키장을 마지막으로 간 게 4년 전이라 이사 오면서 스키복도 함께 처분한 기억이 있다. 스키복도 안 입고 스키장을 갈 수는 없으니까. 고수는 장비에 신경 쓰지 않는다고는 하는데, 좋은 게 좋은 거잖아? 검색창에 쳐보기도 했지만 그냥 인터넷에 무작정 쳐보기보다는 요즘은 애플리케이션이 너무 잘 되어 있어서 다시 원고 창을 컴퓨터 화면에 띄워두고 휴대폰 화면을 켰다. 내가 자주 애용하는 쇼핑몰 애플리케이션에 들어가 '스키복'이라고 치기만 했는데도 브랜드별로 주르륵 나열 되었다. 몇 년 전만해도 상상하지 못할 일이었다. 나 학창 시절 때는 스마트폰으로 옷을 살 수 있을 거라고 누가 감히 생각했겠는가. 옷은 원래 옷가게에 직접 발로 걸어 다니면서 고르는 건데. 이런 애플리케이션이 개발 되니 사람들이 많이 쓰기 시작해 인터넷 쇼핑몰 산업도 계속해서 커지고 있다고 들었다. 확실히 시대가 바뀌고 계속해서 과학 기술이 발전 되니 생활모습도 바뀐 게 많아진다. 책을 만드는 과정만 해도 그렇다. 아주 옛날 책을 처음 만들기 시작 했을 때는 죽편이나 양피지에다가 글자를 썼기 때문에 부피에 비해 매우 적은 양의 글을 쓸 수밖에 없었다. 그후 종이가 만들어지고 나서야 책을 제대로 만들 수 있었는데, 종이를 만드는 과정 자체가 어렵고 힘들어서 책은 돈 많은 사람들의 소유품이었다. 최근 들어 종이의 값이 싸지고 책을 만드는 과정이 컴퓨터를 이용하여 비교적 쉬워져 책이 보편화 된 것이다. 책이 이렇게 보편화가 되었기에 내가 지금처럼 컴퓨터를 이용하여 쉽게 작업을 하고 있는 거겠지.

'We wish your Merry Christmas. We wish your Merry Christmas.'

집으로 가는 퇴근길에 곳곳에서 크리스마스 캐롤이 들렸다. 오늘은 목요일, 크리스마스이브인 12월 24일이다. 올해는 크리스마스가 금요일이라 금, 토, 일. 연달아 푹 쉴 수 있다. 어릴 적에 산타 할아버지를 믿었을 때는 크리스마스이브에 침대에 누워서 산타 할아버지가 오는지 귀를 쫑긋하고 확인했었는데. 아빠께서 산타 할아버지는 자고 있어야지 선물을 준다고 해서 눈 감으면 산타 할아버지도 내가 자는 줄 알겠지 라고 생각하며 눈을 감고 귀를 쫑긋 기울이고 있었다. 그 날은 8살 내 인생의 7번째 크리스마스 이었는데 그날도 역시 내 방에서 나는 모든 소리를 주의 깊게 듣고 있었다. 딱 그때 내 턱 위를 부드럽지만 머리카락 같은 게 싸악 지나갔다. 난 놀라서 눈을 희미하게 떴는데 그때 내 눈 위에는 하얀 머리카락 같은 게 보였다. 난 직감적으로 산타 할아버지의 수염이라고 확신하고 기분 좋게 잠에 들었었다. 그날 밤이 지나고, 그 다음 날 학교에 가서 친구들에게 '나 산타 할아버지 수염 봤다!' 라며 신나게 자랑했었는데 바로 큰 충격을 받았다. 친구들이 '세상에 산타가 어디 있어. 그거 다 엄마 아빠가 선물 주는 거야.'라며 사실을 얘기해 주었기 때문이다. 그후로부터는 산타 할아버지의 존재를 믿는 척하며 초등학교 6학년 때까지 꼬박꼬박 선물을 챙겨 받았다. 그때까지만 해도 크리스마스이브의 밤이 매우 소중했었는데 그후로는 나에게 크리스마스란 그저 공휴일 일뿐. 중고등학생 때는 학교 안 가는 날. 직장인이 되고부터는 회사 안 가는 날. 그래도 동심을 잃어버린 내가 싫지만은 않다. 크리스마스는 나에게 이제는 그 존재 자체만으로도 공휴일이자 선물이니까.

내일부터 본격적으로 쉬기 위해 오늘 하루 동안 내 몸에 쌓여 있던 피로들을 물로 싹 씻어내고 나오니 내 휴대폰이 시끄럽게 징징 울려대고 있었다. 딱히 연락 올 사람은 없는데, 누구지.

"여보세요? 우리야? 웬 일이야. 전화를 다하고."

"나 떡볶이 시켰어. 같이 먹자."

"크리스마스이브 만찬이야? 바로 내려갈게."

얘가 진짜 웬 일로 날 불렀지? 나 혼자? 크리스마스이브에? 무슨 의미가 있나. 혼자 김칫국 마시는 건 아닐까. 방금 샤워하고 나왔으니 얼굴은 괜찮고. 목 부분이 다 늘어난 반팔티를 입고 있었는데 괜히 이걸 입고 가기에는 조금 부끄러웠다. 대충 갈아입고 내려가 벨을 눌렀다.

'띵동'

우리가 현관문을 딱 여는 순간 떡볶이 냄새가 내 코로 흘러들어왔다.

"오, 별난 떡볶이 시켰어?"

"당연하지. 별떡이 요즘 유행이잖아."

"별떡 맛있지."

떡볶이가 있는 식탁으로 다가가니 떡볶이뿐만 아니라 튀김, 김말이 어묵 등 가지각색의 분식들이 펼쳐져 있었다. 안 그래도 요즘 날씨가 추워서 떡볶이가 자주 먹고 싶었는데 우리가 시켜주다니.

"잘 먹겠습니다! 근데 너랑 나랑 둘이 먹어?"

"응! 왜? 싫어?"

"아니, 그냥."

우리가 싫냐며 장난치면서 얼굴을 들이미는데 순간 심장이 쿵 떨어졌다. 이렇게까지 가까이서 얼굴을 쳐다본 것도 처음이었는데 커다란 눈, 높은 코, 붉은 입술이 저 작은 얼굴 안에 오밀조밀하게 모여 있기에 더 놀라웠다. 예뻐 보였다. 이제는 더 이상 부정할 수가 없었다. 내가 우리를 좋아하는 것을.

우리에게 내 흔들리는 눈빛을 들키지 않으려 떡볶이에 시선을 고정시켰다. 젓가락을 들고 떡볶이에 치즈를 돌돌 말아 입에 쏙 넣었다. 역시 별떡은 별떡. 떡은 쫄깃쫄깃하고 치즈는 쭉쭉 늘어나서 씹는 맛이 끝내줬다. 이러니까 다들 별난 떡볶이, 별난 떡볶이 하는 거지.

"맛있어?"

떡볶이에 빠져 우리가 먹지 않고 있다는 것도 모르고 있었다. 우리의 젓가락은 아직 식탁 위 처음 그 자리에서 움직이지를 않았다. 괜히 미안했다. 고개를 들어 우리를 쳐다보니 우리가 싱긋 웃어주었다.

"너도 먹어~ 네가 산 건데 네가 왜 안 먹어?"

"먹고 있어. 너나 많이 먹어."

"날 왜 그렇게 빤히 쳐다봐? 얼굴에 뭐 묻었어?"

"아니, 그냥 네 얼굴 이렇게 뚫어지게 자세하게 쳐다본 적이 없는 것 같아서. 내가 원래 생각했던 너랑 다르게 생긴 것 같기도 하고."

"내가 원래는 뭐 어떻게 생겼었는데?"

"그냥. 자세하게 보니까 내가 알고 있던 얼굴이랑 다른 것 같은 느낌이 드네."

아무렇지 않은 척 말하면서도 심장은 엄청 뛰었다. 이렇게 크게 들리는 심장소리가 나에게만 들리는 건지. 우리에게도 들릴까. 심장이 더 빨리 뛰었다. 무슨 말을 해야 할지 모르겠다.

"그만. 그만 좀 쳐다봐."

"왜?"

"체하겠어. 먹을 땐 개도 안 건드린다던데. 그렇게 뻔히 쳐다보니까 체할 것 같잖아."

"알겠어. 안 볼게 먹어 먹어."

"근데 갑자기 웬 떡볶이야? 다른 사람들은 안 부르고?"

"아, 안 그래도 할머니랑 유림이네하고 다들 전화 해보니까 유림이네는 가족끼리 놀러 갔고 할머니는 오늘 집에 손님 오신다 하셔서 그냥 혼자 먹으려고 했는데 마침 너 있더라고. 그래서 그냥 불렀지. 혼자서 먹기엔 너무 외롭잖아."

그럼 그렇지 우리가 나랑만 왜 따로 떡볶이를 먹으려 하겠어. 또 김칫국 마셨다. 우리는 나한테 하나도 감정이 없는 것 같은데. 진짜 남사친이라고 생각하는 것 같은데 나는 그 시선이 너무 불편했다. 마치 너는 진짜 내 친구야 하는 눈빛이. 그렇게 최대한 우리의 눈과 마주치지 않으려 하면서 떡볶이를 먹고 있었다. 떡볶이가 코로 들어가는지 입으로 들어가는지 모르겠다. 나 혼자만 어색한 것 같은 그 분위기 속에서 갑자기 전화가 왔다.

'띠리리링 띠리리링'

"여보세요?"

'야, 뭐해? 나 너한테 말해줄 거 있는데.'

"뭔데?"'야, 나 사귄다. 초희씨랑.'

"뭐?"

뜬금없이 갑자기 전화해서 사귄다는 이야기를 하니 당황했다. 내가 생각해도 얘는 재주가 너무 좋다. 헤어진 지 얼마나 되었다고 다시 여자친구를 사귀는지. 그렇게 쉽게 잊혀 지는가 싶기도 하고 그 사람이랑은 또 어떻게 사귀게 되었는지.

"오늘부터 사귀어. 나 근데 이번에는 진짜 제대로 된 사람 만난 것 같아. 그 전까지는 막 그냥 한 번 만나보는 느낌이었는데, 이번엔 많이 달라. 나 진짜 이 사람 좋아하는 것 같아. 어떡하지. 떨려…… 내일 데이트하기로 했는데."

"네가? 떨린다고? 말도 안 돼. 진짜 좋아하는 사람이긴 한가 보네. 근데 너 원래 그런 스타일 좋아하고 그런 건 아니었잖아."

"어, 옛날에는 그랬는데 지금은 아니야. 어떡하지 내일 뭐 입고 나갈까?"

"그걸 왜 나한테 물어. 내일 데이트해야 한다며 빨리 끊어."

"그래 알겠어."

갑자기 이렇게 훅 하고 들어오다니 많이 당황스러웠다. 올해만 해도 여자친구를 몇 번 사귀는 건지 모르겠다. 솔직히 또 그만큼 매력 있는 친구니까 충분히 그럴 수 있다고 생각한다.

"왜? 누가 사귀는데? 누가 데이트를 해? 무슨 말이야?"

“아, 그 초희씨랑 이한솔이랑 사귄다네.”

“뭐?? 서초희랑 이한솔이랑 사귄다고? 말도 안 돼. 걔 나한테 말 안 했는데?”

“오늘부터 사귄데. 내일 크리스마슨데 데이트 하러 간다고 신난 것 같다.”

“근데 서초희 당분간 연애할 생각 없다 했는데, 진짜 뭐야 나한테 거짓말 한 거야?”

“에이 사람 마음이란 게 그렇게 쉽게 결정되는 것도 아니고. 맘이 바뀌었을 수도 있지.”

“그건 그렇긴 한데. 야, 근데 우리는 어떻게 연인도 없이 크리스마스를 보내냐? 내일 하루는 또 나가지도 못하고 집안에서 긴 하루를 보내야겠네.”

“둘이 놀면 되지. 심심하게 집에 있으면 뭐하게. 내일 나랑 놀자.”

용기 내서 말을 꺼내 보았다. 심장이 다시 빨리 뛰기 시작했다. 어떤 말을 할지 너무 긴장 됐다. 혹시라도 거절하면 어떻게 반응해야 할까?

“안 돼~ 실은 내일 가게 나가봐서 자료정리도 해야 하고 바빠. 그래서 오늘이라도 혼자 있기 싫어서 너 오늘 부른 거야. 그리고 내일은 크리스마스니까 손님도 엄청 많이 몰릴 거고. 가족단위로 많이 와서 내일 같은 날 돈 벌지. 언제 또 돈을 많이 벌겠어. 빨리 나도 돈 모아서 이 빌라 나가서 아파트에서 떵떵 거리면서 살고 싶다. 빌라 사람들이 너무 좋은 것만 빼면 진짜 아파트로 바로 이사 가겠는데, 돈도 아직 덜 모였고 사람들도 너무 좋고.”

“아, 그렇지. 내일 같은 날 레스토랑이 안 열면 섭섭하지. 내일 바쁘겠다.”

역시, 혼자서 기대한 내가 바보지. 나도 우리를 좋아하는 게 확실해 진 것 같다. 혼자서 설렜다가 혼자서 실망하고 혼자서 기대하고 또 실망하고. 학생도 아니고 이렇게까지 마음 아파가면서 좋아해야 하는 건가 싶기도 했다. 그렇지만 또 어떻게 생각하면 지금 아니면 내가 언제 이렇게 사랑해 보겠냐며 혼자서 생각도 했다.

“이제 나 갈게. 배도 부르고. 너 내일 일찍 나가야 할 것 같은데 빨리 자야지.”

"그래, 이렇게라도 같이 먹어줘서 고맙다. 내일 일하려면 나도 일찍 자야지."
"알겠어. 갈게. 오늘 떡볶이 맛있었다. 나중에는 내가 언제 한번 맛있는 거 사 줄게."
"알겠어. 가~"
떡볶이를 먹고 나니 배가 불렀다. 집도 따뜻했고 눈도 무거워졌고 나른해졌다.
눈을 떠 보니 벌써 아침. 오늘이 크리스마스인 건가. 나 혼자 이렇게 집에 있으니 전혀 크리스마스 같지 않았다. 그냥 공휴일 같았다. 옛날 같았으면 집 밖으로 나가고 싶어서 이리저리 옷도 괜찮은 걸로 입어보고 약속을 하루에 몇 개씩 잡아서 밤새도록 놀곤 했는데 지금은 그렇게 체력도 안 될 뿐더러 그렇게 하는 게 유치해 보이기도 했다. 하지만 유치하다는 걸 알면서도 마음은 휑했다. 이한솔은 오늘 데이트를 하고 있을 거고. 나는 오늘 뭘 할까. 오랜만에 집중해서 내 글을 써 보기로 했다. 내가 생각하고 있던 일제강점기 시대의 독립운동가를 주인공으로 해서. 노트북을 켜고 글을 쓰기 시작했다. 아무것도 내가 머리에 생각해 둔 것이 없지만 그냥 계속 술술 써졌다. 오늘따라 글이 잘 써졌다. 평소에 너무 고민만 해서 그런가. 써보지는 않았는데 이렇게 막상 또 써보니 쓰다가 아이디어도 생각나고 그랬다.
주인공은 어느 친일파 집안의 여종으로 일하고 있는 아이였다. 당시 친일파 집안이면 굉장히 잘 살고 있는 집안이었다. 그 집에는 귀한 하나의 딸이 있는데, 그 딸은 여종과 달리 매우 우아하며 귀품 있고 성질머리도 있다. 자신의 생각이 결정되면 뒤도 돌아보지 않고 앞으로만 향하는 그런 양반의 딸. 어느 날 그 아씨가 여종에게 심부름을 시킨다. 그 쪽지에는 독립운동을 여태 도와주었던 아씨가 일본인에게로 시집을 가면서 지원을 더 이상 못한다는 내용이었다. 여종은 아씨에게 글을 모르는 척하지만 사실은 이 여종은 글을 읽을 수 있다. 여태 아씨가 친일파 집안에서 나고 자라 독립운동에는 전혀 관심도 없고 관련이 없는 사람인 줄로만 알았던 아씨가 독립운동의 자금을 지원해 주고 있었다는 이야기에 여종은 놀랐다. 실은 그 여종도 독립운동가인데, 친일파 집안에서 일하며 친일파 집안에 누가 오고 가는지, 어떤 일을 계획하고 있는지 알려주는 정보통이었다.

글이 한 번 써지니 계속 써졌다. 아이디어는 끝도 없이 나왔고 나는 자리에 앉아 꼬박 5시간을 넘게 꼼짝하지 않고 책을 썼다. 5시간을 글을 쓰니 목도 아팠고 눈도 따가워 졌고 아프지 않은 곳이 없었다. 그래서 일단 노트북을 끄고 스트레칭을 하기 시작했다. 시계를 보니 5시. 이제 사람들이 슬슬 거리로 나와 파티를 하고 모임 하기 시작할 시간이었다. 올해는 캐롤도 못 들어보고 크리스마스를 지나 보내는구나.

'띠리리링 띠리리링'

전화가 왔다. 이한솔이었다.

"여보세요?"

"야, 뭐하냐."

"갑자기 왜 전화야? 너 오늘 데이트 한다며."

"초희씨가 갑자기 급한 일이 생겼다고 해서 오늘은 안 보기로 했어."

"그렇게 갑자기? 근데 네가 그걸 오케이 했다고? 이한솔이?"

"초희씨가 진짜 미안하다는 목소리로 자기한테 진짜 중요한 일인데 지금 놓치면 두고두고 후회할 것 같다고 그러더라고. 혹시나 나 때문에 나중에 후회할 일 생기면…… 그 일은 오늘만 할 수 있고 나는 내일도 만날 수 있으니까."

"이야 많이 바뀐 것 같네. 이한솔. 너네 저번에 체육대회 할 때부터 썸 타기 시작했지?"

"사실은 내가 그때 초희씨한테 관심이 있었지."

"그래서?"

"체육대회 끝나고 내가 먼저 말 걸었는데 말이 되게 잘 통하더라고. 생각도 그렇고. 그렇게 깊게 얘기 해본 건 아닌데 어느 정도 통하더라고. 마침 초희씨가 직장 다니면서 임용고시 준비하고 있다고 하더라고. 너무 힘들다면서 이야기하는데 그래서 내가 뭐 도와줄게 없을까 하다가 나도 공부해야 할 거 있는데 혼자서 하면 제대로 안 하게 되니까 같이 하면 어떻겠냐고 얘기하니까 좋다고 해서 그때부터 계속 도서관 가서 밥도 같이 먹고 공부도 같이하고 했지."

"그렇게 해서 친해지게 돼서 사귀게 됐다고?"

"어."

"그래서 누가 고백했는데?"

"내가 했다가 두 번 정도 까였어."

"네가? 네가 까였다고? 와 초희씨도 대단한 분이네, 너 까인 적 없잖아. 한 번도."

"어. 그래서 내가 그런 거 아니면 못 보겠다고 하니까 갑자기 초희씨 표정이 어두워지는 거야. 내가 그래서 아 더 이상은 못 보겠다며 이러고 있었는데 미안하다면서 진짜 그냥 가는 거야. 그래서 내가 싫다면 더 이상 들이대지 않고 내가 이렇게 그냥 '초희씨랑 친구처럼 지내는 건 못할 것 같다.'라고 하니까 초희씨가 죄송하다고 거절하더라고. 근데 한 일주일 뒤에 연락 와서 일주일을 나 없이 보내봤는데 너무 재미가 없었다면서 만나보자라 해서 만나게 되었지."

"그래 귀여운 초희씨랑 예쁜 사랑하세요. 근데 우리 내일 몇 시에 만나? 아침 9시 어때?"

"아, 맞다. 우리 내일 스키장 가지? 휴 까먹을 뻔했네. 9시 좋아."

"아주 난리 났네 난리 났어. 사랑하느라 바쁘셔서 친구랑 한 약속도 까먹고~"

"아, 미안해. 내일 9시에 만나. 늦으면 이 형님한테 맞을 각오는 하고 있겠지?"

"뭐래. 너나 나나 도긴개긴이야."

비록 오늘 크리스마스에 데이트를 하지 못하기는 했지만 바로 전날 크리스마스이브 날에 여자친구가 생기다니. 이한솔은 정말 운도 좋다. 솔직히 혼자 지내는 게 편하고 누군가를 딱히 신경 써서 챙겨줄 필요도 없어 덜 피곤하다. 나 스스로만 잘 살면 되니까. 그렇지만 이렇게 혼자 살아온 지 벌써 2, 3년이 지나가니 이한솔처럼 여자친구가 있으면 서로 잘 챙겨 주고 사랑하고 힘들 때 위로해 주는 모습이 부럽기도 하다. 물론 내가 아닌 다른 누군가를 이해하고 공감하고 사랑한다는 것은 쉬운 일이 아니지만 그 상대방도 나를 똑같이 이해하고 공감하고 사랑해 주며 기쁠 때 함께 웃고 슬플 때 함께 우는 그런 여자친구, 나도 이제는 갖고 싶다. 그 여자친구가 우리가 되었으면 좋겠는데. 우리라면 똑부러지고 활발하면서도 진지한 면도 있어 함께 있으면 매사 마음이 편안할 것만 같다.

여하튼 내일과 모레. 크리스마스 연휴가 이틀이나 남았으니 그동안은 이한솔과 스키장에 가기로 해서 내일 들고 갈 스키복을 챙겨봐야겠다. 스키복뿐만 아니라 들고 갈 짐들도. 이한솔과 약속을 잡자마자 바로 그날 시킨 스키복이 며칠 전 집에 도착했다. 색깔은 조금 있지만 그래도 너무 화려하거나 촌스럽지는 않아서 디자인이 내 마음에 쏙 드는 옷이었다. 입어보니 두껍고 따뜻한데도 활동하기 편할 것 같았다. 역시 내가 보는 눈이 좀 있어. 방구석에 처박아 두었던 캐리어를 질질 끌고 나와 펼쳤다. 아무것도 들어 있지 않아 공간이 꽤 넓어 보였다. 내 뒤에서 콩이가 내 엉덩이에 코를 부비적댔다.

"콩이 배고파? 형이랑 놀고 싶어?"

들어 올려서 무릎 위에 올려놓으니 벌떡 일어나서는 캐리어 속으로 들어가 웅크렸다. 콩이는 아직 한참 작고 어린 애라 그런지 캐리어 속 공간이 많이 비었다. 자식을 키우는 부모의 마음이 이런 걸까. 캐리어 속에 쏙 들어가서 눈을 껌벅 껌벅이며 잠에 들려는 모습이 세상 제일 귀엽고 사랑스러웠다.

콩이가 캐리어에 들어갔으니 별 수 없지. 밥부터 먹고 짐 싸야겠다. 오늘은 크리스마스니 조금은 특별한 것이 먹고 싶었다. 아무도 같이 먹어 줄 사람은 없다지만 크리스마스인 기분은 내야 되지 않을까. 나 혼자 크리스마스 만찬을 즐기는 것. 그것도 그것 나름대로 낭만 있는 것 같았다.

스키복 시킬 때 같이 시킨 가지와 돼지고기로 라따뚜이를 만들고 에어프라이어로 쉽게 만들 수 있는 등갈비구이까지 하면 와인을 곁들여서 충분히 크리스마스 만찬을 즐길 수 있다. 양파와 가지를 잘게 썰어 놓은 위에 다진 고기와 토마토 퓨레를 얹어 올리브유를 너무 많나 싶을 정도로 부었다. 여기까지는 비주얼이 그저 그랬는데 좀 끓이고 치즈를 얹어서 데우니 맛있는 향이 올라왔다. 아까 급하게 나갔다와서 구매한 등갈비도 대충 간을 해서 에어프라이어안으로 투하했다. 인터넷에 보면 다들 10분 정도 하던데 나는 바삭한 게 더 좋아서 15분이나 돌렸다. 온 집안에 라따뚜이와 등갈비 구이 냄새가 퍼질 때쯤 너무 오랫동안 묵혀두었던 싸구려 와인을 꺼내왔다. 가격은 비록 싸지만 지금의 나에게는 최고급 와인이나 다름없었다. 어차피 난 와인 맛 구별 잘 못하니까 기분만 내면 됐지 뭐.

거실 창문의 블라인드를 위로 싹 올리니 어두운 저녁에 반짝거리는 크리스마스의 조명들이 빛나고 있었다. 다들 2020년의 크리스마스 밤을 열심히 즐기고 있나 보다. 친구나 가족과 같이 좋아하는 사람들과 함께 밥 한 끼 먹는 사람들도 있을 거고 이 시간에도 일을 하거나 바쁘게 살아가는 사람들도 있을 것이다. 또 나처럼 홀로 여유를 즐기는 사람도 있을 것이다. 블라인드가 싹 걷힌 창문 밖 풍경을 바라보다 보니 뒤에서 에어프라이어의 알람소리가 띵 하고 울렸다. 이제 플레이팅을 해볼까. 내 집이 식탁 의자에 앉으면 창 밖 풍경이 보이는 구조라 다행이었다. 크리스마스 밤 풍경을 바라보며 내 만찬을 즐길 수 있을 테니. 따끈따끈한 라따뚜이를 그릇에 옮겨 담고 등갈비 구이도 접시에 예쁘게 플레이팅 했다. 옛날에 어디선가 사은품으로 받은 와인 잔에 와인을 졸졸 따르고는 앉았다. 비록 등갈비구이를 에어프라이어로 했더라도, 와인이 싸구려더라도, 와인 잔이 사은품일 뿐이라도. 지금의 나에게는 그저 성대한 만찬일 뿐이었다. 혼자 따뜻한 기분을 느끼며 식사를 시작했다. 영화 '라따뚜이'처럼 따스하고 즐거운 분위기가 우리 집에서도 흐르고 있었다. 지금 우리 집에 있는 사람이라고는 나뿐인데, 나를 제외하고는 콩이가 옷 방 캐리어 안에서 잠들어 있는데, 그런데도 좋았다. 내내 바쁘게 살아온 것만 같았다. 물론 자세히 들여다보면 놀았던 때도 태평하게 있었을 거고, 할 일을 미루고 후회했던 일도 있었을 것이다. 그래도 그 놀았던 것, 후회했던 것도 모두 난 열심히 했던 것만 같다. 인생을 열심히 산다는 건 좋은 거지만, 하지만 한번씩 지금처럼 아무도 없이 나 혼자 생각을 하며 시간을 가지는 것도 좋은 것 같다. 여태 내가 어떻게 살아왔는지 한번 되돌아보고 후회도 했다가 내 자신을 자랑스러워하기도 했다가 그냥 나 스스로에 대해 생각해 보는 시간. 지금이 딱 그때인 것 같다. 맛있는 음식을 먹으며 내가 좋아하는 공간에서.

이런저런 생각을 하며 라따뚜이를 먹다 보니 입에 쫙쫙 달라붙는 게 너무 맛있었다. 가지도 부드러워지고 고기의 식감도 딱 내가 좋아하는 느낌! 라따뚜이에 고기가 들어가기는 했지만 그래도 라따뚜이는 야채 위주 음식이니까. 등갈비로 눈을 돌렸다. 아직도 김이 모락모락 올라오는 게 한 입 베어 물면 행복이 온몸에 퍼질 것만 같았다. 양손으로 등갈비를 들어 야무지게 살을 쏙쏙 발라먹었다. 살이 너무 부드러워 입안에 넣자마자 씹을 필요도 없이 녹는 기분이었다. 이거지. 이게 등갈비의 진리지. 등갈비 한 조각 먹고 와인도 한번 홀짝여주니 이건 뭐 진수성찬이 따로 없었다. 등갈비의 달짝지근한 맛과 와인의 쌉싸레한 맛이 입안에서 하모니를 이루었다.

순식간에 모든 그릇을 비웠다. 너무 만족스러운 식사라 그런지 저절로 입에서 트림이 나왔다. 꺼억. 소리가 너무 컸나. 콩이가 옷 방에서 천천히 나왔다. 아직도 잠이 오는지 눈이 풀린 채로. 어쩜 눈이 풀린 것마저도 사랑스럽지. 서둘러 설거지를 하고 콩이를 안아들었다.

"우쭈쭈 우리 콩이 잘 잤어요?"

콩이가 캐리어에서 나간 이때를 틈타 스키복과 짐을 챙겨 캐리어를 닫았다. 거실에 있던 콩이가 들어오더니 캐리어를 찾았다. 다시 캐리어에 눕고 싶은 모양인데, 그렇게는 안 되지. 이미 캐리어는 닫아서 세워 두었다고. 그렇지만 콩이의 초롱초롱한 슬픈 눈망울은 이겨내지 못했다. 콩이를 안아서 자장자장 쓰다듬어주었다. 콩이를 데리고 침대에 누워 쓰다듬다 보니 나도 어느새 잠이 들어버렸다.

눈을 뜨니 벌써 아침 8시 '조금 빠듯할 지도' 급하게 씻고 캐리어를 질질 끌고 나가려던 순간, 콩이가 생각이 났다. 이 시간에 할머니 불러도 괜찮으려나.

"할머니~ "

"어, 총각."

바로 현관문이 열리더니 할머니가 등장하셨다.

"어, 주무시고 계실 줄 알았는데."

"아, 뭔 소리고. 이 나이에 이 시간이면 한창 깨있을 때 아니겠나. 왜. 뭔 일이고."

"아, 저 콩이 좀 맡겨도 될까요?"

"왜 안 되겠노. 되지. 델꼬 와라. 내 안 그래도 오늘 할 일이 없어 갖고 고민 중이었는데, 잘 됐네. 내가 잘 봐줄게. 근데, 총각 어디 가는교?"

"아, 저 한솔이랑 놀러 갑니다! 내일 바로 와요~"

"에이~ 쪼매 더 늦게 와도 되는데. 나 이 강새이 맘에 든다 안 카드나."

"넵 노력해 보도록 하겠습니다!"

"으이~ 잘 놀다 와래이~"

콩이도 할머니께 맡겼고 이제 남은 일은 노는 것밖에! 이한솔과는 뭐 일하러 갈 때랑 똑같이 버스에서 만나기로 했다. 어차피 그 버스 타고 지하철역으로 가는 거니까. 신나는 발걸음으로 캐리어를 끌고 버스에 올라탔다. 버스 밖은 겨울이라 바람이 쌩쌩 불어 숨을 쉬면 하얀 입김이 올라오는데 버스 안은 비교적 따뜻해 롱 패딩을 입은 나에게는 더웠다. 땀이 흘러내리기 직전 더워서 힘들어 하고 있는데 뒤에서 누가 내 목을 세게 때렸다.

"아!"

"나야 나~"

"아, 놀랬잖아. 나 순간 모르는 사람이 때리는 줄. 아 근데 왜 때리냐. 너도 맞을래?"

"죄송합니다 형님!"

"근데 너 옷이……"

"귀찮아서 그냥 스키복 바로 입고 나왔어. 괜찮지?"

"그래 뭐. 부끄러운 건 너니까."

"너, 근데 덥지? 내 손이 축축하다. 네 뒷목 때린 손이."

"아니 뭐, 롱 패딩 입었으니까 버스 안은 덥지. 밖은 추우니까 괜찮아~"

"일단 바로 가서 숙소랑 다 내가 예약하고 사 놀건 사놨으니까 우리 장만 봐서 숙소 들어가면 돼. 그 근처 가다가 마트 있다고 하니까 들렀다가 가자."

"그래. 그럼 우리 뭐해 먹을래? 거기 가서 직접 해 먹어야 하잖아."

"저녁은 무조건 고기 구워 먹고 내일 아침이랑 간식 정도만 사면 될 것 같은데."

"그럼 일단 고기랑 어묵 어때? 라면이랑 어묵탕으로. 그리고 내일 아침에는 간단하게 전복 죽 먹자."

"오케이~ 그럼 메뉴는 다 정했고."

우리는 지하철에서 그렇게 한참 뭐 먹을지에 대해 이야기했다. 신나게 메뉴를 정했고 간식까지 정해서 스키 타고 먹으면서 꼭 살찌고 돌아오겠다는 암

묵적인 말을 서로 주고받은 듯했다. 서로 말은 하지 않았지만 친구를 꽤 오래 하다 보면 생각이 닮아지는 것 같기도 하다. 옛날 같았으면 둘이 이렇게 먹는 것처럼 사소한 것만으로도 티격태격 싸웠을 텐데 이젠 서로 싸우는 것도 귀찮고 놀러 가는데 처음부터 싸우면 서로 기분 상해서 제대로 놀지도 못하고 돌아올 테니까. 그리고 또 서로의 신경을 긁어가면서까지 지적하면서 싸우는 것을 둘 다 진짜 싫어한다. 그래서 우리는 늘 알게 모르게 누가 양보하고 있고 서로 편하기 위해서 서로 티나지 않게 맞추어 가는 중이다.

스키장 근처에 있는 역까지 도착해서 내린 뒤 우선 마트에 들렀다.

"일단 고기 사야 하는데 뭐 사지?"

"당근 삼겹살이지."

"오케이~ 삼겹살이랑 같이 구워먹을 양파랑 버섯, 채소랑 사고 그리고 라면이랑 어묵사고 전복죽 해야 하니까 전복 사고. 아, 그리고 고기 먹을 때 아, 그리고 음료수랑 간식거리도 사야 하니까 살 거 많다."

"그렇네. 먹고 싶은 거 자꾸 얘기하다 보니까 양이 너무 많아졌다. 뭐 어때 우리 거기서 실컷 놀다가 먹고 살쪄서 갈 건데. 그렇지 않냐?"

"당연하지. 나 여기 오늘 살찌우러 가는 거야. 야, 근데 나 어떡해. 난 여자친구가 있어서 너무 많이 찌면 안 된다 말이야."

"야, 죽을래? 진짜 그놈의 일주일도 안 된 여친 가지고 정말 유세를 떨어요."

"자랑하고 싶은 걸 어떡해~ 너도 부러우면 얼른 여자친구 만들어서 우리 더블데이트 하자. 어때?"

"뭔 더블데이트야. 말도 안 되는 소리 하고 있어. 난 여자친구 생기면 너랑 같이 안 놀거거든~ 내가 진짜 이렇게 너랑 놀아주는 것만으로도 감사하다고 생각해라. 이 형님이 여자친구 생겼으면 너랑은 보지도 않았을 거야."

"헐. 지금 나 배신하는 거야? 나는 여자친구 생겨도 맨날 꼬박꼬박 너랑 이렇게 놀아주는데 나 지금 상처받았어."

"왜 자꾸 귀여운 척이야. 그냥 이야기해."

티격태격하면서 마트를 한 바퀴 다 돌았고 재료는 다 산 듯했다.

"야, 근데 우리 다 산 것 같은데?"

"그래. 다 산 것 같네. 이제 계산하러 가자."

신나게 계산을 하고 스키 타러 간다는 생각에 너무 신났다. 콧바람이 절로 나왔고 또 너무 기대되었다. 그렇게 한참을 또 가고 또 가서 드디어 스키장에 도착했다. 스키장 입구에 들어서는 순간부터 한기가 내려왔다. 이렇게 옷을 입고 온 것이 갑자기 무언가가 잘못 된 것 같다는 생각이 들었다.

"야, 나 갑자기 너무 추운데. 옷 좀 더 두껍게 입고 올 걸 그랬나?"

"여기만 추운거야. 스키복 입고 타면 괜찮아. 여기는 당연히 스키장이니까 춥지."

"그런가?…"

짐을 풀기 위해서 숙소로 향했다.

"근데 우리 숙소는 어떻게 되어 있는데? 좋아?"

"뭐 나름 나쁘지도 않고 꽤 좋아. 일단 디자인 자체가 너무 예뻐. 궁전 같아. 그리고 깨끗해서 스키 타는 것보다 숙소에 있는 게 더 좋을 수도 있을 만큼 예쁠 수도 있어."

"야, 그럼 비싼데 아니냐?"

"사실은 원래 가격은 많이 비싼데 내 아는 분 중에 여기 VIP여서 회원권을 가지고 계시는 분이 있거든. 근데 이번에 가려고 했는데 못 가게 됐다면서 이거 안 쓰면 진짜 후회할거라고 자기 안 쓰면 다른 사람이라도 재밌게 놀다오는 게 맞지 않겠냐면서 이야기하시면서 나한테 이거 주시더라고."

"야, 근데 그 분 누군데? 여기 VIP하려면 꽤 와야 될 테고. 돈 많으신 분 같은데? 너 돈 많은 사람 주위에 없잖아."

"사실 이모가 여기 스키장 자주 다니셔서 VIP시거든. 그래서 나도 몇 번 따라 와 본적 있는데 완전 좋아. 그리고 그 VIP들만 사용할 수 있는 개인휴식공간이랑 바도 있고 생각보다 VIP가 누릴 수 있는 게 너무 많고 좋은 것들도 많아. 그래서 사실은 모르게 조용히 하면서 또 VIP들만 따로 스키탈 수 있는 공간이 있거든. 그래서 우리는 거기 갈 거야."

"이모? 너 이모도 계셨었나?"

"어. 왜 기억 안 나냐? 미국에서 사시던 이모. 그래서 옛날에 잠깐 우리 집에 와서 너도 봤었던 것 같은데. 이모도 너 알던데."

"아, 그 분이셨구나. 스키 되게 많이 타러 다니시나 보네."

"아무래도 이모는 겨울 전까지 미친 듯이 일하고 겨울에 진짜 딱 한 시즌만 쉬거든. 그래서 꽉꽉 채워서 신나게 보내다가 가려하시지."

"아, 그렇구나. 어떻게 쉬는 날 없이 겨울 전까지 일만 하시지. 진짜 대단하시다."

"야, 여기다 이제 들어가자."

한참을 말하면서 걷다 보니 어느새 숙소 앞에 도착했다. 숙소는 진짜 말로만 듣고 TV에서나 볼 법한 그런 느낌의 집이 떡하니 있었다.

"야, 진짜 대박이다."

"봤냐? 이게 형님 클라스다."

"그래. 내가 인정해 줄게."

얼른 문을 열고 들어가 보았다. 현관부터 넓었고 거실은 완전 20명이 사용해도 될 정도로 널널했다. 그리고 방은 각방으로 4개 정도 있었고 침대도 퀸사이즈로 한 방에 한 개씩 있었다.

"야, 내가 언제 돈 모아서 스스로 이런 데 올 수 있겠냐. 진짜 네 덕분에 내가 호강한다."

"그러니까 평소에 나한테 잘 좀 해라. 가끔 내가 이렇게 좋은 데 또 데리고 갈지 어떻게 알아."

"알겠습니다요~~"

"일단 얼른 짐 풀고 스키 타러 가자. 너는 빨리 스키복이나 입어."

"알겠어. 기다려. 금방 갈아입고 올게."

얼른 방으로 들어가 옷을 갈아입었다. 옷이 작을 것 같았는데 다시 입어보니 생각보다 사이즈가 괜찮았던 것 같다. 스키복이 입는 데 생각보다 너무 불편했지만 스키 탈 생각을 하니 그래도 이러한 잠깐의 불편함은 잊게 되었다.

"야, 언제 나와. 해 지겠다. 벌써 4시라고. 여기 금방 어두워져서 빨리 문 닫는다 말이야. 빨리 나와야지 많이 탈 수 있다고."

문 밖에서 이한솔의 목소리가 들렸다. 나를 기다리는 게 너무 귀찮았는지 자꾸 빨리 나오라면서 소리를 고래고래 쳤다.

"알겠어~ 준비 다 했다고!! 좀만 기다려 왜 이렇게 참을성이 없어."

나도 같이 소리를 쳤다.

옷을 다 갈아입고 얼른 스키장으로 갔다. 스키를 스키장 앞에 있는 곳에 가서 빌리고 그 스키로 탔다. 오랜만에 타 보는 거라 처음에는 잘 타지지 않았는데 생각보다 계속 타다 보니 꽤 잘 가 지는 것 같았다. 나는 너무 오랜만에 해서 낮은 곳에서부터 스키를 타기 시작했고, 이한솔은 어느 정도 타기도 잘 타고 이모 따라 몇 번 와서 고급기술을 익혔다고 하더니 언덕이 높은 곳에서부터 시작을 했다. 넘어지고 다칠 줄 알았는데 생각 의외로 되게 잘 탔다.

"야, 부럽다. 왜 이렇게 잘 타냐."

"나 스키 좀 타거든? 나 이렇게 무시하면서 보는 사람 너밖에 없어. 내가 너 친구해 주는 것만으로도 감사하게 생각해라 아우야."

"뭐라는 거야. 허세가 아주 늘었어. 네 여자친구가 너의 이런 모습을 보면 어떨까 궁금하다 진짜. 이런 모습을 알고 만나는 건지 모르겠네~?"

"내 여자친구는 나의 이런 모습을 다 알고 만나는 거거든? 이 바보야. 그러니까 여자친구는 나의 이런 모습까지도 사랑해 준다 이 말이야."

"헐. 이런 모습인 걸 아는데도 사귄다 말이야? 초희씨도 되게 특이하다."

"특이하긴 뭐가 특이해. 자꾸 이상한 소리 하지말도 타던 스키나 타세요. 빨리 연습해서 여기 높은 곳에서도 한 번 타 봐야 할 것 아니냐."

"알겠다. 알겠어. 일단 여기서 내가 너보다 꼭 잘 타고 말겠어. 기대해. 내가 더 잘 탈거니까."

"예~예~ 야 근데 배고픈데 우리 일단 아까 사온 간식부터 먹으면 안 되나? 우리 벌써 스키 탄 지 3시간이나 됐는데? 넌 배 안 고프냐?"

"나도 배고픈 것 같다. 빨리 가서 라면 먹자. 진짜 배고프다. 이제 좀 슬슬 추운 것 같기도 하고."

"당연하지. 지금 시간이 7시야. 어두워진 거 안보여?"

"헐. 난 몰랐지. 진짜 어두워지긴 어두워졌네."

"라면은 아직 먹지 말고 한 시간만 더 타자. 오늘 타고 나면 또 1년 간 못 타잖아. 간식 좀 먹고 9시에 들어가자. 어차피 늦게 잘 거고 늦게 먹어도 상관없잖아?"

아까 마트에서 산 구운 계란 하나씩을 꺼내 입에 넣고 다시 열정적으로 스키를 탔다. 서로 경쟁이라도 하듯이 빠른 속도로 새하얀 언덕을 내려왔다. 그러다 한 번은 어떤 남학생과 부딪힐 뻔하기도 했다. 다행히 둘 다 넘어지지도 않아서 다치지는 않았지만 거의 2, 3 센티미터를 사이에 두고 몸이 휘청거리는 동시에 내 심장도 덜컹거렸다. 만약 나와 저 남학생이 부딪히기라도 했다면…… 상상만 해도 끔찍했다. 두근대는 심장을 부여잡고 겨우 언덕 아래로 내려와서 시간을 확인해 보니 벌써 8시 50분이었다.

"이한솔! 이제 가자!"

"몇 시야?"

"8시 50분."

"아, 오케이 안 그래도 방금 배에서 꼬르륵 소리 났어."

"확실히 여기 아까 오기는 했지만 다시 봐도 되게 번쩍번쩍하다. 나 옛날에 이런 데 사는 게 꿈이었는데."

"그니까. 이렇게라도 이런 집에서 한 번 잘 수 있으니 얼마나 다행이냐. 나도 여기 몇 년 전에 처음 봤을 때 너무 으리으리해서 우리 숙소 아니고 다른 사람 숙소인 줄 알았잖아."

"그럴 만도 해. 이런 스케일인데. 이제 우리 본격적으로 살을 찌워 볼까?"

"어, 아까 스키 타면서 에너지 왕창 소비했으니 이제 살도 찌우고 에너지도 채워야 함."

"난 고기를 구울 테니 이한솔 넌 어묵탕을 끓이거라."

"오케이. 마당에서 먹을 거지?"

"당연하지. 이런 데 오면 마당이지."

옛날부터 으리으리한 집이나 펜션 같은 공간에는 항상 마당이 있다고 생각을 해 왔는데, 그 마당에서 고기도 구워먹고 캠핑용 의자 나두고 불도 피우고 그러는 게 내 로망이었다. 어릴 때는 마냥 돈 많이 벌어서 부잣집에서 살아서 마당에서 고기도 구워먹고 캠핑도 하고 해야지 라고 생각했는데 막상 성인이 되고 돈을 벌어보니 왜 우리 부모님이 이런 넓은 부잣집에서 살지 않았는지 이해되었다. 어릴 때는 이런 집이 내 미래를 생각하는 꿈이었다면 이제는 이런 집이 잘 때 생각나는 그런 꿈이 되어버렸다. 절대 이룰 수 없는 꿈.

이런저런 생각을 하며 불을 붙이고 삼겹살을 불판에 얹었다. 이 넓은 마당에 현관 옆 공간에서 혼자 삼겹살을 구우며 연기를 바라보고 있으니 온갖 생각이 다 들었다. 마당이 너무 넓어서 이한솔과 나 이렇게 둘만 앉아 있으면 너무나도 허전할 것 같았다. 원래 이런 마당에서는 미국 영화처럼 몇십 명의 사람들이 파티를 하면서 와인 잔을 들고 다니며 음악에 맞추어 춤을 추어야 하는데, 그것에 비해 우리는 꽤 조촐했다. 그래도 뭐 오래된 친구와 멋진 공간에서 맛있는 음식을 먹으며 추억을 남기는 것 자체가 즐거우니까.

"어묵탕 대령이요~"

처음에 구운 삼겹살이 노릇노릇하게 다 익어갈 때쯤 이한솔이 냄비를 들고 나타났다. 삼겹살을 굽고 있어 고기 특유의 기름지지만 맛깔스러운 냄새가 퍼지는 사이로 어묵탕이 식탁 위에 내려앉았다. 국물이 전혀 탁하지 않고 맑고 어묵이 탱탱한 게 눈으로만 봐도 벌써 침이 고였다.

"선호야. 넌 연애할 생각 없냐? 우리랑은 어떻게 되어가고 있어?"

"음, 그냥 뭐. 똑같지."

"똑같으면 안 되지. 이 답답아. 너 솔로로 오래 살았다고 해서 평생 결혼도 안 하고 살 거야? 평생 혼자 살다가 너 돌봐주는 사람도 없고 서로 챙겨줄 사람도 없이 쓸쓸하게 혼자 죽을 거야? 좀 들이 대봐라. 우리도 이제 곧 삼십이야. 요즘 결혼 할 나이가 늦어지고 있다 뭐다 해도, 어차피 지금 연애 시작하면 결혼은 몇 년 뒤 아니냐. 너 이제 네 미래도 생각할 때야. 너 이제 재아 생각 그만 좀 해. 끝난 지 오래잖아. 헤어졌으면 다 아니야?"

"재아는 무슨. 그나저나 우리 좋아하는 거 너도 알잖아? 재아 생각 하나도 안 하고 있다가 네가 방금 말해서 지금 몇 달 만에 떠올렸어. 솔직히 재아랑 사귀다가 헤어질 때는 좀 미련이 남긴 했지. 근데 나 때문에 그렇게 되었을 줄 누가 알았겠어."

재아는 내가 20대 초반 몇 달 사귀었던 전 여자친구다. 그때는 내 또래들이 지금 우리 또래들처럼 비교적 조금은 잔잔하고 차분하게 만났던 게 아니라 모든 걸 다 내팽겨 치고 사랑에만 올인 했었다. 나와 재아도 마찬가지고. 내가 대학 때는 꾸미는 걸 너무 좋아해서 맨날 돈 아껴서 옷 사고 치장에만 집중을 했었다. 그래서 그런 지 중고등학교 때보다 인기가 많아졌다. 날 좋아하는 여학생들도 몇몇 있었는데 그중에는 재아도 있었다. 그때의 우리는 대학교의 어느 커플들과 다름없이 뜨겁고 빠르게 불타오르고 그만큼 빠르게 식었었다. 우리가 헤어진 이유도 그저 서로가 서로에게 만족을 하지 못하고 상대방을 자신에게 맞추려 했었던 이유였다. 그런데 헤어지고 나서야 재아가 다시 나에게 매달리며 다시 만나자며 쫓아다녔다.

나는 한번 헤어지면 다시 만나기 힘들다고 생각했기에 조금 미련이 남아도 재아를 칼같이 끊어내려 했었다. 그렇지만 재아는 내 생활범위를 다 알고 있었기에 스토커 같이 날 따라다녔었다. 학교 가는 길에도 내 뒤에는 항상 재아가 있었고 어떻게 알았는지 내가 누군가와 밥을 먹을 때도 자주 마주치곤 했다. 난 조금 남은 미련마저 뚝 떨어진 상태였고 이제는 소름이 끼치려고 했는데 딱 그때즈음, 새벽 2시경 술을 진탕 퍼마시고 혼자 집으로 걸어가고 있었다.

내 뒤에는 늘 그랬듯 보일 듯 말 듯한 거리에 재아가 걸어오고 있었다. 나는 술에 취해 골목 네거리를 지나쳤는데 재아가 그 네거리 중앙, 네 방향의 도로가 합쳐지는 부분을 걷고 있을 때 내 앞으로 어떤 트럭이 정말 빠르게 달려왔다. 난 트럭을 보고 깜짝 놀라 정신을 꽉 붙잡고 골목 벽으로 몸을 던져 딱 붙어서 트럭을 간신히 피했다. 그런데 아마도 나를 바라보고 있던 재아는 그 트럭에 정통으로 박아 내 바로 뒤에서 교통사고를 당했다. 혹시나 해서 돌아본 내 눈앞에는 급정거했지만 재아를 박아버린 트럭과 피를 철철 흘리며 쓰러진 재아가 있었다. 난 술이 번쩍 깼고 급하게 경찰을 부르고 트럭 운전사 아저씨를 차에서 내리게 했지만 그 아저씨도 나와 마찬가지로 술에 꼴아서 아무것도 보이지도 않고 들리지도 않는 반수면 상태였다. 결국 재아는 나를 따라다니다 그런 교통사고를 당하게 되어 지금까지 약 5년이 넘어가는 데도 병원 신세를 면하지 못하고 있다. 다행인지 불행인지 재아는 교통사고 이후로 내가 그 사고의 원인이라고 생각하며 날 좋아하기는커녕 증오하고 싫어하고 있다. 딱 한번 병문안을 다녀왔었는데 그때 재아가 나에게 자신이 다친 건 다 나 때문이라며 소리를 쳤다. 그 이후로는 중간 중간 다른 여자친구를 만나보고 사랑도 해보았지만 나도 모르게 죄책감이 내 마음 한편에 존재했나 보다. 재아 때문에 내가 요 몇 년간 연애를 안 했던 건 아니지만.

"죄책감 가지지 마. 내가 몇 번이나 말했잖아. 너 때문에 그런 거 아니야. 네가 재아보고 헤어지자 한 거랑, 따라다니지 말라고 한 거랑. 그거랑은 아무 상관없어. 굳이 너와 재아 둘 중에서 잘못 있는 사람을 따지자면 재아가 잘못 한 거지. 실질적으로는 그 트럭운전사가 잘못 한 거지만. 넌 분명히 재아보고 따라다니지 말라고 했잖아. 걔가 괜히 너 따라다니다가 그렇게 된 거지. 재아 불쌍하고 안쓰럽긴 하지. 그렇지만 걔는 너랑 이제 관련 없어. 넌 네 인생 살아야지. 이 바보야. 언제까지 죄책감 갖고 있을래."

"고맙다. 나도 모르게 죄책감 안고 있었나봐. 고기나 먹어. 다 식겠다."

"너나 어묵탕 먹어. 이미 다 식었다 한 표."

오랜만에 연애 이야기도 하고 서로의 삶에 대해 속 깊은 얘기를 나누다 보니 배가 점점 불러왔다. 사온 고기도 우리 뱃속으로 다 사라졌고, 이제 남은 건 죽과 라면 뿐. 그런데 배가 너무 불러 라면은 더 이상 먹지 못할 것 같았다. 여기서 라면까지 더 먹으면 배가 빵 터질 것만 같았다.

"야, 라면은 그냥 반 나눠서 각자 가져갈래? 나 더 이상 못 먹을 것 같은데."

"사실 나도. 크크 술도 마셔가지고 지금 잠 와 죽겠다. 들어가자."

"어. 청소는 뭐다? 아침에 하는 거다."

하루 종일 버스 타고 지하철 타고, 장도 보고 스키도 탔던 무거운 몸을 이끌고 내 집에 있는 내 침대보다 백배는 더 좋아 보이는 침대로 올라갔다. 역시 달랐다. 구름 위에 누워 있는 기분이 바로 이런 걸까. 아직 씻지도 않았지만 너무 피곤해서 그냥 나도 모르게 자버렸다.

눈 한번 감았다 뜨니 햇살이 창문 사이로 들어오고 있었다. 창문 밖에서는 새가 지저귀고 있었고 왠지 생각보다 개운한 몸에 의문을 느끼며 일어나니 화장대 거울에 비친 내 모습은 영락없는 거지였다. 어제 옷도 안 갈아입고 씻지도 않고 심지어 그 상태로 술도 들이부었더니 얼굴은 벌겋고 머리는 까치

집이었다. 그래도 뭐 기분은 좋았다. 놀러 와서 이렇게 게으름 피우는 것도 흔하게 즐길 수 있는 거도 아니니까.

씻기 위해 대충 옷을 챙겨 거실로 나오니 아무도 없고 열려있는 창문 사이로 바람이 솔솔 불어왔다. 이한솔 방문을 슬쩍 열어보니 얘도 나랑 마찬가지로 침대 위에 대자로 곯아떨어져 있었다. 드르렁 드르렁 코까지 골며.

씻고 나와도 이한솔의 코골이는 계속 되었다. 내가 죽 끓여야지. 어제는 이한솔이 어묵탕을 끓였으니 뭐. 내 기억 상 이한솔이 나보다 술을 덜 마셨는데도 이한솔이 술이 약해 쉽게 취했던 것 같기도. 인터넷에 찾아보고 나온 그대로 전복을 깨끗하게 손질해 죽을 끓였다. 순식간에 부엌, 거실, 복도까지 약간은 밍밍하지만 그래도 고소한 전복죽 냄새가 퍼졌다. 어릴 때는 전복죽이나 그냥 흰 죽을 먹고 조금 남으면 김자반을 섞어 눅눅하지만 짭짤하게 먹었는데, 어제 마트에 갔을 때는 그 생각을 못했다. 김자반 섞어 먹어도 그 나름대로 맛있는데.

"올 남선호~ 네가 전복죽을 다 끓여?"

"일어났냐. 와서 먹어. 그리고 나 자취하는 남자야. 왜이래~"

"요리 실력은 먹어보고 판단한다!"

사실 이 전복죽은 내가 먹어봐도 맛이 있었는데, 내가 잘 끓여서가 아니라 싱싱하고 질 좋은 전복을 큰 사이즈로 많이 넣어서 쫄깃쫄깃하게 씹히는 식감이 좋아 맛이 있었던 거였다. 여기에 마트에서 같이 산 반찬용 무말랭이를 같이 먹어주니 속이 따뜻해지면서 힐링이 되는 기분이었다.

전복죽을 먹고 나니 벌써 시간이 12시가 넘었다. 우리가 오늘 아침에 늦게 일어나서 아침식사를 하고나니 벌써 숙소에서 나가야 할 때가 온 것이다. 짐을 싸서 숙소 밖으로 나와 숙소를 다시 한번 바라보니 아쉬웠다. 이렇게 좋은 집을 두고 떠나야 한다니. 내가 다음 생에는 꼭 돈 많이 벌어서 이런 집에서 살고 만다.

스키장으로 왔던 길과 똑같이 지하철을 타고 버스를 타고 다시 우리 집으로 돌아왔다. 숙소에서 늦게까지 자기는 했지만 그래도 집이라는 공간에서 오는 안정감은 무시할 수 없나 보다. 숙소가 매우 좋고 으리으리 했으나 내 몸은 그 공간을 낯설어 했었는지 집에 돌아오자마자 몸이 막 녹아 흘러내렸다. 캐리어를 열고 옷들을 빨기 위해 세탁기에 넣고 정리를 했다. 둘이 나눠 가진 라면도 찬장에 넣어두고 다시 침대 위에 엉금엉금 기어 올라갔다. 아까 분명히 숙소에서 푹 자고 일어났는데도 침대에 누우니 다시 잠이 왔다. 어제 어지간히도 피곤했나 보다. 사실 뭐 어제 이한솔이랑 새벽 3시 넘게까지 놀았으니, 이제 30대가 되는데 체력이 받쳐줄 리가.

그래도 나이가 들어갈수록 여행을 더 좋아하게 되었다. 시간이 점점 없어지다 보니 시간의 소중함을 여행으로 깨달은 것일지도 모르겠다. 학생 때는 나만 그런 게 아니라 내 주변에는 모든 사람들이 학생이다 보니 맨날 시험, 수행평가, 시험. 계속 돌고 도는 생활에 지루하고 힘들었고 그 마저도 시간이 항상 부족 한 것 같았는데, 어른이 되어보니 알겠더라. 나이가 들수록 시간은 점점 빨라진다는 것. 시간이란 것은 누구에게나 일정한데, 그 시간을 어떻게 쓰느냐에 따라 다른 사람이 된다는 것을 항상 명심하고 살다 보니 항상 부족한 게 시간. 그래서 가끔 가는 여행이 진짜 소중해 지는 것 같다.

솔직히 여행이란 게 별 다른 게 없는 것 같지만 별 다른 거 없는 거 하면서 비로소 딱 그때야만 시간을 느긋하게 보내는 그것이 제일 큰 여행의 장점이라고 생각한다. 누군가를 보면 여행갈 때 일정을 너무 빡빡하게 잡아두거나 쉴 새 없이 움직이는 그런 식으로 움직이는 사람도 있던데, 나와는 정반대이다. 나는 여행이 내가 이때까지 너무 빨리 달려서 여러 가지 고장난 곳이 많은데 그 고장난 곳을 좀 고쳐주고 재정비해서 다시 출발하는 시간이라 생각한다. 그래서 최대한 여행에서는 내 시간을 평소보다 천천히 보내려 노력한다.

확실히 나이가 들수록 몸은 더 쉽게 피로해졌다. 집에 와 다시 잠에 들었다. 밥이고 뭐고 진짜 너무 피곤했다. 사실 여행은 체력 충전하러 가는 건데 나도 모르게 너무 신나서 체력 소모를 많이 해 버렸다. 잠은 계속 쏟아졌고 나는 계속 잠을 잤다. 피곤할 땐 자야 한다. 몸이 축 늘어지도록 자서 다음 날 원래대로 생활할 수 있을 만큼 푹 자야한다. 그리고 요 며칠 잠을 또 설치는 바람에 나도 모르게 조금씩 피로가 누적 된 것 같기도 하다.

3시. 일어나 보니 오후 3시였다. 어제 그렇게 피곤했으니 늦게까지 잘 만했다. 얼마나 자다 깼지도 모를 만큼 길게 잔 것 같았다. 아직도 피곤했고 몸이 천근만근이었다. 꽤 오래 잤는데도 몸이 너무 무겁고 지친 것 같았다. 밥을 해 먹기도 귀찮고 밥을 먹고 싶다는 생각이 들만큼 배가 고프지 않았다. 속이 더부룩했다. 얼른 체하지 않도록 약을 먹었다. 나는 자주 체하는 편이라 어릴 때부터 손도 많이 따보고, 약도 많이 먹고 매실도 많이 먹었던 것 같다. 밥을 먹고 1시간도 안 되서 자거나 빨리 먹거나 할 때 가장 많이 체하고 엄청 심하게 체했을 때는 진짜 토하고 열도 나고 머리도 지끈지끈 아팠던 기억이 있다. 그렇게 심하게 체하고 나서는 별로 좋지 않은 기억 때문에 음식을 적당히 먹고 밥을 먹고 나서는 꼭 앉아 있고 절대 자지 않는 규칙을 만들어 지켜왔다.

어쨌든 다시 약을 먹고 침대에 누워 잠을 잤다. 이렇게 많이 자는 것은 오랜만이었다. 사람이 이렇게 오랫동안 잘 수 있는지 처음 알았던 것은 6학년 때였던 것 같다. 처음 야영을 갔다 와서 집에 오자마자 씻고 하루종이 잤던 기억이 있다. 그 전날 저녁에 친구들이랑 논다고 밤을 세서 집으로 오는 동안의 버스에서도 계속 자고 집에서도 하루 종일 다음 날 아침까지 잤던 기억이 있다. 그래서 그때 이렇게 사람이 오랫동안 잘 수 있는지 신기했다.

꿈은 현실이 된다

다시 일어나 시계를 보니 5시였다. 아까부터 2시간이나 더 자버렸다. 일어나 보니 속은 꽤 편해져 있었고 괜찮아졌다. 이제 슬슬 배가 고파오기 시작했다. 근데 만들어 먹기는 귀찮고 밖에 나가서 먹기도 귀찮았다. 이럴 땐 배달이 딱 이지. 근처 집 앞에 있는 쌀국수 전문점 집에 주문했다. 그곳도 내가 자주 가서 단골손님이 된 곳이다. 그 집이 생긴 지는 그렇게 오래 되진 않았지만 내가 워낙 쌀국수를 좋아해서 자주 가게 되면서부터 단골이 되었다. 남선아는 쌀국수 향을 그렇게나 싫어하던데 나는 그 향이 너무 좋았다.

처음에는 향이 너무 강해서 나도 좋아하진 않았는데 계속 생각나는 맛이랄까? 먹고 나면 한참 뒤에 다시 먹고 싶다는 생각이 들었다. 그리고 그 맛을 알고 중국으로 여행을 간 적이 있었다. 쌀국수의 향신료 냄새를 맡아보고 중국을 가니 중국 음식이 그렇게 입에 안 맞던 것이 없었던 것 같다. 처음에는 쌀국수 집에 가볼 생각을 하지 않았다. 쌀국수를 그 집에서 처음 먹어본 것도 아니었다. 엄마가 쌀국수를 워낙 좋아해서 밖에 가서 자주 사 먹기에는 일반 음식보다는 좀 가격이 있는 편이라 컵라면으로 만들어진 쌀국수가 있는데, 그걸 종종 먹었었다. 그래서 나도 엄마가 먹고 있는 것을 조금 나누어 먹었는데 그게 내가 쌀국수를 처음 먹게 된 것이었다.

주문을 하고 기다리는 동안 집에 밀린 일들을 했다. 세탁이 다 된 옷을 빨래 건조대에 널고, 청소기도 돌리고 콩이와도 놀아주고. 오랜만에 집 청소를 싹 했다. 집 청소를 하니 집이 다 윤이 나는 것 같았다. 청소도 해서 배가 고파질 때쯤 배달이 왔다. 바로 앞이라 배달 시간이 그렇게 오래 걸리지는 않는다. 더군다나 면이 있는 음식이라 시간이 중요하다. 면 요리는 조금이라도 늦으면 퍼지기 때문에 최대한 빨리 배달이 돼야 한다. 그래서 면 요리는 가급적 배달 시켜먹지 않는데 오늘따라 나가기도 너무 귀찮은 데다 쌀국수도 너무 먹고 싶었기 때문에 그리고 좋은 것은 바로 집 앞에 식당이 있기 때문에 면이 불지 않고도 먹을 수 있다는 점이다. 쌀국수와 같이 소스를 주는데, 매운 소스도 있고 어린이들도 먹을 수 있는 달콤한 소스도 준다. 쌀국수가 조금 지겹다 싶으면 그 소스를 같이 넣어서 먹으면 굉장히 맛있어진다. 특히 매운 소스와 같이 먹으면 쌀국수가 너무 맛있어 진다. 단, 쌀국수가 질리지 않을 때까지는 절대 같이 먹으면 안 된다. 그 소스를 먼저 먹고 쌀국수를 먹으면 쌀국수 맛이 잘 느껴지지 않는다. 그래서 배달이 오자마자 국물부터 시원하게 마셨다. 그러면 쌀국수의 깊은 맛이 잘 느껴지는 것 같다.

사실 쌀국수 하나로 부족할까 봐 집에 있던 냉동 볶음밥을 전자레인지에 돌려 두었다. 낙지볶음밥인데, 이것도 진짜 맛있다. 처음엔 냉동식품이라서 괜찮을지, 맛은 있을지 어떨지 잘 모르고 걱정되었었는데, 막상 먹고 보니 너무 맛있었다. 요즘 이렇게 혼자서도 부담 없이 간편하게 먹을 수 있는 음식들이 너무 잘 만들어져서 나오고 있어서 편했다. 굳이 요리하지 않아도 간단하게 전자레인지에 돌리기만 해서 바쁘거나 귀찮을 때 딱이다. 그런데 또 낙지볶음밥이면 사람들이 낙지가 작거나 별로 들어 있지 않다고 생각하는데 그건 또 아니다. 큼지막한 낙지가 생각보다 많이 들어 있고 퀄리티도 나쁘지 않다.

그렇게 데운 볶음밥도 한 입 먹었다. 너무 맛있었다. 여기가 천국이 따로 없다. 내가 좋아하는 음식들을 먹으면서 너무 행복했다. 진짜 같은 음식이라도 뭐를 먹는지에 따라 그날 기분이 결정될 때도 있다. 학교 다닐 때 급식 실에 밥 먹으러 내려가서 메뉴를 확인하는 순간 기분이 유지되거나 확 나빠질 때가 있다. 싫어하는 음식이 나오거나 좋아하는 음식이 나왔는데 맛이 없을 때 굉장히 기분이 상했다. 그래서 학교 다닐 때 만약의 상황을 대비해서 빵이며 우유며 이런 것들을 항상 들고 다녔었던 것 같다. 그때만 생각하면 웃겨서 피식 거리지만 그때는 진짜 밥이 학교에서 누릴 수 있는 가장 큰 행복이자 즐거운 시간이었는데, 그 시간을 망치면 기분이 영 좋지 않았다. 급식 실 들어가기 전까지만 해도 밝게 들어갔는데, 나올 때는 표정이 굳어서 나올 때도 있었다. 나뿐만 아니라 그때는 모든 학생들이 그랬었다. 그렇게 옛날 생각하면서 밥을 먹으니 웃기기도 하고 귀엽기도 하고 딱 그때만 그럴 수 있는 거니까.

진짜 사람은 대단한 것 같다. 식욕보다는 확실히 수면욕이 먼저인 것 같긴 한데 또 눈을 뜨면 배가 고프니 음식을 또 먹는 것이. 어제 그렇게 많이 먹었는데도 자는데 에너지를 다 소비해서 그런지 배는 또 고팠고 그렇게 또 먹었다. 이렇게 생각하니 떠오르는 것이 있었다. 영화의 한 장면이었던 것 같은데. 딸이 학교폭력으로 자살을 했는데 엄마는 바빠서 아이의 심정을 이해해주지 못하고 일하러 나간 것에 대해 스스로 원망하면서 다시 일상생활로 돌아가는 모습을 보여주는 장면이 있다. 거기에 딸은 그렇게 힘들게 죽었는데 나는 배고파서 밥이나 먹고 있고 라는 뉘앙스의 대사가 나온다. 그것처럼 인간은 진짜 어떤 일이 있어도 슬프지만 다시 제자리로 돌아가기 위해서는 평소처럼 행동을 하고, 그 평소처럼 할 수 있는 일 중 가장 쉬운 일이 본성이라 생각한다. 배가 고프면 밥을 먹고 피곤하면 자고. 그러다 저절로 원래의 생활 패턴으로 돌아가게 된다. 슬픈 사실은 가슴에 기억해두고 다시 제자리도 돌아가는 것이다. 결국엔 진짜 사람은 아이러니하게도 이성적인 생명체 같지만 가장 본성적인 생명체 같기도 하다.

잠을 너무 많이 자서 거의 하루가 가까이 되는 시간을 낭비해 버렸다. 이렇게 된 김에 그냥 오늘까지 쉰다고 생각하고 계속 쉬어야지. 그러고는 휴대폰을 들고 침대에 누웠다. 자고 있는 사이에 연락이 와 있는지 확인하기 위해서였다. 휴대폰을 확인해 보니 재난문자가 와 있었다. 평소에 재난 문자가 올 일이 없다 보니 너무 당황했었다. 혹시 근처에 산불이 난 것 때문인가. 아니면 또 너무 건조해서 산불 조심하라는 내용인 것인가? 그것도 아니었다. 우리나라 코로나19 확진자가 처음으로 발생했다는 내용이었다. 다들 외국에 다녀온 사람, 특히 중국에 갔다 온 사람은 필히 보건복지부에 직접 연락해서 소식을 알리고, 코로나 검사를 해야 한다는 메시지였다. 갑자기 코로나라니. 중국 우한에서 발생했던 코로나가 실제로 우리나라 사람이 감염되었다 하니 갑자기 너무 무서워졌다. 우리나라 사람이 감염되었다는 것은 즉, 우리나라에서 코로나가 쉽게 전파 될 것이고 이것이 어쩌면 큰 재앙으로 다가올 수 있다는 것이다. 이렇게 생각하니 너무 무서웠다.

솔직히 메르스, 신종플루 등 다양한 전염병들도 있었지만 그것들은 다 치료제가 있었고 잘 넘겼었는데, 이번 코로나는 약도 없으며 새로운 질병이라 세계의 많은 주목을 받고 있다. 첫 번째 확진자 동선을 보아하니 코로나에 걸린 지도 모르고 이곳저곳을 너무 많이 다닌 것 같았다. 그때부터 시작해서 서울시 시장이며 보건복지부 장관이 브리핑을 하기 시작했다. 코로나에 대해 자세히 설명해 주었으며 어떻게 대응해야할지, 그리고 코로나를 예방하기 위해서는 어떻게 해야 할지까지. 첫 번째 확진자가 생기고 난 후 얼마 있지 않아 또 두 번째 확진자가 생겼다는 뉴스 소식이 들려왔고 그후로도 계속

기하급수적으로 코로나에 걸린 사람들이 늘고 있었다. 몇 달 전 엄마 집에서 꾸었던 악몽이 이 코로나 사태의 예지몽이었다는 확신이 강하게 들었다.

첫 번째 코로나 확진자가 생기고 난 한 달 후, 현재 코로나 확진자는 총 560명. 사망자는 3명. 완치자 0명. 코로나가 생기고 난 후부터 계속 마스크를 끼고 생활 중이다. 너무 불편했다. 평소 마스크 쓰는 것을 좋아하지 않아서 이때까지 마스크를 끼지 않았었는데 이제는 거의 생활이 되어 있었다. 보통 사람들은 나처럼 마스크 쓰는 것을 불편해하는 경우가 많아 원래는 마스크를 쓰는 사람들을 주위에서 잘 보지 못했는데, 이제는 마스크를 쓰지 않으면 욕을 먹는 상황이 되어버렸다. 마스크를 구매하는 것 자체도 매우 힘들어서 집에서 홈쇼핑 채널을 켜놓고 카운트다운으로 마스크를 판매하는 홈쇼핑 회사에 전화를 하기 위해 휴대폰 전화 애플리케이션의 숫자판을 미친 듯이 눌렀다. 또 마스크 5부제가 도입되어 출생년도 가장 뒷자리 숫자로 1과 6은 월요일, 2와 7은 화요일, 3과 8은 수요일 이런 순서대로 우체국과 같은 공공기관 앞에서 줄을 길게 서서 마스크를 구매했다. 이전에는 마스크를 쓰더라도 그냥 일회용 마스크를 사용했는데, 이제는 국가에서 필터 처리가 잘 되어 있는 KF94 마스크나 KF80마스크를 권장했다. 일회용 마스크보다 면도 두꺼워서 숨을 쉬기도 힘들고 답답했다. 마스크 쓰는 것 말고도 평소보다 사람들과도 거리를 두었고 손도 꼭 씻고 환기도 자주 시켰었다. 뉴스를 보거나 연구자들이 이야기하는 것을 보면 이제는 더 이상 코로나가 생기기 이전의 상황으로 되돌아가지는 못할 수도 있겠다는 절망적인 생각이 들었다.

확진자가 너무 많아져서 이제 재택근무를 하게 되었다. 코로나가 터지니 집에서 못 나간 지 한참 된 듯했다. 나갈 수 있는데 안 나가는 거랑 나가지 못하게 해서 못나가는 것과는 사뭇 느낌이 달랐다. 집에 있는 시간이 많아지니 무엇을 해야 할지도 잘 모르겠고. 코로나가 발생하고 처음에는 집에서 시간을 진짜 너무 허무하게 쓴 것 같았다. 직장도 재택근무를 하는 마당에 학생들도 학원을 가지 않고 있었다. 학원에서 수업도 하지 않았으며 아직까지 상황을 지켜보고 있는 중이었다. 또 개학 준비를 하고 있던 학교도 코로나로 인해 개학이 연기 됨으로써 상황은 어떻게 될지 몰랐다. 누구에게도 이 시간은 정말 아까울 테지만 올해 고3들은 정말 힘들 것 같았다. 누구보다도 힘든 시기에 스스로 해야 하고 그 의지력을 다른 해 고3들보다 더 많이 길러야 할 테니까.

어떻게 보면 지금 우리의 상황은 모든 것이 정지되어 있었다. 그래도 코로나가 발생하고 집에서 계속 생활하다 보니 집에서 할 수 있는 시간 보내기 좋은 것들을 해서 SNS에 올리는 사람들이 증가했다. 예를 들어 달고나 커피를 만들어서 먹는다던지. 혹은 그림을 그려서 직접 색칠하는 것 이라든지. 굉장히 다양한 것들이 있었다.

또 얼마 전에는 한 교회의 집단 확산으로 대구에서 엄청난 수의 확진자들이 발생했다. 매일 매일이 불안해서 몇 시간에 한 번씩 인터넷을 들어다 보았는데, SNS 상에서의 사람들이 꽤 이기적이라는 것을 깨달았다. 대구에 살지 않는 다른 도시 시민들인 것 같았는데 그들이 말하길, '대구를 봉쇄시키자', '대구 사람들이 불쌍하기는 하지만 우리부터 살아야 하니 대구의 출입구를 막아야 한다.' 등의 의견이 있었다. 이 사람들의 생각도 이해가 갔다. 자신부터 살고 봐야 되지 않겠는가. 대구에서 많은 수의 확진자들이 발생했는데, 대구에 아무 조치도 내려지지 않는다면 대구 내에서 뿐만 아니라 대구 근처 지방이나 아니면 3차, 4차 이상으로 사람들이 모여드는 여기 수도권까지 대구처럼 확진자가 확 늘어날 수 있으니까. 그렇지만 저렇게까지 봉쇄를 하거나 출입구를 막거나 하는 그런 극단적인 방법은 안 좋은 것 같다. 대구에서 많은 확진자들이 발생했다고 하더라도, 대구 밖 사람들이 대구 사람들로 인한 확진이 무서워 대구를 봉쇄시키면 대구 내에서 대구 시민들만 피해를 보고 순식간에 감염을 당할 수 있다. 대구 밖의 다른 지방의 사람들의 생명도 물론 중요하고 하나하나 다 소중한 생명이지만, 대구 내의 사람들도 똑같이 소중한 생명들이고 단 한명도 헛되이 희생되어서는 안 된다. 그런 면에서는 대구를 봉쇄시켜야 한다는 이런 의견들은 꽤 이기적이라고 생각이 된다.

코로나 때문에 너무너무 안 좋은 것들이 많이 생겨났다. 마스크를 매일 써야 하고 재택근무, 온라인 수업을 해야 하는 것은 당연시 되었고 우리가 미처 생각하지 못한 부분에서도 불편함이 발생했다. 코로나가 확산되기 전에는 일주일에 3, 4번 이상 씩 식당에서 사람들과 웃고 떠들며 음식을 먹었는데 이제는 더 이상 사람들을 만날 수가 없었다. 사람들과 만나더라도 항상 마스크를 써야 했고 마스크를 쓰니 당연히 음식은 먹기가 힘들었다. 그 전까지만 해도 당연하게 여겨지던 외출과 사람들과의 만남 이외에도 제한되는 게 많아지니 저절로 집에만 있게 되었다. 매일같이 배달음식을 시켜먹고 운동도 잘하지 않아 살이 조금씩 찌고, 체력도 점점 떨어지는 게 확연히 느껴졌다. 매일같이 시켜먹던 배달음식, 간편 음식도 지겨워 내가 해먹었지만, 세끼 다 혼자 챙겨 먹기에는 또 귀찮아서 밥 한 번 챙겨 먹는 게 고역이었다. 내 스스로가 계속해서 게을러지고 제대로 된 삶을 살고 있지 않은 것 같았다.

물론 처음에는 '겨울이라 추운데 집에 있으니 이 기회에 좀 쉬고 좋네.' 와 같은 생각을 가지고 있었다. 그런데 그 '쉼'이 2주, 3주 지속되니 사람들도 만나고 싶고 회사에 출근까지 하고 싶었다. 도리어 집에서 재택근무를 하니 회사에서 보다 집중도도 떨어지고 일을 제대로 할 수 있는 게 없었다.

나뿐만 아니라 다른 사람들은 더욱더 문제가 심각했다. 나는 그래도 내 집에서 재택근무로 일을 꼬박꼬박하면서 월급도 꼬박꼬박 들어왔지만, 식당 주인과 같은 자영업자들은 사람들이 식당에 잘 가지 않아 수입이 잘 안 들어와 힘들어하는 사람들이 많았다. 아랫집에 사는 우리도 레스토랑을 운영하고 있기에 가끔 집 앞에서 볼 때마다 얼굴빛이 어둡고 항상 뭔가 바쁘게 사는 것처럼 보였다. 코로나19가 가져온 단점들에는 단면적인 '사람들의 죽음', '질병', 등과 같은 것들뿐만 아니라 사람들 개개인이 점점 예민해지고 사회적으로도 정책적으로도 국가, 아니 세계적으로 흔들리고 있다는 것이 포함되어 있다는 것을 깨달았다.

지옥 같던 코로나19 사태가 12월 말부터 3월 말까지 장장 세 달이라는 긴 시간 이후에 드디어 사라질 기미가 보였다. 보통 3월 초에 개학을 하던 초, 중, 고등학생들의 개학도 계속해서 미뤄졌었고, 노래방, PC방들도 문을 닫고 영업을 하지 않는 곳이 많았다. 그러다 3월이 되고부터는 3자리 수, 2자리 수이던 전국 확진자의 명 수가 점점 줄어들어 한 자리수가 되었고, 완치자의 수가 확진자의 수보다 더 증가했다.

코로나 초반 사람들이 마스크를 극도로 원했기 때문에 비쌌고 양도 별로 없었던 마스크들이 이제는 그때에 비해 비교적 싸게 인터넷에서 판매되고 있다. 사실 아직 코로나가 완전히 종식 된 것은 아니라 마스크를 계속 써야 하는데, 그런데도 길거리를 다니다 보면 마스크를 쓰지 않고 다니는 사람들도 종종 보였다. 사람들의 코로나에 대한 위험 의식이 조금 떨어진 것 같아 걱정되었다. 저러다가 또 집단 확산되면 어떡하지.

'오늘 오전 5시경 코로나 19 백신이 완성되었습니다.'

몇 달을 이렇게 지내다 드디어 백신이 완성되었다. 백신을 완성시킨 건 우리나라였기에 갑자기 우리나라, 대한민국의 세계적 위상이 올라갔다. 역시 대한민국의 뛰어난 의료진들과 연구진들이 고생한 게 헛되지 않았다.

생명이란

백신을 사용해 하나둘씩 완치자들이 급증하기 시작했다. 그동안 코로나 때문에 온 신경이 예민해 콩이에게 신경을 덜 썼었다. 콩이가 나에게 안기고 싶어 하고 매달릴 때마다 쳐내고 짜증을 냈던 기억뿐이었다. 안 그래도 콩이, 내가 나가지를 않으니까 산책도 못 나가서 더 힘들었을 텐데.

힘들었던 코로나가 끝나니 대신에 콩이가 시름시름 앓기 시작했다. 집 밖으로 자주 나가지도 못하고 내가 사랑을 많이 주지도 못해서 그런 걸까. 콩이가 어느 순간부터 방에서 나오지 않고 축 처져서 하루 종일 잠만 잤다. 콩이가 처음 그랬을 때는, 내가 일한다고 바빠서 그냥 '자나 보네.'라고 생각하며 그냥 넘겼는데 가면 갈수록 원래 자는 시간보다 두 배를 넘겨서 자는 걸 깨닫고 보니 조금 이상하게 생각 되었다. 왠지 사료를 줘도 잘 먹지도 않고 그냥 자주 축 늘어져 있기만 한 걸 보니 그제서야 아픈가 의심이 되었다. 요

즈음 밖에 잘 나가지도 않고, 내가 그 전보다 콩이를 안고 부둥부둥해 주는 시간도 적어졌던 것 같아 너무 미안했다. 다 내 책임이다.

"콩아~ 왜 그래!"

콩이가 너무 걱정되고 미안했지만 일은 해야 해서 오늘도 아침부터 일어나서 바쁘게 키보드를 두드려댔다. 내가 아침식사를 하고 저녁에 볶음밥을 시켜먹을 동안 콩이가 단 한 번도 방 밖으로 나오지를 않았다. 볶음밥을 먹다가 문득 집 안이 너무 조용하다는 것을 깨달았다. 콩이 방에 들어가 보니 배변패드에 있어야 할 오줌 자국이 방바닥에 남아 있었다. 양도 평소보다 배는 되는 것 같았다. 콩이를 바라보니 살이 훌쩍 빠져 뼈밖에 남지 않아 보였다. 원래 이런 애가 아니었는데, 포동포동하게 살이 쪄서 보기 좋았는데 살이 쭉 빠져 버렸다. 콩이를 들고 살포시 안아보았는데 눈을 딱 뜨더니 내 손가락을 물었다. 처음 보았을 때부터 너무 순하고 착했는데, 그래서 내 몸을 문 건 처음이었다. 오줌도 처음 몇 번 빼고는 꼬박꼬박 배변패드에 눴는데, 오늘따라 바닥에 누었다. 이상했다. 부랴부랴 인터넷에 검색을 해보았다. 신부전이라는 질병이라는데, 연관 검색어에 '시한부'라는 단어가 뜬 것을 발견했다. 갑자기 마음이 불안해져 급하게 옷을 입고 콩이를 데리고 문 밖으로 나섰다. 너무 마음이 급해 마스크도 쓰고 나오지 않았다가 계단 밑의 유찬이를 보고 다시 들어가 마스크를 쓰고 나왔다.

"형 어디가요?"

"나 병원!"

"콩이 어디 아파요? 어떡해……"

"아, 모르겠다. 나도. 지금 마음이 너무 급해."

"동물병원 멀어요? 어디 동물병원 다녀요?"

"애니멀 파크 동물병원 다니는데 너무 멀어서 어떻게 해야 할지 고민이야."

"우리 아빠한테 태워달라고 해요! 우리도 지금 그 쪽으로 갈 거거든요!"

"그래도 될까?"

"안 될 거 뭐 있어~ 동생. 콩이가 아프다는데 당연히 데려다 줘야지. 동생 하나밖에 없는 룸메이트 아니야."

"아, 진짜 고마워요 형님. 애니멀 파크 동물병원으로 좀 부탁할게요."

동물병원이 집에서 너무 멀어 어떻게 가야 할지 고민하며 계단을 내려가던 와중에 형님이 차를 태워주신다고 하여 고민을 덜었다. 콩이 제발 괜찮아야 할 텐데. 살이 빠져서 그런지 계속 안고 있는데도 별로 무겁지도 않았다. 우리 콩이가 너무 안쓰러웠다. 제발, 시한부만 아니어야 할 텐데.

설마가 사람을 잡는다더니, 지금 너무 충격을 받아서 말이 제대로 안 나온다. 우리 콩이가 신부전이라는 병에 걸렸는데, 내가 너무 늦게 발견해서 더 이상 손 쓸 수 있는 조치가 없다고 했다. 우리 콩이, 아직 너무 어린데. 죽기에는 너무 이른데. 미안해서 어떡하지. 시한부라고 하더라. 길어도 한 달. 아직 우리 콩이랑 못해본 게 많은데, 콩이한테 못해준 게 많은데. 내가 내 생각만 하고 콩이를 너무 못 챙겨 줬나 보다. 다 내 책임이고 내 잘못이다. 나도 모르게 흘러나온 눈물이 내 볼을 적셨다.

집으로 돌아가는 길 차 안에는 그저 적막만이 감돌았다. 유찬이와 형님은 그저 조용히 있었다. 지금 나에게는 아무것도 보이지 않았다. 그저 콩이만 보일 뿐이었다. 우리 콩이 안쓰러워서 어떡하지. 길어도 한 달이라니. 이럴 줄 알았으면 일이고 뭐고 다 때려치우고 콩이랑 매일매일 놀걸 그랬다. 콩이를 더 사랑해 줄 걸 그랬다.

동물병원에 다녀온 지 3주째가 되는 날, 콩이가 약 30시간 째 잠에서 안 깨어났다. 괜히 더 불안한 마음에 심장에 손을 얹어보니 아무런 박동도 느껴지지 않았다. 콩이의 영혼이 나에게서 떠나갔다. 눈물이 맺히다가 그만 방바닥에 뚝뚝 떨어졌다. 콩이가 나에게 이렇게 소중한 존재였다는 것을 방금 알았다. 어떤 것이든 최선을 다해야 한다는 것도. 내가 콩이에게 최선을 다하지 않아 콩이가 나에게 실망해서 나를 떠나간 것일 것이다. 내가 너무 내 생각만 해서.

아직 따뜻한 콩이를 품에 쏙 안고 천천히 빌라 옥상 공원으로 올라갔다. 밤 11시가 넘은 시각이라 그런지 아무도 없어 펑펑 울며 올라갈 수 있었다. 산책을 나갈 때마다 콩이가 좋아하던 한 아름 나무 그늘에 묻어주고 싶었다. 그러나 땅에 개를 묻는 것은 불법이라고 하니 콩이가 좋아하던 나무 뼈다귀를 나무 밑에 묻어주었다. 흙으로 덮어주고 내 나름의 표시를 해놓고 나니 조금 마음이 안정되었다.

"저, 여기서 신부전 판정받았는데요. 오늘 저희 강아지가 하늘로 올라갔어요. 혹시 여기 소각 처리 해주시나요."

원래 개가 죽으면 법으로 산이나 땅 같은 곳에는 개인 토지를 제외하고는 절대 묻어서는 안 된다고 지정되어 있다. 쓰레기봉투에 버리거나 혹은 동물병원에서 소각을 해야 하는데, 내가 그래도 1년 이상 정을 들이고 함께 살아온 가족이었던 콩이를 어떻게 감히 내가 쓰레기봉투에 버릴 수 있을까. 개도 생명이고 인간의 가족이자 친구인데 쓰레기봉투에 버리는 행위는 동물의 인권을 침해하는 것 같았다. 다행히도 동물병원에서 소각 처리가 가능하다고 하니 내일 바로 처리를 하러 갈 것이다. 우리 콩이, 너무 보고 싶을 것만 같다. 아까 감정을 다 추스른 것 같았는데 동물병원과의 전화를 끊고 나니 다시 눈물이 흘러나왔다. 이제는 싸늘하게 식어버린 콩이의 시신을 안고 터덜터덜 집으로 내려가던 와중 우리와 마주쳤다. 밤이라 서로의 얼굴 표정 등은 전혀 보이지 않았다.

"선호야. 나랑 술 좀 마셔주라."

"그래."

목소리만 들어도 우리가 많이 힘들다는 것을 느낄 수 있었다. 지금의 나도 감정을 조절하고 울음을 참기 힘들었지만 그래도 힘든 것도 함께 힘든 게 덜 힘든 거라고 하니. 우리를 따라 우리네 집으로 들어갔다.

전등을 켜고 환하게 불을 밝힌 순간 우리의 얼굴을 보았다. 마스카라가 다 번지고 피부 화장도 지워져서 얼굴이 얼룩덜룩했다. 우리도 울고 있었다. 우리네 친구 어머니께서 돌아가셨다고 한다. 우리의 단짝이라 친구 어머니와도 굉장히 좋은 관계를 유지하고 있었는데 돌아가셨다고 하니 장례식에서 친구와 펑펑 울었다고 했다. 우리는 애써 웃음을 지으려고 하며 농담을 건넸다.

"내 친구 지인 분께서 언니냐고 물어보셨어. 친딸이냐고. 친딸이 아닌데 어떻게 저렇게 펑펑 우냐고 놀라워하시더라."

농담으로 던진 말이었지만 분위기는 좀처럼 뜨지 않았다. 나는 차가워진 콩이를 데리고 있었고, 우리는 장례식장을 다녀와 머리부터 발끝까지 새까만 옷을 입고 있었기에 더욱더 분위기가 무거웠다. 창문 밖을 바라보며 서로의 옆에 앉아 소주잔을 한 잔 두 잔 기울이다 보니 감정이 북받쳐서 어느새 둘 다 눈물을 질질 흘리고 있었다.

"이럴 줄 알았으면 내가 더 잘했지. 나 때문에, 내가 못해 줘서 콩이가 이렇게 된 거야. 콩이한테 너무 미안해……. 내가 내 일만 한다고 콩이 신경을 못 써줘서……. 콩이 아픈 줄도 모르고……. 우리 콩이 불쌍해서 어떡해. 미안해서 어떡해……."

"나도 이모한테 너무너무 죄송하다……. 소명이랑 놀 때도 맨날 소명이 데리고 이모 속 썩였는데…… 우리 엄마도 아닌데 이모한테 싸가지 없게 굴고…… 이모 너무 보고싶다. 이모가 해주셨던 김치 볶음밥이 제일 맛있었는데……."

둘 다 안주는 손도 안 대고 소주만 벌컥벌컥 들이키며 쉴 새 없이 눈물을 흘렸다. 죽음이라는 것은 정말 고통스러운 것 같다. 물론 내가 죽어보지 않아서 죽는다는 것이 무슨 느낌인지, 무슨 기분인지는 전혀 모르지만 적어도 죽은 대상의 주변 사람으로는 느낄 수 있으니까. 지금 나는 너무 힘들고 후회스럽다.

콩이가 하늘나라로 올라가고 나니 더 이상 집에 들어올 때 문 앞에서 반갑다고 꼬리 쳐 주는 콩이도 없고, 밥 먹을 때 옆에서 같이 사료를 먹으며 웃는 콩이도 없다. 내가 옷 갈아입을 때 장난 쳐주는 콩이도 없고, 샤워 하다가 물에 젖은 채로 나오면 내가 걱정이 되어서 자기 장난감을 가져다주는 콩이도 없다. 콩이랑 함께 한 지 2년도 채 안되었는데, 그런데도 콩이가 그립다. 그립고 보고 싶고 내 집에, 아니 그냥 이 세상에 더 이상 콩이가 존재하지 않는다는 게 믿겨지지 않는다. 내가 그립고 보고 싶어도 볼 수 없는 게 죽음인 것 같다. 나에게 소중했던 존재가 사라지면 뼈저리게 후회한다는 말을 이제야 이해를 할 수 있게 되었다. 있을 때 잘할 걸.

고장 난 수도꼭지에서 물이 계속해서 떨어졌다. 아무리 잠그려 해도 잠궈지지 않았다가 조금 뭔가 더 슬플 것 같아. 그렇게 밝게 빛나는 서울의 야경을 바라보고 있으니 옆에서 우리가 날 안아주었다. 기댈 사람이 필요했다. 어깨에 기대어 눈물을 흘릴 사람이 필요했다. 우리를 꽉 껴안고 온몸을 덜덜 떨며 울었다. 내 어깨도 조금씩 젖어 가는 게 느껴졌다. 우리도 조용히 흐느끼고 있었다. 그래도 여기에 우리가 있어서 다행이었다. 우리가 없었더라면 나 혼자 집에서 울음을 주체하지 못하고 자학을 했을 것만 같았다. 서로의 등을 토닥여주며 위로가 되어주었다.

술에 푹 절여진 상태로 휘청휘청 계단을 올라가다 넘어질 뻔했다. 겨우 벽을 잡아 일어나서 집에 들어갔다. 콩이 방을 들어가려다 문을 열다가 다시 닫았다. 보고 싶었지만 참았다. 지금 보면 또 다시 눈물이 흘러나올 것만 같았다. 콩이의 흔적들은 내일 콩이를 동물병원에 데려다 주고 함께 치워야겠다. 이제는 얼음장이 된 콩이를 침대 옆에 조심히 내려놓고 그대로 눈을 감았다.

콩이가 내 삶에서 사라진 지 이제는 거의 두 달이 넘어간다. 사람은 적응의 동물이라고 하던데 그 말이 맞는 것 같았다. 처음 몇 주는 집에 와도 보이지 않는 콩이 때문에 자주 울컥했는데 이제는 그냥 덤덤했다. 일상생활을 하고 있는 내가 신기했다. 만약 천국이라는 곳이 실제로 있다면 내가 죽어서 천국에 가면 콩이가 나를 기다리고 있어 줬으면 좋겠다.

이제는 국내의 코로나 확진자가 0명이 되어서 재택근무가 끝나고 다시 출퇴근을 시작했다. 국외에는 아직 조금 있지만 국내에는 0명이라 조금은 안심했다. 빨리 코로나가 전 세계에서 종식 되면 좋겠다. 오늘도 몇 달 동안 재택근무를 하느라 조금씩 뒤로 밀린 업무를 빡세게 작업하고 집으로 돌아오는 길이었다. 형님에게서 전화가 와 있었는데, 일하느라 못 받았다.

"여보세요? 형님?"

"어, 지금 빨리 대한병원으로 와. 702호."

"네? 누구 다쳤어요?"

"할머니께서 쓰러지셨어. 오면 말해줄게."

할머니께서 쓰러지셨다는 소식에 심장이 덜컹 내려앉았다. 콩이에 이어서 할머니까지 돌아가시면 안 되는데, 그러면 내가 정말로 살고 있지 못할 것 같았다. 할머니는 내가 처음 이사 와서 어색하고 쭈뼛쭈뼛했을 때 내가 이 빌라에 적응하게 해준 은인이신데…….

심장이 다시 빨리 뛰었다. 그런데 한숨만 나왔다. 아직 콩이를 정리하지 못했는데 할머니도 이렇게 갑작스럽게 안 좋은 소식을 전해 주셔서 힘들었다. 버거웠다. 왜 항상 안 좋은 일은 겹쳐서 일어나는 걸까. 이젠 울음보다는 그냥 허무해졌다. 인생이 이렇게 허무했던가. 왜 요즘 따라 이렇게 안 좋은 일이 나한테만 일어나는 걸까. 그렇게 그냥 멍하니 한참을 있었다. 머릿속으로는 할머니한테 가야 한다고 하는데 몸이 움직여지지가 않았다. 어쩌면 그냥 안 일어나고 싶었던 걸지도 모르겠다. 할머니가 얼마나 아프신지 얼마나 힘드신지 두 눈으로 확인하고 싶지 않았다. 할머니께서 진짜 병원에 누워 있는 모습을 보면 나는 그 자리에서 쓰러져 더 이상 움직이지 못할 것 같았다. 가야 하는데 갈 수 없었다. 그렇게 한참을 앉아 있었다. 시간이 얼마나 흘렀는지 모르겠다.

'띠리리링 띠리리링'

전화 소리에 정신을 차렸다.

"선호야 어디야? 다 와 가?"

"아니요. 아직 집이에요. 형님 저 못가겠어요. 발이 안 움직여요……."

흐느끼며 울었다. 말을 해야 하는데 제대로 말이 나오지 않았다.

"혀님. 흑 저 진짜 흑 못 움직이겠어요."

"선호야. 나중에 후회할 일 만들지 말고 빨리 와…. 지금 누구보다 힘든 건 할머니이신 거 알잖아. 조금이라도 힘을 드려야지. 자식들도 미국에 있어서 오는 데 시간이 걸리는데. 우리가 없으면 누가 옆에 있어."

형님 말을 듣고 정신을 차렸다. 그래 또 후회할 일 만들지 말자.

"네. 바로 갈게요."

전화를 끊고 바로 택시를 타고 병원으로 향했다. 형님이 보내주신 주소로 곧장 달려갔다.

"제발 제발 제발……."

택시 안은 고요했다. 아무 소리도 나지 않았고 조용했다. 하지만 내 가슴에서는 정체모를 소리가 계속 들렸고 심장박동도 점점 빨라졌고 너무 혼잡했다.

"할머니!!"

내가 소리치며 병실 안으로 들어왔다.

"할머니 중환자실에서 일반병동으로 옮겼어. 괜찮아지고 있는 것 같아."

"할머니께서 갑자기 왜 쓰러지신 건데요? 갑자기 왜요? 무슨 안 좋은 병에 걸리신 건 아니죠?"

"검사해서 의사한테 이야기를 들어보니까 과로로 쓰러지신 것 같다고 하더라고. 연세가 있으시니까 과로로 쓰러지셨으면 다른 쪽에 문제가 생겼을 수도 있거든. 그래서 일단 할 수 있는 검사는 다 해봤는데 별 이상이 없대. 요 몇 개월 많이 힘드신 것 같다고. 육체적으로도 힘드신 것 같고 정신적으로도 힘드셔서 쓰러지신 것 같데. 연세가 있으셔서 남들보다 조금 늦게 깨어나실 수도 있고. 또 상황이 어떻게 될지는 모르는 거니까 병원에 일주일 정도 입원해서 지켜보자고 하네."

이야기를 들으니 마음이 한시름 놓였다. 뭐 그렇다고 안심할 상황은 아니지만. 어떻게 반응해야 할지 몰랐다.

"다행……이네요."

"선호야, 좀 괜찮아?"

"네, 뭐."

"콩이 그렇게 된 지도 얼마 안 됐는데 할머니까지. 참 세상일이 그래. 안 좋은 일은 항상 한꺼번에 일어나."

"그러게요. 불변의 법칙이네요 정말로. 항상 안 좋은 일은 겹쳐서 일어나더라고요. 안 그래도 콩이 때문에 속상해서 요 며칠 힘들었어요. 콩이한테 미안하기도 하고 배고파서 밥 먹다가도 콩이는 그렇게 몇 개월을 앓아서 제대로 먹지도 못했을 텐데 나는 밥이 넘어가네. 그렇게 생각하기도 하고. 내가 혼자 사는데 제대로 챙겨 주지도 못할 거면서 괜히 데리고 왔나 싶기도 하고. 엄마한테 맡겼으면 괜찮았었을까 싶기도 하고. 콩이한테 너무 미안해요. 그리고 보고 싶어요. 처음에는 그냥 무작정 눈물이 나왔어요. 슬펐으니까. 생각해 보니까 내가 왜 우는 거지 싶더라고요, 그냥 이유도 모른 채 울었어요. 그때 알았어요. 내가 진짜 이유도 생각하지 않고 바로 눈물이 날 만큼 콩이를 좋아했었던 거구나. 지금은 그것보다 콩이가 너무 보고 싶어요. 안고 싶어요. 근데 볼 수가 없어요. 딱 한번만 볼 수 있으면, 진짜 딱 한 번만 더 보고 싶어요. 아직 콩이한테 해줄 말이 너무 많은데, 하고 싶은 말도 많고 미안했다는 말도 하고 싶고 너는 웃을 때 그렇게 예뻤고, 처음 듣는 소리에는 고개를 갸우뚱해서 너무 귀여웠고 잘 때 코를 고는 것도, 나한테 맨날 안기는 걸 좋아했고, 나는 네가 나를 좋아해 준 만큼 좋아해 주지 못했어. 내가 피곤해서 너를 못 챙겼다는, 네가 너무 에너지가 넘쳐서 힘들었다는, 내가 힘들어서 나를 돌볼 시간도 없었다는 그런 핑계를 댄 내가 너무 바보였다고. 너를 처음 데리고 올 때부터 다짐을 했었는데 나는 너의 친구로서 가족으로서 자격이 없었다고. 그럼에도 불구하고 너는 나를 항상 꽉 채워줬었다고. 진짜 사랑한다고. 그렇게 말하고 싶은데 볼 수도 없고 말할 수도 없어요."

"선호야, 콩이도 너 보고 싶을 거야. 마지막에 힘들게 가긴 했지만 콩이도 너 좋아하고 보고 싶어 할 거야. 콩이도 너 보고 싶어서 밥도 안 넘어 갈 거고 콩이도 너를 그리워 할 거야. 너무 자책하지 마. 너도 나름대로 콩이한테 잘해 줬고 최선을 다 했을 때도 분명히 있었어. 말 통하는 사람, 그것도 내 자식 키우는 것도 힘든데 말도 안 통하는 개랑 같이 살고 생활한다는 건 정말 대단한 거야."

"형님도 유림이랑 유찬이 키우는 거 어려우세요?"

"그럼, 말이 통해도 그 외의 것들은 안 통하는 게 많아. 나도 아빠가 처음이다 보니 막상 어떻게 해야 할지 몰랐었을 때도 있고, 혹시나 예의 없게 자랐다는 소리 들을까 봐 버릇없이 굴 때는 회초리로 엄청 때려본 적도 있었고 그냥 넘어가 본 적도, 서운하게 한 적도 있고. 슬프게 한 적도 있고. 진짜 어떻게 해야 할지 모르겠더라. 그런데 그렇게 틀리고 잘못 해보고 하다 보면 어떻게 키워야 할지 보이는 것 같기도 해. 그게 너무 당연해져서 제일 쉬운 일처럼 보일지 몰라도 누구를 가르치고 기르고 키운다는 건 어쩌면 세상에서 가장 어려운 일일지도 몰라. 넌 콩이의 인생에서 제일 영향을 많이 미쳐주었고 콩이가 하루를 기다릴 수 있을 만큼 넌 좋았다는 거고 좋은 가족이었다는 거야. 가슴 아픈 얘기지만, 누군가는 언젠가는 떠나야 하잖아. 우리는 그냥 그 전에 싸우기도 하고 말썽 피우기도 하고 재밌게 보내기도 하다가 서로 토라지기도 하고. 그게 제일 좋은 친구이자 가족인 거야. 그게 제일 잘한 거야."

그 애기를 듣고 한동안 울었다. 정말 하염없이 울었다. 나는 내가 콩이한테 절대로 잘해준 적 없다고 생각했다. 어떻게 보면 내가 보기에 귀여우니까 나의 스트레스를 풀려고 콩이를 본 거기도 하고, 놀아주면서 내 스트레스를 푼다고 생각했다. 진짜 나쁘게 말하면 내가 콩이를 이용한다고 생각하기도 했다. 그런데 형님의 말을 듣고 나니 내가 꼭 그것만은 아니었던 것 같기도 하다.

할머니께서도 점차 회복을 찾아가고 있으신 것 같았다. 혈압이며 여러 가지 문제가 있었던 것들이 정상치로 돌아갔다.

"선호야 오늘은 이만 들어가 봐. 지금 많이 괜찮아지셨으니까 내일쯤 깨어날 것 같은데. 넌 힘들기도 많이 힘들고 피곤하기도 하잖아. 푹 쉬어. 그리고 다시 내일 점심쯤에 와. 마음 좀 추스르다가."

"네, 감사합니다. 형님도 피곤하실 텐데 주무시면서 계세요. 형수님도 피곤하실 텐데……."

"선호야, 지금 너 엄청 아픈 사람 같아. 많이 자다가 밥도 충분히 먹고, 그러다가 괜찮아지면 다시 와."

"감사합니다. 그럼 저 이만 가 볼게요."

병원 밖으로 나오니 어느새 하늘이 어둑어둑해져 있었다. 오늘은 너무 피곤했다. 너무 많은 일이 일어났다. 모든 일이 슬프고 힘든 일이었다. 하지만 나는 그래도 다시 열심히 살아 보려한다. 콩이도 내가 그러길 바라고 있을 거니까. 버스 대신 택시를 탔다. 버스에는 사람이 너무 많아서 혼자서 생각하기 힘들 것 같았다. 택시에 앉아서 창밖을 멍하니 바라보았다. 나무가 흔들렸고 사람들이 길을 걸어 다녔으며 차들이 쌩쌩 달렸다. 세상은 변한 게 없었다. 세상은 내가 힘들다는 것을 모르고 여전히 원래대로 흘러갔다. 그래, 나도 세상의 흐름에 맞춰 가야지. 언제까지나 이렇게 흔들리면서 주저앉아서 지낼 순 없잖아.

집에 도착해서 씻었다. 힘든 생각들을 모두 떨쳐냈다. 콩이의 장난감이 아직 집 안에 있었다.

"콩아 있지, 나는 이 장난감을 버리진 못할 것 같아. 너를 잊진 못할 것 같아. 길 가다가 너와 닮은 강아지가 있다면 난 금세 눈에 눈물이 가득히 찰 거고 눈물을 뚝뚝 흘리면서 다닐지도 몰라. 혼자서 너 많이 보고 싶다고 생각하기도 하겠지. 근데 그것만큼은 허락해 주라. 그것도 못하면 나 진짜 너무 힘들 것 같아. 잘 지내다가 문득 그런 일 있으면 너 그리워할게. 보고 싶어 할게. 나 벌써 네가 너무 그립다. 네 그 뽀송뽀송했던 털, 똘망똘망했던 눈, 다른 강아지들보다 유난히 작았던 발, 앙증맞았던 코까지 모두 다시 보고 싶고 만지고 싶어. 다시 볼 수 없다는 그 슬픔은 진짜 너무 힘들지만 딛고 일어나 볼게. 그렇게 할 수 있게 나 좀 도와줘. 콩아. 수많은 사람 중에 내 가족이 되어줘서 고마웠어. 혹시라도 정말 다음 생이라는 것이 있다면 우리 그때 다시 만나자. 그때는 내가 더 잘해 줄게. 사랑해. 보고 싶다."

침대에 덩그러니 앉아 콩이에게 하고 싶은 말을 전했다. 콩이가 듣고 있어주었으면 좋겠다. 콩이가 너무 그리운 밤이었다. 밤은 그렇게 깊어갔다.

눈을 떠 보니 오후 3시였다. 생각보다 너무 오래 자 버렸다. 기억은 안 나는데 눈이 부어 있었다. 자기 전에는 안 운 것 같은데. 자면서 울었었나. 나도 모르게. 마음이 여전히 헛헛했지만 어제만큼 힘들고 지쳐 못 움직이진 않을 것 같았다. 배가 고팠다. 하루 종일 먹은 것도 없고 어제부터 계속 지친 채로 다니기만 했으니 그럴 만 했다. 해 먹기에는 너무 힘들 것 같고 배달을 시켰다. 대충 죽으로 시켰다. 몸이 아프진 않은데 지치고 힘들어서 그런가 그냥 죽을 먹어야 할 것 같았다. 죽은 내가 아니라 할머니께서 깨어나셔서 꼭 드셨으면 좋겠다고 생각했다. 이럴 게 아니라 얼른 죽을 먹고 할머니를 찾아뵈어야 되겠다는 생각을 했다.

'띠리리링 띠리리링'

전화가 울렸다. 설마 하는 마음으로 전화를 받았다.

"여보세요?"

"선호야 일어났어?"

"네. 방금 일어났어요."

"할머니께서 깨어나셨어. 생각보다 빨리 깨어나셨어. 근데 정상적으로 생활하려면 아직 시간이 필요하다해서 이번 주까지만 입원 해 계시기로 했어. 그리고 오늘 저녁에는 할머니 가족 분들께서 오신다고 하니까 잠깐 할머니께 인사드리러 왔다가 가."

"정말요? 할머니께서 깨어나셨다고요? 할머니 몸 상태는 어떠세요? 심각하진 않으시죠?"

"어, 괜찮다고 하시긴 하는데 원래처럼 그렇게 팔팔하시진 않으시고. 일단 와서 인사드려."

"네, 금방 갈게요."

옷을 어서 주섬주섬 챙겨서 곧장 병원으로 향했다. 할머니가 얼른 보고 싶었다. 할머니와 이야기하고 싶었다.

병원으로 가는 시간은 너무나도 느렸다. 나는 더 빨리 더 빨리 가고 싶은데 너무나도 시간이 느리게 흘렀다. 더 빨리 가고 싶었다. 더 빨리 뛸 수 있으면 좋을 텐데 라는 생각이 들 정도로 느리게 가는 것 같았다. 이윽고 입원실 문 앞에 도착했다. 막상 또 도착하니 문을 열기가 힘들었다. 가슴 깊은 곳에서 올라오는 그 뜨거운 울음을 참고 하나, 둘, 셋을 센 다음 문을 열었다.

"할머니!"

하지만 할머니를 보니 다시 억눌렀던 뜨거운 눈물이 올라왔다. 할머니 품에 안겼다.

"할머니 괜찮은 거 맞죠? 진짜 많이 아프신 데는 없죠?"

"오야, 괘안타. 말로 이렇게 다 모여 있노? 내가 무슨 죽을병에라도 걸린 줄 알았나? 내 멀쩡타. 걱정을 말아라."

"할머니. 할머니 과로로 쓰러지신 거예요. 김장부터해서 할머니 너무 많이 하셨어요. 할머니 몸 보살펴 가면서 해야지. 나 콩이 보내고 할머니 못 보내요. 할머니 진짜 제발 건강하셔야 해요. 일도 조금만 하고. 우리 밥 차려주지도 말고 이제."

"아유 알겠어. 누가 보면 무신 내가 곧 있으면 죽는 줄 알겠네. 고만해. 남사스럽게 이게 뭐하는 거야."

"할머니 보고 싶어서 그랬어요. 콩이도 없는데 할머니도 없으면 나 어떻게 살라고."

"알겠어. 내가 우리 선호 봐서라도 꼭 오래 살게. 고만해 이제. 고만 울어."

"네.."

"얘기 들었어. 콩이도 그렇게 되었다고. 맘 고생 많이 했겠네 우리 선호. 내까지 걱정을 보태서 미안하네."

"아니에요, 이렇게 건강하게 깨어나셔서 다행이에요."

"이제 다들 가 봐. 곧 있으면 우리 딸하고 사위 올 거야. 유림이네는 어제 여기서 잤다면서? 피곤할 텐데 어여 들어가서 한숨 푹 자."

"아니에요 자녀분들 올 때까지만 여기 있다가 갈게요."

"아니에요. 제가 여기 있을 테니까 두 분 집에 들어가서 편히 좀 주무세요. 저는 방금까지 자다 와서…… 할머니랑 하고 싶은 얘기도 많고……."

"그럼, 부탁할게 선호야. 고맙다."

"아니에요! 안녕히 들어가세요.""어~ 고맙다."

형님과 형수님을 집으로 돌려보내고 나는 할머니 곁에서 이야기를 했다.

"할머니 어떻게 쓰러졌는지는 기억나요?"

"어, 기억나지. 시금치 따서 담는다고 일어서는데 갑자기 어질어질하더니 고마 그때 쓰러졌어."

"할머니, 너무 많이 일해서 그래요. 할머니 옛날에 장사도 해서 몸 많이 안 좋을텐데 이렇게 하면 몸 다 상해요. 몸 챙겨가면서 해요."

"아유 알겠어. 잔소리 좀 고만 혀. 그나저나 콩이는 잘 보내주고 왔어?"

"네. 어제 진짜 보내줬어요. 너 없으면 조금 힘들 것 같은데 그래도 한 번 열심히 살아보겠다고. 다음 생에 다시 만나자고."

"잘했어. 그게 콩이한테도 좋을 거여. 나도 콩이 한 번만 마지막을 봤으면 좋았을 텐디. 나도 정들었는데 뭐가 그렇게 급해서 먼저 갔을꼬."

"힘들었나 봐요."한동안 정적이 흘렀다. 할머니와 나는 마치 콩이를 위해 애도를 하는 것처럼 한동안 말을 하지 않았다.

얼마 되지 않아 할머니 가족 분께서 찾아오셨다.

"엄마!"

처음 보았다. 할머니의 자녀분들을.

"미국에서 이까지 날라 오느라 고생했네."

"지금 그게 문제야? 이렇게 입원할 동안 몸 관리를 어떻게 한 거야? 나 속상하게 진짜…… 나 진짜 그러면 미국 나가서 사는 의미가 없잖아. 엄마가 이렇게 아픈데 다른 나라가서 사는 게 무슨 소용이야."

"알겠어. 걱정 안 시킬게."

따님께서는 할머니께서 진정된 모습을 보셨는지 나에게로 눈이 향했다.

"아, 빌라 주민분이시구나. 저희 어머니 입원하시는 동안 많이 도와 주셨을 텐데 감사합니다. 이렇게 신세를 졌네요. 정말 감사해요. 죄송하고."

"아니에요. 저는 온 지 얼마 안 됐고, 다른 주민 분들이 하루 밤 여기서 주무셨어요."

"아, 그렇구나. 나중에 따로 찾아뵙고 감사 인사를 드려야겠네요. 감사합니다."

"아니에요, 아니에요."

"이제 들어가세요. 지금부터는 저희가 있을게요. 어떻게 감사를 표시해야 할지 모르겠네요."

“아닙니다. 그럼 전 이만 들어가 보도록 하겠습니다.”자녀분들께서 찾아와서 나는 금방 집으로 돌아왔다. 지금 느끼는 거지만 우리 부모님도 이제 연세가 있으셔서 어떻게 될지 모르기에 더 각별히 신경을 써야겠다는 걸 새삼 다시 느꼈다.

‘뚜루루루 뚜루루루’

“어, 아들! 잘 지내? 우리 연락 안 한지 진짜 오래됐었네. 자주 연락 좀 하지.”

“안 그래도 연락하려고 했었는데 바빴네. 엄마 근데 할 말이 있는데.”

“뭔데?…… 심각한 일이야?”“응. 우리 이제 콩이 못 봐.”

“뭐? 갑자기 그게 무슨 말이야? 콩이가 왜?”

“콩이가 좀 아팠는데 얼마 안 있어서 갔어.”

“어머…… 콩이…… 잘…… 보내줬지? 우리 가족이 다 같이 있었어야 했는데. 혼자서 얼마나 외로웠을꼬. 너도 콩이도.”

“잘 보내줬어. 아빠랑 선아한테도 말해 줘. 더 이상은 내가 말 못하겠다.”

“알았어. 밥 잘 챙겨먹고 힘들면 집에 잠깐 와. 며칠 지내다 가도 되고.”

“알겠어. 시간되면 갈게.”

“어, 그래 네 몸도 잘 챙기고~”

“네, 전화 끊어요.”

어렵게 다시 콩이 이야기를 엄마한테 전했다. 우리 가족도 콩이의 가족이었으니 미리 알렸어야 하는데 며칠 새 많은 일들이 너무 빨리 정신없이 지나가서 제대로 알려주지 못했었다. 이렇게 생각하니 괜히 또 콩이한테 미안하네.

천 리길도 한 걸음부터

이윽고 할머니께서 퇴원을 하시는 날이다. 할머니께서는 다행히도 멀쩡히 원래 모습으로 돌아오셨고 우리 빌라는 다시 할머니를 반겼고 우리는 그렇게 다시 원래의 일상으로 돌아가고 있었다. 할머니께서 빌라로 돌아오실 쯤에는 누런 황사와 날씨를 종잡을 수 없던 꽃샘추위가 지나가고 점점 여름을 맞을 준비를 하고 있었다. 이번 여름이면 또 이 계단 사이사이에는 예쁜 꽃들과 푸르른 식물들이 화려하게 솟아나겠지. 내가 처음 이 빌라에 이사를 왔을 때도 계단 사이사이에 꽃들이 한참 피어 있을 때였는데. 벌써 내가 이 빌라에 이사 온 지 1년이 훌쩍 넘었구나. 시간 진짜 빠르다. 지금 오기까지 정말 많은 일이 있었는데. 돼지고기도 같이 구워 먹고, 할머니의 음식을 많이 먹고 윤아가 이사도 가고 운동회며 김장이며 정말 많은 일들이 있었다. 이렇게 다사다난 했던 이 빌라에서의 1년에 나는 감사하며 앞으로 남은 몇 년을 잘 보내고 싶은 마음이 들었다. 정들었던 이곳을 나도 언젠가는 떠날 날이 오려나. 좋기도 했지만 마음 한 편이 시큰시큰 아파왔다.

조금씩 반팔을 입고 다니고 가끔 후덥지근한 계절이 왔다. 어느새 6월 달이 성큼 다가왔다. 작년부터 쓰기 시작했던 대본을 완성했다. 혼자서 쓴 글이어서 신인 드라마 작가를 뽑는 곳에 글을 4월 달에 제출했었다. 나는 오늘 그 결과를 기다리고 있다. 오늘 결과가 나온다. 1등에게는 3천만원과 드라마를 직접 만들어 유명 방송사에서 방송 할 수 있는 기회를 주고, 2등에게는 천만 원을, 3등에게는 오백만 원을 준다. 어느 쪽이라도 3등 안에 들면 너무 좋겠지만 이왕 하는 거 1등을 해서 내 드라마가 진짜 방송이 되면 좋겠다는 생각도 했다.

제목은 〈범과 토끼〉. 일본 사람들과 친일파가 토끼라고 말하는 한반도와 한국 사람들이 범이라고 말하는 한반도의 차이로 일제강점기 독립운동가들의 삶과 활약을 그려냈다. 내가 몇 개월 동안 심혈을 기울여 짜낸 대본은 내가 봐도 꽤 읽을 만했다. 만약 주인공 여종의 역할과 친일파 집안의 딸 아씨, 그리고 그 둘을 도와줄 한 남자 독립운동가. 이렇게 세 명의 캐스팅이 내가 생각한 그대로 딱 맞아 떨어진다면, 나는 더 이상 바랄 게 없었다.

코로나 백신이 나와서 한국에서는 이미 코로나가 사라진 지 오래지만 무증상 감염이 있을 수 있기에 아직 정부에서 약간의 거리두기는 필수라고 하며 집단으로 만나는 건 조금 위험하다며 자제해달라고 언급하였다. 그래서 역시 결과도 온라인으로 홈페이지에 발표가 뜬다고 한다. 차마 나 혼자는 못 볼 거 같아 이한솔을 데리고 둘이 침대에 앉아 저녁 8시가 되기만을 기다렸다.

"야~ 지금 7시 59분"

"어, 지금 사이트 들어간다~ 뭐가 그렇게 급해. 빨리 보든 늦게 보든 결과는 똑같아~"

"그래도……."

마음이 조급했다. 제발, 제발 내 대본이 1등이기를. 침대 끄트머리에 두 무릎을 딱 붙이고 앉아 두 손을 모아 눈을 감고 기도를 했다. 평소에는 잘 찾지도 않던 하나님, 부처님, 알라신을 다 불러 보며 애타게 내가 1등이기를 빌었다.

"야, 눈 떠봐."

"아, 나 떨어졌어? 왜 반응이……."

"아, 일단 떠봐."

"알겠어. 눈 뜰게."

눈을 뜨자마자 내 눈에 들어온 글자는 '1등 : '범과 토끼' - 남선호'였다. 너무 기뻐 침대 위에서 방방 뛰었다. 이한솔도 박수를 쳐주며 들뜬 눈을 하고 있었다. 지금 내 기분은 이루 말로 설명할 수가 없었다. 이제 내 대본이 드라마화가 되면, 우리 엄마 아빠도 호강 시켜줄 수 있고, 우리 작가님도 더 알려질 수도 있겠다. 무엇보다도 대중들에게 내 존재를 알린다니, 그것만큼 기쁜 일이 없었다. 물론 우리 작가님 드라마에는 작가님의 이름 뒤에 내 이름도 적혀 있지만, 원래 사람들은 항상 앞을 보기 마련이니까. 일을 하면서도 틈틈이 적어왔던 내 '범과 토끼'를 사람들이 좋아해 주었으면 좋겠다. 배경이 일제강점기라 자료 조사도 어려웠고 혹시라도 틀린 내용이 있을까 조마조마 했는데, 그만큼 작품성이 더 발전되어 만족스러웠다. 부디 사람들이 내 노력을 알아주기를.

내가 1등을 하고 나니, 여기저기서 연락이 많이 들어오기 시작했다. 물론 '범과 토끼'의 드라마를 만들기로 한 방송사는 정해져 있었지만, 내 차기작을 자기네 방송사에서 낼 생각이 없냐. 전속적으로 계약을 해볼 생각이 없냐는 등 여러 가지 제안이 많이 들어왔다. 하지만 나는 몇 년을 동고동락해 온 이한솔과 작가님, 그리고 회사 식구들을 버릴 생각이 없었다. 회사라고 해봐야 직원이 몇 명이나 된다고. 총 7명밖에 안 되는데 떨어져 있고 싶지 않았다. 그러던 중 한 소속사에서 연락이 왔다. 몇 달 전 이한솔도 한 공모전에 제출을 했는데 아쉽게도 2등이 되어 영화화가 되지 않았다. 그 소속사에서는 우리 작가님을 평소 눈여겨보던 찰나에 내가 1등을 해서 우리 7명을 다 같이 영입하고 싶다고 했다. 그렇다면 당연히 좋지. 바로 승낙을 하고 사무실도 이사하기로 결정했다. 사무실을 이사하기로 한 소속사 건물은 우리 집에서 너무 멀리 떨어져 있었다. 거의 서울의 끝과 끝. 그렇기 때문에 다시 이사를 가야 할 상황이 닥쳐왔다. 우리 빌라 사람들 너무 좋은데 헤어지고 싶지는 않은데, 어쩔 수 가 없었다.

소속사 이름은 '키스트'. '키스트'는 좀 유명한 대형 소속사라 유명 배우 이아름님이나 고은겸님도 소속되어 있는 만큼 지원해 주는 게 많았다. 소속사에서 나와 작가님을 전폭적으로 지원해 주시기로 했고 이한솔과 다른 직원들도 양껏 도와주기로 하였다. 다행히도 소속사가 강남과 같은 땅값이 비싼 곳이 아니라 비교적 쉽게 집을 구할 수 있었다. 1등이 되어서 받은 상금으로 월세가 아닌 전세로 지금 살고 있는 이 집과 비슷한 조건의 집으로 들어갈 수 있게 되어 기분이 좋았다.

"할머니~"

"인제 들어오나? 왜케 늦게 들어 오노."

"아, 할머니. 저 새 집 보고 온다고요. 제가 저번에 말씀드렸죠? 제 대본 드라마 될 거라구요! 그래서 어떤 회사에서 저 지원해 주시기로 했거든요~"

"아이구 잘 됐네. 거 참. 이제 글이 술술 나오겠다."

"근데요 할머니, 저 직장 위치가 달라져서 이사를 가야 해요. 방금 이사 갈 집 계약 하고 왔어요. 여기 이사 온 지 2년도 안 되었는데 너무 빨리 가죠?"

"으메나. 총각. 얘기는 했으야지. 쪼매 섭섭할라 칸다. 그래도 니 잘 될라고 이사 가는 거니까 봐 주께. 그래도 자주 놀러 올 거제?"

"에이 당연하죠!"

"어~ 우리하고 저기 저 유림이네한테도 니 이사 간다고 캐줘라."

"넵 할머니."

"언제쯤 가는고?"

"저 다음달 10일 토요일이요. 너무 빠르죠?"

"으메. 빨리도 간다."

"맞아요. 저 할머니 음식 그리워서 어떻게 살아요."

"왜, 안 올 끼가. 와서 음식 받아 가야제. 매년 김장할 때도 김치 해가꼬 갖고 가야 되고."

그저 감사할 따름이었다. 내가 여기에 산지 2년도 되지 않았고 여기 주민들 사이에서는 가장 적게 살았고 서로에 대한 공통점이라고는 같은 빌라에 사는 것뿐인데, 그런데도 이렇게 잘 챙겨 주시니. 할머니뿐만 아니라 많은 다른 사람들도 마찬가지였다. 우리부터 시작해서 유림이 유찬이네 형님 형수님께서도 진짜 동생처럼 따스하게 챙겨 주셔서 너무 감동이었다. 이게 바로 한국의 '정'인 것만 같았다. 이런 사람들과 이제는 더 이상 매일매일 보지 못한다니.

"네! 감사합니다~"

시간이 흘러 드디어 오늘 이사를 마쳤다. 일주일 전부터 집에서 안 쓰는 물건들을 버렸다. 처음 자취를 하면서 들떠서 구매했던 물건들도 많이 버렸다. 그때는 들떠서 샀지만 막상 살아보니까 별로 사용하지도 않더라. 18평에서 살다 돈도 모으고 이번에 받은 돈까지 합쳐서 22평으로 이사 오니 확실히 집 크기가 달라지긴 하더라. 필요 없는 물건들도 버리고 가구도 다시 재배치 하니 느낌이 확연히 차이 났다. 조금 더 깔끔하고 트렌디해진 느낌이랄까. 하지만 역시 1년 동안 집에 풍기던 따스한 콩이 냄새는 더 이상 맡을 수가 없었다. 그래. 이제 콩이는 내 마음 속에만 담아두고 새 출발을 할 때가 온 거야. 새로운 집에서, 새로운 회사에서 새롭게.

이사를 오고 바로 사무실도 옮겼다. 다 같이 짐정리를 해서 새로운 사무실로 짐을 옮기니 기분이 이상했다. 항상 보조작가로서만 작가님 곁에 있을 줄 알았는데 같은 소속사 같은 위치의 자리에 서니 신기하기도 하고.

새로운 사무실에 출근한 지 며칠 만에 메일이 한 통 위에서 내려왔다.

'이번 주 금요일 7월 16일 '범과 토끼' 배우 오디션이 진행됩니다. 남선호 작가님과 서유정 실장님 함께 해주시길 바랍니다.'

드디어 '범과 토끼' 드라마를 만들기 위한 첫발을 내딛었다. 꿈을 꾸는 것만 같았다. 내가 당당히 작가로써 이름을 내걸고 배우 오디션부터 대본 읽기, 대본 수정, 의상 검토 등 촬영 준비를 다 마쳤다. '범과 토끼'에서 친일파 집안의 숨겨진 독립운동가 아씨를 맡을 배우는 우리 소속사의 고은겸 배우님이었다. 항상 고혹적이고 카리스마 있는 배역을 맡으셔서 차갑지만 멋있는 아씨 역할에 찰떡이었다. 드라마의 거의 실질적인 주인공인 여종 배역은 신예인 배우님이 맡기로 했다. 신예인 배우님은 말 그대로 작품을 두 가지 정도밖에 하지 않은 신인이지만 연기도 정말 잘하고 예뻐서 요즘 핫한 배우였다. 남자 주인공 독립운동가 배역에는 윤규진 배우가 선택되었다. 나이는 30대 중반으로 조금 있으시지만 그래서 더 성숙하고 재능 있는 이미지의 독립운동가로 알맞았다.

고은겸, 신예인, 윤규진 배우를 포함한 많은 스태프들과 조연 배우들이 모여 드디어 첫 회를 촬영했다. 내가 생각한 딱 그대로 연기를 너무 잘해 주시고 잘 표현해 주어서 감동적이었다. 이렇게 감격스러울 수가 없었다. 전체 16회 중에 1회밖에 촬영하지 않았는데도 벌써 너무너무 행복하고 뿌듯하고 드라마 작가가 되길 잘했다는 생각이 들었다.

드디어 제작 발표회가 다가왔다. 보통 감독들이 인터뷰를 하기 때문에 나는 무대 위에 서서 얘기 할 일이 거의 없지만, 그래도 첫 인사는 해야 했기에 새벽부터 회사에서 보내준 밴을 타고 연예인들만 간다는 청담동 숍에 갔다. 이제 이 제작발표회가 끝나면 나도 공인이 되는 건가. 숍에 가니 내가 살아생전 여태껏 봐온 연예인의 수보다 더 많은 수의 연예인들이 줄줄이 앉아 관리, 화장 등을 받고 있었다. 괜히 쭈글쭈글한 오징어가 되는 기분이었다.

내 인생에서 가장 멋있게 꾸미고서는 그대로 제작발표회가 열리는 건물로 직진했다. 들어가니 바로 곧 시작이라 떨리는 마음을 안고 대기했다. 주연배우들과 감독님, 그리고 나까지 5명이서 무대로 순서대로 걸어 올라갔다.

"안녕하세요. '범과 토끼' 스토리를 맡은 작가 남선호입니다. 잘 부탁드립니다."

순조롭게 인터뷰는 진행되었고 나에게도 마이크가 딱 한번 넘어왔다. 사실 무대에 앉아는 있는데 말 한번 안 하는 건 너무하니까.

"남선호 작가님? 공모전에서 1등을 하셔서 작가님의 글이 드라마화가 된 거니까 다른 드라마들과의 차이점이 있겠죠? 만약 있다면 무엇이 있을까요?"

"네. 저 사실은 이 '범과 토끼' 처음에는 이 공모전을 위해 준비한 게 아니었어요. 저는 원래 '내 맘대로 살아', '또 사랑의 포레스트' 등 많은 작품을 쓴 김주헌 작가님 밑에서 보조 일을 하고 있었었습니다. 그렇지만 저도 저만의 글을 써보고 싶어 틈틈이 글을 써왔었어요. 그렇게 써온 '범과 토끼'를 마무리지어갈 때쯤 저에게 인생 2회차를 열어준 이 공모전을 발견하고 급하게 지원을 했던 거죠. 그렇기 때문에 이 글은 100퍼센트 드라마를 위해 만들어진 스토리가 아니에요. 하지만 우리 배우님들이 너무너무 완벽하게 소화해주셔서 놀랍게도 좋은 퀄리티의 드라마로 제작된 거죠. 드라마를 위해 만들어진 스토리가 아니라서 조금 더 허무맹랑하면서도 흔한 로맨스 드라마가 아닌 더 무거운 분위기랍니다. 이해하기 위해서는 열심히 집중해서 시청하셔야 해요. '범과 토끼'의 시청자 분들께서는 그렇게 해주실 거라 믿습니다."

"~ 믿습니다. 크으. 남선호 완전 멋있는데~"

어제 제작발표회가 끝나고 역시나 술을 진탕 마시고 집에서 뻗어버렸다. 일어나 보니 여러 지인들의 연락이 휴대폰에 쌓여 있었다. 그중 반가운 우리의 전화도 있어 바로 전화를 걸었더니 저렇게 어제의 내 말을 처음부터 끝까지 읊어주었다. 내 말을 누군가를 통해 저렇게 듣다니 너무 오글거렸다.

"아, 그만해~ 민망하다."

"크크 알았어. 우리 언제 놀러갈까? 니 새 집."

"이번 주 주말은 어때? 난 딱 빈다. 그리고 그날, 〈범과 토끼〉도 첫 방송 하고. 저녁에 와서 다들 하룻밤 자고 가라고 전해 줘. 거기보다 여기가 4평 더 넓다."

"오~ 좋지 좋지."

벌써 주말이 다가왔다. 내가 가장 좋아하는 사람들과 내 첫 드라마 데뷔작을 볼 생각에 벌써 가슴이 두근두근했다. 그리고 물론 오랜만에 우리도 볼 생각에. 계속 바빠서 점점 먼지만 쌓여갔던 내 집도 청소를 싹 하고 배달음식을 여러 개 시켰다. 그동안 너무 바빠서 매일 매일이 피곤했고 요리 할 힘이 없었다.

'쾅쾅쾅'

왔나 보다. 들뜬 마음으로 현관으로 뛰어가 문을 열어주었다.

"어, 선호야~ 집 좋네~ 부럽다."

"총각 으메 집 널따랗다. 내보다 더 좋은 집 사노."

"동생~ 진짜 작가 데뷔 축하한다~"

"오빠 나도 왔어요. 되게 오랜만이에요."

시끌벅적한 사람들 속 몇 달 만에 보는 윤아도 끼어 있었다. 손을 내미는 윤아의 손을 맞잡고 악수를 했다. 다들 내 집 구경을 하느라 정신이 없을 때 또 다시 쾅쾅쾅 소리가 났다. 아 초인종을 달든가 해야지. 비싸서 안 달았는데 은근 거슬렸다.

"감사합니다~"

시킨 찜닭과 보쌈, 짜장면까지 가지각색의 음식들이 거실 바닥에 펼쳐졌다. 나와 이한솔, 우리, 형님, 형수님, 유림이, 유찬이, 윤아, 할머니까지 총 9명이나 앉아 있으니 움직일 틈이 없었다. 물론 할머니 음식보다야 맛없겠지만 그래도 맛난 냄새가 솔솔 올라왔다.

다들 음식으로 돌진해서 쩝쩝 대며 먹고 있었다. 그러다 벌써 저녁 7시 50분. 10분 뒤면 KCS에서 '범과 토끼' 첫 본방송이 시작된다. 다들 먹느라 바빠 시간을 보이지도 않나 보다. 조용히 리모컨으로 이사 오면서 새로 산 중고지만 화면은 엄청 큰 텔레비전을 켰다. 중고지만 화질도 꽤 좋고 몇 년은 쓸 수 있을 것 같아 샀더니 가성비가 대박이었다. 그냥 완전 새 거 같아 볼 때마다 기분이 좋다.

"오빠! 이제 1분 남았어요!"

유림이가 들뜬 눈으로 초롱초롱하게 바라보며 텔레비전을 가리켰다. 나도 한껏 들떠 조용히 텔레비전만을 바라보았다.

시작은 아씨와 여종의 친일파 집안의 가정 속에서의 생활이었다. 중독성이 강한 아씨의 날카로운 말투와 여종 특유의 어눌한 발음으로 깊이 빠져들었다. 나는 이 촬영 현장을 눈앞에서 직접 보았는데도 드라마로 보니 또 색달랐다.

다들 말 한마디 없이 조용히 드라마에 깊숙이 빠져 있는 동안 유찬이만 열정적으로 찜닭을 먹어댔다. 1회는 여종이 아씨가 독립운동을 하는 모습을 보다 아씨와 눈이 마주치며 끝났다. 내가 썼지만 정말 아쉬움이 남게 끊겼다. 절로 2회가 기다려졌다.

"와 오빠! 어떻게 이렇게 잘 써요? 아 진짜, 아 오빠 싸인 해줘요. 이미 유명해졌는데 더 유명해지면 어떡해요."

유림이가 자신의 가방에서 뭘 주섬주섬 꺼내더니 나에게 내밀었다.

"앗, 나 아직 사인은 생각 안 해봤는데, 사진으로 대체하자. 어차피 다들 모인 김에 사진 남기려고 했는데."

"헐, 좋아요. 그게 더 분명하지."

우리가 조용히 일어나서는 휴대폰을 텔레비전 선반 앞에 두고 셀카 모드로 돌렸다. 타이머 10초를 눌러두고는 허겁지겁 돌아와 자세를 잡았다.

“다들 김치~”

환하게 웃으며 사진을 찍었다. 내가 정말로 좋아하고 아끼는 사람들과 함께 행복한 시간을 공유하는 것은 너무 좋은 것 같다. 어쩌면 행복한 시간을 공유하는 것이 좋은 게 아니라 함께 시간을 공유하는 것조차가 행복한 걸지도.